Zu diesem Buch

Während chinesische Bomber die traditionsreiche buddhistische Universität Litang in Schutt und Asche legen, bricht von den steilen Hängen des nahe gelegenen Klosters Dordsche Ri-gon eine kleine Karawane zu einer geheimen Mission auf. Die Reisenden: Tsun Rimpotsche, ein ehemaliger Bandit und Krieger, nun Abt von Dordsche Ri-gon, seine frühere Geliebte Genyen, eine kleine Schar als Pilger verkleideter Widerstandskämpfer und – als Geisel – die chinesische Agentin Ling. Fünf Jahre zuvor sind Maos Soldaten in Tibet einmarschiert, haben das Land – fast unbemerkt von der Weltöffentlichkeit – Stück für Stück unterjocht, den Bewohnern ihre Ordnung aufgezwungen und den buddhistischen Glauben verboten. Tsun ist dazu ausersehen, einen Hilferuf des bedrängten Volkes an die UNO außer Landes zu schmuggeln. Der dramatische und gefährliche Marsch durch die majestätische Bergwelt Tibets, ständig bedroht durch die chinesischen Verfolger, wird mehr und mehr zu einer Odyssee, zu einem verzweifelten Kampf ums nackte Leben. Tsun ist von inneren Konflikten zerrissen. Soll er dem Drang seines Kriegerbluts folgen oder seiner Religion gehorchen, die ihm das Töten verbietet? Soll er das Zölibat einhalten oder seiner erwachenden Leidenschaft für Ling nachgeben?

«Ein packendes Epos... in faszinierender Erzählweise... Die überquellende Fülle der Geschehnisse ist zwar der Motor der Erzählung. Was das Buch darüber hinaus so lesenswert macht, ist der intime Einblick, den es in die von vielen Symbolen und Riten bestimmte Lebensweise und die tiefe Religiosität des untergegangenen Tibet vermittelt.» («Hannoversche Allgemeine Zeitung»)

Fredrick R. Hyde-Chambers, geboren 1944 in London, nimmt seit über zwanzig Jahren regen Anteil am Schicksal des im Exil lebenden Dalai-Lama. Er war lange Zeit Generalsekretär der Buddhistischen Gesellschaft und gehörte zum Beraterstab des Dalai-Lama, außerdem war er ein hoher politischer Beamter im britischen Unterhaus. «Im Jahr des roten Drachen» ist sein erster Roman. Hyde-Chambers lebt mit seiner Frau in London.

Fredrick R. Hyde-Chambers

Im Jahr des roten Drachen

Ein Roman aus Tibet

Deutsch von
Margaret Carroux

rororo

Rowohlt

Die Originalausgabe erschien 1984 unter dem Titel
«Lama. A Novel of Tibet»
beim Verlag Souvenir Press, Ltd., London
Umschlaggestaltung Barbara Hanke

Veröffentlicht im Rowohlt Taschenbuch Verlag GmbH,
Reinbek bei Hamburg, August 1990

Gesamtherstellung Clausen & Bosse, Leck
Printed in Germany
1480-ISBN 3 499 12795 4

Für Derek und Peggy Hyde-Chambers, die auf der Leinwand und in Büchern Geschichten erzählten und bei denen ich in die Lehre habe gehen dürfen.

Dies ist eine Geschichte, die von 100000 Männern, Frauen und Kindern bezeugt worden ist, denen die Flucht über das höchste Gebirge der Welt, den Himalaja, gelang. Tausende starben bei dem Versuch. Sie waren Bergbewohner und kamen in ein tropisches Klima, wo Krankheiten herrschten, gegen die sie nicht immun waren. Sie litten bittere Not, waren halb verhungert, hatten Vaterland, Heim, Verwandte und Lebensunterhalt verloren und sprachen eine Sprache, die wenige verstanden. Ihre Erwartung, daß ihre Geschichte Gehör finden würde, sollte sich nicht erfüllen.

Beseelt von einem unerschütterlichen Glauben, haben sie eine offenbar hoffnungslose Sache mit anscheinend unrealistischen Methoden verfolgt: Sie haben das Prinzip der Gewaltlosigkeit und Mäßigung angewandt, um ihren Fall vorzutragen.

Die Geschehnisse in Tibet und anderswo haben gezeigt, daß sie recht hatten.

Danksagung

Es ist fast gang und gäbe, daß sich Schriftsteller für die Hilfe ihrer Ehefrauen bedanken. Daß dem so ist, mag ein Hinweis auf die schiere physische Anstrengung und die langen Stunden der Mühsal sein, denen sie sich unweigerlich unterziehen müssen.

Wenn ich meiner Frau Audrey meine Dankbarkeit für ihre Hilfe ausspreche, dann ist das von meiner Seite gewiß nicht die übliche abgedroschene Redensart.

Ebenso gebührt Tessa Harrow meine Anerkennung für ihre verständnisvolle Betreuung als Lektorin und Anne Jennings Brown mein Dank im Namen des Tibetan Institute of Performing Arts für die von ihr gezeichneten Karten und Illustrationen.

F. R. H.-C.

Inhalt

«Laßt China schlafen. Wenn es aufwacht,
wird die Welt das bedauern.»
Napoleon

«Es mag geschehen, daß hier im Herzen Tibets die Religion und die weltliche Verwaltung gleichermaßen von außen und von innen angegriffen und die Träger des Glaubens, die glorreichen Wiedergeburten, entmachtet werden und ohne einen Namen bleiben. Was die Klöster und die Priester betrifft, so werden ihre Ländereien und Besitztümer zerstört werden. Die Staatsbeamten, kirchliche und weltliche, werden feststellen, daß ihr Land beschlagnahmt und ihr Eigentum konfisziert wird, und sie selbst werden ihren Feinden dienen oder wie Bettler im Land herumziehen müssen. Alle Lebewesen werden in Not und Furcht versunken sein, und die Nächte werden sich langsam hinziehen in Leiden ...»

Aus dem *Politischen Testament* des 13. Dalai Lama, der 1933 starb.

Verzeichnis der Personen in der Reihenfolge ihres Auftretens

Tsun Rimpotsche	Abt von Dordsche Ri-gon
Kesang	inkarnierter Lama des Klosters Dordsche Ri-gon
Senge	Tsuns Schi-tsu-Hund
Tschampa Dschigme Samden	Tsuns Schüler
Rintschen	Verwalter des Klosters Dordsche Ri-gon
Lopsang	Sekretär
Norden	die Ehrwürdige Mutter, Kesangs Mutter
Ling Tao Yen	Han-Kader
Genyen Tschime	Tsuns ehemalige Geliebte, Widerstandsführerin der Khampas
Tsering Dawa	Kaufmann, Tsuns Gastgeber
Kalsang	Tserings Frau
Dschetsön	Tserings Tochter
Taschi	Sänger, einer von Genyens Leuten
Topden	Bauer, einer von Genyens Leuten
Gonpo	einer von Genyens Leuten
Die Königin von Derge	
Tschopel	Silberschmied, Angehöriger der Widerstandsbewegung, Tsuns Gastgeber
Dekyi	Tschopels Tochter
Namgyal	Tschopels Sohn
Yangtschen	Tsuns Schwester
Pema	Tsuns jüngere Schwester
Dhondöp	Hüter der Herden der Königin
Laschie	Dhondöps Frau
Norbu	Dhondöps Sohn
Topge	Dhondöps ältester Sohn
Der Garwan	Häuptling des Nomadenstamms
Tul-lok	Tsuns Vetter, Bandit und Widerstandsführer
Karma	Tul-loks Stellvertreter
Oberst Liu Ying	
Messingnase	Mitgefangener
Dschettie	Mitgefangener und Angehöriger der Mimang
Tenzing	ein Ragyapa, Leichenbestatter
Pemba	Ladenbesitzer

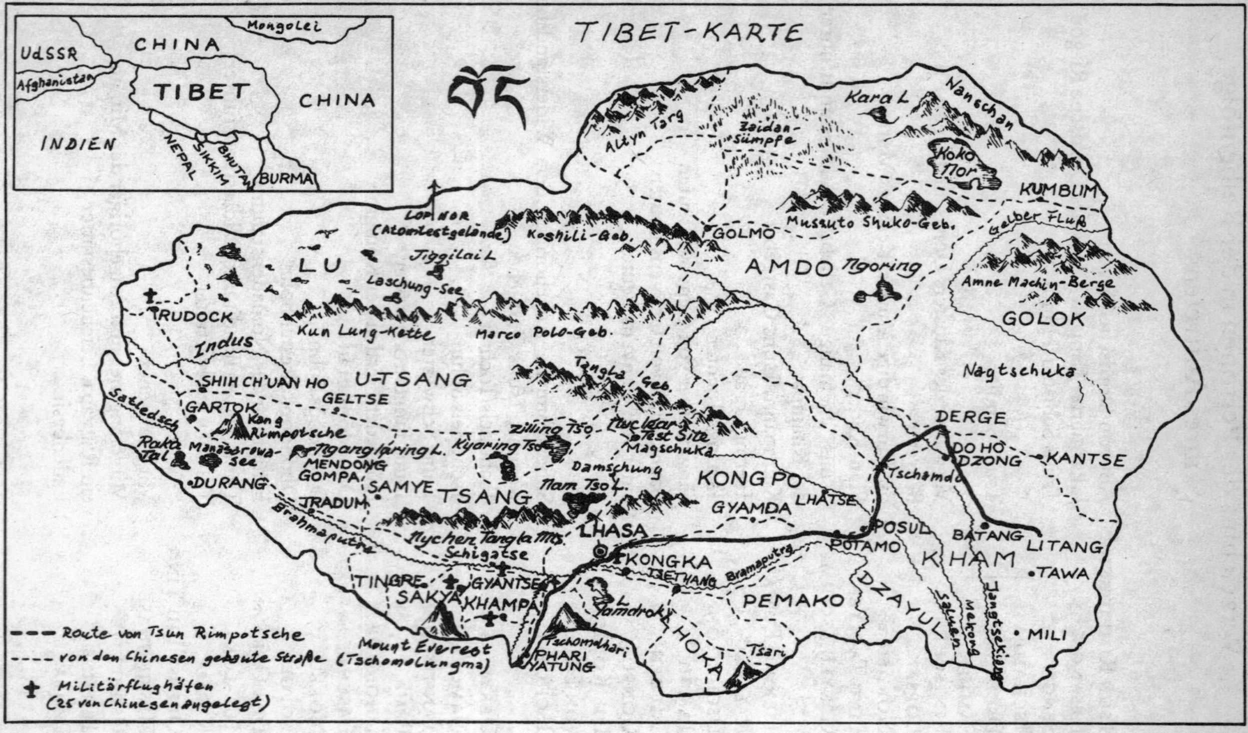
TIBET-KARTE
Mongolei
UdSSR
CHINA
Afghanistan
TIBET
CHINA
INDIEN
NEPAL
SIKKIM
BHUTAN
BURMA
Altyn Targ
Zaidan-Sümpfe
Kara L
Nanschan
Koko Nor
KUMBUM
LOP NOR
(Atomtestgelände)
Koshili-Geb.
GOLMO
Mussuto Shuko-Geb.
Gelber Fluß
LU
Jiggilai L
Laschung-See
AMDO
Ngoring
Amne Machin-Berge
GOLOK
TRUDOCK
Kun Lung-Kette
Marco Polo-Geb.
Indus
Tangla Geb.
Nagtschuka
SHIH CH'UAN HO
U-TSANG
GELTSE
GARTOK
Kang Rimpotsche
Satledsch
Zilling Tso
Nuclear Test Site
DERGE
Raka Tal
Manasarowa-See
Ngangläring L.
Kyaring Tso
Magschuka
DO HO DZONG
KANTSE
MENDONG GOMPA
Damschung
Tschamdo
DURANG
SAMYE
TSANG
Nam Tso L.
KONGPO
LHATSE
TRADUM
GYAMDA
Brahmaputra
Nychen Tangla Mts.
LHASA
POSUL
BATANG
LITANG
Schigatse
POTAMO
KONGKA
KHAM
TSETHANG
Bramaputra
TAWA
TINGRE
GYANTSE
DZAYUL
SAKYA
KHAMPA
L. Yamdrok
PEMAKO
Saluen
Mekong
Jangtsekiang
MILI
Mount Everest
(Tschomolungma)
Tschomolhari
PHARI
YATUNG
HOKA
Tsari
Route von Tsun Rimpotsche
von den Chinesen gebaute Straße
Militärflughäfen
(25 von Chinesen angelegt)

Prolog
Februar 1983

Mit Blut zu schreiben sei gar nicht so einfach, vor allem nicht mit einer gespaltenen Bambusfeder. Darum seien die zwanzig Unterschriften so schlecht geschrieben – war dem Mann, der «die Lehre raunte», erklärt worden, als er sorgfältig die Petition las, die sich an die indische Ministerpräsidentin Indira Gandhi als Vorsitzende des siebenten Gipfeltreffens der Staatsoberhäupter der blockfreien Staaten richtete. Die Petition trug das Datum des fünften Tages des ersten Monats im Wasser-Schwein-Jahr, dem tibetischen Königsjahr 2110, und das war der 18. Februar 1983.

Der Mann rollte das hauchdünne Papier der Petition so fest wie möglich um die Batterien der Taschenlampe, die er dann gerade noch in die Lampe hineinschieben konnte.

Das war am vorigen Abend gewesen, als klar geworden war, daß er das Land sofort verlassen müsse, ehe eine Nachricht über seine Identität «höhere Stellen» im Staatssicherheitsamt erreichte. Weder er noch diejenigen, die ihm am nächsten standen, zweifelten daran, daß selbst unter Deng Xiaopings Politik der «Mäßigung» die geheime Weitergabe der Lehre des Buddha als konterrevolutionäre Betätigung gelten würde und er in Anbetracht seiner Vergangenheit mit lebenslänglicher Freiheitsstrafe oder Hinrichtung rechnen müßte.

Die meisten der Männer und Frauen, die den Appell unterzeichnet hatten, waren kurz vor oder während der Besetzung geboren worden. Daß jahrelang Appelle und Petitionen unbeachtet geblieben waren, wußten sie alle, aber eines Tages würde gewiß ein Appell Gehör finden und jemand antworten. Sicherlich, so versuchten sie sich einzureden, würden die blockfreien Staaten ihnen nicht die kalte Schulter zeigen. Nicht, wenn sie in Indien versammelt waren und die

Tausende, die über die Grenze geflohen waren, sehen und sprechen konnten. Der Mann, der die Petition in der Taschenlampe versteckt hatte, nickte zustimmend. Aber er sagte nichts. Er hatte zuviel erlebt.

Obwohl alle im Dorf bedauerten, daß er wegging, und viele weinten, kam niemand, um sich von ihm zu verabschieden. Er ging allein. Es war ungefährlicher so. Aber es machte die Leute noch trauriger.

Es war schwierig, sein Alter zu bestimmen, so, wie er gekleidet war mit der schäbigen und schlechtsitzenden dunkelgrünen wattierten Jacke und den ausgebeulten Hosen. Sein hageres, markantes Gesicht war stark gebräunt, von Wind und Wetter gegerbt und sehr zerfurcht, sein graues Haar kurz geschnitten. Aber sein Gang und seine Bewegungen waren von einer Ungezwungenheit, die ihn jünger erscheinen ließ als einen Mann von Mitte Sechzig.

Er zog die pelzbesetzten Ohrenklappen seiner grünen Mütze herunter. Mit dem auf den Rücken geschnallten Beutel und dem Stock in der Hand sah er wie einer der Hunderte von Pilgern aus, die alljährlich durch Phari kamen.

Er empfand einen Anflug von belebender Fröhlichkeit, als er nach Norden durch die Stadt ging und wußte, daß er sich zum erstenmal in den zwanzig Jahren, die er in Phari gelebt hatte, aufmachen konnte in Richtung auf den Berg der Göttin: Tschomolhari, den dritthöchsten Gipfel des Himalaja; und dann weiter zu den steilen Schluchten und Pässen nach Indien und Bhutan.

Die Sonne stand tief am Himmel, der Abend nahte, die kahlen Kuppen der Hügel schienen sich bis zum Horizont hinzuziehen, und Tschomolhari, ein durch Verwitterung abgerundeter Gipfel, erhob sich wie ein Horn über eine Gruppe zerklüfteter weißer Berge. Als sich die blaßrote Schattierung des Abendhimmels über dem Tschomolhari ausbreitete, wurde dem Pilger, der unbewußt immer empfänglich war für die Großartigkeit des Gebirges, mit einemmal klar, daß die Berge lebendig waren; ständig änderten sich ihre Farbe und Form.

Der bitterkalte Wind ließ nach, das wuchtige Fort wirkte als Windschutz; seine steinernen, nach innen geneigten pyramidenartigen Mauern ragten über einem Hügelchen auf. Der Pilger schaute hinauf zu der roten Fahne, die auf dem Flachdach des Forts 30 Meter über dem Erdboden an ihrem Mast zerrte. Obwohl die

Fahne immer wieder ersetzt wurde, zerfetzte der vom Berg der Göttin herabfegende Himalajawind sie bald von neuem. Die Han begriffen nie, welche Bedeutung die Tibeter dieser sich regelmäßig wiederholenden Niederlage beimaßen. Nichtsdestotrotz, dachte der Pilger, flatterte sie über ihnen.

Das Fort war erbaut worden, um die Grenzpässe von Indien und Bhutan zu bewachen, aber ebenso wie die Engländer 1904 hatten die Han es ein halbes Jahrhundert später erobert. Die Stadt bestand aus fast tausend Häusern, die sich um das Fort drängten, ein- oder zweistöckig waren und weißgetünchte Wände hatten. Auf vielen der mit Torfsoden gedeckten Flachdächern lagerte Heu, mit dem die Tiere in den Ställen im Erdgeschoß gefüttert wurden, denn der Winter war noch nicht ganz vorüber.

Mit einer Höhenlage von 4600 Metern über dem Meeresspiegel war Phari die höchste Stadt der Welt. Dieser im Sommer herrliche Ort war im Winter auch der kälteste, und zum Schutz gegen den Wind waren viele Häuser in den Erdboden eingegraben. Der ständig gewachsene Wohlstand der Stadt hatte auf dem Handel mit Indien und nach Nachbarstaaten beruht. Seit der Han-Besetzung war die Grenze geschlossen. In den ersten Jahren nach dem Aufstand hatte ein Drittel der Bewohner seine Häuser versperrt und war über die Grenze geflohen. Danach war das nur noch wenigen gelungen.

Der Wind wirbelte Staubwolken von der ungepflasterten Straße auf und fuhr stöhnend durch das baufällige einstöckige Haus, in das der Pilger durch die zerbrochenen und scheibenlosen Fensterrahmen hineinblickte. Die Tür hing schief in den Angeln, ein Teil der rückwärtigen Mauer war eingestürzt, und Unkraut hatte auf dem eingesunkenen Torfdach Wurzeln geschlagen.

Der Pilger bückte sich, um unter dem niedrigen Türrahmen durchzukommen, und als er sich umblickte, sah er einem Tibeter von Ende Dreißig in die Augen, der eine Fuchspelzkappe, Lederstiefel und die gutgeschnittene Lederjacke eines ranghohen Kaders trug. Er griff in seine Tasche, und die Frau mittleren Alters, die bei ihm war, stand auf. Sie hatte eine dicke, schmutzige Tschuba an, eine Jacke im westlichen Stil und ein kariertes Kopftuch. Ihr Gesicht war verrußt vom jahrelangen Rauch der Feuer aus getrocknetem Yak-Mist. Der Pilger lächelte; selbst mit ihrer Brille würde niemand merken, daß sie eine Han war. Es war eine gute Verkleidung.

«Hier sind eure Pässe, mit denen ihr als Pilger die Grenze überschreiten könnt.» Dem Mann versagte die Stimme. Sehr sorgsam zog er ein fest zusammengefaltetes weißes Bündel aus der Tasche und war erstaunt, daß er sich nach so langer Zeit noch daran erinnerte, wie er es anstellen mußte, damit sich die über ein Meter lange Glücksschärpe, die an den Faltenrändern vor Alter schon vergilbt war, beim Herausnehmen richtig entrollte.

«Tsun Rimpotsche», sagte er, verbeugte sich sehr tief und hängte die Schärpe über Tsuns ausgestreckte Hände. Der Pilger legte Namgyal eine Hand auf die Schulter, richtete ihn auf, und als er die Stirn an seine legte, um ihn zu segnen und ihm seinerseits Respekt zu bekunden, glitzerte das silberne Licht der Abendsonne in den Augen des jüngeren Mannes. Seit einem Vierteljahrhundert war es das erste Mal, dachte der Pilger, daß er mit seinem wahren Namen angesprochen wurde. War es noch sein wahrer Name? Alle möglichen Bilder standen ihm vor Augen: Namgyal, der zwölfjährige Gassenjunge, rußbedeckt vom Schmiedefeuer seines Vaters, der stahl, damit die Familie zu essen hatte.

Es hatte geschneit, erinnerte er sich, als Namgyals Vater darauf bestand, daß er den Jungen mitnehme, ehe er von den Han verschickt würde. Das war das letzte, was er von dem wirklichen Vater des Jungen gehört hatte; der Pilger hatte allmählich dessen Stelle eingenommen. Als er aus dem Gefängnis entlassen wurde, war es Namgyal gewesen, der dafür gesorgt hatte, daß er die notwendigen Papiere erhielt, um nach Phari zu kommen. Ohne sie wäre er als «freier Arbeiter» im Gefängnis behalten worden. Namgyal war es gewesen, dem er seine Lebensmittelkarten verdankte, einen Job, der ihm die nötigen Arbeitspunkte verschaffte, so daß er genug zu essen hatte, und ein Zuhause bei Namgyal, seiner Frau Pasang und ihren beiden Kindern. Namgyal war es auch gewesen, der es ihm durch geschickte Ausnutzung des Schwarzmarktes und Manipulation einzelner Gruppen in der örtlichen Verwaltung ermöglicht hatte, seine Stellung zu stärken und zu erreichen, daß bei höheren Angehörigen von Armee und Partei ein berechtigtes Interesse an seinem Überleben bestand. Auf diese Weise hatte der Pilger zwanzig Jahre lang heimlich die Lehre verkünden und eine Untergrundgemeinschaft von Mönchen gründen können.

Der Pilger wollte sagen, daß er wiederkommen würde, ebenso wie Namgyal sagen wollte, daß er mit seiner Familie nachkommen würde. Aber keiner von beiden vermochte es auszusprechen. Es gab zu viele Unsicherheiten. Für Namgyal wäre es fast unmöglich, sich selbst, seine Frau und seine Kinder hinauszubringen.

«Namgyal-la.» Die von dem Pilger benutzte ehrenvolle Koseform des Namens war schon lange verboten. «Die Weitergabe der Lehre war nur durch dich möglich, und ebenso, wie sie geraunt werden muß, gilt das auch für die Namen derjenigen, die zu den größten Lamas gehören, obwohl sie niemals als solche bekannt werden, außer durch ihre Taten.» Der Pilger legte die Schärpe über die Hände des jungen Mannes und wies ihn damit als Gleichgestellten aus. «Mein Herz ist hier. Ich werde zurückkommen, wenn ich kann.»

Namgyal nickte. Sein Gesicht war verkrampft, und er gab dem Pilger einen Zettel. Als Tsun ihn las, war die Frau nicht beleidigt; selbst unter Freunden und Verwandten war Vorsicht notwendig, um am Leben zu bleiben.

«Es mag sein, daß ich für die Kinder die Erlaubnis erhalte, dich zu besuchen, denn die Behörden erkennen dich als ihren Großvater an. Pasang und ich haben sehr gründlich darüber nachgedacht. Wenn es uns gelingt, ist es besser, wenn sie bei dir bleiben. Und was immer die Han sagen, wenn sie sich mit dir in Verbindung setzen, vergiß nicht, daß wir darüber und über die Folgen nachgedacht haben.»

«Sage Pasang und den Kindern ...» begann der Pilger, aber beide konnten nicht weitersprechen, und so wandte er sich ab und ging gebückt unter dem Türsturz hindurch. Die Frau folgte ihm. Er sah sich nicht um; selbst wenn er es getan hätte, hätte er Namgyal nicht gesehen. Die Frau warf ihm einen Blick zu, als sie die Straße entlanggingen; der vom Wind aufgewirbelte Staub klebte an seinem tränennassen Gesicht. Es war, dachte er, als führte er zwei Leben, die beide denselben Weg verfolgten; zum zweitenmal in seinem Leben wurde er gewaltsam von denen entfernt, die er am meisten liebte. Wieder mußte er die Stimme für diejenigen erheben, die nicht selbst sprechen konnten; und er betete, daß diese Stimme nach allem, was geschehen war, nicht ungehört verhallen möge.

Der Mann und die Frau zogen ihre Halstücher über das Gesicht, um sich vor dem bitterkalten Wind und dem Staub zu schützen. Sie konnten nicht miteinander reden, und beide waren froh darüber.

Ein Hund, der mit der Nase am Boden die Straße entlangtrottete, hielt sich des Windes wegen dicht an den Mauern. Ein Hund auf der Straße, dachte der Pilger, das war heutzutage ein ungewöhnlicher

Anblick. Alles, was er sah, beschwor lebhafte Bilder aus der Vergangenheit herauf: das Zählen der getöteten Hunde; die Kinder, die jeden Nachmittag damit verbrachten, auf Vögel Jagd zu machen. Pasangs öffentlich geäußerte Freude und ihr privater Kummer, daß das ältere der beiden Kinder im Lauf von sechs Wochen mehr Vögel getötet hatte als jedes andere Kind, und das Entzücken des Kindes, daß es die Lebensmittelrationen der Familie durch die zusätzlichen «Arbeitspunkte» hatte aufbessern können.

LANG LEBE DIE GROSSE PROLETARISCHE KULTURREVOLUTION!

LANG LEBE DIE ROTE SONNE IN UNSEREN HERZEN, DER GRÖSSTE FÜHRER, DER VORSITZENDE MAO, UND IHM EIN LANGES LEBEN, EIN LANGES, LANGES LEBEN!

GENERALKOMMANDO DER GROSSEN ALLIANZ PROLETARISCHER REVOLUTIONÄRE FÜR DIE AUTONOME REGION TIBET.

Die Inschrift erstreckte sich über die ganze Länge von vier Metern einer Hofmauer, war jetzt verblaßt, blätterte ab und war teilweise unleserlich geworden durch rasch abgerissene Plakate, die Freiheit forderten. Wovor müssen wir noch gerettet werden? dachte der Pilger. Besetzt, um uns vor «der Kuomintang und ausländischen Imperialisten» zu schützen, vor «dem grausamen Feudalismus der Lamas und der reaktionären Regierung», vor «den Intrigen von Deng Xiaoping», vor Maos erwähltem Nachfolger und früherem Waffengefährten Liu Schao-tschi; vor Lin Piao, der Viererbande, den Irrtümern des Vorsitzenden Hua und jetzt vor den Irrtümern des großen Vorsitzenden Mao selbst und den Fehlern der Kulturrevolution.

Er lächelte, als er an zwei Häusern vorbeikam, auf deren Dächern Gebetsfahnen flatterten. Jetzt hatte er zwanzig Häuser mit den Fahnen gesehen, lang und schmal wie senkrechte Bohlen, und ihm wurde klar, daß die Dutzende von Menschen, die er unterwiesen hatte, schließlich doch eine Möglichkeit gefunden hatten, ihm Glück für die Reise zu wünschen.

Bei der letzten Versammlung, die er als geistlicher Lehrer geleitet hatte, war man übereingekommen, daß alle Anwesenden an einem zu vereinbarenden Tag auf ihren Dächern Gebetsfahnen hissen würden, um zu erproben, ob das «Recht auf Glaubensfreiheit» wirklich bestand, denn wenn die Fahnen überall in der Stadt erschienen, war es nicht so einfach, einen einzelnen zur Bestrafung herauszugreifen. Er erinnerte sich auch, wie schwierig es gewesen war, den ganz dünnen Baumwollstoff, der für die Fahnen gebraucht wurde, aufzutreiben, und wie schwierig vor allem, mit Hilfe eines hölzernen Druckstocks heimlich die Invokationen aufzudrucken.

Eine Frau, die auf dem Rücken einen Wassereimer und einen sorgsam gefalteten Sweater trug, überquerte ein paar Meter voraus die Straße, erkannte den Pilger, grüßte aber nicht und verschwand in einer Seitenstraße. Grüßen könnte gefährlich sein. Man ist gedrillt worden, dachte er. Sie alle hatten gelernt, ein Doppelleben zu führen. Und als er und seine Gefährtin zu der Seitenstraße kamen, sahen sie die Frau mit dem Wassereimer am Ende einer langen Schlange vor dem staatlichen Beschaffungsbüro stehen. Die meisten, die dort anstanden, waren alte und für die Feldarbeit untaugliche Personen, die sich statt dessen ihre Arbeitspunkte mit Stricken verdienten. Der Pilger staunte über die Findigkeit der Menschheit und ihre Entschlossenheit zu überleben, wie immer die Verhältnisse auch waren. Wie viele Menschen, dachte er, hatten sich bemüht, unter höchst unvorstellbaren Umständen Kinder aufzuziehen? Sie weinten, aber sie lachten auch – oft mit dem schwarzen Humor derjenigen, die immer dem Tode nahe sind. Er erinnerte sich, als er damals hergekommen war, wie verwundert die Leute gewesen waren und gelacht hatten über seine Unkenntnis der «Zeit der Leere»: das ständige Herumlaufen von Leuten mit leeren Tsampa-Beuteln auf den Straßen, entweder, um von Nachbarn etwas geröstetes Gerstenmehl zu leihen, oder weil sie zurückzubekommen hofften, was sie verliehen hatten, um von einem Dritten zu leihen, damit sie ihre Schuld beim Zweiten abtragen konnten, und so fort in einem unendlichen Kreislauf. Was das Überleben und den Lebensunterhalt betraf, waren alle auf die Entscheidungen der Gemeinde und der örtlichen Parteifunktionäre angewiesen. Niemand konnte über den heutigen Tag hinaussehen. Aber einige hatten länger überlebt, als der Pilger es für möglich gehalten hatte. Und vor seinem geistigen Auge sah er die Gesichter jener, für die es nicht weitergegangen war, die verhaftet worden waren, die sich umgebracht hatten, manchmal ganze Familien.

Die überall in der Stadt aufgestellten Lautsprecher begannen die Abendsendung mit Pfeifen und Jaulen, je nach dem Wind lauter oder leiser. Genauso war es gewesen, als er bei seiner Ankunft in Phari zum erstenmal die Straße entlanggegangen war. Damals waren die Fundamente des kurz zuvor niedergerissenen Klosters noch zu sehen gewesen. Er erinnerte sich, daß er durch sie die Lage der Räume und Tempel hatte ausfindig machen können, von denen eine Mauer, wenn auch beschädigt, stehengeblieben war. Jetzt waren die Fundamente von Unkraut und Gras überwuchert und die Mauer eingestürzt, so daß das Ganze wie eine jahrhundertealte Ruine aussah.

Zwischen den Resten des Klosters und der Straße befand sich ein metertiefer Schützengraben. Zur Überraschung des Pilgers war auch er von Unkraut überwuchert, dabei hatte er bis vor ein paar Monaten zur Verteidigungsanlage der Stadt gehört. Er war einer derjenigen gewesen, die den Graben für den «unvermeidlichen Weltkrieg» hatten ausheben müssen, und obwohl sich die Lage geändert hatte und der Weltkrieg scheinbar nicht so unvermeidlich war, wurde die Grenzstadt Phari immer noch als Frontstadt betrachtet.

Als sie den Stadtrand erreichten, sah er, daß die Frau an seiner Seite sich ängstlich umschaute. Drei große Lastwagen kamen hinter ihnen die Straße entlang. Die beiden gingen ihnen rasch aus dem Weg und verzogen sich in den Schatten einer einstöckigen Hütte am Straßenrand. Die Lastwagen, unter deren Planen Soldaten der Volksbefreiungsarmee saßen, fuhren über die Militärstraße zum Tschomolhari und den Grenzposten. Mit den Augen folgte der Pilger der Telegrafenleitung von Phari entlang der Militärstraße und bis ins Gebirge und wurde sich klar, daß seine Reaktion, als Namgyal ihn mit seinem wirklichen Namen anredete, nicht nur durch die Vergangenheit hervorgerufen worden war, sondern auch durch die Zukunft; er fragte sich, ob sie es bis zur Grenze schaffen könnten, ehe sein Name von jenen «Höherrangigen» ausgesprochen wurde, die sich des Telegrafen zu den Grenzstationen bedienen konnten. Einige Augenblicke blieben sie an der Mauer stehen, geschützt vor dem Wind. Die Grenze war ihnen so nahe erschienen; jetzt hatten die Lastwagen sie an die Wirklichkeit erinnert.

Die Frau sah den Mann erstaunt an. Er war damit beschäftigt, die

Steine der Hütte zu betasten. Nie zuvor hatte sie dergleichen gesehen; die meisten waren nur einige Zoll lang und etwa einen Zoll dick, und sie dachte, daß es eine ungeheure Arbeit gewesen sein mußte, diese Hütte zu bauen, die schließlich nur eine öffentliche Bedürfnisanstalt war.

Der Mann lächelte, als er den erstaunten Blick der Frau sah.

«Sie ist aus allen Mani-Steinen in der Stadt erbaut worden.»

Viele Menschen bearbeiteten irgendwann in ihrem Leben besondere Steine als Mani-Invokation und fügten sie der Mani-Mauer hinzu, die außerhalb der Stadt erbaut war, um Besucher und Pilger zu begrüßen. Als der Mann die Steine mit der Stirn berührte, murmelte die Frau: «Ich kann nur mit dir weinen», und sie traten hinaus in Wind und Staub, verließen die Stadt und folgten der Militärstraße, die zum Tschomolhari und an ihm vorbei führte.

Er hätte sich am liebsten mit einem Schrei von seinen Erinnerungen befreit. Er hatte zuviel gesehen, und nichts würde die Anblicke und Erinnerungen vertreiben. Zwar konnte er es nicht ertragen, allzu lange daran zu denken; dennoch wußte er, daß sie geradezu ein Teil seines Wesens geworden waren und ihm die Richtigkeit des Ausspruchs bestätigt hatten, daß bei der Meditation und bei der Praktizierung der Religion «dein Feind dein bester Lehrer sein kann». Um die Lehre wirksam weiterzugeben, hatte er es verstehen müssen, seinen Schülern behilflich zu sein, sich mit dem Leben abzufinden, das sie alle führten.

Plötzlich hörte er über das Heulen des eisigen Windes hinweg ein vertrautes Geräusch; nach so vielen Jahren reagierte er noch instinktiv darauf, indem er Deckung suchte. Die Frau hatte den Kopf wegen des Windes gesenkt und war ein gutes Stück weitergegangen, ehe sie merkte, daß der Mann stehengeblieben war und den «eisernen Vogel» im Auge behielt, der niedrig herankam, um auf dem Militärflugplatz von Phari außerhalb der Stadt zu landen. In diesen wenigen Sekunden durchlebte er noch einmal jenen weit zurückliegenden Tag in seinem Kloster, an dem er die Flugzeuge gesehen hatte …

ERSTES BUCH
Februar 1956

Es mag geschehen, daß hier im Herzen Tibets die Religion und die weltliche Verwaltung gleichermaßen von außen und von innen angegriffen werden ...

Ein Sonnenstrahl drang durch das kleine Pergamentfenster im Kloster Litang und umhüllte mit seinem sanften Licht den sechsundsiebzigjährigen Lama Ga Nori, den ehemaligen Abt des Klosters. Er saß mit gekreuzten Beinen da, die Augen halb geschlossen, eine schweigende, reglose Gestalt, und meditierte allein in seiner Zelle.

Von weit her über einen Korridor kam das Geräusch marschierender Füße. Sie näherten sich. Die Zellentür öffnete sich. Das rhythmische Klakken von Lederstiefeln auf den Steinfußboden hallte hart wider.

Eine Sekunde Stille. Ein Revolver wurde auf das Gesicht des meditierenden Lamas gerichtet. Ein Schuß. Die Kugel durchdrang sein Auge, und Lama Ga Nori starb eines gnädigeren Todes als viele seiner Brüder.

Er fiel auf die Seite. Sein Blut und Gehirn, «die Blumen in Blüte», spritzten auf die Seiten der Schriften, die die Edle Doktrin des Sakya-Weisen lehrten, den Weg des Mitleids.

Dies war der Wohnort der Götter. Das Dach der Welt. Tibet, Februar 1956.

Der Bericht über den Tod von Lama Ga Nori wurde dem Rechtsausschuß der Internationalen Juristen-Kommission, der die Frage des Völkermords in Tibet untersuchte, als Beweismaterial vorgelegt.

I

Tsun Rimpotsche, der achtunddreißigjährige Abt des Klosters Dordsche Ri-gon, stand allein auf dem Balkon vor seinem Zimmer über dem Steilhang, der zu dem 200 Meter tiefer liegenden Tal abfiel. Das Kloster klebte an der braunen Felswand, seine weißen Mauern waren von saftiggrünen Koniferen umstanden. Tsun hatte beschlossen, an der zweiten Nachmittags-Tee-Zusammenkunft, die in dem großen Tempel über ihm stattfand, nicht teilzunehmen; statt dessen lauschte er dem getragenen, rhythmischen und einschmeichelnden Gesang der Mönche, der zu ihm herunterhallte. Er hatte allein sein wollen, um über die Zukunft des Klosters nachzudenken, und blickte nun hinaus über das breite Tal. Sein kräftiges, hageres Gesicht unter dem kurzgeschorenen Haar, von der teilweise gefilterten Sonne Tibets kupferfarben gebräunt, war ernst.

In 5000 Meter Höhe über dem Meeresspiegel ermöglichte ihm die dünne Luft, die weitläufigen Gebäude der Klosteruniversität Litang ganz deutlich zu sehen, obwohl sie einige Meilen entfernt waren. In dem reinen, wolkenlosen Blau wurden die rotgoldenen Strahlen der untergehenden Sonne von den vergoldeten Dächern von Litang zurückgeworfen. Es sah, dachte Tsun, wie eine Lilie aus: die weißen Mauern waren die Blütenblätter, die vergoldeten Dächer der Griffel, und die Blume stand auf einem grünen Rasen, dessen Gräser sich in dem wispernden Wind unmerklich bewegten.

Tsun nahm einen Feldstecher zur Hand und richtete ihn auf die Schützengräben rings um die massiven Außenmauern des Klosters Litang, das seit sechzig Tagen von den Truppen der chinesischen Volksbefreiungsarmee belagert wurde. An den meisten Tagen hatten sie die Mauern angegriffen und das Kloster mit Artilleriefeuer belegt. Die Mönche hatten sich mit Vorderladern, ein paar veralteten russischen Gewehren und Pistolen verteidigt sowie mit Schwertern, Speeren, Pfeil und Bogen.

Heute waren sie nicht angegriffen worden. Vielleicht, dachte Tsun, waren die Gerüchte über den Abschluß von Friedensverhandlungen wahr.

Seit der Besetzung Osttibets durch die kommunistischen Chinesen, die Han, war er bemüht gewesen, sein eigenes Kloster frei und unbehindert zu erhalten. Er hatte den Han keinen Vorwand geliefert, es zu beschlagnahmen, aber er wußte, daß der Vorwand da war. Mönche hatten um Aussetzung ihrer Gelübde gebeten und das Kloster verlassen, um sich der Widerstandsbewegung anzuschließen, und er hatte sie den Besatzungsbehörden nicht gemeldet. Als eine im Bezirk respektierte und verehrte Person hatte er sich bei den Han auch für viele der Dorfbewohner, die ungerecht behandelt worden waren, eingesetzt. Die Han hatten ihn ehrerbietig angehört; sie waren noch dabei, ihre Herrschaft über das Land zu festigen. Aber Tsun wußte, daß sie es nicht vergessen und ihn eines Tages zur Rechenschaft ziehen würden. Er hatte versucht, im Umgang mit den Besatzungsbehörden einsichtsvoll zu sein, und die exorbitanten Steuern bezahlt, die dem Kloster auferlegt wurden, während andere Äbte das Getreide und die Schätze versteckt hatten, die dann prompt entdeckt wurden, woraufhin man sie als «Hamsterer» und «Feinde des Volkes» brandmarkte. Sie waren dem «Tamsing» unterzogen und ihre Klöster beschlagnahmt und aufgelöst worden. Aber Tsun hatte den Eindruck, daß seine Anwesenheit in Dordsche Ri-gon jetzt gewissermaßen dessen Existenz bedrohte, und er machte sich Sorgen um die Sicherheit des Klosters. Vor Monaten war von der Widerstandsbewegung eine Petition aufgesetzt worden, die bei den Vereinten Nationen eingereicht werden sollte und von führenden Dorfbewohnern, Sippenältesten, Lamas, Mönchen, Kaufleuten und gewöhnlichen Bürgern aus allen Teilen von Kham, das heißt Osttibet, unterzeichnet worden war. Viele hatten nur eine höchst nebelhafte Vorstellung von den Vereinten Nationen, andere hatten gehört, daß es sich um eine Organisation zahlreicher Völker der Welt handelte, die an Gerechtigkeit und Frieden glaubte. Alle wußten, daß die UNO tatsächlich eine aus Angehörigen mehrerer Nationen bestehende Armee entsandt hatte, um Korea zu verteidigen. Sie waren überzeugt, daß sie in ihrem Kampf nicht länger allein gelassen werden würden, wenn die Außenwelt erst wirklich Bescheid wisse über Tibets Notlage und die Berechtigung der von ihnen vertretenen Sache.

Tsun war ausgewählt worden, die Petition zu den Vereinten Nationen zu bringen, weil er Englisch sprach, die Welt außerhalb Tibets kannte und ein geachteter geistlicher Führer war; er sei, glaubte man, überaus geeignet, einen solchen Auftrag auszuführen. Die Menschen würden auf ihn hören und wissen, daß er die Wahrheit sprach. Tsun zweifelte nicht daran, daß die Han über die Petition im Bilde waren. So viele Leute waren daran beteiligt, daß man überall um ihre Existenz wußte. Aber nur wenige wußten, daß er der Überbringer sein sollte.

Das ferne Dröhnen von sechs in Rußland gebauten, zweistrahligen Il 28-Bombern störte den Frieden des Tals. Sie flogen über die schneebedeckten Gipfel der das Tal umgebenden blaugrauen Berge. Die Flugzeuge legten sich in die Kurve, hielten dann auf das Kloster Litang zu, setzten zum Sturzflug an und klinkten ihre Bomben aus.

Auf die ersten fürchterlichen Explosionen folgte Sperrfeuer der Han-Artillerie. Das alte und einst schöne Kloster Litang sah jetzt aus wie ein Höllentor und spie gelben und schwarzen Rauch aus; sich aufblähend quoll er empor und bildete Rauchpilze.

Tsun umklammerte das Balkongeländer. Er war Augenzeuge des Todes von Freunden, der Vernichtung ihrer Behausungen, von wohlbekannten und unersetzlichen Büchern in den Klosterbibliotheken, von herrlichen Kunstwerken ... einem Teil seines Lebens. Der Holzfußboden vibrierte bei jeder Explosion, und einmal kippte eine Topfpflanze um, rollte durch das Geländer, stürzte geräuschlos in die Tiefe und zerschellte auf dem Talboden. Tsun schaute ihr wie hypnotisiert nach und vermochte sich nicht zu rühren.

«Tsun!» Eine Kinderstimme, schrill und verängstigt, durchbrach die Faszination, die ihn im Bann hielt. Ein achtjähriger Junge, mit geschorenem Kopf und wie ein Mönch gekleidet, rannte schluchzend durch das Zimmer, warf sich Tsun in die Arme, klammerte sich an ihn und versuchte sich in den Falten seines Gewands zu verstecken; als Tsun das Kind an sich drückte, kam ihm undeutlich zum Bewußtsein, daß die Anwesenheit des anderen für sie beide eine Beruhigung war.

Erst dann nahm er in seiner Benommenheit das Stimmengewirr ringsum wahr: auf den benachbarten Balkonen, auf den flachen Dächern und im Korridor vor seinem Zimmer. Die schwere Zedernholztür am anderen Ende des Raums wurde aufgerissen, und eine hochgewachsene, stattliche Frau stand da. Das lange, schwarz schimmernde Haar hing ihr unordentlich um die Schultern. Sie war etwa vierzig Jahre alt, und ihr dunkles Gesicht mit den hohen Backenknochen war vor Furcht und Wut verzerrt. In der Hand hielt sie eine Gebetsmühle.

«Wir sind verloren!» Ihr Angstschrei war eine Anklage gegen Tsun. Hinter ihr schob sich eine Gruppe aufgeregter Mönche ins Zimmer. Der Abt deutete mit einem zitternden Finger auf die Frau.

«Bringt die Dame in ihre Gemächer zurück», befahl er. Einer der Mönche legte der Frau zögernd eine Hand auf die Schulter. Sie schüttelte sie ab und ging wütend auf den Abt zu.

«Sie zerstören alles.» Sie fuchtelte vorwurfsvoll mit der Gebetsmühle. «Als nächstes werden sie *uns* vernichten.» Ihr Gesicht war bleich vor Zorn und Furcht. «Das ist die Folge Ihrer Machenschaften. Sie haben Verderben über uns alle gebracht.» Sie wandte sich zu jenen um, die sich hinter ihr hereinzudrängen versuchten. «Sie werden uns alle töten.» Dann drehte sie sich wieder um und deutete auf den Abt. «Er ist schuld.»

«Nein, Ama-la», rief der Knabe seiner Mutter zu, während er sich immer noch an Tsun klammerte. «Nein!»

«Norden!» schrie Tsun sie an. «Beherrschen Sie sich. Sie sind überreizt. Gehen Sie in Ihr Zimmer und bleiben Sie da. Ich werde später mit Ihnen sprechen. Ich habe nichts getan, um die Feindschaft der Han zu erregen.»

Aber er wußte, daß viele der Anwesenden ihm nicht glaubten, und der Junge weinte, denn ihm schien das Ende der Welt gekommen zu sein, als seine Mutter ihre bittere Antipathie gegen seinen Lehrer erkennen ließ. Norden setzte zum Sprechen an, dann brach sie plötzlich in Tränen aus, während Tsun den Kopf des Jungen streichelte und ihn zu beschwichtigen versuchte.

«Bringt die Ehrwürdige Mutter in ihr Zimmer», befahl er, «und sorgt dafür, daß sie nicht allein bleibt.»

Noch weinend ließ sich die Frau aus dem Zimmer führen. Der Abt wandte sich wieder zum Fenster um. Er drückte den Kopf des Jungen an sich. Das Bombardement hielt an. Die Mönche drängten sich auf den Balkonen, an Fenstern, auf den Dächern, beobachteten die Zerstörung und litten unter dem Gefühl der Hilflosigkeit. Litang, die Klosteruniversität der Region, an der dreitausend junge Leute studierten, wurde von Flammen verzehrt, und während unzählige Lippen sich bewegten, Perlen der Gebetsketten weitergeschoben und Gebetsmühlen gedreht wurden, flehten alle um Mitleid, Ehrfurcht, Vergebung, Hoffnung oder – voll Verzweiflung – um bittere Rache.

Ein großer Rauchschleier bildete sich und hing zwischen den Bergen, und als schließlich alles in Trümmern lag, drehten die Flugzeuge ab. Das Artilleriefeuer hörte auf, und Todesstille senkte sich über das Tal.

Auf dem Korridor vor dem Zimmer des Abtes entstand Unruhe, als Rintschen Tsewang, sein Verwalter, ein untersetzter, stämmiger Mann, sich durch die Menge an der Tür drängte.

«Rimpotsche?» Das Wort war voll unausgesprochener Fragen. Tsun drehte sich zu ihm um.

«Wir können nichts tun», erwiderte er bedrückt. «Sag allen, sie sollen in die Versammlungshalle kommen. Wir müssen eine Entscheidung über unsere Zukunft treffen. Sorge dafür, daß Wachen aufgestellt werden, die auf etwaige Anzeichen achthaben, ob wir womöglich angegriffen werden, und sage ihnen, sie sollen Bescheid geben, falls sich irgendwelche Fremden sehen lassen.»

Der Verwalter nickte, winkte alle anderen hinaus, verbeugte sich vor dem Abt, zog sich zurück und schloß die Tür hinter sich.

Tsun blickte hinunter auf das Kind und hob das tränenüberströmte Gesicht an. Der Junge unterdrückte ein Schluchzen und rieb sich die geröteten Augen.

«Warum, Tsun?» fragte er. «Warum?»

Der Abt seufzte und schüttelte den Kopf. «Unwissenheit, Kesang, Unwissenheit. Ist das nicht die Ursache allen Leidens?» sagte er, die vor 2500 Jahren gesprochenen Worte des Buddhas wiederholend. Er legte dem Jungen die zitternde Hand auf die Schulter und zwang sich zu einem Lächeln. «Komm, du mußt dich zusammennehmen und dich umziehen. Wir werden in die Versammlungshalle gehen.»

Beide hörten einen Hund vor Angst jämmerlich jaulen. Der Junge vergaß seine eigene Furcht, rannte die zwei Stufen vom Balkon ins Zimmer hinunter und hinüber zu einem teppichbedeckten

Polster in einer dunklen Ecke. Dort krümmte sich Tsuns Schi-tsu oder Löwenhund, ein kleiner, langhaariger Terrier, voll Schrecken. Kesang nahm ihn auf, wiegte ihn in den Armen und ging langsam in ein Nebenzimmer.

Klagend erklang das Muschelhorn vom Tempeldach und rief die Mönche in die Versammlungshalle.

«Zieh dich rasch an, Kesang», sagte der Abt. «Ich bin in der Nähe, wenn du mich brauchst.» Er ließ die Tür zwischen den beiden Räumen offen und setzte sich mit gekreuzten Beinen auf den Diwan, vor dem ein niedriger, geschnitzter Tisch stand und darauf ein prächtig bemalter Kasten. Er machte ihn auf und nahm einen Bogen handgeschöpftes Papier heraus. Er öffnete ein metallenes Federetui, das an seinem Gürtel hing, und entnahm ihm eine gespitzte Bambusfeder. Er hakte die kupferne Tintenflasche vom Gürtel ab, stellte sie auf den Tisch und entfernte den Stöpsel. Dann kniffte er den Bogen Papier mit seinen aderähnlichen Fasern zu übereinanderliegenden Falzen wie der Balg einer Ziehharmonika zusammen. Mit der linken Hand hielt er das gefaltete Papier zusammen, in der rechten zwischen Ringfinger und kleinem Finger die Feder, die er in die Tinte tauchte, und dann begann er mit den sicheren und schönen Schriftzügen eines geübten Kalligraphen zu schreiben. Die Kniffe dienten ihm als Linien, und als er mehr Platz brauchte, entfaltete er das Papier.

«Litang ist bombardiert worden. Unsere Lage ist prekär. Seid um Mitternacht mit acht Pferden, vier Mauleseln und Proviant für eine lange Reise am Blauen Tschörten.»

Er zögerte, ehe er die Botschaft siegelte. Geriete sie in die falschen Hände, wäre sie ein handfester Beweis für Machenschaften gegen das Besatzungsregime. Er verschloß die Tintenflasche mit dem Stöpsel, legte die Feder in das Etui und befestigte beide Behälter wieder an seinem Gürtel. Auf das gekniffte Papier träufelte er ein wenig Wachs, in das er sein in Silber gefaßtes Siegel drückte. Er lehnte sich zurück und schlug den Messinggong an, der neben dem Tisch stand. Ein junger Novize öffnete die Tür.

«Tschampa», sagte der Abt leise, «ziehe sofort Laienkleidung an. Ich möchte, daß du diese Botschaft zum Blauen Tschörten bringst. Wenn du dort hinkommst, gehe dreimal um den Tschörten herum, nicht öfter, dann warte. Derjenige, der diese Botschaft erhalten soll, wird dich beobachten. Warte ab, bis er dich anspricht.

Vergewissere dich, daß dir niemand folgt, überall sind Spione. Mögen die Götter dich schützen, denn das Leben vieler hängt vom Erfolg deines Auftrags ab.»

Der Mönch nahm das Schriftstück aus der Hand des Abtes, verbeugte sich und zog sich zurück. Tsun stand auf und ging in das Nebenzimmer. Kesang zog seine farbenprächtige Brokatweste zurecht, das Kennzeichen eines inkarnierten Lamas, und hatte Schwierigkeiten, sich den Gürtel über seinen übrigen langen Gewändern zu binden. Der Abt knüpfte den Knoten für ihn. Beide schätzten diese Augenblicke. Der kleine Hund wedelte vor Freude über Tsuns Anwesenheit mit dem Schwanz, und Tsun streichelte ihm den wolligen Kopf.

«Sieh mal», sagte er zu dem Jungen, «es geht ihm besser, es ist nicht alles verloren.»

Kesangs Gesicht war verquollen und tränenüberströmt, und er antwortete leise: «Aber fast alles.»

Tsun ging wieder in sein Zimmer und schloß die Tür hinter sich. Voll Trauer betrachtete er die vielen Bücherregale ringsum. Wie richtig ist es doch, dachte er, daß der Hang zur Gelehrsamkeit ein großes Hindernis für die Erkenntnis der wahren Natur der Dinge ist. Obwohl er sich der Wahrheit der Lehre vom Nicht-Haften bewußt war, hing er an den Hunderten von Büchern in seiner Wohnung. Alle importierten Bücher waren in Englisch.

Einige Augenblicke überließ er sich kaleidoskopischen Erinnerungen: die sechs Monate währenden Handelsreisen mit seinem Vater über Tausende von Meilen durch ganz Tibet mit Yaks und Mauleseln, beladen mit Borax und Wolle; die Überquerung des Himalaja; die Fahrt mit Lastwagen nach Kalkutta und der Besuch in der Bibliothek. Eine Sekunde lang empfand er noch einmal die seltsame Erregung durch die Berührung, den Geruch der Bücher, ihre Einbände, ihre Seiten. Die leidenschaftliche Entschlossenheit, Englisch zu lernen, als er die Freitreppe vor der Bibliothek heruntergіng; die Rückreise, als die Yaks mit Crotonöllampen beladen waren, und weiter nach China; John Develin, der Missionar mit der Begabung und Begeisterung zu lehren, der Tsun an der Baptisten-Missionsschule in Tatsienlu bleiben ließ, während die Karawane seines Vaters nach Peking weiterzog. Wie lange? Jahre? Nein, es waren Monate. Kurz sah er seines Vaters Gesicht, hörte seine Stimme, als er sich über seinen neunzehnjährigen Sohn freute, der ihm eines seiner neuen Bücher in englischer Sprache erklärte.

Als Tsun mit den Fingern über die Reihen der Bücher strich und die Titel ihn an die sorgfältig aufgestellten Listen erinnerten, die er allen Handelsbeauftragten des Klosters mitgegeben hatte, seit er Abt von Dordsche Ri-gon war, dachte er daran, was die Han von seiner Bibliothek halten würden. Für sie würde es reaktionäre Literatur sein, ein Beweis dafür, daß er mit den westlichen Imperialisten unter einer Decke steckte. Plötzlich fielen ihm all die Briefe ein, die er an seine Freunde im Ausland geschrieben hatte. In den letzten Monaten hatte er keine mehr abgeschickt. Die Han taten ihr möglichstes, um den ungehinderten Verkehr zwischen Osttibet und der Außenwelt zu unterbinden – ja sogar zwischen Osttibet und Zentraltibet, das noch relativ unverändert und ruhig war. Aber es war nun mal eine Tatsache, daß er mit einer Reihe von Leuten in anderen Ländern korrespondiert hatte. Doch was würde es nützen, die Briefe zu vernichten? dachte er. Die Bücher waren immer noch da, und er hatte so wenig Zeit.

Er ging hinüber zu einer der vier Säulen, die die Decke des großen Raums abstützten, reckte sich und nahm aus einem Geheimfach in der Säule einen Gürtel mit breiten Geldtaschen voller Waschgold, den er sich auf die bloße Haut schnallte. An dem Gürtel befestigt war ein weicher Lederbeutel, der Papiere enthielt: die Petition der Bevölkerung des Bezirks an den Dalai Lama und die Vereinten Nationen, mit der über ihre Unterdrückung berichtet und um Hilfe gebeten wurde. Rasch schloß er das Geheimfach wieder, und als er mit Anziehen fertig war, legte er die goldene Abtsrobe an und schlug den Gong an.

Umgeben von Angehörigen seines Haushalts und Beamten des Klosters, begaben sich Tsun und Kesang, der junge inkarnierte Lama, in feierlichem Aufzug über den dunklen, gepflasterten Hof zur Fassade der Versammlungshalle, des Haupttempels. Tsun blickte hinauf zu den beiden vergoldeten Gazellen, die das Rad des Gesetzes über dem Haupteingang trugen; es versinnbildlichte das Rad der Lehre, das in Gang gesetzt worden war, als der Buddha, der Weise des Sakya-Stammes, im Wildpark bei Benares in Indien seine Vier edlen Wahrheiten verkündete.

Als sie sich dem Tempel näherten, sah Tsun, daß einige Mönche hastig ihre Stiefel auszogen, ehe sie die Halle betraten. Ihre aufgeregte, geflüsterte Unterhaltung vor dem Hintergrundgeräusch des getragenen, rhythmischen Gesangs in der Halle erhöhte die Spannung.

Während Tsun die ausgetretenen Steinstufen zum Tempel hinaufstieg, hörten sie einen klaren, hellen Glockenton über den Hof hallen. Alle Blicke richteten sich auf den gedeckten Gang, der den Hof umgab, in dem 108 große runde Gebetsmühlen aus Holz hingen. Es war nichts Ungewöhnliches an dem Klang; seit die Gebetsmühlen dort waren, hatten fromme Pilger und Mönche sie im Vorbeigehen in Gang gesetzt, und bei jeder Umdrehung wurde eine Glocke angeschlagen. Aber an diesem Abend wußten alle irgendwie, daß die Gebetsmühle nicht aus Frömmigkeit gedreht worden war. Das Kläffen von Tsuns kleinem Hund unterbrach die Stille.

«Wer ist da? Komm ins Licht!» Tsuns Stimme war scharf. Er spürte, daß Kesangs Hand sich in seine stahl. Eine junge Han-Frau in einer zerknitterten blauen Hose und Jacke trat aus dem Schatten, ihr leichtes Lächeln war gezwungen und ängstlich; aber die meisten sahen nur die Uniform, die praktische Brille mit dem blauen Plastikgestell: Kader Ling, am Tag zuvor vom Han-Bezirksausschuß entsandt, um das Kloster zur Mitwirkung bei seiner «Sozialisierung» zu überreden.

Instinktiv gingen einige der Mönche, die auf den Tempelstufen standen, auf sie zu, ein Brennpunkt für ihre ohnmächtige Wut über die Greueltaten, die sie gerade erst mit angesehen hatten.

«Halt! Hört mich an», schrie Tsun. «Wer dieser Frau Leid zufügt, schadet dem Kloster.» Er sprach mit drohendem Nachdruck. «Laßt sie in Frieden!»

Als er gerade den Tempel betreten wollte, merkte er, daß die Chinesin sich der Prozession anschloß, und er wandte sich an einen der Mönche an der Tür.

«Sie muß draußen bleiben», sagte er laut. Die Frau hörte es, zuckte die Schultern und ging langsam weg.

Der Yakhaarvorhang wurde aufgehalten. Tsun und sein Gefolge betraten die Vorhalle des Tempels. Sie wurde nur von vier Senföllampen erhellt, die auf den in der Wand eingelassenen Schieferplatten standen; ihr flackernder Schein ließ die Fresken der vier Könige der vier Himmelsgegenden noch grimmiger wirken als gewöhnlich. Die goldgrünen, sinnlich wahrnehmbaren Flammen, die den Hintergrund bildeten, schienen sich im Licht zu schlängeln, ebenso die grünlich-weißen Wolken, die über den Köpfen der bewaffneten Krieger wogten. Tsun ging langsam, seine Augen nahmen begierig jede Einzelheit auf. Heute abend erhielt die vertraute Symbolik eine besondere Bedeutung.

Auf einer Seite der Vorhalle war der Schutzdämon des Geländes abgebildet, ein stämmiges, kohlschwarzes Geschöpf mit hakenförmigen Fangzähnen, die Taille umgürtet mit einem lebenden Tiger, seine Füße zermalmten menschliche Opfer, während es mit je einem Bein auf Berggipfeln stand. Für manche war es ein wirklicher, greifbarer und gegenständlicher Dämon, und sie suchten ihn versöhnlich zu stimmen, seine Gunst zu gewinnen. Für andere wie Tsun war er die Verkörperung eines geistigen Aspekts, eine Unterstützung für Meditationsmethoden. Seine Ursprünge beruhten wie die so vieler Götter und Dämonen auf den Versuchen des urzeitlichen Menschen, die Kräfte des Kosmos und die Kräfte des Geistes zu erklären. Tsun sah diesen Dämon täglich ein halbes dutzendmal, und die Wiederholung stumpfte die Symbolik ab. Heute wußte er, daß es vielleicht das letzte Mal war. Heute war jeder Blick bedeutungsvoll.

Die mit bronzenen Gedenktafeln verzierten Zederntüren öffneten sich. Tsun sah durch den schwach erhellten Tempel hinüber zum Altar und zu den riesigen vergoldeten Statuen aus Lehm, der in der trockenen Luft Tibets hart wie Stein geworden war. Den Blick hatten sie in Meditation gesenkt. Das Einsetzen von Türkisen als Pupillen war der letzten Vorgang bei der Erschaffung einer Statue, eine sakramentale Handlung, um das Bildnis als einen Weg zu geistiger Macht reich zu verzieren.

Als er die Verkörperung des Erleuchteten Friedens betrachtete, dachte Tsun an die grausame, unwissende Zerstörungswut, die in der Vorhalle abgebildet war, und daran, daß beide in jedem Menschen latent vorhanden waren.

Die vielfarbigen Fresken, die auf Seide gemalten Rollbilder, die bunten Banner, die von den Säulen und der Decke herabhingen, die Statuen – all das war eine Externalisierung der Meditation der teilnehmenden Mönche. Tsun und alle Mönche wußten, daß der Mensch zerstörerisch und schöpferisch war; deshalb bestand kein innerer Widerspruch zwischen dem Dämon und dem Buddha. Der Mensch ist von Natur aus beides.

Langsam schritten Tsun und sein Gefolge durch den Mittelgang zwischen den zwölf Säulen, die mit scharlachrotem Lack überzogen und deren Kapitelle mit zartfarbenen Lotusblüten bemalt waren. Die auf beiden Seiten sitzenden Mönche verneigten sich, als sie vorübergingen. Ehe Tsun und Kesang ihre Throne bestiegen, zogen sie ihre bis zum Knie reichenden Stiefel aus weißem Yakleder aus. Der Terrier sprang auf die Kissen und kuschelte sich in die Falten der Gewänder des Abtes.

Wie Tsun angeordnet hatte, begann der Vorsänger den Gruß an die drei Heiligkeiten zu singen, das dreifache Juwel: den Buddha, der alle vortrefflichen Tugenden besitzt und keine Fehler; das Dharma, das Verständnis aller relativen und absoluten Wahrheit; den Sangha, die Gemeinschaft aller, die den Weg der Erleuchtung beschreiten.

Auf das Intonieren des tiefen Basses folgte der leise auf- und abschwellende Gesang der Mönche mit hier und da eingefügter Instrumentalmusik. Urlaute eines erschütterten Universums. Der Klang riesiger Trommeln, die wie meterlange Handspiegel hochgehalten und rhythmisch geschlagen wurden, vermischte sich mit dem Heulton der Hörner, der aus dem Erdinneren zu kommen schien. Winzige Kastagnetten brachten ein mitreißendes Crescendo hervor.

Während die Mönche sangen, meditierten sie. Der Hund kam vorsichtig aus den Falten von Tsuns Gewändern hervor, sprang auf den Boden und verschwand in der Düsternis. Die Flammen von Hunderten kupferner, silberner und goldener kelchförmiger Butterlampen auf Seitenaltären, dem Hauptaltar und dem Lampentisch im Mittelgang bildeten Lichtinseln in einem dunklen Meer.

Der Gruß an die dreifache Zuflucht endete. Tsun wartete etwas, damit sich die anwesenden Mönche entspannten und sammelten. Normalerweise wäre Tee gereicht worden, und darauf wartend, hatten einige der Mönche ihre Holzschalen aus ihren Ambas genommen, den Taschen, die durch die Falte ihrer Gewänder vor der Brust gebildet wurden. Die Atmosphäre war gespannt und gedrückt.

Tsun bemerkte, daß die Zahl der Anwesenden noch geringer war als am Vortag. Seit Monaten hatte sie abgenommen. Viele der ursprünglichen Bewohner des Klosters waren zu ihren Familien zurückgekehrt oder hatten versucht, ein Kloster in Zentraltibet zu finden, wo sie hofften, ihr frommes Leben in Frieden fortführen zu können. Andere hatten sich der Widerstandsbewegung angeschlossen. Es waren viele Fremde aus anderen Bezirken da, die unterwegs waren und vorübergehend Unterkunft begehrt hatten. Tsun war sich darüber klar, daß einige von ihnen wahrscheinlich Spitzel waren.

«Wir haben uns hier versammelt», begann er, «weil wir – jeder von uns – eine Entscheidung treffen müssen über unseren zukünftigen Weg. Es ist kaum zu bezweifeln, daß dieses Kloster und unser aller Leben gefährdet sind.» Er hielt inne. «Ich kann nicht für euch entscheiden, was ihr unter den gegenwärtigen Umständen tun solltet. Das ist eure Obliegenheit. Wer immer zu sprechen wünscht, möge es jetzt tun.»

Dieser plötzliche Verzicht auf Autorität verblüffte die Anwesenden. Obwohl die Tempelaufseher in der Halle auf- und abgingen und auf den geringsten Verstoß gegen die Verhaltensvorschriften achteten, begannen die Mönche leise miteinander zu reden. Ein Fremder stand auf, um zu sprechen. Tsun konnte die hochgewachsene Gestalt in der Dunkelheit kaum erkennen.

«Rimpotsche, besteht keine Möglichkeit, daß Dordsche Ri-gon in Frieden gelassen wird? Litang hat sich den Han widersetzt und mußte die Folgen tragen. Während meines kurzen Aufenthalts hier habe ich gesehen, wie eng Sie mit den Han zusammengearbeitet haben –» er hielt inne. –« um die Sicherheit des Klosters zu gewährleisten. Warum sollte das nicht von Belang sein?»

Tsun war sich nicht klar über das Motiv hinter den zweideutigen Worten. Wieweit er sich mit den Han eingelassen hatte, konnte für einen Kollaborateur ebenso interessant sein wie für einen Nationalisten. Er mußte sehr vorsichtig sein.

«Es ist richtig, daß dieses Kloster wenig getan hat, was bei den Han Anstoß hätte erregen können. Aber das hatte Litang auch nicht. Litang widersetzte sich den Han erst, als unerfüllbare Forderungen gestellt wurden. Nach dem heutigen Tag besteht kaum Grund zu der Annahme, daß man uns besonders gewogen sein wird.»

Einer von Tsuns Schülern, ein gutaussehender junger Novize mit Namen Dschigme, meldete sich zu Wort. «Rimpotsche, was sollten wir Ihrer Meinung nach tun? Gibt es Hoffnung für uns?» Sein ehrliches Gesicht war äußerst besorgt.

«Ich kann keine Entscheidung für euch treffen. Ich kann euch nur Rat erteilen.» Tsun wiegte sich leicht hin und her. In seiner Stimme schwang eine ungewöhnliche Bewegtheit mit. «Vielen von uns ist dieses Kloster ans Herz gewachsen, doch ist es vergänglich wie alle Dinge. Das wird uns jetzt sehr deutlich vor Augen geführt. Wir dürfen nicht vergessen, daß ein Zentrum des Lehrens und der Unterweisung als solches nicht die Lehre enthält. Es ist nur eine Konstruktion des menschlichen Geistes, und der Geist dieser Menschen ist es, der die gesamte Lehre enthält. Denn der Geist aller Menschen ist imstande, die Letzte Wahrheit zu verstehen. Also soll sich jeder einzelne darüber klar sein, daß er der wirkliche Bewahrer der Religion ist. Er soll sie hegen und pflegen.» Die Versammelten hörten in völligem Schweigen zu, erschreckt durch die Prophetie, die in seinen Worten anklang, denn sein Blick und seine Aufmerksamkeit waren, als er fortfuhr, auf seine innere Vision gerichtet.

«Selbst wenn unsere Klöster, unsere heiligen Schriften, unsere Gemälde und Skulpturen zerstört werden, sind wir nicht unterwiesen worden, daß sie ihrer Natur nach vergänglich sind und früher oder später vergehen werden? Sie sind die äußeren Manifestationen unseres Glaubens. Die Lehre kann nur im Geist der Menschen lebendig bleiben.» Im Schein der Butterlampen schimmerte die Wange Tsuns, der zur kriegerischen Volksgruppe der Khampas gehörte, tränenfeucht. «Der Buddha, der Weise des Sakya-Stammes, lehrte zweierlei: Leiden und Befreiung vom Leiden. Das sind die Grundlagen. Daß wir leiden, daß alles vergänglich ist – unsere Familien, unsere Lieben, unsere Heime, unsere unschätzbaren Besitztümer –, wird uns in dieser Minute gezeigt. Ebenso die launenhafte Natur der Zeit des Verfalls. Sie könnte in zehn Jahren eintreten oder auch in den nächsten zehn Sekunden. Diese selbstverständliche Wahrheit ist uns erst vor einer Stunde bei der Zerstörung von Litang veranschaulicht worden. Dergleichen hat es immer gegeben. Wir wissen von mächtigen Reichen, die entstanden waren und in der Vergangenheit äonenlang dauerhaft zu sein schienen. Dennoch sind sie zerfallen und jetzt wie Staub. Nur noch zertrümmerte Steine erinnern an sie, und in obskuren, nur von wenigen verstandenen Texten werden sie erwähnt. In einer Beziehung kann uns das ermutigen, denn gewiß werden die Besatzer von demselben Schicksal ereilt werden!

Das Leben jedes Individuums, tatsächlich jedes empfindungsfähigen Wesens, von Reichen, von allem, was Materie ist, vergeht; sogar Welten. Das ist eine Wahrheit, die niemand bestreiten kann und die auch für den ungeschultesten Verstand offensichtlich ist.

Der Buddha hat auch die zweite Grundlage gelehrt: Befreiung vom Leiden. Sie kann durch wahres Verständnis der Natur des Leidens geschehen. Denn Unwissenheit ist es, die uns daran hindert, die Dinge so zu sehen, wie sie wirklich sind. Es ist eine *Erfahrung*, eine Erkenntnis der wahren Natur der Dinge, nämlich das Wissen, das die Unwissenheit, die Ursache des Leidens, vertreibt. Wir müssen uns allerdings darüber klar sein, daß Befreiung nicht Flucht vor der Welt ist, sondern die Erkenntnis, daß wir es sind, die die Welt nicht richtig sehen. Dennoch bietet die Lage des Menschen ihm trotz dieses Leidens eine Gelegenheit, die anderen fühlenden Wesen versagt ist. Er allein unter den Lebewesen aller Welten ist völlig imstande, seine einzigartige Lage zu erkennen und sie zu klären.

Wie bei großen Dingen sehen wir Leiden auch bei kleinen Dingen. Wenn wir zum Beispiel auf einem Feld sind und die Sonne untergeht, ist alles friedlich. Beruhigt wandern wir an einem Fluß entlang und empfinden eine äußerste Harmonie, eine tiefe Verbundenheit mit der Natur, eine wahre Beglückung. Indes sind wir uns, während wir das empfinden, bewußt, daß es nicht Bestand hat, daß es vergehen wird. Uns allen wohnt das Begehren inne, das Verlangen nach Zufriedenheit des Geistes, die aus wahrer Erkenntnis hervorgeht. Daß dieses Dürsten nach wahrem Wissen dem Menschen innewohnt, wird durch die Tatsache bewiesen, daß der Lehrer zwar verborgen bleibt, fern von der Masse, sich sein Ruhm aber verbreitet, und viele werden ihn aufsuchen als ein Licht für die Menschheit.

Denn obwohl die Welt, ja sogar das Universum in historischen Prozessen erschüttert wird, obwohl Reiche, die unvergänglich erscheinen, von der Geschichte hinweggefegt werden, obwohl die Welt ein Mensch ist, der am Berghang seine Schafe hütet, oder ein Mensch, der einen ‹eisernen Vogel› lenkt – beide haben trotz ihrer so unterschiedlichen intellektuellen Standpunkte dasselbe Grundproblem. Für beide hat die Wahrheit dieselbe Anziehungskraft.

Es heißt kurz zusammengefaßt in den Worten des Buddha: ‹Ich lehre nur zweierlei, o meine Schüler, Leiden und Befreiung vom Leiden.› Wenngleich ich mich bemüht habe, einfach zu sprechen, werden meine Worte für viele von euch schwer verständlich sein. Es läßt sich nicht ändern. Denn wenn Worte die volle Bedeutung der Erkenntnis oder der Erleuchtung vermitteln könnten, dann wären wir alle hier jetzt erleuchtet.

Erleuchtung muß jeder für sich in seinem Geist erkennen und erfahren. Nagarjuna, der große indische Weise, hat gesagt: ‹So sehr es mich verlangt, es zu sagen, ich kann es nicht.› So unaussprechlich ist die Erfahrung, die Erkenntnis. Denn könnte man die Beschreibung ganz verstehen, dann wäre man erleuchtet.

Daher kann ich nur tun, was der Buddha tat – den Weg aufzeigen; euch dabei helfen. Jedem von euch ist die Entscheidung überlassen, ob er den Weg, um das Ziel zu erreichen, einschlagen will oder nicht und wie weit er gehen will. Ihr alle seid Mönche und habt gelobt, den Weg zu verfolgen. Denkt daran, Religion predigen und sie nicht praktizieren heißt, wie ein Papagei zu sein, der ein Gebet spricht, und es ist ein schweres Versäumnis. Unsere gegenwärtigen Umstände machen es uns zur Pflicht, uns bewußt zu sein, daß möglicherweise nicht nur unser Tod, sondern auch das Ende unserer Gelübde nahe bevorsteht und wir deshalb die Lehre in unserem Herzen bewahren müssen.

Denkt an die Worte von Marpa: ‹Was einen zum Weinen bringt, ist der Gedanke, daß alle Geschöpfe Buddha sein könnten, daß sie es nicht wissen und leidend sterben.› Wenn es das ist, worüber ihr weint, dann solltet ihr ununterbrochen weiterweinen. Nun müßt ihr sprechen.» Tsun forderte die Versammelten mit einer Handbewegung dazu auf.

Rintschen, der Verwalter, sprach fast unfreundlich. «Es geht das Gerücht, Rimpotsche, daß Sie Hilfe für das Kloster und das Tal zu erlangen suchen. Sind die Gerüchte wahr? Werden Sie uns verlassen?»

Der Abt zögerte, im Zweifel, ob er ihnen Hoffnung schenken und dadurch vielleicht seinen Auftrag gefährden sollte oder nicht. «Wenn ich das Kloster verlasse und wenn es keine andere Möglichkeit gibt, als nach Lhasa zu fliehen, werde ich gewiß dem Kundün und jedem, der uns helfen könnte, die mißliche Lage des Klosters und des Tals zur Kenntnis bringen. Was immer geschieht und wo immer ich bin, bitte ich euch, nicht zu vergessen, daß ich mein Bestes tun werde, um das Leiden unseres Klosters und des Tals zu mindern.»

«Rimpotsche!» Tsuns Sekretär Lopsang sprach. «Sicherlich sollten wir jetzt doch alle das Kloster verlassen?»

«Ja, ich glaube, das sollten wir, und wir haben nicht viel Zeit, wir müssen schnell aufbrechen. Denkt daran, daß das, was hier gesprochen wurde, den Han berichtet werden wird.» In der Halle herrschte verblüfftes Schweigen. «Ich weiß, einigen von euch ist gedroht worden, oder sie wurden durch materielle Belohnungen verlockt, ihre Nachbarn zu bespitzeln und Zwietracht zu säen.» Tsun hielt inne, und jedes Wort, das er dann sagte, war erfüllt von Zorn über die Zerstörung von Litang. «Eure Bereitschaft zu so schmählichem Tun wird zur Folge haben, daß ihr auf immer befleckt seid mit dem Blut eurer Landsleute. Ihr werdet verabscheut werden von eurem eigenen Volk und verachtet von euren ausländischen Herren. Wenn ihr nicht mehr nützlich seid, wird man euch vernichten.»

Einige der anwesenden Mönche waren voll Angst und Schrekken, sie würden enttarnt. Wieviel wußte der Lama? Manche glaubten, er könne Gedanken lesen!

«Das Leiden, dem ihr Vorschub leistet, wird auf euch zurückfallen.» Tsuns Stimme war hart. Ein Mönch, überzeugt davon, daß der Abt im Begriff war, ihn zu entlarven, rannte aus der Versammlungshalle. Alle waren überrascht, niemand versuchte, ihn zurückzuhalten. Dann schickten sich die Tempelaufseher an, ihm zu folgen.

«Laßt ihn gehen!» rief Tsun. «Die Seelenqualen, die er erleiden wird, sind schlimmer als jede Strafe, die wir verhängen könnten.» Er hielt inne. «Die meisten Menschen fürchten sich vor dem Sterben. Die Han sorgen dafür, daß jeder um seine Sicherheit und die seiner Familie fürchtet. Ob es die Zerstörung von Litang ist oder die Registrierung eurer Klassenzugehörigkeit, uns wird eingeschärft, daß wir, um zu überleben, die Gebote der Han befolgen müssen; wir müssen unsere Nachbarn und sogar unsere Familienangehörigen bespitzeln. Die Han versuchen, uns in einen Zustand des gedankenlosen Schreckens zu versetzen, so daß wir wie ein gefangenes Tier alles tun, was es auch sei, um uns zu retten. Diese Aufhetzung des einen gegen den anderen dient dazu, unsere Ketten der Knechtschaft zu schmieden. Obwohl wir nicht die Truppen haben, um die Han zu besiegen, dürfen wir nicht zulassen, daß sie auch unsere Seelen besetzen.»

Ein zweiter von Tsuns Schülern, Samden, sprach. «Einige unserer Mönche, Rimpotsche, haben sich der Widerstandsbewegung angeschlossen. Sollten wir kämpfen?»

«Ob ihr euch dem Widerstand anschließt, ist eine Gewissensfrage, die ihr selbst entscheiden müßt. Als Mönche habt ihr ein feierliches Gelübde abgelegt, nicht zu töten. Dieses Gelübde ist feierlich wegen der Möglichkeit, daß ihr euch einer Krise wie derjenigen gegenüberseht, in der wir uns jetzt befinden. Sollten die Chinesen sich des Klosters zu bemächtigen wünschen, dann haben wir, abgesehen von ethischen Erwägungen, nicht die Mittel, uns zu verteidigen.»

«Rimpotsche», fragte der Verwalter, «wenn wir fliehen, was geschieht dann mit der Klosterbibliothek?»

«Wir werden retten, was wir können, Rintschen. Wir werden verstecken, was wir können. Vieles wird zerstört werden. Aber das, was wir in unseren Herzen und in unseren Köpfen haben, müssen wir vor allem schützen.» Dann sagte Tsun mit bedächtigem Nachdruck: «Ich glaube, wir sollten alle fliehen, solange wir die Gelegenheit haben. Wir wollen uns in unserer Handelsniederlassung in Lhasa wieder treffen. Vielleicht werden wir dort Frieden vorfinden.» Tsun hielt inne, dann sprach er nicht so sehr zu den Versammelten, als vielmehr zu einer nicht sehenden, nicht hörenden Welt. «Das –» er breitete die Arme aus – «ist unser Leben! Wir sind machtlos, während jeder und alles, was uns lieb ist, vor unseren Augen unbarmherzig vernichtet wird. Nun wird unser Verständnis der Wahrheiten, die uns gelehrt wurden, der entscheidenden Prüfung unterzogen.

Ich glaube nicht, daß wir völlig besiegt sind.» Tränen rannen ihm über das Gesicht. «Und ich glaube auch nicht, daß unsere Freunde in den Nachbarländern oder auf der Welt zulassen, daß wir ganz vernichtet werden. Krieg hat unser Land schon früher verheert. Unterdrückung hat Leid über unsere Familien gebracht, dennoch haben wir unsere Unterdrücker abgeschüttelt. Die Wahrheit ist auf unserer Seite, und nach dem Gesetz des Karma werden wir Frieden und Rechtfertigung erleben.»

Niemand sprach. Viele weinten. Kesang schluchzte unverhohlen. Tsun nickte, und das Schlußgebet begann.

2

Später an jenem Abend suchten Tsun und Kesang das Allerheiligste im Kloster auf, eine dunkle, tiefe Höhle, in der die Luft durch die unzähligen brennenden Butterlampen drückend und muffig war. Während sie den üblichen Pilgerrundgang durch die Höhle machten und ganz automatisch die großen kupfernen Gebetsmühlen in Bewegung setzten, die in hölzernen Rahmen entlang des Mittelganges standen, spielte Senge in den Felsspalten Versteck und lief ständig voraus und wieder zurück zu dem melancholischen Paar. Sein aufgeregtes Kläffen unterstrich nur die seit eh und je in der Höhle herrschende Stille. Ein Mönch, der allein vor dem Schrein saß, blickte überrascht zu ihnen hinüber und nahm dann seine Meditation wieder auf. Seit zwei Monaten, seit die Belagerung von Litang begonnen hatte, waren ständig Bittgebete um Sicherheit für das Tal und seine Bevölkerung gesprochen worden.

Tsun blieb stehen, um eines der vielen Fresken an den Höhlenwänden zu betrachten. Erst vor wenigen Monaten hatte er mit den Künstlern des Klosters eine Serie ausgearbeitet, die die Gründung von Dordsche Ri-gon schildern sollte. Das Heiligtum war von Hunderten von Butterlampen beleuchtet und überhäuft mit Opfergaben von Pilgern: Münzen, Edelsteine, Blumen und Weihrauch. Glücksschärpen, einige morsch und vergilbt vor Alter, hingen wie dicke Spinnweben um die Statuen. Hier und da lag ein blauer Schleier, die Gabe eines Pilgers aus der fernen Mongolei, zwischen den unzähligen weißen aus Seide und Baumwolle der Tibeter.

Der Mönch begann ein leises, auf- und abschwellendes Gebet. Tsun und Kesang brachten ihrerseits Schärpen dar und hängten sie mit einem stillen Gebet über die Knie der über zwei Meter hohen

Statue des Maitreya, des «Kommenden Buddha», die aus vergoldetem Lehm bestand und in prächtige Brokatgewänder gehüllt war. Der Buddha hatte beide Füße fest auf den Boden gestellt, bereit, sich von dem Lotusthron zu erheben und als zukünftiger Welterleuchter zu offenbaren.

Tsun und Kesang berührten die Statue mit der Stirn, um ihre Verehrung zu bekunden und den Segen zu empfangen. Neben dem «Kommenden Buddha» saß mit gekreuzten Beinen der einbalsamierte Gründer von Dordsche Ri-gon. Kesang nahm aus den Falten seines Gewands eine weiße Glücksschärpe, das Symbol der Hochachtung, dessen Weiße einen reinen, ungetrübten Geist versinnbildlichte, murmelte ein Gebet und hängte die Schärpe über den Thron seines Vorgängers. Als er die vergoldete Gestalt betrachtete, wurde Kesang sich klar, daß vieles von dem, was er noch von seinem früheren Dasein erinnert hatte, verschwunden war. Er wußte auch, daß das nichts Ungewöhnliches war, daß es allen Tulkus widerfuhr, wenn sie älter wurden und ihr junger Verstand sich von neuem entwickelte, aber es betrübte ihn, daß ein weiteres Verbindungsglied schwächer wurde. Er erinnerte sich, wie er als Vierjähriger Dordsche Ri-gon zum erstenmal zu Gesicht bekommen hatte; das tiefe Glücksgefühl, das ihn damals überwältigte, konnte er immer noch empfinden, nicht bloß erinnern. Er saß auf einem Yak, gesichert durch die Wollballen, die auf dem breiten Rücken des Tiers hingen. Die weißgetünchten Mauern von Dordsche Ri-gon fingen das Sonnenlicht auf, und es sah aus, als wären sie aus dem Fels entstanden und nicht in ihn hineingebaut. Am frühen Abend waren sie dem Kloster so nahe, daß seine Eltern beschlossen, unterhalb davon ihr Lager aufzuschlagen. Auf früheren Handelsfahrten waren sie nicht hier vorbeigekommen, so daß Kesang Dordsche Ri-gon noch nie gesehen hatte. Er erinnerte sich, wie ungeduldig er gewesen war, das Kloster zu besichtigen, und während seine Mutter Norden und die beiden Diener sich um die Tiere kümmerten, begannen er und sein Vater auf dem schmalen Pfad den steilen Aufstieg nach Dordsche Ri-gon.

Obwohl es schon ziemlich dunkel war und er normalerweise dicht bei seinem Vater geblieben wäre, hatte sich der vierjährige Kesang ganz heimisch gefühlt, war den Pfad hinaufgelaufen, hatte alles betrachtet und befühlt und gelacht und seinem Vater dann an der Stelle, wo ein Teil der Felswand den Pfad überragte, die dort eingemeißelten und sorgfältig bemalten zweidimensionalen Figuren von Gottheiten gezeigt. Wimpelähnliche Gebetsfahnen waren von Bäumen aus über den Weg gespannt und flatterten und tanzten im kalten Abendwind, und mit einemmal erblickte Kesang einen Tschörten, der am Ende einer Manimauer neben dem Pfad erbaut war. Er lief darauf zu. Als sein Vater ihn eingeholt hatte, stand Kesang neben dem Tschörten, die Arme ausgestreckt zu einer Reihe kleiner kupferner Gebetsmühlen, und bat seinen Vater, ihn hochzuheben. Dann drehte er die Gebetsmühlen, und der Klang kleiner Glöckchen, der bei jeder Umdrehung ertönte, kennzeichnete jeweils ein Gebet.

Sein Vater empfand indes zunehmende Bestürzung. Diejenigen Knaben, die in ein Kloster eintraten, begannen ihre Ausbildung gewöhnlich im Alter von acht Jahren, und manchmal kam es vor, daß ein noch jüngerer klar erkennen ließ, er sei für das Mönchsleben bestimmt; aber Kesangs Vater hoffte nicht nur, den Jungen bei sich zu behalten, da er nicht vorhatte, ihn in einem Kloster unterzubringen, er fand Kesangs Reaktion auf Dordsche Ri-gon auch irgendwie beunruhigend.

Kesang war durch das große Haupttor auf den Hof vorausgelaufen. Der Zorn des Vaters darüber, daß der Junge weggelaufen war, war heftiger gewesen, als er eigentlich gewollt hatte. Sein bekümmertes Gesicht fiel Kesang plötzlich wieder ein. Später war ihm erzählt worden – aber er konnte sich nicht daran erinnern –, daß er mit seinem Vater in dem Tempel gegangen war und ihm die Schreine gezeigt hatte; dann war er, während sein Vater Glücksschärpen aufhängte, in die Höhle entwischt.

Er erinnerte sich lebhaft an die Berührung des rauhen Granits, er war mit den Fingern über die Felsspatkristalle gefahren, die durch die Glimmerstückchen funkelten. Er hatte aus seiner Amba eine Glücksschärpe genommen und war damals wie jetzt dagestanden und hatte lange die einbalsamierte und vergoldete Gestalt von Dordsche Rimpotsche betrachtet, der fünf Jahre zuvor gestorben war, ein Jahr vor Kesangs Geburt. Offenbar hatte Dordsche Rimpotsche, als er wußte, daß er sterben würde, und seine Schüler ihn baten, er möge einen Hinweis darauf geben, wo er wiedergeboren würde, gesagt, sie brauchten sich keine Sorgen zu machen; wenn sie Geduld hätten, würde er unter ihnen erscheinen.

Als Kesang seinen früheren Körper betrachtete, erinnerte er sich, daß er auch bei jenem ersten Mal vor vier Jahren gewußt und dennoch nicht gewußt hatte, warum er da war. Den Grund konnte er auch jetzt nicht ganz begreifen.

Tsun war es gewesen, der ihn für seinen bekümmerten Vater schließlich gefunden hatte. Die Familie war einige Wochen dageblieben, und seine Eltern hatten oft mit Tsun gesprochen, der selbst viel Zeit mit dem Kind verbrachte. Kesang war sich des ungewöhnlichen Interesses an seinen Reaktionen bewußt gewesen und erinnerte sich, daß er mit einigen der Mönche gespielt hatte und aufgefordert worden war, erst einen Rosenkranz, dann eine rituelle Glocke und Dordsche, schließlich eine Schale und eine rituelle kleine Trommel aus etwa jeweils einem halben Dutzend auszuwählen, die vor ihn hingelegt wurden. Jetzt wußte er, daß sie hatten sehen wollen, ob er diejenigen nehmen würde, die seinem früheren Körper gehört hatten.

Es hatte noch viele andere Prüfungen gegeben, ehe ihm erklärt wurde, daß er der Tulku von Dordsche Rimpotsche sei. Es überraschte Kesang nicht; er war nicht ganz sicher, was ihm gesagt wurde, aber er wußte, daß er Dordsche Rimpotsche war, selbst wenn er nicht verstehen konnte, daß Tulku einen durch geistige Kraft geschaffenen Körper bedeutete, daß er ein menschliches Vehikel für den geistigen Einfluß des ersten Dordsche Rimpotsche war. Aber er verstand seines Vaters offensichtliche Freude und Traurigkeit. Er erinnerte sich an das erste Mal, als seine Eltern ihn verlassen mußten, ehe seine Mutter zurückgekommen war, um einige Zeit im Kloster zu verbringen, und daß er geweint hatte. Auch jetzt begann er still zu weinen. Er sah Tsun an und sagte leise:

«Mein früherer Körper überwand viele Hindernisse, um dieses Kloster zu gründen. Es war sein Beispiel, das dessen Existenz beseelte. Oh, Tsun! Obwohl ich seine lebendige Verkörperung bin, kann ich nichts tun, als die Vernichtung all dessen, was er gebaut hat, mit anzusehen. Seine hervorragenden Eigenschaften besitze ich nicht, Tsun, und sie werden jetzt mehr denn je gebraucht.» Tränen rannen dem Jungen über das Gesicht, als er seinen früheren Körper betrachtete, der in ständiger Meditation die Lider gesenkt hatte.

Tsun wandte sich zu Kesang um und legte ihm sanft eine Hand auf den kahlgeschorenen Kopf.

«Dordsche Rimpotsche war in vorgerücktem Alter, als das Kloster gegründet wurde. Wenn ein Baum stirbt, wächst ein Schößling aus seinem Samen. In ihm enthalten sich die Eigenschaften seines Urhebers. Doch in welchem Ausmaß, läßt sich erst beurteilen, wenn der Schößling zur Reife gelangt. Du besitzt viele seiner Eigenschaften, aber du bist jung. Es genügt, daß du da bist.»

«Die Weisheit meines früheren Körpers hat sich wahrlich gezeigt, als er dich zu seinem Nachfolger als Abt und zum Präzeptor seiner etwaigen Inkarnation bestimmte», erwiderte Kesang. Tsun lächelte. «Das ist meine Gegenleistung für das Vorrecht, sein Lieblingsschüler gewesen zu sein ...» Ihn überkam die Erinnerung an die Jahre, als er, ein jüngerer Mann, in dieser Höhle gesessen hatte, die damals noch nicht ausgeschmückt war, sondern die sehr einfache Klause seines geistigen Mentors. Das Kloster war damals noch nicht erbaut gewesen. Da war nur ein Mann in zerlumpter Kleidung mit Ehrfurcht gebietender Erscheinung, der denjenigen, die davon Gebrauch machen wollten, den Schlüssel zu den Türen der Erkenntnis aushändigte.

Eine Maus rannte über die vergoldeten Hände des einbalsamierten Körpers. Tsun war von Sehnsucht und dem überwältigenden Gefühl erfüllt, daß dies der letzte Abschied war. In einem stillen Gebet flehte er um Standhaftigkeit, Klugheit und Urteilskraft.

Langsam gingen Tsun und Kesang an der rechten Seite der Höhle entlang, drehten viele Mani-Räder, die in der Wand eingelassen waren, dann warfen sie sich vor dem Schrein nieder und versuchten, die Höhle und deren Bedeutung ihrem Gedächtnis einzuprägen. Senge bellte. Tsun nahm ihn auf und steckte ihn in sein Gewand, dann gingen sie hinaus in die kalte Dunkelheit.

Dem Brauch entsprechend hätten sie auch allen anderen Schreinen im Kloster einen Abschiedsbesuch abstatten müssen, aber Tsun war überzeugt, daß sein Plan wegzugehen dann bekannt würde, und so kehrten sie in seine Wohnung zurück. Dort bat er seinen Sekretär Lopsang, er möge den Verwalter, Kesangs Mutter und seine drei Schüler verständigen, daß er sie sofort zu sprechen wünsche. Kesang sah zu, als Tsun sich hinsetzte und einen Brief an die Mönchsversammlung schrieb.

«Ehrenwerte Brüder! Wenn Ihr diesen Brief lest, werde ich weit weg von Dordsche Ri-gon auf dem Weg nach Lhasa sein. Ich weiß, viele von Euch werden gekränkt und aufgebracht sein, daß ich mich nicht, wie es sich gehört, von Euch verabschiedet habe. Es wird Euch scheinen, als ließe ich Euch im Stich. Doch das stimmt nicht.

Ich hoffe, Ihr werdet verstehen, daß der Beweggrund für mein Handeln der aufrichtige Wunsch war, das zu tun, was für Euch und die Bewohner des Tals das beste ist.

Viele von Euch, einige, die meine lieben Freunde sind, haben, das weiß ich, damit gerechnet, mich auf meiner Reise zu begleiten. Die meisten von Euch haben das Gerücht gehört, daß ich einen Auftrag für dieses Tal übernommen habe, der mich der Gefahr einer Verhaftung durch die Han aussetzt. Das Gerücht ist wahr. Wer mich begleitet, ist ebenfalls der Gefahr der Verhaftung ausgesetzt. Es ist meine Pflicht, alles zu tun, was ich kann, um die Sicherheit der Mönchsversammlung und unseres Klosters zu bewahren und für den Erfolg meines Auftrags zu sorgen. Aus diesem Grund habe ich mein Unterfangen vor Euch geheimgehalten.»

Das Kratzen der Bambusfeder hörte auf, als Tsun zu dem Jungen hinüberblickte, der auf dem Diwan saß und den Hund an sich drückte.

«Kesang», sagte er, «heute abend verlasse ich das Kloster und begebe mich auf eine sehr gefährliche Reise. Ich möchte, daß du mit Lopsang und deiner Mutter nach Lhasa gehst.» Langsam stand der Junge vom Diwan auf, ging durch das Zimmer und blieb vor Tsun stehen.

«Bitte ...» flehte er leise und inbrünstig. «Bitte, Tsun, schicke mich nicht weg ... nicht jetzt ... *bitte* ...»

Tsun runzelte die Stirn, um seine Gefühle zu verbergen. Er nahm eine kleine Jadeflasche mit Schnupftabak aus seinem Gewand, streute sich ein wenig auf den Daumen und zog es durch die Nase ein. Dann überlegte er. Er liebte den Jungen von Herzen und wollte nicht von ihm getrennt sein. Würde er mit einer anderen Reisegruppe tatsächlich sicherer sein? Ganz einfache Bauern sind oft angegriffen worden. Dennoch, dachte Tsun, zusammen mit mir ist die Gefahr noch größer.

Kesang vermochte nicht länger still zu bleiben. «Wenn ich sterben muß», sagte er, «dann möge es mit dir sein.»

Tsun konnte ihm nicht widerstehen. Er lächelte und nickte zum Zeichen seiner Einwilligung. Kesang stieß einen Freudenschrei aus und stürzte sich auf den Hund. Tsun fuhr mit dem Brief an die Mönchsversammlung fort und verwendete den von dessen «früherem Körper» geerbten Titel des Jungen:

«Dordsche Rimpotsche wird mich begleiten. Seine Anwesenheit, dessen bin ich sicher, wird glückverheißend sein für den Erfolg meines Auftrags. Ihr wißt, daß ich alles in meinen Kräften Stehende tun werde, um ihn zu schützen.

Ich erteile Euch allen meinen Segen. Niemals werde ich aufhören, darum zu beten, daß wir bald wieder in Sicherheit in Dordsche Ri-gon leben können.»

Tsun griff nach dem großen Siegel, das an seinem Gürtel hing. Kesang sah es und erhitzte das Wachs. Als es soweit war, drückte Tsun unten auf den Brief das Siegel.

Lopsang kam herein. «Rimpotsche», sagte er, «diejenigen, die Sie haben sprechen wollen, sind anwesend.»

Tsuns Sekretär war in den Vierzigern, und sein feines, markantes Gesicht wurde entstellt durch eine ständig gefurchte Stirn, als würde er sich unerhört konzentrieren oder wäre ewig besorgt.

«Laß sie eintreten», sagte Tsun. «Und wir wollen Tee trinken.»

Sie kamen nach der Rangordnung herein: als erste Norden, die «Ehrwürdige Mutter», dann der Verwalter und schließlich Tsuns drei Schüler. Tsun warf Tschampa einen Blick zu. Der junge Mann nickte; er hatte die Verbindung mit dem Widerstand aufgenommen. Die Ehrwürdige Mutter und der Verwalter setzten sich auf die mit Teppichen bedeckten Diwane, die an den Wänden standen, während Tsuns drei Schüler niedrige Tische und Becher vor jeden der Gäste stellten und in einer großen Messingkanne den Tee bereiteten.

«Fühlen Sie sich besser, Ehrwürdige Mutter?» fragte Tsun.

«Ja, danke, Rimpotsche.» Sie neigte den Kopf und schenkte ihm ein kaltes Lächeln.

«Rintschen», wandte sich Tsun an seinen Verwalter. «Verständige den Vorsänger Sonam, er soll die Verteilung der Klosterschätze an diejenigen, die weggehen, übernehmen. Er stammt aus dem Tal und wird viele Verstecke im Kloster und in der Umgebung kennen.»

«Aber als Verwalter, Rimpotsche», protestierte Rintschen, «bin ich ...»

«Du wirst nicht hier sein», sagte Tsun freundlich, während Samden, der zweitälteste seiner Schüler, den silbernen Deckel von Tsuns Jadebecher anhob und sorgfältig den dicken Buttertee einschenkte. Als er fertig war, zog Samden als Zeichen des Respekts rasch den Atem ein, damit er den Rimpotsche nicht streife, dann verbeugte er sich und wandte sich ab, um die anderen zu bedienen.

«Ich habe euch gebeten herzukommen», sagte Tsun, «weil ich

euch allen gegenüber eine Verpflichtung habe. Es ist meine Absicht, heute abend das Kloster zu verlassen. Ich darf euch nicht sagen, wohin ich gehe oder worin mein Auftrag besteht. Täte ich es, würde ich euer Leben gefährden. Es ist besser, wenn euch die Tatsachen unbekannt sind. Ich kann nur sagen, daß ich zuerst nach Derge und dann nach Lhasa gehe. Sobald ich dort bin, werde ich entscheiden, wie ich meinen Auftrag am besten zu Ende führe. Ich kann auch sagen, daß meine Reise gefährlich sein wird. Um sie weniger gefährlich zu machen, beabsichtige ich, die kleinstmögliche Gruppe mitzunehmen und das Kloster heimlich zu verlassen. Wünschen Sie mich auf dieser Reise zu begleiten, Ehrwürdige Mutter?»

Die Frau zögerte und sah ihren kleinen Sohn an.

«Kesang hat beschlossen, mit mir zu kommen.» Tsun erwartete, daß sie heftig reagieren würde, aber statt dessen sagte sie ganz sanft: «Ich werde mitkommen, Rimpotsche.» Sie glaubte, der Abt würde trotz all der heraufbeschworenen Gefahren den größten Schutz gegen die Han haben, und sie war erpicht darauf, das Kloster möglichst schnell zu verlassen. Rintschen und Lopsang nickten zustimmend. Tsun wandte sich an die drei jungen Männer, die vor ihm standen.

«Obwohl ihr meine Schüler seid», sagte er, «erwarte ich nicht von euch, daß ihr mitkommt. Ihr müßt es selbst entscheiden.»

Da murmelte Rintschen einen Protest, gerade laut genug, um alle wissen zu lassen, daß er, Rintschen, das Verhalten des Abts mißbilligte. Schüler forderte man nicht auf, ihnen wurde befohlen!

«Samden?» Tsun wartete auf seine Antwort.

Samden warf Tschampa und dem anderen Schüler, Dschigme, einen Blick zu. Dschigme nickte. «Es ist uns eine Ehre, daß Sie uns auffordern, Rimpotsche», sagte Samden.

Tsun stand auf und ging zu der Säule mit dem Geheimfach. Er löste die Verkleidung und holte drei russische Schnellfeuergewehre Tokareu TT 7,62 mm, sechs Mauserpistolen, mehrere Patronengurte und Munitionskästen sowie sechs Dolche heraus. Eine Pistole und einen Dolch legte er für sich beiseite.

Seine Gäste waren entsetzt und bestürzt beim Anblick der Waffen, alle außer Samden, der den Abt mit neuerlicher Bewunderung anblickte.

«Unsere Gelübde verbieten uns zu töten», sagte Tsun, «aber unsere Eskorte wird keine solchen Gelübde abgelegt haben. Wir werden uns vielleicht entscheiden müssen, ob wir uns an die Gelübde halten wollen. Diese Dinge hier werden wenigstens sicherstellen, daß wir die Wahl haben.»

Lopsang sah den Abt betrübt an. «Oder uns die Entscheidung abnehmen, Rimpotsche.» Tsun lächelte ernst und entschlossen. Norden, die Ehrwürdige Mutter, nahm eine Pistole und einen Munitionskasten und steckte sie in ihre Tschuba, das einem Wickelkleid ähnliche Gewand, das Laien und Frauen trugen. Keiner der anderen rührte sich.

«Es ist besser, wenn wir auf der Reise Laienkleidung anlegen. Am Blauen Tschörten wird eine Eskorte mit Pferden und Mauleseln auf uns warten. Nehmt soviel Lebensmittel mit, wie ihr könnt, und seid vorsichtig bei den Reisevorbereitungen. Zuerst gehen wir nach Derge. Ich schlage vor, daß jeder von uns einen von diesen und eine Pistole nimmt.» Tsun stieß einen 45 cm langen Dolch durch seinen Stoffgürtel und schob eine Pistole in die Falten seiner Robe. «Unterwegs werden wir reichlich Zeit haben, um zu lernen, wie man sie verwendet.» Er lächelte über Rintschens offensichtliche Mißbilligung. «Dschigme, die Gewehre und die restliche Munition sind für unsere Eskorte, packe sie mit den Vorräten ein.» Er sah die kleine Gruppe an, die auf seine Anweisungen wartete.

«Wir werden uns in einer Stunde am Pfad zum Blauen Tschörten treffen. Niemand darf etwas von unserem Aufbruch erfahren. Samden, bitte fülle unsere Becher bis zum Rand. Wir werden sie unberührt stehen lassen, damit alle wissen, daß wir die Absicht haben wiederzukommen.»

Schweigend und trübsinnig sahen alle zu, wie Samden die Becher füllte, dann verbeugten sie sich und zogen sich zurück, und als sich die Tür schloß, kam sich Tsun einen Augenblick wie sein eigenes Gespenst vor; ein Teil und doch nicht ein Teil seines Lebens. Er sah Kesang an.

«Ich brauche die Satteltaschen und ein Packtuch», sagte er, ging hinüber und betrachtete die heiligen Texte, die übereinandergeschichtet in schubfachähnlichen Regalen gegenüber dem Schrein lagen. Er begann die großformatigen, von Holzstöcken gedruckten Bücher aus den reich geschnitzten Holzdeckeln herauszunehmen. Dann wickelte er sie in das Tuch, das Kesang aus dem großen Schrank geholt und ihm gebracht hatte.

«Kesang, die Statue von Sakyamuni.» Tsun deutete auf den Schrein. Der Junge nahm eine 15 cm hohe Figur aus vergoldeter Bronze von Sakyamuni auf, dem Weisen des Sakya-Stammes, berührte sie mit der Stirn zum Zeichen der Verehrung und legte sie in ihren kupfernen und silbernen Reiseschrein. Dann zog er die Stoffhülle darüber, und an dem daran befindlichen Riemen hängte er sie sich über die Schulter. Er sah zu, als Tsun zwei der kostbarsten Rollbilder aufrollte.

«Senge, hör auf, hör auf!» Tsun entriß dem Hund die bunten Satteltaschen.

«Aber was ist mit denen?» Kesang deutete auf ein Bücherregal voll englischer Bände.

«In der Außenwelt gibt es viele Exemplare dieser Bücher, aber wenige von unseren seltenen Texten», erwiderte Tsun. «Komm, wir müssen uns jetzt umziehen und Laienkleidung anlegen.»

Tiefhängende Wolken verbargen den Mond, als Tsun und Kesang, der Senge in seine Tschuba gesteckt hatte, leise das Kloster verließen. Als sie zu den Ställen kamen, blieb der Junge stehen.

«Tsun», flüsterte er, «darf ich Lebewohl sagen ...»

«Pst. Nein! Wir können nicht ...» Einen Augenblick teilten sich die Wolken, und Tsun sah flüchtig eine bleiche Hand, auf die durch die offene Stalltür das Mondlicht fiel. «Na schön, Kesang», sagte er. «Aber sei leise.»

Den Jungen überraschte Tsuns plötzlicher Sinneswandel, aber ohne zu antworten, ging er in den Stall und zu der Box, wo sein Pferd stand. Tsun folgte ihm. Gleichmütig ging er an den Boxen vorbei und sah sich die Pferde an. Seine Hand glitt hinunter zu seinem Gürtel und blieb auf dem Griff des Dolches liegen. Als er das Ende des Stalls erreichte, sah er undeutlich einen Schatten, dunkler und bewegungsloser als die Schatten, die auf der unbeleuchteten Mauer spielten; er konnte gerade eine Gestalt ausmachen, die sich an die Mauer drückte. Er ging auf sie zu, scheinbar gedankenlos. Als er herankam, handelte er schnell: in einer Sekunde war sein Dolch an der Kehle des Eindringlings. Ein erschrecktes Keuchen war zu hören, als die Klinge die Haut durchschnitt und Blut heraussickerte. Es war nur eine oberflächliche Wunde, aber sie genügte. Tsun sah in die angstvollen Augen des Han-Kaders Ling. Ihre Ceskaradom-Pistole fiel auf den Boden. Tsun wußte, was er tun müßte, und zwar schnell.

Aber seinen Abscheu vor dem Töten, der ihm durch seine Lebensweise in den letzten dreizehn Jahren in Fleisch und Blut übergegangen war, vermochte er nicht zu überwinden. Manche würden selbst den Gedanken als mit der Tat gleichbedeutend erachten. Das Mädchen zu töten hieß alles zu zerstören, wofür er sich eingesetzt hatte. Er konnte das Zittern ihres schlanken Körpers spüren.

«Tu genau, was ich dir sage, sonst töte ich dich.» Tsun drehte sich zu Kesang um, der ihn mit weit aufgerissenen, erschreckten Augen beobachtete. «Hole einen Strick aus dem Stall», befahl Tsun. «Ich will ihre Hände fesseln.» Er zog eine Glücksschärpe aus den Falten seiner Tschuba, die er, als ihre Hände fest zusammengebunden waren, als Knebel benutzte. Dann ging er zur Stalltür und lauschte, um herauszufinden, ob irgend jemand in der Nähe war. Alles war still im Kloster. Mit dem Dolch an der Kehle des Mädchens machten sie sich auf den Weg zu ihrem Treffpunkt.

«Ich will nicht, daß auch nur ein Schritt zu hören ist», flüsterte Tsun dem Mädchen ins Ohr.

Die anderen warteten unten am Pfad.

«Rimpotsche!» rief Rintschen bestürzt. «Was macht sie denn hier?»

«Sie hat uns belauert, als wir aufbrachen. Es gibt keine andere Möglichkeit, als sie mitzunehmen.»

Niemand sprach. Tsun wußte, daß sie alle an die auf der Hand liegende andere Möglichkeit dachten.

«Wir werden sie mitnehmen», wiederholte er ruhig und spürte den unausgesprochenen bitteren Verdruß über ihre Anwesenheit.

Lopsang ging voraus, denn er kannte den Weg besser als die anderen. Der unebene, grasüberwucherte Pfad wurde immer steiler. Sie mußten in der Dunkelheit vorsichtig auftreten, damit nicht lose Steine abrutschten, die Felswand herabstürzten und die schlafenden Mönche unten im Kloster weckten. Ling war voll Angst und Schrecken. Sie konnte gerade noch das jähe Gefälle zum Talboden Hunderte von Metern unter dem Pfad erkennen. Die schwer beladene Gruppe kam am Berghang nur langsam voran.

Nach zwei Stunden hatten sie den Gipfel erreicht und stiegen hinunter in ein anderes Tal. Als sie schließlich zum Blauen Tschörten kamen, war niemand da. Keine Spur von der Eskorte. Norden sah Tsun an und fauchte: «Na, Rimpotsche, wo sind die Eskorte, die Pferde, die Maulesel?»

«Ich weiß es nicht, Ehrwürdige Mutter», erwiderte Tsun, der sich dieselbe Frage stellte und Panik in sich aufsteigen fühlte. Er stöhnte, als er sich von seinem schweren Bündel befreite, die Gurte von den Schultern streifte und es auf den Boden gleiten ließ. Gewiß, dachte er, kann es doch nicht so bald zu Ende sein? Auch die anderen entledigten sich ihrer Lasten, begannen leise miteinander zu reden und starrten in die Dunkelheit. Alle bis auf Kesang, der nicht merkte, daß etwas nicht stimmte, und den über sechs Meter hohen Tschörten forschend betrachtete.

Er bestand aus einem abgestuften Sockel, darauf ruhte ein schalenförmiger Stein, über dem eine vergoldete Spitze aufragte. Diese Gestaltung ist von hoher symbolischer Bedeutung, wird doch durch sie das Wesen der Lehre erklärt.

«Warum ist er blau?» wollte der Junge von Samden wissen.

«Weil er, Rimpotsche, eine Nachbildung eines der blauen Tschörten von Samye ist, des ersten Klosters in Tibet», antwortete der junge Mann.

Die Wolken waren über dem Tal zusammengeballt und hüllten die Nacht in einen dunklen Schleier der Unsicherheit, den auch nicht der Schimmer eines Sterns durchdrang. In ziemlich weiter Ferne, aber deutlich zu hören, erschallte der Hufschlag von Pferden, die im Schritt gingen. Das war es, was Tsun erwartete. Mit der von Tschampa überbrachten Botschaft hatte er um eine Eskorte von der Widerstandsbewegung gebeten. Aber er wußte, daß er nicht sicher sein konnte, ob es wirklich Leute vom Widerstand waren, die da kamen, und in der Dunkelheit wirkte das langsame, stetige Herannahen plötzlich unheimlich. Tsuns Hand schloß sich über dem Knauf der Mauser-Pistole; er war überrascht über seine Vertrautheit mit der Waffe, von der er genau wußte, wie man sie abfeuerte, wie sie reagierte. Er hatte sich einer ähnlichen Pistole bedient, ehe er Mönch wurde, aber das war viele Jahre her.

Die Gruppe stand dicht beieinander am Tschörten, und als ob die Nacht selbst Gestalt angenommen hätte, tauchten mit einemmal acht Reiter auf. Alle waren von kräftigem Körperbau, einige trugen Fuchsfellmützen, einer eine wattierte amerikanische Jacke, aber die anderen hatten Tschubas an, die nach Kosakenart an den Hüften gerafft waren, um knielang zu sein. Einige ihrer Waffen hatte es schon vor einem Jahrtausend gegeben. Alle hatten lange Schwerter in reich verzierten Scheiden, die sie, unter ihre

Gürtel geschoben, quer über dem Bauch trugen, sowie lange Dolche an den Hüften. Einer hatte einen Colt, zwei andere Luntenschloßmusketen. Einer der Reiter war eine Frau mit langem, schwarzem Haar.

Als sie von ihren struppigen Gäulen absaßen, fiel Ling auf, daß sie alle dieselbe Haltung einnahmen, die sie bei Tsun bemerkt hatte. Würde, die Selbstbeherrschung eines Kriegers oder eines taoistischen Weisen. Als die Khampa-Frau auf Tsun zutrat, stellte Tschampa sie rasch vor.

«Rimpotsche, das ist Genyen Tschime. Sie ist die Anführerin unserer Eskorte.»

Vor ihnen stand eine hochgewachsene, auffallend hübsche Frau in einer Schaffell-Tschuba, auf Knielänge gerafft. Ihr rechter Arm war bloß, die Hosen hatte sie in mongolische schwarze Lederstiefel gesteckt. Außer einer Luntenschloßmuskete und einem Repetiergewehr, die sie sich über den Rücken gehängt hatte, trug sie einen Patronengurt und an einer dicken gelben Schnur um den Hals ein Reliquiar von der Größe einer Kamera.

«Danke, Tschampa, wir kennen einander.» Sie hatte den Kopf ehrerbietig ein wenig gesenkt, und einen Augenblick wankte Tsun, alte Erinnerungen stürzten auf ihn ein. Zugleich mit der Freude, sie nach so langer Zeit unerwartet wiederzusehen, empfand er Ärger, denn er wußte, es konnte ein Trick von ihr sein. Ihre Verlegenheit sah er nicht, denn sie verbeugte sich und überreichte ihm eine Glücksschärpe, die er mit einer geziemenden Geste nahm, ihr um den Hals legte und segnend leicht ihren Kopf berührte. Als Genyen den Blick hob, sagte er:

«Es ist in der Tat ein Glück für uns, dich bei uns zu haben. Ich habe von deinen Taten gehört.» Er lächelte, und als sie sich umwandte, um Kesang ihre Schärpe zu überreichen, schloß sich die ganze Eskorte an, um ihre Schärpen darzubieten und den Segen der beiden Rimpotsches zu erhalten.

Genyen und ihre Leute halfen Tsuns Gruppe, ihr Gepäck den Pferden und Mauleseln aufzuladen. Genyen ging eine Weile auffällig um Ling herum und musterte sie prüfend. Ling bezähmte ihre Wut, daß sie von dieser Barbarenfrau so gedemütigt wurde. Sie wußte, daß jede Hoffnung auf Flucht oder auf eine Wendung der Lage zu ihren Gunsten davon abhing, daß sie ihren Verstand beisammenhatte und sich nicht von Gefühlen verwirren ließ.

«Taschi!» Genyen sah einen ihrer Leute an. «Setze sie auf einen Maulesel und nimm die Zügel.»

Tschampa brachte Tsun sein Pferd, und dieser legte die Hände auf den hohen Sattelknauf und saß auf. Sie ritten gleich los, Tsun neben Genyen. Ein bedeutsames Schweigen herrschte zwischen ihnen, beide waren sich der Intensität ihrer Erinnerungen bewußt, ein ganzes Leben, das in einem Augenblick vorbeizog. Schließlich sprach Tsun.

«Wir haben bei unserem Aufbruch alle erdenkliche Vorsicht walten lassen. Ich hoffe, daß bis zum Morgen niemand merkt, daß wir weg sind, aber es könnte doch sein.»

«Ihretwegen, Rimpotsche?» Genyen deutete mit dem Kopf auf Ling.

«Mag sein. Viele Mönche haben in Dordsche Ri-gon Zuflucht gesucht. Ich weiß nicht, ob sie alle so verläßlich sind, wie es früher der Fall war.»

Sie sprachen leise, ihre Aufmerksamkeit galt zur Hälfte der Nacht, um alles wahrzunehmen, was auch nur im geringsten verdächtig aussah oder sich so anhörte.

«Wissen die Han von der Petition an die Vereinten Nationen?» fragte sie.

Tsun lachte. «Genyen, es wäre verwunderlich, wenn sie es nicht wüßten. Wie viele von unseren Leuten wissen es bereits? Hunderte? Tausende? Mir ist es sogar unter dem Siegel der Verschwiegenheit erzählt worden. Die Han wissen, daß eine Petition geplant ist.»

«Und daß Sie sie bei sich haben?»

«Das wissen sehr wenige. Nicht einmal meine Begleiter, obwohl einige es vielleicht vermuten.»

«Und das Gold?»

«Die Zahl derer, die davon wissen, ist noch geringer, und niemand kennt meinen Weg. In dem Brief, den ich im Kloster zurückließ, steht, daß ich nach Lhasa gehe. Das stimmt, aber zuerst, Genyen, muß ich nach Derge gehen. Die regierende Königin hat den Rest der Petition.»

Sie ritten die ganze Nacht und einen Großteil des nächsten Tages und hielten sich wohlweislich fern von den üblichen Handels- und Pilgerstraßen.

Genyen gab ihrem Pferd die Sporen und trabte zu Tsun heran. Er nahm eine Prise Schnupftabak, und sie streckte die Hand aus, um zu verhindern, daß er die Dose wegsteckte, als er fertig war.

«Rimpotsche, haben Sie vergessen?»

«Vielleicht.» Er gab ihr die Dose. «Aber nicht alles. So vieles hat sich verändert, aber du bist dieselbe geblieben.»

Der Wind verwehte den Tabak, als sie ihn sich auf den Daumennagel klopfte. Genyen fluchte, dann sah sie Tsun reumütig an.

«Ich hoffe, Sie haben sich geändert», sagte sie neckend. «Denn es stünde Ihrer Robe schlecht an, wenn Sie sich nicht geändert hätten!»

Sie lachten beide und dachten daran, wie es vor so vielen Jahren zwischen ihnen gewesen war.

Tsuns untersetzter, stämmiger Verwalter Rintschen führte Kesangs Pferd neben seinem. Der Junge schlief und war auf dem Sattel zusammengesackt. Irgend etwas weckte ihn. «Rintschen-la», sagte er. «Ich hatte einen seltsamen Traum. Ich habe alles so deutlich gesehen. Ich war auf einem großen Feld, und ringsum standen rote Blumen, die ich pflückte. Es war so wirklich. Ich ging einfach über das Feld und pflückte Blumen. Weiter nichts.» Er sah nicht Rintschens entsetzten Ausdruck, der an das Unheil dachte, das der Traum ankündigte.

«Was bedeutet das, Rintschen?» fragte Kesang.

«Nichts, Rimpotsche», sagte Rintschen rasch. «Nichts. Hier, iß das.» Er gab dem Jungen einen Würfel getrockneten Käse.

Am zweiten Abend kampierten sie. Sie waren alle erschöpft. Angehörige der Eskorte hielten abwechselnd Wache. Der Abend war kalt, obwohl die Sonne noch nicht hinter dem Horizont verschwunden war. Sie hing am Himmel, ein goldener Ball direkt über den fernen Bergen, schickte goldene Pfeile in das üppige grüne Gras des Tals und färbte die Berghänge purpurrot. Am Fuß der Berge wuchsen Zedern. Eine dichtgedrängte Kette der dunkelgrünen Bäume, von denen einige gut 25 Meter hoch waren, zog sich um die schneebedeckten Gipfel herum. Sie erinnerten Tsun an die Pilger, die ihren langen Weg um den Potala-Palast in Lhasa zurücklegten. Angesichts der unbesiegten Natur fühlte er, wie bedeutungslos sie alle waren.

Am nächsten Morgen wachte Tsun als erster auf. Wie immer begann er den Tag damit, daß er sich dreimal vor dem Dreifachen Juwel niederwarf und etwa 30 Minuten lang meditierte. Dann, während die anderen noch schliefen oder sich gerade erst rührten, warf er für Senge Stöcke zum Apportieren, während er darüber nachdachte, was alles geschehen war und was noch geschehen könnte. Der Himmel wurde hell. Vorbote der Morgendämmerung. Schatten erschienen undeutlich aus der Schwärze. Mit einemmal hörte Tsun ein sich näherndes Flugzeug.

«Wacht auf, wacht auf!» schrie er und bedeckte das Feuer schleunigst mit Erde. «Geht in Deckung.»

Die Männer zerrten die erschreckten Pferde in den Schutz der Bäume.

«Senge! Senge!» rief Kesang verzweifelt den Hund. Seine Mutter packte ihn und zog ihn hinter einen Felsen. Sie lagen alle ganz still, nervös und abwartend, als die Maschine über sie hinwegflog. Sie legte sich in die Kurve, kehrte um und flog dieselbe Strecke noch einmal. Tsuns Blick war auf die Rauchwölkchen gerichtet, die von dem ersterbenden Feuer in den hell werdenden Himmel aufstiegen. Das Flugzeug war jetzt wieder über ihnen und flog sehr niedrig. Einer von der Eskorte hob sein Gewehr. «Nein! Nein!» schrie Tsun ihn an, und seine Stimme wurde vom Motorenlärm fast übertönt.

Die Maschine flog weiter. Senge begann zu kläffen. Kesang beruhigte ihn. Norden, Samden und Lopsang murmelten Gebete. Am Ende des Tals wendete das Flugzeug und kam wieder sehr niedrig auf sie zu. Tsun war überzeugt, daß sie gesehen worden waren. Er straffte sich, war auf den Angriff gefaßt, aber die Maschine flog vorbei und verschwand dann hinter den fernen Bergen.

«Rimpotsche ...» Genyen kam zu Tsun. «Was halten Sie davon?»

«Ich weiß es nicht», erwiderte er bedächtig. «Hätten sie uns gesehen, dann hätte ich erwartet, daß sie uns angreifen, es sei denn, sie haben uns in Frieden gelassen, um der Volksbefreiungsarmee zu melden, wo wir uns befinden. Natürlich mag es sein, daß sie uns nicht gesehen haben; es war noch nicht richtig hell, und vielleicht haben sie nach Lagern der Widerstandsbewegung Ausschau gehalten.» Er lächelte Dschigme zu, der mit seinem metallenen Zahnstocher einen flachen grauen Stein bearbeitete und versuchte, die Wörter «Om Mani Padme Hum» als Schutz gegen weitere Angriffe einzumeißeln.

Genyen runzelte die Stirn. «Ich weiß nichts davon, daß sich Truppen der Volksbefreiungsarmee in dieser Gegend aufhalten. Hier ist der Widerstand zahlenmäßig stark. Es würde der Volksbefreiungsarmee schwerfallen, hier zu operieren, ohne daß ich es weiß.» Sie schien besorgt.

Eiligst brachen sie ihr Lager ab und machten sich wieder auf den Weg. Sie nahmen sich nicht einmal die Zeit, etwas zu essen, so bestrebt waren sie, schnell wegzukommen. Sie ritten dicht an den Ausläufern des Gebirges und hielten sich möglichst im Schutz der hohen Koniferen. Das breite Tal mit seinem üppigen Grasteppich erstreckte sich vor ihnen. Die kleine Gruppe war nur zwergenhaft angesichts der Großartigkeit ihrer Umgebung.

Der Mond stand hoch am Himmel, als sie zu kampieren beschlossen. Sie hatten an diesem Tag viele Meilen zurückgelegt, mit nur kurzen Unterbrechungen, um sich auszuruhen, und waren alle sehr müde. Die Pferde und Maulesel wurden abgesattelt, gefüttert und getränkt. Sie machten Feuer und kochten Tee. Tsun ging hinüber zu der Chinesin, die getrennt von den anderen allein auf einem Stein saß und ihre Entführer mißmutig anstarrte. Ihr rundes Gesicht wäre hübsch gewesen, hätte sie nicht einen so verkniffenen, harten Zug um den Mund und so angstvolle Augen gehabt. Ihre Hände waren nicht gefesselt. Sie merkte, daß Tsun sie ansah, und schlug mit einer Gebärde der Befangenheit den Mantelkragen hoch, als wollte sie ihr Gesicht verbergen.

Die Nacht war schön. Der Mond stand am dunklen Himmel, und die Sterne glitzerten, aber es war kalt. Tsun setzte sich neben das Mädchen. Sie rutschte ein wenig beiseite und kuschelte sich in ihren wattierten Mantel.

«Sprichst du gut tibetisch?» fragte Tsun.

«Ja!» Sie drehte sich um und funkelte ihn an. «Warum halten Sie mich gefangen? Was haben Sie mit mir vor?» Tsun blickte über das im Mondlicht friedlich daliegende Tal. «Besser gefangen und am Leben», sagte er freundlich, «als frei und tot.»

Tschampa, der jüngste von Tsuns Schülern und erst achtzehn Jahre alt, kam mit einer großen Teekanne zu ihnen. Er bediente zuerst den Abt und schenkte in Tsuns schlichte, auf Hochglanz polierte Holzschale den Tee ein. Die Chinesin streckte ihm ihren Emailbecher hin. Er nahm keine Notiz davon und ging weg, um die anderen zu bedienen, dann kam er zurück und füllte schweigend ihren Becher.

Ein Mann von der Eskorte spielte auf einer tibetischen Gitarre. Genyen tanzte zusammen mit den Männern. Die anderen schauten zu, tranken Tee und aßen luftgetrocknetes Hammelfleisch und Käsewürfel. Dann hörte Genyen mit Tanzen auf und sang Balladen von Stammesfehden unter den Khampas. Norden betete leise ihre Gebetskette herunter. Die abgegriffenen Holzperlen glitten ihr durch die Finger, und bei jeder, die sie berührte, murmelte sie ein Gebet. Dschigme war damit beschäftigt, die Buchstaben eines Bittgebets an Tschenresi in einen Stein zu ritzen. Kesang war auf der Suche nach Senge, Rintschen hatte die Augen geschlossen und meditierte.

Tsun saß immer noch neben der Chinesin. Sie blickte in ihren jetzt leeren Becher.

«Du möchtest also noch etwas Tee?» fragte Tsun.

«Er ist besser als nichts», fauchte sie.

«Er ist sehr nahrhaft und höchst geeignet für unser Klima.» Tsun nippte geräuschvoll an seiner Schale. Ihn interessierte das Mädchen, die einzige Han, die er je getroffen hatte, die fließend tibetisch sprach. Tschampa kam mit der Teekanne, und Tsun gab ihm einen Wink, er möge dem Mädchen einschenken.

«Erzähle mir, was du in Dordsche Ri-gon vorhattest», sagte der Abt leise, als Tschampa weg war. Ling zögerte und sah ihn abschätzend an.

«Mein Auftrag war, die Reformen bekanntzumachen, die im Tal und im Kloster eingeführt werden sollen.»

«Und auf wessen Anordnung sollen diese sogenannten Reformen eingeführt werden?»

«Auf Anordnung des Bezirksausschusses der Kommunistischen Partei.» Sie erschien leicht verwundert über die Frage.

«Und warum werden sie für notwendig erachtet?»

«Allein daß Sie das fragen, verrät Ihre reaktionäre Blindheit. Um solche Blindheit zu heilen, bin ich nach Dordsche Ri-gon geschickt worden. Die Reformen werden das Los des Volkes verbessern. Die Klöster sollen aufgefordert werden, bei der Neuverteilung ihrer Ländereien an die Pachtbauern mitzuwirken. Sie sollen entschädigt werden.»

«Was ist mit Litang?» Tsun nippte an seinem Tee und bedeutete ihr, sie möge auch trinken.

«Litang plante Konterrevolutionäres. Es beherbergte Rebellen und Banditen und versorgte sie mit Waffen. Es hätte bei der Durchführung der Reformen ohne Blutvergießen mitwirken können, aber es weigerte sich.»

«Diejenigen, die du Rebellen und Banditen nennst, gehören zum einfachen Volk, das zu schützen dein Regime sich rühmt. Unsere Eskorte, diese Leute da drüben am Lagerfeuer, sind Weber, Schneider und Bauern. Einige haben Familien und Häuser. Glaubst du, sie haben sie so mir nichts, dir nichts verlassen, um verfolgte Vogelfreie zu werden, die mit Folter und Tod rechnen müssen? Sie sind der Meinung, daß alles, was sie hochschätzen, durch dein Regime bedroht ist, und sie haben keine andere Wahl, als es zu bekämpfen.»

«O nein!» Das Mädchen lachte humorlos. Sie begann sich für die Diskussion zu erwärmen. «Ich bestreite nicht, daß sie das, was sie tun, für richtig halten. Einige von ihnen! Aber viele sind wirklich Banditen und Reaktionäre, die ein begründetes Interesse daran haben, daß das soziale System so bleibt, wie es ist. Auch bestreite ich nicht, daß es viele gibt, die aufrichtig sind, verdummt durch abergläubisches Festhalten an eurer Religion.»

«Opium für das Volk?» fragte Tsun. Sie sah ihn überrascht an. «Ja», sagte sie und fühlte sich ermutigt, denn sie erinnerte sich, daß dieser Lama von anderen Angehörigen des Priesterstandes immer als radikal angesehen wurde.

Tsun nahm einen kleinen Lederbeutel aus der Tasche seiner Tschuba, schüttete etwas von der darin enthaltenen gerösteten Gerste in seine Teeschale und verrührte sie mit dem Rest des Tees zu einem Brei.

«Möchtest du etwas?» fragte er und hielt ihr die Schale hin. Die Bestürzung, die das bei seinen Reisegefährten hervorrief, die ihn beobachteten, blieb ihm nicht verborgen. Die Chinesin lehnte dankend ab.

«Offenbar wissen Sie einigermaßen Bescheid über den Kommunismus», sagte sie, «und Ihre radikale Einstellung ist in der Bezirksleitung nicht unbemerkt geblieben. Man hoffte immer, Sie würden die Leitung bei der Einführung der Reform übernehmen.» Tsun drehte sich lächelnd zu ihr um. «Da du soviel über meine Beziehungen zum Bezirksausschuß weißt, mußt du auch wissen, daß ich diese Bestechung mehrmals abgelehnt habe. Die von mir durchgeführten Reformen und Änderungen waren im Einklang mit unserem Volkscharakter, und ich sehe sie als eine Entwicklung unserer

Zivilisation an, die sich, wie alles, in einem Zustand des Wandels befindet. In einem Zustand des Niedergangs und der Entwicklung.»

«Genau! Niedergang und Entwicklung. Der Kommunismus ist die letzte soziale Evolution. Er wird euer jetziges System ersetzen. Wir, die Angehörigen der Bewegung, trachten sie zum Wohle der Menschheit zu fördern.»

«Aber welches Recht habt ihr, dieses System einem Land aufzuzwingen, das es nicht will? Wenn das, was du sagst, wahr ist, wird sich dieses System in Tibet automatisch durchsetzen, ohne das fürchterliche Blutvergießen, das wir jetzt erleiden.» Er aß etwas von dem Tsampa.

«China ist ein kommunistischer Staat», sagte das Mädchen ernst. «Tibet ist ein Teil des großen Vaterlandes, erst seit kurzem wieder, das stimmt, aber es ist ein integraler Teil. China, und das schließt Tibet ein, ist auf dem kommunistischen Pfad.»

Senge kam angesprungen und bettelte. Tsun fütterte ihn mit ein paar Bröckchen.

«Wir glauben», sagte er, «daß Tibet unabhängig ist. Wir haben Dokumente, Verträge, einige sind auf Stein festgehalten als Beweis unserer Unabhängigkeit. Unsere Sitten und Gebräuche waren nie die der Han-Menschen. Unsere Religion, Sprache und Rassenzugehörigkeit sind anders. Seit vielen, ja, seit unzähligen Jahren sind wir unabhängig gewesen, abgesehen von den kurzen Episoden, da Chinas Herrscher von Machthunger befallen wurden.»

«Und *wir* haben viele Dokumente», erwiderte Ling, «die beweisen, daß euer Land ein Teil des großen Vaterlandes ist. Was bedeutet Rasse oder Religion? Gibt es im Vaterland nicht fünf Bevölkerungsgruppen? Han, Mongolen, Mandschu, Tibeter und Muslime.» Die Worte flossen ihr so leicht von den Lippen, daß das, was folgte, eine oft wiederholte und gut einstudierte Rede gewesen sein mußte. «Es gibt viele Sprachen im Vaterland. Hat nicht jede Provinz ihr eigenes Idiom? Tibet ist immer ein Teil von China gewesen, außer in jenen Zeiten, da wir durch ausländische Ausbeutung geschwächt waren.»

«Das tibetische Volk bezeichnet euch als Eindringlinge. Das Volk ist es, das gegen euch kämpft.» Er streute sich Tabak auf den Daumen und schnupfte.

«Weil es von seinen Führern hinters Licht geführt worden ist, in deren Interesse es liegt, daß das Volk Unabhängigkeitserklärungen abgibt, damit sie weiter herrschen und die Armen ausbeuten können.»

«Wie kannst du von der Richtigkeit, der absoluten Richtigkeit deiner Ideologie so überzeugt sein? Bitte erkläre mir das.»

Einen Augenblick war das Mädchen verwirrt. Trotz der Andeutung von Ironie in seiner Bitte hatte sie das Gefühl, sie habe es geschafft, eine Verbindung zu ihm herzustellen, und er werde jetzt gewiß einsehen, daß sie recht habe. Er werde bekehrt werden. Wieder bot Tsun ihr etwas Tsampa an, und diesmal nahm sie von dem Brei und aß ihn nachdenklich.

«Ich bin in Hunan geboren», sagte sie. «Das Leben war sehr hart. Mein Vater versuchte, als Kesselflicker etwas Geld zu verdienen, meine Mutter sammelte Brennholz, um es zu verkaufen. Als ich klein war, schien immer Hungersnot zu herrschen. Wir hatten nie genug zu essen. Meine Mutter alterte so schnell. Eines Tages, als ich etwa sechs war, ging sie weg, um Holz zu sammeln und um Lebensmittel zu betteln. Abends war sie immer noch nicht zurück. Am Morgen machten sich mein Vater und ich auf die Suche nach ihr. Wir fanden sie neben der Straße zum Dorf, und sie war tot. Sie war schon fast zu Hause gewesen. Das Holz, das sie gesammelt hatte, trug sie noch auf dem Rücken, und in der Hand hatte sie einige Blätter, die sie für uns zum Essen gesammelt hatte. Das ist es, was ich aus meiner Kindheit am lebhaftesten in Erinnerung habe. Meine tote Mutter und der dauernde Hunger. Sie war verhungert.» Senge hatte ihre Schnürsenkel mit der Schnauze gepackt und knurrte, um sie zum Spielen aufzufordern. Sie bückte sich und streichelte seinen wolligen Kopf. «Wir haben diese Blätter gegessen, die sie für uns gesammelt hatte», fuhr sie fort. «Und wir weinten. Mein ganzes Leben drehte sich damals nur um das Problem, wo wir unsere nächste Mahlzeit auftreiben würden.» Senge legte sich auf den Rücken, und Ling kitzelte ihn. «Dann kam die Rote Armee. Uns wurde gesagt, wir könnten das Land neu unter uns aufteilen. Es war eine schwierige Entscheidung. Sollten wir mitmachen oder nicht? Wir wußten, wenn die Kuomintang die Rote Armee in die Flucht schlug, würden wir zur Rechenschaft gezogen und höchstwahrscheinlich geköpft. Aber wenn man so lange gehungert und sich nur durch Willenskraft am Leben gehalten hat, erscheint es der Mühe wert, ein solches Risiko auf sich zu nehmen. Wir beschlossen, Bauern zu werden.

Wir mußten schwer arbeiten. Aber wie froh waren wir über die erste Ernte und darüber, daß wir endlich genug zu essen hatten! Ich trat bei den Jungen Pionieren ein und besuchte eine Zeitlang die Grundschule. Dann sah es mit einemmal so aus, als würde die Rote Armee besiegt. Die Kuomintang drang wieder in unser Dorf ein. Wir mußten in die Berge fliehen und alles zurücklassen. Jeder, der auch nur entfernt mit den Kommunisten Verbindung gehabt hatte, wurde grausam bestraft. Was sie nicht plünderten, vernichteten sie – ich nehme an, um zu verhindern, daß die Rote Armee Nachschub erhielt. Allerdings habe ich auch gehört, daß die Soldaten sich aufs Plündern verlegten, weil die Offiziere ihren Sold unterschlugen. Zum Glück war die Kuomintang nur kurz im Dorf, ehe sie sich aus dem Bezirk zurückziehen mußte. Die Rote Armee übernahm wieder die Macht, diesmal auf Dauer. Wir kehrten wieder auf das Land zurück.

Ich begann mir darüber klarzuwerden, daß ich den entsetzlichen nagenden Schmerz des Hungers vergaß, weil ich regelmäßig essen konnte. Mein Vater sagte mir, unser Volk habe seit Generationen gehungert. Doch jetzt gab es für alle genug zu essen. Dann kam ich zu dem Schluß, daß ich mehr über die Ideen erfahren wollte, die diesen Wandel herbeigeführt hatten, und deshalb trat ich in die Partei ein und wurde schließlich ein Kader. Die Partei zeigte mir, daß das alte feudale System zugleich mit dem des Kapitalismus abstarb und der neue Entwicklungsprozeß zum Kommunismus führte.»

Sie hielt inne. Tsun ließ nicht erkennen, daß er einen evolutionären Prozeß nicht verstehe. «Aber ich habe auch gelernt», fuhr sie fort, «und das weiß ich aus eigener Erfahrung, daß die bäuerlichen Klassen nie genug haben würden, sofern sie nicht dafür kämpften.»

«Eine Revolution ist ein Aufstand», sagte Tsun. «Ein Gewaltakt, durch den eine Klasse eine andere stürzt. Hat das nicht der Vorsitzende Mao gesagt?»

Die Chinesin war entzückt. Zum erstenmal lächelte sie, und ihre Augen blitzten.

«Sie wissen etwas über unsere Anschauungen. Sie haben meine Lebensgeschichte gehört. Gewiß können Sie jetzt einsehen, warum der Kommunismus richtig ist! Und es gibt Millionen wie mich. Denn sonst wäre die Partei nicht so fest begründet.» Tsun machte ein ernstes Gesicht, aber in seinen Augen schimmerte Humor.

«Tibet ist China. China ist kommunistisch», fuhr Ling fort.

«Und Sie haben Ihre Frage eben selbst beantwortet, warum in Tibet ein gewaltsamer Kampf geführt werden muß.»

«Ich streite nicht mit dir», sagte Tsun, «über die Beseitigung des sozialen Systems, das ihr in China hattet. Aber ich behaupte, daß ihr kein Recht habt, unser Land zu zwingen, euren Weg zu akzeptieren.»

Das Mädchen runzelte die Stirn. Sie sah zu, wie er seinen Rosenkranz mit Elfenbein- und Korallenperlen vom linken Handgelenk abwickelte.

«Aber Tibet ist ein Teil von China», wandte sie ein.

«Das sagst du», erwiderte Tsun, «und glaubst es zweifellos wie Millionen deiner Landsleute. Aber es muß dir doch gewiß als merkwürdig aufgefallen sein, daß das tibetische Volk, das einfache Volk – das die Bedrohung durch Hungersnot erst während der Besatzung kennengelernt hat – den Abzug der Truppen der Volksbefreiungsarmee verlangt hat, daß es im Namen der tibetischen Unabhängigkeit gegen sie kämpft und euren Weg als unserer Zivilisation fremd ablehnt. So, wie ich es verstehe, geht in deinem Staat die Macht vom Volk aus. Sein Wille wird durch die Partei und ihre Führung zum Ausdruck gebracht. Ist das nicht so?»

Ling nickte.

«Dann», sagte Tsun und ließ den Rosenkranz durch die Finger gleiten, «hast du gesehen, daß der Wille des tibetischen Volkes wirkungsvoll zum Ausdruck gebracht wird. Wir betrachten die Han als ausländische Eindringlinge und ihre Ideologie als unserer Lebensweise fremd.»

«Aber die Tatsache bleibt bestehen, daß die Tibeter eine der nationalen Minderheiten in China sind. Sie sind nur ein kleiner Teil der Bevölkerung. Dennoch wird ihnen besondere Aufmerksamkeit geschenkt. Manche der Bevölkerungsgruppen des Vaterlandes sind sozial und politisch fortgeschrittener als andere. Als ich klein war, glaubte ich, immer Hunger zu haben sei ein naturgegebener Zustand, der sich nicht ändern lasse. Ich verehrte die Götter, mein Dorf war die Welt. Ich konnte weder lesen noch schreiben. Aber seitdem habe ich gelernt. Jetzt kann ich lesen und schreiben. Ich bin unterwiesen worden über Wissenschaft und historische Entwicklung im Vaterland und in anderen Ländern. Ich brauchte nicht darum zu bitten, lernen zu dürfen. Die Verhältnisse und Bedingungen, unter denen ich lernen konnte, waren gegeben, und die Wahrheit wurde bekanntgemacht. Natürlich erwarte ich nicht, daß das tibetische Volk, das einem jahrhundertealten geistlichen, feudalen und reaktionären System angehört, sofort den Kommunismus ersehnt.»

«Die Bande der Religion sind am schwersten zu lösen», murmelte Tsun. Ling hörte ihm zu, runzelte die Stirn, nickte zustimmend und sagte dann:

«Leider sind die Tibeter durchdrungen von Unterwürfigkeit gegenüber diesem System.»

«Kurzum, sie sind Grünhirne?»

«Ja», sagte sie. «Es ist unsere Pflicht, Lebensbedingungen zu schaffen, die ihnen ermöglichen, selbständig zu denken.»

«Solange es mit euren Ansichten übereinstimmt», erwiderte Tsun. «Erkennst du die Gefahr dabei nicht? Menschen sind fehlbar. Selbst eure Führer. Wenn jemand glaubt, er wisse, was für andere gut ist, kann das oft bloß ein geheimer Machthunger sein.»

«Typisch buddhistisch!» höhnte sie. «Sie als Mönch legen einfach die Hände in den Schoß, betteln von den Armen und tun nichts. Lassen Hunger und Leiden andauern.»

«Nein. Mein Leben ist der Linderung des Leidens geweiht. Aber mein Weg unterscheidet sich von deinem.» Er stand langsam auf. «Wir müssen jetzt schlafen. Vielleicht werde ich dir später etwas über meinen Weg sagen.»

Er ging vom Lagerfeuer weg, suchte sich einen abgelegenen Platz und setzte sich mit gekreuzten Beinen hin. Er sah abgekämpft und müde aus. Der Kummer um die Zerstörung von Litang, das Blutvergießen, das Grauen und die ungeheure Verantwortung, die ihm sein Auftrag aufbürdete, machten ihm das Herz schwer. Die Worte der Chinesin klangen ihm in den Ohren: «Typisch buddhistisch.» Tsun schloß die Augen und betete.

«Halt! Wer da?» Die durchdringende Stimme des Wachpostens weckte alle. Aus der Dunkelheit kam eine Gestalt auf ihn zu. «Dschigme», sagte der junge Mann reumütig. «Ich wollte dich nicht erschrecken, ich konnte nur nicht schlafen.»

Dschigme und den Wachposten verfluchend, weil sie sie aufgeweckt hatten, legte sich die Gruppe wieder zum Schlafen hin. Sie lagen dicht beieinander, um sich gegen die bittere Kälte zu schützen.

Plötzlich wieherte eines der Pferde. Einen Augenblick später drangen Hufschläge durch die stille Luft zu ihnen. Alle standen auf. Das Geräusch näherte sich. Die Reiter mußten fast bei ihnen sein. Die Eskorte schoß in die Dunkelheit, und einer der Khampas schrie: «Dämonen! Dämonen!» Norden packte Kesang und zog ihn hinter einen Felsen. Senge kläffte und rannte immer im Kreis. «Wir werden angegriffen!» schrie jemand. «Rennt weg, rennt weg!» Aber es kam kein Angriff. Das Hufgetrappel verklang so schnell, wie es begonnen hatte. Ob Dämonen oder Menschen, jedenfalls ritten sie geschwind. Tsun war verdutzt. Warum hatten die Reiter absichtlich das Risiko auf sich genommen, erschossen zu werden? Vielleicht waren es Dämonen, und dennoch ... Rintschens zornige Stimme drang in Tsuns Gedanken ein.

«Lüge nicht! Du mußt sie gesehen haben.» Dschigme bestritt Rintschens Beschuldigung mit jugendlicher Heftigkeit und bemühte sich kaum, die notwendige Höflichkeit zu wahren. Tsun ging zu ihnen hinüber.

«Dschigme», sagte er. «Antworte mir. Ich darf nicht getäuscht werden.»

«Natürlich nicht, Rimpotsche.» Dschigme verbeugte sich. Er war sehr eingeschüchtert.

«Weißt du, wer die Reiter waren?»

«Nein, Rimpotsche. Ich habe niemanden gehört oder gesehen.»

«Kunjosum!» fluchte Rintschen. «Nur Sekunden, nachdem du ins Lager zurückkommst, sind die Reiter da. Ist das nicht ein seltsamer Zufall?»

«In der Tat, Kuscho. Aber wenn sie Geister oder Dämonen waren, hätte ich sie nicht gut sehen können.»

«Dreifaches Juwel!» rief Genyen, die sich zu ihnen gesellt hatte, verbittert aus. «Als ob wir nicht genug haben, womit wir uns herumschlagen müssen. Und jetzt noch Geister und Dämonen.»

«Ich glaube nicht, daß sie etwas anderes als Menschen waren», sagte Tsun. «Aber wenn das der Fall ist«, flüsterte er Genyen zu, «warum wollten sie uns dann auf ihre Anwesenheit aufmerksam machen?» Genyen zuckte die Schultern. «Zweifellos, Rimpotsche, werden wir die Antwort bald wissen. Jetzt laßt uns alle versuchen, noch etwas zu schlafen, wenn das möglich ist, und zwei Mann sollen Wache halten. Im Morgengrauen werden wir das Lager abbrechen.» Nach diesen Worten ging sie zu der Stelle zurück, wo sie geschlafen hatte, und legte sich wieder auf den harten Boden. Aber sie wußte, daß sie in dieser Nacht nicht mehr viel Ruhe finden würde.

Am Morgen befahl Genyen einem Angehörigen der Eskorte, als Kundschafter vorauszureiten. Es war ein Mann, der die Gegend gut kannte, ein junger Bauer mit Namen Topden; er hatte vor kurzem geheiratet und sich dem Widerstand angeschlossen, weil sein Vater deportiert worden war.

Viel später an jenem Tag ritt Genyen an die Seite der Chinesin und hielt sich neben ihr.

«Du sprichst tibetisch?» fragte sie kühl.

«Ja.» Lings Ton entsprach dem ihren.

«Wenn du etwas über die Reiter weißt, die wir letzte Nacht hörten, dann solltest du es lieber jetzt gestehen, denn wenn wir angegriffen werden, töten dich meine Leute. Du hast Glück, daß du noch am Leben bist, denn alle sehen es als eine Beleidigung ihrer ermordeten Angehörigen an, daß du immer noch da bist.»

Lings Züge verhärteten sich. «Ich weiß nichts», sagte sie. Nach einer kurzen Pause fügte sie dann hinzu: «Ich habe nicht den Wunsch zu sterben», als wollte sie ihrer Verneinung Nachdruck verleihen. Genyen gab ihrem Pferd die Sporen und ritt weiter. Die Chinesin war überzeugt, daß ihre Abwesenheit den Bezirksbehörden gemeldet worden war. Sie fragte sich, ob Truppen in diesem Bereich alarmiert worden waren und nach ihr suchten. Sie war nicht sicher, ob sie das jetzt wollte. Wenn sie nur eine Möglichkeit zur Flucht finden könnte! Aber selbst wenn sie eine Gelegenheit hätte, sie kannte die Gegend ja überhaupt nicht. Ihr Maulesel stampfte ungeduldig. Einige der Khampas hatten ihr Gespräch mit Genyen mit angehört und scharten sich jetzt um sie. Der Lama und die Mönche waren ein Stück voraus. Sie gab ihrem Maulesel die Sporen, um sie einzuholen, aber einer der jüngeren Männer beugte sich herüber und packte ihren Zügel. Er grinste spöttisch. Sie sah einen Dolch aufblitzen, als er ihn unter den Übertritt ihrer Jacke schob. Vor Schreck schrie sie auf. Alle hielten an. Tsun wendete sein Pferd und galoppierte zu ihr zurück. Die Klinge schnitt ihre sämtlichen Jackenknöpfe ab. Der junge Mann ließ den Zügel los. Jetzt lachte niemand mehr. Tsun winkte ihr. «Reite vor mir», befahl er.

Gegen Mittag kam ein starker Wind auf. Die Reiter verhüllten ihre Gesichter, setzten Pelzmützen auf und trieben die Pferde und

Maulesel an. Sie befürchteten, der Wind könne einen Hagelschauer ankündigen. Tsun war besorgt. Er ritt zu Genyen heran.

«Warum ist der Kundschafter nicht zurückgekommen?» fragte er.

«Machen Sie sich keine Sorgen, Rimpotsche.» Sie lächelte beruhigend. «Zweifellos werden wir ihn heute abend sehen, wenn wir unser Lager aufschlagen.»

Sie zogen am Rand eines baumlosen, felsigen Tals entlang. Der Himmel war grau und wolkenverhangen. Plötzlich hörten sie wieder das Motorengeräusch eines sich nähernden Flugzeugs. Sie zerstreuten sich und suchten, so gut sie konnten, Schutz hinter Findlingen und zogen ihre Pferde und Maulesel herunter, damit sie nicht so leicht zu sehen waren. Die Khampas nahmen die Gewehre von der Schulter. Dann und wann war die Maschine zwischen den Wolken zu sehen, als sie in einiger Entfernung an ihnen vorbeiflog. Am Ende des Tals legte sie sich in die Kurve und kam zurück. Offenbar suchte der Pilot das Gelände ab. Die Maschine verschwand in den Wolken, dann tauchte sie wieder auf und flog direkt über sie hinweg.

Er muß uns gesehen haben, dachte Tsun. Genyen schrie, um den Motorenlärm zu übertönen: «Wenn sie zurückkommt, müssen wir versuchen, sie herunterzuholen.»

Diesmal schwenkte das Flugzeug schon um, ehe es das Ende des Tals erreicht hatte. Tsun war jetzt sicher. Es kam niedrig heran, aber zu hoch, als daß Gewehrkugeln hätten wirksam sein können. Alle Han-Flugzeuge sahen für Tsun ziemlich gleich aus, aber er war überzeugt, daß dieses dasselbe war, das sie vor zwei Tagen gesehen hatten. Durch seinen Feldstecher vermochte er den Piloten zu erkennen, der zu ihnen heruntersah. Jetzt konnte kein Zweifel mehr daran bestehen, daß die Han von ihrer Existenz wußten. Aber wissen sie auch, wer wir sind? fragte sich Tsun. Und was für Absichten haben sie? Er sah, daß Norden, Kesangs Mutter, die Arme um den Jungen gelegt hatte und ihn mit ihrem Körper beschirmte. Sie ist eine tapfere Frau, dachte Tsun. Senge winselte und kuschelte sich an Tsun. Er nahm den kleinen Hund auf und steckte ihn in die Falten seiner Tschuba. Der eisige Wind blies ihm Kiesel ins Gesicht.

Die Khampas hatten ihre Gewehre schußbereit auf das Flugzeug gerichtet. Die Pferde mühten sich aufzustehen und sich von den Mönchen loszureißen, die sie am Boden festhielten. Alle warteten auf den Angriff. Das Flugzeug schien einen weiten Kreis zu beschreiben. Die Spannung stieg, denn sie nahmen an, daß es drehen und zurückkommen würde. Aber statt dessen gewann es an Höhe, das Motorengeräusch wurde rasch leiser, und dann verschwand die Maschine hinter den Bergen.

Noch wagten sie sich kaum zu rühren. Schließlich stand Tsun auf. Senge steckte den Kopf heraus und leckte den Abt am Kinn. Der schob ihn sanft in die Falten seiner Tschuba zurück, während er mit dem Feldstecher den Himmel absuchte. Die anderen hielten die ungestüm aufspringenden Pferde und Maulesel in Schach. Genyen kam zu Tsun. Sie sah beunruhigt aus. Rintschen, der Verwalter, und Lopsang, der Sekretär, gesellten sich zu ihnen. Auch sie waren besorgt.

«Ich wünschte fast, er hätte uns angegriffen», sagte Genyen, als sie sich das Gewehr wieder umhängte. «Dann wüßten wir wenigstens, woran wir sind.»

«Ich bin froh, daß er es nicht getan hat.» Lopsangs magere Gestalt war noch gebeugter als gewöhnlich. «Allerdings muß der Pilot uns gesehen haben.»

«Er hat uns gesehen», antwortete Tsun. «Ich habe ihn durch den Feldstecher beobachtet.»

«Warum hat er dann nicht angegriffen?»

«Er hätte uns für Händler oder Pilger gehalten haben können, Rimpotsche», meinte der Verwalter.

«Das ist möglich, Rintschen. Doch ich glaube, es war derselbe eiserne Vogel, den wir vor ein paar Tagen gesehen haben. Es könnte ein routinemäßiger Streifenflug sein.» Er glättete die schön gemusterte Satteldecke, die der Wind über den Sattel geweht hatte, und klopfte seinem Pferd den Hals. Genyen und er sahen einander an. Beide brauchten ihre Zweifel und Befürchtungen nicht zu äußern. Sie war besorgt über die lange Abwesenheit des Kundschafters; er hätte mittlerweile zurück sein müssen, um Bericht zu erstatten. Sie schlüpfte in den lose herabhängenden rechten Ärmel ihrer Schaffell-Tschuba, um sich vor dem vom Wind aufgewirbelten Kies zu schützen, und erschauerte. Ob die Volksbefreiungsarmee, dachte sie, schon im Hinterhalt liegt, um uns zu überfallen?

Als Tsun gerade aufsitzen wollte, den linken Fuß schon im Steigbügel und die rechte Hand auf dem Hinterzwiesel des Sattels, drehte er sich zu Genyen um. «Ich hatte den Eindruck, der Pilot des Flugzeugs war überzeugt, man würde sich mit uns befassen. Es war mehr als ein normales Interesse, als ob ...» Er sah die Furcht in ihren Augen und hielt inne. «Aber», lächelte er und schwang sich in den Sattel, «ich könnte mich auch irren. Obwohl es vielleicht klug wäre, unsere Marschroute zu ändern.» Genyen schüttelte den Kopf. «Das würde einen zu großen Umweg bedeuten. Wir müßten meilenweit offenes Gelände überqueren. Wenn wir auf dieser Strecke bleiben, sollte sie uns bald Deckung bieten.» Sie blickte hinauf zu den schwarzen Wolken, die am Himmel jagten. «Bitte, Rimpotsche, hindern Sie den Drachen daran, das Unwetter zu entfesseln.»

Sie saß auf und spornte ihr Pferd zu einem raschen Trab an. Die übrigen folgten ihr durch die kahle Ebene, ihre kleinen Gestalten wurden überragt von den umgebenden Bergen und den tiefhängenden Wolken. Der Wind heulte, zerrte an ihrer Kleidung und zwang sie, sich gegen ihn zu stemmen; Menschen und Tiere kämpften sich voran.

Als sie am Nachmittag durch eine Schlucht kamen und einem schmalen Pfad am Berghang folgten, unter dem nur wenig tiefer die eiskalten Fluten eines Flusses tosten, erschraken alle, als einer der Khampas einen Schrei ausstieß und auf den Himmel deutete. Vor ihnen kreisten Geier, deren Gekreisch vom Rauschen des Flusses übertönt wurde.

Automatisch beschleunigte sich ihr Schritt auf dem tückischen Gelände, wo ein Ausrutschen auf dem lockeren Geröll verhängnisvoll werden konnte; sie sprachen nicht und dachten nur daran, was vor ihnen liegen mochte. Als sie um einen Felsvorsprung bogen, sahen sie an einer Seite der Schlucht einen krummen, knorrigen Baum, an dem etwas hing, um das sich mehrere Geier balgten. Da sich das Ding im Wind hin- und herbewegte, schlugen die Geier mit den Flügeln, um sich im Gleichgewicht zu halten.

Als die Gruppe näher kam, ließen die meisten Vögel widerstrebend von ihrer Beute ab und schwangen sich schwerfällig in die Lüfte oder hockten sich zwischen die Felsen oben in der Schlucht. Alle bis auf einen. Seine Klauen waren tief in Fleisch vergraben, sein Kopf stak im aufgerissenen Leib eines an den Füßen aufgehängten menschlichen Körpers. Weiche schwarze Federn strichen über blutige Glieder.

Nordens Schrei hallte durch die Schlucht. Genyen ritt an der älteren Frau vorbei. Als sie zu dem Baum kam, saß sie vom Pferd ab und rief den anderen zu, sie sollten Deckung nehmen, falls sie aus dem Hinterhalt angegriffen würden. Sie begann den Geier zu schlagen. Ihre Faust traf ihn am Körper. Mit Eingeweiden, die ihm aus dem Schnabel hingen, flog der Vogel gemächlich über die Schlucht davon. Genyen zog ihr Schwert und durchschnitt den Strick. Die grauenerregenden Überreste des Mannes fielen auf den blutgetränkten Boden.

Die anderen waren alle abgesessen und sahen schweigend zu. Tsun suchte mit dem Fernglas beide Seiten der Schlucht nach etwaigen Anzeichen eines Hinterhalts ab, konnte aber nichts entdecken, das auf einen Angriff schließen ließ. Genyen kniete neben der verstümmelten Leiche nieder und nahm das augenlose Gesicht in beide Hände. Obwohl es so geschunden und blutig war, erkannte sie es. Es war das des jungen Bauern, den sie als Kundschafter vorausgeschickt hatte. Tränen rannen ihr über die Wangen. Sanft legte sie den Kopf hin und nahm die zerbrochenen Stücke seiner Amulettkapsel auf, die neben der Stelle lagen, auf die der Körper gefallen war. Auch sein Schwert und sein Dolch lagen auf dem Boden. Als sie sich bückte, um das Schwert aufzuheben, schreckte ihr Blick vor einem Fleck zurück, den sie für eine große Blutlache hielt. Dann sah sie noch einmal hin. Es war kein Blut. Es war Haut. Sie trat entsetzt zurück.

«Er ist zuerst gehäutet worden.» Sie war bleich, und ihre Stimme zitterte. «Sie müssen ihm zuerst die Haut abgezogen haben, dann überließen sie ihn den Geiern ...»

Tsun stand schweigend vor der Leiche. «Weil sie wußten, daß wir ihn finden würden», sagte er. «Sie ließen ihn so da, weil sie wußten, daß wir ihn finden würden ...»

«Wer hat ihn dagelassen?» fragte Genyen. «Was läßt Sie so sicher vermuten, daß er hiergelassen wurde, damit wir ihn finden?»

Tsun drehte sich zu ihr um. «Ich bin nicht sicher», sagte er nachdenklich, als er Lings erschreckte Augen sah, denn er wußte, daß sie ohne seinen Schutz nun bestimmt getötet würde.

«Glauben Sie, wir werden auf dem ganzen Weg verfolgt?» fragte Genyen.

Tsun seufzte. «Das Flugzeug, die Reiter, und jetzt das ...»

«Aber das ist nicht die Art der Han. Die Volksbefreiungsarmee taugt nichts im Gebirge. Verfolgen, rasch zuschlagen und dann verschwinden, das ist die Art der Khampas.»

«Die Volksbefreiungsarmee ist ein großes Heer, groß genug, um über viele Fertigkeiten zu verfügen.»

Genyen stöhnte. «Wir müssen in Erfahrung bringen, eine wie große Truppe hier in der Gegend ist. Ich werde eine Botschaft an die örtlichen Widerstandsgruppen schicken.» Sie schwang sich auf ihr kleines Pferd. Dschigme hatte Bedenken, denn er war überzeugt, sie würden in eine Falle geraten. Er rief Genyen, die auf dem schmalen Pfad schon ein Stück voraus war, zu: «Sollten wir nicht umkehren, Genyen? Wir können nicht sicher sein, was vor uns liegt.»

«Wenn sie angreifen wollen, werden sie angreifen, welchen Weg wir auch einschlagen.»

«Wir müssen weiterreiten», beharrte Tsun. «Es ist nichts gewonnen, wenn wir umkehren.» Das Rauschen des Flusses machte es schwierig, sich zu verständigen, und es verstärkte die Spannung. Wenn sich die Han hinter einer Biegung der Schlucht verschanzt hatten oder wenn ein Flugzeug angriff, würde die Gruppe keine Chance haben.

Sie ritten langsam an der Leiche vorbei. Kesang sah zurück. Die Geier waren zu ihrem grausigen Mahl zurückgekehrt. Erschüttert sprach er ein stilles Gebet für den Mann, dessen Körper jetzt den Vögeln als Fraß diente.

Nach etwa zwei Stunden begann es zu dunkeln, aber sie wollten ihr Lager nicht aufschlagen, ehe sie nicht aus dem Bereich der Schlucht heraus waren. Sie sprachen wenig, Augen und Ohren waren geschärft, um auch das geringste Anzeichen eines Hinterhalts zu sehen oder zu hören. Die Erinnerung an den verstümmelten Körper des jungen Bauern ging ihnen nicht aus dem Sinn. Es war, als ritte sein Geist mit ihnen.

Schließlich kamen sie aus der Schlucht in ein kleines, fruchtbares Tal. Nicht weit entfernt sahen sie in der abnehmenden Helligkeit ein großes, dreistöckiges Haus. Tsun bemerkte, daß es mit sehr viel mehr Gebetsfahnen geschmückt war als üblich. Dann fiel ihm ein, daß Neujahr war. Trotz der Dämmerung konnte er sehen, daß die schräg abfallenden Mauern kürzlich frisch getüncht worden waren.

Er hielt sich den Feldstecher vor die Augen und erkannte am anderen Ende des Tals ein kleines Kloster und unterhalb davon ein Dörfchen mit sechs oder sieben Häusern. Genyen ritt zu ihm heran.

«Rimpotsche, ich kenne den Eigentümer des Hauses. Er ist Kaufmann. Sein Name ist Tsering Dawa, und seine Brüder gehören zum Widerstand. Er hat viel getan, um uns zu helfen, und ich bin sicher, daß er uns Gastfreundschaft gewähren wird.»

«Was ist mit dem Mädchen, der Chinesin?» fragte Tsun. «Sie wird bestimmt nicht willkommen sein, vor allem nicht an Neujahr, und ich möchte deinen Freund nicht in Verlegenheit bringen.»

«Kann sie nicht draußen bleiben? Meine Leute werden sie abwechselnd bewachen.» Tsun schüttelte den Kopf und lächelte ironisch. «Ich habe so das Gefühl, daß ihr ein Unglück zustoßen könnte.»

«Dann sagen wir doch, sie sei eine Han-Muslime. Sie muß ihre Jacke und die Hosen ausziehen; wir müßten eigentlich genug Reserven haben, um etwas zu finden, das ihr paßt. Sie wird scharf bewacht werden. Aber –» Genyen hielt inne, und ihre vollen Lippen verzogen sich zur Andeutung eines Lächelns. – «wenn meine Leute beschließen, sie zu töten, dann wird nichts sie retten, und würde sie auch im Potala selbst untergebracht. Jetzt werde ich vorausreiten und mich vergewissern, daß ihr mir unbesorgt folgen könnt.»

«Aber da sind womöglich Han ...»

«Wenn ich nicht bald zurückkomme, geht ohne mich weiter.»

Sie trieb ihr Pferd zu einem leichten Galopp an und ließ Tsun keine Möglichkeit, sie zurückzuhalten. Alle blickten ihr nach, als sie allein zu dem Haus ritt. Tsun nahm wieder seinen Feldstecher, aber er sah niemanden, der ihr entgegenkam. Als sie das Haus erreichte, saß sie ab und führte das Pferd am Zügel, bis sie außer Sicht war. Er ließ den Feldstecher sinken und fand sich damit ab, zu warten.

Die Gruppe blieb dicht zusammen. Falls sie angegriffen werden sollten, wollten sie einander lieber nahe sein. Ab und zu begann jemand ein Gespräch, das aber rasch verstummte. Alle waren nervös und lauerten auf das geringste Anzeichen von Gefahr.

Tsun war sich durchaus bewußt, daß er den Geschehnissen auf Gnade und Ungnade ausgeliefert war. Er glaubte, daß von ihm erwartet wurde, die Lage zu klären, und fragte sich, ob es nicht möglich wäre, Kesang und seine Mutter in dem Kloster zu lassen. Seine Schüler konnten bei ihnen bleiben, aber während er noch darüber nachdachte, wußte er schon, daß das unmöglich war. Es gab derzeit keine Freistätte. Wenn er sie nur sicher in ein Kloster in Lhasa oder Westtibet bringen könnte! Es hieß, dort herrsche Frieden, aber obwohl er den Gedanken zu unterdrücken versuchte, fragte er sich, wie lange noch?

Er hob wieder den Felstecher und richtete ihn auf das Haus. Zu seiner Freude sah er Genyen aus dem Haupttor herausreiten. Sie wurde begleitet von einem untersetzten, kräftigen Mann. Die anderen sahen sie auch, und man hörte erleichtertes Gemurmel. Zwei der Khampas wollten ihr entgegenreiten, aber die anderen fanden es besser, abzuwarten.

Als Genyen näher kam, sahen sie, daß sie lächelte. Die Spannung legte sich. Genyen und ihr Begleiter hielten neben Tsun an und saßen ab.

«Rimpotsche», sagte Genyen, «darf ich Ihnen unseren Gastgeber vorstellen? Tsering Dawa.» Tsun nickte und lächelte ihm zu. Tsering Dawa, ein Mann in den Vierzigern, trug ein Jackett aus dunkelgrauem Wollstoff und auf dem kurzgeschorenen Kopf einen Filzhut.

«Meiner Frau und mir wäre es eine Ehre, Rimpotsche, wenn Sie, Dordsche Rimpotsche und Ihre Gefährten geruhen würden, bei uns abzusteigen. Wir würden Ihren Besuch als einen überaus glückverheißenden Beginn des neuen Jahres ansehen.» Er überreichte Tsun eine Glücksschärpe, die Tsun mit dem üblichen Segen zurückgab. Dabei fing er einen Blick von Genyen auf und sah zu der Chinesin hinüber. Genyen nickte.

Dann saß Tsering Dawa wieder auf und ritt der Gruppe durch das Tal voraus. Sie kamen an einem Wäldchen mit Pappeln und Weiden vorbei, deren Zweige mit flaumigen Kätzchen und Gebetsfahnen geschmückt waren. In der Nähe gluckerte und rauschte der Fluß.

Als sie sich dem Haus näherten, begannen sechs große Wachhunde wütend zu bellen, zerrten an ihren Ketten und hatten Schaum vor dem Maul. Senge, gut aufgehoben in den Falten von Tsuns Tschuba, schloß sich mit einer nachdrücklichen Erwiderung an. Am Hauseingang winkte Tsun einem hocherfreuten kleinen Mädchen zu, das durch einen Riß im satinierten Reispapier des

Fensters herausschaute. Bunte Blumenkästen standen zwischen den geschnitzten Fensterrahmen. Hufe klapperten auf dem Steinpflaster des Hofs, als die Gruppe durch das Tor ritt. Der ganze Haushalt hatte sich versammelt, um sie zu begrüßen. Einige der Diener hielten Sturmlaternen hoch. Andere ergriffen die Zügel der Pferde, um den Gästen beim Absitzen behilflich zu sein, und zwei Männer schlossen hinter ihnen die schweren Holztore.

Tsering Dawa stellte Tsun seine Frau, seinen jungen Sohn, seine Tochter und seine beiden Neffen vor. Dann wurde die Gesellschaft über eine abgenutzte, schmierige Leiter mit einem Seil als Handlauf zu den Wohnräumen im ersten Stock geleitet. Genyen blieb mit den Männern unten, um dafür zu sorgen, daß den Mauleseln die Lasten abgenommen und die Pferde gefüttert und getränkt wurden.

Im Erdgeschoß des Hauses, das um einen Hof herum gebaut war, befanden sich die Ställe und Lagerräume.

Die Gäste wurden in ein großes, niedriges Zimmer geführt. Die Wände waren frisch hellgrau gestrichen und mit einem bunten Fries ringsum dicht unter der Decke abgesetzt. Mit Teppichen und Kissen bedeckte Sitze standen an den Wänden, und zwei besonders hohe Sitze wurden zu beiden Seiten des vergoldeten hölzernen Schreins eiligst von einem Diener aufgestellt. Auf dem Schrein brannten Butterlampen und Weihrauch vor den Statuen von Tsonkhapa, Tschenresi, dem Schutzpatron von Tibet, und Maitreya, dem künftigen Buddha. Schön geschnitzte und bemalte Tische wurden vor die Sitze gestellt. Das harte, weiße Licht einer Crotonöllampe erhellte den Raum.

Tsun und Kesang verneigten sich vor dem Schrein und nahmen dann auf den beiden erhöhten Sitzen zu dessen Seiten Platz. Aus einem mit einer Glastür versehenen Schrank nahm Kalsang, Tsering Dawas Frau, zwei Jade-Teetassen auf silbernen und goldenen Ständern und stellte sie vor die beiden Lamas.

«Haben Sie eine gute Fahrt gehabt, Rimpotsche?» fragte Tsering.

«Wie das Leben», lächelte Tsun. «Gut und schlecht.»

Dann brachte Kalsang eine Schale mit Obst. Ihr Mann nahm eine Orange heraus und begann sie sorgfältig zu schälen. Genyen kam herein, ihr folgten die hochgewachsenen Khampas und die Diener des Hauses. Der Raum füllte sich mit Lärm und Lachen.

Tsering teilte die geschälte Orange in zwei Hälften und gab den beiden Lamas je eine. Als seine Frau das Zimmer verließ, beugte er sich zu Tsun.

«Ich kenne Genyen seit vielen Jahren», sagte er. «Aber ich habe nicht geahnt, daß sie eines Tages über so viele Männer gebieten würde, und über alle gleichzeitig!»

Genyen hörte es, und sein schallendes Gelächter ließ sie erröten, während sie Tsun rasch anblickte.

«Du wußtest auch nicht, Tsering», antwortete sie scharf, «daß, wenn meine Schönheit die Männer nicht bestrickt, mein Verstand und meine Behendigkeit mit dem Schwert sie bezwingen!»

Senge, der, durch den Lärm erschreckt, sich in die Falten von Tsuns Gewand geflüchtet hatte, wurde unruhig. Tsun holte ihn heraus und setzte ihn auf den Fußboden. Er rannte zu den Kindern des Hauses, die in der Mitte des Zimmers spielten.

«Rimpotsche –» Tsering schob seinen Filzhut auf den kupferfarbenen Hinterkopf – «als wir Ihnen entgegenritten, hat mir Genyen erzählt, daß ein Angehöriger Ihrer Gruppe gestorben ist.»

Tsun nickte.

«Wie ist das passiert, Rimpotsche?»

«Es war ein Unfall», erwiderte Tsun. Er wollte nicht in ein Gespräch über das, was dem Kundschafter widerfahren war, verwikkelt werden. Tatsächlich beantworteten beide Männer die Fragen des anderen nicht vollständig. Das war üblich. Man verriet einfach nicht zuviel zu früh.

Kalsang, ihre Tochter und ein Kindermädchen brachten mit Silber ausgeschlagene Holzschalen, die geröstetes Gerstenmehl enthielten, vermischt mit frischer Butter und Käse. Zur Feier des Neujahrsfestes lagen auf jeder Schale farbige Nachbildungen von Sonne und Mond aus Butter. Als die Schalen vor sie hingestellt wurden, wünschten alle dem Gastgeber und seiner Familie Gesundheit, Glück und Seelenfrieden.

«Wir hatten ganz vergessen, daß Neujahr ist», sagte Norden. Tserings Tochter lächelte sie aufgeregt an.

«Ich habe geholfen, den Ruß aus der Küche zu fegen, dann haben wir ihn zu den Wegkreuzungen gebracht, damit die Dämonen zufrieden sind.» Sie bot Norden die Schale an. «Und ich habe die Küche mit glückverheißenden Symbolen geschmückt, als wir hörten, daß ihr kommt.»

Tsun fing einen Blick von Genyen auf, als sie herüberkam und sich auf einen Teppich neben ihn setzte.

«Ich habe abgesprochen, Rimpotsche ...» begann sie zögernd. Sie fand es seltsam, ihn «Rimpotsche» zu nennen, obwohl sie es wollte, und hoffte, er werde ihre Verlegenheit nicht bemerken, während sie fortfuhr: «Ich habe mit Tsering Dawa abgesprochen, daß wir die Stärke der Han-Truppen hier in der Gegend herausfinden wollen. Warum greifen sie nicht einfach an? Warum versuchen sie, uns Angst einzujagen?»

«Ich weiß es nicht, Genyen. Vielleicht, weil wir die Han-Frau bei uns haben, oder um unsere Entschlossenheit zu schwächen, um uns zu überzeugen, daß wir nicht auf Erfolg hoffen können. Oder sie haben nicht genug Leute.»

Sie aßen eine Zeitlang schweigend, jeder in seine Gedanken versunken, und wurden der angeregten Unterhaltung ringsum nur halb gewahr. Genyen sah zu Tsun auf.

«Könnten Sie für Topden die Todeszeremonie vornehmen? Er war ein leicht aufbrausender Mann, und einige von uns meinen, sein Geist könnte sich an den Ort klammern, wo er getötet wurde, und zu einer rächenden Emanation werden.»

Tsun nickte. «Morgen früh.»

«Wissen Sie, daß Tsering es gern hätte, wenn Sie und Dordsche Rimpotsche an der Neujahrsfeier und dem Festmahl im Freien teilnehmen würden?»

Tsun nahm den silbernen Deckel von der Jadetasse ab und legte die Hände um den silbernen Ständer, ehe er sie an die Lippen hob.

«Genyen, auch wenn die Han wissen, daß wir hier sind, so wissen sie doch nicht, wohin wir gehen. Wir werden an der Feier teilnehmen und den Eindruck erwecken, als würden wir noch ein paar Tage hierbleiben, aber sage Tsering Dawa, daß wir nur als Laien teilnehmen können. Wirst du bis morgen abend die Stärke der Han-Streitkräfte wissen?» Sie nickte. Tsun trank einen tüchtigen Schluck Tee. Tserings Tochter füllte die Tasse gleich wieder und legte den silbernen Deckel darauf.

«Dann, Genyen», flüsterte er, «werden wir morgen abend aufbrechen.»

«Seht mal, was ich von meiner letzten Handelsreise nach Indien mitgebracht habe.» Tsering Dawa ging hinüber zu einem großen, mit einer Kurbel aufzuziehenden Grammophon, das auf einem Tisch stand. Er zog es sehr sorgfältig auf, dann legte er eine Platte auf den Plattenteller. Der «Glenn Miller-Sound» erklang. Einige der Anwesenden stießen Schreie der Verwunderung aus. Kesang riß in kindlichem Staunen fasziniert die Augen auf. Senge rannte im Raum herum und bellte wütend. Genyen ging näher und starrte die sich drehende Platte an.

«Ein Zauberkasten», murmelte sie. «Aber warum so seltsame Töne? Warum sind die kleinen Dämonen da drinnen so wütend?»

Tsering lachte. Er hielt das Laufwerk an und legte eine Platte mit tibetischer Musik auf. Die Gäste scharten sich um das Grammophon, um zu sehen, wie es funktionierte.

Gerstenbier wurde in messingbeschlagenen Holzbechern mit Bambus-Trinkhalmen serviert. Die Zeit verging schnell mit Essen und Trinken und viel Gelächter. Die Strapazen der letzten Tage, die Zerstörung von Litang, die verstümmelte Leiche des Kundschafters, alles schien bei der Fröhlichkeit der Neujahrsfeier für eine Weile zu verblassen. Die Gäste begannen sich zu entspannen, bis die Müdigkeit sie schließlich überkam und ihr Gastgeber, der bemerkte, daß Kesang kaum noch die Augen aufhalten konnte, sie fragte, ob sie sich zur Ruhe begeben wollten.

Alle standen auf und verbeugten sich respektvoll, als sich die beiden Lamas erhoben und Tsering folgten. Am Ende des Korridors lag das Zimmer, in dem sich der Schrein befand. Auf Tserings Anweisung war es für die Lamas mit den besten Teppichen und Matratzen hergerichtet worden. Dann zeigte er Kesang den Abort. Es war eine kleine, geschlossene Nische, die über die Außenmauer hinausragte und einfach ein Loch in den Fußbodenbrettern hatte. Die außerordentliche Kälte verhinderte, daß die sich unten anhäufenden Exkremente Krankheiten verursachten, ehe sie weggebracht werden konnten, um als Düngemittel auf den Feldern verwendet zu werden.

«Mir gefällt das kleine Haus», sagte Kesang, als er zurückkam. «Es ist nicht so dunkel und beängstigend wie das im Kloster!»

Tsun lächelte den Jungen an und sah ihm nach, als Kesang im Raum herumging und alles genau betrachtete, die vielen Kostbarkeiten der Familie, die Festtagskleider, die Handelswaren, zu denen Uhren, Zigaretten, Kämme, Zahnbürsten und Unmengen von Stoffballen gehörten. Kesang wurde bei seiner faszinierten Besichtigung durch Senge gestört, der entdeckt hatte, wo sie waren, und bellend an der Tür kratzte, um eingelassen zu werden. Kesang machte die Tür auf, und der kleine Hund sprang herein.

Im Schein der flackernden Butterlampen warfen sich die beiden Lamas vor dem Schrein nieder und lasen aus heiligen Texten. Dann lösten sie die Gürtel ihrer Tschubas, die nun bodenlang waren, wickelten sich in die locker herabfallenden Gewänder ein und legten sich auf die Teppiche, um zu schlafen.

Tsun war müde, aber er konnte nicht einschlafen. Er lag da und starrte auf die sich bewegenden Schatten an den Wänden und an der Decke. Draußen heulte der Wind, so daß die Butterlampen wie wild flackerten und diese unheimlichen Schatten warfen. Die Lampen auszulöschen wäre ehrfurchtslos gewesen.

Es war unwahrscheinlich, daß die Han Scharfsinn besaßen. Aber wer sonst könnte dieses grausame Spiel mit ihnen treiben? Als ob jeder Schritt bekannt wäre, den sie tun wollten? Tsun war, als säße er in der Falle. Genyen war verantwortlich für die Eskorte, aber was den Erfolg ihrer Fahrt betraf, verließen sich alle auf ihn. Schließlich überkam ihn die Erschöpfung, und er fiel in einen unruhigen Schlaf.

3

Das Prasseln des Regens auf der Fensterscheibe weckte Tsun. Das Zimmer war dunkel und sehr kalt. Die meisten Butterlampen waren im scharfen Luftzug erloschen. Das Geräusch des Regens wurde leiser, weil der Wind wie wild heulte.

Tsun zwang sich aufzustehen, zog die Schaffell-Tschuba fester um sich und ging zum Fenster. Er hatte vorher nicht bemerkt, daß das Fenster verglast war, statt mit Reispapier verkleidet zu sein. Er schaute hinaus ins Tal. Der Himmel war von einem harten Licht mit einem Anflug von Purpurrot erhellt. Er sah eine riesige, wallende Wolke, purpurrot in der Mitte, von der dunkelblaue Strahlen ausgingen und deren Ränder in der Dunkelheit der Nacht verschwanden. Das Tal lag verlassen da. Es war, als stünde er völlig allein, ein Fremder unter den wahren Bewohnern des Schneelandes, wo die Elemente, der Himmel, das Wasser, die Erde selbst und ihre hochragenden Berge sich bewegten und reckten und der Mensch immer in ihrem Schatten war. Tsun hatte viele Gewitter erlebt, aber dieses war anders, ein böses Omen. Etwas rührte sich, und als er sich umschaute, sah er, daß Kesang aufstand und sich eine Decke um die Schultern legte. Tsun streckte eine Hand aus, und der Junge kam und stellte sich neben ihn.

Ein blendendes weißes Licht erleuchtete plötzlich das Tal. Die beiden Lamas kniffen vor der Helligkeit die Augen zu. Zugleich mit dem gewaltigen, dröhnenden Krachen vom Himmel erbebte der Boden unter ihnen.

«Die Götter haben den Kampf aufgenommen», flüsterte Kesang voller Scheu, als der Donner verhallte.

Noch ein Blitz zuckte über den Himmel, und wieder erbebte der

Boden bei dem heftigen Grollen. Tsun erinnerte sich an das Sprichwort, das besagte, wenn die Götter miteinander kämpfen, werde der Mensch bald ihrem Beispiel folgen. Ein weiteres Mal entlud sich der Donner über ihnen. Als er verklang, hörten sie Senge in einer Ecke des Raumes winseln.

Allmählich zog das Gewitter vorüber, aber der Regen strömte noch herab, floß über die Fensterscheibe und nahm ihnen die Sicht.

«Was soll aus uns werden?» Kesang hatte die Vorbedeutung des Gewitters ebenfalls erkannt. «Du hast einen Plan, kannst du mich nicht einweihen?» Tsun lächelte beruhigend. «Wenn ich dir alles sage, könnte es gefährlich sein.»

«Du meinst, die Han werden mich womöglich foltern, und ich verrate dann das Geheimnis?»

Tsun vermochte nicht zu antworten. Er blickte hinunter auf das ernste kleine Gesicht und betete, daß ihm die richtigen Worte einfielen.

«Ich weiß, die Han hassen uns, weil wir Lamas sind», sagte Kesang, «und weil das Volk uns die Treue hält. Und ich weiß –» er sah mit angstvollen Augen zu Tsun auf – «ich weiß, daß sie versuchen werden, dich zu töten. Aber ich bin jung, mich werden sie nach China schicken wollen. Tsun!» Er packte ihn am Arm. «Laß das nicht zu. Töte mich vorher.»

Der Abt sah den kleinen Jungen an und sagte immer noch nichts.

«Mein früherer Körper hätte ihnen Widerstand geleistet», fuhr Kesang fort. «Er war erfahren, aber ich bin es nicht. Die Han könnten mich leicht überlisten. Es ist besser, daß ich sterbe, als daß ich dich, die dreifache Zuflucht ... als daß ich alles verrate. Du mußt es mir versprechen, Tsun», flehte er verzweifelt.

Tsun versuchte zu sprechen, aber kein Ton kam heraus. Kesang zog an seinem Arm.

«Ich werde die Verantwortung übernehmen, damit du nicht in der Hölle leiden mußt, weil du deine Gelübde gebrochen hast», beteuerte Kesang.

«Daran habe ich nicht gedacht», murmelte Tsun undeutlich.

«Dann wirst du tun, worum ich dich bitte?»

Tsun schwieg eine Weile. Was Kesang verlangte, stand in völligem Gegensatz zu seinen Pflichten als sein Präzeptor und Mönch. Aber ...

«Ja», sagte er.

«Danke!» Kesang lächelte ihn an. Ein Lächeln der Erleichterung, aber auch, dachte Tsun, ein Lächeln, das sich der Vergangenheit, der Qual des Abtes bewußt war.

«Tsun, weißt du, daß ich in den letzten Monaten viele seltsame Erlebnisse hatte?»

Er nickte. Die Tatsache hatte ihn sehr bekümmert.

«Ich sehe immer wieder ein fremdes Land», fuhr Kesang fort, «in dem Götter oder Dämonen leben, ob sie das eine oder das andere sind, weiß ich nicht, aber es ist kein Traum.»

«Beschreibe mir diese Wesen, Kesang.»

«Sie sind hochgewachsen, haben helle Haut und lange Nasen und sind seltsam angezogen. Allerdings ist ihre Kleidung ähnlich wie die der Han.» Er sprach leise, und es war, als ob er das, was er beschrieb, vor sich sähe. «Sie haben merkwürdige Fahrzeuge, viele gibt es davon, und große Gebäude. Da herrscht Betriebsamkeit und ein entsetzlicher Lärm.» Seine Stimme verklang, und es trat eine lange Pause ein.

«Was du gesehen hast, ist ein Land der Indschis», sagte Tsun. «Auf meinen Reisen nach China und Indien habe ich solche Orte gesehen, wie du sie beschreibst, und solche Menschen. Es bedeutet, daß du auch reisen wirst.»

«Nein.» Der Junge schüttelte den Kopf. «Ich werde Tibet nie verlassen. Ich werde bald sterben.»

Tsun sah den Jungen forschend an. Sein Gesicht drückte keine Beunruhigung aus, nur Traurigkeit. «Warum glaubst du das?» fragte er leise.

«Vielleicht, Tsun-la, vielleicht, weil alles bald sterben wird.»

Tsun blickte auf das Kind hinunter und wußte, daß es nicht nur vom Schicksal alles Lebendigen sprach, sondern einen flüchtigen Eindruck von seiner eigenen düsteren Vision gewonnen hatte. Ein kleiner Junge, dachte er, und doch übermittelt er die beständige Wirkung von Dordsche Rimpotsche. Kesang, der Klugheit und Scharfblick weit über seine Jahre hinaus erkennen ließ und dennoch ein Kind war, wie es seinem Alter entsprach. Kesang legte die Hände auf das Fensterbrett und sah zu, wie das Tal verschwamm, verblaßte und wiederauftauchte, als der über die Fensterscheibe strömende Regen nachließ. Tsun legte dem Jungen eine Hand auf die Schulter und sagte:

«Für einen, der so jung ist wie du, hast du viele Greuel gesehen,

Kesang. Deine Visionen sind die Auswirkungen der Fähigkeiten deines früheren Körpers. Doch bist du unerfahren und jung und besitzt nicht das Wissen, um alles, was du siehst, ganz zu verstehen.» Kesang nahm ein ständiges Kratzen an seinem Bein wahr. Er bückte sich und hob Senge auf, klemmte ihn sich unter den Arm und hielt ihn so, daß seine Vorderpfoten auf dem Fensterbrett lagen, damit er auch hinaussehen konnte. Dann und wann wurde eine Pfote ausgestreckt, und Senge versuchte, ein Regenrinnsal zu berühren, das indes außen an der Scheibe herunterlief.

«Unser Land erlebt die düsterste Zeit seiner Geschichte», fuhr Tsun fort. «Es wird den Anschein haben, als ob alles stirbt, und bedauerlicherweise gibt es viel Grausamkeit und Leiden für unser Volk. Das Leben, Kesang, wird sich ändern, aber das sollte uns nicht überraschen. Gibt es einen Augenblick, der sich nicht ändert? Gibt es irgend etwas, das sich nicht ändert? Alles, was du und ich in Ehren halten, mag uns genommen, mag vernichtet werden.»

Schweigend blickte sie durchs Fenster auf den Regen, und der Junge hörte Tsuns Worte mit einem Grauen, das ihm in der Brust weh tat wie körperlicher Schmerz. Tsun blickte auf ihn nieder.

«Ist Dordsche Rimpotsche vernichtet worden?»

«Nein, Tsun-la.»

«Dennoch ist er gestorben. Aber seine Wirkung lebt fort in veränderter Gestalt. In deiner Gestalt. Unser Leben ist die Lehre, Kesang. Wieviel auch immer sich verändern mag, die Religion wird sich nicht ändern. Aber die Greuel, die du siehst, die Visionen, die du hast, sollen dir vielleicht helfen, damit du deine Hilfe ohne Furcht gewähren kannst, wenn sie gebraucht wird.»

«Glaubst du, daß alles vernichtet wird, Tsun-la?»

«Wir sind schon früher vernichtet worden.»

«Aber was wird aus unserem Land? Alles wird kaputtgeschlagen.»

«Wir haben schon früher Invasionen erduldet. Unsere Klöster wurden zerstört, unser Volk unterdrückt. Ebenso, wie Menschen leiden, leiden auch Völker. Wir haben die Invasoren schon früher besiegt und werden es wieder tun.»

«Aber Menschen werden sterben, Tsun. Müssen Völker also auch sterben?»

«So mag es nach dem Gesetz von Ursache und Wirkung sein – dem Gesetz des Karma. Aber unsere Pflicht ist es, zu tun, was immer wir können, um es zu verhindern. Wahrheit und Gerechtigkeit sind auf unserer Seite, Kesang. So müssen wir nach dem Gesetz des Karma schließlich den Sieg erringen.»

Kesang sah ihn durchdringend an. «Schließlich?» wiederholte er. «Nach Äonen?»

Er hat eine Auffassungsgabe, dachte Tsun, die für ein Kind außerordentlich ist. Das Rad des Karma mochte in der Tat Äonen brauchen, um sich zu drehen; bis zum «Sieg» könnte es noch Generationen dauern, und das Volk mochte wohl das Schicksal von Buddhas Sakya-Stamm erleiden, die völlige Vernichtung. Er fragte sich, ob Kesang das wußte.

«Sage mir, Tsun, was du vorhast», bat der Junge.

«Wir haben Freunde draußen in der Welt, Kesang. Es gibt eine Versammlung von Völkern, eine Organisation, die uns vielleicht hilft, wenn sie erkennt, wie verzweifelt unsere Lage ist.»

«Es besteht also Hoffnung?»

«Natürlich. Und vergiß nicht, daß in Lhasa noch Frieden herrscht.» Es fiel Tsun schwer, seine Stimme überzeugend klingen zu lassen. «Komm jetzt, Kleiner, das Gewitter verzieht sich, und wir müssen schlafen.»

Tsun deckte den Jungen gut zu, und Kesang nahm Senge in die Arme und drückte ihn fest an sich. Er hatte Tränen in den Augen, aber er gab keinen Laut von sich. Tsun blutete das Herz, als er den Kummer des Kindes sah.

«Weine nicht, Kesang.» Er setzte sich neben ihn und streichelte ihm sanft den Kopf. «Mach die Augen zu und meditiere, wie ich es dich gelehrt habe.»

Allmählich sank der Junge in Schlaf, aber Tsun blieb wach. Er hatte über vieles nachzudenken.

In einiger Entfernung vom Zimmer der Lamas standen Samden und die scheue Tochter seines Gastgebers auf dem Korridor und sahen zu, wie sich der Regen in das Tal ergoß.

«Du bist sehr hübsch», flüsterte Samden ihr ins Ohr und lachte leise, als sie errötete. «Wirklich.» Seine Lippen liebkosten ihr Ohr.

«Kuscho! Bitte nicht!» Sie trat einen Schritt zurück.

Dschetsön fand, ein Mönch sollte sich nicht so benehmen, aber er war so hübsch und selbstsicher, und das Unerreichbare übte einen seltsamen Reiz aus. Gerüchte über die Manneskraft verliebter

Mönche fielen ihr ein, und sie war halb ängstlich und halb erregt. Und es war schmeichelhaft, wenn einem ein Mönch solche Aufmerksamkeit schenkte.

«Es ist unheilverheißend für das neue Jahr, sich so zu benehmen», schalt sie.

«Vielleicht.» Er machte plötzlich ein ernstes Gesicht. Es trat einen Augenblick Schweigen ein, dann lächelte er wieder.

«Erzähl mir mal, was du am Neujahrstag tun wirst!»

«Am Morgen gehe ich mit allen anderen im Haus das Sternenwasser holen. Dann besuchen wir unsere Freunde und tanzen mit ihnen. Und Pa-la gibt ein Festmahl im Freien.» Sie lachte, übersprudelnd von Vorfreude. Einen Augenblick lang wich Samdens berechnender Charme einem Staunen über ihre lebensvolle, jugendliche Schönheit.

«Warum habt ihr das Han-Mädchen bei euch?» fragte Dschetsön plötzlich.

«Weil sie uns gesehen hat, als wir flohen ...» Kaum hatte er es ausgesprochen, da wurde Samden klar, daß er zuviel gesagt hatte. Er sah den entsetzten Ausdruck auf ihrem Gesicht. «Aber du darfst niemandem gegenüber erwähnen, was ich eben gesagt habe.» Er senkte die Stimme und fuhr beschwörend fort: «Sonst wirst du verflucht von Dämonen und ...»

«Ich werde kein Wort sagen, Kuscho, ich verspreche es», unterbrach ihn das Mädchen verängstigt. «Ich habe nur gefragt, weil meine Mutter sich über ihre Anwesenheit ärgerte und meinte, das würde uns Unglück bringen.»

«Schlag dir solche beunruhigenden Gedanken aus dem Sinn.» Samden strich ihr sanft über das Haar und schickte sich dann an, ihr Gesicht zu erforschen.

4

Topdens Kopf zu zertrümmern war unglaublich schwierig. Taschi, sein Gefährte seit fünf Jahren, hieb mit der einen halben Zoll starken, stumpfen Klinge seines Dolchs schon zum viertenmal auf den Schädel ein. Das lange schwarze Haar, mit einigen Perlen und bunten Fäden durchflochten, war von den Geiern nicht angerührt worden, aber es ließ das halb abgefressene Gesicht noch makabrer erscheinen.

In einer so kleinen Gemeinde gab es keine berufsmäßigen Leichenzerstückler, die für die völlige Beseitigung von Topdens Körper gesorgt hätten, deshalb hatten es Taschi und Gonpo übernommen, im Morgengrauen dorthin zurückzureiten, wo er den Tod gefunden hatte. Weil es einfach notwendig war und überdies einem religiösen Ideal entsprach, war die «Luftbestattung» zu einem festen Brauch geworden. In einem Land, wo der Boden oft aus Fels bestand oder steinhart gefroren war, ahmte man, wenn man seinen Körper zur Verfügung stellte, um den Hunger anderer Lebewesen zu stillen, das Mitleid der Buddhas nach, die ihr Leben so oft anderen zuliebe opferten.

Bei Tagesanbruch bereits mit Gerstenbier gestärkt, hatten sich Taschi und Gonpo aufgemacht, Topdens Körper zu beseitigen. Die Geier hatten schon tüchtig gefressen und konnten es sich leisten, wählerisch zu sein, und Topdens Leiche war erst teilweise verzehrt. Die beiden Männer weinten. Die Geier sammelten sich träge und gemächlich, sahen aber gespannt zu, während sie auf Vorsprüngen in der Felswand und auf Ästen der verkümmerten Bäume am Fluß hockten, und mit den schwarzen Flügeln gegen die nackten Köpfe und Hälse sahen sie bucklig und unheimlich aus. Topdens Schädel brach endlich auf. Die Geier rührten sich und kamen näher. Gehirn war die beliebteste Delikatesse. Ein Leichenzerstückler hatte Taschi sogar erzählt, wenn die Vögel das Gehirn zu früh bekämen, verschmähten sie den Rest der Leiche. Deshalb hoben die Fachleute das Gehirn bis zuletzt auf und vermischten es mit den zerkleinerten Knochen, um sicherzugehen, daß nichts übrigblieb.

Aber Taschi und Gonpo waren keine berufsmäßigen Leichenzerstückler. Sie waren Topdens Freunde. Als die Geier begannen, sich um sie zu scharen und nach einzelnen Stücken zu schnappen, taten sie eiligst, was sie tun mußten.

Um zu ihren Pferden zu kommen, mußten sich die beiden Männer der Geier mit Stöcken erwehren.

Rintschen, dessen kräftiger Körperbau durch seine kastanienbraune Robe noch unterstrichen wurde, führte jede Bewegung behutsam und wohlüberlegt aus, ganz auf seine Aufgabe konzentriert, als er ein kleines stilisiertes Bild desjenigen, «dessen Leben ihn verlassen hat», auf einen sorgfältig weiß gezeichneten Lotus legte, und zwar zwischen die sechs symmetrischen geöffneten Blütenblätter. Auf dem reich geschnitzten Schrein mit seinem Dutzend kleiner Nischen für Bronzestatuen und großer für die heiligen Schriften standen vierzehn silberne Schalen mit frischem Wasser und kleine Schüsseln mit Fleisch und Süßigkeiten als symbolische Opfergaben. Rintschen entzündete die letzte der 108 Butterlampen.

Tsering Dawa hatte die besten Teppiche im Wohnzimmer auslegen lassen, damit seine Gäste während der Zeremonie darauf sitzen konnten, und er, seine Familie und seine Diener hatten sich Tsuns Gruppe angeschlossen. Senge kletterte über ihre Beine und schlängelte sich zwischen Teppichen hindurch, bis er es sich schließlich an der Kohlenpfanne gemütlich machte.

Die Mönche saßen im rechten Winkel zum Schrein, jeder hatte einen kleinen kastenähnlichen Tisch vor sich, auf dem der Text für den Toten, das kleine rituelle Messungszepter und die entsprechende Handglocke lagen, die Weisheit und Mitleid symbolisieren, sowie Kastagnetten, Schalen mit Opferreis und zweiseitige Handtrommeln.

Genyen bedeutete Ling, sie solle sich neben sie setzen, und die Han-Frau beschloß, in dem überfüllten Raum zu versuchen, sich mit gekreuzten Beinen niederzulassen. Als Genyen die Perlenschnur von ihrem Handgelenk abwickelte und begann, stille Gebete abzuzählen, wurde sich Ling klar, wie nervös sie war. Es war nicht, als ob sie nie zuvor einen Todesfall erlebt hätte, und sie war auch schon früher bei Totenfeiern gewesen, aber bei keiner hatte sie ein solches Grauen empfunden. Aber schließlich, dachte sie, war sie bei früheren Feiern keine Gefangene gewesen und nicht beunruhigt durch zwiespältige Gefühle wie jetzt in bezug auf Tsun.

Als sie zu ihm hinüberschaute, hob er einen Becher Tee an die Lippen und bemerkte Lings Blick. Sie sah rasch weg, und er spürte ihre Verlegenheit und Befangenheit.

Ling war verblüfft über das Timbre von Tsuns Stimme beim Rezitieren des Textes. Der sonore Klang und die Modulationen sollten Tonschwingungen mit einer eindeutigen spirituellen Wirkung erzeugen. Die anderen Mönche begleiteten ihn periodisch mit ihren ebenso tiefen und vibrierenden Stimmen und hoben Teile des Textes durch anmutige und komplizierte Bewegungen des rituellen Zepters und der Handglocke hervor, durch Trommelschläge und den unheimlichen, hohen Klang der Kastagnetten.

Die Mönche warfen mit einem Fingerschnalzen einige Reiskörner in die Luft und erklärten, das seien Opfergaben für etwaige böse Geister, denen sie zu verschwinden befahlen. Die Aufmerksamkeit richtete sich jetzt auf Topdens Namenskarte unter ihrem kleinen, regenbogenfarbenen Baldachin. Als der Tote herbeigerufen wurde, sang Tsun:

«Die irdische Reise ist beendet, Fleisch und Knochen, bisher untrennbar, sind voneinander gelöst. Geburt, Alter und Tod sind der Ursprung allen Leidens. Nach dem Tod wird alles wieder zu Erde. Alles wird verzehrt von Vögeln, Hunden, Füchsen, Wölfen, Würmern und Fliegen. Dort ist jede religiöse Andacht vergeblich. Knochen werden wie Stein, Fleisch wird Erde, Blut wird Wasser und Körperhöhlen werden Luft; und der Geist ist wie die Leere des Himmels.»

Obwohl Ling wußte, daß das stimmte, denn es war das, was der wissenschaftliche Materialismus bewiesen hatte, fand sie den Gedanken an die Leere des Himmels trostlos und bedrückend. Aber wenn Tsuns Worte sie bedrückten, so beruhigten sie die anderen, denn für alle in diesem Raum außer Ling war das Leben offenbar der Schatten der Leere, «die Grundlage von allem», die unmöglich rational zu beschreiben, sondern nur durch den Geist zu erfahren ist.

«O edelgeborener Topden, höre zu. Deine jetzige Persönlichkeit ist wirklich leer, zu nichts gestaltet; auf natürliche Weise leer zu sein ist die Wirklichkeit; es ist das vollkommen Gute.»

Topdens Pilgerfahrt im Tod war für alle Anwesenden von Bedeutung. Der Tod war eine Gelegenheit; es gehört Geschick dazu, zu sterben und die Gelegenheit gut zu nutzen. Alle sahen das Leben mehr oder weniger weitgehend als eine Vorbereitung auf diese Zeit an.

Genyen lockerte den Gürtel ihrer Schaffell-Tschuba und klopfte sich etwas Schnupftabak auf den Daumennagel. Als sie ihn einsog, blieben kleine Teilchen auf ihren tränennassen Wangen kleben. Den Herrn der Barmherzigkeit anrufend, beobachtete sie Tsun. Er war in Meditation versunken, der sichtbare Führer des Toten, ein erweckter Krieger, der seine geistigen Waffen geschickt gebraucht, und sie erkannte den Heißsporn aus ihrer Jugend. Er war sich Topdens bewußt, und in diesem Bewußt-Sein gab es ein Gewahrwerden von Reaktionen, Eindrücken und Gedanken an die Fähigkeit des Toten, alle in diesem Raum Anwesenden deutlich zu sehen, an sein zunehmendes Wissen um seinen Tod und an den wogenden Strudel von Zorn und Rache, der ihn noch nicht überflutet hatte. Tsuns Worte und seine Präsenz sollten in Topdens verwirrten Geist eindringen, ihn auffordern, die Wut aufzugeben, ruhig zu sein, sich an die Ratschläge zu halten und seine Reise zu beginnen; ihn darauf hinweisen, daß er Lauten und Licht von seltsamer Art ausgesetzt sein werde, aber daß er, was immer ihm widerfahre, ruhig bleiben und auf die Worte des Textes hören sollte.

Einige Leute von Tsering bahnten sich einen Weg durch das überfüllte Zimmer. Ling versuchte ihre Beine zu lockern, die eingeschlafen waren, aber es tat weh und war schwierig, weil der Platz nicht ausreichte. Es gelang ihr, sie unter sich zu ziehen, so daß sie auf ihren Schenkeln saß.

Während die Mönche mit ihrem Gesang fortfuhren, nahm Tsun in regelmäßigen Abständen eines der winzigen Bilder von dem Stoß spielkartengroßer Miniaturen, die auf dem Tisch lagen. Jedes Bild veranschaulichte einen Aspekt des Verlaufs von Topdens Bewußtseinsstrom zwischen dem Tod und seinem neuen Zustand: eine Reise durch die Elemente seines Geistes und all dessen, woraus seine Persönlichkeit im Leben bestand. Tsun war sich der Aufmerksamkeit bewußt, die Topden den Worten des Textes schenkte, seiner Verwirrung und widerstreitenden Gefühle, als er den Toten darauf hinwies, daß mit dem Wegfall der Sinne, der Auflösung des Körpers und Auslöschung aller alten Ansichten und vorgefaßten Meinungen, mit dem Einsturz des subtilen Gebäudes, das der Geist um sich herum errichtet, Topden nur noch das innerste Wesen haben würde und eine Gelegenheit, der Dinge gewahr zu werden, sie so zu sehen, wie sie waren. Aber die Fähigkeit, in diesem Zustand zu bleiben, hing ganz und gar von Topdens Karma und Einsicht ab.

Alle im Raum murmelten Gebete und flehten, daß alle Verdienste, die sie in diesem oder ihren früheren Leben erworben haben könnten, Topden angerechnet werden mochten. Opfergaben – Speisen, Getränke, Kleidung, eine Waffe, Zaumzeug, Symbole aller begehrenswerten Dinge also – wurden von Genyen und den Angehörigen der Eskorte vor Topdens Namenskarte gelegt. Die Mönche beschrieben die Opfergaben, als wären sie für einen König, ein Widerhall aus der Zeit, als die Monarchen des prä-buddhistischen Tibets wie die ägyptischen Pharaonen für eine lange Reise durch die Unterwelt ausgestattet wurden. Aber jetzt waren die Opfergaben zu Symbolen für Tugenden geworden; der Schmuck für gute Führung, das Gewand für Nachsicht, das Pferd für Leistung.

Ling kam ihre Isoliertheit deutlich zum Bewußtsein. Sie war als einzige nicht beteiligt, hatte nichts beizutragen. Aber während sie sich zuerst noch etwas überlegen gefühlt hatte, weil sie von solchem Aberglauben frei war, empfand sie jetzt eine Andeutung von Verwirrung, von einer namenlosen, tiefen Furcht.

Als der Vormittag halb vorbei war, wurde die Zeremonie unterbrochen und Tee und Tsampa gereicht. Die Kinder des Hauses spielten mit Senge; die Erwachsenen nahmen die Gelegenheit wahr, ihre Beine zu strecken, unterhielten sich oder setzten ihre Gebete fort. Tsun beobachtete Ling, während er den Rest seines Tees mit Tsampa aufstippte. Sie betrachtete eingehend die Rollbilder der Gottheiten und war sehr bemüht, entspannt zu erscheinen. Beide dachten an ihre Unterhaltung während der Reise, als Ling die wundervollen wissenschaftlichen Leistungen von China und Sowjetrußland gerühmt hatte. «Du erkennst und bezweifelst nicht die gewaltige Macht des Geistes bei allem, was von einzelnen Wissenschaftlern geschaffen und entwickelt wurde», hatte Tsun gesagt.

«Aber trotz dieser unbestreitbaren Tatsache tust du die Kraft und die Macht des menschlichen Geistes als belanglos ab, wenn er nach innen blickt und sich selbst erforscht; die Macht derjenigen, deren ganzes Dasein darin besteht, ihren Mitmenschen zu helfen; die Macht des Geistes, Zufriedenheit zu *erleben*, seine Kraft zu verwirklichen, allen Lebewesen Befreiung vom Leiden zu verschaffen.» – «Natürlich», hatte Ling erwidert. «Der Geist tut das durch den Kommunismus. Ihr Weg indes ist ein selbstsüchtiger Weg.»

Heute wußte Ling, daß ihre Erwiderung keine Antwort gewesen war, daß Tsun von etwas anderem gesprochen hatte. Sie hatte es bisher als bedeutungslos abgetan, aber jetzt wußte sie wohl oder übel, daß der Geist eine Macht war. Als die Zeremonie ihren Fortgang nahm, setzte sie sich beklommen wieder zurecht.

Topden, der die erste Gelegenheit, sich seiner wahren Natur bewußt zu werden, nicht zu ergreifen vermocht hatte, würde sich jetzt auf eine Pilgerfahrt begeben und nach allem suchen, was seine Persönlichkeit ausmachte, nach allem, was sich auf ihn ausgewirkt hatte: die angehäuften Erfahrungen von Generationen, die archetypischen Verhaltensweisen in der Frühzeit des Menschen, die tief in die Psyche eingegraben sind, vereint mit seinem aufbrausenden Temperament und der Weitherzigkeit seiner Liebe. Jeden Aspekt seiner Psyche und Persönlichkeit traf er auf seiner Pilgerfahrt, einige erschienen als Götter, zornig oder gütig, je nach seiner Reaktion. Tsun und die Mönche, die sie im Text beschrieben, veranschaulichten ihr Erscheinen symbolisch mit den Miniaturzeichnungen und drängten die ganze Zeit darauf, daß Topden deren illusorische Natur erkenne und einsehe, daß sein Geist die einzige Wirklichkeit sei, nicht die Götter oder die Erfahrungen, die er machte; das alles seien Hervorbringungen seines Geistes, so wie ein Diamant eine Menge Licht reflektiert, aber seinem Wesen nach still und rein bleibt.

Immer wieder rief der Text Topden auf, die große Angst zu erkennen, die Wurzel der Todesangst, die Angst nämlich, die Selbstidentität zu verlieren. Tsun und die anderen konnten spüren, daß ein Wendepunkt erreicht war, als Topden sich jetzt einem Rückblick auf sein Leben stellte. Er war zum Beobachter geworden, zum Augenzeugen der Geschehnisse, die er an Orten erlebt hatte, die ihm vertraut gewesen waren; er sah alles, was sein kurzes Leben ausgemacht hatte: seine Familie, seinen Beruf, Liebe und Kampf.

Tsun spürte die starke Emotion des Toten, und ein Gefühl der Isolierung, eine Woge der Trostlosigkeit überflutete ihn, als Topden seine Vergangenheit durchlebte. Topden wäre die Wahrnehmung von Gerstenkörnern in seinen Händen völlig real erschienen, doch da hörte er Tsun erklären, daß der Tod seinem Leben einen Spiegel vorhielt, damit seine Selbsterkenntnis die Richtung beurteilen und bestimmen könne, in der sein Bewußtseinsstrom wiedergeboren würde – in den himmlischen Bereichen, in der Hölle, unter unbekannten Lebensformen, in anderen Dimensionen; und von den bekannten vielleicht im Tierreich oder, was das kostbarste wäre, als Mensch. Und es bestand immer noch die Möglichkeit, daß er die wahre Bedeutung dessen, was ihm widerfuhr, erkennen und erleuchtet werden würde, um vom Kreislauf der Wiedergeburt befreit zu sein.

Genyen murmelte das Mantra von Tschenresi, *Om Mani Padme Hum*, als Ling sich hinüberbeugte und ihr zuflüsterte:

«Ich muß austreten.»

Genyen nickte, stand auf und wartete, daß Ling sich erhob und vor ihr hinausging. Ling versuchte sich aufzurichten. Sie mußte sich an den Stoffballen festhalten, die an der Wand aufgestapelt waren, um das Gleichgewicht zu behalten; eines ihrer Beine war völlig gefühllos geworden, und das Gehen fiel ihr schwer. Sie stolperte über den Fuß eines Khampas. Er musterte sie unfreundlich und feindselig. Niemand bot ihr Hilfe an, aber das hatte sie auch nicht erwartet. Ebenso wie Genyen hielt sie sich für jedem Manne ebenbürtig, und sie war sich durchaus bewußt, daß jeder Kader, da er zur politischen Spitze der Partei gehörte, im Kampf gegen die alte feudale Gesellschaft unvermeidlich in vorderster Linie stand und daß jeder, der an diese Gesellschaft glaubte, sei es aus Eigennutz und wegen der damit verbundenen Privilegien oder aus reiner leichtgläubiger Unwissenheit, sie als eine Bedrohung ansehen würde, als einen Feind. Als sie Genyens ungeduldige Hand auf ihrer Schulter spürte, dachte sie, daß die Tibeter gewiß nicht ohne guten Grund «Grünhirne» genannt wurden. Tatsächlich schienen die meisten in diese Kategorie zu gehören, und das machte Lings Aufgabe soviel schwieriger, weil die Mehrzahl von ihnen aus ehrlicher Überzeugung an ihrem System festhielt.

Der Gesang der Mönche war noch zu hören, als die beiden Frauen die Halle betraten. Lings Brille beschlug sofort in der Kälte.

Man kann nur soviel Reis essen…

...wie man geerntet hat. Das hat kein weiser alter Chinese gesagt, sondern jemand, der pro Monat nur soviel Geld ausgeben kann, wie er monatlich verdient. – Es sei denn, er hat etwas gespart!

Genyen ging langsam neben ihr, die Hand auf dem Revolver in den Falten ihrer Tschuba, die locker von ihren kupferfarbenen Schultern herabhing.

Ling putzte ihre Brille am Ärmel ihrer wollenen Tschuba und wurde sich klar, daß sie es beileibe noch nicht gelernt hatte, sich deren Falten und Einschläge zu bedienen. Instinktiv verglich sie sich mit Genyen und ärgerte sich sowohl über den Vergleich als auch über ihre politische Unzulänglichkeit, weil sie solchen bourgeoisen Neigungen erlegen war. Sie sah auf Genyens Hand in ihrer Amba, dann trafen sich ihre Blicke.

«Wohin könnte ich denn laufen in dieser gottverlassenen Gegend?» Sie bemühte sich, ihre Stimme nicht aggressiv klingen zu lassen.

«Ich an deiner Stelle», sagte Genyen, «würde über das Weglaufen nachdenken.» Sie machte die Tür zu dem kleinen Raum mit den beiden primitiven Löchern in den Fußbodenbrettern auf, lehnte sich an die Wand und schien Ling abzuschätzen, die der Khampa-Frau den Rücken kehrte, ihre Tschuba hochzog, die Hose aufknöpfte und sich vorsichtig über eines der beiden Löcher hockte.

«Warum sprichst du tibetisch?» fragte Genyen leise.

«Ich arbeite hier in Tibet.» Ling war etwas überrascht.

«Wenige der gelben Hunde können uns verstehen», erwiderte Genyen.

Ling hielt es für klüger, die Bemerkung zu überhören, knöpfte ihre Hose zu und zwang sich, Genyen anzulächeln, als sie die Tür öffnete.

«Nicht nur Tibeter sind Grünhirne.» Ling lächelte immer noch und hoffte, sie sei bei Genyen nicht zu weit gegangen. Sie wollte sich nicht einschüchtern lassen, aber als sie über ihren Beweggrund nachdachte, stellte sie fest, daß es sich mehr um persönlichen Stolz als um das Hochhalten der Roten Fahne handelte – eine Schwäche, die sie bei der nächsten Selbstkritikversammlung der Partei, an der sie teilnahm, vielleicht vergessen würde.

Genyen bedeutete der Chinesin, sie solle auf dem Korridor vorausgehen. An der Tür des Schrein-Zimmers zögerte Ling und fragte sich, ob sie nahe dem Eingang einen Platz finden könnte, aber Genyen wies auf die Stelle, wo sie vorher gesessen hatte, und Ling kletterte über Beine und Körper und ließ sich wieder dort nieder.

«O edelgeborener Topden, höre mich an», intonierte Tsun. «Daß du jetzt leidest, kommt von deinem eigenen Karma. Es ist auf niemanden sonst zurückzuführen, nur auf dein Karma. Rufe den Buddha an, die Lehre und die Gemeinde der Erleuchteten, damit sie dich beschützen mögen. Es mag sein, daß du vom Herrn des Todes gerichtet wirst. Fürchte dich nicht, was immer auch geschieht. Dein Körper ist ein geistiger Körper, der Herr des Todes ist deine eigene Halluzination. In Wirklichkeit gibt es dergleichen wie den Herrn des Todes, Dämonen oder Götter nicht außerhalb von einem selbst. Verhalte dich so, daß du es erkennen kannst, und wenn du nicht zu meditieren verstehst, dann untersuche mit großer Sorgfalt die wahre Natur dessen, was dich erschreckt. In Wirklichkeit ist es die Leere, die in dir ist ...»

Ling dachte über Genyens Worte nach und fragte sich, ob sie mehr bedeuteten als eine allgemeine Warnung. Sie versuchte, möglichst viel Tee zu trinken, ehe er noch mehr abkühlte und die hart werdende Butter ihn widerwärtig machte. Sie bezweifelte seinen Nährwert nicht, aber er schmeckte ihr eigentlich nie.

Lopsang schob Topdens Namenskarte auf eins der Blütenblätter der in weiß auf dem Schrein aufgemalten Lotusblume, während die Mönche mit ihrem Gesang die Bereiche des Seins beschrieben. Jetzt wußte Tsun, daß Topden seine Gefühle des Zorns und der Rache aufgegeben hatte und von dem Ort seines Todes befreit war. Da er sich die Erkenntnis seiner wahren Natur nicht hatte voll zunutze machen können, floß sein Bewußtseinsstrom einer neuen Geburt entgegen.

Alle bemühten sich zu verhindern, daß Topden davongetragen würde zu einer womöglich ungünstigen Wiedergeburt, und beteten, er möge imstande sein, von seinem Urteilsvermögen und Verständnis Gebrauch zu machen bei der Entscheidung, wo er wiedergeboren werden sollte. Während die kleine Karte auf die verschiedenen Bereiche auf dem Schrein geschoben wurde, ermahnten Tsun und die Mönche Topden immer noch und erteilten ihm Rat über die geistigen Ebenen oder Daseinsbereiche und darüber, wie er seine Neigungen voll und ganz und endgültig zur Geltung bringen könne, wenn er seine Wiedergeburt gewählt habe.

Die anderen Mönche sangen weiter, aber Tsun stand auf, hielt einen brennenden Weihrauchzweig an Topdens Namenskarte und sprach:

«Höre, Topden. Das Feuer des Körpers, der Rede und des Geistes des Herrn der Barmherzigkeit, Tschenresi, hat die drei giftigen Übel verzehrt: Gier jeglicher Art, Haß und Zorn jeglicher Art, Unkenntnis der Natur der Dinge.»

In diesen wenigen Augenblicken außerhalb der Zeit spürte Tsun, daß Topdens Gefühl für sein Wohlergehen ihn verließ. Tsun sah sich selbst, abgemagert, sein kurzgeschorenes Haar grau gesprenkelt, das Weiße seiner Augen blutunterlaufen, das Gesicht ausgemergelt und durchfurcht. Das schlecht sitzende graue Baumwollhemd und die Hosen fühlten sich fremd an. Tsun war nicht länger in Tsering Dawas Haus, auch nicht einfach ein Beobachter irgendeines seltsam zukünftigen Geschehnisses. Er erlebte es, und eine sinnenbetäubende Erschöpfung überkam ihn, als er sich in die 3 mal 4 Meter messende Zelle schleppte und sich auf dem Sand zusammenrollte, der zu beiden Seiten des Betonstreifens in der Mitte die Betten der Insassen darstellte. Die ersten Augenblicke der Entspannung auf dem Sand waren köstlich nach der Arbeit des Tages und ehe die Beschwerden einsetzten, die von Verletzungen, blauen Flecken, quälenden Träumen von Hunger, Angst und gestörtem Schlaf herrührten.

Die Tür wurde zugeknallt und das Eisengitter verriegelt. Wenig wurde gesprochen. Tsun und drei andere in der Zelle verbrachten die wenigen kostbaren Nachtstunden mit Meditation und sahen die Beschwerden und Schmerzen als Teil ihrer Kontemplation an. Nach so langer Zeit war ihre Widerstandsfähigkeit zu einem guten Teil diesen stillen Stunden zu verdanken. Die vergoldeten Bronzestatuen, die landauf, landab in Tempeln und Klöstern zertrümmert und eingeschmolzen worden waren, lebten, wie sie es immer getan hatten, für einige Augenblicke im Inneren von Menschen; in dieser Zelle nahmen sie Gestalt an, erschaffen von Tsuns Geist als ein Blickpunkt, in ihm integriert und in der Leere, die alle Dinge enthält.

In der Dunkelheit spürte Tsun eine Bewegung. Eine Hand berührte ihn. Er setzte sich auf, und obwohl er nicht sehen konnte, merkte er, daß die anderen mit gekreuzten Beinen im Lotussitz dasaßen und darauf warteten, daß er den Ritus nach dem Tod für einen aus ihren Reihen, der in der Nacht zuvor gestorben war, beginne. Es gab keinen Text, nur Tsuns Gedächtnis. Keine Ritualgegenstände. Kein Schrein, keine Rollbilder. Nichts als das Verlangen derjenigen, die sich in der winzigen Zelle versammelt hatten, ihre religiöse Tradition trotz nicht enden wollender Verzweiflung fortzusetzen.

Das einzige Geräusch in dem Zimmer in Tsering Dawas Haus war das Knistern der erlöschenden Flamme in einer Butterlampe. Senge saß still neben Tsun, der vor dem Schrein stand. Die Namenskarte von Topden war zu rauchender Asche geworden. Obwohl Tsun keinen Laut von sich gegeben und sich nicht gerührt hatte, hatte sich die Wirkung seiner Vision auf den ganzen Raum übertragen. Als er sich zu den anderen umdrehte, war es, als hielte der Tod ihnen allen den Spiegel vor.

5

Erst als Ling an den Rand der Festwiese kam, merkte sie, daß das Tal eigentlich eine Hochebene war. Die Grasfläche fiel jäh ab, und Ling war beeindruckt von ihrer großartigen Schönheit, als sie zu einem reißenden Fluß hinüberblickte, der sich in der Ferne zu einem glitzernden Bach verschmälerte und sich dann an dem Bergmassiv entlangschlängelte, das sich weit erstreckte und dessen schneebedeckte Gipfel in den blauen Himmel aufragten.

Taschi war in der Nähe und gab auf jeden ihrer Schritte acht. Er war in den Dreißigern, klein und zäh, und hatte ein typisch mongolisches Gesicht: stupsnasig und mit schweren Lidern. Er war tiefgebräunt durch seine Wanderungen über Berge und Ebenen als berufsmäßiger Geschichtenerzähler und fahrender Sänger. Selten blieb er länger als ein paar Tage in den einsamen, weit verstreuten Dörfern, an denen er vorbeikam. Taschi zupfte an den über ein Yakhorn gespannten Schafdarmsaiten und summte eine Melodie, während er neben Ling herging. Schon scharten sich Kinder um ihn, denn sie erkannten ihn an dem dreieckigen Hut aus steifem, weißem Tuch, geschmückt mit bunten Troddeln und Bernstein- und Korallenanhängern, den Geschichtenerzähler zu tragen pflegten.

Immer noch spielend, setzte er sich auf einen Baumstumpf am Bach, und Ling nahm neben ihm Platz. Einige der Festgäste planschten in dem eiskalten Wasser. Die Kinder verlangten lauthals, Taschi solle ihnen ein Lied vorsingen. Er war dazu bereit, also ließen sie sich im Kreis um ihn nieder und sahen ihn erwartungsvoll an.

Ling entspannte sich, hauchte auf ihre Brille und putzte sie am

Ärmel; nur mit halbem Ohr hörte sie die klagende Melodie von Taschis Lied, denn sie dachte darüber nach, wie sie fliehen könnte. Sie setzte die Brille wieder auf und blickte über das Tal. Schon wurde es kühl, als die Sonne hinter den fernen Bergen versank. Irgendwo, nicht allzuweit, mußte eine Einheit der Volksbefreiungsarmee sein. Jemand hatte Topden gefangengenommen und aufgehängt. Und dann diese Reiter in der Nacht: wer waren sie? Ling war verblüfft, daß sie nicht versucht hatten, die Gruppe gefangenzunehmen, aber sie glaubte zu wissen, warum sie es nicht getan hatten, und es ermutigte sie keineswegs.

Als Kind hatte sie auf dem Land gelebt, aber das war kein Land wie dieses, dachte sie. Die Befreiungsarmee mochte die Luftherrschaft besitzen und die Städte und größeren Dörfer fest in der Hand haben, aber bestimmt nicht das Land. Wenn ihr die Flucht je gelingen sollte, würde eine Han-Frau ganz allein in einer unvertrauten Gegend unweigerlich Verdacht erregen, und da sie tibetisch sprach, würde sie wahrscheinlich für eine Spionin gehalten werden. Sollte eine Widerstandsgruppe sie erwischen, würde sie sicherlich erschossen werden. Sie konnte es verstehen; im umgekehrten Fall würde sie nicht anders handeln. Jede an die Befreiungsarmee weitergegebene Nachricht war eine Bedrohung. Ich sitze in der Falle, dachte sie. Tsuns Gruppe war ihre einzige Sicherheit, und Tsun ihr einziger Schutz. Aber wie lange würde das so bleiben? Und wenn Genyen sie wirklich töten wollte, würde sie bestimmt unterwegs einem «Unfall» zum Opfer fallen.

Ling wußte, daß sie zwar vorgeblich entsandt war, um mit Tsun über die Gründung einer Kommune zu sprechen, daß aber die Anweisung wichtiger war, sie solle sich alle erhältlichen Auskünfte über die Petition verschaffen, die dieser, wie es hieß, zu den Vereinten Nationen bringen solle. Sie zweifelte nicht daran, daß sie sich schon auf dieser Reise befanden, nur konnte sie nicht verstehen, warum sie diese Route einschlugen – weg von der Grenze und sogar von Lhasa. Sie fragte sich auch, wer in Tsuns Gruppe als Spion diente. Ein Verbündeter würde sehr nützlich sein, aber mehr Sorgen machte sie sich darüber, wie der Spion sie als Schutz benutzen könnte. Sie wurde so sehr verdächtigt. Was könnte er, oder auch sie, tun, das sie in Gefahr bringen würde? Sie mußte sich eine Waffe verschaffen. Irgendeine, und wenn es nur ein Dolch wäre.

Eine Bettlerfamilie erregte ihre Aufmerksamkeit. Gutaussehende Leute unter dem Schmutz und der zerlumpten Kleidung. Der Mann spielte Flöte, während zwei junge Mädchen akrobatische Kunststücke machten und die Frau, von der Ling annahm, daß sie die Mutter war, Geld sammelte. Niemand wies sie ab. Es wäre in sozialer Hinsicht unehrenhaft und der Religion zuwider gewesen, denn den Bettlern etwas zu geben war eine grundlegende Mitleidstat. Bei all ihrer übertrieben bekundeten Demut und Dankbarkeit wirkten die Bettler unabhängig und arrogant.

Die Frau streckte Ling ihre Hand hin.

«Möge der Segen aller Götter auf dir ruhen.»

Ling gab ihr einige Fen. Sie hatte nur einmal einen Bettler abgewiesen, seit sie in Tibet war, aber niemals wieder! Jetzt wußte sie, wie sie ungefährdet eine Han-Garnison erreichen könnte. Ihre Haut hatte nicht den kupfern-goldenen Schimmer der Tibeter, aber wenn sie schmutzig war, würde es niemand merken. Und wenn sie so tat, als wäre sie stumm, dachte sie, würde niemandem ihr Han-Akzent auffallen, und sie könnte immer noch erkennen lassen, daß sie Tibetisch verstand. Ohne ihre Brille und in zerlumpter Kleidung hätte sie eine gute Chance, sich als Bettlerin auf Pilgerfahrt auszugeben und würde überall gastfreundlich aufgenommen werden. Ein Nachteil, dachte sie, wäre allerdings ihre Kurzsichtigkeit, wenn sie keine Brille trüge.

Ein junges Mädchen, dem ein Mann hart auf den Fersen war, stolperte über Lings ausgestreckte Beine und hätte sie fast von dem Baumstumpf heruntergerissen. Taschi sang immer noch. Einige der Kinder waren weggewandert und warfen Steine und Walnüsse in ein Loch im Boden. Taschi hatte die Blicke eines hübschen Mädchens aufgefangen, das stehengeblieben war, um sein Lied zu hören. Er zwinkerte ihr zu. Sie kicherte und senkte den Blick, entfernte sich aber nicht. Die restlichen Strophen des Liedes sang er für sie allein. Als sie wegzugehen beschloß, folgte er ihr, immer noch singend. Sie stieß einen Schrei aus, als er die alte, verblaßte Seidenschärpe um ihren Hals ergriff und sie gefangennahm.

«Am Walnußbaum, wenn die Sonne untergeht», sang er.

Die Kinder lachten. Ling stand leise auf. Vielleicht war das ihre Chance wegzukommen, dachte sie, aber Taschi sah sie, war rasch an ihrer Seite und packte sie am Arm. Er sah sich nach dem Mädchen um. Sie war rot geworden, warf den Kopf zurück und ging wütend weg, aber er wußte, daß sie die Verabredung einhalten würde. Er ließ Ling los.

«Ich wollte nur einen Stein nehmen», sagte sie, bückte sich und hob einen Kiesel auf, um ihn in das Loch zu werfen. Sie traf es nicht. Die Kinder warteten darauf, daß sie es noch einmal versuchte, aber sie wandte sich ab. Sie war mit den Gedanken woanders. Sie dachte an Tsun und wie sie ihn für ihre Zwecke einspannen könnte. Wenn sie vorsichtig zu Werke ging und es geschickt anstellte, wäre es vielleicht möglich, die Gefühle, die er, wie sie wußte, für sie hegte, auszunutzen. Sie spürte seine Sympathie für sie, aber er hatte etwas an sich, das sie nicht verstand. Ihrer eigenen Gefühle für ihn war sie sich bewußt und erkannte, daß ihre Kaderausbildung als Rechtfertigung dafür herhalten mußte. Wenn sie ihn dazu bringen könnte, sein Keuschheitsgelübde zu brechen, würde er für das neue Tibet sehr nützlich sein.

Tsering und zwei andere wohlhabende Händler hatten sich zusammengetan, um das Fest auszurichten, und zwei Zelte aufgeschlagen, beide drei Meter im Quadrat und vier Meter hoch bis zur Spitze ihrer mit Applikationen verzierten Dächer. Über den Zelten war zwischen Weidenbäumen eine Markise gespannt. Aus der Entlüftung des Küchenzeltes aus Yakhaar stieg Rauch auf, als Männer und Frauen aller drei Haushalte das Mahl bereiteten.

Decken und Teppiche waren auf dem Boden ausgebreitet und kleine geschnitzte Klapptische hingestellt worden. Alle verfügbaren Teekannen, von grobem Steingut bis zu riesigen, kunstvollen Gefäßen aus Messing und Kupfer, wurden auf Feuerrosten warmgehalten. Etwa zwanzig Personen gehörten zu den drei Haushalten. Andere Zelte, einige größer, einige kleiner, waren auf der Festwiese verteilt. Manche Familien hatten nur Windschirme aus Baumwolle aufgestellt oder aßen ganz im Freien.

Da jede Familie durch die Han-Besetzung direkt betroffen war und Verwandte entweder in Litang oder in der Widerstandsbewegung hatte, erhielt das Fest dadurch, daß hier nichts auf die Han hindeutete, einen Anstrich von Unwirklichkeit. Eine Spur Hoffnungslosigkeit trübte die Stimmung.

Trotz der Lebensmittelknappheit hatten alle Familien Vorräte für den Feiertag angelegt. Mit einem Porzellanlöffel aß Tsun gefüllte Aprikosen mit frischer Milch und betrachtete die Dutzende von

Schüsseln mit Vorspeisen für ein ausgedehntes Mahl, das bis zum nächsten Tag dauern würde.

«Tsering-la», fragte er, «haben Sie etwas von Han-Truppen hier in der Gegend gehört?»

Sein Gastgeber schüttelte den Kopf. «Sie haben ja selbst gesehen, Rimpotsche, wie viele Männer vom Widerstand hier sind; viele sind von hier, aber einige sind von weit hergekommen. Alle berichten von Truppenmassierungen in den Städten, aber keiner hat irgendwelche Han-Einheiten in der Nähe der Strecke gesehen, auf der sie gekommen sind.»

Tsun schlug mit der flachen Hand auf den Tisch. «Dann muß es eine sehr kleine Einheit sein, die sich leicht verstecken kann, aber zu klein, um uns anzugreifen.»

«Aber der ganze Bereich hier ist in der Hand des Widerstandes!» Tsering saugte mit einem Bambus-Trinkhalm Gerstenbier aus einem Holzfaß.

Für Tsun war es zugegebenermaßen ein Rätsel, daß selbst eine kleine Einheit imstande gewesen war, sie zu verfolgen, ohne daß der Widerstand davon wußte.

Etwas später gingen Tsering Dawa und Kesangs Mutter zusammen über die Festwiese und sprachen vom Handel. Norden spielte mit der schweren Korallen- und Bernsteinkette, die sie trug.

«Sie sehen hübsch aus, Norden-la.»

Sie lachte ein wenig kokett. Tsering warf einen Blick auf die mit Korallen besetzten silbernen Plättchen, die ihr Haar schmückten. Weitere hingen ihr an einem Band über den Rücken und stellten ihre lebenslangen Ersparnisse dar.

«Ist es wahr, daß jedes Plättchen einen Geliebten symbolisiert?» fragte Tsering Dawa.

Sie lachte wieder, sie genoß seine Komplimente.

Er kehrte zu ihrer beider Hauptanliegen zurück. In einem Land, wo man sich nicht nur der Religion mit Hingabe widmete, sondern auch dem Handel, hätte Norden an ihrer Kompetenz in religiösen Fragen zweifeln können, aber gewiß nicht an ihrer Beschlagenheit auf dem Gebiet des Handels. Zwar war sie über die Entdeckung, daß Kesang die Inkarnation von Dordsche Rimpotsche war, erfreut gewesen, aber ihre Aufenthalte im Kloster hatten zwangsläufig ihren Handelsreisen Grenzen gesetzt.

«Ich habe daran gedacht, einen Lastwagen zu kaufen, Norden-la», sagte Tsering Dawa. «Was halten Sie davon?»

«Wenn Sie einen Lastwagen kaufen, wird er wahrscheinlich unter irgendeinem Vorwand von den Han beschlagnahmt. Auch glaube ich nicht, daß Sie mit ihm fahren dürften. Ich habe noch von keinem Händler gehört, dem erlaubt wurde, von Lhasa nach Kham mit einem Lastwagen zu fahren. Ich weiß, daß einige Händler sie für die Reise von Indien nach Lhasa benutzen ...»

«Aber es gibt immer ein erstes Mal. Wenn ich nur die Waren herbringen könnte, wäre ein Vermögen zu verdienen. Uhren zum Beispiel. Alle Han sind hinter Uhren und Zigaretten her.»

«Vielleicht konnte früher ein Vermögen verdient werden, Tsering, aber jetzt nicht mehr. Ich habe die letzte Lieferung Zigaretten, die ich hatte, vernichtet, statt sie zu dem von den Han gebotenen Preis zu verkaufen. Das vorige Jahr war gut, und das vorletzte war das beste, das ich je gehabt habe. Die Han gingen damals behutsam vor. Sie wollten die Dinge haben, die sie in China nicht bekommen konnten. Sie zahlten auch angemessene Preise dafür. Aber jetzt gibt es viele Beschränkungen, und es ist offensichtlich, daß die Han uns aus dem Geschäft drängen wollen.»

Während sie sich unterhielten, sahen sie einer Mannschaft junger Mönche aus dem nahen Kloster zu, die gegen eine Mannschaft aus Laien-Kindern «Yak-Hörner» spielte.

«Ich frage mich», sagte Tsering Dawa, «ob ich den diesjährigen Vorschuß an die Schäfer verlieren werde. Ich soll die Wolle erst im Oktober bekommen, aber schon jetzt ist die Rede davon, daß sie sich zu einer Kooperative zusammenschließen müssen, wie die Han das nennen. Die Han werden diese Kooperative leiten, und sie werden die ganze Wolle nach China schicken wollen; dann wird es unmöglich sein, von den Schäfern den Vorschuß zurückzubekommen, den ich ihnen in Form von Tee und Geräten gegeben habe. Außerdem habe ich von einem Inder in Kalkutta einen Vorschuß bekommen. Ich bin erledigt, wenn ich ihm die Wolle nicht liefern kann, die er haben will.»

Norden nickte. «Haben Sie noch Transportmöglichkeiten?»

«Ja, ich habe Maulesel und Yaks.»

«Ich habe meine eingebüßt. Einige mußte ich weggeben, um Schulden zu bezahlen. Die anderen haben die Han genommen.» Ohne ihr Gespräch zu unterbrechen, sahen die beiden den Kindern zu. Jeder Spieler durfte dreimal werfen, um zwei Yak-Hörner umzureißen, die mit den Spitzen in den Boden gesteckt waren. Unter den Zuschauern gab es viele Wetten und Diskussionen über die jeweiligen Fertigkeiten der jungen Mönche und der Laienjungen. Norden bückte sich und nahm einen der Steine auf, die für das Spiel benutzt wurden. Sie warf ihn kurz hoch und ließ ihn wieder auf ihre Handfläche fallen, um sein Gewicht abzuschätzen.

«Wo sind Ihre Tiere?» fragte sie Tsering Dawa.

«In Lhasa.»

Norden zielte sorgfältig, warf den Stein und riß mit dem einen Wurf beide Hörner um. Sie erhielt lauten Beifall von den Laienteilnehmern, während die jungen Mönche und einige der Zuschauer empört aufschrien.

«Ich habe ein paar Uhren», fuhr sie ungerührt fort, «in Kalimpong. Könnten wir vielleicht eine Art Abkommen treffen? Sie leihen mir Ihre Tiere und bekommen dafür einen Gewinnanteil an den Uhren?»

Sie nahm noch einen Stein auf, gab zu verstehen, daß sie ihn für die Novizen werfen würde, und wartete darauf, daß die Hörner wieder aufgestellt würden.

«Was für Uhren sind das?»

Norden warf noch einmal, verfehlte die Hörner aber und erntete erneut empörte Schreie von den jungen Mönchen. Aus der Amba ihrer Tschuba holte sie eine teuer aussehende Uhr heraus, gab sie Tsering ohne Kommentar, dann warf sie ein drittes Mal und traf wieder nicht.

«Ist das eine japanische?» fragte er, während er die Uhr begutachtete.

«Japanisch-schweizerisch.»

«Einschließlich des Herstellernamens», erwiderte Tsering.

Sie lachten beide. «Wir müssen das noch genauer besprechen.» Er nahm einen großen, glatten Stein auf und warf ihn auf die Yak-Hörner. Zweimal traf er nicht, aber beim dritten Wurf riß er eines der Hörner um und wurde von den Jugendlichen spöttisch bejubelt, als er zu seinem Zelt zurückging.

«Wahrsagen gewünscht, meine Dame?» Eine torkelnde Gestalt tauchte vor Norden auf.

Es war ein etwa fünfunddreißigjähriger Mann. Sein mageres Gesicht war gebräunt und schmutzig, seine Tschuba zerfetzt, seine nackten Beine und Füße dreckverkrustet. Er streckte Norden eine Gebetskette hin, verbeugte sich, und als er respektvoll den Atem einzog, war seine Zunge zu sehen.

Norden zögerte. Der Mann sah aus, als brauche er das Geld, und es war Festzeit ... Sie nickte.

Der Mann lächelte sie an, das Weiße seiner Augen und seine tadellosen Zähne hoben sich schimmernd von der dunklen Haut ab. Er konzentrierte sich darauf, die Perlen zwischen seinen Fingern zu drehen.

«Sie sind von weither gekommen und haben viel erlitten», sagte er. Norden nickte.

«Sie sind eine Witwe, haben aber Kinder ... ein Kind. Ah, dieses Kind ist wahrlich gesegnet. Ein ganz außerordentlicher Knabe. Ist er ein Tulku?»

Norden nickte und kam zu dem Schluß, daß der Mann ein Schwindler war. All das konnte er sehr leicht erfahren haben, seit sie hergekommen waren.

«Sie werden bald wieder auf die Reise gehen. Die Fahrt wird nicht einfach sein.» Der Mann zögerte, dann sagte er: «Es wäre besser, wenn Sie nicht reisen. Besonders nicht am vierten Tag des fünften Monats.»

«Warum?» fragte Norden.

«Mehr kann ich nicht sehen.»

Norden lief es kalt über den Rücken. Sie gab dem Mann eine Silbermünze. Er dankte ihr überschwenglich. Als sie wegging, steckte er die Münze in die Tasche seiner Tschuba und wandte sich zu seiner Frau um.

«Der Tod beschattet sie», sagte er leise.

Seine Frau machte ein erschrockenes Gesicht und ließ ihre kupferne Gebetsmühle sich rasch drehen.

Drinnen im Zelt trat Tsering Dawa über und um die Leute herum, die da saßen und lagen, aßen und spielten und immer betrunkener wurden. Sein Sohn spielte mit einer Gruppe Mah-Jong. Er faßte seinen Vater am Arm.

«Pa-la, kann ich etwas Geld bekommen?»

Tsering sah ihn unwirsch an. «Nein, das ist ein Spiel für Männer.»

Der Sohn maulte. Die bösen Ahnungen, die alle an diesem Tag unbewußt gehegt hatten, machten sich plötzlich bemerkbar, und

Tsering wurde sich klar, daß dieses Fest das letzte sein mochte, das sie auf lange Zeit hinaus feiern würden. Er holte aus seiner Tschuba drei im Holzschnittverfahren hergestellte Hundert-Tranka-Scheine und drückte sie dem Jungen in die Hand.

«Hoffentlich gewinnst du», brummte er, drehte sich um, setzte sich Tsun gegenüber und verbeugte sich leicht, als dieser ihn mit einem Kopfnicken begrüßte. Die Sonne stand jetzt tief am Himmel, und die steil aufragenden Berge warfen schon tiefe, kalte Schatten über die niedrigeren, kiefernbestandenen Hänge.

Das Polster schwankte, als sich Genyen schwerfällig neben Tsun setzte. Sie stellte ihre Schale Gerstenbier auf den Tisch, und ihr Blick fiel auf Lopsang, dessen Ärger über ihre unschickliche Vertraulichkeit und ihren Mangel an Höflichkeit dem Lama gegenüber offensichtlich war. Sie fühlte sich veranlaßt, ihre Bierschale wieder aufzunehmen und in der Hand zu behalten.

Während Tsun sich Genyens Geplauder anhörte, verfolgte er mit den Augen die Reihen tanzender Männer und Frauen und freute sich an den Farben ihrer seidenen Blusen und Hemden, den prächtigen Brokat-Tschubas, den langen, bei anmutigen Armbewegungen flatternden Ärmeln, dem Herumwirbeln und Innehalten im Takt der Musik. Er wandte sich ab und sah Genyen an.

«Bei Sonnenuntergang wird das Fest in vollem Gange sein, und wir werden eine bessere Chance haben, uns unbemerkt davonzumachen.»

«Mit einem Spion in unserer Mitte, Rimpotsche?» Die vollen Lippen waren zusammengepreßt, der Blick abwägend.

«Glaubst du, da draußen in der Menge sind keine? Wir müssen uns unauffällig wegstehlen, also halte deine Leute vom Trinken ab.» Die Heftigkeit, mit der er seinen Löffel in seine Schale legte, ehe er sie leichthin beiseite schob, überraschte ihn.

Genyen verbeugte sich und ließ ihre Gerstenbierschale auf dem Tisch stehen.

«Wie war es in Lhasa, als Sie da waren, Tsering?» Tsun bot dem Händler seinen Schnupftabak an und streute ihm etwas auf den Daumen.

«Ich bin vor etwa zwei Monaten dagewesen», erwiderte Tsering. «Es geht genauso vor sich, wie es hier im Osten gewesen ist. Die Han verschärfen ihre Kontrolle bei allem, versuchen aber das Volk nicht zu reizen, solange sie nicht sicher sind, ob sie das Land fest im Griff haben.» Er hielt inne, um den Tabak hochzuziehen.

«Eine gute Mischung, Rimpotsche», murmelte er. «Das Volk ist beunruhigt über die Größe des Hauptquartiers der Han, über die Beschlagnahme von Parks als Baugelände. Die Preise steigen ständig. Größtenteils bleiben die Han für sich. Das Leben geht weiter, aber das Volk muß überleben, während die Han ihre Macht ausbauen. Alle Minister haben Han-Jeeps und -fahrer. Hans sind ihrem Personal zugeteilt worden. Es heißt, daß sogar der Kundün jetzt mit seinen privaten Äußerungen vorsichtig ist, weil er weiß, daß er von Spionen umgeben ist. Es herrscht große Verbitterung über die Veränderungen, die die Han in der Regierung des Landes vornehmen. Lhasas Einfluß ist jetzt auf Teile von Zentraltibet beschränkt, und über den Osten sind Sie im Bilde, Rimpotsche?»

«Er wird vom Befreiungsausschuß in Tschamdo regiert», sagte Tsun.

«Ja, mit ein paar tibetischen Kollaborateuren, die dazu gezwungen wurden, um den Schein zu wahren, aber regiert wird der Osten direkt von den Han. Genauso ist es in Westtibet – es heißt, es untersteht dem Pantschen Lama, aber die Han regieren auch da.»

Tsun sah auf, als Rintschen das Zelt betrat und sich zu den beiden Männern setzte, um die Neuigkeiten aus Lhasa zu hören. Tserings Tochter Dschetsön räumte das schmutzige Geschirr ab und stellte Schalen mit fleischgefüllten Klößen auf die Tische.

«Sie sind schlau, die Han», fuhr Tsering fort. «Sie machen alles Schritt für Schritt, heimlich wie Ratten nagen sie an den Fundamenten des Landes, bis wir wanken und sie offen tun können, was sie wollen. Tibet ist jetzt in drei Teile zerfallen.» Er häufte einige der halbmondförmigen Klöße in Tsuns Holzschale.

«Aber was ist mit dem Volk in Lhasa, Tsering?»

«Die Han haben die Regierung gezwungen, den Frauen das Singen obszöner Lieder über sie zu verbieten.»

«Sie haben keinen Humor», murmelte Rintschen. «Diese Miesepeter.»

«Menschen, die Angst haben, lachen selten», sagte Tsun. «Ich höre Widersprüchliches über den Widerstand in Lhasa.»

«Da gibt es die Mimang, die Volksbewegung. Aber ihre Tätigkeit beschränkt sich hauptsächlich darauf, Plakate an die Mauern zu kleben. Sie kennen die U-Tsang-Leute ja, Rimpotsche, das sind keine Kämpfer wie wir Khampas.»

«Und was ist mit unserem Widerstand hier im Osten?» Tsun trank einen Schluck Tee.

«Alles, was ich weiß», sagte Tsering, «habe ich von Verwundeten gehört, die zu uns kommen. Sie sagen, der Widerstand kämpfe in verstreuten, selbständigen Gruppen. Immer reden sie von der Knappheit an Waffen, vor allem aber, daß es an Munition und Pferden mangelt. Einige der Adeligen in Lhasa unterstützen sie heimlich, aber manche, habe ich gehört, füllen sich die Taschen, indem sie dem Widerstand Pferde, Waffen und Munition zu Wucherpreisen verkaufen.»

«Es heißt auch», unterbrach ihn Rintschen, «daß einige Stammesführer der Khampas in Kalimpong versuchen, von befreundeten Ländern Waffen zu erhalten.»

«Das weiß ich, Kuscho Rintschen», erwiderte Tsering. «Aber sie werden kein Glück haben. Sie werden nichts bekommen. Indien wird es nicht zulassen. Auch sind einige der Stammesführer in Kalimpong diejenigen, die den Plan geschmiedet hatten, Lhasa zu erobern und die Beamten in Lhasa abzusetzen. Viele Regierungsmitglieder haben das nicht vergessen. Sie trauen den Khampas nicht und fürchten, die Führer in Kalimpong wollen nicht bloß Tibet von der chinesischen Besatzung befreien, sondern die Herrschaft über das ganze Land an sich reißen. Deshalb sind Agenten losgeschickt worden, um das zu verhindern.»

«Wenn wir jetzt nicht einig sind», klagte Rintschen, «wird es bestimmt unser Untergang sein.»

Genyen gesellte sich wieder zu ihnen.

«Sie fürchten, Indien werde es nicht zulassen, daß die Widerstandsführer befreundete Länder um Hilfe bitten. Wie kommt das, Tsering Dawa?» fragte Tsun.

«Haben Sie von dem Vertrag gehört, den Indien und China unterzeichnet haben?»

Tsun schüttelte den Kopf. Inmitten des festlichen Treibens überkam ihn Furcht.

«Er ist vor ungefähr zwei Jahren unterzeichnet worden», erklärte Tsering. «Ich war damals in Indien. Einige von uns versuchten, die Inder über die Han aufzuklären. Wir sagten Zeitungsleuten, was wir von dem Abkommen hielten. Die indischen Behörden drohten daraufhin, uns nach Tibet zurückzuschicken. In dem Vertrag erkennen die Inder an, daß Tibet ein Teil von China ist.»

Tsering Dawa bemerkte die Bestürzung, die sich kurz auf Tsuns Gesicht abzeichnete.

«Was steht noch in diesem Vertrag?» Tsuns Stimme klang unruhig.

«Es wurden fünf Grundsätze proklamiert, wonach Indien und China in Eintracht leben würden. Auch wurde abgemacht, die indischen Truppen, die der Gesandtschaft in Lhasa zugeteilt waren, abzuziehen.»

«Was ist mit der Gesandtschaft?»

«Sie bleibt, aber sie wird jetzt irgendwie anders bezeichnet. Ich kann mich an den Namen nicht erinnern, aber sie ist nicht mehr so wichtig wie früher, und als Gegenleistung für die Handelsagenturen, die die Inder hier im Land unterhalten, dürfen die Han auch einige in Indien eröffnen.» Rintschen brach in ironisches Gelächter aus.

«Hat sich denn niemand in Indien für uns eingesetzt? Indien war vertraglich verpflichtet, unsere Unabhängigkeit zu schützen. Sie konnten doch nicht einfach ...»

«Die Mehrheit des Volkes erfuhr nichts von dem Vertrag, Rimpotsche», unterbrach ihn Tsering. «China hat Tibet besetzt. Nehru glaubt, um des Friedens in Asien willen müßten China und Indien befreundet sein, der Vertrag mit Tibet sei etwas, das er von den Briten geerbt habe und das am besten vergessen werden sollte. Als ich in Indien war und der Vertrag mit China unterzeichnet wurde, schrie der Pöbel auf den Straßen dauernd: ‹Inder und Chinesen sind Brüder.› Die fünf Grundsätze, Panch Shila genannt, sieht Nehru als ein Beispiel an, das der Welt zeigen soll, wie Meinungsverschiedenheiten zwischen Staaten ausgeräumt werden können.»

«Werden denn noch Tibeter nach Indien hereingelassen?»

«Ja, wenn sie nicht versuchen, sich politisch zu betätigen.»

«Aber die Tibeter in Indien ...» Rintschens ernstes Gesicht sah noch strenger aus als sonst. «Sie sprechen doch gewiß von unserer Notlage, von dem, was in Tibet geschieht?»

«Die Inder glauben, daß wir übertreiben, Kuscho Rintschen. Würden sie zugeben, daß es wahr ist, was wir sagen, dann würde China eine Bedrohung für sie werden. Ihr Friedensabkommen würde dadurch zum Gespött. Sie wollen nicht hören, was wir zu sagen haben. Sie fürchten sich vor dem, was wir sagen.»

«Sie halten Tibet jetzt für einen Teil Chinas?» Tsun sprach die Worte aus, doch fiel es ihm schwer, sie zu glauben. Tsering bestätigte Tsuns Aussage mit einem Nicken.

«Warum haben wir das in Dordsche Ri-gon nicht erfahren?» fragte Rintschen. «Und warum ist es nicht in ganz Tibet bekannt?»

«Es gibt so viele schlechte Nachrichten, Rintschen-la», sagte Tsun leise. «Es widerstrebt den Menschen, noch weitere zu überbringen.» Die kleine Gruppe versank in nachdenkliches Schweigen.

Tsering Dawa beendete die melancholische Pause, eine dunkle Oase inmitten des Gelächters ringsum.

«Wie lange wird es andauern, Rimpotsche? Wie weit wird es gehen?»

«Lange und weit», seufzte Tsun, aber nur Genyen erkannte, wie schwer die Nachricht ihn wirklich getroffen hatte. Er war so sicher gewesen, daß Indien ihm helfen würde, die Petition den Vereinten Nationen vorzulegen. Aber jetzt? Wie würde er sie der UNO überhaupt überbringen können? Wenn man sich über die Unsicherheitsfaktoren des Lebens klar war, dann minderte das nicht unweigerlich den Schmerz, obwohl er die Ironie, die darin lag, zu erkennen vermochte. Es vergingen einige Minuten, bis Tsering wieder sprach.

«Rimpotsche, wollen Sie mir sagen, ob das, was ich vorhabe, um meine Familie zu schützen, gelingen wird?»

«Was haben Sie denn vor?» Tsun lächelte gequält. «Vielleicht wird es erfolgreicher sein als mein Vorhaben!»

«Im Augenblick gibt es hier keine Kommune und keine Parteidienststelle, doch das ist nur eine Frage der Zeit. Ich bin nicht reich, aber ich habe Pächter und bin in der Gemeinde angesehen. Wir werden angegriffen und gedemütigt werden, und sei es auch nur wegen der Hilfe, die ich dem Widerstand gewährt habe. Ich will nicht, daß meine Frau und die Kinder darunter leiden. Mein Bruder ist Verwalter des hiesigen Klosters. Er hat den Han-Bezirkskommandeur sprechen können und zwei Plätze auf einem Han-Lastwagen gekauft. Ich möchte, daß meine Frau und meine Tochter die Plätze bekommen. Dann müßten sie in sechs Wochen in Lhasa sein.»

«Und Ihre übrige Familie?»

«Die Han erlauben nie, daß alle Familienmitglieder mit einer Lastwagenkolonne reisen, denn sie würden wahrscheinlich nicht zurückkommen, wenn keiner mehr hier ist, und sie würden sich nicht scheuen, über das zu sprechen, was hier geschieht.»

«Sie könnten mit uns mitkommen, Tsering, aber ...»

«Ich weiß, Rimpotsche, die Wahrscheinlichkeit ist groß, daß Flüchtlinge angegriffen werden. Ich versuche, von den Han die Genehmigung für eine Handelsreise nach Lhasa zu erhalten. Vielleicht könnte ich dann meine Söhne mitschicken, damit sie etwas für uns retten.»

«Und Sie selbst?»

«Mein Heim ist hier. Meine Eltern haben eigenhändig unser Haus gebaut. Ich kann es noch nicht verlassen. Nicht, ehe ich muß.» Er seufzte. «Aber bitte, Rimpotsche, sagen Sie mir, ob meine Familie auf der Reise in Sicherheit ist, denn die Lastwagenkolonne könnte vom Widerstand angegriffen werden.»

Tsun nickte. «Unser Leben ist auf Unsicherheit gegründet», murmelte er.

Genyen ließ etwas Whisky für die Geister unten herabtröpfeln, dann schnalzte sie mit den Fingern und entsandte auf diese Weise einige Tröpfchen zu den Göttern oben, während sie und Tsun dem Zielschießen zusahen, das sechs ihrer Leute veranstalteten. Nackt bis zur Taille, die Ärmel ihrer Tschubas um den Leib geknotet, galoppierten sie einer nach dem anderen über die Festwiese und feuerten mit Luntenmusketen auf eine Scheibe. Die Dunkelheit würde den Sieger bestimmen, denn je mehr sie zunahm, desto mehr Teilnehmer fielen aus. Die sich sammelnden Zuschauer schlossen untereinander Wetten ab.

«Rintschen», wandte sich Tsun an seinen Verwalter, «während das Zielschießen die Aufmerksamkeit der Leute fesselt, möchte ich, daß du, Lopsang, Dordsche Rimpotsche, Norden und die drei Jungen zum Haus zurückgehen. Sagt niemandem, daß ihr weggeht. Wir haben Waffen – zeigt sie, damit jeder, der euch sieht, glaubt, ihr seid vom Widerstand.»

«Und Sie, Rimpotsche?» Rintschens Stirn war stark gerunzelt.

«Ich komme in einer Stunde nach. Bereitet alles für unseren Aufbruch vor.»

Tsering Dawas Tochter schenkte Tsun Tee nach. Genyen schaute zu, und als sie ihren Whisky-Becher an die Lippen hob, bemerkte sie, daß er sie ansah, und lächelte.

«Rimpotsche, vermissen Sie das?» erkundigte sie sich.

Sie hatte den Whisky gemeint, aber kaum hatte sie die Worte ausgesprochen, erkannte sie, was sie bedeutet haben könnten, und Tsuns plötzliches Gelächter verriet eine Vertrautheit, die einzugestehen sie beide fürchteten. Tsun brach das verlegene Schweigen, das folgte.

«Besteht für den Widerstand eine Chance, die Han zu besiegen?»

«Ein Khampa ist soviel wert wie zehn Han, Rimpotsche. Wir kennen das Land, die Berge und Täler weit besser als sie. Die Berggifte wirken sich auf uns nicht so aus wie auf die Han. Aber wenn einer von unseren Leuten fällt, wer wird ihn ersetzen? Wenn einer von ihren Leuten fällt, sind zehn neue da. Sie haben die Waffen, wir nicht! Ich habe sogar gehört, daß sie eine riesige Kanone auf Rädern haben ...»

Sie nahm einen kräftigen Schluck Whisky. «Habe ich Ihnen von der Zeit erzählt, die ich bei den Goloks verbrachte? So ein Kampf!» lachte sie, als sie an den kriegerischen Nomadenstamm in Amdo dachte. «Die Han hatten Hou Wan Sieling, ihren Führer, verhaftet. Die Stämme drohten zu rebellieren. Sie haben eine Patrouille überfallen und –» Genyen konnte sich vor Lachen nicht mehr halten – «und den Soldaten die Nasen abgeschnitten, dann wurden sie zu ihren Herrn zurückgeschickt. Die Han waren so wütend, daß die Stämme kämpfen mußten. Wir haben Tausende getötet. Kunjosum! Wenn wir die Waffen hätten, könnten wir die Han aus dem Schneeland vertreiben.» Sie führte sich einen weiteren großen Schluck Whisky zu Gemüte, und ihre Stimme wurde lauter. Sie hat, dachte Tsun, Alkohol nie vertragen.

«Wir werden die Han nie ohne sorgfältige Planung und Koordination aus dem Land vertreiben», sagte er.

«Rimpotsche, Sie sollten einer unserer Lama-Generäle sein. Es liegt Ihnen im Blut. Sie sind ein Khampa-Krieger.» Sie sah ihn lachend an. In diesem Augenblick erlebten sie noch einmal ihre gemeinsame Zeit von einst, und beide erkannten, daß, wie immer die Lage zur Zeit war und wie sehr Tsun religiös verpflichtet sein mochte, ein unlösbares Bindeglied zwischen ihnen bestand.

Die Nacht war schnell hereingebrochen, und es war empfindlich kalt geworden. Überall auf der Festwiese brannten Lagerfeuer. Nur zwei von Genyens Leuten nahmen noch an dem Wettschießen teil. Die Wolken hingen tief über den Bergen und verhüllten den Mond, und die Zielscheibe war eigentlich erst zu sehen, wenn die Schützen sie schon fast erreicht hatten.

«Sehen Sie, Rimpotsche, wie gut sie sind?» rief Genyen. Sie nahm noch einen kräftigen Schluck. «Aber ich könnte sie alle schlagen», prahlte sie kampflustig und laut genug, damit die Umstehenden sie hörten und zur Teilnahme drängten. Unsicher stand sie auf und ging aus dem Zelt. Sie setzte den Fuß auf den Steigbügel und schwang sich in den Sattel. Ihr Pferd, das auf die geringste Berührung reagierte, war bald außer Sicht und kanterte in der von Feuern erhellten Dunkelheit zum anderen Ende der Festwiese.

Eine erwartungsvolle Stille trat ein, als die wilde Nomadenfrau durch das Lager galoppierte und einen Schlachtruf ausstieß. Sie lenkte das Pferd mit den Beinen, nahm von der Schulter den Bogen aus poliertem Holz und Horn und schoß einen Pfeil auf den verschwommenen Umriß der Zielscheibe. Aus 70 Metern Entfernung traf sie ins Schwarze.

Ein Beifallssturm erhob sich unter den Zuschauern. Rasch legte sie einen zweiten Pfeil ein, wartete, bis sie 30 Meter hinter der Zielscheibe war, die an einem Holzgerüst hing, drehte sich im Sattel um, schoß den Pfeil ab und traf die Rückseite der Zielscheibe genau in der Mitte. Dann stieß sie einen Schrei aus, wendete ihr Pferd, spornte es zum Galopp an, beugte sich neben dem Hals des Pferdes nach unten und traf die Zielscheibe wieder aus 50 Metern Entfernung. Genyen verkörperte den großen Krieger, dessen Geschicklichkeit die Kapitulation des chinesischen Kaisers bewirkt hatte, und selbst jene, die sich darüber klar waren, daß jene Zeit lange vergangen war und man jetzt das Jahr 1956 schrieb, ließen sich dennoch von der Welle der Euphorie mitreißen, die der Glaube an einen sicheren Sieg hervorruft. Die Begeisterung, die die Zuschauer erfaßte, war mit den Händen zu greifen. Nur Tsun war von einem unsäglichen Kummer erfüllt, einem aus der Tiefe emporquellenden Schmerz.

Genyen hielt so plötzlich an, daß ihr Pferd eine Staubwolke aufwirbelte, die ein prächtig gekleidetes junges Mädchen einhüllte. Sie trug eine hellgrüne Bluse und einen Brokatrock, und ihr Haar war mit bunten Wollfäden durchflochten und mit Korallen und silbernen Scheiben geschmückt. Sie verzog den Mund und sah einen jungen Mann, der neben ihr stand, entrüstet an, als sie sich den Staub vom Kleid abklopfte. Genyen fing einen Blick des jungen Mannes auf, lachte, bückte sich hinunter und entriß dem Mädchen das seidene Halstuch. Sie schrie auf und versuchte, es ihr wieder abzunehmen. Der junge Mann unternahm einen schwachen Versuch, Genyens Pferd zu packen, aber Genyen war für beide zu schnell, galoppierte über das Festgelände, warf das Halstuch vor Tserings Zelt auf den Boden und ritt weiter.

Sie machte kehrt, stieß einen Khampa-Schlachtruf aus und galoppierte zurück zum Zelt. Dort angekommen, beugte sie sich aus dem Sattel nach unten und nahm das Tuch mit den Zähnen auf. Die Zuschauer jubelten begeistert. Genyen saß ab und überreichte Tsun das Tuch. Lächelnd segnete er sie.

Genyen vertauschte ihren Bogen mit einer Luntenmuskete, hängte sie sich über die Schulter, sprang mit einem Satz über das Hinterteil ihres Pferdes auf den Sattel und trabte wieder los. Als sie am anderen Ende der Festwiese angekommen war, machte sie das Pulverhorn auf, kippte ein wenig in die Muskete und schob die Bleikugel mit einer unter dem Lauf angebrachten Stange hinein. Wieder trieb sie ihr Pferd zum Galopp an. Es schnaubte, warf den Kopf zurück und hatte Schaum vor dem Maul. Genyen fühlte sich eins mit dem prägnanten Rhythmus, war sich der ungeheuren Kraftfülle bewußt, während sie dahinjagte und ihr schwarzes Haar hinter ihr herwehte.

Als sie sich der Zielscheibe näherte, legte sie die Muskete an, zielte und drückte ab. Es gab eine gewaltige Explosion. Das Pferd, in eine dicke, schwarze Rauchwolke gehüllt, bäumte sich auf und wieherte angstvoll. Genyen wurde aus dem Sattel geschleudert und fiel mit einem entsetzlichen dumpfen Aufschlag auf den Boden; das erschreckte Pferd hätte sie fast getreten, während sie reglos dalag, und raste in die Zuschauermenge, bis jemand den Zügel ergriff und es allmählich beruhigte.

Menschen scharten sich um Genyen, und im Bestreben, zu ihr zu gelangen, schoben ihre Leute sie beiseite. Taschi, der Sänger, hob sie auf und trug sie zu Tsering Dawas Zelt, wo er sie behutsam auf ein Polster legte. Die Besorgten und die bloß Neugierigen drängten sich in das Zelt.

«Sie muß zuviel Pulver genommen haben», sagte Taschi.

Tsun betrachtete Genyens rußgeschwärztes Gesicht, ihre Augen waren weit aufgerissen und erschreckt; sie rang nach Atem. Er legte ihr eine Hand auf die Stirn, dann befühlte er fachmännisch ihren Körper.

«Dir ist nur die Luft weggeblieben», flüsterte er ihr zu. «Habe keine Angst. Du bist nicht verletzt.»

Ihre Leute stießen Freudenschreie aus. Tsering Dawa tupfte das Blut ab, das ihr von einer Wunde am Auge über die Wange rann. Allmählich atmete sie leichter, ihr Blick ruhte unverwandt auf Tsuns Gesicht, um neuen Mut zu schöpfen.

«Heißsporn», murmelte er. Genyen lächelte.

6

Als Tsun, Genyen und ihre Leute zu Tsering Dawas Haus kamen, waren die anderen schon reisefertig. Tsering Dawas Angebot, sie bis zum Haus zu begleiten, hatte Tsun mit dem Hinweis abgelehnt, sie müßten rasch und unbemerkt aufbrechen. Genyen war noch betäubt von der Explosion, aber schwieriger zu ertragen war für sie die Peinlichkeit, daß sie zuviel Pulver in die Luntenmuskete getan hatte. Sie versuchte, von dem Vorfall nicht viel herzumachen, während ihre Leute Tsuns Gruppe davon berichteten.

Der Hof wurde durch den grellen Schein von Crotonöllampen erhellt, und die Pferde stampften und schnaubten, ihr Atem dampfte in der eisigen Luft. Genyen hatte angeordnet, daß die gewöhnlich am Geschirr der Pferde befestigten Glocken weggelassen werden sollten, aber die scharlachroten Troddeln und den Kopfschmuck mit Federn und Käppchen aus Samt hatten sie behalten. Samden, Tschampa und Dschigme halfen der Khampa-Eskorte, die Hufe der Pferde mit Sackleinwand zu umwickeln, um ihre Schritte möglichst zu dämpfen. Zwar glaubte Tsun nicht, daß die Han annahmen, sie würden die Neujahrsfeier so bald verlassen, aber je weniger Aufmerksamkeit sie erregten, um so besser.

Die Crotonöllampen wurden gelöscht. Das einzige Geräusch in der Schwärze der Nacht war das wilde Gebell eines Wachhundes. Kesang stopfte Senge in seine Tschuba, und gemächlich und leise verließ die Gruppe den Hof, alle schwiegen und waren in ihre eigenen Gedanken vertieft. Genyen ging noch einmal die Geschehnisse des Abends durch und war sich der Schwierigkeiten und Belastungen in ihrem Verhältnis zu Tsun bewußt. Seine Unnahbarkeit schien ihr jedesmal ausgeprägter zu werden, wenn sie versuchte, die

Spannung abzubauen und die Schranken niederzureißen, die die Jahre zwischen ihnen errichtet hatten. Sie war unsicher, wußte um ihre eigene Verletzlichkeit und auch darum, daß ihr Haß auf die Han-Frau auf mehr beruhte als bloß nationalistischem Stolz.

Tsuns Gedanken waren fast zu schmerzhaft, als daß er sie sich eingestehen konnte. Der zwischen China und Indien unterzeichnete Vertrag, den Tsering Dawa erwähnt hatte, war ein harter Schlag, und Tsun war jetzt noch weniger zuversichtlich als bisher, daß er seinen Auftrag erfolgreich durchführen konnte. Fragen über Fragen stellten sich ihm. Warum hatte er von dem Vertrag nichts gehört? Er hatte Verbindungen außerhalb Tibets, und im Land selbst verbreiteten sich Neuigkeiten wie ein Lauffeuer, obwohl die natürlichen Kommunikationshindernisse, etwa die große Entfernung zwischen Städten und Dörfern, jede Art von Austausch schwierig machte. Er dachte an Derge. Die regierende Königin konnte von dem Vertrag nichts wissen, sonst hätte sie eine Nachricht geschickt. Derge war ein Fürstentum mit einer eigenen Königsfamilie, dennoch gehörte es immer noch zu Tibet, war an dessen Angelegenheiten beteiligt und erkannte den Kundün als obersten Herrscher an. Schlechte Nachrichten verdrängt man leicht, wenn noch Hoffnung besteht. Und die Petition stellte die Hoffnung dar.

In Gedanken vertieft, war er sich nicht der Entfernung bewußt, die sie zurücklegten, und auch nicht des leisen, gedämpften Geräuschs der Pferdehufe, während sie das Tal hinter sich ließen. Er dachte an seine andere Aufgabe, die Aufgabe, die das Fundament seines Lebens war. Es war die Berufung jedes Lamas, jedes gelehrten Mönchs, und Tsun fragte sich, was geschehen würde, wenn er sich je entscheiden müßte, ob er entweder seinem Volk dienen und die Petition überbringen wollte oder ob er die Aufgabe erfüllen sollte, die ihm am Herzen lag, nämlich die unvergleichliche Lehre von Dordsche Rimpotsche weiterzugeben; die Religion in Tibet zu schützen und zu fördern. Immer stärker hatte er das Gefühl, daß er die letztere Aufgabe zugunsten der ersteren vernachlässigte.

Über ihnen ragten die grauen Felswände der Berge empor. Aus seiner Träumerei aufgeschreckt durch einen Fluch Nordens, deren Pferd auf dem steinigen Boden ausgerutscht war, gab er dem seinen die Sporen, um an Lings Seite zu reiten.

«Warum haben Sie mich nicht in Tsering Dawas Haus oder in dem Dorf zurückgelassen?» fragte sie.

«Unsere Gastgeber hätten dich gefangenhalten müssen, bis wir weg waren. Wenn sie dich dann hätten gehen lassen, hättest du den Han Bescheid gesagt, und sie hätten es büßen müssen. Deshalb hätten sie dich nicht gehen lassen, sondern dich umgebracht.»

«Sie retten ständig mein Leben», sagte sie zynisch.

«Ich sammle Verdienste für meine zukünftigen Leben», antwortete Tsun ebenso zynisch. Er hielt inne. «Dennoch glaube ich nicht –» und jetzt klang seine Stimme wirklich traurig – «daß du nicht getötet wirst, wenn du nicht tust, was du geheißen wirst.»

«Aber was ist mit Ihren Gelübden? Es wäre gegen Ihre Religion. Sie könnten nicht länger Mönch sein.»

Gewöhnlich hätte eine solche Stichelei ihn nicht getroffen, aber plötzlich spürte Tsun Zorn in sich aufsteigen, als er an die vielen Freunde dachte, die, außer sich über die Leiden ihrer Familien, schließlich der Versuchung nicht hatten widerstehen können, sich zur Wehr zu setzen. Allen war die Tatsache schmerzlich bewußt gewesen, daß sie damit gewissermaßen das verrieten, wofür sie kämpften.

Tsun war erst ziemlich spät Mönch geworden. Er hatte das weltliche Leben kennengelernt und durchaus daran teilgenommen. Er war ein Khampa und hatte Kriegerblut in den Adern, und jetzt wurde ihm immer klarer, welche Anforderungen seine nicht zu vereinbarenden Treuepflichten an ihn stellten.

Ling war beunruhigt über sein Schweigen. Sie wußte, wenn sie überleben wollte, mußte sie sich wie der Bambus im Wind biegen, sie durfte die Beziehung, die sich zwischen ihr und Tsun entwikkelte, nicht zerstören.

«Du bist eine Bedrohung für unser Leben.» Er musterte sie mit einem kalten, durchdringenden Blick, und beide sahen eine Sekunde lang die mit Geiern bedeckte Gestalt des Bauern Topden am Baum hängen.

«Viele hier würden dich auf der Stelle töten, wenn ich es zuließe», fuhr Tsun fort. «Ich habe die Macht, ihnen Einhalt zu gebieten. Wenn ich diese Macht nicht mehr ausübe, werde ich an deinem Tod ebenso schuldig sein wie der Mann, der dir den Dolch in den Leib stößt.»

Trotz der Festigkeit seiner Stimme spürte Ling seine Unentschlossenheit und wußte, daß sie sich nicht darauf verlassen konnte, daß er sie am Leben erhalten würde. Irgendwie mußte sie ihre Flucht bewerkstelligen.

Sie ritten die ganze Nacht und den nächsten Tag mit nur kleinen Unterbrechungen, damit sich die Tiere ausruhen und sie etwas zu sich nehmen konnten. Die kurze Rast in Tsering Dawas Haus hatte die Spannung innerhalb der Gruppe nur erhöht. Es gab wenig gute Laune, bloß Mattigkeit und erhebliche Unzufriedenheit infolge von Erschöpfung. Diese allgemeine Stimmung forderte ihren Preis, und sie kamen langsam voran. Norden, die ihre wahren Gefühle niemals verhehlen konnte, beklagte sich bei allen, die es hören wollten. Kesang, verängstigt und unsicher, verbarg seine Unruhe hinter Schweigen, und Tsuns drei Schüler versuchten sich von ihrem Gefühl der Hoffnungslosigkeit zu befreien, indem sie sich darüber unterhielten, was sie tun würden, wenn sie nach Lhasa kämen. Genyen war bemüht, ihr Selbstvertrauen wiederzugewinnen, und berichtete mißmutig immer von neuem von ihren Heldentaten. Alle warteten auf den nächsten Zwischenfall, der bestätigen würde, daß die Han sie immer noch verfolgten.

Es war kurz vor Sonnenuntergang, als sie die Höhle erblickten. Der Eingang war mit Lehmziegeln zugemauert, in die eine kleine Holztür eingesetzt war. Zuerst glaubten sie, es sei eine Einsiedlerhöhle, obwohl sie nicht die vorgeschriebene Richtung einnahm, denn einem alten Brauch zufolge muß eine Einsiedelei einen See überblicken, was der Meditation förderlich ist und dem Eremiten ermöglicht, die Sonne auf- und untergehen zu sehen.

Ein Stück weiter im Tal breiteten sich hohe Kiefern an den Felswänden aus. Zwei der Khampas ritten als Kundschafter voraus. Die anderen nahmen die Gewehre von der Schulter, entsicherten sie und überprüften die Kammern ihrer Revolver, ob sie geladen seien, drehten Gebetsmühlen und befingerten die Knäufe ihrer Schwerter.

Als die beiden Khampas wenige Meter vor der Höhle waren, kam ein untersetzter Mann mit einer riesigen Locke aus falschem schwarzen Haar, die schief auf seinem Kopf saß, herausgestürzt und begrüßte seine Besucher unter tiefen Verbeugungen und Einziehen des Atems. Er hatte eine große, grobe Nase und schwere Augenlider. Einige weiße Haare auf der Oberlippe und am Kinn dienten als armseliger Ersatz für Schnurr- und Spitzbart.

Nachdem die beiden Khampas einige Minuten mit dem Mann gesprochen hatten, ritten sie wieder hinunter auf den schmalen Pfad. Einer von ihnen saß ab und ging zu Tsun und Genyen. Er verbeugte sich.

«Der Mann heißt Gyatso, der Wettermacher. Es wäre ihm eine Ehre, wenn wir die Nacht in seiner Höhle verbringen. Er hat nichts von irgendwelchen Han hier in der Gegend gehört, aber vor ein paar Tagen hat er einige Angehörige des Widerstands gesehen.»

Tsun, Genyen und Rintschen tauschten Blicke. Es könnte eine Falle sein. Genyen zuckte die Schultern und lachte. Es war entschieden. Langsam machten sie sich auf den Weg zur Höhle.

Tsun fand den Akzent des Wettermachers merkwürdig und schwer verständlich. «Woher kommst du?» fragte er.

«Szetschuan, Kuscho.»

Er war unterwürfig, verbeugte sich ständig und zog dauernd den Atem ein. Er hatte ein intelligentes Gesicht, aber Tsun kam das kriecherische Wesen des Mannes verdächtig vor. Immerhin könnte der Wettermacher sie für Räuber halten und sich deshalb bei ihnen einschmeicheln wollen.

Nachdem die Pferde abgesattelt worden waren und das mitgebrachte Futter erhalten hatten, drängte sich die Reisegesellschaft in die winzige Höhle. Sie war pechschwarz vom Ruß der Jahre. Der Wettermacher hatte schon etwas von dem Yakmist von der Außenwand, wo er trocknete, abgelöst und das kümmerliche Feuer in Gang gebracht, das die einzige Lichtquelle in der Höhle war und sie mit Rauch erfüllte. Er goß dünnen Tee mit nur wenig Butter in die Schalen seiner Gäste und entschuldigte sich die ganze Zeit für die Unzulänglichkeit seiner Bewirtung, während die Gäste ihn dafür lobten.

Norden gab ihm etwas von ihrem Tsampa, damit er ihn mit seinem Tee verrühre, und er dankte ihr überschwenglich. Er verzog sein rundliches Gesicht zu einem Lächeln und entblößte dabei gelbliche Zähne. Es war ungewöhnlich, jemanden mit so schlechten Zähnen zu sehen. Tsun fragte sich, an welcher Krankheit er wohl leide.

Rintschen warf einen Blick auf die Gerätschaften von Wettermachern und fragte: «Ist das Geschäft gut gegangen?» Er deutete auf die Trompeten aus Schenkelknochen, Trommeln und *Nam-mkhas,* über Holzkreuze gespannte Fäden.

«Leider nicht! Deshalb bekomme ich meinen Anteil an der Ernte nicht. Die Zeiten sind schlecht, die Götter sind sehr zornig, Kuscho.» Er schüttelte den Kopf.

«Wie machst du denn Wetter?» fragte Kesang.

Der Mann lachte und kraulte dem Jungen das Kinn. «Das ist für dich zu schwer zu verstehen, Kleiner», sagte er, und als er Kesangs kluge Augen sah, wußte er, daß er einen Fehler gemacht hatte.

«Dann sage *uns,* wie du Wetter machst», bat Tsun. «Es interessiert uns alle.» Er bemerkte ein Aufflackern von Erregung in Gyatsos Augen.

«Aber, liebe Herren, wenn ich Ihnen meine Geheimnisse verriete, hätte ich kein Gewerbe mehr. Alle Menschen würden Wettermacher sein, und was wird dann aus mir?» Er lachte und wechselte das Thema. «Woher kommen Sie, Kuscho?»

«Von drüben.» Tsun schüttete bedächtig etwas Gerstenmehl aus dem kleinen Lederbeutel, den er bei sich hatte, in seine Schale. Der Wettermacher lachte wieder höflich.

«Sind Sie auf Pilgerfahrt?»

«Und Handelsreise.»

Draußen begann der Wind zu heulen. Die Pferde drängten sich aneinander gegen die Rauheit der Elemente. Taschi, der Sänger, begann an seiner Gitarre zu zupfen und mit tiefer Stimme die Taten von Gesar zu besingen, der vor tausend Jahren sein Fürstentum in Osttibet vor tyrannischer Herrschaft und Verfolgung der Religion rettete. Für die Hörer war nicht bloß die unmittelbare Bedeutung seines Lebens wichtig, sondern auch die Tatsache, daß Gesar noch lebte; auf Reisen ist sein Lied wie ein Bittgebet um Schutz.

«Kunjosum!» fluchte Genyen leise. «Diese Höhle muß die Brutstätte aller Flöhe sein.» Verzweifelt suchte sie nach den winzigen Quälgeistern, die sich an ihrem Blut gütlich taten und sich dann gesättigt in die Säume ihrer Schaffelljacke flüchteten. Diejenigen, die sie fand, warf sie ins Feuer, während die frömmere Norden die ihren auf den Boden fallen ließ.

Tsun fragte beharrlich, aber vorsichtig den Wettermacher aus. Der antwortete bereitwillig. Zu bereitwillig, fand Tsun. Aber wenn man unter Druck stand, trübte sich das Urteil leicht, und man mißtraute allem und jedem.

Schon waren einige eingeschlafen und schnarchten. Genyen hatte einen Wachposten draußen aufgestellt. Taschi sang immer noch seine kriegerischen Melodien, aber als Schlaflieder. Eine Eule stieß klagende Rufe aus.

Kesang bahnte sich einen Weg über seine schlafenden Gefährten, blieb an der Tür stehen, dann kletterte er zurück zu seinem Platz.

Nach ein paar Minuten machte er sich wieder zur Tür auf und weckte fast alle in der Höhle.

«Was ist denn los?» beklagte sich seine Mutter.

«Ich muß mal, aber ...» Er zögerte. Es war ihm peinlich, Erklärungen abgeben zu müssen. «Ich möchte, daß jemand mitkommt.» Das rief viel Gelächter hervor, und schließlich begleitete ihn die halbe Gruppe nach draußen. Es war sehr dunkel. Tiefhängende Wolken verhüllten Mond und Sterne. Rintschen machte Kesang heftige Vorwürfe, weil er sich stehend erleichterte.

«Du weißt doch, daß der Strahl in einen weiblichen Dämon eindringen und ein Kind erzeugen kann, das dir später viel Kummer bereitet.»

Kesang hockte sich hin.

Genyen stolperte im Dunkeln über etwas und fluchte. Es war kompakt, aber nachgiebig. Plötzlich besorgt, tastete sie mit den Händen danach. Es fühlte sich weich und kalt an. Sie bekam einen solchen Schreck, daß ihr der Schweiß ausbrach. Sie suchte nach ihrer Zunderbüchse und strich mit dem Flint über das Metall unten am Lederbeutel. Er leuchtete einige Sekunden und spiegelte sich in glasigen Augen.

Die Leiche war nackt. Es war nicht der Anblick des Todes, der Genyen Angst machte, sondern das, worauf der nackte Körper schließen ließ. Der hakenförmige Wettermacherstab, der an einem Fuß hängengeblieben und mitgeschleift worden war, als ob jemand versucht hätte, die Leiche im Gestrüpp zu verstecken, machte ihr klar, daß der Mann in der Höhle ein Betrüger war. Mit überschnappender Stimme stieß sie einen Warnungsschrei aus.

«Wir sind verraten!»

Aufgeschreckt durch den gellenden Ruf, griffen diejenigen, die draußen waren, nach ihren Waffen. Diejenigen in der Höhle erwachten und stellten fest, daß Gyatso sie mit einer Pistole bedrohte. Er gab denen, die nahe der Tür lagen, ein Zeichen, sie sollten beiseiterücken. Dann schlüpfte er hinaus in die Nacht. Einer der Khampas feuerte, verfehlte ihn aber. Gyatso betätigte den Abzug seiner Maschinenpistole und durchlöcherte die Dunkelheit mit Kugeln, während er eines der Pferde losband. Die Khampas warfen sich zu Boden und versuchten ihn in der Dunkelheit zu treffen. Zu der widerhallenden, donnernden Explosion der Musketen kam das verdichtete Stakkato der Maschinenwaffe.

Senge bellte angstvoll und wütend. Gyatso gab noch eine Salve ab, dann schwang er sich in den Sattel und trieb das Pferd den Hang hinunter. Es stolperte und rutschte auf dem abschüssigen Geröll; die Khampas schossen hinter ihm her, aber da die Munition knapp war, gaben sie bald auf.

«Er hat eine Han-Pistole.»

«Sind wir umzingelt?»

«Dann hätten sie sicher angegriffen.»

«Rimpotsche», rief Genyen, «wir müssen sofort aufbrechen.»

«Ja», antwortete Tsun, «und bei Tagesanbruch sollten wir uns verstecken.»

«Wenn wir jetzt aufbrechen, können wir, ehe es hell wird, viele Meilen zurücklegen», sagte Lopsang. «Die Han werden nicht wissen, wo wir sind.»

«Vielleicht», sagte Tsun, aber bisher, dachte er, haben sie es immer gewußt. Könnte ein Spion in ihrer Mitte Zeichen hinterlassen? Er sah Ling an, die sich ärgerte, daß sie sich die Verwirrung nicht zunutze gemacht hatte, um zu fliehen.

«Wir sind verflucht», murmelte Norden, während ihr Pferd, dessen Hufe immer noch mit Sackleinwand umwickelt waren, um das Geräusch zu dämpfen, durch die bitterkalte Nacht stolperte. Sie ritten dicht beieinander. Genyen blickte zum wolkenverhangenen Himmel auf.

«Es würde nicht viel Erfahrung erfordern, uns zu verfolgen», brummte einer ihrer Männer.

«Ich weiß», lautete ihre knappe Antwort.

Sie kämpften sich voran, und wann immer die Bodenverhältnisse es zuließen, trieben sie ihre Pferde zu einer schnelleren Gangart an; manchmal mußten sie absitzen und laufen; es wurde kaum gesprochen, und alle versuchten sich einen Reim auf die Situation zu machen, in der sie dem Feind niemals zu entgehen schienen.

Tsun war überzeugt, daß die Han es auf die Petition abgesehen hatten, aber es war ihm unbegreiflich, warum sie nicht angriffen. Und was war mit dem Spion? Jemand mußte sie einfach verraten, und ehe sie nicht herausfinden konnten, wer es war, bestand wenig Aussicht, den Han zu entkommen. Er hatte Ling scharf beobachtet; der Gedanke, daß sie Zeichen für die Han hinterließ, war ihm schon zu Beginn der Reise in den Sinn gekommen, und bestimmt schoben ihr die anderen die Schuld zu. Aber er hatte nichts gesehen, was sie verdächtig erscheinen ließ. Wer immer es war, der ihre Route für die Han markierte, es mußte einer der Tibeter sein. Wahrscheinlich übten die Han starken Druck auf einen von ihnen aus, und wer, dachte Tsun, hatte nicht irgendeinen schwachen Punkt, der den Han die Möglichkeit der Erpressung bot, sei es durch Familie, Freunde oder durch Verwandte? Die Han waren nicht gerade für ihr Mitleid bekannt. Wie immer er die Sache auch betrachtete, er hatte keinen Plan, keine Lösung des Problems, die ihn ganz befriedigte.

Am vierten Tag, nachdem sie von Tsering Dawas Haus aufgebrochen waren, beschlossen sie, nur noch tagsüber zu reiten, und zwei Tage später bogen sie nach Westen ab, verließen den Litang-Fluß und hielten sich, soweit möglich, parallel zur Karawanenstraße von Batang nach Derge, die dem Lauf des Flusses Ba-Tschai folgte. Von Eiszeit-Gletschern gespeist, hatten sich diese Flüsse den Weg zwischen Tibets gewaltigen Bergen hindurch gebahnt. Die Gruppe ritt ständig bergan, die Rhododendronbüsche zu beiden Seiten hörten auf, und sie waren von grauem, nacktem Fels umgeben. Als sie sich dem Haragu La-Paß auf 5000 Meter Höhe näherten, wurde für die alte Norden jeder Schritt eine Qual und ließ sie nach Luft schnappen.

«Die giftigen Dämpfe der Berge», erklärte sie keuchend ihrem Sohn, aber von den anderen litten nur wenige unter Sauerstoffmangel.

Auf der Paßhöhe legte jeder von ihnen auf den Steinhaufen, über dem zerfetzte Gebetsfahnen flatterten, einen weiteren Stein und murmelte: «Die Götter sind siegreich.»

Sie brauchten einen ganzen Tag, um den kahlen, tückischen Bereich des Passes hinter sich zu bringen, und die sich voranskämpfende Karawane von Pferden, Menschen und Mauleseln hob sich hart von dem grellweißen Schnee ab.

Plötzlich begann Lopsangs Pferd zu versinken. Immer wieder schrie er angstvoll auf, während er verzweifelt zu verhindern versuchte, daß es noch tiefer einsank. Das ganze Gelände war schneebedeckt, so daß auch die anderen nicht wissen konnten, ob sie nicht womöglich ebenfalls in die Felsspalte gerieten, wenn sie Lopsang zu Hilfe kamen, um das Pferd zu retten. Er war abgesessen und stand nun auf festerem Boden. Das Pferd wieherte angstvoll, und sein Atem dampfte. Es strampelte verzweifelt und versank immer tiefer, bis Lopsang trotz aller Bemühungen nur noch die Zügel in der Hand hielt, die ihm ins Fleisch schnitten. Er lockerte seinen Griff, und die vom Schweiß vieler Ritte glitschigen Zügel entglitten ihm.

Anderthalb Tage später sichteten sie ein Dorf, Gadschi oder Kayu. Von den Felsen aus richtete Tsun seinen Feldstecher auf die zehn Häuser des winzigen Weilers. Es gab keinerlei Anzeichen dafür, daß sich Han dort aufhielten. Die meisten Bewohner arbeiteten auf den Feldern. Man sah Männer und Frauen mit entblößtem Oberkörper, die mit Steinen aus ihren Schleudern die Dzos antrieben, eine Kreuzung zwischen Yak und Rind, die jeweils zu zweit ihre hölzernen Pflüge zogen. Drei Frauen trugen leere Holzeimer hinunter zum Fluß, und während die restliche Gruppe verborgen blieb, ritten Genyen und einer ihrer Leute zu ihnen hinab.

Tsun beobachtete sie durch seinen Feldstecher. Die Frauen hatten ihre Eimer gefüllt, als Genyen und der Khampa sie erreichten. Die anderen Dörfler hatten die beiden Reiter auch gesehen, unterbrachen ihre Arbeit und schauten hinüber. Genyen sprach mit den Frauen, die wütend wurden und wild gestikulierten. Eine bückte sich, hob einen Stein auf und warf damit nach Genyen. Eine andere packte sie und versuchte, sie vom Pferd zu ziehen. Das Pferd scheute.

Ein paar Dörfler hatten die Felder verlassen und rannten zu der Gruppe am Flußufer. Genyen und der Khampa schienen den Frauen gut zureden zu wollen. Aber als die anderen Dörfler sich näherten, wendeten sie ihre Pferde und galoppierten davon.

Für den Fall, daß sie verfolgt würden, schlugen Genyen und ihr Gefährte einen Umweg ein, so daß sie erst eine Stunde später wieder zu den anderen stießen. Genyen beugte sich erschöpft vornüber und stützte die Hände auf den Sattelknopf, während sie über ihre Begegnung mit den Dörflern berichtete.

«Sie sagten uns, vor ein paar Tagen seien Khampa-Widerstandskämpfer ins Dorf gekommen. Sie haben alle Vorräte mitgenommen, einen Mann, der protestierte, brutal zusammengeschlagen und zwei Frauen vergewaltigt.»

«Bist du sicher, daß sie nicht Banditen meinten?» fragte Rintschen.

«Nein, Kuscho», erwiderte Genyen. «Die Plünderer sagten, sie seien Widerstandskämpfer, und es sei ihr gutes Recht, die Lebensmittel zu nehmen.»

«Hast du eine Ahnung, wer das gewesen sein könnte?» fragte Tsun.

«Nein, Rimpotsche, ich verstehe es nicht. Da ist etwas faul... sehr faul.»

Als sie ihren Weg fortsetzten, umgingen sie das Dorf, wo sie gehofft hatten, ihre Vorräte zu ergänzen, und fügten ihrem Speisezettel statt dessen Nesselsuppe hinzu.

Als sie von den Bergen in ein Tal hinabstiegen, empfanden sie die Luft dort als warm. Die Bäume mit ihren lebhaften Schattierungen von Grün warfen tiefe Schatten auf das wogende gelb-grüne Gras an den Hängen. Das Blau des Himmels schien wundervoll durchsichtig zu sein. Aus dem die hochragenden Felswände umwabernden Dunst, der ihnen etwas von ihrer Schroffheit nahm, erhoben sich die schneebedeckten Gipfel ätherisch und gleichsam unerreichbar.

Tsun und Ling saßen auf einem Baumstamm und nahmen die Schönheit des unbewohnten, vom Menschen unberührten Tals in sich auf. Nichts war in diesem lichterfüllten Augenblick zu vernehmen außer Vogelgesang und dem Rascheln von Insekten im Gras. Ein Wort hätte den Zauber zerstören können. Es war eine so zerbrechliche Schönheit, daß einem, während man sich noch daran freute, der Gedanke an ihre Vergänglichkeit bereits durch den Sinn ging.

Sie lächelten, jeder wollte den anderen an seiner Freude teilhaben lassen, und bei diesem intensiven, vollkommenen Gedankenaustausch sahen Tsun und Ling einander zum erstenmal wirklich an. Sie waren gleichermaßen erschüttert und erschreckt über die starke Anziehungskraft, die sie aufeinander ausübten. Als sie wieder über das Tal blickten, war es nicht mehr wie vorher.

Beide waren erfüllt von der Anwesenheit des anderen. Es bestand jetzt eine vibrierende Spannung zwischen ihnen, auf die sie nicht gefaßt gewesen waren und die sie auch nicht eingestehen wollten. Sie hatten einander ihr innerstes Wesen offenbart und waren viel zu verletzlich geworden. Sie blieben noch einige Augenblicke still sitzen, aber das Schweigen und die Nähe wurden unerträglich. Unvermittelt stand Tsun auf. Er warf Ling einen Blick zu und lächelte verlegen, dann gingen sie rasch zum Lager zurück.

Am späten Nachmittag des nächsten Tages ritt die Gruppe über eine weite, steinige und von Bergen umgebene Ebene. Sie bot keinerlei Deckung, aber als sie sich den Felsen am Fuß der Berge näherten, sahen sie die Ruinen einer Burg. Die zerfallenden, terrassenförmig aufsteigenden Mauern paßten sich den Konturen der Felsen an.

Tsun wunderte sich darüber, daß die Burg in einer so unfruchtbaren Gegend erbaut worden war. Dann hörte er das Flugzeug. Würde der eiserne Vogel diesmal eiserne Eier legen?

«Schnell zu der Burg!» schrie Tsun.

Sie trieben ihre Pferde den ansteigenden Fels hinauf. Die Maschine flog über ihnen, ihr Schatten zog einen Augenblick über sie hinweg, und ihr Dröhnen erschreckte die Pferde. Nordens und Kesangs Pferde waren den Hang hinaufgaloppiert, so daß sie als erste die Ruinen erreichten. Die anderen folgten und zogen die widerspenstigen Maulesel hinter sich her.

Das Flugzeug wendete und kam zurück. Der von Samden geführte Maulesel bockte.

«Gib ihm einen Tritt», schrie Tsun dem jungen Mann zu. Der Kopf des Maulesels schoß vor, um Samden zu beißen, als er versuchte, das Tier voranzuziehen.

«Lauf! Lauf!» brüllte Tsun seinen Schüler an.

Die Erde selbst schien zu beben, als das Flugzeug sie erreichte. Sie warfen sich zu Boden. Rings um sie spritzten Sand und Steine auf. Die Khampas rollten sich auf den Rücken und feuerten wiederholt auf das Flugzeug, aber anscheinend ohne zu treffen.

Niemand war verletzt worden. Alle rannten los, um in den Ruinen Deckung zu finden, mit Ausnahme des Maulesels, der auf halber Höhe des Hangs sitzen blieb und wie wild brüllte, und eines anderen, der frei herumlief.

Das Flugzeug stieß wieder auf sie herab. Kesang hielt sich die Ohren zu, um das Rattern des Maschinengewehrs und das Heulen der Motoren nicht zu hören. Eine Kugel traf den sitzenden Maulesel in der Flanke. Er rappelte sich erschreckt auf und schrie vor Angst und Schmerz. Dann riß ihm eine zweite Kugel den Hals auf, und blutüberströmt brach er tot zusammen. Kugeln schlugen in die verfallenen Mauern, und Mörtelbrocken spritzten in alle Richtungen. Der frei herumlaufende Maulesel spürte die Todesgefahr, raste den Hang hinunter, verlor den Halt, stürzte sich überschlagend über die Felsen und brach sich das Genick.

Genyen richtete ihr Gewehr auf die Maschine. Nichts geschah.

«Heilige Tara, Ladehemmung!» Sie schrie einen ihrer Leute an, der kniend das Flugzeug aufs Korn nahm. «Jetzt! Jetzt!» Der Khampa drückte ab. Alle sahen, wie die Kugeln über ihnen in den Boden der Maschine eindrangen. Sie rannten auf die andere Seite der Ruinen, denn sie erwarteten, sie abstürzen zu sehen, aber sie flog weiter und verschwand hinter den Bergen. Die Gruppe blieb weiter in Deckung. Rasch wurden die Waffen nachgeladen.

«Rimpotsche –» Genyen hatte das klemmende Magazin beseitigt und lud ihr Repetiergewehr neu – «glauben Sie, es wird wiederkommen?»

Tsun lächelte, weil sie offenbar eine seherische Erklärung erwartete. «Nein», sagte er. Er behielt recht.

«Greifen sie denn alles und jeden an?» wollte Rintschen von Genyen wissen.

«Nur wenn sie glauben, jemand versuche zu entkommen oder gehöre dem Widerstand an.»

Tsun schickte Lopsang los, er sollte sich vergewissern, daß niemand verletzt war. Nachdem auch Rintschen weggegangen war, sagte er leise zu Genyen: «Ich glaube, es war dasselbe Flugzeug, das wir schon früher gesehen haben.»

«Könnte es nicht ein routinemäßiger Patrouillenflug sein?»

«Ja, mag sein ...» Tsuns Stimme klang nicht überzeugt. Er war sicher, daß es zu dem Netz gehörte, in dem sie gefangen werden sollten.

«Es ist erstaunlich!» berichtete Lopsang. «Uns muß in der Tat das dreifache Juwel beschützen. Niemand ist verletzt worden. Wir haben nur zwei Maulesel verloren.»

«Ihre Lasten können wir auf die anderen verteilen», sagte Genyen und fuhr herum, weil sich hinter ihr plötzlich ein Tumult erhob. Angehörige der Eskorte schrien wütend auf Ling ein.

«Wir sind verraten worden, sie muß getötet werden.» Ling sah sie trotzig an.

«Wenn mir etwas geschieht, werdet ihr zur Rechenschaft gezogen!» Sie sprach mit fester Stimme, aber es klang mehr als eine Spur Besorgnis darin an.

Tsun eilte zu der Gruppe, Genyen mußte laufen, um mit ihm Schritt zu halten. Taschi, der Sänger, musterte Ling hämisch. Sie wich zurück.

«Rimpotsche», bat Genyen, «lassen wir sie hier zurück. Wir können es uns nicht leisten, sie weiter mitzunehmen. Es ist zu gefährlich. Wir werden ihr Lebensmittel geben, und sie wird sich bis zu einem Dorf durchschlagen können.»

«Ich weiß, daß sie eine Gefahr ist», erwiderte Tsun, «aber sie kennt das Land nicht. Sie wird sich nirgendwohin durchschlagen. Sie wird einfach sterben. Wir können sie nicht dem sicheren Tod ausliefern.»

«Nicht dem Tod ausliefern?» fragte Genyen zornig. «Sie würde uns am liebsten in der Hölle braten sehen, wenn sie könnte!»

Tsun konnte Ling nicht sehen, sie wurde von den Khampas verdeckt. «Nein!» Ihre Stimme wurde übertönt von dem Beifall der Khampas. Als Tsun herantrat, verstummten sie. Taschi ließ Lings Brille fallen, die er ihr entrissen hatte. «Rimpotsche», sagte er, «sie ist eine Gefahr für uns. Ohne ihre Brille wird es ihr schwerfallen, den Han Zeichen zu geben. Sehen Sie!» Er hob den Fuß und zertrampelte die bereits zerbrochenen Gläser vollends. Tsuns Gesicht ließ keinerlei Gefühlsregung erkennen, als er die erschrockene Frau vor sich ansah.

Ling hatte jetzt wirklich Angst. Von Anfang an hatte sie gewußt, wie sehr ihre Entführer sie haßten, und jedesmal, wenn die Han zuschlugen, hatte sie gespürt, daß der Groll auf sie zunahm. Sie wußte auch, daß der Zeitpunkt kommen würde, an dem Tsun nicht mehr verhindern konnte, daß die Khampas Rache an ihr nähmen. Sie versuchte, ihrem Zittern Einhalt zu gebieten und sich nicht anmerken zu lassen, daß sie Angst hatte. Sie kniff die Augen zusammen, um besser sehen zu können. Ohne ihre Brille war alles ein wenig unscharf. Aber sie konnte einigermaßen gut sehen, obwohl sie das möglichst nicht jedermann auf die Nase binden wollte.

Als Tsun die Gesichter ringsum betrachtete, war der allgemeine Groll auf die Chinesin nur allzu offensichtlich. Diese Männer setzten ihr Lebens aufs Spiel, um ihn und seine Gruppe zu schützen; in wieviel größerer Lebensgefahr waren sie mit einem Han-Kader in ihrer Mitte! Ling war ein unerträgliches Symbol für all das geworden, was sie fürchteten.

«Ich bin ein Mönch», sagte er zögernd. «Ich habe ein Gelübde abgelegt, nicht zu töten. Ich weiß, daß ich kein Recht habe, euch meiner Gelübde wegen in Gefahr zu bringen, zumal ihr es auf euch genommen habt, Dordsche Rimpotsche und mich auf der Fahrt zu beschützen. Deshalb bitte ich euch, uns zu verlassen. Kehrt nach Hause zurück.»

«Aber das ist Wahnsinn!» schrie Norden auf.

«Rimpotsche, bitte!» Genyen hängte sich das Gewehr über die Schulter. «Sie wissen, daß wir Sie jetzt nicht verlassen könnten in Anbetracht der Gefahr, in der Sie sich befinden. Das wäre ebenso schlimm, wie wenn Sie Ihre Gelübde brächen. Es muß doch eine Möglichkeit geben ...» Sie hob flehend die Hände.

Wenn es eine andere Möglichkeit gab, dann kannte Tsun sie nicht. Ein Gewissen, dachte er, kann oft recht lästig sein. Er betrachtete die erwartungsvollen Gesichter ringsum, deren Blicke Genyens Bitte widerspiegelten. Ling war die einzige, die ihn nicht ansah.

«Wir werden sie streng bewachen», sagte er, «und sie im nächsten Dorf zurücklassen, das wir erreichen.» Ling war dankbar für den Aufschub, aber wie lange würde er sein? Tibetische Dörfler, das wußte sie, mochten die Han nicht.

Tsun ging hinüber zur Burgmauer und blickte über die Ebene. Vor seinem geistigen Auge sah er das brennende Litang, das sie verfolgende Flugzeug, dem sie nicht entkommen konnten, er dachte an den mutmaßlichen Verräter in ihrer Mitte, an Ling, an ihre Angst und ihre würdevolle Haltung. Er mißtraute seinem Beweggrund, sie retten zu wollen. Hatte wirklich sein Gelübde den Ausschlag gegeben? Er drehte sich um, und sein Blick fiel auf die Nomadenfrau.

«Rimpotsche, ich bin es gewöhnt, gegen die Han zu kämpfen.» Sie näherte sich ihm, lehnte sich mit dem Rücken an die Mauer und befreite ihr langes Haar aus der Schaffell-Tschuba. «Ich bin es auch gewöhnt, daß sie mich verfolgen, daß auf mich geschossen wird und daß meine Leute getötet werden. Aber das hier ist anders. Tagelang sind sie hinter uns her gewesen. Sie haben uns gefunden, aber wie? Wie konnten sie uns aufspüren, ohne daß wir es merkten? Warum verschwenden sie ihre Zeit? Warum treffen sie nie, wenn sie auf uns schießen? Und wenn sie uns im Visier haben und es ihnen solche Mühe bereitet hat, uns zu finden, warum greifen sie dann nicht an? Warum spielen sie mit uns?»

Tsun sah sie an. «Du weißt warum, Genyen.»

«Wegen der Petition?» fuhr sie auf. «Weil sie fürchten, sie könnte vernichtet werden?» Tsun antwortete nicht, doch sein Schweigen war auch eine Antwort.

«Aber warum, Rimpotsche, lassen sie uns dann überhaupt von

ihrer Anwesenheit wissen? Warum folgen sie uns nicht heimlich zu unserem Ziel?»

«Das weiß ich nicht, Genyen.»

«Wissen Sie, warum sie uns immer wieder aufspüren?»

«Nein!»

«Jemand in unserer Gruppe läßt die Han wissen, wo wir sind. Es muß so sein. Es hat zu viele Zufälle gegeben.» Ihre Stimme klang nicht mehr respektvoll, sie sprach jetzt mit ihrem früheren Geliebten.

«Wir führen die Han direkt nach Derge», sagte sie ruhiger. «Zur regierenden Königin. Wenn sie erfahren, daß sie an der Petition beteiligt ist, unterzeichnen wir gewiß ihren Hinrichtungsbefehl.» Genyen ging weg. Tsun sah ihr nach. In seinem Kopf nahm ein Plan Gestalt an.

«Bleiben wir noch hier, Rimpotsche?» fragte Rintschen den Abt. «Das Flugzeug könnte über Funk Hilfe anfordern. Wenn wir dann in der Ebene erwischt würden, hätten wir keine Chance.» Tsun antwortete nicht. Er drehte sich unvermittelt um und zog sich in die Einsamkeit des Burgfrieds zurück. Er hatte kein Dach mehr, und die Wände trugen die Spuren der Zeit und vieler Kämpfe. Tsun setzte sich auf ein heruntergefallenes Stück Mauerwerk und schloß die Augen. Er wollte sich von all den Gedanken und Erwägungen befreien, die ihm durch den Kopf gingen, wollte einige Augenblicke allein sein und etwas Abstand gewinnen. Er wußte, daß er jetzt die richtige Entscheidung fällen mußte, und dennoch hatte er das Gefühl, daß sie schon getroffen war. Er wurde geleitet. Er brauchte nicht zu lange und nicht zu angestrengt nachzudenken. Schließlich kehrte er zu der Gruppe zurück.

«Wir reiten weiter», sagte er.

Als die Nacht hereinbrach, hatten sie die Ebene überquert, aber sie setzten ihren Weg fort. Es wurde nicht viel gesprochen. Der Sänger sang leise vor sich hin.

«Jetzt können wir doch sicher anhalten», sagte Norden murrend zu Rintschen, der neben ihr ritt. «Ich glaube, weder mein Pferd noch ich können uns länger wachhalten.»

Genyen ließ ihre Augen über die umliegenden Hügel wandern. Sie ritt mit dem Gewehr quer über dem Sattel. Sie konnten heute abend leicht gesehen werden, dachte sie, da der Mond so hell schien.

Kesang war schon längst in Tschampas Armen eingeschlafen. Die Pferdehufe klapperten auf dem steinigen Boden und klangen laut in der kristallhellen Stille.

«Ihr seid umzingelt ... umzingelt ... umzingelt ...» Die Stimme, verzerrt durch die plärrenden Lautsprecher, kam zumindest von vier Stellen, erkannte Tsun, und hallte im Tal wider.

«Jetzt geht's los», dachte Tschampa, packte Kesang fester und suchte hinter einem Felsen Deckung.

«Was ist denn los?» rief Kesang, der aufgewacht war. «Was ist das für ein Krach?»

Einer der Khampas zog Ling hinter einen anderen Felsen. Alle nahmen die Gewehre in Anschlag. Mit Ausnahme von Rintschen und Dschigme zogen alle Mönche Pistolen aus ihren Tschubas.

Dann wurden sie beschossen. Die Kugeln kamen aus allen Richtungen und zwangen sie, hinter einer Ansammlung von Findlingen in Deckung zu bleiben, doch niemand wurde getroffen.

Norden streichelte ihrem Sohn den Kopf. Sie hatte sich bis dorthin vorgearbeitet, wo Kesang neben Tschampa kauerte. In aller Ruhe zog sie einen Revolver aus ihrer Tschuba und murmelte immer wieder «Om Mani Padme Hum» in solcher Geschwindigkeit, daß sich die Wörter des Mantra zu einem einzigen langen und sonoren Laut verbanden.

Lama Tsun, plärrten die Lautsprecher auf tibetisch, *wir haben Ihre Gruppe umzingelt. Die Schüsse sind eine Warnung. Wir wollen Sie nicht töten. Gefährden Sie das Leben von Dordsche Rimpotsche und Ihren anderen Gefährten nicht länger. Ergeben Sie sich.*

Genyen packte Ling an der Hand, zog sie hoch, trat mit ihr in den Mondschein und hielt dem Mädchen einen Revolver an den Kopf.

«Wenn ihr uns nicht gehen laßt», schrie Genyen, «stirbt eure Genossin. Sag ihnen, wer du bist.» Sie stieß mit dem Revolver unsanft an Lings Ohr.

«Ich bin Ling Tao Yen vom Ministerium für öffentliche Sicherheit», schrie sie. «Ich bin hier im Zusammenhang mit dem Besuch des stellvertretenden Ministerpräsidenten Tschen-Yi.» Ling sehnte sich nicht danach zu sterben und machte sich keine Illusionen darüber, daß ein Kader vom Bezirksausschuß Kanze wahrscheinlich weniger auf Rücksichtnahme rechnen konnte als jemand, der mit dem stellvertretenden Ministerpräsidenten zu tun hatte.

Einige Sekunden herrschte Stille. Dann eröffneten die Han wieder das Feuer. Kugeln prallten ringsum von den Felsen ab. Genyen ging eilig in Deckung und zog Ling mit. Ling sah den Ausdruck in Genyens Augen, die nun erkannt hatte, daß die Chinesin nicht einmal als Geisel nützlich war. Genyen spannte den Hahn ihres Revolvers. Es trat eine Feuerpause ein. Den Blick fest auf Genyen gerichtet, schrie Ling verzweifelt:

«Ich bin hier auf Anweisung des Genossen Hsieh Fu-tschi, um den Genossen Tschen-Yi zu unterstützen. Wenn ich infolge eurer Fahrlässigkeit getötet werde, wird Genosse Hsieh Fu-tschi euch zur Rechenschaft ziehen.»

Sogar Genyen glaubte ihr. «Wer ist Hsieh Fu-tschi?» fragte sie.

«Der Minister für öffentliche Sicherheit», antwortete Ling kurz angebunden.

Das sagte Genyen gar nichts, obwohl das Ministerium für öffentliche Sicherheit beim Feldzug gegen die Widerstandsbewegung federführend war.

Laßt die Genossin Ling frei und ergebt euch. Es wird euch kein Leid geschehen, verkündeten die Lautsprecher.

Höhnisches Gelächter erfüllte das Tal.

Ihr könnt nicht entkommen, krächzte die Stimme. *Ihr seid völlig umzingelt. Wenn ihr euch ergebt, werdet ihr nachsichtig behandelt.*

Den Worten folgte eine weitere Salve aus Gewehren und MGs.

«Wir werden eure Genossin Ling erschießen», schrie Genyen wieder, «wenn ihr uns nicht gehen laßt.»

Wenn Genossin Ling etwas zustößt, werdet ihr alle getötet, antwortete die Stimme. *Ihr habt keine Möglichkeit, das Tal zu verlassen. Wenn ihr euch jetzt ergebt, wird euch nichts geschehen. Wir werden euch nicht lange in Haft behalten.*

Ling brach der Schweiß aus; ihr wurde immer deutlicher bewußt, daß sie sehr wohl geopfert werden könnte.

«Tsun! Tsun!» Der Lama schaute hinüber, um herauszufinden, warum Kesang ihn rief. «Vergiß nicht, was du mir versprochen hast, bitte!»

Tsun runzelte die Stirn, denn zuerst fiel es ihm nicht ein, dann nickte er dem Jungen zu. Einige der Pferde waren auf den Boden gezogen worden, um als Deckung zu dienen, andere zerrten an den Zügeln und wieherten vor Angst.

Es gab einen heftigen Schußwechsel. Genyen ließ Ling in der Obhut eines ihrer Leute und robbte über ein Stück offenes Gelände zu Tsun. Rings um sie schlugen Kugeln ein.

«Offenbar wollen sie uns lebend gefangennehmen», sagte sie zu Tsun. «Mittlerweile hätten sie einige von uns treffen können. Sie sind schlechte Schützen, aber so schlecht auch wieder nicht.» Sie nahm Tsuns Feldstecher und suchte das Tal nach den Han-Stellungen ab. «Ich bin sicher, daß es nicht so viele sind, wie sie uns glauben machen wollen.»

«Das ist vielleicht der Grund, warum sie nicht angreifen», meinte Rintschen. «Es sind zu wenige, um den Erfolg zu sichern.»

«Genyen», murmelte Tsun, «glaubst du, du könntest an ihnen vorbeikommen, wenn es mir gelingt, ihre Aufmerksamkeit lange genug auf mich zu lenken?»

«Sie meinen allein?»

«Nein, mit dem Rest der Gruppe.»

«Möglich, aber bei diesem Mondschein wird es schwierig sein. Sie werden die Pferde sehen und hören.»

«Dann werden wir sie zurücklassen müssen.»

«Nein!» protestierte Lopsang lautstark. Zu seinen Füßen schleuderten die Kugeln Erde hoch.

«Bleiben Sie unten und seien Sie still!» befahl Genyen.

«Ich bin nicht einverstanden», beharrte Lopsang. «Die Pferde tragen alles, was von unserem Kloster noch übrig ist, auch viele wertvolle Bücher. Rimpotsche, lassen Sie sie nicht zurück.» Genyen lud ihr Gewehr aus dem Patronengurt nach, den sie über der Schulter trug.

«Ich könnte ein paar Leute mitnehmen und sie an den Han vorbeibringen, um das Feuer abzulenken, während Sie fliehen, Rimpotsche», sagte sie.

«Wenn man nur sicher wäre! Sie scheinen überall zu sein.»

«Soll ich auskundschaften, wo sie sind?»

Alle fuhren nervös zusammen, als der Sänger unerwartet sein Steinschloßgewehr abfeuerte und sich dann daranmachte, eine neue Kugel in den Lauf zu schieben.

«Laß mir zwei von deinen Leuten», sagte Tsun, «um das Feuer abzulenken, während du und die anderen fliehen. Wir kommen später nach. Laßt einige der Pferde hier. Macht euch leise und schnell auf, denn der Mond wird sehr bald hinter Wolken verschwinden.» Nach einem Augenblick des Zögerns sagte Genyen:

«Eilt euch, ladet das Gepäck auf so wenige Pferde wie möglich und umwickelt ihre Hufe.»

Als Kesang merkte, daß sie aufbrachen und Tsun nicht mitkam, wollte er zu dem Lama rennen, aber Genyen hielt ihn zurück.

«Es war sein Wunsch, daß wir das so machen, Rimpotsche. Er wünschte, daß Sie mit uns mitkommen», sagte sie freundlich, als ihr das Kind, das den kleinen Hund an sich drückte, traurig ins Gesicht sah. «Er sagte, er werde bald nachkommen.»

Norden nahm ihren Sohn an die Hand und zog ihn weg. Sie warteten auf einen günstigen Moment. Nach einer Weile hüllte sich der Mond in Wolken. Sie gingen im Gänsemarsch los, arbeiteten sich den Hang hinauf, blieben, soweit möglich, in Deckung und führten die Pferde. Genyen konnte undeutlich Tsuns Gestalt erkennen, der in Meditation vertieft dasaß. «Kunjosum», fluchte sie. «Meditieren in einem solchen Augenblick!»

Drei Mann von der Eskorte waren bei Tsun zurückgeblieben. Sie erwiderten ständig das Feuer der Han, zwei schossen und der dritte lud neu.

Genyen packte das Maul ihres Pferdes, um ein Wiehern zu ersticken. Die anderen waren schon über den Kamm des Hügels hinweg, außer Norden, die nur ein paar Schritte vor der Nomadenfrau lief und ihr zuflüsterte: «Schau mal, da ist Tsun.» Sie deutete hinunter auf die Stelle, wo sie Tsun verlassen hatten. Seine hochgewachsene Gestalt hob sich gegen den Himmel ab. «Nein! Nein!» murmelte Genyen. Er bot ein gutes Ziel, und sie konnte nicht verstehen, warum er noch nicht getroffen worden war.

Tsun trat vor und hielt eine Schriftrolle in der Hand. Langsam ging er auf die Stellung der Han zu. Das Schießen hörte auf beiden Seiten auf. Der Lautsprecher plärrte von neuem:

Ihr müßt euch alle ergeben. Nehmt euch ein Beispiel an Lama Tsun, sonst werden wir ihn töten.

«Oh ...» Genyen unterdrückte einen weiteren Fluch und hielt sich vor Schreck eine Hand vor den Mund.

Ein Maschinengewehr ratterte los. Selbst von weitem konnte Genyen sehen, daß die Kugeln einen Busch in nächster Nähe von Tsuns hochaufgerichteter Gestalt völlig zerfetzten. Neben ihr knackte ein Zweig. Sie fuhr herum, hob den Revolver und spannte den Hahn.

«Keine Bewegung, sonst jage ich dir eine Kugel in den Kopf.»

«Ich bin es.»

Genyen erkannte die Stimme eines ihrer Leute, die sie bei Tsun zurückgelassen hatte, aber sie ließ den Hahn erst zurückschnappen, als sie alle drei sah. Dann bemerkte sie plötzlich den vierten.

«Rimpotsche!» Sie traute ihren Augen nicht. Sie sah ins Tal hinunter. Die aufrechte Gestalt stand da immer noch. «Wer ...?» stammelte sie.

«Pst.» Tsun lächelte sie an. «Das wird sie noch eine Weile beschäftigen. Laßt uns rasch verschwinden.» Er wurde ernst. «Du darfst das niemandem gegenüber erwähnen.» Genyen nickte. Sie war noch ganz benommen und konnte nicht begreifen, was geschehen war. Sie eilten den anderen nach, die abwechselnd auf den verbliebenen Pferden ritten.

Am folgenden Tag trabten sie lange im Schutz eines riesigen Kiefernwaldes. Obwohl Genyen es hatte geheimhalten wollen, sprachen bald alle davon, daß Tsun ein «Wunder» vollbracht hatte.

«Ich habe», sagte Samden, «schon von Lamas gehört, die Phantomkörper erschaffen können, aber soviel ich weiß, hat Tsun Rimpotsche das noch nie getan. Wie war das denn? Sah er real aus?»

«Vollkommen», erwiderte Genyen in ehrfürchtiger Scheu. «Das Phantom bewegte sich sogar wie er. Ich habe es jedenfalls für ihn gehalten.» Samden lachte. «Und zum Glück auch die Han.»

Am späten Nachmittag legten sie eine kurze Rast ein. Ling trat auf Tsun zu.

«Es heißt, Sie hätten eine Art Wunder vollbracht», sagte sie.

Tsun lachte leise. «Was für manche ein Wunder ist, ist für andere etwas Alltägliches. Ein eiserner Vogel ist ein Wunder für diejenigen, die nichts von eisernen Vögeln wissen. Es hängt von der Wahrnehmung und vom Wissensstand ab. Wir alle sind Zauberer. Jeder von uns erschafft sein eigenes Universum. Die Leute, die diesen eisernen Vogel gebaut haben, der uns angriff, sind Zauberer. Sie haben den Lauf der Dinge verändert. Sie taten es von außen, wir tun es von innen. Das ist der Unterschied.» Er klopfte an seinen Kopf.

Ling setzte sich auf einen Felsbrocken. «Ich verstehe das nicht», sagte sie. «Aber schließlich gibt es vieles, was ich nicht verstehe, und ich möchte auch gar nicht versuchen, derlei Dinge zu verstehen.» Sie sah ihn lange an. Beide schwiegen. Sie ist ermattet, dachte Tsun. Es muß wirklich schwierig für sie sein, eine so fremde Kultur zu begreifen. Für Tibeter, denen von klein auf beigebracht wird, daß das Leben mehr ist als äußerer Schein, sind solche Wunder selbstverständlich, aber für einen Han-Kader? Unser Volk muß ihnen sehr seltsam vorkommen, wirklich sehr seltsam.

Ling seufzte. «Werden Sie mich im nächsten Dorf freilassen?» fragte sie.

«Wenn es möglich ist.»

«Wenn Sie es tun, werde ich den Behörden sagen, daß Sie mich beschützt haben, und nach Kräften dafür sorgen, daß Ihnen kein Leid geschieht.»

Tsun lächelte leise. «Ich habe gelernt, den Versprechungen von Han-Menschen nicht zu trauen. Ihre Ethik beruht auf dem Prinzip der Zweckdienlichkeit. Ist es nicht tatsächlich das, was der Kommunismus lehrt?»

Ling errötete. «Ich bin aufrichtig. Ich will nicht sterben. Ich will nicht –» sie zögerte – «daß Ihnen ein Leid geschieht.»

«Im Angesicht des Todes verblaßt und verschwindet alles Unechte. Nur die Wirklichkeit bleibt. Ja, ich bin überzeugt, daß du aufrichtig bist. Heute begleitet dich der Tod. Heute bist du aufrichtig. Aber wie wird es sein, wenn du wieder bei deinen Genossen bist? Was dann? Du wirst die kalte Berührung des Todes als erledigt abtun können. Weshalb sollte Aufrichtigkeit dann noch nötig sein?»

Ling machte den Mund auf, um etwas zu sagen, dann schloß sie ihn wieder. Sie schüttelte ratlos den Kopf.

Sie zogen unermüdlich weiter, hielten sich fern von bekannten Wegen und machten nur kurz halt, um sich auszuruhen und etwas zu essen. Die Lebensmittel wurden knapp. Sie gingen so sparsam damit um wie möglich. Sie brauchten fast einen ganzen Tag, um in dem Gewirr von Kalk- und Sandsteinfelsen den etwa 5000 Meter hohen Me-La-Paß zu erklimmen.

Der glückverheißende Anblick von zwei Adlern, die sie aufgescheucht hatten und die jetzt über ihnen kreisten, machte ihnen allen Mut. Sie legten Steine auf den schneebedeckten Steinhaufen. Eine gewaltige Mondlandschaft erstreckte sich nach allen Seiten. Der Mensch, dachte Tsun, ist hier ein Nichts, beherrscht von einer

Natur, die keinen Platz für ihn hat, ihm keinen Schutz bietet, keine Nahrung. Die Erdkruste war erstarrt in urzeitlichen Konvulsionen.

Kein Dunst trübte die außerordentliche Klarheit des türkisfarbenen Himmels. Alle trugen jetzt Schneebrillen und hatten sich Tücher zum Schutz gegen die starken ultravioletten Strahlen der Sonne über das Gesicht gezogen. Tsun hielt inne, um sich umzuschauen, und lächelte voll staunender Bewunderung, obwohl er wußte, daß sie beim Abstieg auf viele Stunden gegen Luftangriffe völlig ungeschützt sein würden.

In den folgenden beiden Tagen mußten sie zweimal alle Vorsicht außer acht lassen und durch verhältnismäßig bekannte Furten den reißenden Ba-Tschai überqueren. Wie die meisten Tibeter konnte keiner von ihnen schwimmen, und der Fluß war zu dieser Jahreszeit, da die Gletscher auf den Bergen in der Frühlingssonne schmolzen, besonders gefährlich.

Das Leben war ganz auf die Reise ausgerichtet. Der tagtägliche Kampf gegen die Elemente und die Han, natürliche und menschliche Feinde; das mühsame Ergänzen der Lebensmittel; das ewige Ausschauhalten nach den Han. Der Sänger stimmte Lieder an, wenn sie am Lagerfeuer saßen, sich unterhielten, sich in Erinnerungen ergingen oder damit prahlten, daß die Widerstandsbewegung die Eindringlinge schon aus dem Land vertreiben würde oder daß die Invasion ein vorübergehendes Übel sei; daß Tibet schon früher besetzt worden war und seine Freiheit wiedererlangt hatte. Tsun war zunehmend davon überzeugt, daß Invasion und Besetzung Teil einer gewaltigen, fast unbegreiflichen Veränderung in der Geschichte Tibets waren. Aber es hatte keinen Zweck, diese Ansichten seinen Gefährten gegenüber zu äußern. Sie kämpften, litten und starben für ihre Familien, ihr Zuhause und ihr Land. Was er ihnen sagen könnte, würde ihnen keinen Auftrieb geben und ihre Herzen nicht mit Freude erfüllen. Am besten behielt er seine Meinung für sich.

Tschampa und einer von der Eskorte ritten voraus, um den Weiler Beyu auszukundschaften. Als sie zurückkamen, berichteten sie über eine Han-Garnison von beträchtlicher Größe. Sie waren mittlerweile sehr knapp an Lebensmitteln und hatten gehofft, im Dorf frische Vorräte kaufen zu können. Und dann, dachte Tsun, war da noch das Problem mit Ling!

«Rimpotsche», sagte Genyen, «Beyu ist das letzte Dorf vor Derge. Wir können die Chinesin jetzt nicht nach Beyu gehen lassen. Sie würde sofort die Garnison verständigen.»

«Ich weiß», erwiderte Tsun matt, «ich weiß.»

«Warum fesseln wir sie nicht und lassen sie hier?»

«Sag doch, was du im Sinn hast. Sie zu fesseln und hierzulassen bedeutet, sie ebenso sicher zu töten, als stieße man ihr eine Klinge in den Leib.» Tsun gab seinem Pferd die Sporen, aber er wußte, daß er sich der Entscheidung nicht entziehen konnte.

Es war fast genau Mittag, als sie das Flugzeug wieder hörten. Sie zogen die Pferde zwischen Findlingen herunter, gingen in die Hocke und verhielten sich ganz still, als die Maschine über sie hinwegflog.

«Nein! Nein!» zischte Genyen einen ihrer Leute an, der sein Gewehr auf das Flugzeug richtete. «Laß das bleiben. Auf diese Entfernung triffst du es nie. Es fliegt zu hoch.»

Möglich, daß es bloß ein routinemäßiger Patrouillenflug war. In dieser Höhe, dachte sie, konnte es bestimmt keine Einzelheiten sehen, aber es wendete und kam zurück.

Senge, den das Geräusch des Flugzeugs mittlerweile in abgrundtiefen Schrecken versetzte, bekam einen Anfall. Er hatte Schaum vor der Schnauze und jaulte und strampelte. Kesang konnte ihn nicht halten. Der kleine Hund riß sich los und rannte weg, während das Flugzeug niedrig auf sie zusteuerte. Tsun erwartete, daß es nun angreifen würde. Kesang pfiff Senge zurück. Tschampa stürzte wie der Blitz vor, als das Flugzeug genau über ihnen dröhnte.

«Nein, Tschampa, nein!» schrie Norden und versuchte ihn zurückzuhalten, doch er sprang aus den schützenden Findlingen heraus, packte den zuschnappenden Hund und brachte ihn rasch zu Kesang zurück. «Sie hätten dich abknallen können», sagte Norden, als sie ihm den Hund abnahm. «Wenn sie dich gesehen hätten ...»

«Hätten sie», lächelte Tschampa. «Aber der eiserne Vogel war über mir, als ich losrannte. Sie können mich unmöglich gesehen haben.»

«Zerstreut euch», schrie Genyen. «Zerstreut euch und sucht Deckung, wo immer ihr könnt.» Es gab wenig Deckung, und sie wußte, wenn das Flugzeug angriff, würde es ihnen schlecht ergehen. Aber es kam nicht zurück. Sie sahen es wegfliegen und warteten noch einige Minuten, nachdem es hinter den stillen Hügeln verschwunden war, ehe sie ihren Weg fortsetzten.

«Es wird melden, wo wir uns befinden», sagte Tsun, als er sein Pferd auf die Beine zog.

«Wir müssen weiterreiten», erwiderte Genyen. «Aber wir sollten möglichst in Deckung bleiben.»

Tsun zuckte vielsagend die Schultern und sah sich um. Sie hatten mindestens drei Meilen zurückzulegen, bevor ihnen die Felsen und Hügel Schutz gewähren würden. Am nächsten Tag und in der Nacht sahen und hörten sie nichts von den Han, aber nach ihren bisherigen Erfahrungen verschaffte ihnen das kein Gefühl der Sicherheit.

Spät am übernächsten Tag gelangten sie in ein kleines, schönes Tal. Sich fächerförmig ausbreitende Kiefern standen auf den schneegekrönten, mit Flechten bewachsenen Felshängen. Wenige Meter vor Kesang und Norden hoppelte zum Entzücken des kleinen Jungen ein Murmeltier aus dem Wald heraus, starrte sie einen Moment an und verschwand dann mit einem Satz. Senge, der sich von seinem Anfall vollständig erholt hatte, rannte ihm wild bellend nach.

Die Gruppe lachte über ihn, die Spannung, die seit so vielen Tagen auf ihnen gelastet hatte, löste sich etwas, und sie ließen in ihrer ständigen Wachsamkeit nach. Genyen hatte etwa 20 Meter vor den anderen angehalten. Sie hob warnend die Hand. Die Khampas nahmen die Gewehre von der Schulter.

«Da ist jemand im Wald», meldete sie nach hinten. Einer der Khampas nahm Kesangs und Nordens Zügel und führte ihre Pferde in den Schutz der Kiefern.

Alle warteten ab. Dann kam eine Gruppe Khampas aus dem Wald geritten. Einer von ihnen, anscheinend der Anführer, winkte Genyen zu. Sie erwiderte den Gruß nicht. Einige der Leute entsicherten ihre Gewehre. Schweigend beobachteten sie und warteten ab. Genyen spürte, daß da etwas nicht stimmte. Ihr fiel auf, wie einsatzbereit die Herankommenden ihre Waffen hielten, und sie erinnerte sich an die Berichte der Dörfler.

«Han!» schrie sie, schoß gleichzeitig, gab ihrem Pferd die Sporen und sprengte in den Schutz der Bäume.

Die Kugel streifte das Pferd des Anführers an der Kruppe. Es bäumte sich auf und warf seinen Reiter gegen seine Gefährten. In den wenigen entscheidenden Augenblicken der Verwirrung jagte Tsuns

Gruppe hinter Genyen her. Tsun vernahm das Ballern von Schnellfeuergewehren. Eine Kugel riß ihm die Pelzmütze vom Kopf. Er hörte wütende Rufe, Nordens Aufschrei und das Wiehern der Pferde, während er sich instinktiv duckte und seinem Pferd die Sporen gab. Sie gelangten in den Schutz der Bäume, die Khampas saßen ab und trafen Vorbereitungen zur Gegenwehr. Sie erwiderten das Feuer der Han, und das Knallen ihrer Gewehre vermischte sich mit der lauten Explosion der Muskete des fahrenden Sängers, aus der eine Rauchwolke aufstieg.

Tsun saß ab und zog seinen Revolver aus der Tasche. Von ihm Gebrauch zu machen hieße, die Eckpfeiler seines Lebens zu verleugnen. Aber hier ging es nicht nur darum, sich selbst zu retten. Er musterte seine Umgebung und hielt Ausschau nach Kesang, Genyen, Lopsang, Rintschen und Ling. Eine Kugel schlug in den Baum neben ihm und schleuderte ihm Rinde ins Gesicht. Er hielt den Revolver entsichert in der Hand.

Jetzt entdeckte er Genyen. Sie kniete und stützte ein Schnellfeuergewehr auf dem Knie ab. Immer wieder feuerte sie, ihr Körper bewegte sich kaum unter dem Rückstoß.

«Wo ist Tsun?» Kesang kauerte neben seiner Mutter.

Sie schüttelte den Kopf. Ihre Augen folgten einer Bewegung im Unterholz ein paar Meter entfernt. Sie packte ihren Revolver mit beiden Händen und drückte ab. Einen Augenblick später fiel ein Han vornüber aus dem Gebüsch. Norden war bleich, ihr Gesicht drückte Entsetzen aus. Der Sänger winkte ihr zu und lächelte, dann warf er einen Blick auf den Jungen.

«Bring ihn dort hinauf», rief er und deutete auf den dicht bewachsenen Berghang. «Da habt ihr bessere Chancen.» Er hob Kesang auf sein Pferd. «Los.» Er schlug dem Pferd aufs Hinterteil, um es zu bewegen, rasch durch das Unterholz und den steilen Berg hinaufzulaufen.

Kesang riß die Augen weit auf, er war blaß geworden. Er war ganz gespannte Aufmerksamkeit. Norden sah, daß er auf den Revolver blickte, den sie noch in der Hand hielt. Die Augen waren nicht länger die Augen ihres Kindes. Sie trieb ihr Pferd an.

«Komm, Kesang, schnell», rief sie leise.

«Samden!» Dschigme packte seinen Freund am Arm, um ihn daran zu hindern, sein Gewehr anzulegen.

«Schon geschehen», lächelte Samden und drückte ab.

Die Han schlichen zwischen den Bäumen herum und versuchten, von hinten anzugreifen. Plötzlich erhaschte Tsun einen Blick auf Lings blaue Steppjacke. Sie flitzte von einem Baum zum anderen, um sich tiefer in den Wald zu flüchten. Tsun richtete seinen Revolver auf sie und folgte ihr einige Sekunden. Dann ließ er die Waffe langsam sinken; er wußte, daß er nicht abdrücken konnte.

Er arbeitete sich zu Genyen hinüber. «Wir sollten uns auf den Hügel zurückziehen», sagte er.

«Es sind ja nur fünfzehn», lachte sie. «Die kriegen wir alle.»

«Hier, gib mir das.» Tsun nahm ihr den Patronengurt ab und lud die chinesische 32er Automatik. Er kam sich unzulänglich vor. Seine Schulung hatte ihn befähigt, die Sinnlosigkeit von Krieg und Kampf einzusehen, aber er war nach wie vor ein Khampa, ein kriegerischer Nachkomme der Horden des Dschingis-Khan. Der Buddhismus hatte dieses Volk friedfertiger gemacht, aber da, wo ein anderer seine Meinung sagen und weitergehen würde, duellierte ein Khampa sich noch immer auf Leben und Tod.

«Taschi! Taschi!» rief Genyen den Sänger, der jetzt Pfeile mit einem Bambusbogen abschoß. Sie nahm eine Handgranate aus der Tasche und hielt sie hoch, damit er sie sehen konnte. «Mir nach!» schrie sie und flitzte durchs Gebüsch. Der Sänger folgte ihr.

Rauch und Flammen stiegen von der Explosion auf. Äste wurden von den Bäumen gefetzt und lagen in weitem Umkreis auf dem Boden. Ein Pferd, von einem Granatsplitter getroffen, schrie vor Schmerz. Eine Kugel sauste an Tsuns Wange vorbei; es blutete. Er warf sich auf den Boden und robbte hinter einen Felsen. Kugeln zerfetzten seine Tschuba. Flüchtig sah er einen Han weiter oben am Hang, der auf ihn schoß.

«Rimpotsche, gehen Sie in Deckung!» Samden zielte mit seinem Gewehr auf den Schützen.

«Nein!» schrie Tsun und schoß selbst.

Die Kugel traf den Han in die Brust. Er kippte auf die Seite, hatte aber den Finger noch am Abzug und überschüttete sie mit einem Geschoßhagel. Tsun sah drei schwarze Löcher in Samdens Tschuba quer über dem Bauch erscheinen. Samden schrie auf und wurde durch den Aufprall umgerissen. Tsun zog ihn hinter einen Felsen, löste seinen Gürtel und schob vorsichtig die Schaffell-Tschuba beiseite, um die Wunde zu sehen. Samden rang nach Luft. Doch Tsun lachte, und Samden glaubte, der Abt müsse den Verstand verloren haben. «Oh, Kunjosum!» Voller Angst, was sie ertasten würden, verkrallten sich seine Hände in den Bauch, um den Blutstrom aufzuhalten. Aber da war kein Blut. Vorsichtig fühlte er; seine Finger stießen auf die Löcher in der Tschuba und auf das Reliquiar aus Silberfiligran, das er in seiner Amba trug. Tsun half ihm, sich aufzusetzen und den Rücken an den Felsen zu lehnen. Das einzige, woran es Samden fehlte, war Luft. Als er das Reliquiar betastete, erfüllte es ihn mit großer Ehrfurcht, daß ihm die schützende Kraft der kleinen bronzenen Buddhastatue zugute gekommen war, die sich in dem Reliquiar befand und verhindert hatte, daß die Kugeln in sein Fleisch eindrangen. Samden pries die Götter und seinen Onkel, der ihm die geweihte Buddhastatue bei seinem Eintritt ins Kloster geschenkt und ihm viel über ihre Vergangenheit erzählt hatte. Es war eine ganz außerordentliche Statue. Jetzt konnte Samden den vielen Geschichten, die sich schon um die Figur rankten, seine eigene hinzufügen.

Eine zweite Explosion war zwischen den Bäumen zu vernehmen, dann eine dritte. Das Schießen ließ nach. Man hörte Hufgetrappel. Die Han ergriffen die Flucht.

Die Gruppe blieb noch ein paar Minuten in Deckung und wartete ab, um zu sehen, ob es eine Falle war. Durch seinen Feldstecher erblickte Tsun die fliehenden Han und Ling, die mit ihnen ritt. Hinter sich hörte er ein Geräusch. Er fuhr herum. Es waren die Khampas, die aus ihren Stellungen kamen. Ihr Siegesgeschrei hallte durch den Wald.

«Die Chinesin war bei ihnen.» Genyens Stimme war ausdruckslos. Tsun antwortete nicht. «Haben Sie Dordsche Rimpotsche und die Ehrwürdige Mutter gesehen?» fragte sie.

«Ja.» Taschi war es, der antwortete. «Sie verstecken sich weiter oben zwischen den Bäumen.»

Tsun nahm die Zügel seines Pferdes und führte es bergauf. Die anderen folgten. Samden berichtete aufgeregt von seiner wundersamen Errettung.

«Wir müssen schnell weg von hier», unterbrach ihn Lopsang. «Die Han werden nicht lange brauchen, um ihr Hauptquartier zu verständigen.»

«Sie haben keine Mühe gescheut, um uns gefangenzunehmen», erwiderte Genyen. «Ich bezweifle, daß sie jetzt aufgeben werden.»

Tsun achtete kaum auf ihre Worte. Er erwog die Alternativen, die es für sie gab, und dachte weiter über den Plan nach, der schon in ihm reifte.

Genyen und Rintschen standen hinter ihm. Tsun winkte ihnen, ihm zu folgen, und beschleunigte seinen Schritt. Er blieb erst stehen, als sie den anderen ein gutes Stück voraus waren.

«Du hast recht, Genyen. Sie werden nicht aufhören, uns zu jagen, aber jetzt wissen wir wenigstens, auf welche Weise wir verfolgt wurden, und können es ihnen erschweren.»

Rintschen machte ein verblüfftes Gesicht. «Wie denn das, Rimpotsche?»

«Diese als Khampas verkleideten Männer sind nicht die üblichen Kavalleristen der Volksbefreiungsarmee. Sie sind erfahrene Kämpfer, an die Berge gewöhnt und daran, auf dem Land zu leben, und zumindest einige müssen tibetisch sprechen können. Sie haben sich für eine der vielen Widerstandsgruppen in den Bergen ausgegeben. Es würde mich wundern, wenn nicht wenigstens einer oder zwei von ihnen auch bei dem Neujahrsfest waren.»

«Ich habe, glaube ich, eine Funkertasche gesehen», sagte Genyen. «Das war es, was mich mißtrauisch machte, denn ich kenne alle Gruppen mit Funkgeräten, sie sind so rar und kostbar.»

Tsun nickte. «Du hast dich nicht geirrt. Auf diese Weise konnten sie mit den eisernen Vögeln in Verbindung bleiben und Hilfe anfordern.»

«Nach all den Verdächtigungen –» Rintschen rieb sich die Bartstoppeln – «haben wir also keinen Spion?»

«Doch, natürlich haben wir einen. Wie leicht muß es für ihn gewesen sein, unterwegs Zeichen zu hinterlassen.»

Genyens Antwort klang betont kühl. «Es war die Han-Frau.»

«Nein! Es ist einer von uns.»

«Aber wer?» Der Verwalter war entsetzt über diese Unterstellung.

«Das weiß ich nicht», sagte Tsun. «Aber, Genyen, du hast recht gehabt, daß wir die Han auf diese Weise direkt nach Derge bringen. Es wäre töricht, das zu tun, und gefährlich für die Königin. Die einzige Möglichkeit ist, daß du mit der Gruppe weitergehst und ich die Reise nach Derge allein unternehme. Ich werde euch dann im Tal der Riesen treffen. Ich habe gründlich darüber nachgedacht. Es ist das einzig Richtige. Du, Genyen, kannst die Gruppe sicher führen. Du bist den Han viele Male entgangen, du kannst es wieder tun.»

«Wenn es überhaupt jemand kann.» Genyen zuckte die Schultern und lächelte. «Wann werden Sie uns treffen?»

«In zehn Tagen müßte ich meine Angelegenheiten in Derge erledigt und den Weg ins Tal der Riesen geschafft haben können. Wenn ich am fünfzehnten Tag von heute an nicht gekommen bin, geht ohne mich nach Lhasa weiter.»

«Aber, Rimpotsche, das ist Wahnsinn!» protestierte Rintschen. «Nehmen Sie wenigstens jemanden mit. Gehen Sie nicht ganz allein.»

«Es ist ungefährlicher so. Wer weiß schon, daß ein einsamer Wanderer der Lama Tsun ist? Eure Fahrt wird schwieriger sein, und ihr braucht mehr Schutz als ich.»

«Wenn ein Spion unter uns ist, der sich irgendwie mit den Han in Verbindung setzen kann, wird er ihnen dann nicht berichten, daß Sie sich von der Gruppe getrennt haben?» fragte Genyen.

«Ja, wahrscheinlich, aber falls die Han mich verfolgen, werde ich ihnen leichter entgehen können, wenn ich allein bin.»

«Nein, Rimpotsche», meinte Rintschen. «Gerade weil die Han es auf Sie abgesehen haben und weil sie, wenn unter uns ein Spion ist, über alle Ihre Schritte unterrichtet werden, ist es um so wichtiger, daß Sie jemanden mitnehmen.»

Tsun tat den Einwand mit einer Handbewegung ab. «Ihr werdet euren ganzen Verstand brauchen. Die Han sind sehr schlau. Vielleicht werden sie versuchen, Dordsche Rimpotsche als Geisel zu nehmen. Der Junge muß ganz besonders geschützt werden.»

Beide sahen ihn besorgt an.

«Wissen Sie, wer der Spion ist?» fragte Genyen.

«Ich bin nicht sicher.»

«Aber solange er bei uns ist, schweben wir in Gefahr», beharrte Rintschen.

Norden und Kesang tauchten über ihnen auf. Jetzt, da die Schießerei beendet war, hatten sie sich herausgewagt und Tsun und die anderen zu ihnen heraufkommen sehen. Tsun erwiderte ihre Begrüßungsrufe, dann wandte er sich an seinen Verwalter und sagte:

«Ja, der Spion, ob Mann oder Frau, ist eine Bedrohung für uns alle. Traue niemandem und erwähne keinem anderen gegenüber meinen Verdacht. Alle haben bislang geglaubt, daß uns die Chinesin verraten hat. Beobachte scharf und sei vorsichtig.»

«Tsun! Tsun!» Kesang kam, vom kläffenden Senge verfolgt, den Hang heruntergestürzt und warf sich seinem Lehrer in die Arme. Lächelnd nahm Tsun ihn an die Hand und führte ihn ein Stückchen von den anderen fort.

«Ich gehe für ein paar Tage fort, Kesang.»

Die Furcht kehrte ins Gesicht des Jungen zurück. «Du willst doch nicht allein nach Derge gehen?»

«Doch, aber mir wird nichts passieren. Du brauchst dir keine Sorgen zu machen. Wir werden uns sehr bald wiedersehen.» Er legte dem Jungen die Hand auf die Schulter. «Tu alles, was deine Mutter, Lama Rintschen und Genyen dir sagen. Schenke keinem anderen Beachtung.» Kesang sah Tsun verwirrt an und runzelte die Stirn, während er sich bemühte, den tieferen Sinn von Tsuns Worten zu ergründen und die wirkliche Lage zu begreifen.

«Laß mich doch mitkommen.» Erst jetzt bemerkte er die kleine Wunde auf Tsuns Wange, wo die Kugel ihn gestreift hatte. «Du bist verletzt …»

«Das ist nicht der Rede wert.» Tsun betupfte die Wunde mit dem Taschentuch. «Du kannst nicht mitkommen, Kesang. Es tut mir leid, aber das ist unmöglich. Doch denke daran, was immer geschieht, ich bin bei dir. Vergiß das nicht, mein Kleiner.»

Kesang sah seinem Präzeptor in die Augen und war sich der Zuneigung bewußt, die in den Worten mitschwang. Tsun brachte ihn zu den anderen zurück und übergab ihn der Obhut seiner Mutter. Dann wandte er sich unvermittelt ab.

Er schwang sich auf sein Pferd und ritt den Berg hinauf. Kurz bevor er zwischen den Bäumen verschwand, drehte er sich um und winkte mit einer weißen Glücksschärpe.

[illegible]

so wie der [illegible] schied und [illegible]

[illegible] Nazarener [illegible] Hitze [illegible]

dem [illegible] Laden bei Ruhe [illegible]

[illegible] die Hand [illegible] Schein [illegible]

[illegible] unter [illegible]

[illegible]

[illegible] nicht

[illegible]

[illegible] mit Essen und [illegible]

[illegible]

[illegible] Schläfer [illegible]

[illegible] Baumstämme [illegible]

[illegible] nächsten Nachbarn [illegible]

Das [illegible] die Hände [illegible]

[illegible]

[illegible] Ohren [illegible]

[illegible]

[illegible] und [illegible]

[illegible] Dampfwolken [illegible]

[illegible] Tausend Bäume [illegible]

[illegible] schaue ich [illegible] und

[illegible]

ZWEITES BUCH
März 1956

*Was die Priester und die Klöster betrifft,
so werden ihre Ländereien und Besitztümer
zerstört werden ...*

7

Es war dunkel, als Tsun auf einem Hügel oberhalb von Derge anlangte. Hinter einer Felsnase versteckt, richtete er seinen Feldstecher auf das Han-Viertel eine Meile flußabwärts von der Stadt, das noch aus der Zeit des kaiserlichen China stammte. Da brannten Lampen, aber er konnte keine Einzelheiten ausmachen. Über ihm schrie eine Eule. Wolken jagten über den nächtlichen Himmel. Dann richtete er das Glas auf die Stadt. Viele Häuser waren dunkel, aber die Straßen wurden von Straßenlaternen schwach erleuchtet, eine Neuerung. Ein Jeep patrouillierte. Tsun konnte das hinten aufgestellte Maschinengewehr und die vier Mann erkennen, die darin saßen. Dann bemerkte er einen zweiten Jeep, der auf unebenem Gelände an der Peripherie der Stadt entlangfuhr.

Er fragte sich, wie oft die Jeeps wohl die Runde machten. Er wollte sich im Schutz der Dunkelheit in die Stadt hineinschleichen, denn er hatte gehört, daß die Han alle Besucher überprüften. Die Jeeps begegneten sich, dann trennten sich ihre Wege wieder.

Tsun wartete ab, bis sie weg waren. Dann nahm er Sackleinwand aus seiner Satteltasche und umwickelte die Hufe seines Pferdes. Er vergewisserte sich, daß keine anderen Han-Patrouillen zu sehen waren, und führte sein Pferd schnell und leise den Hügel hinunter zu einer schmalen Gasse, die in die Stadt führte. Sie war gerade breit genug, daß das Pferd durchgehen konnte. Obwohl er sich so bemühte, leise zu sein, kam es ihm so vor, als ob das Aufsetzen der umwickelten Hufe und sogar sein eigener Atem seine Anwesenheit verrieten. Er stolperte über einen Stein und blieb stehen, denn er erwartete, daß die Wachhunde zu bellen beginnen würden. Keiner tat es.

Vorsichtig ging er weiter. Eine unheimliche Stille lag über der Stadt. Gewöhnlich hörte man Schritte, wie spät auch immer, irgendein Lebenszeichen, und sei es auch nur von Tieren. Heute abend war überhaupt nichts zu hören.

Er erreichte das Ende der Gasse und linste um die Ecke. Vor ihm lag eine ungepflasterte Straßenkreuzung. Er lauschte auf das geringste warnende Geräusch, aber nur in der Ferne surrten die Jeep-Motoren. Er führte sein Pferd über die Kreuzung.

Ein scharfer Knall jagte Tsun einen kalten Schauder über den Rücken, und er fuhr herum, um zu sehen, was los war. Ein zerrissenes Plakat flatterte im Wind. Er beruhigte sein nervös gewordenes Pferd und riß das Plakat von der Mauer. In dem düsteren Licht las er die Ankündigung einer Ausgangssperre vom Einbruch der Dunkelheit bis zum Morgengrauen und daß, wer gegen diese Vorschrift verstieß, auf Anhieb erschossen werden würde. Jetzt begriff er, warum die Straßen so leer waren.

Er führte das Pferd am Zügel und tappte leise die schmale Straße entlang. Bei jedem Schritt erwartete er, Hundegebell zu hören, denn die Hunde waren darauf abgerichtet, anzuschlagen, sobald sich ein Fremder näherte. Aber es war nichts zu vernehmen, als er an den geschlossenen Fensterläden der Häuser vorbeiging. Tsun spürte die angespannte Atmosphäre der schlafenden Stadt.

Als er in eine Seitenstraße bog, hörte er einen Jeep herankommen und zog sein Pferd rasch in einen Durchgang neben einem Haus. Er band die Zügel an einem Pfosten fest, dann kletterte er auf ein Fensterbrett und hangelte am Gesims des einstöckigen Hauses entlang, bis er sich über die Brüstung auf das Dach ziehen konnte. Er duckte sich und wußte, daß jede Bewegung, die er auf dem Dach machte, die Bewohner beunruhigen würde, denn wenn sie auch Städter waren, so hatten sie noch immer die «Nachtohren» von Landbewohnern. Er hörte den Jeep langsam vorbeifahren.

Tsun hob den Kopf und riskierte einen Blick über die Brüstung. Wie in den Jeeps, die er vorher gesehen hatte, saßen auch in diesem vier Soldaten der Volksbefreiungsarmee, und im Heck war ebenfalls ein Maschinengewehr. Kein Hund hatte den Jeep angebellt. Die Stille war seltsam, wie in einer Totenstadt. Er fand es bedrükkend, wie fest sich eine der größten Städte Osttibets in der Gewalt der Besatzungstruppen befand.

Er wartete, bis die Patrouille außer Sicht war, dann kletterte er vom Dach herunter, band sein Pferd los und machte sich wieder auf den Weg durch die schmalen Straßen. Die an Holzmasten hängenden trüben Birnen der Straßenbeleuchtung schwangen im Wind hin und her. In bestimmten Abständen waren entlang den Straßen Lautsprecher an Pfosten befestigt. Rote Fahnen flatterten auf den Dächern der Häuser, die einst mit Gebetsfahnen geschmückt gewesen waren. Tsuns Blick fiel auf ein weiteres großes Plakat an einer Hauswand. Es zeigte einen muskulösen jungen Mann mit einem Gewehr in einer Hand und einer roten Fahne in der anderen; die Unterschrift in Han und Tibetisch forderte das Volk zu größerer Produktivität auf.

Plötzlich hörte er Schritte. Es mußte mehr als eine Person sein, und sie konnten jeden Augenblick um die Straßenecke vor ihm biegen. Er zog sein Pferd in den tiefen Schatten eines Baumes an einer Hauswand und drückte sich an die Mauer. Jetzt kamen die Schritte näher. Die vier Mann der Patrouille gingen forsch vorbei; Tsun fuhr seinem Pferd liebevoll über das Maul und betete, es möge seine Anwesenheit nicht verraten. Ob sie überall zu viert hingingen, dachte er, während er wartete, daß die Schritte verhallten. Dann schlich er ums Haus und klopfte leise an der Tür. Auf dem verwitterten Schild am Türpfosten stand: «Tschopel Dakpa, Silberschmied.» Tsun klopfte noch einmal. Nichts rührte sich. Sie müssen es gehört haben, dachte Tsun. Da stimmte etwas nicht. War es eine Falle? Er erinnerte sich, wie gut die Han ihre Angriffe während der Flucht von Dordsche Ri-gon geplant hatten. Immer waren sie einen Schritt voraus gewesen. Ob das jetzt auch so war? Er beschloß, den Rest der Nacht auf dem Dach zu verbringen und aufzupassen, wer am Morgen aus dem Haus kam. Wenn er dann klopfte, würde es nicht so auffällig wirken. Er begann auf den Baum neben dem Haus zu klettern, denn von dort würde er am besten aufs Dach gelangen. Er war noch nicht weit gekommen, da erstarrte er, denn er hörte die Tür knarren. Er schaute hinunter und sah, daß sie sich langsam öffnete.

«Namgyal?» flüsterte eine Stimme. «Bist du es?»

Ein kahler Kopf erschien zögernd im Türspalt. Dem Mann fiel eine Bewegung auf, er entdeckte Tsun auf den unteren Ästen des Baums und fuhr mit einem angstvollen Keuchen zurück. Dann nahm sein Gesicht den Ausdruck der Verwunderung und des Wiedererkennens an.

«Rimpo ...»

Tsun hob warnend eine Hand und sprang vom Baum herunter. «Mein Pferd steht neben dem Haus.»

Tschopel winkte ihm. «Schnell!» flüsterte er und sah ängstlich die Straße hinauf und hinunter, und als er an Tsun vorbeistürzte, zischte er: «Gehen Sie schnell hinein und verriegeln Sie die Tür.»

Tsun ging ins Haus und schloß die Tür hinter sich. Drinnen war es stockfinster, und er tastete noch nach dem Riegel, als eine Petroleumlampe flackernd aufflammte. Ein untersetztes, stämmiges Mädchen in einem geblümten Hemd und blauer Arbeitshose, deren langes schwarzes Haar zu Zöpfen geflochten war, blies das Streichholz aus und starrte Tsun kühl an. Einen Augenblick lang glaubte er, sie sei eine Han, und erschrak.

«Tschopel kümmert sich um mein Pferd ...» Er bekam schon Zweifel an seinem Beruhigungsversuch, während er noch sprach.

«Das ist Dekyi, meine Tochter.» Tschopel tauchte aus der Dunkelheit hinten in der Werkstatt auf, dann wandte er sich an seine Tochter. «Und das ist Tsun, ein sehr alter und hochgeschätzter Freund von mir. Ich kenne ihn seit langen Jahren und verdanke ihm sehr viel.»

Er nahm eine schmuddelige Glücksschärpe und reichte sie seiner Tochter, die sie Tsun mit der gleichmütigen Andeutung eines Lächelns über die Arme hängte. Tsun gab sie höflich zurück.

«Ich habe deinem Vater früher in seiner Schmiede geholfen», sagte er. «Er hat mir ein wenig die Silberschmiedekunst beigebracht.»

Das Mädchen nickte höflich und stellte die Flamme der Lampe nach.

«Wird es wegen dem Pferd Probleme geben?» fragte Tsun.

«Nein, Rimpotsche», antwortete Tschopel. «Haben Sie auf der Straße irgendwo einen Jungen gesehen?»

«Nein», erwiderte Tsun. «Ich habe nur die Patrouillen gesehen.»

Tschopel bot Tsun einen Platz auf dem besten Teppich vor dem gemauerten Herd an.

«Ich mache mir nämlich Sorgen um meinen Sohn», sagte er. «Er hätte schon vor Stunden aus der Schule zurückgekommen sein sollen.»

Tsun nahm seine Schale heraus und stellte sie auf einen Lederkoffer, der als Tisch diente.

«Weißt du, warum er sich verspätet haben könnte?»

Das Mädchen goß aus einer mit Silber beschlagenen kupfernen Teekanne schwachen Tee in die Schale.

«Nein, ich ...»

«Doch, du weißt es, Pa-la», unterbrach ihn seine Tochter. «Er stiehlt bei den Han», sagte sie zu Tsun, «und mein Vater bestärkt ihn darin.» Wütend stocherte sie im Feuer, um es zu schüren. «Ich wußte, daß das passieren würde. Ich wußte, daß sie ihn eines Tages erwischen würden. Ich habe dich gewarnt, Pa-la.»

«Sei still, Mädchen», schalt Tschopel, denn er fand sie respektlos, aber seine Stimme klang nicht überzeugend.

Tsun stand auf. «Ich muß mein Pferd versorgen.»

«Nein, ich mach das schon», sagte Dekyi.

«Aber die Ausgangssperre ...» Tsun unterbrach sich, als das Mädchen in der Dunkelheit verschwand.

«Bitte entschuldigen Sie unseren armseligen Tee, Rimpotsche», sagte Tschopel und schob die Schale näher an den Lama heran.

Tsun trank einen Schluck. «Der Tee ist ausgezeichnet, Tschopel», beteuerte er. «Aber wir müssen vorsichtig sein. Wir kannten uns schon lange, bevor ich Mönch wurde, und damals hieß ich Dschigme. Nenne mich jetzt auch so. Es ist gefährlich, mich als Rimpotsche anzureden. Du gefährdest dich und deine Familie, wenn du mir Gastfreundschaft gewährst. Mache die Gefahr nicht dadurch größer, daß du meine wahre Identität zu erkennen gibst.»

Tschopel nickte. «Ich verstehe», sagte er. «Meine Tochter hat recht ... äh ... Dschigme. Die Han nehmen uns alles weg. Mein Sohn Namgyal und einige seiner Freunde haben viel Geschick darin entwickelt, ihnen wieder etwas abzunehmen. Es ist eigentlich kein Diebstahl. Ich möchte nicht, daß Sie glauben, wir seien Diebe geworden.»

Tsun lächelte. «Das glaube ich nicht.»

Tschopel reichte ihm ein Gefäß mit Tsampa. Tsun lehnte dankend ab. «Ich habe genug», sagte er, schüttete den Rest seines Gerstenmehls aus seinem Lederbeutel in die Holzschale und vermischte es mit den letzten Tropfen Tee.

«Wenn er von den Han geschnappt worden ist», fragte er, «was machen sie dann mit ihm?» Als er die Angst in Tschopels Augen sah, bereute er seine Frage sofort. Dann kam Dekyi zurück und löschte die Lampe aus.

«Wir müssen mit dem Petroleum sparsam umgehen», sagte sie.

So saßen die drei zusammengekauert vor dem Feuer, und der Widerschein der Flammen flackerte auf ihren Gesichtern. Tschopel brach das lange Schweigen.

«Die Lage ist nicht gut», sagte er. «Unsere Kinder werden deportiert.»

«Deportiert? Wohin?»

«Nach China.»

«Tatsächlich? Und was für Kinder werden da hingebracht?»

«Alle möglichen Kinder.»

«Du meinst, sie sammeln sie auf den Straßen auf?» Tsun war verblüfft über Tschopels Mitteilung. Er wußte, daß die Han möglicherweise einen jungen inkarnierten Lama wie Kesang mitnehmen würden – eben einen, der großen Einfluß auf das Volk haben könnte. Aber irgendwelche Kinder? Tschopel bemerkte Tsuns entsetzten Gesichtsausdruck.

«Nein, nicht auf der Straße.» Tschopel fuhr sich müde mit der Hand über sein rußbedecktes Gesicht. «Gewöhnlich werden wir zu einer Versammlung zusammengerufen. Alle, die in einer bestimmten Straße wohnen, müssen dort erscheinen. Da sagen uns dann Mitglieder vom Bezirksausschuß, daß unsere Kinder die Gelegenheit haben sollten, in China eine gute Erziehung zu genießen.» Er hielt inne. «Es ist sehr schwierig.»

Dekyi schenkte den beiden neuen Tee ein, dann ging sie zum Fenster. Sie benetzte einen Finger und machte ein kleines Loch, indem sie die Appretur des Reispapiers aufweichte, um auf die Straße sehen zu können.

«Aber», fragte Tsun, «wenn die Kinder nicht mitgehen wollen, was dann?»

«Wer sich weigert, wird erschossen», sagte Tschopel. «Ich habe das vor ein paar Monaten mit eigenen Augen gesehen. Bei einer dieser Versammlungen hat eine Frau erklärt, sie sei Witwe, und ihr Sohn sei ihr einziges Kind. Er muß etwa fünfzehn Jahre alt gewesen sein. Der Junge sagte dem Han, er wolle nicht mitgehen. Der Han redete auf die Frau und den Jungen ein, aber sie war eine starke und energische Person und hatte keine Angst. Ihr Widerstand verlieh irgendwie denjenigen Kraft, deren Kinder mitgenommen worden waren. Die Leute wurden immer aufsässiger. Der Han bekam es mit der Angst zu tun. Die Atmosphäre war sehr gespannt. Die Leute schöpften Kraft bei ihr, und sie schöpfte Kraft bei ihnen.

Der Han befahl ihr, sie solle mit ihrem Protest aufhören, aber sie protestierte weiter. Da wurde sie erschossen. Es war schrecklich. Wir kannten sie alle. Sie war alt und pflegte bei Geburten zu helfen.»

Tschopel trank seinen Tee, dann füllte er Tsuns Schale von neuem. «Etwas in uns allen starb mit ihr. Unser Stolz. Sie war den Han entgegengetreten, wir nicht. Nun war sie tot, und wir waren bloß Zuschauer gewesen.» Tsun bot seinen Schnupftabak an. Tschopel nahm ein wenig und fuhr dann fort:

«Das war es, was mich veranlaßte, mich dem Widerstand anzuschließen.» Er sah hinüber zu seiner Tochter, die am Fenster Wache hielt, eine schwarze Silhouette gegen die umgebende Dunkelheit, dann richtete er seinen besorgten Blick auf Tsun und flüsterte: «Rimpotsche, bitte, ist meinem Sohn etwas passiert?»

Tsun wickelte die Bernstein- und Korallen-Gebetskette vom Handgelenk ab und senkte die Augen in Meditation, während er die Perlen abzählte. Die Zeit verging langsam. Tschopel gesellte sich zu seiner Tochter am Fenster.

«Ich vermute, Pa-la», sagte sie leise, «er hat es nicht schaffen können, vor der Ausgangssperre nach Hause zu kommen, und bleibt über Nacht bei einem Freund.» Tschopel brummte und ging zum Feuer zurück. Er wickelte seine eigene Gebetskette vom Handgelenk ab und begann, Gebete zu murmeln.

Tsuns Lider hoben sich. Tschopel sah ihn ängstlich und erwartungsvoll an. Tsun lächelte und schüttelte den Kopf. Tschopel strahlte und senkte den Kopf. «Danke, Rimpotsche.» Er bildete die Worte nur mit den Lippen.

«Fahre mit deinem Bericht fort», bat Tsun. «Ich möchte gern wissen, was mit den Kindern geschieht, die nach China deportiert werden.»

«Es ist schwer zu sagen. So viele haben Derge verlassen, und niemand ist zurückgekommen. Einige der Kinder meiner Freunde schreiben Briefe. Es sind seltsame Briefe. Es steht sehr wenig drin, aber erwähnt wird, daß sie nicht nur lernen, sondern auch arbeiten. Sie schweigen über so vieles. Selten beantworten sie die Fragen ihrer Eltern. Manchmal bitten sie um Dinge, etwa Uhren, die sie verkaufen können, da sie kein Geld haben ...» Er unterbrach sich.

Seine Gedanken kreisten um das Schicksal seines Sohnes. «Selbst wenn die Han ihn nicht beim Stehlen erwischt haben, werden sie ihn bestimmt bald zur Erziehung wegschicken.»

«Gibt es keine Möglichkeit, sie davon abzuhalten?»

«Nur wenn er die Stadt verläßt, und das ist jetzt schwer zu bewerkstelligen. Ich könnte einen Freund, einen Kaufmann, bitten, ihn nach Lhasa mitzunehmen, aber es wäre sehr bitter, ihn von der Familie wegzuschicken, und wir können nicht weg.» Einige Minuten herrschte Schweigen.

«Kuscho», flüsterte Dekyi, die noch am Fenster stand, «bleiben Sie lange in Derge?»

«Nein, nur zwei oder drei Tage», antwortete Tsun.

«Nehmen Sie Namgyal mit, bitte!» Sie kam zu Tsun herüber. «Ich arbeite für die Han. Ich weiß, wie gründlich sie sind. Er wird nicht mehr lange frei bleiben.»

Tsun runzelte die Stirn. «Wenn dein Bruder mit mir geht, wird er in noch größerer Gefahr sein.»

«Aber wir sind doch die einzigen, die wissen, daß Sie in Derge sind, nicht wahr?»

«Ja.»

«Dann können Sie ebenso heimlich wieder gehen, wie Sie gekommen sind. Würden mein Vater oder ich die Stadt verlassen, wüßten es die Kunden meines Vaters und unsere Nachbarn sofort. Es gibt jetzt überall Spitzel.»

«Wenn ich weggehe», sagte Tschopel, «verliere ich mein Haus, mein Geschäft, alles. Wir werden Flüchtlinge sein. Die Han sind mir gegenüber schon mißtrauisch.» Er zuckte die Schultern. «Die Leute reden immer davon, nach Lhasa zu gehen, aber was können sie dort schon tun?»

«Sei nicht töricht, Vater, du bist Handwerker. Du wirst auch in Lhasa Kunden finden», beharrte Dekyi.

«Es braucht Zeit, ein Geschäft aufzubauen», erwiderte Tschopel, «und hier bin ich bekannt.»

«Aber dein Geschäft ist rückläufig.» Sie hatte die Stimme gehoben.

«Mag sein», erwiderte Tschopel. «Aber woher sollen wir wissen, ob es in Lhasa besser ist? Ich habe gehört, daß selbst da Lebensmittelknappheit herrscht. Nein, es ist besser, wenn wir hierbleiben und nur den Jungen wegschicken.»

Dekyi ging hinüber und kniete neben ihrem Vater nieder, legte ihm einen Arm auf die Schulter und sah zu Tsun auf.

«Sagen Sie ihm», bat sie Tsun, «daß es nicht klug ist, hierzubleiben.»

Tsun schluckte den Tsampa hinunter, den er gekaut hatte. «Deine Tochter hat recht, Tschopel», sagte er. «Es ist nicht wie bei früheren Invasionen der Han, und ich bin nicht der Meinung, daß sich die Lage bessern wird. Wenn du eine Gelegenheit hast zu fliehen, dann ergreife sie!»

Die Stirn des alten Mannes war gefurcht. Er schlug sich mit der Hand auf den kahlen Schädel und stöhnte. Dann starrte er stumm und bewegungslos ins Feuer. Tsun hörte ein leises Geräusch. «Draußen ist jemand», flüsterte er.

Sie standen auf. Dekyi war schon am Fenster und spähte durch das kleine Loch, das sie gemacht hatte. Sie gab einen Laut des Erstaunens von sich. «Er ist es! Es ist Namgyal!»

Tschopel schloß schleunigst die Tür auf, packte den Jungen an seiner Tschuba, zog ihn herein und riegelte hinter ihm zu.

«Wo bist du gewesen?» fuhr er den verängstigten Jungen an und schüttelte ihn. Dekyi ging sofort dazwischen. «Nein, Pa-la!» Sie zog den zerzausten und schmuddeligen Jungen von seinem zornigen Vater weg, führte ihn hinüber zum Feuer, stellte eine Schale auf den Koffer und schenkte ihm Tee ein.

«Hat dich jemand kommen sehen?» fragte sie ihn.

Er schüttelte den Kopf. «Nein, Dekyi-la.»

«Wo bist du gewesen?» wollte sein Vater wissen.

Statt zu antworten, zog er aus seiner zerfetzten, schmutzigen Tschuba ein Bund riesiger Radieschen in Pflaumengröße und dann sechs Rüben. Dekyi riß entsetzt die Augen auf.

«Wo hast du die her?» Sie packte ihn an der Schulter und schüttelte ihn. «Wo hast du die her?»

«Du tust mir weh», quengelte er. «Die sind aus einem der Lastwagen herausgefallen.»

«Du lügst!»

«Kinder, Kinder», unterbrach Tschopel sie. «Denkt daran, wir haben einen Gast.» Er gab Namgyal eine Glücksschärpe, die er Tsun überreichen sollte, was er mit scheuer Höflichkeit tat.

«So, Namgyal», fuhr sein Vater fort, «jetzt sage uns die Wahrheit. Woher hast du das Gemüse?»

Namgyal fuhr sich mit dem Finger über die Lippen und sah seine Schwester starrsinnig an.

«Namgyal ...» Der Klang von Tschopels Stimme ließ erkennen, daß er keinen Trotz duldete.

«Ein paar andere Jungen und ich sind auf Bäume geklettert und haben auf die Lastwagen aus dem Han-Depot gewartet. Die Straße verlief unter den Bäumen, und es lag ein Haufen Schutt herum. Die Lastwagen fuhren also langsam, und wir konnten uns hinten drauffallen lassen. Wir nahmen, soviel wir konnten, dann sprangen wir ab.»

«Aber warum kommst du so spät?» fragte Tschopel.

«Na ja ...» Der Junge zögerte.

«Los, nun erzähl schon!»

«Einer der Fahrer hat uns gesehen und Alarm gegeben. Wir mußten uns verstecken. Wir haben abgewartet, bis es dunkel wurde, ehe wir nach Hause gingen.»

«Du hättest erschossen werden können», sagte seine Schwester entsetzt.

Der Junge zuckte die Schultern.

«Bist du sicher, daß dir niemand gefolgt ist?»

«Ja, Pa-la.»

«Was ist mit den anderen?» fragte Dekyi. «Sind welche geschnappt worden?»

«Nein, sie haben keinen erwischt.» Er verlor das Interesse an dem Gespräch. «Dekyi-la, willst du aus den Rüben eine Suppe kochen? Ich habe Hunger.»

«Namgyal», sagte Tschopel streng, «du darfst so etwas nicht tun. Stehlen ist ein Unrecht. Du wirst dich und deine Familie ins Unglück stürzen.»

«Aber, Pa-la, die Han nehmen uns das Getreide weg, und wir hungern. Ich hole bloß ein bißchen von dem zurück, was uns gehört.»

Tschopel legte dem Jungen einen Arm auf die Schulter. «Ich möchte lieber, daß wir hungern», sagte er, «und du nicht in Gefahr gerätst. So, jetzt tu, was ich dir sagen. Schwöre beim dreifachen Juwel.» Namgyal protestierte und wand sich.

«Schwöre!»

«Ja, Pa-la», sagte er matt. «Ich schwöre.»

«Nun komm», sagte Dekyi. «Es ist Zeit, daß du ißt und dann

schlafen gehst.» Sie gab ihm ein Stück luftgetrocknetes Fleisch und ein paar Erbsen. Der Junge aß hastig und gierig, dann, als Dekyi den Männern und sich selbst noch Tee einschenkte, rollte er sich am Feuer zusammen, und sie breitete eine Decke über ihn.

«Lebensmittel sind also sehr knapp?» erkundigte sich Tsun. Er bot Tschopel seine Schnupftabakflasche an. Der alte Mann nahm sie und streute sich etwas Tabak auf den Daumen.

«Wir leben jetzt von Grünzeug und Erbsen. Erbsen! Die haben wir früher an unsere Pferde verfüttert. Alles hat sich geändert. Früher war ich Silberschmied. Erinnern Sie sich, Kuscho, was für schöne Sachen ich gemacht habe? Wirklich kunstfertig. Jetzt hat niemand mehr Silber. Und die Bestellung eines religiösen Gegenstandes würde einen als Hamsterer brandmarken, weil man das Geld hat, ihn anfertigen zu lassen, und als Reaktionär der Oberklasse, weil man einen religiösen Gegenstand haben will. Deshalb muß ich jetzt so was herstellen.» Er deutete verbittert auf einen Stapel Kochtöpfe aus Blech.

Tsun wandte sich an das Mädchen. «Und was tust du, Dekyi?»

Ihr Vater antwortete für sie. «Sie arbeitet als Büroangestellte für die Han. Mir gefällt es nicht, aber schließlich hat sie recht, wir brauchen das Geld. Und sie ist jung. Für sie ist es leichter, sich deren Art anzupassen. Aber was ist mit dem Widerstand? Was für Nachrichten haben Sie, Kuscho?»

«Er scheint sich in einem Großteil des Landes zwischen hier und Litang zu behaupten. Aber die meisten Dörfer sind in der Hand der Han. Die Han verkleiden sich als Khampas und überfallen Dörfer, beschlagnahmen Lebensmittel, vergewaltigen die Frauen und geben sich als Widerstandskämpfer aus.»

«Sie sind schlau», murrte Tschopel.

«Was ist mit dem Prinzen und der Königin?» fragte Tsun.

«Für sie ist es schwierig. Sie sind praktisch Gefangene. Die Königin ist Mitglied des örtlichen Bezirksausschusses der Han. Sie versucht, uns die Lage zu erleichtern, aber sie kann nicht viel tun.»

Tsun rückte näher an Tschopel heran. Dekyi verstand den Wink, legte sich vor das Feuer und zog eine Decke über sich.

«Ich muß die Königin sprechen, Tschopel.»

«Was?» Tschopel war entsetzt. «Das wäre Wahnsinn.» Aber während er noch sprach, besann er sich anders. «Aber es ließe sich wohl einrichten», räumte er widerstrebend ein. «Ich habe früher viel für Ihre Majestät gearbeitet.»

«Es war doch immer einfach, sie zu sprechen.»

«Ich habe Ihnen ja gesagt, alles ist jetzt anders. Überall sind Spione.» Tschopel sah Tsun scharf an und fragte: «Warum sind Sie hier, Kuscho?»

«Um meine Familie zu sehen.»

«Nein, an Ihrem Besuch ist mehr dran als das. Sie haben nicht so lange für mich gearbeitet, als daß ich nicht gelernt hätte, es zu merken, wenn Sie ...» Er unterbrach sich.

Tsun lachte leise und klopfte ihm auf die Schulter. «Du hast recht», sagte er. «Aber je weniger du weißt, um so besser, und um so ungefährlicher wird es für deine Familie sein.»

«Aber was ist mit Ihrem Kloster?»

Tsun legte einen Finger auf die Lippen und warf einen Blick auf den Jungen und das Mädchen, die am Feuer schliefen. «Später, Tschopel, später werde ich es dir erzählen. Aber jetzt kannst du mir vielleicht etwas sagen. Weißt du, wo sich meine Familie aufhält?»

Tschopel sah verlegen aus. «Ihre Schwester arbeitet bei den Han.»

Tsun runzelte die Stirn.

«So viele Leute müssen jetzt für die Han arbeiten», sagte Tschopel. «Sehen Sie sich Dekyi an.» Er hielt inne und blickte auf die liegende Gestalt. «Diese häßlichen Kleider. Es beschämt mich, daß Sie sie so angezogen sehen.»

Tsun lachte leise, dann fragte er: «Siehst du meine Schwestern oft?»

«Yangtschen hat mich zweimal besucht, als sie irgendeine Arbeit gemacht haben wollte. Wußten Sie, daß sie noch nicht lange wieder in Derge ist?»

Tsun nickte.

«Dekyi hat Ihre Schwestern im Militärlager der Han getroffen.»

«Kennen sie einander gut?»

«Nein.»

«Und meine Mutter?»

«Von ihr habe ich nichts gehört.»

«Weißt du, wo ich meine Schwestern finden kann?»

«Dekyi weiß es vielleicht. Ich werde sie am Morgen fragen.»

«Ich bin wach», murmelte Dekyi leise in der Dunkelheit. Tsun fragte sich, wieviel sie wohl gehört hatte. Sie drehte sich um, so daß ihr Gesicht vom Feuer beschienen wurde, und sah zu ihm auf.

«Ich versuche, meine Schwestern zu finden», sagte er. «Kannst du mir dabei helfen?»

«Sie wohnen im Militärlager», antwortete sie und sah Ungläubigkeit in seinen Augen aufflackern.

«Kannst du mir behilflich sein, sie zu sehen?» fragte er.

«Wenn man da nicht arbeitet, ist es schwierig.»

«Aber Verwandte dürfen doch bestimmt hereinkommen?»

«Ich weiß es nicht. Es wird schwierig sein. Ich muß mich erkundigen.» Ihre Stimme nahm einen leicht mißmutigen Ton an.

«Dekyi-la!» tadelte sie ihr Vater.

«Pa-la, es wird schwierig sein», sagte sie mit kaum verhohlener Gereiztheit. «Und, na ja ...» Ihre Stimme verklang.

«Dekyi», sagte Tsun, «du hast recht, daß du dir Sorgen um die Sicherheit deiner Familie machst.»

Sie sah ihn verblüfft und ein wenig erschrocken an.

«Pa-la versteht das nicht. Jeden Tag, wenn ich einkaufen gehe, wird es schwieriger, Lebensmittel zu bekommen, und jeden Tag sehe ich, daß die Kinder unserer Nachbarn nach China geschickt werden. Es ist so schwer, die Familie zusammenzuhalten ...» Sie hielt unvermittelt inne, als ihr Tränen in die Augen stiegen.

Am späten Vormittag des nächsten Tages machte sich Tsun auf den Weg in die Stadt. Dekyi hatte sich bereits mit seiner Schwester Yangtschen in Verbindung gesetzt, die gesagt hatte, sie erwarte ihn und werde die Posten am Tor verständigen. Tsun ging langsam die schmalen Straßen entlang, die zum Talgrund hinunterführten. Er mußte Vorräte für die Reise kaufen. Vor dem staatlichen Lebensmittelgeschäft stand eine lange Schlange. Es war ein einstöckiges Gebäude mit einem Wellblechdach. Tsun sah durch das Schaufenster hinein. Es gab wenig Lebensmittel drinnen. Das meiste hatten diejenigen ergattert, die sich schon im Morgengrauen angestellt hatten, und er besaß sowieso keine Lebensmittelkarten. Langsam ging er weiter. Die Tibeter lachten über die Leidenschaft der Han für die Bürokratie und konnten nicht verstehen, warum sie Lebensmittelkarten und Personalausweise haben mußten. Aber Tsun begann die ganze Tragweite dieser Leidenschaft zu begreifen, nämlich die damit einhergehende Möglichkeit, jeden einzelnen zu kontrollieren.

Von den Mauern der Gastwirtschaften, Schmieden, Teestuben, Lagerhäuser, Geschäfte und Wohnhäuser strahlten en-face-Bilder des Vorsitzenden Mao, darunter standen Aufforderungen, die Produktivität zu steigern und Konterrevolutionäre zu vernichten. Die Plakate bedrückten ihn. Die Denkweise der Tibeter, darüber wurde er sich klar, richtete sich immer noch nach den alten Bräuchen. Sich zu tarnen war einfach, denn alle nahmen an, man kleide sich noch entsprechend seiner Stellung. Tsun konnte sich des Gedankens nicht erwehren, welch ein Glück es sei, daß es keine Fotografien von ihm gab, die die Han verwenden konnten, und daß er noch keinerlei Personalausweis erhalten hatte, so daß er nirgends registriert war.

Er blieb an einem hölzernen Laternenpfahl stehen und blickte hinauf zu den immer noch imposanten Ruinen der alten Burg der Könige von Derge, einer Dynastie, die ihre Ahnenreihe über 1000 Jahre zurückverfolgen konnte. Nein, dachte er, an den Ruinen hatte sich nichts verändert. Sie waren, wie er sie in Erinnerung hatte. Auch das Kloster war unverändert, sein hervorstechendes Merkmal immer noch die vergoldeten Dächer der Druckerei, die berühmt war für ihre Drucke religiöser Texte. In einem Wirrwarr von Gebäuden zog sich die Stadt den Hügel hinunter bis zur Talsohle. Tsun dachte an das Derge, das er gekannt hatte: ein Knotenpunkt Asiens – eine Verbindungsstraße zwischen China, Tibet und der Mongolei. Ein Zentrum der Mode, der Wirtschaft, des Klatsches, der Kultur, der besten Silberschmiede. Nur das äußere Erscheinungsbild war geblieben. Das Leben fehlte. Der Pulsschlag fehlte. Das Derge, das er gekannt hatte, gehörte der Geschichte an; eine überwältigende Niedergeschlagenheit überkam ihn.

Yangtschen hatte gesagt, er solle nach ein Uhr in die Kaserne kommen. Er merkte, daß er zu früh dran war, und ging in einen Laden. Es war dunkel drinnen, obwohl die Tür und die Fensterläden offen waren. Büsten des Vorsitzenden Mao standen auf primitiven Tischen, daneben lagen Werke über Marxismus-Leninismus und die Schriften des Vorsitzenden. Auf einem anderen Tisch waren Petroleumlampen und Dochte ausgestellt.

Ein untersetzter, dicker Mann in grauen Baumwollhosen und kariertem Hemd stritt mit dem Geschäftsinhaber.

«Aber bestimmt müssen Sie doch *etwas* Petroleum haben», sagte er.

«Es ist knapp», antwortete der Kaufmann kurz angebunden. «Ich habe keines.»

«Aber warum verkaufen Sie Lampen, wenn Sie kein Petroleum haben?» Der Kaufmann zuckte die Schultern.

Tsun nahm einen Band der Schriften des Vorsitzenden Mao in die Hand. Draußen auf der Straße übertrugen die Lautsprecher Han-Musik, dazwischen politische Nachrichten und Warnungen an die Bevölkerung, vor reaktionären Konterrevolutionären auf der Hut zu sein. Der Laden füllte sich. Eine zahnlose alte Frau kam nach vorn, um beim Bedienen zu helfen. Sie wandte sich an Tsun.

«Es ist sehr billig, Kuscho», sagte sie und zeigte auf das Buch in seinen Händen.

«Was kostet es in tibetischem Geld?» fragte Tsun.

Die Frau runzelte die Stirn. «In Derge wird nur mit Yüan bezahlt, Kuscho.»

«Macht nichts», sagte Tsun.

Als er den Laden gerade verlassen wollte, fiel sein Blick auf ein paar Farbfotos, die an die Wand geheftet waren. Es waren Bilder des Kundün, die während seines Besuchs in China im Jahre 1954 aufgenommen worden waren. Eins zeigte den Kundün mit dem Vorsitzenden Mao Tse-tung. Eine weiße Glücksschärpe war darüber festgesteckt. Eine Frau, die darauf wartete, bedient zu werden, berührte das Bild verehrungsvoll mit der Stirn, um den Segen zu erhalten.

Als Tsun aus der Tür getreten war, ging er weiter durch die schmalen, staubigen Straßen. Er mußte sich den Weg an einer Maulesel-Karawane vorbei bahnen; die Glocken, die den Tieren um den Hals hingen, klangen durcheinander, und ihre Hufe wirbelten Staub über die am Boden ausgebreiteten Waren. Weniger Menschen als gewöhnlich waren auf den Straßen. Einige saßen da und würfelten, aber das war nichts gegen die vielen Menschen, die dort früher ein Spielchen gemacht hatten. Tsun bemerkte den mißmutigen Ausdruck der jungen Khampas, wenn Han-Patrouillen passierten, und wie sie ihnen mit den Augen folgten. Ihm fiel auf, daß eine ganze Reihe von Häusern unbewohnt war und baufällig wurde, das Reispapier der Fenster war zerrissen und flatterte im Wind. Die Bewohner waren nach Lhasa geflohen oder deportiert worden.

Viele Geschäfte wurden von Han geführt. Tsun drehte sich um, als er ein ihm nicht vertrautes Geräusch hörte, und mußte beiseite treten: zwei tibetische Jungen rasten klingelnd auf Fahrrädern vorbei. Früher waren immer so viele Bettler auf den Straßen gewesen. Und die Hunde? Er hatte keinen einzigen Hund gesehen, seit er nach Derge gekommen war.

Ein Mönch kaufte etwas Stoff von einer Frau, die einige Ballen von minderer Qualität auf dem Boden zur Schau stellte. Tsun fiel auf, daß dies der einzige Mönch war, den er an diesem Tag in der Stadt gesehen hatte. Was war aus all den Mönchen geworden? Derge war eine Klosterstadt. Das Leben war sehr ernst geworden, und diese Tatsache spiegelte sich in den Gesichtern der Passanten wider.

Die Radioübertragung hatte seit einigen Minuten aufgehört, und Tsun wurde einer anderen Stille gewahr: es gab überhaupt kein Vogelgezwitscher. Er blickte hinauf auf die flachen Dächer und erwartete, dort die übliche Ansammlung von Vögeln hocken zu sehen. Aber da waren keine. Kindheitserinnerungen an Elstern gingen ihm durch den Sinn. Ganze Schwärme von Elstern pflegten auf dem Dach seines Elternhauses zu sitzen. Sie waren so zahm, daß sie einem aus der Hand fraßen. Er war fasziniert gewesen von ihren kräftigen, tiefschwarzen Körpern, den weißen Federn und den runden kleinen Augen. Hier gab es keine Elstern.

Ein paar Meter weiter auf der Straße bemerkte Tsun ein weiteres Plakat. Der Text schien komplexer zu sein als die üblichen Parolen. Er forderte zur Vernichtung von Schmarotzern auf.

Lautes Hupen unterbrach seine Gedanken. Er trat rasch beiseite, und ein Han-Lastwagen mit Zementsäcken fuhr an ihm vorbei.

Die Han sind schon früher in unser Land eingefallen, dachte Tsun, und wir haben sie hinausgeworfen. Aber ebenso wie die Tibeter haben sie ein langes Gedächtnis, und diesmal, darüber war er sich klar, gedachten sie hierzubleiben. Diesmal hieß es, mehr zu tun, als vor dem Kaiser Kotau zu machen.

In den mittleren und westlichen Provinzen gab es noch Bereiche, die von der tibetischen Regierung verwaltet wurden, und die Widerstandsbewegung wuchs. Tibet hatte Freunde draußen in der Welt. Wenn sie erfuhren, was hier geschah, würden sie doch sicher für das Land eintreten! Dennoch wurde er zunehmend von einem nagenden Argwohn erfaßt; er hatte einen Eindruck, den einzugestehen allzu schrecklich war: die tibetische Kultur war dem Tod geweiht mit allem, was ihr Identität verlieh, Familie, Volk, Religion, alles ...

War es wirklich das Ende der Welt? Vernunftgemäß betrachtet, dachte er, war es doch unvermeidlich, daß Kulturen vergingen, aber es machte die Sache nicht leichter.

Die Lautsprecher hämmerten wieder in seine Ohren. Man mußte schon Buddha selbst sein, um seinen Körper der Tigerin zu überlassen, damit sie ihre Jungen füttern konnte. In diesem Augenblick hatte Tsun nicht das Gefühl, ein Buddha zu sein, sondern nichts als ein Mensch, der spürte, daß er und alles, was ihm lieb war, vom Tiger verschlungen wurde. Es mag sein, dachte er, daß Tibets Zeit gekommen ist. Aber einstweilen wollte er tun, was immer in seiner Macht stand, um eine solche Katastrophe zu verhindern.

Er war am Stadtrand angelangt, wo die Han dabei waren, Dutzende von kasernenähnlichen Gebäuden mit Wellblechdächern zu errichten. Das alte Chinesenviertel, einst eine schmuddelige Anhäufung baufälliger Hütten am Fluß direkt vor der Stadt, war instandgesetzt worden, und daneben befand sich auf einem gut bewachten Gelände das militärische Oberkommando und die Bezirksverwaltung.

Ein langer Militärkonvoi mit Mannschaften und Ausrüstung fuhr gerade auf das Gelände, als Tsun am Haupttor eintraf. Zum erstenmal in seinem Leben sah er einen Panzer. Er starrte ihn fasziniert an.

«Was willst du denn hier?» schrie ihn einer der Posten auf chinesisch an.

«Ich habe eine Verabredung mit der Genossin Yangtschen Thondöp», antwortete Tsun in derselben Sprache. «Sie ist meine Schwester.»

Der Posten war nach wie vor mißtrauisch. Diesen Khampas konnte man nie trauen. Sie waren hinterhältig und skrupellos. Erst vor wenigen Tagen hatte er gehört, daß eine kleine Gruppe sich in ein Militärlager eingeschlichen und die Hälfte der schlafenden Soldaten mit ihren Dolchen ermordet hatte. Er legte den Finger auf den Abzug seines Gewehrs.

«Behalte diesen Burschen im Auge», befahl er seinem Kameraden, der den Konvoi mit einer Liste auf einem Klemmbrett verglich. Dann ging er ins Wachlokal und telefonierte.

Wie unwirklich die Zeit ist, dachte Tsun. Wie relativ. Ihm war, als wartete er stundenlang, doch wußte er, ohne auf die Uhr zu sehen, daß es nur ein paar Minuten gewesen waren. Durch das Fenster des Wachlokals sah er, wie der Posten telefonierte, dann legte er den Hörer auf, stempelte eine Karte und kam heraus. Er gab Tsun die Karte. «Das ist dein Passierschein», bellte er. «Deine Schwester ist da drüben in den Offiziersunterkünften.» Er deutete auf ein niedriges Gebäude am anderen Ende des Kasernenhofs.

Tsun ging durch das Tor, das Motorengeräusch in den Ohren, während der Konvoi langsam an ihm vorbeifuhr. Er umrundete den Kasernenhof, auf dem die Lastwagen, Mannschaftsfahrzeuge und Panzerwagen entladen wurden. Der Anblick und das Geräusch der Panzer fesselten Tsuns Aufmerksamkeit, so daß er stehenblieb und hinschaute. Schließlich bemerkte der Posten am Tor ihn und schrie: «He! Du da! Grünhirn, geh weiter!»

Erschrocken tat Tsun, wie ihm geheißen war, und wurde sich bewußt, wie leicht man verhaftet werden konnte. Er schien der einzige Tibeter im Militärlager zu sein, der die Nationaltracht trug, und kam sich sehr auffällig vor. Die wenigen Landsleute, die er sah, hatten häßliche, faltige blaue Hemden und Hosen an.

Eine Frau mit grauer Hemdbluse, grauer Hose und einer Mütze auf dem Kopf kam Tsun auf dem breiten Weg zwischen den Gebäuden entgegen. Die Sonne blendete ihn, aber etwas an ihr war ihm vertraut. Dann erkannte er Yangtschen. Sein Schritt beschleunigte sich. Es war so lange her. Vieles war inzwischen geschehen. Wie verändert würden sie einander vorkommen.

Als sie sich ziemlich nahe waren, streckte Tsun die Arme aus, aber sie lächelte verkrampft, machte kehrt, eilte ihm zu den Offiziersunterkünften voraus und betrat ein Zimmer. Sie wartete, bis er drinnen war, dann schloß sie die Tür.

Als sie sich umdrehte, bemerkte Tsun, daß ihr Tränen in den Augen standen. «Rimpotsche», flüsterte sie liebevoll und verbeugte sich.

Er faßte sie um die Schultern. «Heute bin ich dein Bruder, sonst nichts», sagte er, während sie sich umarmten. «Wie lange ist es her?» Sie nahmen einander bei der Hand und setzten sich auf das Bett, das in dem einfachen, weißgestrichenen Zimmer stand. Die Sonne schien durch das große, verglaste Fenster auf den Holzfußboden.

«Sieben Jahre», murmelte Yangtschen.

Tsun wischte ihr mit dem Finger eine Träne von der Wange. Einige Augenblicke sahen sie einander lächelnd an und ließen die Anwesenheit des anderen auf sich wirken.

Sie ist alt geworden, dachte Tsun. Und sie sieht über ihre Jahre hinaus erschöpft aus. Ihr rundes Gesicht war tief gebräunt von der Arbeit im Freien, die Haut wies noch immer Narben von den Pokken auf, an denen sie als Kind erkrankt war. Doch mit der schmalen, kecken Nase und dem kleinen runden Mund sah sie noch immer hübsch aus. Ihr schwarzes Haar, das nicht länger glänzte, weil es nicht mehr mit Butter eingerieben wurde, war streng in der Mitte gescheitelt und zu einem Zopf geflochten, der um den Kopf aufgesteckt war.

Sie drückte seine Hand, dann stand sie auf, goß aus einem Eimer Wasser in einen eisernen Kessel und stellte ihn auf den Petroleumkocher. Tsun sah sich in dem kahlen Zimmer um, und sein Blick blieb an der gerahmten Farbfotografie von Mao Tse-tung über dem Kopfende des eisernen Doppelbettes hängen. Yangtschen brach ein Stück von einem Teeziegel ab und krümelte die groben Blätter in eine weiße Emailkanne.

«Dekyi hat mir gesagt, daß du in Derge bist und mich sehen wolltest», sagte sie, während sie zwei Emailbecher und ein paar Kekse aus einem Schrank nahm und sie auf einen kleinen Tisch stellte, den sie ans Bett heranrückte. Sie setzte sich wieder neben ihren Bruder.

«Weißt du, daß Litang bombardiert wurde?» fragte er. «Es ist nur eine Frage der Zeit, bis auch Dordsche Ri-gon drankommt. Deshalb haben wir die Flucht ergriffen, solange es noch möglich war. Aber jetzt bin ich allein hier. Ich mußte herkommen und sehen, wie es euch geht, dir und Pema-la.»

Ihr standen die Tränen in den Augen. «Oh, Rimpotsche», schluchzte sie. Tsun legte die Arme um sie und drückte sie an sich. «Wird es denn nie enden? Ich habe Gerüchte über die Belagerung von Litang gehört und mir solche Sorgen um dich gemacht. Seit Monaten habe ich keinen Brief bekommen.»

«Ich habe dir aber geschrieben, über Tschopel, wann immer jemand nach Derge ging.»

«So wenig Post kommt jetzt durch.» Sie trocknete sich die Augen und setzte sich. «Und man muß so vorsichtig sein, man weiß nicht recht, was man sagen darf. Ein Brief kann so leicht in die falschen Hände geraten.»

Das Wasser im Kessel begann zu kochen. Sie stand auf und goß es in die Teekanne. Schweigend wartete sie darauf, daß der Tee zog.

«Was machst du hier, Yangtschen?» fragte Tsun nach einigen Minuten. Sie goß Tee in die beiden Becher und gab ihm einen, wobei sie den Atem einzog und sich verbeugte.

«Wir sind Bruder und Schwester», erinnerte er sie freundlich.

«Oh, Dschigme-la!» Sie nannte ihn, wie er als Kind geheißen hatte. «So vieles ist geschehen, was ich in meinen Briefen nicht erwähnen konnte.»

«Was ist mit Gyalo, deinem Mann? Hast du keine Nachricht von ihm?»

Sie schüttelte den Kopf. «Ich weiß nicht, wo ich anfangen soll ... alles hat sich so geändert ...»

Tsun trank einen Schluck Tee. «Erzähl es mir, Yangtschen, erzähl mir alles», sagte er. «Vielleicht erleichtert es dich etwas.»

Sie sah ihn an und zwang sich zu einem schwachen Lächeln. Dann nippte sie an ihrem Tee und saß einen Augenblick schweigend da. Tsun geduldete sich. Vom Kasernenhof hörten sie die Geräusche vom Abladen des Konvois und die Rufe der Han-Truppen.

«Du weißt, als ich Gyalo heiratete», begann Yangtschen, «sind Mutter und Pema mit uns nach Amdo gekommen, um auf seinem Bauernhof im Dorf Doi zu leben. Allerdings konnte ich nicht über das schreiben, was dort geschah, und warum wir nach Derge gegangen sind, und zwar kurz vor dem Winteranfang im Eisen-Tiger-Jahr. Die Kommunisten hatten in China die Macht übernommen. Nicht, daß wir daran gedacht hätten, obwohl uns einige im Dorf von den Verheerungen erzählten, die die kommunistischen Guerillas auf ihrem langen Marsch nach Yenan bei ihnen angerichtet hatten.

Es war ein bitterkalter Winter. Der Schnee lag höher, als ich es je erlebt hatte. Dann kam ein Bote aus Sinning. Er war meilenweit gelaufen, nachdem er sein Pferd in einem Schneesturm verloren hatte, und er hatte Erfrierungen davongetragen. Drei Tage hatte er gebraucht, um Amdo zu durchqueren. Er war von den örtlichen tibetischen Führern entsandt worden, um Lhasa zu warnen, daß die Han Konvois von Soldaten und militärischer Ausrüstung in Richtung der Grenze in Marsch gesetzt hatten. Er sagte uns, sobald sich das Wetter bessere, werde unser Dorf besetzt werden und der Angriff auf Tibet beginnen.

Natürlich hatten wir Angst, und die alten Leute erzählten uns von dem Unheil, das der Schlächter Tschao Feng bei seiner Invasion von 1905 über Tibet gebracht hatte. Aber die wirkliche Tragweite der Gefahr schätzten wir nicht richtig ein. Allerdings erinnere ich mich noch, wie angstvoll der Bote aussah, als wir ihm sagten, daß die Telegrafenlinien unterbrochen seien.

Am nächsten Tag war besseres Wetter, und der Bote machte sich auf den Weg nach Tschamdo. Einige Familien entschlossen sich, mit ihm zu gehen und ihre Höfe aufzugeben. Wir beschlossen dazubleiben und abzuwarten, was geschähe. Vielleicht würde es gar nicht so schlimm werden, meinten wir. Manche sagten, die Kommunisten seien viel vernünftiger als die Kuomintang. Dann kam jemand und warnte uns, daß die Han auf dem Weg zum Dorf seien.

Seit wir von der drohenden Invasion gehört hatten, waren dauernd Versammlungen abgehalten worden, wo über Möglichkeiten beraten wurde, sie aufzuhalten. Der Bezirksgouverneur, der Dorfvorsteher, Äbte, alle nahmen daran teil und redeten und redeten, aber wenig kam dabei heraus, außer daß wir uns darauf einigten, unsere Lebensmittelvorräte und alle unsere Waffen und Munition zu verstecken.

Wir schickten auch eine Botschaft nach Lhasa und baten um Anweisungen. Wir hatten gehofft, die tibetische Armee werde rechtzeitig bei uns eintreffen, um die Invasion aufzuhalten, aber wir hörten, daß sie noch nicht einmal Tschamdo erreicht hatte. So waren wir also praktisch schutzlos.

Der Gouverneur machte sich auf den Weg zu den Han, um zu sehen, ob er mit ihnen verhandeln könnte. Angehörige seiner Begleitung kamen ein paar Tage später ins Dorf zurück. Sie sagten, er sei verhaftet und nach China deportiert worden. Wir haben nie wieder von ihm gehört. Seine Mitarbeiter hatten zurückkommen dürfen, um uns das Ultimatum von Tschang Kuo-hua zu übergeben. Darin hieß es, Doi Gyatsan habe immer zu China gehört, und es dürfe nicht zugelassen werden, daß sich der Widerstand von reaktionären ausländischen Elementen der Volksbefreiungsarmee in den Weg stellte, die vorhabe, das gesamte Gebiet und ganz Tibet von den Unterdrückern zu befreien. Wir mußten uns also entscheiden. Kampf oder Unterwerfung?»

Yangtschen hielt inne, um Tee nachzuschenken. Dann sah sie nervös auf die Uhr, ging zum Fenster und blickte hinaus auf den

Kasernenhof, schließlich kam sie zurück und setzte sich wieder neben Tsun.

«Wir beschlossen zu kämpfen», fuhr sie fort. «Wenn die Han glaubten, wir gehörten zu China, dann mußten wir ihnen zeigen, daß wir nicht dieser Meinung waren. Ich erinnere mich so genau daran. Ein ruhiger Wintertag. Stellenweise lag der Schnee kniehoch auf den Wegen. Der Himmel war dunkel und bewölkt. Es war bitterkalt. In den unteren Stockwerken aller Häuser waren die Fensterläden geschlossen, und an den meisten Fenstern in den Obergeschossen warteten bewaffnete Dörfler. Einige von uns waren auf den Straßen geblieben, damit das Dorf normal aussähe, wenn die Han einträfen.

Sie kamen wie ein Heer grauer Heuschrecken. Eine endlose Kolonne. Keine Musikkapellen. Nichts als der gedämpfte Marschtritt ihrer Füße. Ihnen voran große Porträts vom Vorsitzenden Mao, Tschou und Tschang Tsching-wu.

Wir, die wir auf der Straße waren, begannen die Bilder mit Dreck zu bewerfen. Wir wurden beiseite geschubst, was wir erwartet hatten. Diejenigen, die sich versteckt hatten, eröffneten das Feuer. Ein paar Minuten lang herrschte völlige Verwirrung. Die Bilder fielen zu Boden und wurden zertrampelt. Die Han waren überrumpelt worden. Zum Glück gelang es den meisten von uns, in Deckung zu gehen, ehe sie unser Feuer mit MGs und Schnellfeuergewehren erwiderten. Zum erstenmal sahen wir Handgranaten.

Einige Männer ritten zum Dorf hinaus, um das Feuer der Han auf sich zu lenken, damit anderen die Flucht in die Berge gelänge. Aber es war zwecklos. Die Han brauchten nicht lange, um den Widerstand zu brechen. Unsere Waffen waren alt und konnten gegen die ihren nichts ausrichten. Einige Dörfler entkamen, aber es waren sehr wenige.

Jedes Haus wurde nach Waffen durchsucht. Panzerwagen patrouillierten im Dorf und schossen wahllos. Dann schien es uns, als ob Tausende durch die Hauptstraße marschierten, ehe sie am Dorfrand ihr Lager aufschlugen. Die besten Häuser wurden für die Offiziere und Militärdienststellen requiriert. Innerhalb von Stunden stellten wir fest, daß unser Leben vom Arbeitskomitee und vom Sicherheitskomitee der Kommunistischen Partei, die beide praktisch von örtlichen Militärbefehlshabern geleitet werden, kontrolliert wurde.

Es war unglaublich, wie schnell sie uns alles wegnahmen. Meine ganz gewöhnlichen Küchengeräte wurden beschlagnahmt, unsere Pferde ebenfalls, und die Getreidevorräte des Dorfes verschwanden einfach, um die riesige Armee zu ernähren. Nach ein paar Tagen zog dann der größte Teil der Soldaten ab, um tiefer nach Tibet hineinzumarschieren.

Aber diejenigen, die dablieben, sorgten dafür, daß wir nicht darauf hoffen konnten, uns gegen sie zu erheben. Eine Reihe unserer Leute wurde erschossen. Die Han bestellten sie zur Vernehmung in ihr Hauptquartier, und sie kamen nicht zurück. Es wurde bekanntgegeben, sie seien hingerichtet worden, weil sie Kuomintang-Agenten oder Hamsterer waren oder der Volksbefreiungsarmee Widerstand geleistet hätten. Alle führenden Persönlichkeiten des Dorfes verschwanden auf diese Weise. Es war entsetzlich.

Einige versuchten zu fliehen, aber das war schwierig. Das Dorf wurde streng überwacht, und um wegzugehen, brauchte man einen Passierschein, den das Sicherheitskomitee ausstellte und in den eingetragen wurde, wohin man wollte und wann man zurückkommen würde. Dennoch ist einigen die Flucht gelungen.

Gyalo schmiedete Pläne für unsere Flucht. Täglich fürchteten wir, einer von uns könnte ins Han-Hauptquartier gebracht werden und nicht zurückkommen. Wir hatten alle am Widerstand gegen die Han teilgenommen, sogar Mutter, und sie war krank, so daß sie nicht reisen konnte. Ich flehte Gyalo an, er solle versuchen, mit Pema-la zu fliehen, ich wollte mit Mutter nachkommen, wenn sie sich genügend erholt habe, aber er lehnte es ab.

Einige Wochen nach der Besetzung wurde durch Lautsprecher verkündet, daß Mao dem indischen Ministerpräsidenten Nehru versichert habe, es werde keine Gewalt gegen Tibet angewandt. Es war erstaunlich, daß sie es wagten, diese Lüge zu verbreiten. Ich weiß nicht, was sie damit zu erreichen hofften, denn es diente nur dazu, uns von ihrer Doppelzüngigkeit zu überzeugen. Wir wurden auch über die Einladung einer tibetischen Delegation nach Peking unterrichtet, die dort über Friedensbedingungen verhandeln sollte.

Wir konnten unmöglich wissen, was wahr war und was nicht. Doch hörten wir von einem Händler, der aus Lhasa zurückgekommen war, daß man den Kundün kurz vor der Invasion gebeten hatte, von dem Regenten die Regierung zu übernehmen, obwohl er erst in zwei Jahren mündig werden würde. Diese Nachricht munterte uns auf, denn hatten wir nicht die Han besiegt, als der große dreizehnte Kundün regierte? Der Händler erzählte uns auch, daß die tibetische Regierung und der Kundün sich bis zur indischen Grenze zurückgezogen hatten, um ihre Verhandlungsposition zu stärken und die Gefangennahme des Kundün zu verhindern.

Indes mußten wir von Tag zu Tag leben und uns den entsetzlichen Verhältnissen anpassen. Unter großen Schwierigkeiten versuchten wir, Mutter wieder gesund zu pflegen. Dann eröffneten die Han eine Klinik, Mutter ging es nicht besser, deshalb dachten wir daran, es mit der Han-Medizin zu versuchen. Viele der anderen wollten es nicht, denn sie glaubten, sie würde vergiftet werden, und Mutter wollte auch nicht hingehen, aber sie hatte solche Schmerzen, daß es ihr fast gleichgültig wurde, was mit ihr geschah. Deshalb brachten wir sie hin, und die Behandlung schlug an, es begann ihr besser zu gehen, so daß wir uns überlegten, daß die Lage vielleicht doch nicht so schlimm war.

Die Wochen vergingen, die Han verhafteten niemanden, und die Sicherheitsbeschränkungen wurden gelockert. Wir durften ungehinderter unseren Geschäften nachgehen, obwohl nach wie vor requiriert wurde. Dann hörten wir, daß unsere Armee von der Volksbefreiungsarmee völlig vernichtet worden war!

Die Einzelheiten des Siebzehn-Punkte-Abkommens zwischen Tibet und China wurden über die Lautsprecher verbreitet. Es war schrecklich, das anzuhören. Wir konnten nicht begreifen, daß ein solches Abkommen von unseren Delegierten unterzeichnet worden war, es sei denn unter Zwang. Es schien keine Hoffnung mehr zu bestehen. Wir waren den Han auf Gedeih und Verderb ausgeliefert.

Einige Monate lang blieb die Lage ruhig. Es wurden politische Vorträge gehalten, und es wurde erwartet, daß alle Dörfler sie sich nach der schweren Tagesarbeit auf dem Feld anhörten. Eine örtliche Sozialistische Partei wurde gegründet, und es wurde bekanntgemacht, daß jeder nach seiner Klassenzugehörigkeit behandelt werden würde. Die erste Klasse waren die Kapitalisten, wie die Han sie nannten, obwohl damals keiner von uns wußte, was damit gemeint war. Die zweite Klasse waren die Grundbesitzer, die dritte Händler und Handwerker, die vierte die ärmeren Bauern, die fünfte Diener und Landarbeiter. Wir gehörten zur dritten Klasse.

Einige Dörfler waren überredet worden, für die Han zu arbeiten.

Diese Leute wurden zu neuen Führern des Volkes gemacht und aufgefordert, die Angehörigen der drei obersten Klassen anzuklagen. Ich glaube, sie waren sich wirklich nicht darüber klar, was geschehen würde.

Jetzt wurden tagtäglich Leute verhaftet. Dutzende. Dann wurden wir gezwungen, an Massenversammlungen teilzunehmen, den Tamsings. Die Han gingen von Haus zu Haus, um sich zu überzeugen, daß alle teilnahmen. Wer nicht hinging, setzte sich der Verhaftung aus. Selbst Kinder mußten hingehen. Ich drückte Pemas Gesicht immer an mich, damit sie nichts sehen konnte, und Gyalo stellte sich vor uns, um die Aussicht zu versperren.

Die Angeklagten wurden gefoltert, bis sie gestanden, und oft vor aller Augen hingerichtet. Der Terror des Tamsing hatte begonnen. Wir sahen, daß viele Menschen auf der Wiese außerhalb des Dorfes getötet wurden, gewöhnlich nicht mehr als zehn auf einmal, Männer und Frauen. Die Han beschuldigten ihre Opfer, Ausbeuter der Massen und Konterrevolutionäre zu sein, aber wir waren uns alle über den Grund klar: weil sie entweder als Führer den tibetischen Nationalismus repräsentierten, oder weil sie fromm und mit der Religion eng verbunden waren. Es konnte nur eine Loyalität geben, wurde uns beigebracht, und die gebührte China. Tag für Tag wurden diese Leute vorgeführt.

Ich erinnere mich genau an einen alten Mann, der neben uns im Dorf wohnte und Pema-la immer Geschichten erzählte. Er hieß Dawa, und jemand mußte den Han gesagt haben, er habe Geld gehortet. Jedenfalls verlangten sie 3000 Yüan von ihm. Er besaß bei weitem nicht diese Summe. Deshalb haben alle, die von seinen Problemen wußten, ihm geholfen, diesen Betrag zusammenzubringen. Kaum hatte er den Han das Geld gebracht, da verlangten sie weitere 3000, die innerhalb von fünf Tagen bezahlt werden mußten. Natürlich konnte keiner von uns soviel Geld auftreiben. Wir konnten ihm nicht helfen. Er wurde verhaftet, und beim Tamsing mußte seine Familie auf dem Podium stehen und mit ansehen, wie er gehängt wurde.

Weißt du, Tsun-la, ich glaube, alle unsere Sinne waren abgestumpft durch das Grauen. Wir versuchten es aus unseren Gedanken zu vertreiben. Sonst wären wir verrückt geworden. Dieser arme alte Mann, den wir so gut kannten, und seine Familie, die da stand ... Ich werde es nie vergessen. Dann kamen sie und holten alles aus seinem Haus heraus, einen Teil seiner Habe verteilten sie unter den Kollaborateuren. Seine Familie wurde auf die Straße gesetzt. Das Haus wurde beschlagnahmt, und seine Frau und seine ältere Tochter durften schließlich im Stall wohnen.

Die Steuern wurden dauernd erhöht. Es gab eine Hemdensteuer und sogar eine Möbelsteuer, und es wurde noch schwieriger, das Dorf zu verlassen, geschweige denn den Bezirk, die Sicherheitsmaßnahmen waren so streng. Wir glaubten, es wäre in allen Teilen des Landes gleich schlimm. Wir erfuhren nichts. Wir wußten nicht, wie es anderen ging. Es hieß schließlich, in Lhasa sei die Lage besser, aber wie konnten wir sicher sein? Es bestand keine Verbindung mehr.

Alle Klöster im Ort wurden entweiht, und wir mußten zusehen, wie sie die Schriften und Rollbilder verbrannten. Es wurde sogar als Vergehen angesehen, wenn wir auf unseren Schreinen Weihrauch verbrannten oder eine Butterlampe anzündeten. Die Mönche, die unter der Folter nicht zusammengebrochen oder gestorben waren, mußten die niedrigsten Arbeiten verrichten, etwa Dünger sammeln.

Das örtliche Arbeitskomitee hat allen Grundbesitz aufgelöst und das Land neu verteilt, und uns wurde gesagt, wo wir arbeiten und was wir anbauen sollten. Zuerst hatten wir noch genug übrig von der Ernte des Vorjahres, so daß wir zwei Mahlzeiten am Tag zu uns nehmen konnten, aber die Vorräte waren bald erschöpft, und wir begannen Weizenspelze und Wildpflanzen zu essen, denn immer größere Teile der Ernte wurden als ‹freiwillige› Gaben an den Staat eingesammelt.

Es gab viele Selbstmorde. Ich dachte oft daran, mich umzubringen. Aber was wäre aus Ama-la, Pema-la und Gyalo geworden, wenn ich nicht mehr dagewesen wäre, um ihnen zu helfen?

Wir wurden gezwungen, uns den Kooperativen unter der Leitung des Arbeitskomitees der Kommunistischen Partei Chinas anzuschließen. Wir bekamen kein Geld für die Ernte, sondern Vorräte an Weizenspelzen, Ölkuchen, kleingehackten Blättern und eine reichliche Kost an Umerziehungskursen.»

Yangtschen stand auf, schenkte Tee nach und bot Tsun Kekse an. Er nahm einen.

«Einige sind entkommen», fuhr sie fort, «trotz der strengen Sicherheitsvorkehrungen, und haben Widerstandsgruppen gebildet.

Oft haben Gyalo und ich darüber gesprochen, wie wir flüchten könnten, aber Ama-la war noch schwach wegen der schlechten Ernährung. Sie war nicht reisefähig, und wir konnten sie nicht zurücklassen. Sie bat uns immer, doch ohne sie wegzugehen. Sie sagte, sie habe ein schönes Leben gehabt, und wenn wir dablieben, würden wir alle sterben. Aber, Tsun-la, wie konnten wir sie verlassen? Ich bat Gyalo wieder, er solle mit Pema-la fliehen, aber sie wollte Ama-la und er mich nicht verlassen.

Yaks und Maulesel starben einer nach dem anderen an Erschöpfung und Hunger, und auch die Menschen starben Hungers, vor allem die alten. Deshalb mußten diejenigen, die von den Han gefangengenommen worden waren, die Pflüge ziehen, vor allem die Lamas.

Ich hatte schon vor der Besetzung kranke Kinder gesehen, aber niemals so viele. Sie verhungerten, waren bloß noch Haut und Knochen mit aufgeblähten Bäuchen. Es war schrecklich, sie sterben zu sehen. Keiner von uns hatte so etwas je erlebt. Abordnungen der Dörfler verlangten vom Arbeitskomitee angemessene Lebensmittelzuteilungen, aber man sagte uns nur, wir sollten unsere Kinder nach China schicken, da würden sie richtig ernährt und erhielten eine gute Schulausbildung. Viele, die der Abordnung angehört hatten, wurden verhaftet. Einige Eltern, die den Anblick ihrer leidenden Kinder nicht ertragen konnten und glaubten, es bestünde keine Hoffnung für sie, wenn sie dort blieben, ließen sie gehen. Aber Pema beharrte darauf, daß sie lieber bleiben und sterben wollte, wenn es denn sein müßte, als uns zu verlassen; und wir wollten sie nicht zum Weggehen zwingen.»

Yangtschen nippte an ihrem Tee, während sie die Vergangenheit noch einmal durchlebte, aber sie merkte es gar nicht.

«Dann klopfte eines Tages im Herbst 1953 eine Han-Patrouille an unsere Tür. Es war nach Sonnenuntergang, und wir waren gerade von der Feldarbeit zurückgekommen. Sie teilten uns mit, es würden mehr Freiwillige für die Arbeit an der neuen Straße von Tschamdo nach Lhasa gebraucht, und Gyalo sollte einer der ‹Freiwilligen› sein. Wir protestierten und sagten, er sei der einzige Mann in der Familie, und wir Frauen seien nicht kräftig genug, um uns ohne seine Hilfe zu ernähren. Aber sie hörten uns überhaupt nicht an. Wir könnten ihm schreiben, sagten sie, und ihm Lebensmittel schicken. Lebensmittel schicken! Wo wir nicht einmal genug für uns selbst hatten!

Sie sprachen von unserer patriotischen Pflicht gegenüber dem Vaterland. Oh, Kunjosum, ich hätte sie umbringen können. Der Unteroffizier, der die Patrouille anführte, sagte, das Große Vaterland werde für uns sorgen. Als er merkte, daß wir nicht beeindruckt waren, erinnerte er uns daran, daß wir zur dritten Klasse gehörten. Wir waren diejenigen, die Handel trieben und eigene Herden hatten.

Mehr brauchte er nicht zu sagen. Wir wußten, was ‹reaktionären Grundbesitzern› und ihren Verwandten widerfuhr. Wir waren ihnen ausgeliefert. Pema-la war mit Ama-la hinten im Haus. Sie rief dauernd und wollte wissen, was los war. Gyalo und ich blieben ganz ruhig. Sie ließen uns keine Zeit. Er mußte auf der Stelle mitgehen. Ich gab ihm alle Lebensmittel, die ich finden konnte, denn ich wußte, er würde sie dringender brauchen als wir. Dann ... wurde er mir genommen ...»

Tränen stiegen ihr in die Augen und rannen ihr über die Wangen. «Entschuldige», sagte sie. «Ich sollte nicht weinen. Ich dachte, ich hätte schon all meine Tränen vergossen. Es liegt daran, daß ich dich wiedersehe. Die Erinnerungen, die ich verdrängt hatte, stürmen wieder auf mich ein.

Gyalo kam also weg. Ich pflegte ihm jämmerlich kleine Lebensmittelpakete durch Händler zu schicken, die auf der neuen Straße von Tschamdo nach Lhasa entlangzogen, aber ich bezweifele, daß er sie je bekommen hat. Manchmal brachte ein Händler eine Nachricht von ihm. Daraus war nicht viel zu entnehmen, denn er war nie ein großer Schreiber gewesen, aber wenigstens bedeuteten die Nachrichten, daß er noch lebte. Dann trat Schweigen ein.

Alles, was mir von ihm geblieben ist, sind diese kleinen Zettel. Im letzten Brief erwähnte er einen Aufstand der Straßenarbeiter. Er wußte, daß er verhaftet werden würde, aber er schrieb, eines Tages würden wir irgendwo wieder zusammen sein, und er würde nicht ruhen noch rasten, bis das möglich sei.»

Yangtschen schloß die Augen. Sie stützte den Kopf in die Hände und schluchzte leise. Tsun streichelte ihr sanft übers Haar. Rasch wischte sie die Tränen weg und starrte mit leerem Blick auf den Fußboden, während sie fortfuhr:

«Einige Wochen später erfuhr ich, daß eine zusätzliche Hilfskraft in der Wäscherei der Garnison gebraucht wurde. Die Bezahlung war recht gut, und ich konnte, wenn ich da fertig war, immer noch auf dem Feld arbeiten. Ich mußte die Wäsche der Offiziere abholen und wieder abliefern, und einer von ihnen, der tibetisch sprach, schien mich zu mögen. Nachdem ich ein paarmal bei ihm gewesen war, forderte er mich auf, Platz zu nehmen, und wir unterhielten uns eine Weile. Das ging ein paar Wochen so. Li war sehr freundlich, schenkte mir Lebensmittel und wir sprachen von unseren Familien. Dann begann er mich täglich zu besuchen. Das Leben war langweilig für die Truppen; meistens mußten sie in den Kasernen bleiben, und sehr wenige Mädchen wollten etwas mit ihnen zu tun haben. Er machte mir eine Liebeserklärung. Ich erklärte ihm, daß ich ihn als Freund schätzte und sehr dankbar wäre für all das, was er für mich getan hätte, daß ich aber auf die Rückkehr meines Mannes wartete. Ich weinte. Er tröstete mich und sagte, er werde nach Derge abkommandiert. Er meinte, ich würde noch einige Tage bettlägerig sein, aber wenn ich einverstanden sei, mit ihm nach Derge zu gehen, könne ich Ama-la und Pema-la mitnehmen, und sie würden gut versorgt und ernährt werden. Er sprach aufrichtig. Dann gestand er mir zu, einige Tage über sein Angebot nachzudenken.

Ich wußte nicht, was ich tun sollte. Meine Gedanken schweiften. Die arme Pema-la glaubte, ich werde verrückt. Allmählich wurde mir klar, daß ich das Angebot des Hauptmanns annehmen mußte. Ich schrieb ein paar Zeilen für Gyalo und versteckte sie an einer Stelle, wo er sie finden würde, wenn er zurückkam. Ich erwähnte den Hauptmann nicht, nur daß wir nach Derge gegangen seien und Tschopel wissen würde, wo er uns finden könne. Pema-la verstand meine Entscheidung, aber Ama-la war wütend. Sie weigerte sich zuerst mitzukommen. Wir hatten ein paar schreckliche Auseinandersetzungen, aber auch sie war zu geschwächt, um für sich selbst zu sorgen, und schließlich mußte sie nachgeben.

Unsere Nachbarn erklärten sich bereit, sich um unser Haus zu kümmern. Viel wert ist es allerdings nicht. Im Morgengrauen kam ein Han-Jeep, um uns abzuholen. Ich wußte, welchen Kummer es Gyalo bereiten würde, wenn ihm die Nachbarn bei seiner Rückkehr erzählten, wir seien in einem Jeep weggefahren, aber weder Ama-la noch ich konnten laufen, und den Nachbarn konnten wir nicht zumuten, uns zum Militärlager zu bringen.

Es war eine lange Fahrt von Doi nach Derge. Zweimal wurden wir vom Widerstand angegriffen. Ich kam mir wie eine Verräterin vor, als ich vor den Kugeln, die mein eigenes Volk abfeuerte, in Deckung gehen mußte. Die Fahrt war zuviel für Ama-la, und trotz meiner Hoffnungen konnte sie sich nicht damit abfinden, unter dem Schutz der Han zu stehen. Sie hatte keinen Lebenswillen mehr. Ich versuchte es ihr zu erklären, aber sie wollte nicht zuhören. Ich wußte, daß sie sterben würde, weil ich sie gezwungen hatte mitzufahren, und betete, sie möge lange genug am Leben bleiben, um Derge zu erreichen, aber sie starb einige Meilen vor der Stadt. Wenn sie schon sterben mußte, dann hätte es in ihrem eigenen Haus sein sollen, nicht im Beisein unserer Feinde. Ich werde mir das nie verzeihen.»

«Yangtschen», sagte Tsun liebevoll, «du hast getan, was du konntest. Sie hatte ihre Familie um sich. Viele haben dieses Glück nicht gehabt.» Ihm war weh ums Herz. Kindheitserinnerungen an seine Mutter stürzten auf ihn ein. «Erzähle weiter, Yangtschen.»

«Wir haben Ama-la verbrannt. Der Hauptmann ließ seine Soldaten das Holz dafür fällen. Sie hatte eine würdige Bestattung, wenn auch keine religiöse. Tsun, bitte sorge dafür, daß sie beschützt wird. Ich habe die Mönche im Kloster Gontschen in Derge nicht überreden können, etwas für sie zu tun. Allerdings sind jetzt nicht mehr viele da. Ich bin jetzt privilegiert, Tsun-la, wir leiden nicht unter Hunger, aber ich kann das Militärlager nicht ohne Begleitung verlassen. Teilweise, so komisch es ist, zu meinen eigenen Schutz. Für die Leute in der Stadt bin ich eine Verräterin. Sie wissen, daß ich genug zu essen habe, während sie darben.

Vor etwa einem Monat traf ich unseren Vetter Tul-lok. Er freute sich, mich zu sehen, und sagte, er habe erfahren, daß ich Zugang zu nützlichen Informationen habe. Er bat mich, diese Informationen an den Widerstand weiterzugeben. Das habe ich getan, aber ich weiß nicht, wie lange ich es noch kann. Es bekümmert mich, Li zu hintergehen und ihn auf diese Weise zu mißbrauchen, denn er ist sehr gut zu mir gewesen. Ich weiß nicht, wie lange ich hier noch sicher bin, aber ich muß Pema-la wegbringen. Sie besucht jetzt schon so lange Han-Schulen, daß sie sich verändert hat. Sie wird wie die Han. Sie war bei der Invasion erst zehn Jahre alt. Bitte, Tsun-la, nimm sie mit.» Sie stand auf und sah aus dem Fenster. «So viele Kinder werden nach China geschickt, ich bin überzeugt, daß es Pema-la nicht anders ergehen wird.» Sie drehte sich zu Tsun um. «Bitte versprich, daß du sie mitnimmst.»

Tsun bemühte sich zu lächeln. «Natürlich, Yangtschen, und du mußt auch mitkommen.»

Sie umarmte ihn. «Oh, Tsun-la, es ist so schön, daß du da bist. Vielleicht besteht doch noch ein wenig Hoffnung, aber ich kann nicht mitkommen, denn wenn ich hier weggehe, wird Gyalo mich bestimmt nicht finden. Ich muß in Derge bleiben.»

Tsun schwieg einen Augenblick und streichelte ihr den Kopf. «Wie lange willst du hierbleiben?» fragte er. «Die Han sind schlau, es wird nicht lange dauern, bis sie herausfinden, daß du sie betrügst.»

Sie hob den Kopf ein wenig und sah ihm in die Augen. Dann ging sie weg und füllte den Kessel mit Wasser.

«Ich weiß nicht, was ich tun soll», sagte sie. «Ich habe versprochen, sehr wichtige Informationen für Tul-lok zu besorgen, von denen er sagte, sie werden sich auf die ganze Zukunft Tibets auswirken. Ich war schon ganz hoffnungslos, Tsun-la. Wenn ich für Tul-lok etwas tue, dann schöpfe ich wieder etwas Hoffnung, nicht nur für mich, sondern auch für unser Land. Ich kann jetzt nicht weggehen. Es ist wichtig, daß ich noch ein paar Wochen hierbleibe.»

Sie zündete den Petroleumkocher an und stellte den Wasserkessel auf.

«Ist es wegen des Besuchs von Tschen-Yi?» fragte Tsun. Yangtschen fuhr herum. Ihr Bruder hatte eine strenge Miene aufgesetzt.

«Ja», antwortete sie nervös.

«Erzähle es mir, Yangtschen.»

«Das kann ich nicht, Tsun-la, bitte frage mich nicht danach. Ich habe Tul-lok versprochen, es niemandem zu sagen.»

Tsun runzelte die Stirn. «Tul-lok hat vor, Marschall Tschen-Yi auf dem Weg zur feierlichen Amtseinführung des Vorbereitenden Ausschusses zu ermorden. Du sollst ihn über Route und Zeit seines Besuches informieren.»

Yangtschen starrte ihn mit weit aufgerissenen Augen an. «Nein ...» sagte sie, aber an dem Tonfall ihrer Stimme erkannte Tsun, daß er recht hatte.

«Es ist Wahnsinn», erklärte er nachdrücklich. «Wenn der Verteidigungsminister der Han vom Widerstand ermordet wird, werden sie unbarmherzig Rache nehmen, und nichts ist gewonnen.»

«Aber die Welt wird erfahren ...»

«Wer hat dir das gesagt? Tul-lok? Unser Vetter weiß nichts von der Welt draußen! Einige Tage lang werden die Augen der Welt interessiert auf unseren Todeskampf gerichtet sein, aber das ist alles. Während unschuldige Tibeter infolge dieser Torheit sterben werden.»

«Aber dauernd sterben unschuldige Männer und Frauen», erwiderte Yangtschen verärgert.

«Das wird ihre Zahl nur erhöhen. Der Kundün hat sowieso wenig Macht, die Han in Schranken zu halten. Das bißchen wird er dadurch auch noch verlieren.»

«Wie kannst du dir so sicher sein?»

«Überlege, Yangtschen. Tschen-Yi ist Mitglied des Politbüros. Seine Ermordung wäre genau der Vorwand, den die Han brauchen. Und was wird damit erreicht? Das einzige, was es bestimmt hervorriefe, wären Vergeltungsaktionen! Das bißchen Unabhängigkeit, das wir noch haben, werden wir verlieren.»

Yangtschen ging unruhig im Zimmer herum, nahm dieses und jenes in die Hand und legte es wieder hin.

«Rimpotsche, du bist ein heiliger Lama. Du hältst nichts von Gewalttätigkeit. Ich weiß, daß du letztlich recht hast, aber Tul-lok und ich müssen für unser Land kämpfen.»

«Wenn du für dein Land kämpfst, ist es um so notwendiger, daß du klar denkst und die Lage richtig einschätzen kannst. Was ihr vorhabt, ist reine Dummheit.»

Yangtschen schüttelte den Kopf. Einerseits wollte sie sich ihrem Bruder nicht widersetzen, andererseits wollte sie auch das Versprechen halten, das sie ihrem Vetter gegeben hatte. Sie krümelte Tee in die Kanne.

«Ich würde Tul-lok gern selbst sprechen», sagte Tsun.

«Er wird erst in neun Tagen wieder in Derge sein.»

So lange konnte Tsun nicht warten. In einer Woche mußte er Kesang, Genyen und die anderen treffen. «Wo ist er?» fragte er.

«Ich weiß es nicht.»

«Gibt es eine Möglichkeit, ihm eine Nachricht zukommen zu lassen?»

Yangtschen schüttelte wieder den Kopf. «Ich muß darauf warten, daß er sich mit mir in Verbindung setzt.»

«Wenn er das tut, dann sage ihm, daß mir sehr daran liegt, ihn zu sprechen. Sage ihm, daß es sehr dringend ist.»

«Wo wird er dich finden?»

Tsun schwieg eine Weile, dann sagte er: «Wenn du ihn siehst, bestelle ihm, daß ich über seinen Auftrag Bescheid weiß und daß er zum Scheitern verurteilt ist. Sage ihm, daß ich ihn bitte, den Plan aufzugeben. Merke es dir genau, und jetzt wiederhole, was ich gesagt habe.»

Yangtschen wiederholte, was sie ausrichten sollte. Tsun stand auf und legte seiner Schwester die Hand auf die Schulter. «Yangtschen, bitte komm mit mir mit.»

«Ich würde es gern tun», murmelte sie, «aber ich kann nicht, noch nicht.»

«Es heißt, daß die Aussicht, als Mensch geboren zu werden, seltener ist als der Erfolg einer Schildkröte beim Versuch, aus dem Meer durch ein goldenes Joch zu springen. Es ist wahr, Yangtschen. Opfere dein Leben nicht für einen Auftrag, der nur scheitern kann.»

«Mein Leben hat schon vor langer Zeit geendet, Tsun-la.» Yangtschen wandte sich brüsk ab und begann Tee einzuschenken. «Wann brichst du von Derge auf? Ich habe so viel geredet, daß du mir gar nicht hast sagen können, wohin du gehst.»

«Es wäre besser, wenn du es nicht weißt, Yangtschen.» Er merkte, daß seine Schwester gekränkt war. «Die Han suchen mich. Sie machen Jagd auf mich. Es wird gefährlich sein, Pema-la mitzunehmen, aber ich werde versuchen, sie in Sicherheit zu bringen.»

«Mit dir», sagte Yangtschen, «hat sie eine Chance. Hier hat sie keine.» Sie nippte an dem kochendheißen Tee.

Tsun schüttelte den Kopf. «Hier gehört sie zu den Begünstigten. Die Han fördern die Jungen, erziehen sie um für das neue Tibet. Sie ist überzeugter von ihrem Leben als du oder ich. Wir sind unrettbar an die Vergangenheit gekettet; auf die eine oder andere Weise werden wir mit dieser Vergangenheit sterben.»

Yangtschen verstand ihn nicht. «Meinst du», fragte sie entsetzt, «daß alles für immer verloren ist?»

«Nein, nicht alles», murmelte er. «Aber die entsetzlichen Prüfungen für unser Land sind noch nicht vorüber. Wir müssen über Pema-las Zukunft sehr sorgfältig nachdenken.»

«Aber das tue ich doch, Rimpotsche», sagte Yangtschen. «Also bitte nimm sie mit. Wenn sie nach China geschickt wird, sehen wir sie nie wieder.»

Tsun überlegte einen Augenblick, dann nickte er. «Nun gut, ich werde tun, worum du bittest.» Er runzelte die Stirn. «Um dich mache ich mir Sorgen, Yangtschen. Das Gift des Hasses wirkt stark in dir. Ich möchte, daß du auch mitkommst. Du weißt, daß nach dem Gesetz des Karma die Han genau das erhalten werden, was sie anderen aufgezwungen haben. Rache ist unnötig, und der Haß wird dich bestimmt eher zerstören als deinen Feind.»

«Ich versuche, nicht zu hassen», erwiderte Yangtschen leise. «Aber ich beherrsche meine Gefühle nicht mehr.»

«Wir sollten als Familie zusammenbleiben. Dann können wir einander helfen.»

«Ich würde gern mit dir gehen», sagte sie. «Du hast wieder Hoffnung und Vernunft in mein Leben gebracht. Doch der Widerstand braucht mich hier, und ich hoffe immer noch, daß Gyalo herkommt und mich sucht. Für Pema ist das anders.»

Tsun klopfte sich aus einer Jadeflasche etwas Schnupftabak auf den Daumen. «Yangtschen», sagte er, «wenn es dir möglich ist, hier wegzukommen, dann gehe in das Dordsche Ri-gon-Haus in Lhasa.»

Sie lächelte schwach. «Das will ich tun, Rimpotsche.» Sie setzte sich wieder neben ihn. «Wir sind hier fern vom Dharma. Bitte gib mir etwas davon.»

«Erinnerst du dich an Großmutters Skulptur von Tschenresi? Sie stand auf dem Schrein in ihrem Zimmer.»

«Ja. Als Kind war das meine Lieblingsfigur.»

«Kannst du sie dir vorstellen? Sie dir in Gedanken ausmalen?» Yangtschen nickte.

«Dann», sagte Tsun, «suche regelmäßig, tagtäglich, Zuflucht beim dreifachen Juwel und flehe um seinen Segen, wie wir als Kinder gelehrt wurden. Konzentriere dich auf die Figur von Tschenresi. Sieh sie als einen konkreten Gegenstand, aber übernimm dich nicht dabei. Tue es zuerst nur ein paar Minuten, aber halte unbedingt durch, Yangtschen. Es wird deinen Geist beruhigen, ihm eine auf einen Punkt gerichtete Konzentration verschaffen. Ständig werden Gedanken auftauchen. Was immer sie beinhalten, laß sie schweben wie Wolken am Himmel, bleibe unberührt von ihnen und schenke ihnen keine Aufmerksamkeit.»

Während er sprach, sah Tsun in ihren Augen eine Beklommenheit, die ihn innehalten ließ. «Yangtschen, beunruhigt dich das, was ich sage?»

Ihre Augen spiegelten Schuldgefühl wider und Überraschung darüber, daß er soviel sehen konnte. Sie zögerte mit der Antwort, die Sekunden des Schweigens wurden bedrückend, und sie kam sich ertappt vor. Sie wickelte einen Zipfel ihrer Bluse um den Finger und legte den Kopf schief wie ein aufgeregtes Kind, das im Begriff ist, ein Geständnis abzulegen.

«Seit so vielen Jahren, Tsun ... nicht, daß ich nicht glaube ... aber schon so lange wird nur vom Kommunismus gesprochen und die Religion in Frage gestellt ... Den Leuten, die das sagen, glaube ich nicht, aber es scheint ...»

Sie brach in Tränen aus und vergrub das Gesicht in den Händen. Tsun streichelte ihr den Kopf und murmelte beschwichtigend ihren Namen.

«Ich zweifle, Tsun, ich zweifle ... was ist mir denn geblieben?» Sie hob den Kopf und sah ihn mit einem gequälten Blick an. «Ich habe kein Vertrauen mehr zu dem, wovon ich immer geglaubt habe, es sei die Grundlage meines Lebens ...» Die Tränen rannen ihr über die Wangen. Tsun lächelte, als sie sie wegwischte.

«Yangtschen», sagte er, «Zweifel ist ein Weg. Du weißt ebensogut wie ich, daß die Fähigkeiten der Menschen zu lernen und zu verstehen unterschiedlich sind.» Er ging zum Fenster und schaute hinaus auf die langgestreckten, niedrigen Kasernen.

«Da draußen sehe ich die Pferde der Han-Kavallerie, die gestriegelt werden, und in der Ferne eine der eisernen Kanonen, die sie, glaube ich, Panzer nennen. Sag mal, Yangtschen, ist es wahrscheinlich, daß ein Soldat, der die Pferde reiten kann, auch einen Panzer fahren kann?» Er drehte sich zu ihr um und wartete auf ihre Antwort. Sie schniefte und schüttelte langsam den Kopf. «Nein.»

Tsun nickte. «Genauso ist es mit der Religion, Yangtschen. Sie bietet viele Wege auf unterschiedlichen Stufen; jemand, der einem Weg folgt, kann einen anderen Weg nicht verstehen, und deshalb haben wir die sogenannten ‹Geheimlehren›. Geheim, weil viele Leute diesen Weg nicht erkennen können.» Er kam vom Fenster zurück. «Wenn der Widerstand irgendwo in Derge angreift, wie kommen die Soldaten der Volksbefreiungsarmee dann zum Ort des Überfalls?»

Yangtschen sah verblüfft aus. «Mit Lastwagen, einige werden vermutlich laufen, andere in Panzerwagen oder Jeeps hinfahren ...»

«Genau!» Tsun unterstrich seine Worte mit lebhaften Gesten, eine Angewohnheit, die er in den zahllosen Klosterdebatten angenommen hatte. «Viele verschiedene Wege führen zu demselben Ziel. So ist es auch mit unserer Religion.»

Yangtschen schüttelte verwundert den Kopf. «Ich weiß, daß es viele Wege gibt, Tsun, aber ich zweifle, ob diese Wege etwas mit der Wirklichkeit zu tun haben. Also was bleibt mir dann?»

«Zweifel, Yangtschen, Zweifel! Das ist *dein* Weg. Die Entscheidung liegt jetzt bei dir. Entscheidest du dich für Unwissenheit, oder benutzt du deinen Zweifel, um Fragen zu stellen und zu sondieren?»

«Aber Tsun –» Yangtschen sah ihn flehend an – «ich habe keinen Lehrer ...»

«Wenn du einen Lehrer brauchst, wird einer kommen, aber du wirst feststellen, daß du alles in dir hast, was du brauchst. Laß mich dir zeigen, wohin Zweifel führen kann, nur ein flüchtiger Blick ...» Er hielt inne. «Nur ein Blick ...»

Während sie da auf dem Bett saß, wurde sich Yangtschen der Ausstrahlung ihres Bruders bewußt, die seine Worte wie Symbole eines Wissens erscheinen ließ, das zu vermitteln unmöglich war. Sie konnte kaum glauben, daß der Bruder, mit dem sie einst als Kind gespielt hatte, und dieser Mann ein und dieselbe Person waren.

«Kurz vor seinem Tod», fuhr Tsun fort, «forderte Buddha selbst seine Jünger auf, zu *zweifeln* und nichts anzuerkennen, das sie nicht *selbst* beweisen konnten! Denke daran, Yangtschen. Mach dir klar, was das bedeutet.»

Sonnenstrahlen fielen durch das Fenster auf sein gebräuntes Gesicht, und Yangtschen war fast erschrocken über die Art und Weise, wie er sich ihrem Blick zu entziehen schien. Tsun sah sie nicht an, sondern er sah in sie hinein, und in seinen Augen blitzte etwas wie Freude auf.

«Es zeigt nämlich, welchen Einblick dir der Zweifel verschaffen kann», sagte er. «Wir zweifeln also an der Religion ... da ist doch nichts dabei.» Yangtschen war jetzt ratlos. «Sag mal, Yangtschen, was ist das Wesen der Wirklichkeit?» Aber er wartete ihre Antwort nicht ab. «Alles, was du als deine Natur bezeichnen kannst, all das ist denselben Gesetzen des Wandels unterworfen.»

Yangtschen stand auf, füllte den Wasserkessel und stellte ihn auf den Petroleumkocher. Sie machte einen verwirrten Eindruck und runzelte die Stirn, als Tsun fortfuhr:

«Ein Han-Wissenschaftler wird dir sagen, dein Körper sei im Grunde Leere, doch ist es eine von Energie erfüllte Leere. Eine undefinierbare Leere. Du mußt von deinen Zweifeln Gebrauch machen, Yangtschen. Stelle in Frage, was ich gesagt habe, prüfe, ob es stichhaltig ist.»

Yangtschen zupfte nachdenklich an ihrem Zopf, dann goß sie das Wasser, das jetzt kochte, auf den frischen Tee, den sie in die Emailteekanne gekrümelt hatte. Sie blieb stehen, bis er gezogen hatte, und dachte schweigend über die Worte ihres Bruders nach.

«Ich glaube zu verstehen, was du meinst, Dschigme-la ... aber was kann *ich* tun?»

«Bei allen Menschen sind die Lebensumstände verschieden; die deinen sehen jetzt eben so aus, daß ich mit dir über Dinge gesprochen habe, die du zwar jetzt nicht ganz begreifen kannst, aber einst verstehen wirst. Stelle dir Großmutters Bronzestatue von Tschenresi vor. Sie wurde geweiht durch die kraftvollen Gedanken von Männern mit großer Einsicht. Es ist, als wären diese Männer Spiegel, die das Licht der Sonne auf die Statue reflektierten. Denke einfach an die Statue und an das, was ich gesagt habe. Es gibt zwei Wahrheiten, Yangtschen. Die relative Wahrheit oder Wirklichkeit, nämlich wie du dich und die Welt wahrnimmst, und die absolute Wahrheit, die höchste Wahrheit, die Buddha entdeckte, als er erleuchtet wurde. Wir alle besitzen dieselbe Fähigkeit zu entdecken, wenn wir den Rat des Buddha befolgen, zu forschen, in Zweifel zu ziehen und selbst zu erfahren, was wirklich ist.»

Yangtschen goß Tee in die beiden Emailbecher, und während sie ihrem Bruder den seinen reichte, zog sie den Atem ein. Tsun nahm den Becher mit der einen Hand und ergriff mit der anderen die ihre. «Yangtschen», sagte er, «du kannst nicht so sehr zweifeln, sonst würdest du mir nicht solche Ehrerbietung erweisen.»

Yangtschen lachte. Die Atmosphäre war plötzlich entspannt. Sie umarmte ihren Bruder, und er strich ihr übers Haar.

«Ich habe versucht, Yangtschen, dir Wege aufzuzeigen, wie du kreativen Gebrauch von deinen Zweifeln machen kannst. Stelle in Frage, was die Leute gemeinhin Wirklichkeit nennen, finde eine Quelle, aus der du in kummervollen Stunden Trost schöpfen kannst, und sei dir auch darüber klar, daß du nicht allein bist. Halte an Tschenresi fest und sprich sein Mantra, denn seine Macht ist sehr groß und wird dich aufrechterhalten. Anscheinend wird zuerst wenig geschehen, aber wenn du beharrlich bist, wirst du Einblicke erlangen, die dich veranlassen werden, dem Pfad zu folgen.»

«Dschigme-la ...» Sie schluckte, da ihr die Kehle wie zugeschnürt war. «Ich wünschte, du bliebst hier ...»

Sie senkte den Kopf, und in diesem schmucklosen kleinen Zimmer legte Tsun ihr die Hände auf den Kopf und murmelte ein Gebet.

«Da ich dir diesen Segen erteile», sagte er, «sei gewiß, daß er dir für alles Kraft verleihen wird. Durch ihn wirst du dich auf den Mut der Erweckten stützen, durch ihn wirst du bei dem dreifachen Juwel Zuflucht finden, das in deinem Herzen aufbewahrt ist.»

Einen Augenblick lang sahen sie einander in die Augen. Schließlich fragte Yangtschen:

«Wo soll Pema-la dich treffen?»

«Auf dem Marktplatz, morgen, am Tschörten.» Er bemerkte, daß sie eine Armbanduhr hatte. «Um vier Uhr.»

«Sie ist gewachsen, Rimpotsche, du wirst sie nicht erkennen.»

«Trägt sie Han-Kleidung?»

«Ja.»

«Sage ihr, sie soll ihre Mütze in der linken Hand halten.»

Yangtschen sah auf ihre Uhr. «Li wird bald zurückkommen, möchtest du ihn kennenlernen?»

«Nein.» Tsun ging zur Tür. Er holte einige Silbermünzen aus der Tasche. «Für dich», sagte er und hielt ihr die Münzen hin.

«Nein, Dschigme.» Yangtschen wollte sie nicht nehmen. «Du wirst Geld brauchen.»

«Bitte, Yangtschen.» Tsun drückte ihr die Münzen in die Hand. Widerstrebend behielt Yangtschen sie, dann holte sie ein paar Kekse und gab sie Tsun.

«Es ist so wenig.» Sie sah ihn an, und wieder verschleierten Tränen ihre Augen. «Oh, Dschigme, es gäbe noch so viel zu sagen.» Sie klammerte sich weinend an ihn.

«Was auch immer geschieht –» er hob ihr Kinn an und sah ihr ins Gesicht – «wir werden immer beisammen sein.»

Er schob sie sanft von sich, machte die Tür auf und verließ sie. Während er auf das Haupttor zuging, dachte er an alles, was Yangtschen ihm erzählt hatte. Er wünschte, er hätte seine Mutter vor ihrem Tod noch einmal sehen können. Er würde die Todeszeremonie für sie abhalten. So viel von seinem Leben, so viel, was ihn geprägt hatte, war dahin.

Das Haupttor war geschlossen. Tsun sah sich nach dem Wachposten um, der ihn hereingelassen hatte, aber er war abgelöst worden. Er blickte über den Kasernenhof. Eine Abteilung Soldaten hielt Drillübungen ab, eine andere in Unterhemden und kurzen Hosen trieb Sport. Tsun ging hinüber zu dem rundgesichtigen Unteroffizier, der am Türrahmen des Wachlokals lehnte. Seine Hand ruhte auf dem Kolben des Gewehrs. Er musterte Tsun mit einem zynischen Blick.

«Ich habe meine Schwester besucht», sagte Tsun höflich. «Jetzt möchte ich gehen.»

«Du hast Passierschein?» fragte der Unteroffizier in gebrochenem Tibetisch.

Tsun steckte die Hand in die Tasche. Der Passierschein war nicht da. Er durchsuchte seine übrigen Taschen, konnte ihn aber nicht finden.

«Ich muß ihn verloren haben.»

Der Unteroffizier winkte ihn heran und betrat das Wachlokal. «Kommen Sie zum Dolmetschen», befahl er einem Soldaten drinnen. Der Mann kam heraus, das Gewehr in der Hand. Der Unteroffizier gab mit einer herrischen Handbewegung zu verstehen, daß Tsun wiederholen solle, was er gesagt hatte.

«Ich habe meine Schwester besucht.»

Der Soldat übersetzte.

«Warum hast du keinen Passierschein?» fragte der Unteroffizier. Er schien gelangweilt. Einem anderen Soldaten im Wachlokal rief er zu: «Telefonieren Sie und stellen Sie bei seiner Schwester Nachforschungen an», und an Tsun gewandt fragte er: «Wie heißt sie?»

«Yangtschen Li.»

«Yangtschen Li», wiederholte der Unteroffizier. Er blickte Tsun abschätzend an. «Wohnst du in Derge?»

«Nein.»

«Wo dann?»

«In einem kleinen Dorf mit Namen Badsche.»

«Nie gehört. Weshalb bist du in Derge?»

«Um Verwandte zu besuchen. Einkäufe zu machen.»

«Mit wem bist du hergekommen?»

«Ich bin allein gekommen.»

Der Unteroffizier runzelte die Stirn. Das war ein Mann, der gut und gerne im Widerstand sein konnte. Groß, kräftig und mit einem unverschämten Tonfall der Stimme.

«Wo sind deine Papiere?» Die Frage des Unteroffiziers traf Tsun wie ein Schlag. Unmöglich, sich mit einem Sprung in die Freiheit zu retten; der mit Stacheldraht bewehrte Zaun war mindestens 2,5 Meter hoch. Er mußte versuchen, sich herauszureden.

«Wir haben in Badsche keine Papiere bekommen», sagte er. «Wir sind alle verwandt, wozu brauchen wir Papiere?»

«Jeder braucht Papiere.» Der dolmetschende Soldat erschien ein wenig verwundert über solche Unwissenheit.

«Unser Kader», erklärte Tsun mit leiser Stimme und undurchdringlicher Miene, «hat mich gebeten, von den Ausgewählten Werken des Vorsitzenden Mao den Band III zu kaufen: ‹*Einige Fragen der Führungsmethoden*›.» Den Titel hatte Tsun vorher im Buchladen gesehen.

Ein schlauer Bursche, dachte der Korporal, und schlauen Tibetern traute er nicht über den Weg.

«Wir brauchen das Buch», fuhr Tsun fort, «für die Abendkurse, die wir abhalten.»

Das Telefongespräch war geführt worden, und der zweite Soldat flüsterte dem Unteroffizier etwas ins Ohr. Der lächelte ein wenig verächtlich und deutete mit dem Kopf auf das Tor. «Du kannst gehen. Deine Schwester ist hier.»

Tsun lächelte, verbeugte sich und ging ohne Anzeichen von Hast zum Tor.

«Aufmachen!» schrie der Unteroffizier dem Posten zu, der das hohe Eisentor aufschloß und nur gerade weit genug öffnete, um Tsun durchzulassen. Er spürte den bohrenden Blick des Unteroffiziers in seinem Rücken, als er das Militärlager verließ und das Tor klirrend hinter ihm zuschlug.

8

Ein Frühlingshauch schwebte in der Luft, als Tsun durch die Straßen von Derge zu Tschopels Haus zurückging. Seine Gedanken kreisten ständig um die Frage, wie er Yangtschen dazu überreden könnte, mit ihm wegzugehen. Dann und wann blieb er stehen, um sich in den Verkaufsständen und Geschäften umzuschauen, aber eigentlich nahm er gar nichts richtig wahr. An einem Stand ergriff er ein paar Rüben und wog sie in der Hand.

«Was kosten sie?» fragte er die alte Marktfrau.

«3 Yüan.»

«Kunjosum!»

«Sie werden in ganz Derge keine besseren finden, Kuscho», versicherte ihm die Verkäuferin.

Tsun bezahlte die geforderte Summe, ohne zu feilschen, was die Frau verwunderte, aber er war nicht dazu aufgelegt. Er verstaute die Rüben in der Falte seiner Tschuba.

Ein paar Kinder spielten auf der Straße. Ein zerlumptes, schmuddeliges kleines Mädchen wäre beim Versuch, einen Federball mit den bloßen Füßen in der Luft zu halten, fast mit ihm zusammengestoßen. Es lachte. Tsun hielt inne, um dem Spiel zuzuschauen. Es war erfreulich, das unbändige Lachen der Kinder zu hören, die sprangen, rannten, geschickt den kleinen Federball kickten und einander den Spielstand zuriefen. Für einen kurzen Augenblick vermochte Tsun das ständige Zittern des Netzes zu vergessen, in dem er gefangen war, während die Spinne sich ihrer Beute näherte.

Als er sich abwandte, erblickte er mit einemmal Ling, die sich auf der anderen Straßenseite Stoffe ansah. Sie hatte noch dieselbe blaue Jacke und Hose an, trug aber keine Mütze. Anscheinend hatte sie ihn nicht gesehen. Er war doch bestimmt nicht aufgespürt worden; rasch ging er weiter die Straße entlang. Ihr Anblick bewirkte, daß schimmernde Erinnerungen in ihm aufstiegen, Erinnerungen an so vieles, das er vergessen wollte. Er blieb stehen und tat so, als betrachte er einen Stand mit Teppichen. Aus dem Augenwinkel sah er Ling näher kommen. Tsun hatte sich noch nicht daran gewöhnt, daß man auf ihn Jagd machte, und das Angstgefühl war wie ein körperlicher Schmerz. Er ging, als ob nichts wäre, auf eine Gruppe Tibeter und Han-Zivilisten zu, die sich um ein Würfelspiel geschart hatte, und drängte sich zwischen den Leuten hindurch. Ein paar der Leute, die damit beschäftigt waren, Wetten auf die Spieler abzuschließen, beschimpften ihn, weil er sie angerempelt hatte. Er bog in eine schmale Gasse ein und schaute zurück; Ling war nicht zu sehen, aber er lief weiter, so schnell er konnte. Am Ende der Gasse wandte er sich wieder um. Keine Ling. Er war ihr entkommen. Er überlegte sich immer neue Gründe für ihre Anwesenheit. Sie hätte ihm gefolgt sein können, aber es bestand auch eine seltsame Empathie zwischen ihnen, die gewährleistete, daß sie sich wiedersehen würden.

Gemächlicher ging er jetzt eine andere Gasse entlang, in der sich die Kundschaft von Handwerkern drängte, deren Werkstätten dort lagen. Wenn Ling ihn gesehen hatte, würde sie die Behörden davon verständigen, daß er in Derge war; dessen war er sich sicher. Patrouillen würden nach ihm Ausschau halten. Derge war nicht sehr groß, dachte er, und die Han waren sehr tüchtig. Er wußte, daß er die Stadt schnell verlassen mußte, war sich aber darüber klar, daß ihn das noch mehr gefährdete, denn die Posten an den Ausfallstraßen der Stadt würden besonders wachsam sein. Er fragte sich, ob sein nachmittäglicher Besuch im Militärlager entdeckt werden würde. Er war müde und niedergeschlagen. Vielleicht würde er es morgen beim Treffen mit seiner Schwester Pema erfahren.

Tsun kaufte etwas rohes Yakfleisch an einem Stand und wurde sich der neidischen Blicke der Vorübergehenden bewußt, neidisch, weil sie nicht genug Geld hatten, um die Wucherpreise zu bezahlen.

Er war schon dicht an Tschopels Haus, als er die Jeeps und Motorräder hörte. Die Leute zerstreuten sich sofort und trieben ihre Kinder von der Straße weg in Hauseingänge und Seitengassen. Ein Motorrad brauste vorbei. Tsuns erster Gedanke war, Ling habe die Besatzungsbehörden informiert, und die Fahrzeuge seien ausgeschickt worden, um ihn gefangenzunehmen. Er schlüpfte in eine dunkle, schmuddelige Schenke voller Gerstenbier trinkender Männer und schlug die Tür hinter sich zu. Menschen drängten sich an den kleinen Fenstern. Rings um Tsun diskutierten verängstigte Stimmen darüber, warum die Han wohl die Straße abgesperrt hatten. Neben ihm lud ein Mann mittleren Alters seelenruhig eine Pistole.

Jeeps mit vier Mann Besatzung und jeweils einem Maschinengewehr hatten die Straße an beiden Enden und allen Seitengassen abgeriegelt. Der die Operation leitende Offizier zog eine Liste zu Rate, während er mit einigen seiner Leute langsam die ungepflasterte Straße entlangging und auf bestimmte Häuser deutete. Auf beiden Seiten der Straße begannen Soldaten an Türen zu hämmern und brüllend Einlaß zu fordern.

Tsun selbst konnte nichts sehen, aber alles, was die Soldaten taten, wurde sofort vom Fenster aus berichtet. Er ging nach hinten in die Gaststube, um herauszufinden, ob es eine Hintertür gab, aber da war keine.

«Es ist ein Deportationskommando», schrie jemand. «Sie holen die Kinder.»

Tsun hörte, wie ein Mann und eine Frau auf der Straße laut protestierten. Er zwängte sich zum Fenster durch und konnte, da das Reispapier aus den Fenstern herausgerissen war, sehen, daß Soldaten ein etwa dreizehnjähriges Mädchen abführten, wohl ihre Tochter. Ein paar Meter entfernt schwenkte ein Soldat langsam das Maschinengewehr auf einem Jeep herum. Die grauhaarigen Eltern gestikulierten wild, während sie auf die Soldaten einredeten; das Mädchen weinte hysterisch. Die Eltern stürzten zu dem Offizier, die Frau zupfte an seinem Ärmel, als versuche sie, durch körperliche Berührung ihrer Bitte Nachdruck zu verleihen. Einer der Soldaten hob das Mädchen auf den Lastwagen, stieg nach ihr ein und setzte sich mit schußbereitem Gewehr auf eine Bank. Das Mädchen beugte sich über den Rand der Ladefläche und spähte nach seinen Eltern. Es bewegte die Lippen und streckte die Arme nach ihnen aus. Wut stieg in Tsun auf, aber der Anblick der Soldaten entlang der Straße und der MGs auf den Jeeps machte ihm klar, daß Widerstand hier zwecklos war.

Andere Kinder wurden aus den Häusern geholt. Jemand streifte Tsun im Vorbeigehen, und als er aufschaute, sah er in das verängstigte Gesicht der Gastwirtsfrau; sie trug ihren Säugling in einer Falte ihres Kleides und stürzte nach hinten, um ihn in einem leeren Faß zu verstecken. Draußen hakte der Offizier Namen von seiner Liste ab, während Kinder im Alter von zehn bis sechzehn Jahren auf den Lastwagen stiegen. An der Haustür gegenüber der Gastwirtschaft war eine Auseinandersetzung entbrannt, während in der Schenke selbst der Wirt und ein paar Gäste versuchten, die zehnjährige Tochter des Hauses zu verstecken, indem sie sich um sie scharten.

Weiter unten an der Straße hämmerten die Han mit den Gewehrkolben an eine verbarrikadierte Tür. Inzwischen näherten sich zwei Soldaten der Tür der Gastwirtschaft.

«Bleibt dicht beisammen. Wenn wir uns nicht von ihnen auseinanderdrängen lassen, können wir die Kleine zwischen uns verstekken», sagte einer der Männer nervös.

Es wurde an die Tür gehämmert. Der Gastwirt machte auf.

«Es ist Zeit», sagte einer der Soldaten mit starkem Akzent, «daß Ihre Tochter zur Schule geht.»

«Sie ist nicht hier. Sie ist bei Verwandten in Tschamdo», erwiderte der Gastwirt. Die Soldaten drängten sich in die Schenke, in der so viele Tibeter waren, daß sie nur an der Wand Platz fanden.

«Raus mit euch, los, kommt alle raus.»

Sie hielten die Tibeter mit ihren Gewehren in Schach, bemerkten aber nicht, daß ein kräftiger Bauer das kleine Mädchen hochhob, es an seine Brust drückte und dann seine weite Schaffell-Tschuba über dem Kind zusammenzog, so daß es völlig bedeckt war. Der Wirt und seine Gäste drängelten sich dicht um den Bauern; draußen blieben sie zusammen an der Mauer stehen und boten ihm Deckung.

In all den ein- oder zweistöckigen Häusern mit Flachdächern auf beiden Seiten der schmalen Straße wurden Familien auseinandergerissen. Eltern weinten. Manche hatten sich in ihren Behausungen verbarrikadiert: Soldaten schlugen die Türen ein. Aus einem Haus kamen die hysterischen, in Stöhnen übergehenden Schreie einer Frau, die von ihrem Kummer überwältigt wurde. Die kleineren Kinder brüllten, als sie auf den Lastwagen gehoben wurden, und verstärkten damit die Angst der anderen. Tsun hörte das langsame Knacken der leeren Trommel eines Revolvers, der verstohlen geladen wurde. Er fragte sich, wie lange es wohl noch dauern würde, bis die Gewalttätigkeiten ausbrächen. Wie lange würde die Bedrohung durch die Maschinengewehre an beiden Enden der Straße und der offene Lastwagen mit den Kindern in der Mitte die Tibeter noch davon abhalten? Die Atmosphäre war gespannt wie eine Bogensehne. Die Han wußten, daß die Tibeter sie jeden Augenblick angreifen könnten, und das machte sie nervös und brutal.

«Raus! Raus!» Die Sorge um die Sicherheit ihrer Tochter hatte die Gastwirtsfrau aus ihrem Versteck getrieben, und jetzt wurde sie von den beiden Soldaten, die die Schenke durchsuchten, nach draußen befördert. Sie klammerte sich an ihren Mann, der den Arm um sie legte. Ihre Hände zitterten.

Tsun betete um Schutz für den Säugling, der in dem Faß lag, für das kleine Mädchen, das an der Brust des Bauern versteckt war, und für all die anderen Kinder, von denen er wußte, daß sie in der Nähe versteckt sein mußten. Der Offizier nahm ein Megaphon vom Vordersitz des Lastwagens und hielt es an den Mund.

«Hört alle zu. Euren Kindern wird kein Leid geschehen. Wenn ihr nicht so dickköpfig wärt, brauchten wir sie euch nicht gewaltsam wegzunehmen. Sie müssen über die Gestaltung des neuen Tibet unterrichtet werden. Es wird ihnen nichts geschehen. Ihr könnt ihnen schreiben, das Büro des Arbeitskomitees wird eure Briefe weiterleiten.»

Er ließ das Megaphon sinken und ging forschen Schritts zurück zum Jeep. Einige auf der Straße begannen höhnisch zu lachen. Die Soldaten verließen die Schenke. «Wir kommen wieder», sagte einer von ihnen drohend zum Gastwirt.

Das Dröhnen der Motorräder erfüllte die Straße. Die Räder wirbelten Staubwolken auf.

«Gelobt sei das dreifache Juwel, daß sie meine Kinder nicht gefunden haben», schluchzte die Gastwirtsfrau erleichtert. Ihr Mann beschwor sie, still zu sein und gleich in die Schenke zurückzugehen, ehe jemand etwas bemerkte. Der Motor des Lastwagens wurde angelassen. Die Kinder, die darauf saßen, winkten ihren Eltern zu und riefen und schrien, als der Wagen anfuhr. Sie hörten nicht auf, bis der Lastwagen außer Sicht war.

«Wir werden sie rasch wegbringen müssen», sagte der Gastwirt leise zu Tsun, während der Bauer dessen immer noch unter der Tschuba versteckte Tochter in die Schenke zurücktrug und der

Jeep, der die Nachhut bildete, an ihnen vorbeiflitzte und sie mit Staub bedeckte.

«Wohin werden die Kinder gebracht?» fragte Tsun einen Mann, der eine Gebetsmühle in der Hand drehte.

«Wer weiß?» lautete seine bange Antwort.

Tsun blieb noch etwas stehen und blickte die Straße entlang, nachdem der Konvoi abgefahren war. Nachbarn trösteten einander; ringsum hörte man Schluchzen und Klagelaute. Einige der Männer, die in der Schenke gewesen waren, banden ihre Pferde los und trieben sie zu jenem flotten Trab an, der eine Eigentümlichkeit der kleinen tibetischen Gäule ist. Dann setzte Tsun seinen Weg durch die steilen Straßen zu Tschopels Haus fort. Einen Augenblick zögerte er. Ling fiel ihm wieder ein, und er fragte sich, ob die Han ihn womöglich schon dort erwarteten. Kurz vor Sonnenuntergang langte er an und ging durch den Hintereingang, an dem angebauten Stall vorbei, wo Namgyal seinem Pferd gerade frische Streu gab und ihm den Hals tätschelte. «Es ist das schnellste Pferd in Derge, Kuscho», sagte er. «Sie werden aufpassen müssen, daß es nicht jemand stiehlt, um es zu schlachten.»

«Dieses Pferd ist von einem mächtigen Zauberer mit einem Schutzbann belegt worden», erwiderte Tsun. «Wer es stiehlt, muß immer und ewig über die eisigen Einöden des Tschangtan-Plateaus reiten.»

Der Junge machte ein verdutztes Gesicht, denn er war sich nicht klar, ob er Tsun glauben sollte oder nicht. Tsun lächelte verstohlen, denn er wußte, wenn sein Pferd gestohlen würde, dann höchstwahrscheinlich von Namgyal.

Drinnen in dem kleinen, dunklen Haus rührte Dekyi in einem kupfernen Kochtopf, während Tschopel mit gekreuzten Beinen auf einem Teppich saß und die Gebetskette durch die Finger gleiten ließ. Er stand auf, als Tsun hereinkam, und machte Platz für ihn, damit er sich hinsetzen konnte, dann fuhr er fort, die Perlen abzuzählen.

«Haben Sie Ihre Schwester gesehen, Kuscho?» fragte Dekyi.

«Ja», antwortete Tsun, «und ich bin dir dankbar, daß du das eingefädelt hast.» Er holte die Rüben und das Yakfleisch aus seiner Amba und gab sie dem Mädchen.

«Pa-la, schau mal, Fleisch! Der Rimpotsche hat uns Fleisch gebracht! Namgyal-la! Namgyal-la!» Der Junge kam aus dem Stall gerannt, seine Augen strahlten. Alle Freude, die Tsun über ihr Glück empfand, wurde ausgelöscht durch den Gedanken an die nächste Zeit. Woher würden sie dann etwas zu essen bekommen?

Als Dekyi begann, das Fleisch zuzubereiten, wandte Tsun sich an Tschopel. «Auf dem Rückweg sah ich, wie Kinder von den Han abgeholt wurden.»

«Wo, in welchem Stadtteil?»

«In der Straße Knoten der Ewigkeit.»

«Dann muß ich meine Base besuchen. Sie werden ihr Kind mitgenommen haben. Oh, Kunjosum! Hört es denn nie auf?» Tschopels kahler Kopf krauste sich vor Besorgnis. «Wie lange ist das her, Kuscho?»

«So lange, wie man braucht, um eine Pfeife zu rauchen.»

«Zu spät, um den Lastwagen zu überfallen», seufzte Tschopel. «Sie werden jetzt schon im Militärlager sein.»

«Was wird dann mit den Kindern geschehen?»

«Sie werden mit einem der großen Konvois nach China gebracht.»

«Gibt es eine Möglichkeit, sie aus dem Lager herauszuholen?»

«Das Lager ist gut befestigt. Es ist zu groß. Bisher ist es uns nicht gelungen, hineinzukommen. Außerdem könnte ich so viele Männer nicht rechtzeitig zusammenbringen.»

Tsun dachte an die soeben eingetroffenen Panzer. «Du hast also schon Kinder retten können?»

«Ja, Kuscho, wenn wir rechtzeitig erfuhren, daß sie abgeholt wurden. Ich sage es meinen Freunden, und wir überfallen den Lastwagen, ehe er das Lager erreicht. Aber jetzt ist es schwieriger, weil die Han mit solchen Überfällen rechnen. Sie sind vorsichtiger geworden.»

«Was geschieht mit den Kindern, die ihr gerettet habt?»

«Wir verstecken sie, bis wir jemanden finden, der sie nach Lhasa bringt.»

Dekyi bot Tsun eine grünliche, wässerige Suppe an. «Ich muß mich entschuldigen, daß unser Essen so armselig ist», sagte sie, als sie ihm Suppe in die Schale schöpfte. «Das Fleisch wird bald gar sein.»

«Ach, Dekyi», erwiderte Tsun, «hat nicht unser berühmtester heiliger Dichter Milarepa Nesselsuppe gegessen? Ich bin gespannt, ob wir grün werden wie er.» Sie flüchteten sich kurz in Gelächter, ihr Humor war ungekünstelt und derb.

«Tschopel, was ist mit den Bettlern und den Hunden und den

Vögeln geschehen?» fragte Tsun. «Mit den Tauben und Elstern? Früher hat es Scharen in der Stadt gegeben.»

«Sie wurden als schädlich für das Volk angesehen. Sie haben ein Wort dafür ...» Es fiel ihm nicht ein. «Sie wissen schon, was ich meine.»

«Schmarotzer», sagte Dekyi.

Ihr Vater nickte, während er Tabak in seine Tonpfeife stopfte, die ein langes, gebogenes Rohr hatte.

«Wir mußten töten ...» Er zögerte, einem Träger des Dharma zu sagen, daß er getötet hatte, denn das war ein Verstoß gegen eines der fundamentalen Gebote. Schließlich war man offenbar schon in diesem Leben genug gestraft, so daß man nicht noch seine Lage im nächsten gefährden mußte, und ein Rimpotsche hatte Einfluß in beiden Bereichen.

«Die Han haben zuerst versucht, die Bettler für ihre Zwecke einzuspannen. Sagten ihnen, sie sollten sich das Hab und Gut der Bessergestellten aneignen. Aber sie weigerten sich. Darauf wurde ihnen Geld angeboten. Einige sind Kollaborateure geworden, aber die meisten wurden beim Straßenbau eingesetzt. Wir mußten die Hunde töten, die Vögel ...» Er zuckte die Schultern, als er sich der Qual entsann.

«Es war seltsam, durch die Stadt zu gehen ohne die Vögel. Es war, als hätten sie alle aufgehört zu singen und warteten beklommen, wie sie es tun, wenn ein Gewitter aufzieht», sagte Tsun.

Tschopel runzelte die Stirn. So etwas hörte er nicht gern von einem Rimpotsche. Es konnte als Prophezeiung angesehen werden oder, schlimmer noch, als sicheres Verhängnis.

«Was hast du von der Königin gehört, Tschopel? Ich muß spätestens morgen abend aufbrechen.»

Aus einem Lederbeutel mit Messingbeschlägen nahm der alte Mann einen Feuerstein und schlug ihn auf die gebogene Metallplatte, die den Boden des Beutels bildete. Die Funken erfaßten das Ruhrkraut. Als es aufflammte, hielt Tschopel es an den Pfeifenkopf und zog kräftig, um den Tabak in Brand zu setzen.

«Kuscho», sagte er, «ich habe ihrem Sekretär erklärt, ich müsse mit ihr über einen Auftrag sprechen, den sie mir erteilt habe. Eigentlich hat sie mir keinen erteilt, aber ich wußte, daß Ihre Majestät verstehen würde, daß ich ihr etwas Wichtiges zu sagen habe. Jedenfalls hat sie mich empfangen. Es war schwierig, Kuscho, denn viele der Höflinge sind jetzt Han-Spitzel. Wir sprachen von dem ‹Auftrag›, und ich erwähnte ‹Dschigme› im Lauf des Gesprächs. Ihre Majestät sagte, sie werde meinem Gehilfen morgen früh weitere Anweisungen geben.»

«Ausgezeichnet, Tschopel. Das hast du großartig gemacht. Ich werde mich also morgen für deinen Gehilfen ausgeben, um Ihre Majestät zu sprechen. Ausgezeichnet.» Tsun sah seinen Freund lächelnd an. «Weißt du irgendeinen Weg, wie ich mir Proviant für die Fahrt beschaffen kann?» Der Blick, den Dekyi ihrem Vater rasch zuwarf, entging ihm nicht.

«Haben Sie Geld?» fragte Tschopel.

«Ja.»

«Dann werden Namgyal und ich Ihnen Proviant besorgen.»

«Pa-la!»

«Sei still, Dekyi», sagte Tschopel scharf.

«Tschopel, was kann das nach sich ziehen? Wie wirst du die Lebensmittel besorgen?» fragte Tsun, den Dekyis zunehmende Aufregung beunruhigte. Namgyal, der am Feuer hockte, mischte sich nicht ein.

«Wenn sie dich erwischen, wirst du bestraft», fuhr Dekyi ihren Vater an. «Willst du, daß deine Familie leidet? Jeden Tag tust du mehr ...»

Tschopel sah Tsun an. Es war unmöglich, seine Tochter zu beschwichtigen. Sie hatte Angst und bangte ständig um ihr Leben und das ihres Vaters und Bruders.

«Es stimmt, Tschopel», sagte Tsun. «Du darfst deine Sicherheit und die deiner Familie nicht um meinetwillen aufs Spiel setzen.»

«Ich kann das Risiko beurteilen, Kuscho», beharrte Tschopel.

«Woher stammen die Lebensmittel? Ich meine, wer liefert sie?»

«Einige stammen von Leuten, die sie vor den Han versteckt haben. Leute, denen Geld lieber ist als Lebensmittel. Sie verlassen sich auf eine gute Ernte oder darauf, daß sich die Lage bessert und daß man Geld immer brauchen kann. Deshalb verkaufen sie ihre Lebensmittel und vergessen, daß man, wenn man verhungert, kein Geld essen kann. Aber der größte Teil der Lebensmittel ist in den Lagerhäusern der Han gestohlen worden.» Tschopel hustete. «Haben Sie das Geld bei sich?»

«Ja.» Tsun gab ihm einige Han-Scheine. «Ist das genug? Ich brauche soviel Lebensmittel, wie ich tragen kann.»

«Es ist genug», antwortete Tschopel.

«Aber kaufe auch, was du für die Familie brauchst, Tschopel.»

«Kuscho, Petroleum ist so knapp ...» entschuldigte sich Dekyi, als sie die Lampe ausblies. «Sogar Senföl ...»

Einige Minuten lang tranken sie schweigend ihre Suppe. Dann stand Dekyi auf, nahm den Topf mit Fleisch vom Feuer und gab jedem seinen Anteil an dem ungewohnten Schmaus. Selbst Namgyal war sich der sorgenvollen Miene seines Vaters und seiner Schwester bewußt, die sich die Ereignisse der letzten Stunden und Tsuns Bericht über die Kinder-Deportation durch den Kopf gehen ließen. Gedanken und Fragen standen im Raum, fanden aber keine Antwort.

Schließlich fiel Tschopel eine Geschichte ein.

«Erinnerst du dich an deine erste Han-Mahlzeit, Dekyi?»

Dekyi lächelte und nickte.

«Es war unglaublich viel, Kuscho, und Dekyi konnte es nicht aufessen. Wir waren schon am Gehen, als wir hörten, wie Dekyi mit der Han-Kellnerin debattierte. Dekyi hatte die übriggebliebenen Nudeln in ihre Mütze geschüttet und wollte sie mit nach Hause nehmen. Sie glaubte, man könne sie wie Tsampa in einem Beutel aufbewahren.» Tschopel lachte schallend.

«Pa-la, ich war auch noch sehr jung», protestierte Dekyi.

Ihr Gelächter vertrieb die Bedrücktheit, die Tsuns Bericht hervorgerufen hatte. Nach der Suppe und dem Fleisch tranken sie Tee und kauten zähe, getrocknete Käsewürfel, während Namgyal sie Rätsel raten ließ. Tsun feuerte den Jungen an, denn während sie nach Lösungen suchten, spürte er in ihrem Lachen die wiedererwachte spontane Lebensfreude, auf die jeder Tibeter reagiert, die Tsun aber überall im Land ausgelöscht fand wie die von einem starken Wind ausgeblasenen Flammen einer Butterlampe.

9

Die Burg von Derge war hoch über dem Tal erbaut und überragte Kloster und Stadt. Fächerförmig von der Mitte des Gebäudekomplexes ausgehend, folgten mit Türmen versehene Mauern den Konturen des Berghangs hinunter zum Talboden, einem von Bächen durchzogenen Flickenteppich aus Feldern. Ein Teil der Burg, höher als die übrigen Gebäude und älter, war in schlechtem Zustand, die Mauern und rechteckigen Türme verfielen.

Während Tsun die Straßen erklomm, die so schmal und steil waren, daß kein Motorfahrzeug sie benutzen konnte, ließ er allmählich das monotone Geplärr der Lautsprecher unter sich, die die Tibeter ständig zu politischer Aktivität anhielten und sie ermahnten, sich vor reaktionären, konterrevolutionären Elementen zu hüten und die Politik der Partei durchzuführen.

Zu beiden Seiten sah Tsun in unregelmäßig übereinander angeordneten Reihen die Klostergebäude; sie waren weiß gestrichen und trugen senkrechte rote Streifen neben den Fenstern zum Zeichen, daß das Kloster dem 900 Jahre alten Sakya-Orden gehörte, dessen Dynastie von Groß-Lamas einst auf dem Löwenthron Tibets gesessen hatte.

Tsun betrachtete die zerfetzten Gebetsfahnen auf den flachen Dächern mit der durchbrochenen Brüstung. Die Pflanzen in den Blumentöpfen auf den Fensterbrettern der Mönchswohnungen waren verdorrt. Der klagende Klang des Muschelhorns, das die wenigen übriggebliebenen Mönche in den Tempel rief, erfüllte die Luft mit unendlicher Traurigkeit. Das Kloster verfiel. Türen, die lose in den Angeln hingen, schlugen im Wind. Tsun ging um ein meterhohes Weihrauchgefäß herum, das zerbrochen auf dem Weg lag. Unkraut wuchs darin, Erde hatte sich mit der Weihrauchasche vermengt. Ihm war, als ginge er durch ein Leichenfeld, das die ersten Anzeichen der Verwesung aufwies.

Die Han-Posten in der Holzhütte am Eingang zum Palast waren zu gelangweilt von ihrem zeremoniellen Dienst, um Fragen zu stellen, als er durch das offene Tor ging. Die Geschäftigkeit auf dem Hof wirkte ganz normal. Die großen Wachhunde zerrten an ihren rostigen Ketten und bellten ihn wütend an. Frauen in langen Serge-Tschubas trugen leere Wassereimer. Ziegen wurden gemolken. Ein langbeiniges, mageres Huhn rannte Tsun gackernd über den Weg.

Auf der breiten Holzveranda hockten Khampa-Wachposten, deren Haar mit bunten Fäden durchflochten war. Sie schauten von ihrem Würfelspiel auf, als Tsun sich näherte.

«Ich komme von Tschopel, dem Silberschmied, und möchte Ihre Majestät wegen eines Schmuckstücks sprechen.»

Einer von ihnen erhob sich, indem er sich an seinem russischen Gewehr hochzog. Er musterte Tsun nachdenklich und kaute dabei auf einem Käsewürfel. Nach Tsuns Kleidung zu urteilen, nach seinem Verhalten und Auftreten war er mehr als der Bote eines Silberschmieds, dessen war er sicher. Er gab Tsun einen Wink und ging ihm in den Palast voraus zum Amtszimmer des Hofmarschalls.

Das Zimmer war klein, aber heller als die meisten tibetischen Räume, denn ein ganzer großer Fensterrahmen war herausgenommen worden, damit die Sonne hereinscheinen konnte. An den Säulen und hohen Wänden hingen bündelweise Verzeichnisse von Briefen und Dokumenten.

Der Hofmarschall sah nicht auf, als Tsun eintrat. Er war über einen niedrigen Tisch gebeugt und schrieb. Nach ein paar Minuten legte er die Feder hin, nahm die Nickelbrille ab und sah Tsun an, während er auf das Dokument blies, damit die Tinte trocknete. Tsun verbeugte sich, zog den Atem ein und überreichte dem Hofmarschall, einem Mann in den Fünfzigern, eine Glücksschärpe. Der Hofmarschall gab sie zurück.

«Setzen Sie sich!» Während er Tsun ansah, der sich noch einmal verbeugte und den Atem einzog, befingerte er das Wahrzeichen seines Ranges, einen langen goldenen und mit Türkisen besetzten Ohrring, der so schwer war, daß er durch einen Lederriemen über dem linken Ohr zusätzlich gehalten werden mußte.

«Sie wünschen?»

«Ich komme von Tschopel, dem Silberschmied. Ich bin bei Ihrer Majestät angemeldet.»

Der Hofmarschall schlüpfte in den herabhängenden Ärmel seiner abgetragenen Tschuba aus brauner Serge. Schweigend zog er seine schwarzen Stiefel mit den bunten Stoffeinsätzen und nach oben gebogenen Kappen an und verknotete die Schnürbänder unter dem Knie. Dann stand er auf und bedeutete Tsun, ihm zu folgen.

«Die Königin erwartet Sie.»

Sie durchschritten einen breiten, fensterlosen Korridor, an dessen Wänden in Freskomalereien die Geschichte der Dynastie von Derge dargestellt war. Die leuchtenden Farben waren gedämpft im Schein der Senföllampen, die auf den in die Wände eingelassenen Schieferplatten trübe flackerten. Der Hofmarschall öffnete eine Doppeltür, die zum Audienzsaal führte. Eine zierliche, schlanke Gestalt hob sich vom Licht ab, das durch das Fenster fiel.

«Der Gehilfe des Silberschmieds Tschopel, Majestät», sagte der Hofmarschall, dann verbeugte er sich und zog sich zurück.

Zwischen zwei Reihen roter Holzsäulen ging Tsun auf die regierende Königin von Derge zu. Als er vor ihr stand, trat sie vor, neigte ein wenig den Kopf, nahm eine fast zwei Meter lange weißseidene Schärpe von einem Tisch und überreichte sie ihm. «Rimpotsche, es ist mir eine Ehre.»

Sie war Ende Fünfzig und hätte viel jünger ausgesehen, wäre ihr blasses, ungebräuntes Gesicht nicht von der nervlichen Belastung gezeichnet gewesen. Ihr langes schwarzes Haar betonte die blaßrosa Haut und umrahmte ihr diskret geschminktes Gesicht mit den hohen Backenknochen. Tsun nahm die Schärpe entgegen, dann legte er ihr seine eigene Seidenschärpe um den Hals und berührte mit beiden Händen segnend ihren Kopf.

«Eure Majestät sind sehr gütig, mich zu empfangen.»

«Kommen Sie, wir wollen uns draußen hinsetzen.»

Ihre enganliegende Tschuba aus Brokat raschelte, als sie ihm auf das Flachdach vorausging, das die Stadt und das Tal überblickte. Ihr Haar war in der Mitte gescheitelt und zu einem dicken, bis zur Taille reichenden und mit goldenen und roten Troddeln endenden Zopf geflochten, den sie zum Zeichen der Ehrerbietung für Tsun über ihre Schulter gelegt hatte.

«Überall sind Spitzel, ich darf mich nicht der Gefahr aussetzen, belauscht zu werden», sagte sie leise.

Das Dach war in eine reizvolle Terrasse mit Topfpflanzen, teppichbedeckten Polstern und kastenförmigen Tischen unter einer Segeltuch-Markise verwandelt worden. Wie große Stufen führten die Dächer der unteren Stockwerke hinunter zu den vergoldeten Dächern der Druckerei, unter der sich die Stadt erstreckte. Sie setzten sich an einen der Tische. Es war für die Königin mit einer gewissen Anstrengung verbunden, die schwere, silberbeschlagene Messingteekanne von dem Kohlenbecken hochzuheben und Tee einzuschenken. Tsun zog den Atem ein und dankte ihr.

«Ich habe meinen Dienern gesagt, wir sollten nicht gestört werden», erklärte sie.

«Wird das nicht Verdacht erregen, Majestät?»

«Verdacht ist mein ständiger Begleiter, Rimpotsche», lächelte sie matt, während sie ihm eine Schale mit Aprikosen reichte. «Lebensmittel sind knapp, ich wünschte, ich könnte Ihnen mehr anbieten.»

Tsun ließ erkennen, daß er das gar nicht für notwendig hielt.

«Ich hatte gehofft, eines Tages Ihr Kloster besuchen zu können.»

«Ich fürchte, es ist inzwischen von den Han beschlagnahmt worden. Wir hatten Glück, daß wir entkommen sind. Litang ist zerstört.»

«Derge auch, geistig.» Sie blickte hinunter auf die Stadt und das Kloster. «Aber was gibt es Neues vom Widerstand?»

«Der koordinierte Aufstand, auf den wir gehofft hatten, fand nicht statt. Der Druck wurde zu stark, und schließlich haben einige, insbesondere die Angehörigen der Golok-Stämme, auf eigene Faust gehandelt. Die wandernden Geschichtenerzähler sprechen jetzt davon, daß die Goloks Han-Soldaten gefangennehmen, ihnen die Nasen abschneiden und sie in ihre Standorte zurückschicken. Litang ist völlig in der Hand der Han. Doch in einem Großteil des umgebenden Landes hält sich der Widerstand noch.»

«Hier ist es genauso. Sie haben die Stadt selbst gesehen. Aber ein koordiniertes Vorgehen ist notwendig. So viele Widerstandsgruppen handeln auf eigene Faust und denken nur an ihre eigenen Interessen. Um die Han erfolgreich zu bekämpfen, muß es eine koordinierte nationale Bewegung geben. Ihr Vetter Tul-lok, der

Führer des Widerstands in dieser Gegend, ist auch der Meinung. Es ist die Rede von einem Hauptquartier, das im Süden eingerichtet werden soll.»

«Das muß rasch geschehen.» Tsun trank einen Schluck von dem heißen Tee.

«Aber es fehlt an Waffen und Ausrüstung, Rimpotsche, und an Munition. Mehr als alles andere fehlt ihnen Munition. Es ist so überaus wichtig, daß Sie Indien wohlbehalten erreichen. Dieses Gold wird ganz dringend gebraucht.»

Tsun nickte und behielt seine Befürchtungen, die Verbindungsmänner des Widerstands in Kalimpong könnten, wenn er ihnen Geld brächte, womöglich die Waffen gar nicht kaufen, für sich.

«Rimpotsche», fragte die Königin besorgt, «besteht Hoffnung, daß wir unsere Unabhängigkeit wiedererlangen können?»

«Ich glaube daran, Majestät. Alles ist möglich, wenn wir Willenskraft und Entschlossenheit besitzen.»

Die Königin schenkte ihm Tee nach, und dann aßen beide getrocknete Aprikosen aus der Schale.

«Die Han sind aber ebenso entschlossen wie wir», sagte sie. «Wenn sie ihr Ziel auf eine Weise nicht erreichen, werden sie es auf eine andere versuchen. Das macht ihnen nichts aus, vorausgesetzt, es bringt ihnen das gewünschte Ergebnis ein. Ich erinnere mich, wie sie sich Mühe gaben, einen guten Eindruck zu machen, als sie herkamen. Ich glaube, sie waren aufrichtig bemüht. Die Truppen benahmen sich gut, sie arbeiteten schwer. Selbst die Kommandeure legten mit Hand an. Sie waren enttäuscht, daß wir sie nicht als Befreier begrüßten, aber dennoch waren wir in diesen ersten Monaten beeindruckt. Sie richteten Krankenhäuser ein und verabfolgten Pockenimpfungen. Sie blieben für sich, aber wie aufmerksam wurden wir umworben! Ich wurde zu Empfängen eingeladen, um Filme über das neue China, Sportveranstaltungen und Demonstrationen anzusehen, neue Krankenhäuser, die neuen Straßen, die sie bauten, Schulen, die sie eröffneten. Ich wurde aufgefordert, sie bei zahlreichen Projekten für das neue Tibet zu beraten. Natürlich machte sich das Volk insgeheim Sorgen über die Besetzung des Landes, aber schließlich war es auch schon früher besetzt worden, und es war uns gelungen, das relativ ungeschädigt zu überstehen. Vielleicht würde es auch diesmal so sein.»

«In Litang war es nicht anders», sagte Tsun. «Weil ich einige

Reformen eingeleitet hatte, kamen die Han zu dem Schluß, ich würde mich aktiv an ihren Plänen für die Entwicklung des Gebiets beteiligen. Sie waren außerordentlich bemüht.»

«Ja», stimmte die Königin zu. «Aber dann wurden die Lebensmittel knapp. Die Preise verdoppelten, verdreifachten sich. Manche Leute wurden über Nacht reich, weil die Han bezahlten, egal, wie hoch die Preise waren. Aber die Tibeter hatten nicht soviel Geld. Lamas und Mitglieder meines Regierungsrats wurden nach China gebracht, und man zeigte ihnen die Wunder, die Tibet zufallen würden. Aber ich glaube, mittlerweile war den meisten von uns klargeworden, was die Schaffung eines neuen Tibets mit sich bringt! Heute werde ich ausgenutzt. Umworben werde ich schon lange nicht mehr. Jetzt erhalte ich Anweisungen vom Hauptquartier der Han, bei allen möglichen Versammlungen anwesend zu sein und so den Anschein einer tibetischen Beteiligung an ihren Plänen für diesen Staat zu erwecken. Mit jedem Tag, der vergeht, haben sie das Land fester in der Hand, und um so weniger nützlich werde ich. Der Tag wird kommen, an dem ich abgesetzt werde, und –» ihr versagte die Stimme – «ich werde wohl nicht den Mut haben, mich dem Tamsing zu stellen, mich schlagen, foltern und vor meinem Volk demütigen zu lassen.»

«Sie würden es nicht wagen …»

«Wenn sie es wagen können, den Zorn unseres Volkes über die Demütigung unserer am höchsten verehrten Lamas in Kauf zu nehmen, dann machen sie vor mir nicht halt.» Sie trank einen Schluck Tee und sah Tsun traurig an.

«Alles ist vergänglich, ein unaufhörlicher Tanz von Phantomen, die, wenn man ihnen nachjagt, nur Leid über einen bringen. Dennoch, obwohl tausend Jahre in den Äonen und Kalpas der Schöpfung nur eine Sekunde sind, trauere ich, Rimpotsche. Was für einen Thron wird mein Sohn erben? Ich bin sterblich. Seit tausend Jahren hat unsere Dynastie für das Wohlergehen von Derge gesorgt. Alles vergeht, Rimpotsche, und sofern wir nicht erleuchtet werden, grämen wir uns in unserer Unwissenheit, aber das ist nicht weniger qualvoll.»

Tsun antwortete nicht, denn es gab keine Antwort darauf, und sie wußte es.

«Sie müssen verzeihen, daß ich soviel von meinen eigenen Problemen rede, aber es gibt so wenige, denen ich vertrauen kann.»

«Es ist mir eine Ehre, daß Sie sich mir anvertrauen.»

Die Königin beugte sich vor und ergriff seine Hand. «Warnen Sie den Kundün, Rimpotsche! Warnen Sie ihn! Auch er wird ausgenützt. Sagen Sie ihm, daß kein Tag vergeht, an dem er nicht mit unsichtbaren, unzerreißbaren Banden gefesselt wird, bis er und das Volk hilflos sind. Ich habe das alles erlebt.»

Langsam und schweigend stand Tsun auf und blickte hinunter auf die Stadt. Wie normal alles aussah, dachte er. Die Königin trat neben ihn. Er konnte die Lautsprecher nicht hören, die Han nicht von den Tibetern unterscheiden. Die Häuser waren wie kleine weiße Modellbauten in einem schönen Tal, das von gewundenen Bächen durchzogen wurde. Die Entfernung war zu groß, um erkennen zu können, daß die im Wind flatternden Fahnen nicht die des Buddhismus, sondern des Kommunismus waren. Zu groß, um zu erkennen, daß das Kloster leer war und im Sterben lag. Am klaren Himmel strahlte die Sonne.

«Ich bin machtlos, Rimpotsche», sagte die Königin. «Ich protestiere, aber es bleibt ohne Wirkung. Mein Rang wird herausgestrichen durch eine Han-Leibwache und einen extra aus China hergebrachten Wagen. Doch alles dient nur dazu, mich zu isolieren, mich gefangenzuhalten. Ich trete als Königin auf, aber ich bin keine Königin mehr. Unser Thron steht in Peking. Ich habe gehört, daß das Leben in Lhasa leichter ist, daß der Kundün noch einige Befugnisse besitzt. Warnen Sie ihn, Rimpotsche, bitte!»

«Das werde ich tun», sagte Tsun leise. Zum Zeichen der Verehrung und des Segens hob er ihre Hände an seine Stirn. Sie gingen zu ihren Stühlen zurück, und die Königin schenkte Tee nach.

«Ich habe die Ideale der Han genau studiert. Sie reden von einer Volksdemokratie, an der jeder teilhat. Doch bei den Sitzungen des Distriktsausschusses brauchte ich nicht lange, um zu erkennen, daß wir zwar Ratschläge geben durften, die Entscheidungen aber in Peking getroffen wurden. Oft mußte ich Reden halten, die die Han für mich aufgesetzt hatten. Darin heißt es, das Volk habe dieses oder jenes beschlossen. Aber das ist eine Lüge. Unser Volk hat nichts beschlossen. Peking hat beschlossen. Gesichtslose, namenlose Männer bestimmen unser Schicksal.

Ich sehe, daß sie für das Mutterland Steuern erheben, im Namen des Mutterlands Ausweise und Lebensmittelkarten herausgeben. Es gibt Passierscheine, Konzessionen für dies, Konzessionen für jenes ... alles im Namen des Mutterlandes. Meine Handelsvertreter brauchen Passierscheine, um die Stadt zu verlassen, und wenn sie, um Waren einzukaufen, nach Indien reisen wollen, wird ihr Gesuch von der hiesigen Gebietskommandantur der Han an das Befreiungskomitee in Tschamdo weitergeleitet und dann von einer Dienststelle zur anderen. Ist das Fortschritt, Rimpotsche? Wenn unsere Leute früher nach Indien gehen wollten, dann gingen sie einfach. Unsere Familie war die höchste Autorität in Derge. Die Leute kannten uns, erkannten uns an. Wenn sie irgend etwas auf dem Herzen hatten, konnten sie zu uns kommen und mit uns sprechen. Das Leben war einfach. Die Leute waren Menschen. Aber jetzt ...»

Tsun nickte. «Auch wenn es keine Invasion gegeben hätte, war eine größere Kompliziertheit unseres Lebens unvermeidlich, Majestät. Das gehört zur modernen Lebensweise.»

Aber die Königin schien ihn nicht gehört zu haben. «Wie ironisch das Karma ist. Eben unser Wunsch nach Unabhängigkeit ist es, der verhindert, daß die Han uns besiegen, doch wird derselbe Wunsch von den Han ausgenutzt, um uns zu bezwingen.»

Tsun sah ihr in das verkrampfte Gesicht und die brennenden Augen.

«Wissen Sie von dem Komplott der Khampa-Familien?» fragte sie.

«Ja. Einige der Stammesführer wollten die Adligen in Lhasa entmachten.»

Die Königin nickte. «Ich wurde über den Plan unterrichtet. Ich wurde sogar aufgefordert, mich zu beteiligen, aber ich habe das abgelehnt. Seit Generationen hat unsere Dynastie danach getrachtet, die Unabhängigkeit unserer Region zu bewahren, und während wir den Kundün als souveränen Herrscher anerkannten, haben wir weder die Herrschaft der Regierungsbeamten in Lhasa über uns noch die Herrschaft der Han anerkannt. Unsere Region ist winzig. Unsere Unabhängigkeit ist durch Diplomatie erreicht worden. Würden wir uns in einer solchen Zeit an einer Verschwörung gegen Lhasa beteiligen, nähme das Vertrauen von Jahren Schaden. Es ist sowieso schon genug Schaden angerichtet worden. Mehrere Adlige in Lhasa haben erfahren, daß ich von dem Komplott wußte, und das genügte ihnen, um mir von nun an Mißtrauen entgegenzubringen. Einige meiner Beamten haben sich an der Verschwörung beteiligt, und das verstärkte nur den Verdacht gegen mich. Auch die Han haben von dem Komplott erfahren und tatsächlich einige Khampas dazu verleitet, sie bei der Invasion zu unterstützen. Die Han haben mir gesagt, sie würden die Unabhängigkeit von Derge garantieren. Und sie haben dafür gesorgt, daß auch Lhasa davon erfuhr, womit der Keil zwischen uns noch tiefer getrieben wurde.»

«Gibt es keine Möglichkeit, diese Dinge zu klären?» fragte Tsun.

«Ich habe Kuriere nach Lhasa geschickt. Die meisten sind abgefangen worden, und diejenigen, die durchkamen, sind nicht sehr nützlich gewesen. Ich hatte meine Botschaften für den Fall, daß sie in die falschen Hände gerieten, so vorsichtig formulieren müssen, daß ihr Inhalt nichtssagend wurde. Unsere einzige Hoffnung gründet sich auf koordinierten Widerstand und mehr Waffen. Gute Waffen. Wir müssen Hilfe von draußen bekommen.» Sie hielt inne, als sich Schritte näherten. Ein Diener brachte frisch aufgebrühten Tee. Sie wartete, bis sich der Mann zurückgezogen hatte und sie wieder allein waren.

«Rimpotsche, es geht das Gerücht, daß Marschall Tschen-Yi ermordet werden soll, wenn er sich zur feierlichen Einsetzung des Vorbereitenden Ausschusses begibt.»

«Ich weiß, es ist Wahnsinn.»

«Es muß unterbunden werden. Tschen-Yi kann ersetzt werden, was sie als Vergeltung zerstören werden, aber nicht.»

«Wissen Sie, wer das plant?»

«Ihr Vetter Tul-lok ist, glaube ich, beteiligt.»

«Haben Sie mit ihm darüber gesprochen?» fragte Tsun.

«Nein. Ich verliere immer mehr den Kontakt zum Widerstand, da mir die Han Beschränkungen auferlegen und mich überwachen.»

«Wir müssen es verhindern. Können Sie die Han warnen? Sagen, es gebe ein Gerücht?»

«Sie würden wissen wollen, wo ich das Gerücht aufgeschnappt habe. Sie würden die Sicherheitsmaßnahmen in der Stadt noch mehr verschärfen und Verdächtige verhaften, bis sie überzeugt sind, die potentiellen Mörder gefunden zu haben. Tschen-Yis Besuch würden sie nicht verschieben.»

«Ich hoffe, meinen Vetter zu sehen, kann aber nicht sicher sein. Es muß doch eine Möglichkeit geben, die Durchführung des Plans zu verhindern.»

«Wenn Tul-lok in Derge ist, setzt er sich gewöhnlich mit Tschopel in Verbindung. Tschopel wird ihm meine Ansicht übermitteln.»

«Und wenn Tul-lok nicht nach Derge kommt, bevor Tschen-Yi im Land eintrifft?»

«Dann werde ich es riskieren müssen, einen weiteren Boten zu entsenden. Denn ich bin feige, Rimpotsche. Ich weiß, was die Han tun können, und fürchte mich davor. Was wird aus uns werden?»

Tsun antwortete nicht gleich, und in seinem Zögern las sie die Antwort.

«Vielleicht haben Sie recht, daß es besser ist, es nicht zu wissen. Hat nicht der Han-Philosoph Laotse gesagt, wir nehmen an, das Wissen, nach dem wir trachten, sei das, was wir wissen wollen, doch könne es das sein, was wir am meisten fürchten?»

«Indes könnte das, was wir am meisten fürchten, das Grauen vor unserem innersten Wesen, vor dem so viele die Flucht ergreifen, ohne sich dessen bewußt zu werden, auch das Tor zur Freiheit sein, wenn wir uns nur umdrehen und uns ihm stellen würden.»

Die Königin wechselte das Thema und fragte: «Brauchen Sie etwas für Ihre Reise?»

«Ja, wir brauchen Pferde, Majestät. Wir haben bei den Angriffen der Han die meisten der unseren verloren.»

«Wissen die Han denn von Ihrem Auftrag?»

Er nickte. Ihre Augen weiteten sich ein wenig. «Zum Glück», sagte sie, «sind meine besten Pferde bei den Nomaden auf der Weide, denn es wäre schwierig für Sie, auch nur eine kleine Anzahl aus Derge herauszubringen, ohne Verdacht zu erregen. Wie viele wollen Sie?»

«Zwölf, und vier Maulesel.»

«Ich werde Ihnen eine Vollmacht ausstellen, sie mitzunehmen.» Sie zögerte, dann begann sie eindringlicher zu sprechen. «Rimpotsche, könnten Sie mir behilflich sein, die Nomaden im voraus von einer Entscheidung in Kenntnis zu setzen, die das hiesige Arbeitskomitee der Kommunistischen Partei Chinas getroffen hat?» Während Tsun zuhörte, fragte er sich, wie er den Nomaden wohl übermitteln konnte, was für Auswirkungen eine solche Entscheidung haben würde.

«Ich werde ihnen die Botschaft ausrichten ...»

«Sie *müssen* ihnen das verständlich machen», sagte die Königin, sich seines unausgesprochenen Zweifels bewußt, und er nickte, um sie zu beruhigen. Dann löste sie von ihrer Halskette das aus vergoldetem Silber bestehende und mit Türkisen besetzte Amulett in Form eines Pentagramms und gab es Tsun.

«Es enthält das, dessentwegen Sie hergekommen sind», murmelte sie, «die Petition von Derge.» Sie war von Vertretern aller Gesellschaftsschichten in Derge und weit über Derge hinaus unterzeichnet worden. Tsun nahm das Amulett und steckte es in seine Amba, dann folgte er der Königin, die in den Audienzsaal zurückging. Plötzlich blieb sie stehen, stieß einen leisen Laut aus und ballte die Fäuste.

«Phuntsog, wie lange bist du schon hier?»

Mit an den Füßen festgebundenen Lappen rutschte ein Diener geräuschlos durch den schwach erhellten Raum und bohnerte so den Boden.

«Ein Weilchen, Majestät.»

«Geh jetzt», befahl sie ihm eisig.

Er verbeugte sich, hob die Füße, als ob er durch Schlamm watete, und begab sich zwischen den Säulen des Empfangssaals zur Tür.

«Was wissen Sie von ihm?» fragte Tsun leise.

«Wenig. Er könnte unser Gespräch leicht belauscht haben. Ich weiß nicht, ob er ein Spitzel ist oder nicht. Selbst einer meiner engsten Berater ist von den Han gezwungen worden, mich zu bespitzeln.»

«Rufen Sie ihn zurück!»

«Phuntsog!»

Der Mann drehte sich um.

«Komm noch mal her.»

Langsam und schwerfällig, die Bohnertücher noch an den Füßen, kam er zurück, verbeugte sich und sah die Königin ängstlich an. Sie blickte Tsun ratsuchend an.

«Wer hat Ihnen aufgetragen, gerade jetzt den Fußboden zu bohnern?» erkundigte er sich.

«Der Hofmarschall.»

«Aber ich habe ihm doch gesagt, wir sollten nicht gestört werden!» warf die Königin ein.

«Entschuldigung, Majestät, aber er gab mir den Auftrag, und ich wußte nicht, daß Sie in der Nähe waren.»

«Lügen Sie nicht, Phuntsog», sagte Tsun. «Sie müssen gesehen haben, daß die Königin auf der Terrasse war.»

Der Mann machte ein verwirrtes Gesicht. «Erst als ich mich dem Fenster näherte und Stimmen hörte.»

«Was ...»

Tsun räusperte sich und warf der Königin einen Blick zu; sie beendete den Satz nicht, sondern sah ihn fragend an.

Er nickte.

«Gut, du kannst gehen, Phuntsog», sagte sie.

Nachdem der Mann den Raum verlassen hatte, schwiegen die beiden einen Augenblick lang. Dann murmelte die Königin: «Er wird allen von meinem merkwürdigen Verhalten berichten.»

«Es ist nur natürlich, daß Sie heutzutage vorsichtig sind.»

«Vorsicht ist den Han verdächtig», erwiderte sie. «Ja, sie haben in vielen Herzen Mißtrauen gesät, und die Saat geht auf. Ich frage mich, ob mein Hofmarschall Phuntsog wirklich beauftragt hat, gerade jetzt den Fußboden zu bohnern.»

Sie setzte sich auf einen Diwan und schrieb für Tsun eine Vollmacht, die ihn berechtigte, zwölf Pferde und vier Maulesel aus ihren Herden mitzunehmen. Als sie das Schriftstück siegelte, deutete sie auf ein großes, prunkvolles Jadesiegel auf einer mit Blumen und Schlingpflanzen bemalten Truhe.

«Ein Han-Kaiser hat es unseren Vorfahren geschenkt. Heute bekomme ich so was.» Sie deutete auf das Telefon. «Beides in derselben Absicht.»

«Ich ziehe das erstere vor, Majestät. Es ist schöner und stellt eine weniger direkte Verbindung mit dem Geber dar!»

Die Königin lächelte und reichte ihm die Vollmacht.

«Wir haben noch nicht über den Preis der Tiere gesprochen», sagte Tsun.

Sie zuckte die Schultern. «Wozu brauche ich heutzutage Geld? Ich kann Sie nicht bewirten, wie ich es gern täte, da wir gezwungen sind, Ihre Identität zu verheimlichen, aber wenigstens kann ich Ihnen diese Pferde schenken mit meinem inständigen Gebet, daß Ihr Auftrag erfolgreich sein möge.» Sie stand auf und überreichte Tsun, diesmal, um Abschied zu nehmen, eine lange seidene Glücksschärpe, die er nahm und ihr dann mit einem Segenswunsch um den Hals legte. Sie sah ihn ängstlich an. «Beten Sie für mich, Rimpotsche. Ich bin keine mutige Frau. Ich fürchte mich vor dem, was mir widerfahren wird.»

«Ich werde Sie insgeheim beschützen.»

Es wurde an der Tür geklopft, und die Königin rief: «Herein!» Der Hofmarschall erschien.

«Majestät –» er verbeugte sich – «Sie werden in einer Stunde bei einer Versammlung der Frauenliga erwartet.»

«Ja, ja, danke, Dordschi», und an niemanden besonders gerichtet, beklagte sie sich: «Ich bin eine Sklavin von Uhren und Telefonen. Ohne sie war das Leben schöner.»

Für die Ohren des Hofmarschalls bestimmt, sprach sie mit dem Gehilfen des Silberschmieds: «Auf Wiedersehen. Grüßen Sie Tschopel und denken Sie daran, ich möchte, daß die Steine genau zu denen des Amuletts passen.»

Tsun verbeugte sich und ging. Ehe er die Doppeltüren geschlossen hatte, hörte er den Hofmarschall zur Königin sagen: «Der Wagen steht bereit, Majestät.»

«Worüber müssen wir heute nachmittag sprechen?»

«Es handelt sich um die Kindertagesstätten. Ich habe Ihnen das Referat auf den Schreibtisch gelegt, und ...»

10

Tsun wollte die Gelegenheit seines Besuchs in Derge gern ausnutzen, um zwei wichtige Meditationstexte und ein Exemplar des politischen Testaments des großen dreizehnten Kundün zu erhalten, die er der Petition beifügen wollte.

Er betrat die Klosterdruckerei durch den Seiteneingang und verlangte den Direktor zu sprechen. Ein junger Mann im Mönchsgewand mit druckfarbengeschwärzten Händen und einer schmutzigen Lederschürze führte Tsun durch dunkle Korridore und Räume voller Regale, auf denen sich Tausende von hölzernen Druckstöcken stapelten. Der Direktor der Druckerei saß an einem offenen Fenster und studierte Korrekturfahnen. Er erkannte Tsun zuerst nicht, dann setzte er seine Nickelbrille auf. Sofort stand er auf, verbeugte sich und überreichte Tsun eine Glücksschärpe.

«Ich freue mich, Sie wiederzusehen», sagte Tsun. «Ich bin auf einem Privatbesuch hier.» Der Direktor nickte und wies den Drucker an, Tee zu bringen. Dem Leiter gegenüber saß mit gekreuzten Beinen ein alter Mönch, der ein 60 Zentimeter langes Brett vor sich hatte, das an einen Tisch gelehnt war. Aus diesem schnitt er sorgfältig seitenverkehrte Buchstaben heraus. Er praktizierte kunstvoll die Xylographie, die die Tibeter im 13. Jahrhundert von den Chinesen gelernt hatten. Die längliche Form von Druckstöcken und bedrucktem Papier glich noch heute der Originalniederschrift der buddhistischen Lehre auf indischen Palmblättern.

Nachdem sie ein wenig Neuigkeiten ausgetauscht hatten, gingen Tsun und der Direktor durch das riesige, stille Gebäude. Tsun fragte nach den Texten, die er haben wollte. «Ich kann nicht darauf warten, daß neue gedruckt werden. Ich muß sie gleich mitnehmen.»

«Das wird schwierig sein, Kuscho, aber ich glaube, es wird noch einige alte Exemplare geben, obwohl sie bestimmt nicht in gutem Zustand sind.»

«Das macht nichts. Ich möchte auch ein Exemplar vom politischen Testament des dreizehnten Kundün haben.»

Sie kamen an langen Reihen unbesetzter Arbeitsbänke vorbei. Am anderen Ende des riesigen Raums, dessen große Fenster nicht verglast, sondern mit Reispapier versehen waren, arbeiteten paarweise acht Drucker. Der Direktor blieb bei den ersten stehen.

«Es ist gefährlich, dieses Dokument zu besitzen», sagte er. «Die Besatzungsbehörden haben ein Dekret erlassen, das seine Verteilung verbietet.»

Die Drucker, die sich auf Bänken gegenübersaßen, hielten inne und sahen den Direktor an. Er gab ihnen mit einem Kopfnicken zu verstehen, daß sie fortfahren sollten. Sie arbeiteten mit großem Geschick im Gleichklang. Der eine nahm den Druckstock von einem Stapel, der andere trug Druckerschwärze auf, dann legte der erste einen Bogen handgeschöpftes Papier darauf, und sein Kollege rollte eine schwere Lederwalze darüber. Nachdem das Papier von dem Druckstock abgezogen worden war, nahm der Direktor es und zeigte es Tsun.

«Das Testament des Dreizehnten. Es ist heutzutage sehr gefragt!» Er lächelte Tsun an, dann führte er ihn über eine wackelige Leiter in eines der oberen Stockwerke. Er entzündete eine Petroleumlampe in dem fensterlosen Lagerraum, in dem ringsum deckenhohe, numerierte Regale standen, in deren Fächern unzählige Druckbände von gewaltigem Format lagen, die sorgfältig in Stoff eingewickelt waren; die meisten waren 60 bis 90 Zentimeter lang und bis zu 30 Zentimeter breit. Der Direktor suchte die Texte heraus, die Tsun haben wollte. Es waren Kurzfassungen, die nur die wesentlichen Elemente enthielten, als «Kernlehren» bekannt waren und des Kommentars eines religiösen Lehrers bedurften.

Tsun beschloß, sie ohne die Holzdeckel mitzunehmen, die die Bücher zu schwer machten; deshalb wurden die Texte sorgfältig in einem Stoffbeutel verpackt.

Nachdem er die Druckerei verlassen hatte, ging Tsun ein paar Schritte weiter zu einer Sattlerei.

«Sie sind der erste Kunde, der heute zu mir kommt», beklagte sich der Sattler. «Die Han lassen ihre Sättel in China anfertigen. Sie wollen, daß ich mich einer Kooperative anschließe, aber ich bin Handwerker, ich bin selbständig.» Er fuhr fort zu klagen, während er Sättel von den Ständern nahm, um sie Tsun zu zeigen. «Diese Fahrräder und Lastwagen werden mir das Geschäft ruinieren ...»

Tsun bemaß die Größe der Sättel, deren Machart unverändert war, seit sich die Tibeter den mongolischen Horden angeschlossen hatten, die vor tausend Jahren durch Arabien und Europa gefegt waren. Die Sättel bestanden aus zwei kurzen Holzbrettern mit hohem Vorder- und Hinterzwiesel. Er wählte einen aus kräftigem Birkenholz mit guter Polsterung und Silberfiligran auf Vorder- und Hinterzwiesel. Der Sattler zeigte ihm Satteldecken von unterschiedlicher Qualität.

«Selbst manche Händler haben schon Lastwagen», brummte er. «Wenn das so weitergeht, Kuscho, kann ich meinen Laden zumachen.»

Tsun entschied sich für einen guten Woilach mit einem Drachenmuster, um das herum der Flor geschoren war, so daß es hervortrat, und für eine Filzdecke, die er unter den Sattel legen konnte.

«100 Yüan», sagte der Sattler.

«Lächerlich. Ich gebe Ihnen 50.»

«Kuscho! Die Preise steigen. Material ist knapp. Das ist ein prächtiger Sattel, Sie werden keinen zweiten wie diesen in der Stadt finden.»

Der Sattler ergriff Tsuns Hand, und aus purer Gewohnheit begann er, ausgiebig mit Tsun zu feilschen, wie es seit Hunderten von Jahren üblich war.

«Ich werde Ihre Uhr nehmen», sagte er schließlich, denn er wußte, daß er für eine Rolex viel bekommen würde, sei es von den Han oder von Tibetern. Tsun hatte sie vor ein paar Jahren geschenkt bekommen. Er dachte einen Augenblick nach, dann löste er den Verschluß des Armbands und händigte die Uhr aus. Der Sattler erkundigte sich, wo der Sattel abgeliefert werden sollte, aber Tsun ergriff ihn und hängte sich den Woilach über den Arm. «Ich nehme ihn gleich mit», sagte er.

«Viel Glück, Kuscho.» Die Worte des Sattlers, den das Geschäft heiter gestimmt hatte, klangen, als ob sie von Herzen kämen. «Möge Sie der Sattel auf vielen gefahrlosen Reisen begleiten.»

«Möge die Uhr Ihnen viel Wohlstand bringen», erwiderte Tsun, dann verließ er die Sattlerei.

Es hatte geregnet. Aus den Lautsprechern erklang tibetische Musik.

11

Der Wind blies welke Blätter über den Marktplatz und bauschte den weißen Stoff der Markisen, die den Waren der Standinhaber Schatten boten: Emailbecher, Teppiche, Sonnenschirme, Uhren, Zahnbürsten, Gebetsfahnen, Amulette, Ballen von Wolle und Baumwolle, Schaffelle, Eßstäbchen – aber kaum etwas Eßbares. Was an Lebensmitteln dagewesen war, hatte schon am frühen Morgen reißenden Absatz gefunden.

Ein Han-Zivilist in blauer Jacke und Hose kam auf den Platz geradelt und begann die großformatige Zeitung zu verteilen, die von den Besatzungsbehörden herausgegeben wurde: die *Tibet-Nachrichten*. Ein tibetisches Mädchen mit einer blauen, wattierten Jacke, einem rotkarierten Hemd, grauen Hosen und einer Mütze auf dem Hinterkopf ließ sich von dem Radler eine Zeitung geben und ging lesend in Richtung des großen Tschörten. Tsun lehnte an einer Mauer bei den Verkaufsbuden, hatte ebenfalls eine Zeitung in der Hand und schien zu lesen, beobachtete aber in Wirklichkeit das Mädchen.

Als sie vor dem Tschörten stand, nahm sie ihre Mütze ab und hielt sie in der linken Hand. Ihr Blick schweifte über den Platz, dann las sie weiter. Eine alte Frau umkreiste den Tschörten und drehte eine quietschende Gebetsmühle. Tsun löste sich von der Mauer und ging um die Stände herum, wobei er an Gruppen von dienstfreien Han-Soldaten vorbeikam, die neugierig durch den Markt wanderten. Sein Blick glitt über jedes Dach, jedes Gesicht, jede Tür und suchte nach Anzeichen für eine Falle. Als er nichts entdecken konnte, ging er langsam über den Platz auf seine Schwester zu.

Sie war nicht wiederzuerkennen. Als er sie zuletzt gesehen hatte, war sie ein kleines Mädchen gewesen, das ein wenig auf dem linken Auge schielte. Nun stand da eine attraktive junge Frau. Augen und Mund hatten eine sinnliche Reife, aber die energischen, regelmäßigen Züge ließen auch etwas von der Entschlossenheit und dem Charakter des Kindes erkennen, an das er sich erinnerte. Als er sich ihr bis auf wenige Schritte genähert hatte, blickte sie auf und sah ihn an; dann sah sie wieder auf die Zeitung und schließlich von neuem zu ihm auf, als ihr klar wurde, daß es sich um ihren Bruder handelte. Jetzt würde er wissen, ob es eine Falle war.

«Rimpotsche ...»

Er legte den Finger auf die Lippen, nahm sie am Arm und ging mit ihr in eine Seitenstraße. Er blickte sich um; niemand schien ihnen zu folgen. Pema sah ihn an. Sie wußte nicht, was sie sagen sollte, und war verlegen. Die Heimlichtuerei und die Tatsache, daß er Laienkleidung trug, verwirrten sie. Außerdem hatten sie sich ja seit sieben Jahren nicht gesehen, und beide hatten seitdem viel durchgemacht.

Tsun bemerkte das rote Halstuch des Kommunistischen Jugendverbandes und die Abzeichen auf ihrem Hemd. Offenbar, dachte er, hat sie sich in ihrer neuen Welt etabliert.

«Du bist eine bildhübsche junge Frau, Pema», sagte er und lachte leise, als sie errötete.

Sie sprachen wenig auf dem kurzen Weg zu Tschopels Haus. In mancher Hinsichtfand Pema es erstaunlich, wie wenig Tsun sich verändert hatte, doch es war eine Mattigkeit in seinen Augen und ein Zug an ihm, den sie nicht kannte.

Tschopel, dessen nackter Oberkörper mit Ruß und Schweiß bedeckt war, stand auf, als sie die kleine rauchgeschwärzte Schmiede betraten.

«Nein, Tschopel.» Tsun winkte ihm, sitzen zu bleiben. «Laß dich durch uns nicht stören. Darf ich dir meine Schwester Pema vorstellen?» Und an sie gewandt, fragte er: «Erinnerst du dich an Tschopel? Als du ihn kennenlerntest, warst du noch sehr klein. Ich habe früher für ihn gearbeitet.» Sie erinnerte sich nicht, lächelte aber höflich und wischte sich die Augen, die in dem dicken Rauch brannten.

Namgyal bediente völlig nackt den Blasebalg, um das Schafdungfeuer richtig in Gang zu halten. Als er Pema erblickte, schlüpfte er rasch in seine Schaffelltschuba.

«Mach etwas Tee für unsere Gäste», befahl Tschopel seinem Sohn und legte etwas mehr Dung auf das Feuer.

«Wir werden aufs Dach gehen, Tschopel», sagte Tsun.

«Ja, Kuscho.»

Pema rutschte auf der als Leiter dienenden eingekerbten Stange aus und wäre fast gefallen. Tsun fing sie auf. Beide lachten, und das Eis war gebrochen.

Auf dem Dach spielte Pema mit dem hölzernen Schiffchen eines Webstuhls herum, auf dem Dekyi aus grauer Wolle, die dort lag, etwas Kleiderstoff für die Familie gewoben hatte.

«Yangtschen hat mir von den Geschehnissen in Doi und von Ama-las Tod berichtet», sagte Tsun.

«Ja!» Es klang schroff, sie wollte diese Erinnerungen nicht wieder wach werden lassen. Das Webschiffchen klapperte hin und her. «Aber was ist mit dir, Rimpotsche? Wir haben so oft an dich gedacht. Ich habe alle deine Briefe aufgehoben. Ama-la freute sich immer, wenn ich sie ihr vorlas.»

«Wir sind Geschwister, Pema, bitte vergiß, daß ich ein Lama bin.»

Sie lächelte. «Das ist schwierig.»

«Es ist sehr wichtig, wenn wir gegeneinander ehrlich sein wollen.»

«Das verstehe ich nicht.»

«Du wirst es verstehen.»

Sie schwiegen beide eine Weile. Das Webschiffchen bewegte sich hin und her.

«Kuscho-la», fragte Pema, «warum sind keine Briefe mehr von dir gekommen?»

«Ich habe regelmäßig geschrieben, bis wir Dordsche Ri-gon verlassen mußten.»

«Ich frage mich, warum wir sie nicht bekommen haben. Aber schließlich kann man so wenig in Briefen sagen.»

«Manchmal ist nicht das, was in einem Brief steht, das Wichtigste, sondern das, was ungesagt bleibt, und *das* kann man manchmal lesen.» Pema verstand ihn nicht. Sie malte mit der Spitze des Webschiffchens Muster in den Staub auf dem Dach. Aus den Lautsprechern ertönte Han-Musik.

«Warum bist du hier, Kuscho-la?» fragte sie.

«Um dich und Yangtschen zu sehen.»

«Gehst du nach Dordsche Ri-gon zurück?»

«Ja», sagte Tsun. «Eines Tages.»

«Warum begleitet dich niemand von deinem Haushalt? Was ist geschehen, Kuscho-la?»

«Es ist besser, wenn du es im Augenblick nicht weißt.»

Namgyal brachte den Tee herauf. Als Tsun ihm seine Schale reichte, sagte Pema: «Ich habe keine Schale. Wir benutzen sie nicht.»

Die Worte schienen in der darauffolgenden Stille nachzuhallen. Pema errötete. Namgyal suchte in der prall gefüllten Tasche seiner Tschuba herum und zog eine stark mitgenommene hölzerne Schale heraus, die er aus einer irdenen Kanne füllte.

Pema bemühte sich herauszufinden, was für ein Getränk das war. Tee war es bestimmt nicht.

«Es wird aus Kornelkirschen zubereitet», erklärte Tsun, nachdem der Junge wieder nach unten gegangen war. «Tee ist knapp außerhalb der Han-Garnison.» Sie sah ihn scharf an.

«Wirst du mit mir kommen?» fragte Tsun unvermittelt.

Pema zögerte. «Nein», sagte sie schließlich leise.

«Und warum nicht? Hat Yangtschen dir nicht gesagt, daß ich nach Lhasa gehe und sie hoffe, du werdest mitkommen?»

«Ja. Ich bin zum Marktplatz gekommen, weil ich dich nach so langer Zeit wiedersehen wollte, aber ...» Sie zögerte. «Ich kann nicht mitkommen, Kuscho. Ich würde gern, aber ich kann nicht.»

«Warum?»

«Ich will an das Institut für Minderheiten in Peking gehen. Ich mache gute Fortschritte, und das Institut bietet mir großartige Möglichkeiten. Das neue Tibet wird gut geschulte junge Leute brauchen, die in den modernen Techniken ausgebildet sind.»

«Hast du Yangtschen das gesagt?» Sie nickte. «Was hat sie darauf erwidert?»

«Sie war anderer Meinung. Ich will mich ihr nicht widersetzen, aber sie versteht es nicht.» Pema wußte, daß es ihr schwerfallen würde, sich zu weigern, wenn Tsun seine Autorität als Oberhaupt der Familie wirklich geltend machte, ganz zu schweigen davon, daß er ein Lama war.

«Was hat sie noch gesagt?»

«Daß diejenigen, die zur Ausbildung nach China geschickt wurden, nicht zurückgekommen sind, sondern dort auf den Feldern arbeiten und politisch geschult werden. Aber was ist daran so schlimm?»

«Hat sie sonst nichts gesagt?»

«Doch, sie hat gesagt, man werde uns beibringen, die Religion und unsere Unabhängigkeit als belanglos abzutun, aber dabei kommt es doch gewiß auf den einzelnen an. Mein Herz hängt jedenfalls an beiden.»

Tsun nahm seinen Tsampa-Beutel heraus und schüttete etwas von dem nahrhaften Gerstenmehl in Pemas Schale und dann in seine. Schließlich goß er in beide Schalen noch etwas Flüssigkeit. Sie kneteten die Mischung mit den Fingern zu einem braunen, teigigen Ball, während sie weiterredeten.

«Pema, die Han-Methode ist für Tibet verkehrt. Sicherlich muß unser Schulwesen ausgebaut werden, aber *wir* müssen es tun, nicht sie.» Tsun sah, daß ihr eine Antwort auf der Zunge lag, die aber aus angeborener Höflichkeit einem Lama gegenüber unterdrückt wurde.

«Wir müssen offen miteinander sein», sagte er. «Du solltest dich freimütig äußern, wenn du anderer Meinung bist.»

«Du sagst, ich verstehe das nicht», erwiderte Pema und errötete ein wenig, weil seine Stimme ärgerlich geklungen hatte. «Du meinst wohl, ich sei zu sehr beeinflußt von meiner Umgebung, meiner neuen Lebensweise, und hältst mich für ein Grünhirn.»

«Ja. Denk nach, Pema. Ein Tibeter weiß, daß alles, was mit dem täglichen Leben zu tun hat – diese Schale, die ich in der Hand halte, dieses Haus, die Gebetsfahnen und Weihrauchgefäße auf dem Dach, diese Bäume, die Kleider, die ich anhabe, ja sogar ich selbst als Mensch –, daß dies alles vergänglich ist, sich immer wandelt. Ist die Widerspiegelung des Mondes auf dem See der Mond? Wir wissen also, daß dieses Leben nur eine vorübergehende Widerspiegelung und tatsächlich nicht die Wirklichkeit ist. Ist das nicht so? Verstehst du mich?» Sie nickte.

«Ich behaupte nicht, daß jeder das erkennen kann, aber es steckt in allen, denn so vieles im Leben beweist es ihnen. Verstehst du mich?»

«Ich glaube», sagte sie. «Ich bin nicht sicher.»

«Die Han halten den kommunistischen Staat für die höchste Wirklichkeit.»

«Aber ...» Pema verfiel in Schweigen.

«Bitte sprich dich aus, Pema. Sage, was du denkst.»

«Aber warum ist ihre Methode weniger richtig als unsere?»

«Die Han sprechen davon, daß das ‹Volk› oder die ‹Massen› die Entscheidungen treffen, aber das sind Wörter, die gebraucht werden, um das Volk zu hypnotisieren. Das Volk regiert nie. Einzelne Menschen regieren. Einzelne Menschen mit menschlichen Schwächen. Und ihre größte Schwäche, ihre größte Versuchung ist, daß sie, sobald sie die Macht errungen haben, wenig Neigung zeigen, sie aufzugeben, wie falsch oder schlecht sie auch regiert haben.»

«In der Schule», sagte Pema, «haben wir über Leute gesprochen, die so denken wie du. Sie werden Idealisten genannt.»

Tsun lachte. «Nein, Pema, ich bin ein Realist.»

Pema starrte in ihre Schale und dachte über Tsuns Worte nach.

«Komm schon», redete er ihr zu, «sprich frei heraus. Wir haben so wenig Zeit, da darf es kein Ausweichen geben.»

«Ich frage mich», sagte sie widerstrebend, «ob du wirklich ein Realist bist. Was du sagst, ist bis zu einem gewissen Grad richtig und doch wieder nicht. Du weißt mehr von diesen Dingen als ich, Kuscho-la, ich weiß nur, was ich gesehen und erlebt habe. Als ich in Doi war und bei den Tamsings anwesend sein mußte, wo die Lamas gefoltert wurden und man ihnen sagte, sie sollten ihre Kräfte anwenden, um sich zu retten, erwartete ich, daß sie das auch tun würden. Ich wünschte es so sehr, damit dieses Leiden ein Ende habe. Ama-la und Yangtschen schienen nichts dergleichen zu erwarten – ich weiß es nicht, denn wir sprachen nicht darüber. Aber keiner tat es. Ich konnte nicht verstehen, *warum* sie ihre Kräfte nicht anwandten! Dann dachte ich, vielleicht haben die Han recht, und die einzige Möglichkeit, uns aus unserem hartnäckigen Festhalten an einem falschen Glauben aufzurütteln, ist Brutalität. Dennoch wußte ich, daß das nicht stimmte, daß es vieles gab, was ich nicht verstand. Aber es war niemand da, der es mir sagen konnte, Kuscho-la. Jetzt ist das Vergangenheit. Viele Gelegenheiten sind mir gezeigt worden, die sich unsere Eltern nie hätten träumen lassen. Wenn du auch vieles weißt, das ich nicht verstehe, Kuscho, so weiß ich doch etwas, das du nicht verstehst. Ich glaube, daß ich eine Realistin bin. Denn die Han sind hier und werden wahrscheinlich hierbleiben. Wir müssen mit ihnen leben, und das ist es, was ich tue.»

Sie zuckte die Schultern und breitete die Hände aus, womit sie ihren unverblümten Worten die Schärfe nahm.

Tsun sah sie an. Sie schien bekümmert. «Ich muß heute abend aufbrechen. Ich werde dich nicht wiedersehen.»

«Kuscho-la!» keuchte sie. Ihre Augen weiteten sich vor Schreck. «Warum?»

«Du gehörst zum neuen Tibet und ich zum alten. Du müßtest aus dem Unterricht bei den Han gelernt haben, daß es im neuen Tibet nur eine Loyalität gibt. Du erinnerst dich doch an die Lamas in Doi? Ich bin auch ein Lama, Pema-la.»

«Nein!» Sie ballte die Fäuste. «Dir wird das nicht widerfahren. Es muß nicht sein. Du weißt, daß es nicht sein muß.» Ihre Stimme klang zornig. «Du willst, daß ich mich frei entscheide, und dann läßt du mir keine Wahl.»

«Hast du dich nicht gefragt –» Tsuns Ton hatte sich leicht verhärtet – «warum ich Laienkleidung trage?» Er breitete die Hände aus. «Warum ich dich gebeten habe, mich nicht als Mönch zu behandeln? Warum ich dich gebeten habe, mich am Tschörten auf dem Marktplatz zu treffen? Hast du das nicht merkwürdig gefunden?»

«Ja, doch», murmelte sie widerstrebend.

«Die Han machen Jagd auf mich. Und wenn sie mich fangen, werde ich leiden wie die Lamas in Doi.»

«Nein!» Sie stand auf, sie wollte sich mit dem, was er gesagt hatte, nicht abfinden. «Ich werde mit Yangtschen sprechen. Hauptmann Li hat ziemlich viel Einfluß.»

«Pema-la!» Tsuns Stimme klang hart. «Schwöre bei der dreifachen Zuflucht, daß du niemandem etwas von meiner Anwesenheit hier sagen wirst.»

Aus seinem Tonfall entnahm sie, daß die Han ihren Bruder scheinbar keineswegs nur deswegen suchten, weil er ein Lama war. Sie sah ihn einige Sekunden an, dann nickte sie zögernd.

«Ich schwöre bei der dreifachen Zuflucht», sagte sie leise. «Was hast du getan, Kuscho-la? Was hast du getan?»

«Was hatten die Lamas in Doi getan?»

«Kuscho-la, du hast gesagt, wir sollten offen sprechen.»

«Ich habe mich schon genügend in Gefahr gebracht», sagte Tsun, «indem ich mich dir zu erkennen gab. Wenn ich dir mehr sage, wird es *uns beide* zusätzlich gefährden.»

«Aber ...»

«Ja! Pema, ohne daß du weißt, worin mein Auftrag besteht,

möchte ich immer noch, daß du mit mir kommst. Du bist meine Schwester. Du sprichst vom neuen Tibet und von Veränderungen. Doch die sind größer, als dir bewußt ist.»

«Ich kann nichts tun, um sie aufzuhalten, Kuscho-la. Kämpfen ist zwecklos ...»

«Ich möchte Gelegenheit haben, dir zu zeigen, was diese Veränderungen wirklich bedeuten, dann kehre zu deinen Studien bei den Han zurück, wenn du willst.»

«Kuscho-la», sagte sie, «du weißt, daß ich gern mit dir ginge, aber du zwingst mich, alles aufzugeben, um dich zu begleiten. Wie kann ich mich weigern?» fuhr sie fort. «Du bist das Oberhaupt der Familie, mein Bruder und ein Rimpotsche, aber du verlangst so viel. Wenn ich mit dir gehe, verliere ich all meine Chancen.»

Es stimmt, dachte Tsun. Sie hat ja nicht nur das Hindernis der rigorosen, wenngleich willkürlichen Einstufung nach Klassenzugehörigkeit überwunden, sondern auch einen Platz inmitten der herrschenden Elite gefunden. Mit ihm zusammen könnte sie es nur zum flüchtigen, als konterrevolutionär verdammten Volksfeind bringen. Sie flehte ihn an: «Bitte, verlange keine Entscheidung von mir ...»

Er antwortete nicht. «Kuscho-la, bitte ...» Sie brachte die Worte stöhnend hervor. Sie ist noch sehr jung, dachte er. Er breitete die Arme aus. Pema klammerte sich an und weinte, und es war wie früher, als sie bei ihrem großen Bruder immer Trost finden konnte.

«Du hast recht, Pema. Du hast wirklich viel zu verlieren, darum muß es deine Entscheidung sein. Ich kann verstehen, daß du hierbleiben möchtest, ich würde dir keinen Vorwurf machen, wenn du nicht mitkommst.»

Pema erhob sich und ging langsam auf die Falltür im Dach zu. Tsun sah ihr nach.

«Kuscho-la, ich kann es nicht. Ich kann es nicht ... verzeih mir, bitte!»

Sie vermochte ihn nicht anzusehen, als er ihr nachging und ihr segnend die Hand auf den Kopf legte.

«Du hast deine Wahl getroffen. Damit finde ich mich ab.»

«Aber du wolltest, daß ich mitkomme?»

«Ich möchte, daß du glücklich bist.»

«Ich würde gern mitkommen.» Sie wischte sich die Augen. «Ich sollte es tun, aber ich kann nicht … vielleicht, weil ich Angst habe, ich weiß es nicht …»

«Pema-la, du hast dich entschieden. Das ist genug.»

Sie wanderte ziellos auf dem Dach herum. «Ich weiß nicht, was ich tun soll. Du hast mich erschreckt, als du sagtest, ich würde dich nicht wiedersehen.»

«Nicht so, wie wir heute sind, aber wir werden immer zusammen sein.»

«Was wird geschehen, weißt du es, Kuscho-la?»

«Alles verändert sich. Ein Kind wird geboren, und an jedem Tag seines Lebens wächst es ein wenig und verändert sich. Von einem Tag zum anderen lernt es, wandelt sich, ist niemals ganz derselbe Mensch. Es wird alt und stirbt schließlich, um wiedergeboren zu werden, und so beginnt es von neuem. Mit Völkern ist es genauso.»

«Ist das schlecht, Rimpotsche?»

«Es ist letztlich weder gut noch schlecht. Es ist einfach das Leben, und als Menschen hängen wir an unserer Lebensweise, an dem, was uns eigen ist. Wenn es sich ändert, ruft das Traurigkeit hervor. Es ist unser Festhalten am Leben, das Leiden verursacht und bewirkt, daß wir das Leben verlieren.»

«Ich verstehe dich nicht, Kuscho. Wie kannst du dann gegen die Han sein, wenn du sagst, daß Wandel unvermeidlich ist und daß sich zu widersetzen heißt, an etwas zu hängen und es festzuhalten?»

«Ein Kind wird geboren, es wird reif, es entwickelt sich und stirbt. Wenn jemand versuchte, dieses Kind zu ersticken, würden wir uns bemühen, ihn daran zu hindern.»

Pema spielte mit der Teekanne.

«Warum gehst du nach Lhasa?» fragte sie.

«Ich habe da etwas für Dordsche Ri-gon zu erledigen.»

Sie wußte, daß die Zeit kostbar war. Tsun hatte gesagt, sie würden sich nicht wiedersehen; vielleicht waren dies die letzten Augenblicke, die ihnen blieben, und sie merkte, daß sie sie sammeln und jeden einzelnen bewahren wollte. Es gab so viel zu sagen, doch Tsun erschien ungerührt und unbeteiligt trotz seiner Überredungsversuche, ihn zu begleiten. Ihre Verwirrung nahm zu.

«Du setzt zuviel voraus», sagte er leise.

«Kuscho-la!» Sie starrte ihn an. «Du sprichst in Rätseln!» Er lächelte.

«Schreibe mir», bat sie.

Tsun nickte. Aber beide wußten, daß Briefe aus Lhasa heutzutage selten den Empfänger erreichten.

«Du hättest mir befehlen sollen mitzukommen», sagte sie nach einem minutenlangen Schweigen.

«Dann wärst du noch widerstrebender gewesen.» Sie warf ihm einen raschen Blick zu.

«Wirst du hierbleiben, bis ich aufbreche, und mir Lebewohl sagen?»

«Du traust mir nicht! Du glaubst, ich werde den Han berichten, daß ich dich gesehen habe.» Ihre Stimme klang hart. «Glaubst du, ich könnte dich verraten, Kuscho?» Alle Höflichkeit verflüchtigte sich in der Hitze ihres Zorns.

«Menschen können zum Verrat gezwungen werden.»

Aber sie war gekränkt und verletzt. Tsun ging auf sie zu, dann blieb er stehen. Sie sah, daß er mit sich rang, dann wurde ihr klar, wie wenig sie wirklich von der Welt wußte, und es erschreckte sie. Langsam stieg Tsun über die eingekerbte Stange hinunter in die Dunkelheit des Hauses.

12

Es ist nicht gut, wenn Sie in der Dunkelheit unterwegs sind, Kuscho.» Tschopel wärmte sich die Hände an dem gemauerten Herd. «Das Wetter wird heute nacht schlecht sein, es ist jetzt schon kalt. Es ist gefährlich.»

«Kuscho-la», lächelte Dekyi, während sie aus einem eisernen Kochtopf Rübensuppe ausschenkte, «bleiben Sie noch ein Weilchen. Pa-la hat recht. Warten Sie wenigstens bis zum Morgen.»

Tsun schüttelte den Kopf. «Je länger ich hier bin, um so mehr gefährde ich euch. Außerdem erwarten mich Freunde. Ich darf mich nicht verspäten, denn sie machen sich Sorgen um meine Sicherheit.»

«Begleitest du den Kuscho?» fragte Dekyi, als sie sich herüberbeugte, um Pema zu bedienen. Dabei fielen ihr die Emailabzeichen des Kommunistischen Jugendverbandes auf, in denen sich die Flammen des Herdes spiegelten. Das Lächeln erstarrte auf ihren Lippen, und Pema bemerkte das Aufflackern von Angst in Dekyis Augen. Man bekam solche Abzeichen nicht, ohne sie verdient zu haben.

«Nein! Ich bin bloß gekommen, um meinem Bruder Lebewohl zu sagen.» Ihr Gesicht ließ Nervosität erkennen.

«Ich arbeite in der Ausgabestelle für Lebensmittelkarten», sagte Dekyi, um zu zeigen, daß auch sie das Vertrauen der Han genoß. «Ich habe dich, glaube ich, schon mal auf der Bezirkskommandantur gesehen.»

«Ich arbeite nicht», erwiderte Pema. «Ich wohne da. Ich gehe zur Schule.»

«Ach so», flüsterte Dekyi, bemüht, ihre Angst und ihren Argwohn nicht merken zu lassen. Pemas Worte und die daraus zu ziehenden Schlußfolgerungen gingen ihr unaufhörlich durch den Kopf. Sie bot ihrem Vater Suppe an, obwohl seine Schale noch voll war.

«Nein, nein, danke. Später.» Dekyi beugte sich zu ihm hinunter. «Vater, ich muß draußen einen Augenblick mit dir reden», flüsterte sie.

Tschopel runzelte die Stirn. «Nicht jetzt.»

«Pa-la, es ist wirklich dringend. Bitte, jetzt!»

Ihr Tonfall überzeugte ihn. Er entschuldigte sich bei Tsun und folgte Dekyi in die kleine, dunkle Werkstatt.

«Was ist los?»

«Pa-la, dieses Mädchen. Sie wohnt in der Bezirkskommandantur und ist Mitglied des Kommunistischen Jugendverbandes.»

«Na ja, aber sie ist die Schwester des Kuscho.»

«Das bedeutet nicht, daß sie kein Spitzel ist. Sie muß unserem Gespräch heute abend entnommen haben, daß wir den Widerstand unterstützen.»

«Aber sie würde ihren Bruder nicht verraten, und sie weiß, daß die Han ihn verfolgen.»

«Nicht um ihn mache ich mir Sorgen. Wie du sagst, ist er ihr Bruder und wird bald viele Meilen weit weg sein. Wir aber sind nicht ihre Verwandten und leben hier in Derge. Sie braucht bloß dem Falschen gegenüber ein falsches Wort fallenzulassen, und wir sind erledigt.»

«Nein! Nein!» Aber auch Tschopel begann sich Sorgen zu machen.

«Ich kenne die Han, Pa-la. Ich arbeite für sie. Sie sind gründlich. Wie, glaubst du, gelingt es ihnen, eine so strenge Kontrolle auszuüben? Zu wissen, wer gegen sie konspiriert? Ich habe dich gewarnt, Pa-la, wohin es führen würde, wenn du den Widerstand unterstützt, ich habe dich gewarnt.»

«Na gut!» Seine Stimme klang scharf. «Dann mußt du mit dem Rimpotsche mitgehen.»

«Und du?»

«Ich muß hierbleiben. Alles, was ich besitze, ist hier.»

«Und was nützt das alles einem toten Mann?»

Tschopel sah seine Tochter so wütend an, als habe sie ihn soeben verflucht.

«Oh, Pa-la.» Sie klammerte sich an ihn und weinte. «Was sollen wir nur tun?»

«Ich werde den Kuscho fragen.»

«Wie kannst du das tun, Pa-la? Sie ist seine Schwester. Er wird wahrscheinlich nicht der Meinung sein, daß sie uns gefährlich werden kann.»

«Dekyi, hast du nicht bemerkt, daß er etwas an sich hat, das ihn von anderen Menschen unterscheidet?»

«Ja, vielleicht. Ich weiß nicht ... warum?»

«Er ist ein heiliger Mann.»

Dekyi war nicht überzeugt, als sie mit ihrem Vater wieder zu den Gästen zurückging, wo Pema sie mit der Frage empfing:

«Würdest du mir zeigen, wo das Klosett ist, Dekyi?» Sie nickte und führte Pema durch eine niedrige Tür auf den Hof hinter dem Haus.

Tsuns und Tschopels Pferde hatten sich in dem Stallanbau hingelegt. Es war bitterkalt, und der Himmel verdunkelte sich rasch. Tschopel hat recht, dachte Pema, es sieht nach Schnee aus.

Dekyi schloß die Holztür hinter ihnen und lehnte sich daran. Pema blickte sich auf dem kahlen Hof um. Einen Augenblick war sie verwirrt, denn seit sie bei den Han wohnte, war sie an Abortgruben gewöhnt. Dann knöpfte sie ihre Hosen auf. Während sie sie herunterließ und sich neben eine Mauer hockte, dachte sie, wie zweckmäßig die weite tibetische Tschuba in einer solchen Situation doch war.

«Ich nehme an, du weißt», sagte Dekyi, «daß mein Vater deinem Bruder nur Unterkunft gewährt hat, weil er ihn schon als jungen Mann kannte. So etwas tut er gewöhnlich nicht.» Pema lächelte ein wenig, antwortete aber nicht.

«Du mußt sehr angesehen sein, daß du solche Abzeichen hast.»

«Du solltest auch in den Jugendverband eintreten. Es ist sehr interessant.»

Dekyi fühlte Groll in sich aufsteigen, daß sie sich bei dieser arroganten Kollaborateurin lieb Kind machen mußte, bemühte sich aber, ihn zu unterdrücken, denn sie konnte es sich kaum leisten, sie zu beleidigen.

«Vielleicht», sagte sie statt dessen.

Pema knöpfte ihre Hosen wieder zu, und sie kehrten zu den anderen zurück. Tschopel rieb sich den kahlen Kopf. Er zog Tsun beiseite und sprach leise auf ihn ein.

«Kuscho ... Rimpotsche ... es ist mir peinlich, aber meine Tochter ist beunruhigt, daß Ihre Schwester den Han verraten könnte, daß wir den Widerstand unterstützen.»

«Mach dir keine Sorgen, Tschopel. Sie wird keine Gelegenheit haben, dich zu verraten.»

Tschopel verstand Tsun nicht, der ausdruckslos in die Flammen des Herdes blickte.

«Dekyi», rief er seiner Tochter zu, «setz das Fleisch auf, das Namgyal mitgebracht hat.»

«Nein, Tschopel», sagte Tsun. «Hebt es auf, bis ich weg bin.»

Tschopel wollte Einwände erheben, aber Tsun blieb eisern: «Ich bestehe darauf!»

Tschopel rückte näher an Tsun heran und sagte leise: «Kuscho...»

Er sah zu Dekyi hinüber, die die Petroleumlampe anzündete und sich dann neben Pema setzte. Namgyal hockte in der Nähe und lauschte dem Gespräch der beiden Mädchen.

«Kuscho-la ...» fuhr Tschopel fort. «Ich muß Sie um einen großen Gefallen bitten.»

«Du hast alles für mich aufs Spiel gesetzt, Tschopel. Deine Familie, dein Heim, alles. Ich kann es dir nie vergelten. Also sage mir, welchen Gefallen kann ich dir tun?»

«Es handelt sich um Namgyal. Sie wissen, daß er solche Gefahren auf sich nimmt, um Lebensmittel zu stehlen, die immer knapper werden anstatt reichlicher. Früher oder später werden die Han ihn schnappen. Bitte, nehmen Sie ihn mit.»

«Aber, Tschopel, ich habe dir doch schon gesagt, mit mir wird er in Gefahr sein. Die Han machen Jagd auf mich, ich kann keine Gewähr für seine Sicherheit übernehmen.»

«Was bedeutet Sicherheit heutzutage, Kuscho? Bitte, nehmen Sie ihn mit. Wir haben Verwandte in Lhasa, sie werden sich um ihn kümmern.»

Tsun machte sich keine Gedanken darüber, wie es dem Jungen in Lhasa ergehen würde. Er dachte an den weiten Weg zur Heiligen Stadt. Aber er wußte, daß Tschopel recht hatte. Für den Jungen gab es in Derge ebensowenig eine Zukunft wie für die übrige Familie.

«Wollt ihr, Dekyi und du, nicht auch mitkommen?» fragte er.

«Später, Kuscho. Hier habe ich meinen Beruf, mein Heim. Wenn ich weggehe, verliere ich alles. Die Han beschlagnahmen das Hab und Gut all jener, die fliehen. Jedenfalls wird es nicht soviel

Gerede in der Nachbarschaft hervorrufen, wenn nur der Junge weggeht. Aber wenn sie morgens feststellen, daß wir alle weg sind, dann wird darüber geklatscht, und die Han werden es bald erfahren. Außerdem leiste ich nützliche Arbeit für den Widerstand und werde hier gebraucht.»

«Und Dekyi?»

«Ich habe sie gebeten wegzugehen, aber sie will mich nicht verlassen.»

Dekyi reichte eine kleine Schale mit Aprikosen und Walnüssen herum. Die Aprikosen waren trocken und vor Alter verschrumpelt. Tsun lehnte dankend ab, denn er wußte, wie kostbar solche Leckerbissen waren, aber als Tschopel darauf bestand, nahm er eine Aprikose.

«Namgyal», rief Tschopel, «komm her.»

Namgyal kam und setzte sich neben seinen Vater.

«Namgyal, ich möchte, daß du mit dem Kuscho nach Lhasa gehst.»

«Pa-la, wirklich?» Aber die anfängliche Begeisterung des Jungen bei dem Gedanken an das Abenteuer legte sich bald.

«Kommt ihr mit, du und Dekyi?»

«Wir werden nachkommen. Wir müssen noch eine Weile hierbleiben.»

Der Junge schwieg einen Augenblick. «Dann laß mich auch hierbleiben, Pa-la.»

«Nein, Namgyal.» Tschopels Besorgnis ließ seine Stimme strenger klingen, als er gewollt hatte. «Du mußt weg. Du bist in Gefahr hier. Die Han werden wollen, daß du in China in die Schule gehst, selbst wenn sie dich nicht beim Stehlen erwischen.»

Namgyal war jung und hatte den größten Teil seines Lebens unter der Besatzung verbracht, aber er war nicht zu jung, um zu begreifen, daß, wenn sich Familien unter solchen Umständen trennten, es meistens für immer war.

«Ich würde so gern bei dir bleiben, Pa-la, aber ich werde tun, was du sagst.» Seine gewöhnlich strahlenden Augen, schelmisch, doch mit angeborener Klugheit, blickten betrübt.

«Es wird eine aufregende Reise sein, Namgyal», sagte Tsun leise. «Durch ganz Tibet, und dann die Heilige Stadt selbst. Du wirst viel Wunderbares sehen und viel Spannendes erleben. Vielleicht», lächelte er, «mehr, als dir lieb ist.»

«Erinnern Sie sich, Kuscho», sagte Tschopel zu Tsun, «daß ich immer zu sagen pflegte, eines Tages würde ich die Pilgerfahrt nach Lhasa antreten, um den Großen Tempel zu sehen und den Segen des Kundün zu erhalten?» Er fuhr seinem Sohn durch das Haar. «Mach die Pilgerfahrt für mich, Namgyal ... mach sie für mich ...»

«Er wird den Kundün sehen», versicherte Tsun seinem Gastgeber.

Pema dachte inzwischen an all das, was sie ihrem Bruder sagen wollte und nicht zu sagen vermochte. Er nahm keine Notiz mehr von ihr. Sie dachte daran, daß sie die Gelegenheit nicht wahrgenommen hatte, als sie allein gewesen waren. Bald würde er weg sein. Für immer, hatte er gesagt.

«Tschopel, wir müssen aufbrechen», sagte Tsun.

«Namgyal, sattle beide Pferde», wies Tschopel seinen Sohn an.

«Kuscho», sagte Dekyi leise, «bitte segnen Sie uns, ehe Sie gehen, und erteilen Sie uns Rat.»

13

Tsun schlüpfte in die Ärmel seiner Tschuba, zog sie über der Brust zurecht und knotete seinen bunten Stoffgürtel fest. Aus seiner Amba nahm er eine Rotfuchs-Pelzmütze. Dekyi wieselte um Namgyal herum, der seine wärmste Tschuba und Hosen aus Serge anzog und eine gestrickte Wollmütze aufsetzte. Sie machte ein überraschtes Gesicht, als Tsun ihr Schnüre mit Käsewürfeln und ein paar Silber-Yüans in die Hand drückte.

«O nein, Kuscho, das kann ich nicht alles nehmen, Sie werden es unterwegs brauchen.»

«Das ist für euch», beharrte Tsun. «Als Zeichen meiner Dankbarkeit für die Gastfreundschaft, die ihr mir erwiesen habt.»

Dekyi und Tschopel überreichten Tsun schmuddelige und verkrumpelte Glücksschärpen, und zu ihrer Verlegenheit senkte Tsun aus Respekt vor seinem ehemaligen Lehrherrn den Kopf, so daß sie ihm die Schärpen nach einem Augenblick des Zögerns um den Hals legten. Niemand sprach, während Tschopel und Dekyi auch Namgyal Schärpen um den Hals legten, um ihm Glück zu wünschen. Als sie in den bitterkalten Wind hinausgingen, reichte Dekyi auch Pema eine Schärpe für Tsun, denn ihr war klar, daß sie wahrscheinlich keine hatte. Tschopel hielt Tsun den Steigbügel. Tsun saß auf und zog seine Pelzmütze über. Schließlich trat Pema vor, um ihm die Schärpe zu überreichen, aber der Wind riß sie ihr aus der Hand. Tsun lächelte.

«Ich komme mit.» Fast unhörbar und in dem schneidenden Wind zitternd, sprach sie die Worte aus.

«Tschopel», fragte Tsun seinen Gastgeber, «hast du eine Tschuba für meine Schwester, die ich dir abkaufen könnte?»

«Ich werde sehen, was ich finden kann», sagte Dekyi, und Pema folgte ihr in die enge, dunkle Werkstatt.

Die Pferde wieherten und stampften ungeduldig. Pema kam in dicken Serge-Hosen und einer abgetragenen, dreckigen Schaffell-Tschuba zurück. Sie trug eine Pelzmütze.

«Ihr seid wirklich zu freundlich zu uns.» Tsun drängte Tschopel weitere Silber-Yüans auf. Der Silberschmied hob seinen Sohn hinten auf das Pferd, auf dem Pema schon aufgesessen war. Dekyi reckte sich, und Namgyal mußte sich nach unten beugen, um sie bei dem Wind zu verstehen.

«Sei vorsichtig», bat Dekyi.

«Und tu ja alles, was der Kuscho dir sagt», ermahnte Tschopel ihn. «Vergiß nicht, das ist deine Pilgerfahrt für mich.»

«Ja, Pa-la», erwiderte der Junge leise und mit bewegter Stimme.

Tsun ließ sein Pferd im Schritt gehen. Tschopel und Dekyi liefen neben den Pferden her.

«Tschopel», sagte Tsun freundlich, «wenn ihr uns begleitet, fallen wir nur mehr auf.»

Tschopel zögerte, dann nickte er, blieb stehen und bedeutete seiner Tochter mit einer Handbewegung, es ihm gleichzutun.

Es war fast niemand auf der Straße. Die ersten Schneeflocken wurden vom Wind herangetragen. Ehe sie an die Straßenecke kamen, drehten sie sich um und winkten Tschopel und Dekyi ein letztes Lebewohl zu. Dabei entdeckte Tsun eine zusammengekauerte Gestalt in einem Türeingang. Einen Augenblick glaubte er, es sei die alte Frau mit der quietschenden Gebetsmühle.

Bald schneite es stärker. Pema zog die Kordsamt-Ohrenklappen ihrer Pelzmütze herunter und schnippte einen Floh weg, der sich aus der Schaffell-Tschuba herausgewagt hatte und sie am Hals kitzelte. Der Wind heulte, traf sie wie Schläge und nahm ihnen den Atem. Der Schnee wogte und wirbelte im Wind; langsam breitete er über Straßen, Häuser und Bäume eine Decke. Menschen eilten sich, um in ihre Behausungen zu kommen. Die Ausgangssperre hatte noch nicht begonnen. Die beiden Pferde stemmten sich gegen den Wind und senkten die Köpfe. Die drei Reiter vermummten sich die Gesichter mit ihren Halstüchern.

Die trüben Straßenlaternen waren früh angezündet worden. Die Lautsprecher waren verstummt. Tsun stellte fest, daß der schneidende Wind auf seinem Gesicht, die Schneeflocken, die an seiner

Haut festklebten und auf seinen Wangen schmolzen, ihn aufmunterten. Der Schnee verdeckte die Spuren der Han-Besatzung, die Plakate, die Lautsprecher. Der Schnee gehörte zu Tibet, und die Stadt wurde wieder so, wie er sie als Kind gekannt hatte. Es machte ihn optimistischer.

Sie ritten auf die neue Brücke über den Fluß zu. Die Han hatten die alte Holzbrücke nicht mehr ausgebessert und durch eine aus Stahl ersetzt, die auch Militärfahrzeuge tragen konnte. An beiden Enden standen Schilderhäuser. Ein Posten in einer wattierten Jacke, dicken, unförmigen Hosen und einer Pelzmütze, die er sich bis auf die Augenbrauen heruntergezogen hatte, trat aus dem Schilderhaus und bedeutete ihnen mit dem Gewehr, anzuhalten.

«Wohin wollt ihr? Wo ist euer Passierschein?» schrie er in gebrochenem Tibetisch gegen den Wind an.

«Verwandte besuchen.»

Tsun wollte die Vollmacht, die er von der Königin erhalten hatte, nicht zeigen, denn er wußte, wenn er einmal verhaftet werden sollte, würde das böse Folgen für sie haben.

«Ich gehöre dem Kommunistischen Jugendverband an», rief Pema dem Posten zu. «Mein Bruder und ich bringen unseren Neffen zu unserer Schwester in Badschi zurück.»

Sie suchte kurz unter ihrer Schaffell-Tschuba herum, dann reichte sie dem Posten ihren Personalausweis. Der Posten ging damit zum Schilderhaus, wobei er sein Schnellfeuergewehr schußbereit hielt. Nachdem er den Ausweis dort im Schein der Lampe sorgfältig geprüft hatte, kam er zurück, händigte ihn Pema wieder aus und gab ihnen mit einem Wink den Weg frei; dann zog er sich in die Wärme des Schilderhauses zurück.

Langsam ritten sie im Schneegestöber über die Brücke und an dem zweiten Schilderhaus vorbei. Tsun blickte über den Fluß zurück auf das trübe gelbe Licht in den Fenstern der Häuser in der Stadt seiner Kindheit und dann weiter flußabwärts auf das hellere elektrische Licht in den Fenstern der Han-Kasernen.

Der Schnee blieb an ihren Tschubas hängen und bedeckte die Pferde. Es war 20 Grad unter Null. Trotz ihrer dicken Kleidung und der Pelzmützen begann die Kälte ihnen zuzusetzen. Die Sicht betrug kaum zwei Meter, und der Wind heulte so laut, daß sie schreien mußten, um sich verständlich zu machen.

Pemas Pferd stolperte, und Namgyal fiel herunter. Der Wind drohte ihn umzuwehen, und er hatte große Schwierigkeiten, wieder aufzusitzen.

«Bitte, Rimpotsche, es ist Wahnsinn, weiterzureiten», schrie Pema ihrem Bruder zu. «Laß uns jetzt kampieren.» Aber Tsun schüttelte verneinend den Kopf.

Sie kamen nur langsam voran, denn sie hielten sich von der normalen Route fern, und es ging ständig bergauf. Nach drei Stunden waren Pferde und Reiter erschöpft, aber sie hatten die Höhe über dem Tal erreicht. Sie fanden einen Lagerplatz zwischen mehreren Findlingsblöcken, legten sich dicht nebeneinander, um sich zu wärmen, wickelten sich in ihre Tschubas und zogen sich zum Schutz gegen den schneidenden Wind Decken über das Gesicht.

«Wir werden erfrieren», murrte Pema.

«Das Leben mit den Han hat dich verweichlicht, Schwesterchen», sagte Tsun. «Als Kinder haben wir oft so geschlafen.»

Pema seufzte und versuchte einzuschlafen. Aber trotz ihres Umgangs mit den Han hatte sie ihre angeborene Furcht vor der Nacht nicht überwunden – vor der Zeit, da Hexen und Dämonen unterwegs sind und Banditen die Reisenden überfallen.

Der Wind hatte sich etwas gelegt, dafür wurde das Schneetreiben dichter. Eines der Pferde legte sich hin, das andere blieb mit hängendem Kopf stehen. Die Müdigkeit war stärker als Pemas Ängste, und so schlief sie schließlich ein.

Bei Sonnenaufgang wachte Tsun auf. Es hatte aufgehört zu schneien, und der Wind hatte beträchtlich nachgelassen. Er schüttelte den Schnee von den Decken ab und legte sie wieder über den Jungen und das Mädchen, die noch schliefen. Mit der behandschuhten Hand streifte er den Schnee von den Pferden. Dann warf er sich dreimal zu Boden und ließ sich zur Morgenmeditation nieder. Eine halbe Stunde später wachten Pema und Namgyal auf.

«Ich geh etwas Brennholz suchen», sagte Namgyal.

«Nein», befand Tsun. «Wir sind Derge noch zu nahe. Es sind viele Han-Patrouillen unterwegs, und wir wollen nicht mit Rauchfahnen ihre Aufmerksamkeit auf uns lenken.»

So aßen sie Schnee, statt etwas zu trinken, und Namgyal und Pema jammerten, weil es so schrecklich kalt war. Tsun versorgte sie mit Streifen von luftgetrocknetem Fleisch und Käsewürfeln. Dann schüttete er etwas geröstetes Gerstenmehl als Futter für die Pferde in seine Schale, aber er wußte, daß er ihnen bald etwas Nahrhafteres würde bieten müssen, wenn sie überleben sollten. Sie schnupperten im Schnee nach Gras.

Es ging ein Stück bergab, dann den nächsten Hügel wieder bergauf. Das Gelände war eine riesige wellige Schneefläche, von der sich in der Ferne schneebedeckte Baumgruppen wie senkrechte Gerippe abhoben.

Sie ritten den ganzen Tag und hielten nur an, um Tee zu kochen und den Pferden eine Ruhepause zu gönnen. Die Sonne schien heiß; kaum zu glauben, daß es vor wenigen Stunden noch so kalt gewesen war. Der Schnee schmolz rasch. Sie streiften die Tschubas von den Armen und banden sich die Ärmel um die Taille. Tsun zog den Umschlag seiner Pelzmütze nach unten, um seine Augen gegen den blendenden Schnee abzuschirmen, und Pema versuchte, sich ihre kurzen «revolutionären» Zöpfe um den Kopf zu wickeln, denn ihr war eingefallen, wie zweckmäßig die Mode der langen Zöpfe gewesen war, aber nun mußte sie sich mit ihrer Mütze behelfen.

«Dschigme-la», sagte sie, «du hast gewußt, daß ich mitkommen würde, nicht wahr?»

«Vielleicht.»

«Warum machen wir uns das Leben so schwer?» murmelte sie laut. Sie verstand immer noch nicht ganz, was sie veranlaßt hatte mitzukommen, und halb und halb vermutete sie, daß Tsun seine geheimen Kräfte angewandt hatte, um sie zu beeinflussen. Alle ihre Chancen waren in Derge. Da bin ich angesehen, dachte sie. Meine Schwester lebt dort. Jetzt bin ich wenig besser dran als ein Räuber. Gejagt. Ein Verbrecher. Immer klarer wurde ihr, was sie aufgegeben hatte, und das nur, weil Tsun ihr Eindruck gemacht hatte. Sie hatte impulsiv gehandelt und bereute es schon.

Sie gingen eine Weile zu Fuß, dann ritten sie wieder, und immer ging es stetig bergauf. Die Bäume verschwanden, während sie an Höhe gewannen, die Landschaft wurde karger und felsiger, aufgelockert durch Polster von leuchtend bunten Bergblumen und Flechten inmitten des schmelzenden Schnees.

Tsun suchte die Umgebung dauernd mit dem Feldstecher ab, aber er sah niemanden. Sie redeten nicht viel. Tsun gönnte ihnen keine Pause; er dachte an Kesang und die anderen und fragte sich, ob sie den Treffpunkt zur verabredeten Zeit erreichen würden.

Mit zunehmender Müdigkeit wuchs Pemas Unmut, und sie grübelte darüber nach, ob sie sich wohl noch davonmachen und nach Derge zurückkehren könnte. Namgyal ließ seine Blicke schweifen und genoß all das Neue, und ab und zu, wenn Tsun nicht hinsah, nahm er seine Schleuder und schoß einen Stein auf einen Vogel oder ein Murmeltier ab.

Es war nichts zu hören als das Knirschen der Sättel, das Getrampel der Pferdehufe auf dem unebenen Boden und dann und wann ein Vogelruf oder das Schwirren eines Insekts. Manchmal wechselten sie ein paar Worte, aber in der gewaltigen Stille, in dieser Geräuschlosigkeit wirkten ihre Stimmen fast wie eine Störung. Pema empfand das stärker als die anderen, denn sie war gewöhnt an den Lärm des Han-Militärlagers mit seiner unaufhörlichen Geschäftigkeit, selbst des Nachts, an die Menschenmengen, das ständige Surren der Dynamomaschine, an die Lastwagenkonvois, die kamen oder das Militärlager verließen. Die Stille schüchterte sie ein und beunruhigte sie; undefinierbare Erinnerungen vermischten sich mit den Eindrücken der Gegenwart.

14

Am späten Nachmittag des dritten Tages ritten sie langsam über den Kamm eines Hügels. Eine grasbedeckte Ebene erstreckte sich vor ihnen. Im verblassenden Sonnenschein wirkten die fernen blauen Berge ringsum ebenso unirdisch wie die Wolken am türkisfarbenen Himmel.

Tsun spürte, daß sein Pferd sich anschickte, Wasser zu lassen. Er hob sich in den Steigbügeln an, um die Nieren des Tiers zu entlasten. Mit dem scharfen Ammoniakgeruch in der Nase hielt er Ausschau nach der Ansammlung von schwarzen, runden Yakhaarzelten, etwa eine halbe Meile entfernt. Verstreut über die Ebene sah er in der Ferne Herden von Yaks, Pferden, Schafen und Ziegen.

«Tsun-la», fragte Pema erregt, «sind das Räuber oder Nomaden?»

Tsun antwortete nicht. Er zählte zwanzig weit auseinander aufgestellte Zelte, was bedeutete, daß dort mehr als hundert Menschen lebten. Es war ein großes Lager. Rechts von ihm graste eine Ziegenherde; die Hütejungen starrten mit ernsten Gesichtern herüber. Selbst aus der Ferne bemerkte Tsun, wie angespannt ihre Körper waren. Sie waren fluchtbereit wie Tiere, die Gefahr wittern. Sicher überlegten auch sie, ob die Fremden Späher eines benachbarten Clans waren, der einen Überfall plante, oder Han oder Freunde. Einer der Jungen saß Flöte spielend auf einem Felsen und starrte die Ankömmlinge durchdringend an.

«Rimpotsche!» Namgyal deutete auf eine Gruppe von fünf Reitern, die sich an den Rand des Lagers begeben hatten und die Fremden dort erwarteten. Sie hielten ihre Gewehre im Anschlag und hatten doppelte Patronengurte umgeschnallt. Pema warf Tsun einen fragenden Blick zu. Er nickte, und die drei trieben ihre Pferde den steilen Hang hinunter, dann ließen sie sie im Schritt auf das Lager und die hochgewachsenen, sonnengebräunten Nomaden zugehen, die keine Miene ihrer scharfgeschnittenen Gesichter verzogen. Alle fünf trugen Wintertschubas aus Schaffell, zwei von ihnen breitrandige Hüte mit herabhängenden roten Troddeln. Ihre Pferde scharrten unruhig, aber die Männer hielten den Blick reglos und unverwandt auf die ihnen über die Ebene entgegenkommenden Reiter gerichtet.

Tsun erkannte, daß die Besetzung des Landes die natürliche Vorsicht gegenüber Fremden in Mißtrauen verwandelt hatte, weil heutzutage alle Fremden eine Bedrohung waren.

«Seid gegrüßt!» rief Tsun. «Ich möchte den Hirten der Königin von Derge sprechen.»

Die Männer starrten einige Sekunden herüber, ohne zu lächeln, dann machte einer ein Zeichen, ihnen zu folgen. Die fünf Männer ritten in raschem Trab durch das Lager, dann machten zwei von ihnen kehrt und ritten zu dem Hügel zurück, von dem die drei heruntergekommen waren, um sich zu vergewissern, daß sie allein gewesen waren.

Die meisten Männer waren draußen bei den Herden, aber diejenigen, die im Lager waren, unterbrachen ihre Tätigkeiten ebenso wie die Frauen, die dabei waren zu weben, Felle zu gerben oder Wolle zu spinnen, um die vorbeireitenden Fremden zu beäugen.

Tsuns Führer hielt vor einem der großen schwarzen Zelte an. Eine schielende Frau stellte das Schiffchen eines hölzernen Webstuhls ein. Der Führer wandte sich an sie.

«Diese Leute sagen, sie kämen von der Königin von Derge und müßten mit deinem Mann sprechen.»

Tsun konnte den starken Nomaden-Akzent des Mannes kaum verstehen. Die Frau lächelte.

«Kommt», sagte sie und führte die drei um das Zelt herum nach hinten, wo ein Mann dabei war, ein Pferd zu versorgen.

«Dhondöp», sagte die Frau, «diese Leute wollen dich sprechen.»

Der Mann klopfte dem Pferd den Hals und redete ihm gut zu.

Tsun saß ab, nahm den Brief, den die Königin ihm gegeben hatte, aus seiner Amba und gab ihn, von einer Glücksschärpe umhüllt, dem Hirten.

Dhondöp, ein hochgewachsener, kräftiger Mann mittleren Alters, runzelte die Stirn, nahm seinen mit einem roten Band versehenen Filzhut ab und fuhr sich mit der Hand über das kurzgeschorene Haar. Er ging hinüber zu dem berittenen Nomaden und reichte ihm den Brief.

«Ich kann nicht lesen», erklärte er. «Sage mir, was drinsteht.»

Der Nomade schlitzte den großen Umschlag mit dem Daumennagel auf, nahm das Schreiben heraus und las stockend:

«Dem Überbringer dieses Briefes ist jeder Respekt zu erweisen, und er soll zwölf Pferde und vier Maulesel nach seiner Wahl bekommen.» Er gab dem Hirten den Brief zurück, der sich das Siegel ansah und sagte: «Er ist wirklich von der Königin.»

Darauf zog er aus seiner Schaffell-Tschuba eine seidene Glücksschärpe, die vom jahrelangen Gebrauch schmutzig und zerfleddert war. Er überreichte sie Tsun, der seiner Satteltasche einige Nadeln und Tsampa entnahm und sie Dhondöp zusammen mit einer Glücksschärpe gab. Ihr Vertrag war damit besiegelt.

«Kuscho, es ist mir eine Ehre, Sie als meinen Gast begrüßen zu dürfen. Kommen Sie, essen Sie an meinem Herd.» Mißtrauen und Spannung waren verflogen. Dhondöp setzte seinen Filzhut wieder auf. Die Nomaden sicherten ihre Mausergewehre und hängten sie über die Schulter. Dhondöp rief seinen kleinen Sohn:

«Binde die Pferde an, mein Junge.»

Das schmuddelige, zerzauste Kind in kurzen Hosen, eine zerfetzte Schaffelljacke an den Ärmeln um die Taille geknotet, band die Pferde an Pflöcke und lockerte ihre Sattelgurte, während sein Vater die Gäste an dem Windschutz aus aufgeschichtetem Yakdung vorbeiführte und den großen Mastiff, der den Zelteingang bewachte, fortscheuchte. Der Hund funkelte die Fremden mit blutunterlaufenen Augen an, zerrte an seiner Kette und hatte Schaum auf den Lippen. Die Männer blieben stehen. Schließlich warf die schielende Frau dem Mastiff eine Decke über den Kopf, und die Gäste wurden rasch an ihm vorbeigeleitet.

Das Zelt war groß, etwa sechs Meter lang und dreieinhalb breit. Licht erhielt es nur von den Flammen des gemauerten Herdes und der Butterlampen auf dem Schrein sowie durch den Rauchabzug im Dach.

Zwar hatte Pema oft in einem Zelt gewohnt, wenn ihre Familie im Sommer bei den Herden kampierte, aber damals war sie viel jünger gewesen. Jetzt beleidigten der ungewohnte, beißende Rauch des brennenden Yakdungs und der muffige Geruch von Tieren und Menschen ihre Nase.

Dhondöps Frau scheuchte einige neugeborene Lämmer weg, damit sie sich bücken und das Feuer schüren konnte, neben dem eine zahnlose alte Frau hockte, die ein Stück Käse in Würfel zerschnitt und sie auf eine Schnur aufzog. Sie blickte auf und lächelte die Fremden an, wobei sich rosa Zahnfleisch von ihrem runzligen, geschwärzten Gesicht abhob.

Tsuns Geschenke erhielten einen Ehrenplatz auf einer bunt gestrichenen Truhe, die als Hausaltar diente.

Während die Nomaden ihre Waffen zu denen der Familie stellten, schlug Dhondöp mit einem Feuerstein Funken und zündete eine zusätzliche Butterlampe an, eine einzigartige Ehrung seiner Gäste.

Sie saßen auf Schaffellen neben dem Herd, in dem blaue Flammen aufloderten, nachdem die jüngere Frau einen primitiven Blasebalg aus Ziegenleder betätigt hatte. Eine andere Frau tauchte aus der Dunkelheit des Zeltes auf, um zu sehen, wer die Fremden waren. Sie nahm den Teekessel vom Herd, schwenkte ihn zweimal herum und forderte Tsun auf, ihr seine Schale zu reichen. Die alte Frau bot ihnen Käse an.

Tsun blies die Butterschicht beiseite und trank etwas Tee. Seine Schale wurde sofort wieder gefüllt. Alle tranken und aßen. Abgesehen von den üblichen Höflichkeiten über die Vortrefflichkeit des Tees wurde wenig gesprochen.

«Was gibt es Neues in Derge?» fragte Dhondöp schließlich. Sein jüngster Sohn brachte die Sättel der Gäste herein und lehnte sie an die Zeltpfosten. Dhondöp nahm eine Gebetsmühle aus Messing, stützte das Ende ihres langen Griffs am Boden ab und begann sie zu drehen. Pema bemerkte sein kurzgeschnittenes Haar und fragte sich, ob er ein abtrünniger Mönch war.

«Derge ist kein angenehmer Aufenthaltsort», sagte Tsun. «Da sind zu viele Han. Es gibt keine Freiheit mehr. Sie verhören einen, wenn man kommt und wenn man geht. Es gibt Straßenpatrouillen und Lautsprecher.»

«Was ist denn das, Kuscho?» fragte Dhondöps Frau.

Die Frauen nahmen ihre Arbeiten wieder auf, während sie zuhörten. Reisende waren für die Nomaden die einzige Verbindung mit der Außenwelt.

Tsun versuchte seinen interessierten Gastgebern zu erklären, was ein Lautsprecher war, aber da er selbst nur eine höchst verschwommene Vorstellung davon hatte, wie Radiowellen und Elektrizität funktionieren, kamen alle zu dem Schluß, daß es sich wohl um Magie handeln mußte. Das machte den Nomaden Eindruck. Um ein Zauberer zu sein, mußte man viel können.

Die beiden anderen Frauen stellten Pema Fragen, aber sie schützte Schüchternheit vor und antwortete ausweichend. Für die Nomaden waren die Han Feinde, die ihre Heimat überfallen hatten, um alte Eroberungsansprüche durchzusetzen. Sie wußte, daß die Nomaden jeden, der auch nur die mindeste Verbindung mit den Han hatte, für einen Verräter hielten.

Als Tsun von der Deportation der Kinder sprach und von dem Grund, warum Namgyal bei ihnen war, verstummten alle und dachten an ihre eigenen Kinder.

«Kämpfen sie denn nicht?» fragte Norbu, Dhondöps jüngerer Sohn, der sein Steinschloßgewehr reinigte.

«Natürlich», erwiderte Tsun. «Oft gibt es Kämpfe, aber sie sind unorganisiert. Es gibt nicht genug Waffen.»

«Wenn die Han Waffen haben, sollten unsere Leute sie ihnen wegnehmen», fand Norbu.

«Es ist nicht mehr wie damals, als die Han kamen. Wenn das Volk ihre Garnisonen angriffe, würden die Han ihre eisernen Flugmaschinen losschicken und die Städte bombardieren und zerstören.»

«Wie kann das sein», wunderte sich die alte Frau, die immer noch Käsewürfel zuschnitt, «daß sie solche großen magischen Kräfte haben? Unsere sind doch sicherlich stärker als ihre?»

Sie hatte die Frage an keinen Bestimmten gerichtet, und deshalb antwortete Tsun ihr nicht, denn auch er war der Meinung, daß die Magie der Tibeter stärker sein müßte als die der Han.

«Aber wie sind die Preise für Wolle, Fleisch und Butter in Derge?» wollte Dhondöp wissen. «Wir werden unsere Wolle dort bald auf den Markt bringen.»

«Der Handel ist nicht gut.» Tsun nahm etwas Schnupftabak, den Dhondöp ihm anbot. «Wegen der stark gestiegenen Lebensmittelpreise und der zusätzlichen Steuern. Die Leute haben einfach nicht soviel Geld und Waren wie früher.»

«Was ist mit den Han? Letztes Jahr haben sie gute Preise bezahlt.»

«Jetzt nicht mehr. Derge ist ihre Stadt. Sie zahlen, was sie zahlen wollen.»

«Hier, versuch das mal.» Dhondöps Sohn gab Namgyal eine aus dem Schenkelknochen eines Schafs hergestellte Pfeife. Namgyal tat einen Zug, erstickte schier und hustete heftig.

«Du wirst den Jungen umbringen!» Pema nahm ihm rasch die Pfeife weg. «Er ist zu jung.»

Norbu grinste. «Gerade wollte ich sie dir geben», lachte er.

Pema errötete vor Verlegenheit, und ihr Zorn legte sich.

«Norbu!» schalt sein Vater. «Belästige das Mädchen nicht.»

Pema lächelte den jungen Mann an, dann machte sie einen Lungenzug und bekam einen Hustenanfall. Alle lachten. Norbu klopfte ihr kräftig auf den Rücken. Er war etwa neunzehn Jahre alt, hatte breite Schultern und die kurzen, stämmigen Beine eines Bauern. Bis zur Taille war er nackt, da er seine Schaffell-Tschuba ausgezogen hatte, und Pema wurde sich peinlicherweise bewußt, daß sie seinen muskulösen, tiefgebräunten Körper reizvoll fand. Sie rückte ein Stück weg und setzte sich hinter ihn, so daß sie sein breites Lächeln nicht sehen konnte, aber sie vermochte den Blick nicht von dem kohlschwarzen Zopf abzuwenden, der ihm über den Rücken hing.

«Vielleicht könnten wir unsere Wolle nach Dschykundo oder Tschambo bringen», meinte Dhondöps Frau. «Wir müssen einen guten Preis dafür bekommen. Wir brauchen Gerste und Reis und noch vieles andere.»

«Wir werden schon nicht verhungern, Laschie», sagte ihr Mann. «Wir haben alles, was wir brauchen. Vielleicht wird das Leben nicht mehr so leicht sein, aber das ist in Ordnung. Wir sollten nicht bei allem von den Han abhängig sein müssen. Solange wir es nicht sind, sind wir frei.»

«Aber wie lange noch?» fragte Laschie.

«So lange, wie wir für unsere Freiheit kämpfen. Wenn wir nachgeben, verlieren wir alles.»

Laschie reichte Tsun einen Streifen getrockneten Fleischs. «Der Garwan sollte die Neuigkeiten erfahren, die unsere Gäste mitgebracht haben», sagte sie. Sie trug ein Großteil des Familienvermögens am Leib in Form eines mit Korallen besetzten Gürtels und eines Kopfschmucks aus Silber und Korallen. Viele Kaufleute, die nach Indien und China reisten, brachten Korallen und Halbedelsteine mit. Laschies Zähne blitzten weiß in ihrem von der sengenden Sonne der Ebenen fast schwarz gebrannten Gesicht.

Tsun kaute auf dem zähen Stück Fleisch und schnippte einen Floh von seinem Hals. Er nickte zustimmend, denn er hatte sowieso vorgehabt, den Garwan, den Stammeshäuptling, aufzusuchen.

Norbu griff nach Pemas Haar. «Du bist sehr hübsch», sagte er, «aber warum ist dein Haar so kurz? Wie das der Han!»

Pema funkelte ihn an, dann vermischte sie etwas Butter mit ihrem Tsampa. Norbu war fasziniert von ihr. Sie hatte nichts von der ängstlichen Zaghaftigkeit der Nomadenmädchen. Er rückte näher an sie heran. Als sie aufschaute, war sein Gesicht nur Zentimeter von dem ihren entfernt. Er bot ihr die Arrakflasche an. Als sie sie ergriff, wurde sie vom Geruch seines Körpers eingehüllt. Es roch gut.

Kurz vor der Abenddämmerung standen Dhondöp, Tsun, Pema, Norbu und Namgyal vor dem Zelt und sahen zu, wie die Herden zusammengetrieben wurden.

«Hat sich die Han-Besatzung überhaupt auf euch ausgewirkt?» fragte Tsun.

«Sie sind ein paarmal hiergewesen, um mit uns zu reden», erwiderte Dhondöp. «Sie haben einige von unseren Pferden mitgenommen, aber einen guten Preis dafür bezahlt. Sonst haben wir wenig von ihnen gesehen, nur ihre eisernen Vögel, die manchmal vorbeifliegen.»

Die Mastiffs begannen erwartungsvoll zu bellen, als große Stücke rohes Fleisch für sie zurechtgeschnitten wurden. Die Frauen und Kinder des Lagers trugen Eimer für das Melken herbei und überprüften die Pflöcke, an denen die Tiere angebunden werden sollten. Das Hämmern eines Schmieds, der eine Schwertklinge bearbeitete, hallte durch die Luft. Eine Gruppe junger Männer erprobte ihre Schwerter, indem sie einen in die Luft geworfenen Ball in zwei Teile spalteten.

«Topge, mein ältester Sohn.» Dhondöp deutete auf einen Reiter, der noch ziemlich weit weg war. Er ließ eine Schleuder über seinem Kopf herumwirbeln und schoß dann einen Stein auf die Yakherde der Familie ab. Allerdings brauchten die etwa fünfzig Yaks und Dris den schneidenden Schmerz der Steine auf ihren Hinterteilen nicht, um sich daran zu erinnern, daß es Zeit war, ins Lager zurückzukehren. Laut brüllend und mit aufgerichteten Schwänzen stampften sie über die leicht abfallende Ebene zu den Zelten der Hirten.

Pema und Namgyal hatten Angst vor ihnen und wichen zurück, aber Tsun, Dhondöp und Norbu wankten nicht. Nur wenige Schritte vor ihnen hielten die schnaubenden Tiere an. Ein in der Nähe angeketteter Mastiff bellte wütend.

Laschie und zwei andere Frauen kamen mit hölzernen Melkeimern aus dem Zelt und halfen Dhondöps jüngstem Sohn, die Yaks anzubinden und ihre Vorderbeine zu fesseln, ehe sie begannen, die Dris zu melken.

Tsun brauchte einige Zeit, um die Reihen der angebundenen Pferde und Maulesel durchzugehen, ihre Rücken auf wunde Stellen hin zu überprüfen und sich ihre Augen, Zähne und Beine genau anzusehen. Dhondöp band einen roten Wollfaden an das Zaumzeug der zwölf Pferde und vier Maulesel, die Tsun ausgewählt hatte und für die er soviel Futter kaufte, wie sie tragen konnten, außerdem Butter, Joghurt und Fleisch.

«Ich werde die Hilfe von mindestens zwei Männern brauchen, um die Tiere zu meinen Gefährten zu bringen.»

«Meine Söhne werden Sie begleiten», bot Dhondöp an.

«Es kann eine gefährliche Fahrt werden. Und wer versorgt dann Ihre Herden?»

«Meine Nachbarn werden mir helfen.»

Die Dunkelheit brach herein, als sie fertig waren, und die Berge hoben sich schwarz von dem grau-grünen Himmel ab. Die Sonne loderte wie ein ersterbendes Feuer. Schon spürte Tsun die schneidende Kälte und schlüpfte in die Ärmel seiner Tschuba.

Der Abend verging behaglich. Norbu spielte Gitarre, und alle stimmten in die Lieder von Liebe, Jagd und Krieg ein. Dhondöp bot seinen Gästen Schnupftabak aus einem cremefarbenen Yakhorn an. Die Hühner gackerten leise in einer Ecke des Zelts. Die Lämmer, durch die Unruhe gestört, blökten. Männer und Frauen spielten Würfel, während Dhondöp sich mit Tsun über Wollpreise und andere geschäftliche Dinge unterhielt.

«Ach, Dhondöp», rief ein Mann mittleren Alters vom Spiel herüber, «du regst dich auf wie eine alte Frau.» Die anderen lachten. «Wir haben Pferde und Waffen. Ein Khampa ist soviel wert wie zehn Han. Wenn alle Stammesverbände sich vereinten, könnten wir die Han wegfegen.»

«So einfach ist das nicht mehr», murmelte Tsun.

Obwohl die Temperatur unter Null war, schliefen alle, mit Ausnahme der alten Frau, unter Filzdecken im Freien. Das härtete sie ab und machte es leichter, die starken Temperaturschwankungen zu ertragen. Sie zogen ihre Filzstiefel aus, um Frostbeulen zu vermeiden, lockerten ihre Gürtel und legten sich im Kreis nieder, wobei sich ihre Füße berührten, denn es hieß, wenn die Füße warm sind, ist auch der Körper warm.

Pema lag auf dem Rücken, konnte nicht einschlafen und fröstelte. Sie blickte zum Mond hinauf und lauschte den ruhigen Atemzügen und dem Schnarchen ihrer Gefährten sowie dem Muhen und Schnaufen der Tiere. Namgyal neben ihr schlief fest. Sie hörte die Hunde bellen; ein Pferd wieherte. Sie nahm einen Floh von ihrem Arm und setzte ihn vorsichtig auf den Boden.

«Hier!» flüsterte jemand. Ein zottiges, schmutziges Schaffell wurde über sie geworfen. Sie drehte den Kopf und stellte fest, daß Norbu sich neben sie gelegt, den Kopf in die Hand gestützt hatte und zu ihr herunterlächelte. Pema lächelte zurück. Dann streckte er die Hand aus und befühlte zärtlich und behutsam ihr Gesicht. Sie lag ganz still und blickte immer noch zum Mond auf. Mit einemmal spürte sie, daß er unter das Schaffell glitt und sich an sie drückte. Sie hörte sein Herz schlagen, und seine rauhe Männlichkeit erregte sie. Sie dachte an ihren Bruder, der in nächster Nähe schlief, und war verlegen. Aber dann verschwand der Mond hinter einer Wolke, und Norbus Mund suchte den ihren, seine Zunge drang tief ein, seine Hand streichelte ihre Brust.

Sie reagierte mit gewandten, geschickten Liebkosungen; aber er war jünger und unerfahrener, als sie gedacht hatte. Sein Körper war schwer, und er hatte es zu eilig. Sie bat ihn flüsternd, geduldig zu sein, aber er kümmerte sich nicht darum. Sie verkrallte sich mit den Händen in seinem Gesäß und versuchte, ihm Einhalt zu gebieten. Aber es war zu spät. Schlaff lag er auf ihr. Sie packte ihn an den Ohren und zog seinen Kopf hoch, um ihm in die Augen sehen zu können.

«Du bist ein grüner Junge!»

Er kniff die Lippen zusammen. Sie ließ ihn los, drehte sich um und rollte sich unter dem Schaffell zusammen.

15

Tsun fuhr mit den Händen durch die Eisschicht in dem Holzeimer und bespritzte sich das Gesicht mit dem grausig kalten Wasser. Es war eine Stunde vor der Morgendämmerung, und in der erwartungsvollen Stille, die durch den einsamen Gesang eines Vogels unterstrichen wurde, brachten Dhondöp, seine Familie und seine Gäste dem dreifachen Juwel das Morgenopfer dar, indem sie Tsampa-Körner in ein Weihrauchfeuer aus rauchenden Rhododendronblättern warfen, das auf einem steinernen Altar brannte.

Pema fröstelte in der kalten Dunkelheit der Ebene. Sie sah hinüber zu den verkümmerten Bäumen in der Ferne, schwarzen Silhouetten, die nicht nur den Rand der Ebene, sondern auch den der Dunkelheit markierten. Dahinter trieben Wolken, in denen ein ganz besonders schöner Berg zu schweben schien, sein Umriß zeichnete sich scharf am heller werdenden Morgenhimmel ab, der granitene Fels und die Gletscher wurden von der aufgehenden Sonne malvenfarben getönt. Es war, dachte Pema, als habe die Welt der Wirklichkeit ein Ende genommen und dem Land der Träume, Legenden und harmonischen Widersprüche Platz gemacht.

Sie ritten die drei Meilen zum Zelt des Stammeshäuptlings, des Garwan; es war das größte im Lager. Der Garwan empfing Tsun mit einer Glücksschärpe, die er ihm über die Hände legte, und verbeugte sich dann. Der Garwan war ein stämmiger Mann mit einem flächigen Gesicht und eindrucksvollem Auftreten. Sein mit Butter gefettetes, graumeliertes Haar war mit roten Wollfäden zu einem Zopf geflochten, der um den Kopf geschlungen war. Er nahm vor einem reich geschnitzten und bemalten Holzaltar Platz. Mehrere

Männer, die meisten mittleren Alters, aber auch einige alte und sehr junge saßen auf dem Boden, den Rücken an die ledernen Vorratssäcke gelehnt, die an den Wänden des großen Zeltes standen.

Tsun und Dhondöp wurden an Plätze zu beiden Seiten des Garwan geleitet. Tsuns Sitz war etwas höher als der des Garwan, ein Zeichen des Respekts und eine Ehrung. Die Frauen und Kinder schenkten den Gästen Tee ein und stellten die Becher auf die einfachen, bunt gestrichenen Tische vor ihnen.

Der Garwan beugte sich zu Tsun hinüber. «Dhondöp sagt, Sie seien ein heiliger Lama, Kuscho.»

Tsun lächelte. «Aber ich trage nicht einmal Mönchskleidung», erwiderte er.

«Meine Frau», antwortete der Garwan bedächtig, «ist auch in ihren feinsten Seidengewändern und Juwelen nicht die schönste Frau in Tibet.» Dann wechselte er das Thema.

«Kuscho, ich habe Sie hergebeten, damit Sie selbst dem Lagerrat die Botschaft erklären können, die Sie von der Königin von Derge überbringen.»

Tsun trank einen Schluck Tee. Er wußte, wenn er den Nomaden die Botschaft der Königin erläuterte, würde das bedeuten, daß sich die Lage zwischen ihnen und den Han verschärfte. Es war nicht einfach, der Überbringer einer Todesnachricht zu sein, aber was ihm oblag, war viel schwieriger.

«Die Königin von Derge hat mich gebeten, Sie über eine Entscheidung zu unterrichten, die das dortige Arbeitskomitee der Kommunistischen Partei getroffen hat.»

«Was ist die Kommunistische Partei?» fragte unwirsch ein hochgewachsener alter Mann, in dessen runzligem Gesicht eine bläuliche Narbe von der Schläfe über die leere Höhle des rechten Auges bis zu den gespaltenen Lippen verlief.

«Das sind die Roten Menschen, vor denen der große dreizehnte Kundün in seinem Testament gewarnt hat.» Der Garwan zwirbelte die rote Troddel, die vom Ende seines Zopfes herabhing. «Sie glauben, daß alles Land, Vieh und alles Hab und Gut Gemeinbesitz sein soll», erklärte Tsun.

«Wie die Vorstellungen von Muni Tsonpo.» Der Mann mit der Narbe sprach höhnisch von dem tibetischen König des 8. Jahrhunderts, der den Reichtum des Landes gleichmäßig unter sein Volk aufgeteilt hatte.

«Dreimal wurden Muni Tsonpos Ideen in die Praxis umgesetzt, und dreimal scheiterten sie.»

«Menschen sind nun mal so.» Der Garwan stopfte Tabak in seine Pfeife, die einmal der Schenkelknochen eines Schafs gewesen war.

«Manche nutzen ihre Vermögenswerte, manche verschwenden sie», sagte er. «Und wir alle haben unser Karma geschaffen. In einem Jahr vermehren sich meine Herden gut. Es gibt wenig Schneestürme. Ich verliere wenig Jungtiere. Die Weide ist gut. Ich bin ein reicher Mann. Im nächsten Jahr werden meine Herden von einem anderen Clan gestohlen oder sterben in einem Schneesturm. Ich bin ein armer Mann. Das Leben ist ein Würfelspiel.»

Er zerkrümelte etwas Ruhrkraut auf dem Tisch und schlug mit seinem Feuerstein Feuer. Das Kraut entzündete sich am ersten Funken, der Garwan hielt es an seine Pfeife und zog kräftig. In Tsuns Schale wurde Tee nachgeschenkt. Die Frau des Garwan warf wohlriechende Kräuter ins Feuer. Ein kahlköpfiger Mann reinigte sich die Ohren mit einem silbernen Ohrlöffel.

«Es ist mehr als das», fuhr Tsun fort. «Die Han sagen, die Religion müsse abgeschafft werden und die Adligen entmachtet, weil sie das Volk unterdrücken.»

«Wenn sie den Adligen in Lhasa den Garaus machen wollen, bin ich mit ihnen einig.» Der junge Mann, der das gesagt hatte, feixte. Seine Gefährten lachten zustimmend. Der Garwan zog an seiner Pfeife.

«Kuscho, worum handelt es sich bei der Entscheidung, die uns betreffen wird?» fragte er.

«Die Han vereinigen den Handel von Tibet mit dem von China», sagte Tsun. «Sie haben viele Methoden, von denen sie behaupten, daß sie dazu beitragen werden, größere Ernten zu erzielen.» Er sah den Garwan an. «Die Han werden würfeln, und die Punktzahl wird immer hoch sein. Eure Herden werden größer werden. Ihr werdet im Winter weniger Tiere verlieren.» Alle schenkten ihm jetzt ihre volle Aufmerksamkeit.

«Um das zu erreichen», lächelte er, «müssen die Han alles kontrollieren. Sie ...» Der Rest des Satzes wurde von Gelächter übertönt.

«Sie haben beschlossen», fuhr Tsun fort, als sich das Gelächter gelegt hatte, «daß das Weiden von Vieh, der Verkauf von Wolle, Butter, Joghurt, Käse, Fellen und Leder ... daß dies alles vom Staat kontrolliert werden solle. Daß ihr in Dörfern wohnen sollt, in Häusern, bei deren Bau sie euch helfen werden. Dort sollen eure Kinder Unterricht erhalten. Eure Kranken können in Kliniken gehen. Eure Tiere werden von Tierärzten behandelt werden. Besondere Lagerhäuser für Winterfutter sollen gebaut werden, damit die Tiere in den kalten Monaten nicht hungern und während des restlichen Jahres in besserem Zustand sind. Im Sommer werden die Männer die Tiere auf die Weide bringen wie jetzt auch. Aber eure Frauen werden in den Dörfern bleiben und eure Kinder in der Schule.»

Einen Moment herrschte Schweigen. Dann wurden von allen Seiten Fragen gestellt und Meinungen geäußert.

«Und wenn wir nicht einverstanden sind?» fragte ein alter Mann.

«Das wäre Rebellion.»

«Sie wollen uns die scharfe Klinge versüßen.»

«Warum müssen unsere Kinder in die Schule gehen? Wir haben einen Mönch bei uns, der ihnen Lesen und Schreiben beibringt.»

«Warum müssen sie überhaupt zur Schule gehen? Werden sie da lernen, wie man einer Kuh beim Kalben hilft?»

«Vielleicht», antwortete Tsun. «Die Han sagen, sie werden euren Kindern viel bieten. Womöglich können sie sogar lernen, eiserne Vögel zu fliegen.»

«Und würden sie auch lernen, ihre eisernen Eier auf ihre rebellierenden Eltern zu legen?»

«Ja! Das auch.» Tsun hob den Deckel des mit kupferner Filigranarbeit verzierten Tsampa-Behälters auf dem Tisch, nahm eine Handvoll Gerstenmehl heraus und vermischte es mit den Resten seines Tees zu einem Teig.

«Sie würden lernen, daß sie Chinesen sind, nicht Tibeter. Statt den Herrn der Barmherzigkeit anzurufen, wenn sie aufwachen, würden sie den Vorsitzenden Mao Tse-tung und die Kommunistische Partei Chinas verehren.»

Der Garwan sah Tsun an.

«Hat die Königin irgendwelche Vorschläge gemacht?»

«Eure Not ist ihre Not, Derges Not – ja, die Not ganz Tibets. Sie kann nichts tun, als euch zu warnen, daß die Han in wenigen Tagen hier sein werden. Könnt ihr aus dieser Gegend wegziehen?»

«Nicht gleich. Da vergehen noch viele Tage», meinte einer der älteren Männer.

«Die Tiere haben nach dem Winter kein Fett auf dem Leib.

Manche sind sogar schon trächtig. Ein weiter Weg wird sie umbringen.»

«Aber sicher wird es doch bald Zeit für euch sein, auf neues Weideland zu ziehen?» fragte Tsun.

«Erst in einigen Wochen, wenn der Wind sich gelegt hat und der Schnee geschmolzen ist. Aber selbst dann können wir nur kurze Strecken zurücklegen. Die Tiere sind sehr schwach.»

«Die Han würden uns bald finden», sagte ein grobgesichtiger Mann. «Wir müssen kämpfen. Wir sind frei. Wir ziehen weiter, wenn *wir* es wollen. Wir haben Lebensmittel und hungern nicht. Wir haben Unterkunft und Kleidung. Wir arbeiten und reiten, singen und tanzen, wir lieben, jagen und kämpfen. Wir halten die Religion in Ehren. Was sonst brauchen wir? Das Leben ist kurz und voller Leiden. Die Han würden aller Fröhlichkeit ein Ende bereiten.»

«Wenn ihr kämpft», gab Tsun zu bedenken, obwohl er die Meinung des Mannes teilte, «werdet ihr Rebellen sein und alles verlieren.»

«Es ist besser, jetzt zu kämpfen.»

«Wirklich? Wer weiß, was die Zukunft bringt? Die Farbe des Himmels ändert sich mit Aufgang und Untergang von Sonne und Mond, aber der Himmel ist immer noch da. So ist es mit den Han. Im Lauf der Jahrhunderte ändern sich ihre Waffen, ändern sich die Dynastien, aber immer sind sie das himmlische Königreich, der ‹Mittelpunkt der zivilisierten Welt›.»

«Wir müssen kämpfen!»

«Es ist nicht wie früher.» Tsun hielt inne und trank einen Schluck Tee. «Ihr habt die eisernen Vögel der Han gesehen. Sie werden eiserne Eier auf eure Herden, auf eure Zelte legen. Nichts wird übrigbleiben. Es wird sein, als habe ein Drache Feuer auf euch gespien.»

«Das hier ist unser Grund und Boden.» Ein junger Mann richtete den feurigen Blick eines Khampa-Kriegers auf Tsun. «Mein Großvater wurde getötet, als er für dieses Land kämpfte. Noch heute besteht die Fehde. Es ist besser, daß ich sterbe und meinen Vorfahren Ehre mache, als daß ich in Unehren lebe.»

«Sie wählen den einfachen Weg. Was ist mit Ihrer Familie, die unter den Han leben muß? Welchen Wert hat Ihr Tod, wenn Sie durch Ihr Handeln die Han dazu bringen, an Ihrer Familie Rache zu nehmen, und Sie nicht da sind, um sie zu beschützen?»

«Dann wollen wir die Herden mit wenigen Männern und den Frauen und Kindern wegschicken. Wir anderen werden hierbleiben und kämpfen.» Das Gesicht des jungen Mannes war unter seinem langen schwarzen Haar verborgen. Er beugte sich über die innen mit Silber überzogene Holzschale, die er ständig drehte, so daß sein Tee herumschwappte.

«Aber wenn ihr kämpft», versuchte Tsun ihm zu erklären, «müßt ihr gewinnen, sonst werdet ihr völlig vernichtet. Und gewinnen könnt ihr nicht. Ich habe mit angesehen, wie Litang in einen Schutthaufen verwandelt wurde, weil es gekämpft hatte. Die Königin von Derge ist praktisch eine Gefangene der Han. In der Stadt herrscht Chaos.»

«Aber wir sind weder Mönche noch Städter.»

«Aus Ihren Worten spricht Unwissenheit», sagte Tsun scharf. «Den Jungen, der bei mir ist, hat sein Vater in meine Obhut gegeben, weil die Han ohne die Erlaubnis der Eltern Kinder zur Erziehung nach China schicken. Sein Vater und viele andere haben Kinder gerettet und aus der Stadt hinausgeschmuggelt.»

«Glauben Sie denn, Kuscho», fragte Dhondöp, «daß wir nicht gegen die Han kämpfen sollten?»

«Es mag sich ergeben, daß ihr kämpfen müßt oder auch nicht. Wenn ihr kämpft, dann kämpft, um zu siegen, mit Waffen, die denen der Han gleichwertig sind. Wenn diese Zeit kommt, sollten alle kämpfen. Nicht nur eine Handvoll, sondern das ganze Volk, denn dann wird es keinen anderen Weg geben.»

«Was sollen wir dann tun?» Der junge Mann mit den brennenden Augen richtete die Frage an Tsun. Die Antwort des Lamas klang bedrückt.

«Ihr kennt eure Lage besser als ich. Ich kann euch lediglich sagen, was ich aus Erfahrung weiß, und euch raten, daß ihr nur Gewalt anwenden solltet, wenn alle anderen Möglichkeiten ausprobiert worden sind.»

«Wir könnten alle Stämme zusammenrufen.»

«Das würde Wochen erfordern.»

«Wir sollten das Orakel befragen.»

«Wir *müssen* kämpfen.»

«Du hast noch nie gekämpft.» Der Mann mit der Narbe deutete mit dem Finger auf den jungen Mann auf der anderen Seite des Zelts. «Deshalb kannst du aufs Kämpfen erpicht sein.»

«Mein Bruder starb mit durchschnittener Kehle in meinen Armen.»

«Es war nicht deine Kehle», knurrte der alte Mann. «Die Klinge war nicht auf deine Kehle gerichtet. Du hast niemals jemandem einen Dolch in den Leib gestoßen und ihn sterben sehen. Sein Blut auf deinen Händen. Wenn du das einmal getan hast, ist alles anders. Leben und Tod bedeuten viel mehr. Erst dann weißt du, was es heißt, zu kämpfen, dein Leben aufs Spiel zu setzen, dem Tod ins Auge zu sehen. Du erkennst den Wert des Lebens. Es gibt Erlebnisse, die man nicht vergißt. Es ist, wie wenn man eine Frau liebt. Ich kann dir sagen, wie es ist ...» Seine Worte wurden von lautem Gelächter übertönt. Er wartete, bis es sich gelegt hatte. «Ich kann dir die Gefühle beschreiben, so daß du eine gute Vorstellung davon bekommst, aber es wird dich nicht ändern. Erst wenn du es selbst erlebt hast, wirst du dich ändern.»

«Sofern ich nicht selbst gekämpft habe, woher kann ich dann wissen, daß es wahr ist?»

«Die Schlange läuft ihren Feinden nicht nach. Sie wartet ab. Sie kommen noch früh genug, und dann stößt sie zu.»

«Alte Männer werden vorsichtig, wenn der Tod sie beschattet und das Leben kostbar ist», flüsterte der junge Mann einem seiner Gefährten zu.

«Ich glaube, wir sollten weiterziehen», sagte der Garwan. «In ein paar Tagen werden die Han hier sein. Vielleicht finden sie uns dann nicht.»

«Aber sie werden von weither gekommen sein, sie ...»

«Wir können es ihnen schwermachen.»

«Sie werden eiserne Vögel haben.»

«Es wird Zeit erfordern.»

«Die Han haben nur kleine Teile des Landes in der Hand», sagte Tsun. «Am stärksten sind sie in den Dörfern und Städten.»

Nachdem sie eine weitere halbe Stunde ergebnislos diskutiert hatten, wandte sich Tsun an den Garwan. «Ich muß jetzt aufbrechen, ich habe einen weiten Weg vor mir.»

Der Garwan versuchte Tsun zum Bleiben zu überreden, aber es gelang ihm nicht, und nach einem Abschiedstrunk geleitete er Dhondöp und Tsun hinaus. Es war so warm, daß Tsun die Ärmel seiner Tschuba abstreifte. Die drei Männer blieben stehen, denn sie sahen, daß sich eine aufgeregte Menge um einen Yak geschart hatte, der Gefahr witterte und brüllte. Ein Mann mittleren Alters, der seinen Oberkörper entblößt hatte, schloß mit den Zuschauern Wetten ab. Einige von ihnen schüttelten die Köpfe und drehten ihre Gebetsmühlen.

«Eines meiner Pferde, daß er es schafft, Dhondöp», sagte der Garwan.

«Natürlich wird er es schaffen, Garwan.»

«Du wirst klug auf deine alten Tage, Dhondöp.» Er klopfte sich mit der Pfeife an die Zähne und warf Tsun einen Blick zu. «Oder wirst du bloß fromm?»

Dhondöp antwortete nicht. Auch er sah Tsun an und schickte sich an wegzugehen, aber Tsun blieb stehen. Die Menge war still geworden. Der Mann mit dem nackten Oberkörper ergriff ein langes, zweischneidiges Schwert. Er wog es in beiden Händen, den Blick auf den Yak gerichtet. Der Yak machte einen Schritt zur Seite, als der Mann sich näherte. Sein kehliges Brüllen durchbrach die Stille. Seine schwarzen Nüstern zuckten unaufhörlich.

Der Mann blieb neben dem Yak stehen. Er hielt das Schwert hoch über dem Kopf, schloß die Augen, um sich zu konzentrieren, flehte um die Hilfe seiner Schutzgottheit und bat, Tschenresis tausend Augen mögen gnädig auf den Yak blicken. Er verlagerte die Energie aus allen Teilen seines Körpers in die Arme. Der Yak brüllte noch einmal vor Wut und Schmerz, als die Klinge sein Rückgrat durchschnitt. Er taumelte, dann brach er, in zwei Teile gespalten, zusammen. Eine Fontäne von Blut stieg auf und ergoß sich auf den Yak, den Schwertschwinger und die Zuschauer.

Die Menge wich rasch vor dem roten Schwall zurück. Tsun murmelte ein Gebet für den Yak. Nichts hat sich in den tausend Jahren geändert, dachte er, seit die Vorväter der Nomaden Nepal, Burma und das nordwestliche China erobert haben. Nichts hat sich geändert, nur der Feind.

«Es ist nicht genug», sagte er laut und sah den Garwan an.

Mehrere Stunden später saß Tsun in Meditation, die Augen gesenkt, neben dem bemalten Holzaltar in Dhondöps Zelt, während die Familie und ihre Nachbarn die Gebetsketten durch die Finger gleiten ließen und die Gebetsmühlen drehten.

Dhondöp hatte Tsun gebeten, vor seinem Aufbruch das Lager und seine Bewohner zu segnen. Der Lama begann zu singen, seine

Stimme, kaum zu erkennen in ihrer Tiefe und unpersönlich, klang gewaltig wie der über die Ebene brausende Wind. Es war, als habe sein Gesang tatsächlich die Götter herbeibeschworen.

Als er aufhörte, war die Stille nicht einfach ein geräuschloser Zustand, es war eine lebendige, energiegeladene Stille.

Pema fand die gespannte Atmosphäre plötzlich beängstigend. Durch den Rauchabzug im Dach fiel das nachmittägliche Licht auf Tsuns tiefgebräuntes Gesicht. Sie erinnerte sich, daß sie als Kind Gesichter wie das ihres Bruders gesehen hatte, wenn sie zu verehrten Lamas gebracht wurde, um deren Segen zu empfangen. Als sie die völlig vertieften Menschen im Zelt betrachtete, wollte sie etwas sehen, etwas begreifen, das den Zauber lösen, ihre Empfindungen widerlegen würde. Sie bemühte sich sehr, zurückhaltend und unbeteiligt zu bleiben, doch es war unmöglich. Sie gehörte dazu, und sie wußte, daß es nicht einfach daran lag, daß sie es so gelernt hatte.

Dhondöp verbeugte sich tief und zog den Atem ein, dann legte er eine Glücksschärpe auf den teppichbedeckten Diwan, auf dem Tsun saß. Er hielt die Augen gesenkt, als Tsun ihm segnend die Hände auf den Kopf legte.

Pema wartete, bis die meisten gesegnet worden waren, ehe sie sich den Weg um einen kleinen Teetisch herum bahnte, über Sättel und Felle und an pickenden und scharrenden Hühnern vorbei. Ihr Magen krampfte sich zusammen; ihr war angst und bange, als sie auf ihren Bruder zuging. Es war so lange her, daß sie einem Lama ihre Verehrung bekundet hatte, und Verlegenheit ergriff sie, während sie sich tief verbeugte und ihre Schärpe zu den anderen vor Tsuns Füße legte. Verstohlen sah sie zu ihrem Bruder auf. Seine Augen waren unter gesenkten Lidern verborgen. Auf seinem undurchdringlichen, unbewegten Gesicht war keine Reaktion zu erkennen. Sie sah, daß er die Hände hob, und senkte den Kopf noch tiefer.

Als seine Hände sie berührten, durchfuhr ihren Körper ein Blitz von geballter Energie, und ihr Denken setzte aus wie der Flug eines betäubten Vogels, der kraftlos vom Himmel fällt. Sie hatte keine Ahnung, für wie lange sie das Bewußtsein verloren hatte, aber niemand sonst schien es bemerkt zu haben. Tsuns Hände lagen in der rituellen Meditationsgeste auf seinem Schoß. Pema hatte weiche Knie und taumelte ein wenig, als sie sich in der Nähe ihres Bruders auf ein Polster setzte. Dort blieb sie sitzen, während die anderen vortraten, um sich segnen zu lassen.

Sie fragte sich, ob es ihnen genauso erging wie ihr.. Sie fühlte sich völlig zerschlagen, aber sie empfand nicht nur Furcht, sondern auch Freude. Vielleicht, dachte sie, hat er Magie angewandt, um mir Eindruck zu machen und sich meiner Loyalität zu versichern. Als sie ihn ansah, war sie indes überzeugt, daß er wirklich die Macht besaß, einem die Kraft bewußt zu machen, die man während des Segens erhalten hatte.

16

Namgyal, beeil dich, wir brechen auf», rief Pema dem Jungen zu, als Dhondöps ältester Sohn ihr beim Aufsitzen half.

Namgyal trennte sich von den Nomadenjungen, mit denen er einen Schleuder-Wettbewerb ausgetragen hatte, und kam angerannt, barfuß und noch schmuddeliger als gewöhnlich. Er machte einen Bocksprung über das Hinterteil seines Pferdes, das nervös scheute, und die Jungen lachten, als er unbeholfen im Sattel landete, fast das Gleichgewicht verlor und sich dabei die Muskeln in der Lendengegend zerrte.

Als Tsun die Glücksschärpe von Dhondöp entgegennahm, merkte er, daß ein Lederbeutel voller Silbermünzen in ihre Falten eingeschlagen war.

«Die Gastfreundschaft der Hirten ist legendär, Dhondöp», murmelte er. Dann verbeugte sich Laschie und zog den Atem ein. Tsun segnete sie und legte ihr die Hand auf den Kopf.

Mit einem Dutzend Männern ritt der Garwan heran, während Dhondöp beim Aufsitzen Tsuns Steigbügel hielt.

«Kuscho, wir werden Sie begleiten», sagte der Garwan. Nach diesen Worten machten sich die Reiter winkend und Lebewohl rufend auf den Weg über die Ebene.

«Was hat der Rat beschlossen?» fragte Tsun den Garwan.

«Wir ziehen in den nächsten Tagen weiter. Das Orakel weissagt den günstigsten Tag. Ich habe Boten zu den anderen Stämmen entsandt, um sie zu warnen und ihnen zu sagen, daß ich eine Versammlung aller Stammesführer einberufen will.» Sein breites Gesicht war von Sorgenfalten durchzogen. «Diesmal ist es wohl anders, Kuscho?» Tsun nickte. Sie trabten dem Rand der Ebene entgegen.

«Die Gerste auf dem Acker ist Gerste. Das Gerstenmehl, das ich in meinen Tee tue, ist dieselbe Gerste. Dennoch, hätte ich diese Gerste nicht selbst geerntet, geworfelt und gedörrt, wüßte ich nicht, daß die Gerste auf dem Acker und die Gerste in der Schale dieselbe ist. So wird es mit Tibet sein.»

Tsun erreichte als erster den Hügelkamm. Er erstarrte, als er auf dem kaum erkennbaren Serpentinenpfad, der sich durch die Berge schlängelte, einen reflektierten Sonnenstrahl aufblitzen sah. Er richtete seinen Feldstecher auf die Stelle.

«Han!» Sein von dem lauten Ruf erschrecktes Pferd bäumte sich auf. Tsun schätzte, daß es sich um mindestens hundert Mann handelte, die mit Ersatzpferden und Packeseln für eine lange Fahrt ausgerüstet waren. An der Spitze der Kolonne sah er zwischen den olivgrünen Uniformen der Soldaten die blaue Jacke eines Zivilisten. Tsun versuchte den Feldstecher auf das Gesicht zu richten. Er konnte es nicht deutlich erkennen, die Entfernung war zu groß, doch erschreckte ihn der Gedanke, es könnte Ling sein. Voll Entsetzen malte er sich aus, was er jenen eingebrockt haben könnte, bei denen er in Derge gewesen war.

«Ich bin es, hinter dem sie her sind», sagte er zum Garwan, als er ihm den Feldstecher gab.

Der Garwan sah auf die Stelle, auf die Tsun gedeutet hatte, dann rief er einem seiner Männer zu: «Warne das Lager. Kein einziger Schuß darf abgefeuert werden, ehe ich den Befehl dazu gebe.»

«Ramdaramda!» Der Mann stieß den Alarmschrei aus, als er auf das Lager zuritt. Innerhalb weniger Augenblicke kamen Männer angerannt, schwangen sich auf ihre Pferde und ritten zur Verstärkung herbei.

«Hier lang.» Norbu wies nach Norden und trieb sein Pferd mit einem Fersendruck in die Weichen an. Pema, Tsun und Namgyal folgten ihm und seinem Bruder Topge in leichtem Galopp; sie blieben unterhalb des Hügelkamms und damit außer Sicht der sich nähernden Han, vollauf damit beschäftigt, die Pferde und Maulesel zu dirigieren und die Leitzügel in der Hand zu behalten.

Tsun wandte sich im Sattel um und sah zurück; er fürchtete, sein Besuch könnte großes Unheil über das Nomadenlager gebracht haben. Der Garwan drehte die Trommel seines Revolvers, während er und seine Begleitung auf dem Hügelkamm warteten.

Pema fiel zurück. Tsun wartete, bis sie ihn eingeholt hatte. Er wußte, wie verlockend es für sie sein mochte, wieder zu den Han zurückzukehren.

Topge schlug einen Pfad ein, der vom Kamm herunterführte. Der Boden war steinig und abschüssig, denn der Weg führte ein paar hundert Meter tiefer, doch bald ging es wieder steil aufwärts.

Drei Stunden später waren sie an einem schmalen, reißenden Fluß angekommen, der unter einem riesigen, die ganze Flanke eines Berges bedeckenden Gletscher dahinströmte. Der untere Rand des Gletschers war eine massive Mauer aus gezacktem, bläulichem Eis, nur wenige Zoll über dem brausenden Wasser. Pema und Namgyal blieben einen Moment stehen und betrachteten staunend die erhabene Schönheit der Szenerie.

Tsun beschattete seine Augen vor der grellen Sonne und suchte den Himmel ab, wie er es während der Reise schon so oft getan hatte. Die Erinnerungen an das Flugzeug, das sie seit ihrer Flucht aus Dordsche Ri-gon verfolgt hatte, ließen ihn nicht los.

Topge mit dem verschlossenen Gesicht – er lächelte wenig, und seine großen, dunklen Augen sahen immer ein wenig bekümmert aus – hielt am Ufer des dahinstürmenden Flusses inne und flehte um den Schutz von Tara, der Göttin der Gnade. Dann trieb er mit Geschrei und Fußtritten sein Pferd und zwei weitere, deren Leitzügel an seinem Sattel befestigt waren, ins Wasser. Das um seine Taille gebundene Seil war um einen Baum geschlungen und wurde von Tsun, Norbu und Namgyal gehalten. Sie lockerten es langsam und stemmten sich gegen das unerbittliche Zerren des Flusses, der Topge und die Pferde mitzureißen drohte. Die wie wild schwimmenden Pferde schienen in dem eiskalten Wasser nicht von der Stelle zu kommen. Topge konnte nicht schwimmen und war ganz und gar darauf angewiesen, daß die Pferde ihn hinüberbrachten. Nur die Angst ließ sie weiterschwimmen, aber er spürte, daß sein Pferd taumelte, als sie das Ufer erreichten und an Land kletterten.

Topge knotete das Seil von seiner Taille und befestigte es an einem Baumstamm, dann gab er den anderen das Zeichen, die Überquerung zu versuchen.

Pema war die nächste. Sie hatte ihre Schaffell-Tschuba ausgezogen, deren Gewicht, wenn sie naß wurde, sie herunterziehen würde. Namgyal hielt ihr Pferd, während Tsun und Norbu ihr ein zweites Seil um die Taille knoteten, das mit einer gleitenden

Schlaufe auf der über den Fluß gespannten Leine verbunden wurde.

«Halt dich am Seil fest», sagte Tsun. «Gerate nicht in Panik. Selbst wenn du vom Pferd fällst, kannst du dich am Seil festhalten, und wir ziehen dich dann an Land.»

Pema nickte. Sie hatte Angst. «Holt zwei Pferde», sagte sie.

«Nein! Es ist besser, wenn du allein gehst.»

«Unsinn! Wie könnt ihr, du, Namgyal und Norbu, sie alle hinüberbringen? Bitte, Tsun.»

Tsun zögerte, aber sie hatte recht. Ohne ihre Hilfe würden sie diese Pferde zurücklassen müssen, aber es gefiel ihm nicht, daß sie das Risiko auf sich nahm. Er nickte Norbu zu, der zwei Pferde heranbrachte. Wieder mußten sie mit Gewalt in den Fluß getrieben werden, denn sie widersetzten sich allen Versuchen, sie ins kalte Wasser zu führen.

Das Brausen des Flusses hämmerte in Pemas Ohren; er schlug auf sie ein und griff mit eisigen Fingern nach ihr, als ob die Dämonen der kalten Höllen selbst sie nach unten zu ziehen trachteten. Das Zerren der Zügel in ihrer linken Hand wurde stärker; eines der Pferde ermattete schnell und setzte der Strömung keinen Widerstand mehr entgegen. Verzweifelt trieb sie es an, aber die anderen Pferde, die das Zerren spürten, wurden ebenfalls langsamer. Die Zügel schnitten ihr ins Fleisch, während sie sich abmühte, die Tiere zum Weiterschwimmen zu bewegen. Die Strömung war so stark, daß die Pferde allmählich weggerissen wurden. Pema schrie laut auf, weil das Gezerre ihr die Arme verrenkte. Sie versuchte die Hände zu öffnen, um die Zügel loszulassen, aber sie waren so fest herumgeschlungen, daß sie die Finger nicht bewegen konnte. Nichts kam ihr zum Bewußtsein als der brennende Schmerz und das Wasser, das sie nach unten zog und ihr in Mund und Nase drang.

Topge packte die Pferde am Zaum und zog sie ans Ufer, dann fing er Pema auf, die aus dem Sattel fiel. Er löste ihre Finger von den Zügeln. Erst als sie keuchend auf dem Boden lag, wurde sie gewahr, daß sie lebte, und die Erde, die Luft und das Leben erschienen ihr so schön wie nie zuvor.

«Das ist ein gutes Vorzeichen», sagte Norbu, als er Namgyal das Seil mit der Schlinge um die Taille band. Der Junge betrachtete den Regenbogen, der sich in der Gischt unter dem Gletscher gebildet hatte, und hoffte, daß Norbu recht hätte.

«Mit dem zweiten Seil über den Fluß wird es jetzt einfacher sein.»

Namgyals Pferd brach rückwärts und zur Seite aus, um nicht in den Fluß zu müssen, aber schließlich trieben Norbu und Tsun es mit Gewalt hinein. Der Schmerz in Namgyals Lendengegend war heftig; seine Beine hatten nicht mehr die Kraft, Druck auf das Pferd auszuüben: Es beschrieb einen Kreis und schwamm gleich wieder zurück zum Ufer. Norbu zog es aus dem Wasser und begann dem Jungen zu erklären, wie er es besser dirigieren könnte.

«Gib ihm ein anderes Pferd», sagte Tsun.

«Kuscho!» Namgyal war zutiefst beschämt. «Bitte, diesmal werde ich es hinüberbringen.»

Tsun schüttelte den Kopf. «Das Pferd ist müde, und die Strömung ist stark.»

Namgyal saß ab, löste seinen Sattelgurt und trug den Sattel zu dem Pferd, das Norbu für ihn ausgesucht hatte. Er wünschte, er hätte, als sie das Lager verließen, mit dem Sprung aufs Pferd nicht so angegeben; der gezerrte Muskel schmerzte immer mehr.

Er war klein und leicht, deshalb traf ihn das Wasser mit um so größerer Wucht. Die Gischt stach wie mit Nadeln in sein Gesicht und nahm ihm den Atem, und auch er hatte das Gefühl, der Fluß griffe mit grausamen Händen nach ihm. Als sie schon fast drüben waren, hörte das Pferd plötzlich auf zu schwimmen, und in diesem Augenblick übernahm der Fluß die Herrschaft. Die anderen spürten, wie das Seil sich straffte. Bei seinen Bemühungen, das Pferd wieder anzutreiben, erlahmten die Beine des Jungen, und plötzlich verlor er das Gleichgewicht. Pema schrie auf, als Namgyal unter der Wasseroberfläche verschwand. Er strampelte verzweifelt und schluckte mit jedem Atemzug Wasser, aber er wurde rasch abgetrieben. Das Seil wickelte sich um seinen Arm und schnitt ihm ins Fleisch, als Pema und Topge ihn so schnell wie möglich an Land zogen. Topge hob den erschöpften und durchnäßten, aber noch atmenden Jungen aus dem Wasser. Weiter flußabwärts quälte sich sein ermattetes Pferd ans Ufer.

Tsun und Norbu nahmen den Mauleseln einen Teil der Vorräte ab und schnallten sie den Pferden auf. Mit zwei widerstrebenden Pferden auf der einen Seite und zwei Mauleseln auf der anderen ritt Tsun ins Wasser.

Die Strömung schob die Tiere gegeneinander, und Tsuns Pferd schnappte nach dem Packpferd neben ihm. Tsun schrie vor

Schmerz, als ein verzweifelt paddelnder Huf ihn am Schienbein traf.

Als sie etwa 20 Meter vom Ufer entfernt waren, hörte er ein lautes Krachen. Die Pferde warfen sich in panischem Schrecken mit hocherhobenen Köpfen nach vorn. Sie zogen in alle Richtungen, und Tsun mühte sich, sie zusammenzuhalten. Trotz der Gischt bemerkte er, daß Pema und Topge gestikulierten und schrien. Er drehte sich um und sah gerade noch, wie ein riesiger Eisblock in den Fluß stürzte und das Wasser aufwühlte. Die Tiere schnaubten und wieherten vor Angst und zerrten an den Leitzügeln. Tsun mußte sie loslassen, damit ihm nicht die Arme aus den Gelenken gerissen wurden.

Das aufgewühlte Wasser glättete sich, und Tsun sah den Eisblock schnell auf sich zutreiben. Er spürte schon die Flutwelle und stachelte sein Pferd zu größerer Anstrengung an, um aus seiner Bahn zu kommen. Norbu machte die gestrafften Seile rechtzeitig vom Baum los, ehe der Eisblock sie zerfetzte, der indes ein Pferd an der Hinterhand erwischte und das wiehernde, verwundete Tier mit sich riß wie ein Gletscher-Moloch.

Tsuns Pferd schwamm um sein Leben. Kaum einen halben Meter entfernt sauste der Eisblock vorbei. Der Sog wirbelte Roß und Reiter herum und warf Tsun aus dem Sattel. Er bekam die Mähne des Pferdes zu packen, als das Wasser über ihm zusammenschlug. Das den Sattel und seine Taille verbindende Seil hielt, aber sein Versuch, wieder aufzusitzen, scheiterte. Sie gerieten in den Sog des dahinstürmenden Blocks.

Tsun, der ebenso wie die anderen nicht schwimmen konnte, zog sich halb auf den Sattel. Das Pferd ermüdete und kämpfte nur schwach gegen den Sog des Eises an. Tsuns ganze Energie war darauf gerichtet, es voranzutreiben. Er schrie und feuerte es an, klammerte sich an den Sattel und strampelte mit den Füßen, und so erreichten sie langsam und mühsam das Ufer, wo Topge schon bereitstand, um das Zaumzeug zu packen. Tsun ließ den Sattel los und fiel vornüber in das flache Wasser. Pema und Namgyal zogen ihn ins Trockene, und Topge löste das Seil vom Sattel. Pema kümmerte sich um Tsun, während Topge das Pferd anband und dann mit Namgyal am felsigen Ufer entlangrannte, um die anderen Pferde und Maulesel zusammenzutreiben, die sich an Land kämpften. Sie sahen, daß das verletzte Pferd um eine Biegung des Flusses davongetragen wurde.

«Tsun-la?» Pema beugte sich über ihren Bruder.

Er lächelte angesichts ihrer angstvollen Blicke, dann krümmte er sich zusammen, weil er einen Krampf im Bein bekam. Als der Schmerz nachließ, setzte er sich auf einen Felsen und sah zu, wie Norbu auf dem gegenüberliegenden Ufer mit den restlichen vier Pferden ins Wasser ging. Ohne die Seile, an denen er sich hätte festhalten können, wurde er von der Strömung stetig flußabwärts getragen. Tsun warf einen Blick auf den keilförmigen Eiszeit-Gletscher, der, so schien es, wie ein Raubtier darauf wartete, sich in den Fluß zu stürzen, um ein weiteres Opfer zu verschlingen. Er wußte, daß sich der Gletscher von den verborgenen Höhen des Berges unmerklich vorschob, um Tibets Flüsse zu speisen. Wie eine Mutter, die ihr Kind nährt, speisten die Berge des Schneelandes den Brahmaputra, den Indus, den heiligen Ganges, den Jangtse und den Saluen.

Mit seinen schweren, durchweichten Kleidern stand Tsun auf und ging zum Ufer. Norbus schiere Körperkraft brachte die Pferde dazu, weiterzuschwimmen, aber die reißende Strömung ließ sie immer weiter abtreiben. Mit Hilfe eines Seils, das dem jungen Mann zugeworfen wurde, erreichte er schließlich das Ufer.

«Rasten wir hier?» fragte Pema, als sie alle heil und sicher an Land waren. Tsun schüttelte den Kopf.

«Hier könnten wir allzuleicht in der Falle sitzen. Da oben –» er deutete auf den Gipfel der Felswand – «sind wir sicherer.»

Pema trocknete sich vor dem Feuer die Haare und lauschte dem Brausen des Flusses tief unten. Ringsum waren Tschubas und Hemden zum Trocknen aufgehängt. Topge goß kochendes Wasser in die Teekanne. Norbu lag auf dem Rücken und starrte hinauf in die fremde Welt, die er in den tief hängenden Wolken sehen konnte. Namgyal deckte seine Lendengegend sorgfältig mit den heilkräftigen Blättern ab, die Tsun für ihn gesammelt hatte, und versuchte, das allseitige Gelächter zu ignorieren, das auf seine Kosten ging.

«Wollen wir über Nacht hierbleiben, Kuscho?» fragte Norbu.

Tsun schüttelte den Kopf.

«Aber, Kuscho, die Pferde und Maulesel sind viel zu müde, um weiterzugehen.»

«Es wird sie umbringen», gab Pema zu bedenken.

«Die Han haben uns auf dem ganzen Weg von Dordsche Ri-gon nach Derge verfolgt», sagte Tsun. «Sie werden jetzt nicht aufhören. Es bleibt uns nichts anderes übrig, als weiterzugehen.»

Pema fuhr gereizt zu ihm herum: «Keiner von uns hat die Kraft, weiterzugehen.»

«Doch, die haben wir, Schwesterchen.» Er zauste ihr neckend das Haar. Sie sah ihn wütend an und dachte daran, daß dieser Mann, ihr Bruder, es gewesen war, der sie im Zelt gesegnet hatte. Sie zuckte unwillig die Schultern.

Ohne sich in dem heulenden Wind verständigen zu können, durchquerten sie ein Hochtal. Ihre Beine bewegten sich langsam gegen den Wind, der Atem gefror ihnen auf Wangen und Augenbrauen. Die Pferde, die zu erschöpft waren, als daß sie auf ihnen hätten reiten können, legten die Ohren an und ließen die Köpfe hängen.

Tsun war es, der als erster das vertraute Geräusch hörte. Anfänglich waren die Lichtpünktchen kaum heller als glühende Asche in der Dunkelheit. Dann sahen sie die Mig plötzlich im Mondschein von der nächsten Bergkette her auf sie zufliegen.

Auf einen Ruf von Tsun hin zogen sie die Tiere zu Boden und kauerten sich in ihren Schatten. Das Flugzeug kam näher. Mag sein, dachte Tsun, daß der Pilot die dunklen, unregelmäßigen Formen im Tal einfach für eine Felsgruppe hält. Die Maschine war jetzt so nahe, daß Norbu sein Gewehr darauf richtete.

«Sie ist zu hoch», schrie Tsun, obwohl Norbu dicht neben ihm war. Und Pema und Namgyal, die ihn bei dem Motorenlärm und dem Wind kaum hören konnten, wies er an:

«Bleibt unten hinter den Pferden.»

Sie mühten sich, die verängstigten Tiere ruhig zu halten. Pema fuhr sich mit der Zunge über die eisbedeckten Lippen.

Die Maschine flog über sie hinweg, und sie blieben liegen, bis das Motorengeräusch verklang. Tsun mußte unaufhörlich an die Flucht von Dordsche Ri-gon denken. Jedesmal, wenn sie das Flugzeug gesehen hatten, schien es gemeldet zu haben, wo sie sich befanden.

Als sie ihren Marsch fortsetzten, war allen übel vor Erschöpfung. Tsun, der vor Müdigkeit zu halluzinieren begann, wußte nicht, ob er wach war oder schlief, als er träumte, die Han nähmen sie gefangen und bemächtigten sich der Petition.

Es war am späten Nachmittag des zehnten Tages, seit er die Gruppe verlassen hatte, um nach Derge zu gehen. Er stand am Rand des Tals und richtete den Feldstecher auf mehrere Reihen großer, gleichförmiger Steingebilde, die durch eine seltsame Marotte von Wind, Schnee und Regen aus dem Fels herausgewaschen waren und nun wie Riesen aus einer Sage die Bergschlucht bewachten.

«Eine Bewegung, und du bist des Todes!»

Tsun erstarrte, als er eine Dolchspitze in der Seite spürte, aber die Stimme klang vertraut. Er drehte sich um.

«Genyen!»

Sie lachten und fielen sich um den Hals. In dieser spontanen Umarmung kam Erleichterung zum Ausdruck, aber sie ließ auch die Gespenster der Vergangenheit – und der Zukunft – wiederaufleben. Beide sahen in den Augen des anderen, was das mit sich bringen konnte, und lösten sich voneinander.

«Genyen?» Pema war überrascht, hier die Nomadenfrau zu sehen, die sie noch aus der Kindheit kannte. Genyen sah Tsun an.

«Das ist Pema», beantwortete er ihre unausgesprochene Frage.

Genyen umschloß mit ihren rauhen, tiefgebräunten Händen das zarte Gesicht des Mädchens. «Du bist schön geworden, Pema-la.»

Pema errötete und wurde gleich noch röter, als sie merkte, daß sie errötet war und daß Tsun darüber lächelte.

Genyen wandte sich wieder an Tsun. Ihm fiel auf, daß sie in der kurzen Zeit, seit sie sich getrennt hatten, sichtlich gealtert war. Ihr Gesicht war hager.

«Sie haben ja noch mehr Pferde, Rimpotsche.» Die Erleichterung in ihrer Stimme, als sie Topge und Norbu den Pfad entlangkommen sah, war unüberhörbar.

«Ja, aber sie sind schwach.»

Tsun gab den beiden Brüdern ein Zeichen, bei den Pferden und Mauleseln zu bleiben, während Genyen ihn, Pema und Namgyal über einen schmalen, abbröckelnden Felsvorsprung mehr als 100 Meter über dem Talboden zu einer Reihe von Höhlen führte, die wabenartig die Felswände durchlöcherten.

Plötzlich schoß aus einer Höhle ein schwarz und weiß bepelzter, kläffender Ball heraus und sprang Tsun in die Arme. Er beschnupperte sein Kinn und leckte ihm das Gesicht.

«Senge! Senge!» Kesang war ihm nachgelaufen, blieb ungläubig stehen, rannte dann zurück zur Höhle und schrie aus Leibeskräften:

«Tsun Rimpotsche ist wieder da! Er ist wieder da, schnell, kommt!» Dann stürzte er auf den Lama zu.

Tsun stopfte den Hund, der vor Freude ganz außer sich war, in seine Tschuba, hob Kesang hoch, nahm ihn in die Arme und drückte ihn an sich. In diesem Augenblick erkannte er von neuem, wieviel der kleine Junge ihm bedeutete und wie verletzlich die Liebe ihn doch gemacht hatte. Er setzte das Kind wieder ab, und sie gingen Hand in Hand zur Höhle. Kesang redete aufgeregt auf ihn ein, stellte Fragen, ohne auf die Antworten zu warten, und erzählte von den Abenteuern, die er seit ihrer Trennung erlebt hatte.

«Du bist dünn geworden, Kesang.»

«Das gilt für uns alle, Rimpotsche, es gab nicht viel zu essen.»

Als Lopsang aus der Höhle trat, hatte Tsun das Gefühl, daß er noch gebückter ging als gewöhnlich. Rintschen, der Verwalter, seine drei Schüler und Norden drängten sich mit der Khampa-Eskorte auf dem schmalen Felsvorsprung vor der Höhle.

Tsun wurde mit ausgefransten Glücksschärpen begrüßt und mit Fragen nach seinem Ergehen überschüttet. Es bekümmerte ihn zu sehen, wie abgezehrt sie alle waren, und als ihm eine Schale mit einer dünnen Suppe, die nicht viel mehr als gefärbtes Wasser war, vorgesetzt wurde, wußte er warum. Er wandte sich an Genyen und bat sie, einige Leute loszuschicken, um Topge und Norbu bei den Pferden abzulösen und die Vorräte herzubringen.

«Rimpotsche, haben Sie Lebensmittel mitgebracht?» Norden konnte es kaum glauben. Tsun war verblüfft über ihre Herzlichkeit und betroffen darüber, wie eingefallen ihr Gesicht war. Ihr dichtes, schwarzes Haar war verfilzt und strähnig.

«Und Pferde und Maulesel», sagte Genyen beglückt.

«Wahrlich, der Rimpotsche hat den Wundertaten der ‹Vierundachtzig Vollendeten› nachgeeifert», murmelte Rintschen mit gespielter Frömmigkeit und lachte, als er Tsuns Blick sah.

Tsun blickte sich in der Höhle um. Offenbar war sie einst der Zufluchtsort eines kunstsinnigen Einsiedlers gewesen. Die Wände waren mit Fresken bedeckt, von denen einige abblätterten oder verblaßt waren, manche aber noch sehr schön. Norden gab einem der Khampas, der hinten in der Höhle lag, etwas zu trinken.

«Was fehlt ihm?»

«Er hat einen Schuß abbekommen, Rimpotsche», erwiderte Lopsang.

«Ist er schwer verletzt?» Der Sekretär schüttelte den Kopf.

«Wir glaubten, er würde sterben», sagte Kesang, «aber Kuscho Lopsang hat ihn mit Kräutern geheilt.»

«Er ist wirklich ein Zauberer», lächelte Tsun. Lopsang lächelte ebenfalls, aber ein wenig matt. Sein Gesicht war zerfurcht und müde.

«Erzähl mir, wie es euch ergangen ist.» Tsun sah Genyen an.

«Nachdem wir Sie verlassen hatten, Rimpotsche, haben wir die Kavallerie der Han ein paarmal gesehen, aber dafür gesorgt, daß wir selbst nicht gesehen wurden; wir haben uns fern der üblichen Wege gehalten.»

«Und der eiserne Vogel?» Genyen schüttelte den Kopf. Dann gab es ein aufgeregtes Durcheinander, als Norbu und Topge mit zweien von Genyens Leuten nahten und Ledersäcke voll Gerstenmehl, Butter und Teeziegeln heranschleppten.

«Habt ihr unterwegs jemanden getroffen?» fragte Tsun, während er Tsampa und Butter zu einem Teig verknetete. Tränenden Auges stocherte Samden mit einem Messer im Feuer und versuchte den Rauch zu vertreiben, der die Höhle erfüllte.

«Einem Händler sind wir begegnet», sagte Lopsang, der genießerisch auf einem Stück getrockneten Fleischs kaute. «Wir haben uns für Pilger ausgegeben.»

«Hat er euch geglaubt? Mit all euren Waffen?» fragte Tsun ungläubig. Rintschen lachte. «Ich glaube, er hielt uns eher für Briganten.»

Tsun deutete mit dem Kopf auf den verletzten Mann, der hinten in der Höhle lag. «Wie ist er zu seiner Verwundung gekommen?» fragte er Genyen.

«Wir hatten nichts mehr zu essen, deshalb hielten wir in einem Dorf an, um Lebensmittel zu kaufen.» Einer ihrer Leute schenkte ihr Tee nach. «In dem Dorf waren Han. Sie stellten Fragen, wir mußten Reißaus nehmen. Er wurde durch einen Schuß verletzt.» Sie sah zu, wie Norden eine Handvoll gepreßter Teeblätter von dem Teeziegel abbrach.

«War es eine Falle? Haben die Han schon auf euch gewartet?»

«Nein. Ich glaube, sie waren nur mißtrauisch, Rimpotsche, und hielten uns wohl für Widerstandskämpfer.»

«Und wie lange seid ihr schon hier?»

«Seit zwei Tagen.»

Tsun fragte sich, ob er nicht allein weitergehen sollte, denn er war überzeugt davon, daß der Spitzel noch unter ihnen war. Er dachte an Ling und die Han-Kavallerie und daran, wie nahe sie jetzt wohl schon sein mochten. Er hatte die Furcht in das Leben seiner Freunde zurückgebracht. Wieder einmal wurde ihm klar, daß sie gnadenlos gejagt werden würden. Er sprach leise mit Genyen, damit die anderen es nicht hörten, aber dabei schenkten sie zugleich Norden Aufmerksamkeit, die der suppenähnlichen Flüssigkeit Butter, Salz und Soda hinzufügte und alle möglichen Anweisungen erteilte.

«Vor anderthalb Tagen glaube ich Kader Ling gesehen zu haben, die mit Han-Kavallerie unterwegs war. Ich nehme an, daß sie nach mir gesucht haben. Und letzte Nacht ist ein eiserner Vogel über uns hinweggeflogen.»

Genyen strich sich nachdenklich über die Wange und runzelte die Stirn. «Sie könnten also in der Nähe sein?»

«Möglicherweise sehr nahe, Genyen. Ich muß allein weitergehen. Ohne mich ist die Gruppe viel weniger gefährdet. Das ist erwiesen.»

«Ich werde ein paar Leute bei der Gruppe lassen, aber ich und die übrigen werden Sie begleiten», sagte Genyen bestimmt.

«Aber da ist ein Spitzel unter uns», widersprach Tsun. «Es gibt so wenige, denen wir trauen können, und du wirst bei der Gruppe gebraucht. Wer sonst sollte sie führen?»

Sie drehte sich nach ihm um und wollte zum Protest ansetzen, aber er war bereits aufgestanden und hatte sich zu Rintschen und Lopsang gesetzt. Einen Augenblick schwiegen die drei Männer. Dann begann Tsun zu sprechen:

«Wie ihr wißt, haben es die Han vor allem auf mich und den kleinen Dordsche Rimpotsche abgesehen, aber nicht auf den Rest der Gruppe. Daher ist es besser, wenn ich allein nach Lhasa gehe und euch alle dort im Dordsche Ri-gon-Haus treffe.»

Rintschens ernstes Gesicht sah noch sorgenvoller aus als gewöhnlich. Die fliehende Stirn war gerunzelt, die Finger glitten über die Gebetskette.

«Wer soll mit Ihnen gehen, Rimpotsche?» fragte er.

«Nur einer von der Eskorte, Rintschen-la, sonst niemand.»

«Aber warum, Rimpotsche?»

«Ihr seid ohne mich weniger gefährdet», antwortete Tsun, aber er wußte, daß Rintschen danach nicht gefragt hatte.

«Doch wie lange sind wir ohne Sie weniger gefährdet, Rimpotsche?» fragte Lopsang. «Die Han sind schlau. Wenn wir gefangen werden, wenn ihnen Dordsche Rimpotsche in die Hände fällt, werden sie dafür sorgen, daß Sie es erfahren.» Er machte sich nicht die Mühe, fortzufahren. Tsun stützte den Kopf in die Hände. Es gab keinen Ausweg. Lopsangs Worte würden auch dem Spitzel einleuchten. Es war offenkundig, daß er recht hatte: ob er nun bei ihnen war oder nicht, war letztlich gleichgültig. Die Han wußten bereits, daß sie nur Dordsche Rimpotsche zu fangen brauchten, um Tsun zu bekommen.

Das Schweigen der drei Männer inmitten des Gelächters und des Tumultes, der entstand, als Norden den Tee ausschenkte, war bedrückend. Tsun beobachtete Kesang und Namgyal, die mit Senge herumtollten, und war froh, daß er sie nicht wieder verlassen mußte. Er sah zu Genyen hinüber, deren Gesicht so hager und deren langes, wirres Haar schmutzig war.

«Ist er transportfähig?» fragte Tsun, auf den Verwundeten deutend.

«Ja, Rimpotsche», lächelte sie.

Rintschen reichte Tsun eine kleine, silberne Schnupftabak-Flasche, und der nahm den Stöpsel heraus, klopfte sich etwas von der Mischung auf den Daumennagel und saugte sie ein. Wie ein kühler Luftzug strömte sie durch seinen Kopf.

Während sie aßen und tranken, berichtete ihnen der Lama von seinem Aufenthalt in Derge. Norden musterte dabei ihren Sohn Kesang, das bleiche Gesicht, die schmutzige Tschuba, die ihm zu groß war, und doch besaß der Dordsche Rimpotsche eine Fähigkeit, Ungemach zu ertragen, die für seine acht Jahre äußerst ungewöhnlich war. Er hatte sich an Tsun gekuschelt und hörte schweigend zu.

Der Wind nahm zu und wirbelte Schneefahnen auf den Gipfeln der Berge hoch, deren Schneeflächen und Gletscher im bleichen Schwefelgelb der Abenddämmerung schimmerten. Tsun fröstelte angesichts ihrer kalten Schönheit. Gewiß waren sie der Wohnsitz der Götter. Die Einsiedelei und ihre verblassenden Fresken, die kahle Bergschlucht, die von den unbarmherzigen Händen der Natur zu Staub verarbeitet worden war, die sinkende Sonne – alles zeugte von der Vergänglichkeit aller Dinge, von Natur, Tier, Mensch und Land. Tsun war erschöpft und verzweifelte an dem, war vor ihm lag.

Als Kesang später neben seinem Mentor saß und Senge um sie herumtollte, zog er ihn an der Hand.

«Ist die Sonne niemals aufgegangen, Tsun-la?» fragte er und lachte leise.

17

Tsun blieb stehen und hob den Mani-Stein auf, den Dschigme beiseite geworfen hatte.

«Dschigme», rief er dem jungen Mann zu, der ein paar Schritte vor ihm sein Pferd führte. «Wirst du niemals einen davon fertig machen?»

Dschigme drehte sich um; es war fast eine Gewohnheit bei Wanderungen, die Mani-Anrufung auf große flache Kieselsteine einzuritzen und sie dann den Mani-Mauern hinzuzufügen. Er lachte.

«Ich mache viele Fehler, Rimpotsche.»

Wie viele Steine hatte der junge Mann begonnen, nie beendet und weggeworfen, seit sie Dordsche Ri-gon verlassen hatten? In Tsun stieg ein vager Verdacht auf. Wenn die Han wußten, wonach sie suchen mußten, dann würde es nicht schwierig für sie sein, die Mani-Steine zu finden. Der Verdacht verdichtete sich. Jemand mußte der Spitzel sein! Aber das war lächerlich! Dschigme war mit zehn Jahren ins Kloster eingetreten. Sein Onkel, der im Kloster sein Mentor gewesen war, war 1955 gestorben. Deshalb hatte Tsun den Jungen im letzten Jahr als Schüler übernommen. Er war nicht hochbegabt, aber intelligent, fleißig bei seinen Studien und verläßlich. Tsun wußte, daß Dschigme Wutanfälle bekommen konnte, aber Berechnung und anhaltende Doppelzüngigkeit gehörten nicht zu seinen Wesenszügen. Allerdings, argumentierte er, war womöglich fleißiges Arbeiten die Kehrseite der Verläßlichkeit? Ihm fiel ein, wie erstaunt er über Dschigmes ausgeprägten Geschäftssinn gewesen war. Konnte er sich denn auf niemanden mehr verlassen?

Sie ritten die Nacht durch und lagerten kurz vor der Morgendämmerung. Zu erschöpft, um viel zu reden, lagen oder saßen sie um das Feuer und aßen. Genyen gehörte zu den dreien, die die erste Wache hielten.

Tsun beugte sich hinüber, um leise mit seinem Verwalter zu sprechen.

«Rintschen-la, kannst du Dschigme sagen, daß ich ihn sprechen möchte?» Rintschen gab die Anweisung an Samden weiter, der sich aufmachte, seinen Mitschüler zu holen. Dschigme war dabei, sein Pferd mit den Resten von Tee und Butter aus seiner Schale zu füttern.

«Rimpotsche?»

Tsun bedeutete ihm, sich hinzusetzen. Unter seinem durchdringenden Blick war Dschigme unbehaglich zumute.

«Wo ist deine Familie, Dschigme? Was hast du zuletzt von ihr gehört?»

«Von ihr gehört?» Dschigme runzelte die Stirn. «Ich habe gehört, daß mein Bruder in die Volksbefreiungsarmee eintreten und nach China gehen mußte.»

«Haben die Han jemals mit dir geredet?» Tsun ließ Senge aus seiner Tschuba heraus. Der Hund mit den munteren Augen unter einem Büschel schwarzer und weißer Haare machte sich zu Kesang auf, der mit seiner Mutter und zwei Khampas Domino spielte.

«Ich verstehe nicht, Rimpotsche.» Dschigme war nervös. «In Läden, auf Märkten, und manchmal die Patrouillen. Sie haben mich ausgefragt.»

«Wann zum letztenmal?»

«Zum letztenmal? Ich glaube, vor etwa drei Monaten, Rimpotsche. Ich war auf Besuch bei meinen Eltern.»

«Was haben dich die Han gefragt?»

«Fort mit dir, Senge!» schrie Samden den Hund an, der an seinem Sattel, den er als Kopfkissen benutzte, das Bein hob. «Fort mit dir!»

Dschigme zögerte. «Sie haben mich gefragt, was ich tue, Rimpotsche ... und nach ... Dordsche Ri-gon.»

«Ja?»

«Sie haben nach Ihnen gefragt, Rimpotsche.»

«Was wollten sie über mich wissen?»

«Sie haben nach dem Widerstand gefragt, ob Sie daran beteiligt sind, aber ich wußte nichts über Sie, Rimpotsche.»

Die Flammen des Feuers tanzten in Tsuns schwarzen Augen. Er zuckte nicht mit der Wimper. «Und was hast du ihnen gesagt?»

«Ich habe gesagt, daß Sie nur von geistlichen Dingen sprachen und uns sagten, wir sollten mit den Han bei dem, was gut ist, zusammenarbeiten.»

«Ja?»

Senge rannte zu Tsun zurück und kratzte ihn mit der Pfote. Tsun schlug die Tschuba auseinander, so daß der Hund hineinspringen konnte. Dschigme sah ein paar Sekunden weg, da er Tsuns durchdringenden Blick nicht mehr ertragen konnte, merkte aber, daß er sich damit verriet.

Norden sang für Kesang, der an sie gelehnt eingeschlafen war, ein Wiegenlied. Sie setzte ihr Dominospiel stumm fort und gab mit der Zeichensprache der Händler zu verstehen, welchen Stein sie anlegen wollte.

«Rimpotsche», murmelte Dschigme. «Es tut mir leid.»

«Sag mir alles.» Tsuns Stimme war ruhig, aber sie machte dem Novizen angst.

«Ich hätte früher davon sprechen sollen.» Er zögerte wieder. «Zwei Han-Kader ... haben mich in ein Restaurant mitgenommen und zum Essen eingeladen. Sie gaben mir etwas zu trinken. Sie sagten, es sei harmlos, aber das war gelogen. Es machte mich ganz wirr im Kopf. Rimpotsche, ich habe die Ordensregeln verletzt.»

«Du verletzt sie wieder», sagte Tsun, «indem du versuchst, mich zu täuschen.» Die Worte trafen den jungen Mann wie ein Faustschlag. Sein Mund formte tonlose Laute. Dann räusperte er sich.

«Sie ... sie redeten dauernd mit mir von den Gelegenheiten, die mir entgehen, weil ich ein Mönch bin. Immer stellten sie mir Fragen. Sie verlangten, ich solle beweisen, wieso meine Lebensweise besser sei als ihre. Rimpotsche, Sie wissen, daß Dialektik nicht meine Stärke ist, und obwohl ich nicht ihrer Meinung war, wußte ich bald nichts mehr zu erwidern. Aber sie ließen mich nicht in Frieden. Dauernd wollten sie, daß ich für sie arbeite. Eine junge Han-Frau haben sie mir vorgestellt ...» Seine Stimme versagte.

«Rede weiter.»

«Sie sprachen davon, was mir durch das Zölibat entginge, und die Frau berührte mich. Ich war sehr verwirrt. Aber als ich wegzugehen versuchte, stießen sie mich auf meinen Stuhl zurück. Sie verlangten, ich sollte ihnen Informationen beschaffen. Ich weigerte mich. Sie sagten, sie würden mich in ein Hinterzimmer bringen, da sei es gemütlicher, und wir wären ungestörter. Als wir durch einen

Korridor gingen, sah ich eine Tür, die halb offen stand, und so entkam ich. Ich bin so schnell gerannt wie noch nie in meinem Leben.» Er hielt inne.

«Ein paar Wochen später ging ich mit Kuscho Rintschen nach Litang. Dieselben beiden Han fanden mich da schon am nächsten Tag. Sie wichen mir nicht von der Seite und verlangten Informationen über Sie, Rimpotsche, und über Dordsche Ri-gon.»

«Was hast du ihnen gesagt?»

«Ich sagte, ich sei bloß Ihr Schüler, und die Mönche im Kloster führten ein geistliches Leben.»

«Reichte ihnen das?»

Dschigme schüttelte den Kopf. «Sie verlangten, ich solle ihnen regelmäßig Informationen liefern und Sie, Rimpotsche, bespitzeln. Ich weigerte mich. Sie sagten, meine Eltern würden als Sklavenhalter gebrandmarkt und dem Tamsing unterworfen werden. Als ich beteuerte, daß das Unsinn sei und daß der Handel so schwierig geworden sei, daß mein Vater nicht wisse, wie er seine Kredite abdecken solle, stimmte mir einer von ihnen zu, aber das ermutigte mich keineswegs, sondern machte mir noch mehr Angst. Er sagte, meine Eltern hätten die Gesinnung von Sklavenhaltern, und das sei es, was man im Auge behalten und bekämpfen müsse, aber wenn ich ihnen die gewünschten Informationen liefere, dann könnte ich meine Eltern schützen.»

Tsun sagte kein Wort. Er hielt den Blick auf Dschigme gerichtet und wartete darauf, daß er fortfuhr.

«Ich sollte ihnen berichten, was Sie tun. Manches, das mir ungefährlich erschien, sagte ich ihnen. Manches habe ich erfunden. Sie wollten nur Informationen über die Gegenwart haben, Rimpotsche. Manchmal war ich entsetzt, was sie alles von Ihnen wußten, denn sie konnten es nur von jemandem aus Ihrer nächsten Umgebung erfahren haben.» Er zögerte. «Das ist der Grund, Rimpotsche, warum ich bisher nichts gesagt habe. Ich wußte nicht, wer womöglich davon hören könnte.»

Tsun sah den Jungen einen Augenblick lang nachdenklich an. «Wenn wieder jemand versucht, dich zum Spitzeln zu veranlassen, dann sage es mir sofort. Sonst kann ich weder dich noch einen von uns schützen.»

Der junge Mann zog respektvoll den Atem ein und nickte.

«Hüh! Hüh! Hüh!» schrien die Reiter ihren widerstrebenden Pferden zu; sie spürten ihre Unsicherheit und trieben sie mit Schenkeldruck auf dem schmalen Felsgesims voran. In dem Erosionsstaub, den der ohrenbetäubende Nachtwind zu wirbelnden Wolken hochpeitschte, konnte man sich leicht aus den Augen verlieren, und niemand würde es hören, wenn Hilfe gebraucht wurde. Geschwächt durch Hunger und Übermüdung, kämpften sie gegen den Wind an und kamen nur langsam voran. Es war bitterkalt.

Rintschens Pferd geriet ins Stolpern, als es mit einem Huf auf dem abbröckelnden Gesims ausrutschte. Der Verwalter stieß einen Schrei aus, und Namgyal, der gesehen hatte, was geschah, packte das Pferd geistesgegenwärtig am Schwanz und zog es zurück; sie ließen ihm Zeit, sich von dem Schreck zu erholen, während die Steine, die es mit dem Huf losgetreten hatte, Hunderte von Metern tiefer auf den Talboden prasselten.

Die Gruppe konnte nur im Gänsemarsch reiten. Zu allen Seiten erstreckte sich ein versteinertes Meer aus Granit und Kalkstein. Durch die klammen Wolken, die sie umgaben, hörten sie das Dröhnen eines Flugzeugmotors. Die Pferde erschraken und fingen an zu scheuen, denn in diesem Nebel schien das Geräusch fast auf gleicher Höhe mit ihnen zu sein.

Einige Stunden nach der Morgendämmerung gelangten sie aus den Wolken heraus auf einen breiten Pfad und beschlossen, sich einen Lagerplatz zu suchen. Und dann sahen sie plötzlich den Rauch. Er stieg hinter einem Grat auf, wo offenbar jemand ein Feuer entzündet hatte. Die Gruppe ging in Deckung, während Tsun und Genyen den Grat erklommen und vorsichtig hinüberspähten.

Ein paar Minuten lang lagen sie still da und starrten auf die Szene, die sich ihnen darbot. Dann winkte Tsun den anderen, heraufzukommen.

«Kunjosum!» stammelte Norden, als sie die Tausende von Männern, Frauen, Kindern, Schafen, Yaks, Eseln, Pferden und Mauleseln erblickte, die über die weite Ebene verstreut waren, so weit das Auge reichte.

Die Szene ähnelte einer großen Karawane. Einige Leute lagerten, aber die meisten zogen langsam dahin, und ihre Yaks, Maulesel und Esel, ja sogar ihre Schafe waren mit Vorräten, Waren und Möbeln beladen.

«Ist das eine Karawane?» fragte Kesang.

«Nein», erwiderte Tsun, «ich glaube, die Leute fliehen vor den Han.»

Sie sahen schweigend hinunter, denn was dieser lange Strom von Menschen bedeuten mochte, erschreckte sie.

«Wir brauchen Vorräte ...» sagte Rintschen zu Tsun. «Und eine Rast ...» Seine groben Züge waren gezeichnet von Erschöpfung und Gewichtsverlust.

«Rimpotsche, wir müssen ihnen aus dem Weg gehen», sagte Genyen. «Eine Gruppe von dieser Größe wird die Han anlocken. Sie kann nicht unbemerkt bleiben.»

Tsun lachte. «Eine Gruppe von unserer Größe hat auch nicht viel Erfolg gehabt.» Durch den Feldstecher blickte er über die Ebene. «Immer ist es den Han gelungen, uns zu finden. Da unten sind Tausende. Genug Menschen, um es den Han schwerzumachen, uns zu finden.»

«Sie glauben doch nicht, Rimpotsche, daß wir die Han abgeschüttelt haben?» murmelte Norden.

«Glaubst du es, Genyen?» Tsun blickte immer noch über das Tal.

Sie schüttelte den Kopf. «Und wir brauchen wirklich Vorräte», sagte sie.

18

Könnte ich wohl deine Schleuder haben, Namgyal?» bat Tsun. Der Junge gab sie ihm. Tsun beugte sich tief von seinem Pferd herunter und nahm einen glatten, runden Stein auf. Er legte ihn in die Schleuder ein und wirbelte sie über seinem Kopf herum. Mit einem pistolenschußartigen Knall von der Troddel am Ende des Riemens sauste der Stein auf einen stämmigen Mann zu, der nicht weit von ihnen entfernt vor einer Gruppe herritt.

Der erschrockene Aufschrei des Mannes, dem der Filzhut vom Kopf flog, wurde übertönt vom Gelächter von Tsuns Gefährten. Der Mann wendete sein Pferd, um sich seinem Angreifer zu stellen, und galoppierte langsam auf den feixenden Tsun zu. Als er dann eine chinesische Selbstladepistole aus seiner Amba zog, scharten sich die Khampas um Tsun. Auch Genyen ritt herbei, das Gewehr quer über dem Sattel, den Finger am Abzug.

Der Mann hielt wenige Schritte vor Tsun an. Genyen erkannte ihn und war beruhigt. Er zielte kurz und schoß. Norden und Pema schrien auf. Die Kugel riß ein Loch in Tsuns Pelzmütze, und er spürte, daß sie sein Haar streifte. Die Khampa-Eskorte zog die Schwerter, aber Genyen hob die Hand und gebot ihnen Einhalt.

«Du bist träge, Genyen-la», sagte der Mann. «Du solltest keinen Augenblick in deiner Aufmerksamkeit nachlassen.» Genyen fand die Bemerkung nicht komisch. Der Mann wandte sich an Tsun.

«Ich habe Ihre Mütze ruiniert, Rimpotsche. Aber fast wäre es dein Kopf gewesen, Vetter, ich habe dich in Laienkleidung nicht erkannt.»

«Und ich habe fast deinen Ruf ruiniert, Vetter Tul-lok!»

Die beiden sahen sich kurz an, dann fingen sie an zu lachen. Gemeinsam ritten sie nun durch die Scharen von Flüchtlingen, unter denen eine fast festliche Stimmung herrschte. Viele sangen Pilgerlieder. Andere machten im Reiten Tauschgeschäfte. Manche hatten angehalten, um etwas zu essen, um ihre Dris und Kühe zu melken, die Gurte der Pferdegeschirre nachzuziehen oder Lasten umzuverteilen. Kinder flitzten zwischen Menschen und Tieren hin und her.

Tsun befühlte das Sattelleder seines Vetters und lächelte anerkennend. «Englisch?» fragte er.

Tul-lok nickte.

«Woher hast du ihn?»

Tul-lok zuckte vielsagend die Schultern und lächelte, gab aber keine Antwort.

Kesang und Namgyal, die nebeneinander ritten, beobachteten die beiden Männer. Tul-lok, der ehemalige Brigant, war in Kham zur Legende geworden. Viele Geschichtenerzähler rühmten seine Taten.

«Schau dir mal sein Ohr an», flüsterte Namgyal Kesang zu, der daraufhin etwas näher heranritt und sah, daß Tul-loks rechtes Ohr bloß aus ein paar unregelmäßig gezackten Stücken Fleisch um ein schwarzes Loch bestand. Tul-lok bemerkte die beiden und winkte: «Kommt her.»

Aufgeregt trieben die Jungen ihre Pferde vorwärts. Kesang nahm eine Glücksschärpe aus seiner Amba, schlang die Zügel um den Sattelknauf und hielt Tul-lok die Schärpe hin.

«Das», sagte Tsun, «ist Dordsche Rimpotsche von Dordsche Rigon.»

Tul-lok nahm die Schärpe und behielt sie in der Hand, während er das bleiche, intelligente Gesicht des Jungen prüfend betrachtete. Der Wind verfing sich in der Schärpe und schlug sie Kesangs Pferd ins Gesicht, das ängstlich scheute. Kesang klopfte dem unruhigen Tier den Hals und fragte Tul-lok in ehrfürchtigem Ton: «Ist es wahr, daß Sie auch ein Tulku sind, Kuscho?»

«So heißt es», lächelte Tul-lok.

Dann überreichte Namgyal eine Schärpe, während Tsun ihn seinem Vetter vorstellte: «Namgyal ist der Sohn von Tschopel, dem Silberschmied in Derge.»

«Ich kenne ihn gut», sagte Tul-lok. «Er hat uns oft geholfen. Wie geht es deinem Vater? Ist er mitgekommen?»

«Nein, er ist in Derge geblieben», antwortete Namgyal.

«Und deine Schwester Dekyi?»

«Sie ist bei ihm geblieben. Wir werden uns in Lhasa treffen.»

Tul-lok schwieg einen Augenblick und dachte daran, wie unwahrscheinlich das war. Dann lächelte er.

«Dieser Junge wird Brigant werden», sagte er und legte eine Hand auf Namgyals wuscheligen Kopf. «Und dieser Junge wird ein großer Lama werden.» Er sah Kesang an und dann Tsun und lachte leise. Namgyal war begeistert, Kesang nicht. Ein Brigant zu sein, erschien ihm weitaus aufregender, als ein großer Lama zu werden. Die beiden Jungen ritten ein Stück beiseite, und Kesang zog einen Stock aus seinem Gürtel und warf ihn für Senge, der zwischen Scharen von Flüchtlingen hindurch über das Gras der Ebene flitzte, um ihn zu apportieren.

Die beiden Männer sahen einander an, begutachteten die Veränderungen, die die Jahre bewirkt hatten, und folgten gemächlich der Richtung, die die Herde von Menschen und Tieren eingeschlagen hatte.

«Du wirst älter und müder, Vetter», sagte Tul-lok. «Das liegt am geistlichen Leben.»

«Während du vom Brigantentum fett wirst.» Tsun stupste ihm mit dem Finger auf den Bauch, und beide lachten. Senge kam mit dem Stock angerannt. Tsun beugte sich vom Pferd herunter, nahm ihn aus der geifernden Schnauze und warf ihn wieder fort. Tul-lok sah seinen Vetter an, sein Gesicht war plötzlich ernst. «Du bist auf der Flucht?»

Der Lama nickte und berichtete ihm von dem Bombenangriff auf Litang und ihrer Flucht. Seine Stimme wurde gedämpft von dem Gelächter und Geschrei ringsum, vom Bellen, Brüllen und Wiehern der Tiere, die mit den Massen langsam über die Ebene zogen. In der Ferne schwebten schwarze Schemen auf Luftströmungen, glitten dahin und fielen plötzlich steil zu Boden, dann richteten sie sich auf und stiegen wieder.

«Geier sind schlechte Omen für uns alle», murmelte Tul-lok.

«Fliehen all diese Leute?» fragte Tsun.

Tul-lok nickte.

«Wohin?»

«Manche behaupten wie du, sie gingen nach Lhasa, andere wieder, sie würden eine Pilgerfahrt zum Berg Kailasch machen. Einige gehen einfach irgendwohin – irgendwohin, wo Frieden herrscht.»

«So viele», sagte Tsun. «Warum, Vetter?»

«Du hast gesehen, was in Litang geschehen ist und wie es in Derge zugeht. Genauso ist es in ganz Kham.» Tul-lok schob sich den Filzhut auf den Hinterkopf.

«Aber die Han werden nicht zulassen, daß sie sich davonmachen», sagte Tsun. «Eine so große Menschenmasse können sie doch leicht finden.»

Tul-lok zuckte die Schultern und zog eine Aluminium-Feldflasche aus der Tasche. Er bot sie Tsun an, aber der schüttelte den Kopf.

«Du solltest das geistliche Gewand ablegen», feixte Tul-lok und kippte den Whisky so hinunter, daß er ihm aus den Mundwinkeln tropfte. «Ich kann es nur empfehlen.» Er wischte sich mit der Hand den Mund ab.

Tsun hatte nicht zugehört. «Die Han kämpfen nicht wie Briganten», sagte er. «Es wird die Leute nicht schützen, wenn sie sich zu großen Karawanen zusammenschließen. Es wird sie nur zu einem leicht zu treffenden Ziel für die eisernen Vögel der Han machen.»

«Du weißt es, Vetter! Ich weiß es auch. Aber versuch mal, es ihnen klarzumachen. Ich habe es versucht.» Tul-lok steckte die Feldflasche wieder in die Amba und manövrierte sein Pferd um einen schwer beladenen Yak herum.

«Seit Jahrhunderten sind sie auf diese Weise gewandert. Sie werden sich nicht plötzlich ändern. Ich kann sie jedenfalls nicht ändern. Ich habe keinen Einfluß auf sie. Niemand hat Einfluß auf sie. Jede Gruppe geht ihren eigenen Weg.»

«Hast du Han gesehen?»

«Ich bin seit zwei Wochen bei diesen Leuten, und das erste, was ich von den Han gesehen habe, war ein eiserner Vogel gestern.»

Es könnte dasselbe Flugzeug gewesen sein, das uns schon so lange beschattet, dachte Tsun. Warum haben die Flüchtlinge erst gestern zum erstenmal etwas von den Han gesehen? Vielleicht war es nur ein Zufall, aber Tsun kam sich wie jemand vor, der feststellt, daß er eine tödliche Krankheit in seine Familie eingeschleppt hat.

«Ein eiserner Vogel reicht», sagte er. «Hatten die Leute Angst?»

«Ja, sie hatten Angst. Aber er tat nichts, also vergaßen sie ihn. Sie glauben, daß ihre große Zahl ihnen Stärke verleiht. Die Pässe sind von Menschen verstopft. Viele der Täler vor uns sind voll von Menschen. Sie könnten sich jetzt nicht zerstreuen, selbst wenn sie es wollten!»

Das Flugzeug war ihnen voraus gewesen, das ermutigte Tsun, aber er wußte, daß Ling die Suche nicht aufgeben würde; er fragte sich, ob sie und die Han-Kavallerie ihnen schon auf der Spur waren.

«Warum bist du hier, Tul-lok? Die Königin von Derge sagte, du würdest dort den Widerstand leiten.»

Tul-lok lächelte, während er eine lange Pfeife am Absatz seines Lederstiefels ausklopfte. «Ich gehe nach Kongpo, südlich von Lhasa. Dort ist ein Hauptquartier eingerichtet worden. Alle Widerstandsgruppen versuchen zusammenzuarbeiten.»

Tsun kannte seinen Vetter gut genug, um auf die üblichen Höflichkeiten und indirekten Anspielungen verzichten zu können. «Die Königin sagte, es bestünde ein Plan, den Verteidigungsminister der Han, Tschen-Yi, zu ermorden, wenn er zur feierlichen Einsetzung des Vorbereitenden Ausschusses kommt.»

Tul-lok zog an seiner Pfeife, um sie in Brand zu stecken.

«Wir waren beide der Meinung», fuhr Tsun fort, «daß die Ermordung von Tschen-Yi schreckliche Vergeltungsmaßnahmen zur Folge haben würde. Was hat das für einen Wert, Tul-lok?»

«Durch den Vorbereitenden Ausschuß werden die Han Tibet beherrschen.»

«Sie beherrschen es jetzt schon. Der Vorbereitende Ausschuß ist der Honig auf der scharfen Klinge. Wenn wir ihn nicht akzeptieren – dann ist die Klinge da!»

«Um so mehr Grund, den Han zu beweisen, daß wir sie ins Herz treffen können.»

«Das Herz schlägt in Peking, nicht in Tschen-Yi. Der Widerstand kann ihn töten, aber kann er auch die Familien schützen, die infolge des Mords leiden werden? Der Mord wird für die Han der Vorwand sein, auf den sie schon lange gewartet haben.»

«Der offene Widerstand wird bald ausbrechen. Wenn nicht heute, dann morgen. Spürst du es nicht, Vetter?» Tul-lok deutete mit seiner Pfeife auf die Menschenmenge im Tal. «Sie können Widerstand leisten. Sie machen es vielleicht noch nicht wahr, aber sie wissen es.» Er lachte.

«Und sie glauben, wenn sie zusammenbleiben, sind sie vor Angriffen der Han sicher», murmelte Tsun.

«Und was dich betrifft, Vetter –» fuhr Tul-lok fort – «es heißt, du bringst eine Petition zu den Vereinten Nationen.»

«Wenn du das schon weißt, wie viele andere wissen es dann

noch? In Kham ein Geheimnis zu bewahren ist ebenso unmöglich, wie Wasser in einem Sieb aufzubewahren.»

«Werden die Vereinten Nationen unserem Land helfen?»

«Ich weiß es nicht, aber wir müssen es versuchen. Daß die Han sich solche Mühe geben, die Petition in die Finger zu bekommen, läßt mich annehmen, daß sie Wert hat. Wenn die Han gewollt hätten, hätten sie uns alle töten können, aber sie haben es nicht getan. Nein, sie wollten die Petition haben, und zwar unbeschädigt. Was wir im Kopf haben, können sie nicht stehlen. Dordsche Rimpotsche und ich sind lebendig weitaus nützlicher für sie als tot. Welche Chance hat der Widerstand, Tul-lok? In Indien werden die Indschis das wissen wollen.»

«Es fehlt uns an allem.»

«Aber wenn ihr Nachschub bekommt?»

«Wenn wir Nachschub bekommen, können wir alles erreichen. Seit zwei, drei Jahren kämpfen Tausende von Khampas. Meine Leute haben Dolche und Schwerter eingesetzt, um Munition zu sparen. Die Han haben Panzer, Panzerkampfwagen, Schnellfeuergewehre und eiserne Vögel. Sie haben uns nicht besiegt. Die Götter sind auf unserer Seite. Stell dir vor, was wir tun könnten, wenn wir nur Nachschub bekämen!»

«Wie viele, glaubst du, sind im Widerstand?»

Tul-lok zuckte die Schultern, sein Blick musterte Pema, die neben Norden ritt. «Sie ist eine schöne junge Frau geworden.»

Tsun nickte. «Sie wollte nicht mitkommen, sondern lieber zum Minderheiten-Institut in China gehen, um ihre Ausbildung abzuschließen. Noch jetzt frage ich mich, ob sie nicht versuchen wird, wegzulaufen und wieder nach Derge zu gehen.»

«Du hättest sie dortlassen sollen. Sie wird eine Gefahr darstellen, die du dir schlecht leisten kannst.» Tul-lok lenkte sein Pferd weg von einem störrischen, schwer beladenen Maulesel. Was sein Vetter sagte, dachte Tsun, war richtig. Aber Pema war seine Schwester, und er wollte einfach glauben, daß die Blutsbande stärker waren als ihr Verlangen nach Han-Gelehrsamkeit.

«Ich habe Yangtschen gesehen, als ich in Derge war», sagte Tsun.

«Wie geht es ihr? Sie ist mir in Sachen Widerstand behilflich gewesen.»

«Ich weiß. Ich habe versucht, sie zum Mitkommen zu überreden. Sie hat es mir nicht gesagt, aber ich bin überzeugt, sie ist dortgeblieben, um Informationen über den Besuch von Tschen-Yi zu bekommen. Weiß sie, daß du Derge verlassen hast, Tul-lok? Nur deinetwegen ist sie dageblieben.»

«Ich habe erst vor ein paar Wochen beschlossen, nach Kongpo zu gehen. Ich habe einen Boten nach Derge geschickt, der sich mit ihr in Verbindung setzen soll. Aber sie bleibt noch aus anderen Gründen da. Sie hofft immer noch, daß ihr Mann sie findet, falls er den Han je entwischt.»

«Sie hätte mit mir kommen sollen», murmelte Tsun.

«Sie hätte mit dir kommen sollen», bekräftigte sein Vetter. Seine Worte hatten eine so gewichtige Endgültigkeit wie eine Salve von Schüssen.

«Wo ist deine Frau?» fragte Tsun.

«Sie ist tot.» Tul-lok lächelte grimmig und zog an seiner Pfeife. «Du erinnerst dich, daß ich als Kind immer der stärkste, tapferste und selbstsicherste war, immer Herr über mein Schicksal? Und als ich zum Tulku erhoben wurde, wie fromm ich da war? War ich nicht fromm, Vetter?» Er lachte. Tsun lächelte und nickte.

«Nun ja.» Tul-lok zuckte die Schultern. «Vielleicht war ich ein bißchen unbändig, aber dennoch ... Und als ich dann den Orden verließ, da brauchte es Mut, das zu tun, denn ich wußte, welchen Kummer es unserer Familie, meinem Lehrer und dem Kloster bereiten würde. Es ist für einen Mönch leichter als für einen Tulku, den Orden zu verlassen.» Er schüttelte den Kopf. «Jetzt, als Brigant, ist mein Name in ganz Kham berühmt ... Herr über mein Schicksal ... Eitelkeit, Tsun, Eitelkeit!» Er seufzte, dann fuhr er fort: «Ich konnte nichts tun, als zusehen, wie meine Frau unter Qualen starb. Ich glaube, das Kind hatte eine falsche Lage. Ich konnte nichts tun. Ich hatte nicht einmal Alkohol, um den Schmerz zu lindern. Wir waren hoch oben in den Bergen, das nächste Dorf war einen Dreitageritt entfernt. Sie quälte sich die ganze Nacht und starb, als die Sonne aufging. Das war glückverheißend!» Er hielt inne. «Wie seltsam ist doch unser Verstand, Vetter. So oft habe ich getötet. So oft habe ich den Tod gesehen. Doch ihr Tod hat mich vor Kummer verrückt gemacht. Worin besteht der Unterschied zwischen ihrem Tod und dem Tod derjenigen, die ich getötet habe? Ein gewaltiger Unterschied, und doch kein Unterschied.»

19

An jenem Abend schlugen sie früh ihr Lager auf, damit sie noch Zeit hatten, sich mit Vorräten einzudecken. Die riesige Menge ringsum mit den Hunderten von Dungfeuern, die Bewegungen und Geräusche von Mensch und Tier im Hintergrund erzeugten ein Gefühl der Sicherheit. Zum erstenmal seit Tagen vermochte sich Tsuns Gruppe zu entspannen.

Pema fluchte auf sich, als sie vergeblich versuchte, mit einer knöchernen Nadel ihre Schaffell-Tschuba zu durchstechen. Samden setzte sich ihr gegenüber. Sie schaute auf und lächelte den jungen Mann mit dem gutgeschnittenen Gesicht an, dann nahm sie ihre mühselige Arbeit wieder auf.

Samden lachte, nahm ihr Nadel und Tschuba aus der Hand und begann geschickt und gekonnt zu nähen.

«Wo hast du das gelernt?» fragte Pema.

«Im Kloster. Wer würde meine Gewänder flicken, wenn ich es nicht tue?»

«Wann bist du Mönch geworden, Samden?» erkundigte sie sich.

«Als ich sechs Jahre alt war.»

«Du bist nicht wie die anderen», sagte sie. «So, wie du sprichst.»

«Ich bin ein tantrischer Yogi auf der Suche nach einer Gefährtin», scherzte er und sah sie lüstern an.

«Du wirst nicht lange Mönch bleiben», lächelte Pema, und Samden wurde sich der Sinnlichkeit ihres Gesichts bewußt. Der leichte Silberblick minderte ihren Reiz nicht. Er nähte weiter, beide schwiegen. Dann sah er zu ihr auf.

«Du bist auch nicht wie die anderen Mädchen, die ich kennengelernt habe», sagte er. «Du bist freimütig.»

Wieder saßen sie schweigend da, in ihre Gedanken vertieft. Beide hatten eine empfindliche Stelle im Charakter des anderen berührt. Als Pema aufschaute, bemerkte sie einen kaum wahrnehmbaren Lichtschimmer zwischen den schwarzen Bergen, weit weg auf der anderen Seite der Ebene.

«Was ist das, Samden?»

Der junge Mann hörte auf zu nähen und sah in Pemas Blickrichtung. «Das müssen Pilger sein, die die Nonne aufsuchen wollen.»

«Wer ist das?»

«Viele Leute hier reden von ihr. Offenbar lebt sie schon seit Jahren allein in dieser Gegend. Es heißt, sie besitze gewaltige Kräfte. Viele machen sich auf den Weg, um ihr Geschenke zu bringen und ihren Segen zu erbitten, aber wenigen gelingt es, sie zu finden.»

«Ich würde es gern versuchen», sagte Pema nachdenklich.

«Morgen werden wir hingehen.» Aber Samden wußte, es war höchst unwahrscheinlich, daß Tsun ihnen erlauben würde, sich vom Rest der Gruppe zu entfernen.

Als hätte sie Samdens Gedanken erraten, fragte Pema: «Was ist mein Bruder eigentlich für ein Mensch, Samden?»

Samden kicherte. «Was meinst du damit? Er ist *dein* Bruder.»

«Ich habe ihn so viele Jahre nicht gesehen. Er hat sich verändert.»

«Wie war er als junger Mann?» Samden fädelte die Nadel neu ein. «Über seine Jugend weiß man gar nichts.»

«Er war wie alle jungen Khampas.»

«Ein Heißsporn?»

«Ja. Er hat bei meinem Vater gearbeitet und lange Handelsreisen nach Indien, China und Afghanistan gemacht. Ich nehme an, er war ein sehr intelligenter Junge, obwohl ich vieles von dem, was ich über ihn weiß, nur von meiner Mutter und meiner Schwester gehört habe.» Sie lachte. «In wie viele Fehden wurde die Familie verwikkelt wegen seiner Frauengeschichten! Er war ein vortrefflicher Fechter.»

«Warum habe ich weder dich noch sonst jemanden von Tsuns Verwandten in Dordsche Ri-gon gesehen?»

«Wir waren da, als er Abt wurde, da war ich noch sehr jung. Aber nach der Besetzung war es nicht mehr so einfach. Wir konnten uns nicht frei bewegen. Mein Vater starb, und die Lage wurde sehr schwierig ...» Sie verstummte, lachte verlegen, zuckte die Schultern und fragte dann: «Wie verhält er sich denn euch gegenüber?»

«Manche halten ihn für einen Revolutionär.» Während Samden sprach, nähte er den Riß in der Schaffell-Tschuba zu. «Die meisten in unserem Tal verehren ihn. Er ist ein guter Lehrer und hat das Wohlergehen der Menschen im Auge. Aber einige sind mit ihrer Kritik schnell bei der Hand.» Er hielt inne.

«Ich bin als Waise ins Kloster gekommen», fuhr er nach einem Augenblick fort, «und hatte keine Verwandten, die einen Beitrag zu meinem Unterhalt oder meiner Ausbildung leisten konnten. Der Rimpotsche hat mich wie einen Sohn behandelt und mir eine gute Erziehung zuteil werden lassen.»

Pema sah ihn kurz prüfend an. «Willst du eigentlich Mönch sein?»

Samden legte die Nadel hin, sah sie an und lachte. Er konnte sich nicht vorstellen, daß ein anderes Mädchen eine so unverblümte Frage stellen würde.

«Nein, Pema, ich glaube, ich will kein Mönch sein. Eigentlich bin ich schon kein Mönch mehr.»

«Aber ...»

«Schwöre mir, es niemandem zu sagen. Nur Tsun Rimpotsche weiß es.»

«Wieso ...»

«Ein Mädchen ...»

Pema lächelte verlegen. Samden grinste, dann runzelte er die Stirn. «Ich habe mein Gelübde gebrochen, ich bin kein Novize mehr. In einer Beziehung war ich froh. Tsun Rimpotsche sagte, ich bräuchte nur mein Gelübde abzulegen, wenn ich wollte, aber ...» Er lachte. «Im Geist bin ich immer noch ein Mönch. Ich denke noch wie ein Mönch und reagiere wie ein Mönch.»

Pema zog die Augenbrauen hoch. «Vielleicht nicht ganz wie ein Mönch!» Ohne nachzudenken, fügte sie dann hinzu: «Es gibt zu viele Mönche, es ...» Sie warf ihm rasch einen Blick zu, und mehr aus ihrem Zögern als aus ihren Worten erfaßte er die Bedeutung des Gesagten.

«Das hört sich an, als hätte es ein Han gesagt.»

«Vielleicht liegt es daran, daß ich eine Han-Schule besucht habe.» Sie sah ihm ins Gesicht, damit ihr auch die kleinste Reaktion nicht entging.

«Du bist wie ich.»

«In welcher Beziehung?»

«Ich bin immer noch ein Mönch, du bist immer noch eine Schülerin.» Er feixte. Sie riß die Augen auf.

«Ich werde dein Geheimnis bewahren, wenn du meins bewahrst», sagte er.

«Bei der dreifachen Zuflucht», sagte sie rasch und leise, dann wandte sie sich ab und begann ihr Pferdegeschirr einzufetten. «Warum hat sich mein Bruder so mit dem Widerstand eingelassen?» fragte sie, das Thema wechselnd, um ihre Verlegenheit zu verbergen.

«Er hat sich nicht mit dem Widerstand eingelassen.» Samden sah von seiner Näherei auf und lächelte sie an. «Nicht mehr als wir alle.»

Sein aalglattes Ausweichen in so herablassendem Ton ärgerte sie. «Es heißt, daß er eine Petition überbringt.»

«Davon habe ich gehört.»

Pema rollte ihren Ärmel nach unten bis über die Hand, um ihn als Topflappen zu benutzen, dann nahm sie den Deckel des Kessels auf dem Feuer ab und goß die kochende Flüssigkeit durch ein Bambussieb in das Butterfaß.

«Für wen ist die Petition?»

Samden zuckte die Schultern. «Weiß ich nicht. Warum fragst du danach?» Er sah zu ihr auf.

«Deswegen wird auf uns Jagd gemacht. Mein Bruder hat etwas getan, was die Han veranlaßt, ihn zu verfolgen, als wäre er ein Todfeind.» Stetig hob und senkte sie den Holzkolben im Faß, um die Butter mit dem kochendheißen Tee zu vermischen.

«Du bist auf einer Han-Schule gewesen. Du solltest wissen, daß die Han die Religion und die Lamas als Feinde betrachten.»

Sein Ton machte sie so wütend, daß sie den Holzkolben nach ihm warf. Er wich geschickt aus, lachte, genoß es, sie zu necken, und nahm dann seine Näherei wieder auf. Als er fertig war, biß er den Faden ab und verknotete ihn. Er hielt die große, irdene Teekanne, während Pema den Tee aus dem Faß hineingoß.

«Ich wollte nicht mit meinem Bruder gehen, Samden. Er und meine Schwester zwangen mich, ihn zu begleiten. Ich hatte keine Wahl.»

«Warum?» Samden holte seine Schale aus der Amba.

«Sie haben gesagt, in Derge sei es gefährlich. Ich müßte vielleicht nach China gehen zur Ausbildung.» Sie goß Tee in seine Holzschale.

«Hättest du etwas dagegen gehabt, nach China zu gehen?»

«Nein», sagte sie bestimmt. «Ich hätte gute Aussichten gehabt.

Was für Aussichten habe ich jetzt? Ich kenne meinen Bruder kaum, er hat sich so verändert.»

Samden sah sie lange an, während er seinen Tee trank, und sie hielt seinem Blick stand; schließlich wandte sie sich ab, um auch den anderen Tee anzubieten.

Karma zog die mit einem eisernen Siegel beschwerte Schnur durch den Lauf seines Gewehrs russischer Herkunft, Kaliber 7,62 mm. Er bewegte den buttergetränkten Filzlappen im Lauf hin und her, um ihn zu reinigen, und begleitete sein Tun mit einem Häuserbauer-Lied, das gesungen wurde, wenn der Lehm im Takt festgestampft wurde. Karma hatte früher zur Mönchswache der Klosteruniversität Drebung in Lhasa gehört und den Orden dann verlassen, um Tul-loks Stellvertreter zu werden. Als er Schritte hörte, griff er nach seiner Pistole in der Tschuba. Er sah auf.

«Tsun Rimpotsche!»

Er stand auf und verbeugte sich verlegen. Tsun lachte leise und winkte ihm, sich wieder zu setzen. Karma legte mehr Dung auf das Feuer. Der breite Mund mit den vollen Lippen und die große Nase wurden betont durch engstehende Augen mit schweren Lidern. Sein Haar war kurz geschnitten wie das vieler ehemaliger Mönche.

«Von meinem Verwalter Rintschen höre ich, daß Sie ihm, als er Vorräte von Ihnen kaufen wollte, etwas über Dordsche Ri-gon erzählt haben.»

Karma runzelte die Stirn und nickte. Der Wind, der von den Bergen herabwehte, wurde schärfer. Tsun zog die Ohrenklappen seiner Pelzmütze herunter und steckte die Hände in die Ärmel der pflaumenblauen Tschuba. Die Temperatur war weit unter Null. Er setzte sich neben Karma, der fortfuhr, sein Gewehr zu reinigen.

«Bitte berichten Sie!»

«Niemand weiß es, aber vor ein paar Tagen habe ich einen Mönch aus Dordsche Ri-gon getroffen.» Karma sah Tsun beim Sprechen nicht an, denn dessen scharfer Blick verwirrte ihn.

«Er war aus dem Kloster entkommen. Er sagte, chinesische Truppen seien im Kloster eingedrungen und hätten nach Ihnen gesucht. Als Sie nicht zu finden waren, haben die Han ...» Karma zögerte.

«Reden Sie weiter, Karma. Ich möchte alles hören.»

«Als Sie nicht zu finden waren, haben die Han alle Mönche in den

Tempel kommen lassen und gesagt, Sie seien ein Agent der ... der ...»

«Imperialisten?»

«Ja, Rimpotsche, und Sie versuchten, sich mit ausländischen Regierungen in Verbindung zu setzen. Sie zeigten den Mönchen ausländische Bücher und Briefe, die sie in Ihrer Bibliothek gefunden hatten. Die Han sagten, viele Mönche von Dordsche Ri-gon hätten sich mit Ihrer Billigung dem Widerstand angeschlossen, und ...»

«Karma, die Unhöflichkeit ist nicht die Ihre.»

«... und Sie seien ein Feind des Volkes. Den Mönchen wurde gesagt, sie sollten verraten, wo Sie sich versteckt haben, dann würde ihnen nichts geschehen.»

«Aber keiner wußte es!» Verzweiflung klang in Tsuns Stimme an, als ob er sich vor Karmas Bericht fürchtete. Während der Fahrt hatte er zwar oft an Litang und Dordsche Ri-gon gedacht, sich aber gezwungen, nicht über das Schicksal seines Klosters nachzudenken, denn er hoffte, die Mönche hätten seinen Rat befolgt, es zu verlassen.

«Das sagten die Mönche den Han», fuhr Karma fort. «Allerdings glaubte der Mönch, der es mir erzählte, ebenso wie viele seiner Freunde, daß Sie irgendwo in Dordsche Ri-gon versteckt seien. Auf der Suche nach Ihnen stellten die Han das ganze Kloster auf den Kopf. Ein Mönch wurde ergriffen und mußte sich vor den anderen im Tempel aufstellen. Dann schossen die Han auf ihn. Zuerst in die Füße, dann in die Unterschenkel. Bei jedem Schuß erklärten sie, sie würden die Bestrafung fortsetzen, bis die Mönche gestanden, wo Sie sich aufhielten. Sie schossen weiter, bis sie schließlich beim Kopf des Mannes angelangt waren. Einige Mönche versuchten, aus dem Tempel auszubrechen. Viele wurden getötet. Nur wenige entkamen. Unter ihnen der Mönch, den ich getroffen habe.»

«Hat er Ihnen seinen Namen genannt?»

«Nein.»

«Was geschah dann?»

«Die Han steckten das Gebäude in Brand. Der Mönch sagte, nur die Grundmauern seien übriggeblieben.»

«Und die Mönche?»

«Sie wurden von den Han gefangengenommen, nehme ich an. Er hat es nicht gesagt.»

«Ich habe doch einen Brief hinterlassen!» Das Heulen des Windes wurde stärker. «Hat der Mönch ihn nicht erwähnt?»

«Von einem Brief hat er nichts gesagt.»

«Sie wußten also nicht, was aus mir geworden war?»

«Nein.»

«Einige glaubten», sagte Tsun mit tonloser Stimme, «ich sei gewarnt worden, daß die Han kommen würden, und geflohen, ohne ihnen ebenfalls Gelegenheit dazu zu geben. Aber ich hatte in der Versammlungshalle zu ihnen gesprochen.» Er stand auf und wünschte Karma gute Nacht. Auf dem Rückweg zum Lagerfeuer brauste ihm der Wind in den Ohren, und Tränen froren auf seinen Wangen fest, während Sand und Staub ihm ins Gesicht peitschten.

Rintschen saß dicht am Feuer, so daß die blauen Flammen das auf seinen Knien liegende Buch beleuchteten. Nicht weit entfernt fütterten die drei Schüler die Pferde und Maulesel. Obwohl es nicht ungewöhnlich war, daß ein Mönch auf langen Reisen Laienkleidung trug, fühlte sich Rintschen darin immer unbehaglich. Lopsang saß neben ihm und klopfte sich Schnupftabak auf den Daumennagel. Er bot Rintschen die Flasche an. Der Verwalter schüttelte den Kopf. Lopsang nahm einen gepreßten Yak-Fladen und warf ihn auf das Feuer, das nun hell aufloderte. Beide Männer dachten an das Schicksal von Dordsche Ri-gon.

«Rintschen-la, glaubst du, irgend jemand wird von der Petition Notiz nehmen, die Tsun Rimpotsche überbringt?»

Das strenge Gesicht des Mönchs nahm einen noch sorgenvolleren Ausdruck an. «Von derlei Dingen weiß ich nichts. Indien ist mit uns befreundet. Es ist das Land des Buddha.» Er legte das Buch wieder in ein brieftaschenähnliches Etui. «Die Han halten die Petition für wichtig.»

Lopsang starrte ins Feuer. «Aber was wird damit erreicht? Wird Indien für uns kämpfen?»

«Es ist nicht gut, wenn Indien für uns kämpft. Aber es vermag die Han vielleicht davon zu überzeugen, daß sie unvernünftig sind.» Rintschen begann die Schnürbänder seiner Stiefel aufzuknoten. «Aber warum stellst du solche Fragen? Meinst du, der Rimpotsche hätte es nicht übernehmen sollen, die Petition zu überbringen?» Er zog einen roten Stiefel aus, aber der andere saß fest.

«Ja!» sagte Lopsang mit einer solchen Heftigkeit, daß Rintschen ihn erstaunt ansah. «Wir haben um unser Leben rennen müssen, immer von den Han verfolgt wegen dieser Petition.»

Er half dem Verwalter, seinen linken Stiefel auszuziehen, und Rintschen holte das alte Stroh heraus, mit dem beide ausgelegt waren.

«Aber Lopsang, was ist mit Litang und den Leuten in diesem Tal? Sie haben doch nicht *alle* Petitionen, warum müssen sie fliehen?» Er schüttelte die letzten Strohhalme aus dem linken Stiefel.

«Da wir als Feinde der Han angesehen werden, ist unser Schicksal besiegelt. Wir hätten aus Litangs Fall die Lehre ziehen sollen, mit ihnen zusammenzuarbeiten. Dann hätten wir vielleicht etwas Einfluß ausüben können. Tsun Rimpotsche wurde von den Han respektiert.»

«Was willst du damit sagen?» Rintschen runzelte die Stirn.

«Der Kundün will, daß wir mit den Han zusammenarbeiten. Hat er nicht Lama Gyalwa Karmapa entsandt, damit er versuchen soll, die Kämpfe in Kham zu unterbinden?»

«Tsun Rimpotsche kämpft nicht.»

«Die Petition ist an die Völker gerichtet, die von den Han als Feinde bezeichnet werden.»

«Wenn unsere Freunde die Feinde der Han sind, was sind wir dann? Die Petition hat nur den Zweck, unsere Freunde wissen zu lassen, was vor sich geht.»

«Es wird keinen Unterschied machen, sondern nur weiteres Leiden zur Folge haben.»

Rintschen begann neues Stroh um seine Füße zu wickeln. Der Sekretär starrte in die Flammen und wärmte sich am Feuer die Hände. Die Nachrichten über Dordsche Ri-gon haben ihn deprimiert, dachte Rintschen. Aber diese Nachrichten können niemanden von uns mehr verletzen als Tsun Rimpotsche selbst, flüsterte er.

«Es ist wie eine Lawine», fuhr Lopsang fort. «Ein starker Windstoß reißt einen Kiesel los, der löst andere, dann größere Steine, nimmt Schnee und Felsbrocken mit, gewinnt an Geschwindigkeit und Stärke, während er den Berghang hinunterfegt, bis daraus eine Lawine wird. Die Han haben geglaubt, wir würden sie willkommen heißen. Das taten wir nicht. Wir ärgerten uns über ihre Anwesenheit. Sie reagierten darauf und wurden grausam. Wir reagierten darauf und wurden in unserer Entschlossenheit bestärkt, Widerstand zu leisten ... und so wächst das wie eine Lawine. Jetzt traut kein Han mehr einem Tibeter, und die Lawine wird uns alle bald unter sich begraben.»

«Möge das dreifache Juwel uns beschützen», murmelte Rintschen, während er die Sohlen seiner Stiefel mit neuem Stroh auspolsterte. «Das ist das Karma, Lopsang.»

«Wie weit können Menschen durch Furcht getrieben werden?» Lopsang warf noch ein Stück Yak-Dung auf das Feuer.

«Zu weit.» Rintschen mühte sich, seine Stiefel anzuziehen.

«Wie gern täuscht sich der Mensch doch selbst! Sein Leben beruht auf der Täuschung, er habe ein Ich. Im Schoß dieser Täuschung wächst von Unwissenheit gezeugte Furcht heran. Ob Han oder Tibeter, wir alle sind an die Kette der Furcht gelegt, und das Vorhängeschloß bringen wir selbst an.»

Lopsang hielt inne. Rintschen hatte ihn nie so verbittert und zornig erlebt, aber er verstand seine Stimmung. Er selbst hatte die Zerstörung von Dordsche Ri-gon zwar immer für möglich gehalten, konnte aber immer noch nicht ganz fassen, daß sie tatsächlich stattgefunden hatte. Ordentlich steckte er den unteren Teil seiner Hosenbeine in die langen Filzstiefel, die er unterhalb des Knies verschnürte.

«Manchmal», sagte Lopsang, «ist es besser, man bringt sich um.»

«Töten, auch sich selbst das Leben nehmen, ist unrecht», bemerkte Rintschen leise.

«Wer Selbstmord begeht, ist ein tapferer Mann, tapferer als derjenige, der einen anderen tötet», erwiderte Lopsang. «Wie lächerlich ist doch der Mensch! Er versucht sich einzureden, er werde von hohen Idealen geleitet, aber in Wirklichkeit ist es die Furcht. Die Furcht führt ihn am Zügel wie ein Reiter ein Pferd. Wir werden beherrscht von Furcht, wir leben von Furcht. Wir fürchten, etwas zu verlieren, das wir gar nicht besitzen. In Wahrheit sind wir Spielbälle der Götter, Brahmas Kurzweil ...»

Der Verwalter wollte etwas sagen, aber Lopsang fuhr fort: «Wie viele Tage, Wochen, Monate, Jahre vergehen oder gar ein ganzes Leben, ehe wir das wahre Wesen unseres Seins erkennen und von unserer Unwissenheit befreit sind? Was nützt uns all das jetzt?»

Rintschen sah ihm in die dunklen, gequälten Augen. «Aber das Jetzt ist alles, was wir haben, Lopsang. Wir leben nicht gestern oder morgen, sondern *jetzt*! Heißt es nicht, daß unser Platz im Leben bestimmt wird durch unser vergangenes Verhalten, aber daß unsere ehrenhaften Taten das Ergebnis unserer eigenen Anstrengungen sind?»

«Unsere bösen auch», murmelte Lopsang. «Wir sind in der Tat Opfer unseres eigenen Karma.» Er blickte immer noch über die wabernden Flammen des Feuers. «Ich fürchte mich vor dem, was aus uns wird, Rintschen. Die Han haben keine Mühe gescheut, uns auf der Spur zu bleiben. Jetzt sitzen wir in der Falle. Es gibt keinen Ausweg. Wir können nicht entkommen, und die Han werden uns bestimmt finden.»

«Das entsprungene Pferd wird auf der Ebene leicht gesehen. Aber wenn es sich in einer Herde wilder Pferde befindet, wer kann es dann erkennen? Wenn die Han uns finden, dann weil uns jemand verraten hat.»

«Wer?»

Rintschen zuckte die Schultern. «Eine Gräte im Hals, trinke Wasser. Ein Hühnerknochen im Hals, grabe dein Grab», sagte er. «Wenn es unser Schicksal ist, zu Hause zu sterben, werden wir auf dem Schoß unserer Mutter sterben. Wenn es uns bestimmt ist, werden wir entkommen. Selbst im Angesicht unserer Feinde.» Seine Stimme versagte. Lopsang schaute auf. Der Verwalter weinte.

Genyen war dabei, mit Taschi, Norden und Gonpo Mah-Jong zu spielen, als Senge sie mit der Pfote stupste. Sie war am Zug, und da sie sich auf der Verliererstraße befand, schob sie den Hund weg, ohne ihn anzusehen. Doch er zog weiter an ihrem Bein, und als sie sich nach Kesang umschaute, damit er ihr den Hund abnahm, war der Junge nirgends zu sehen. Die anderen waren so in ihr Spiel vertieft, daß sie nichts bemerkt hatten.

Genyen kündigte an, sie müsse austreten, und fragte sich im gleichen Moment, woher sie wußte, daß sie den anderen nicht die Wahrheit sagen sollte, dann folgte sie dem kleinen Hund, der sie aus der Helligkeit und der Geschäftigkeit des Lagerfeuers in die kalte Dunkelheit führte.

Neben einem großen Felsen machte sie im Mondschein die Silhouette der kleinen, einsamen Gestalt von Kesang aus. Er stand ganz still und beobachtete etwas. Er blickte auf, als sie zu ihm trat, das Gesicht voller Besorgnis. Er nahm ihre Hand und ging mit ihr zu der Stelle, wo Tsun bäuchlings auf dem Boden lag und im schwarzen Schatten des Felsens weinte.

20

Hoch oben auf dem Berg hockte eine Gestalt im Schatten der Felsen, die einen Windschutz bildeten, und schob schnell Steine und Kiesel beiseite, um den Boden zu glätten. Rasche, flache und angespannte Atemzüge begleiteten das Ausstreuen von zermahlener Kreide, die einen magischen Kreis bildete. Nahe dabei züngelten die Flammen eines kleinen Feuers an knisternden dünnen Zweigen. Vergiftete Blätter, die außerhalb des Kreises lagen, wurden sorgfältig und geschickt so hineingelegt, daß sie die Silhouette eines Lamas darstellten, und ihre Ränder wurden mit kleinen Kieseln beschwert, damit der Wind sie nicht davontrug. Die übrigen Blätter wurden schüsselförmig in einer Kuhle im Boden ausgebreitet. Das Harz des Weißen Sandelbaums zischte, als es aus einem Lederbeutel auf die Blätterschüssel gegossen wurde. Eine Bambusfeder wurde aus einem Etui gezogen. Ein Speicheltröpfchen hing an einem Faden zwischen trockenen Lippen und wurde behutsam auf dem Harz deponiert. Die Hände zitterten, als sie das Harz und den Speichel mit der Federspitze vermischten. Die Feder zögerte unsicher, dann schrieb sie zittrig auf die Silhouette aus Blättern drei Schriftzeichen – *Dordsche Ri-gon* – und darunter die einfachen Schriftzeichen für *Tsun Rimpotsche*.

Ein kleines, braunes Stück Fleisch, das ein wenig nach Schweinefleisch roch, wurde neben das Feuer gelegt. Es war schmutzig und ausgetrocknet, nachdem es einige Monate lang aufgehoben worden war, denn es war nicht leicht, menschliches Fett zu bekommen.

Eine schlanke Hand hielt zitternd einen 15 Zentimeter langen Bronzedolch. Sein Griff stellte einen sechsarmigen Gott dar, dessen Schlangenleib sich um die drei Klingen dieser Waffe ringelte, die nur im übersinnlichen Bereich verwendet wurde. Das Fett träufelte auf das Feuer. Beißender Rauch stieg auf, dann begann es zu spritzen und zu zischen. Die Silhouette wurde mit Zweigen über die vom Wind auseinandergetriebene Rauchsäule gehalten. Ein Mantra wurde leise rezitiert. Der Dolch berührte den Kopf der Silhouette. Dann wurde die Figur wieder in den Kreis zurückgelegt und das Feuer mit ein paar Handvoll Erde erstickt.

Einen Augenblick blieb der Zauberwirker im hellen Mondschein stehen und blickte hinab auf den magischen Kreis, dann wandte er sich ab und begann den Abstieg vom Berg.

Während der Nacht wurde der Wind stärker, zerrte an der Blatt-Silhouette von Tsun Rimpotsche, zupfte an den zermahlenen Kreidekörnchen und verschob den Rand des Kreises. Schließlich fuhr der Wind unter die Figur, riß sie auseinander, hob sie hoch und trug sie davon.

Der Nachtwind blies den Schnupftabak weg, den Genyen sich auf den Daumennagel geklopft hatte. Sie fluchte, lauschte mit halbem Ohr Taschis Liedern und setzte sich schließlich neben ihre Gefährten ans Lagerfeuer. Die Späher hatten keinerlei Anzeichen von Han-Truppen bemerkt. Genyen fragte sich, ob es ihnen tatsächlich gelungen war, sie abzuschütteln. Vielleicht, dachte sie, schreckte gerade die Größe der Flüchtlingskarawane sie von einem Angriff ab. Taschi forderte die Männer zum Tanzen auf. Genyen brauchte Ablenkung.

Sie tanzte mit ungestümer Anmut in einem strengen Stampfschritt, eingehakt in eine Kette ihrer Leute, die parallel zu Tul-lok und einer Kette aus dessen Leuten tanzte. Die Ketten lösten sich auf, und alle wirbelten um das Feuer herum. Genyen spürte eine Hand, die nach ihrem Stoffgürtel griff und ihn wegriß. Die Schaffell-Tschuba öffnete sich und enthüllte ihre braunen, schweißglänzenden Brüste. Die Männer waren es gewöhnt, Frauen mit nacktem Oberkörper auf dem Feld arbeiten zu sehen, aber da es sich um die Kriegerin Genyen handelte, lachten sie laut und beifällig. Tul-lok sah sie feixend an. Dann stopfte er ihren Gürtel in seine Tschuba und verschwand unsicheren Schritts in der Dunkelheit. Seine Leute lachten, weil er so offenkundig sein Interesse an der Frau bekundete. Wenn Genyen ebenso empfand, würde sie, wenn alle anderen schliefen, zu ihm gehen und den Gürtel zurückverlangen.

Aber Genyen stand breitbeinig da und sah ihm wütend nach. Die anderen bemerkten ihren Zorn und hörten auf zu tanzen. Die Musik verklang. Genyen freute es, wenn man sie bewunderte, aber sie pflegte selbst zu bestimmen, mit wem sie sich einlassen wollte, und ihr war klar, daß Tul-lok sie in den Augen der Männer, die sie anführte, kompromittieren würde.

«Tul-lok!» stieß sie drohend hervor.

Er drehte sich um. Sie kauerte mit dem Dolch in der Hand auf dem Boden. Tul-lok machte ein überraschtes Gesicht. Der Dolch eines Khampas wurde immer nur gezogen, um zu verwunden oder zu töten! Aber dann lachte er und ging zu ihr zurück. Das schwarze Haar, schimmernd vor Schweiß, fiel ihr übers Gesicht, die Lippen waren leicht geöffnet, die Augen wachsam wie die eines Tieres, das auf die Gelegenheit lauert, sich auf sein Opfer zu stürzen. Tul-lok sah ihren Augen an, wann sie aufspringen würde, und drehte sich gerade rechtzeitig um, so daß die Klinge an seinem Bauch vorbeistieß. Er lachte wieder, angespannt jetzt, denn er merkte, wie ernst sie es meinte und wie zornig sie war. Die anderen scharten sich zusammen und ließen eine irdene Arrakflasche von Hand zu Hand gehen, während sie Wetten über den Ausgang des Kampfes abschlossen.

Als Tul-lok nun ebenfalls seinen Dolch zog, holte Genyen mit ihrer Waffe aus; er wehrte den Schlag ab, aber es gelang ihr trotzdem, ihm mit der flachen Klinge einen Hieb an die Schläfe zu versetzen. Er taumelte. Es war üblich, daß mit Dolchen bei Duellen und Kämpfen nur säbelartige Schläge geführt wurden und ein direkter Stoß bis zuletzt unterblieb. Tul-lok wich einem weiteren Schlag aus und schwang seinen Dolch gegen Genyens Kopf. Sie duckte sich und erwischte ihn mit der Klinge am Arm. Sein Gesicht verzerrte sich vor Schmerz, aber er gab keinen Laut von sich und hatte den Dolch nach wie vor fest im Griff.

Dann drang er auf sie ein. Die raschen, keuchenden Atemzüge, das Knistern des Feuers und das Gemurmel der Zuschauer erhöhten die Spannung. Sie rangen miteinander. Tul-lok packte Genyen am Haar, und sie verlor das Gleichgewicht. Er sah die Wut in ihren Augen, als sie auf den Boden fiel. Er warf sich auf sie. Ihr Dolch schlitzte ihm die Tschuba auf und streifte seinen Bauch. Im Bemühen, seinen Dolch von ihrer Kehle fernzuhalten, grub sie ihre Fingernägel in seine Handgelenke. Ihre Füße wühlten Erde auf, während beide versuchten, die Absichten des anderen zu durchkreuzen.

Salziger Schweiß brannte in ihren Wunden. Sie keuchten und ächzten vor Anstrengung, ihre Gesichter waren einander ganz nahe. Sie versuchte, ihm den Dolch in den Bauch zu stoßen. Er drängte ihre Hand nach oben, und die Klinge schnitt ihm in die Brust. Blut tropfte ihr in die Augen. Durch den blutigen Schleier sah sie sein Gesicht, jetzt noch näher, und sein Lächeln, und sie wußte, was er dachte. Er preßte seinen Mund auf den ihren, und seine Zunge drang tief ein. Da biß sie kräftig zu.

Mit einem Schmerzensschrei ließ Tul-lok von ihr ab. Einen Augenblick war ihr, als habe sie ihm die Zunge abgebissen. Tul-lok zögerte einen Moment, dann warf er ihr den Gürtel zu.

«Ist das die Fallsucht?» erkundigte sich Rintschen bei Tsun, während er Dschigme mit Tschampa zusammen festhielt. Der junge Mönch schien bewußtlos zu sein; er hatte die Augen geschlossen, atmete stoßweise und wand sich in Krämpfen, wobei sich seine Hände in den Boden verkrallten.

Tsun sah die Veränderung, die auf Dschigmes Gesicht vor sich ging, und schüttelte den Kopf.

«Das glaube ich nicht», erwiderte er, setzte sich neben den jungen Mann und begann zu singen.

Lopsang durchsuchte rasch die Kästchen mit runden Kräuterpillen, die sie in einer hölzernen Arzneikiste aufbewahrten. Mit ungewöhnlicher Kraft bäumte sich Dschigme auf und schleuderte Tschampa und Rintschen von sich.

«Samden!» Pema packte den Arm des jungen Mannes. «Was ist mit ihm los?»

Dschigme saß mit gekreuzten Beinen da, die Hände auf den Knien, und wiegte sich sanft hin und her. Seine ganze Erscheinung verströmte eine große Kraft; sein Gesicht wirkte größer und älter, die Züge waren grob, der Ausdruck zornig. Die Haut bekam eine bläuliche Tönung.

Tsun sang immer noch, und langsam wandte Dschigme den Kopf. Seine Augen waren noch geschlossen, doch es schien, als mustere er seine erschreckten Gefährten. Die Veränderung in seinem Gesicht reichte aus, um Samden erkennen zu lassen, daß er diesen Ausdruck schon früher gesehen hatte: es war das Gesicht einer Statue in Dordsche Ri-gon.

«Es ist unsere Schutzgottheit», murmelte Samden.

«Sie muß gekommen sein, um sich für die Zerstörung des Klosters zu rächen, sagte Norden, gerade laut genug, daß alle es hören konnten.

Lopsang und Rintschen stützten Dschigme, der aufgestanden war und unsichere Schritte machte wie ein neugeborenes Geschöpf, das gerade Laufen lernt. Seine Atemzüge klangen scharf und rasselnd gegen die sonoren Laute des Gesangs, in den nun alle eingestimmt hatten. Plötzlich trat Dschigme rasch zu Samden hinüber und zog dessen langen, stählernen Dolch aus der Scheide. Er lief mit großen, gewichtigen Schritten, doch mit seltsamer Leichtigkeit und Geschwindigkeit um das Feuer herum und wirbelte den Dolch in der rechten Hand; Lopsang und Rintschen hatten Mühe, nicht hinter ihm zurückzubleiben. Dann nahm er das Heft des Dolches in eine Hand und die Spitze der Klinge in die andere, und mit zwei raschen Bewegungen verbog er den Stahl wie einen Korkenzieher.

«Das ist die Prüfung für ein wahres Orakel einer Gottheit», flüsterte Samden Pema zu. Dschigme widersetzte sich den Versuchen von Lopsang und Rintschen, ihn zum Hinsetzen zu bewegen, nicht mehr. Jetzt wußten sie alle, daß es wirklich der «Erhabene» war.

Dschigme wiegte sich nun heftiger, sein Atem ging rasch.

«Samden, sein Gesicht! Sein Gesicht!» Pema wandte den Kopf, sie konnte es nicht mit ansehen. Dschigmes Gesicht gehorchte einer Kraft aus den Uranfängen der Menschheit und begann zu schrumpfen, die Haut spannte sich, so daß Backenknochen und Kinn hervortraten, und nahm die Farbe von Pergament an. Dann brach der junge Mann zusammen.

Einige Minuten später, als Pema dem erschöpft am Feuer liegenden Dschigme einen Becher Tee brachte, war sein Gesicht so arglos, wie sie es an ihm kannte, und er lächelte schwach.

Kesang bemerkte, wie besorgt Lopsang und Rintschen aussahen, nachdem sie mit Tsun gesprochen hatten. Als die beiden sich entfernt hatten, nahm er Tsuns Hand.

«Warum ist der Erhabene gekommen, Tsun-la?»

Tsun sah den Jungen an. Er wußte zuviel, als daß er eine ausweichende Antwort hätte geben können.

«Um mich zu warnen, daß ich verflucht bin.»

Kesang war bestürzt und beunruhigt. «Warum? Was wird dir widerfahren, Tsun-la?»

«Kesang, wenn ich das Bewußtsein meiner wahren Natur erlangt hätte und nicht mehr durch mein Ich geteilt wäre, dann würde mir nichts geschehen. Aber leider ist das nicht der Fall.»

«Glaubst du, der Fluch wird wirksam werden?» Kesangs Augen waren weit aufgerissen und schreckerfüllt.

«Daß sich der Erhabene durch Dschigme offenbart, läßt mich annehmen, daß ich darauf gefaßt sein sollte.»

Kesang schwieg und sah ins Feuer. Er setzte zum Sprechen an, hielt dann aber inne.

«Was ist, Kesang?» fragte Tsun freundlich.

«Könnte es Ama-la sein, die dich verflucht hat?»

«Das glaube ich nicht, Kesang. Norden ist reizbar, aber ihre Reizbarkeit ist wie das Feuer – etwas facht es an, und die Flammen lodern auf, aber sie erlöschen bald.» Tsun hoffte, daß seine Worte überzeugend klangen.

«Wie kann ich dir helfen?» fragte Kesang.

«Du kannst gemeinsam mit Lopsang und Rintschen die Schutzzeremonie für mich vornehmen.»

Kesang dachte nach. Tsun merkte, wie er sich anstrengte, die Vorgänge zu verstehen.

«Wie kann es sein, Tsun-la, daß wir in der Meditation Wesen, Gottheiten, zu erschaffen vermögen und sie in unserem Geist auflösen? Daß wir Topden bei der Todeszeremonie sagen können, alles, was er sieht, sei Illusion, und daß dennoch der Erhabene von Dschigme Besitz ergriffen hat und vor uns erscheint? Das war gewiß keine Illusion.»

«Es ist genauso, wie wir sagen. Alles Leben ist Illusion, Kesang. Erleuchtet zu werden ist wie das Aufwachen aus einem Traum. Obwohl wir begreifen, daß es illusorisch ist, erscheint es uns dennoch real – wirklich. Ebenso wie diese immateriellen Wesen, die Gottheiten, die wir im Geist erschaffen. Sie sind genauso real wie du oder ich, und manchmal offenbaren sie sich in wirklicher Gestalt durch einen Menschen, der besonders sensibel und damit fähig ist, als Medium zu dienen. Diese Menschen sind Orakel. Es scheint, daß sich der Beschützer von Dordsche Ri-gon durch Dschigme zu offenbaren vermag.»

«Was hast du deinen Leuten gesagt?»

«Daß ich heute nacht bei den Tieren schlafen und Wache halten würde», murmelte Tul-lok, während seine Lippen die Wunden liebkosten, die seine Klinge Genyen zugefügt hatte.

Sie lachte. «Alle werden wissen, warum.»

«Du gewinnst also den Kampf und mich dazu», sagte er spöttisch.

Sie lagen dicht bei den angebundenen Pferden in der Dunkelheit unter einer Decke und ihren Schaffell-Tschubas. Genyen kicherte.

«Wir wären keine große Hilfe, wenn wir jetzt angegriffen würden!»

Tul-lok blickte hinauf zu den glitzernden Sternen und dem hellen Mond. Vor ein paar Jahren wäre er noch froh gewesen über den wolkenlosen Himmel, der einen Überfall erschwert hätte; aber heute nacht, dachte er, war das Wetter ideal für einen Angriff durch eiserne Vögel.

Er küßte Genyens Nacken durch die schwarzen Haarsträhnen. Seine Hände liebkosten ihren Körper, zeichneten jede Kontur, jede Vertiefung und jede Erhebung nach und befühlten sanft ihre Haut, als schätze er die äußere Beschaffenheit eines Gegenstands aus Jade ab. Denn ebenso wie Jade, dachte Tul-lok, hat jede Frau eine andere Beschaffenheit.

Sie wandte den Kopf und sah ihn an, ihre großen, unergründlichen Augen wie immer voller Schwermut, ihre kraftvolle, düstere Schönheit erinnerte ihn ...

«Du erinnerst mich an die Dakinis», sagte er.

Sie lächelte. «Wieso?» Sie strich ihm mit den Händen über den Rücken und drückte ihn an sich.

«Wenn ich früher meditierte», sagte er, während er an ihrer Brust knabberte und saugte, «pflegte ich meine Dakini heraufzubeschwören, meine besondere Göttin.»

«Was für eine Frau war sie?»

«Eine grimmige Frau mit üppigem Busen.»

Er lachte leise, als Genyen einen Flunsch zog.

«Und warum hast du sie heraufbeschworen?»

«Weil sie das Sinnbild meiner Erweckung war. Sie war der Schlüssel zu Tiefen meines Geistes, die ich normalerweise nie hätte erreichen können.»

Genyen verstand kein Wort.

«Und was hast du mit diesem Schlüssel gemacht?» fragte sie, während sie den Rücken wölbte, um ihn zu empfangen.

«Wir wurden vereint, gingen ineinander auf, und so wurde das Wissen, das sie darstellte, in mir erweckt.»

«Wenn ich eine Dakini bin», sagte Genyen süffisant, «dann laß uns mal sehen, was für ein Wissen ich in dir erwecken kann.»

Nach einer Weile sagte sie: «Jetzt weiß ich, warum du ein Lama bist. Das Sprichwort ist wahr.»

«Und für dich müssen wir ein neues Sprichwort erfinden.»

Mit sanften Küssen und Liebkosungen bekundeten sie auf die flüchtige Weise von Liebenden ihre Verbundenheit.

«Komm mit mir, Genyen.»

«Ich kann nicht, Tul-lok. Ich muß deinen Vetter nach Lhasa begleiten.»

«Ich könnte ihm einige meiner Leute als Eskorte geben.»

«Nein!» Sie wandte ihm den Rücken zu. «Der Rimpotsche steht unter meinem Schutz. Ich kann ihn nicht einfach im Stich lassen, das weißt du auch, Tul-lok.»

Sie blickte über die Schulter und lächelte. «Komm du doch mit uns mit. Wenn wir in Lhasa angekommen sind, könnten wir weitergehen nach ...» Sie verstummte, als sie sein ernstes Gesicht bemerkte, und streichelte ihn, um ihn von seinen forschenden Gedanken abzulenken.

«Du liebst ihn noch», sagte er.

Sie warf ihm einen bestürzten Blick zu, hörte auf, ihn zu liebkosen, und einen Augenblick lang herrschte Schweigen.

«Es wurde mir klar, als ich ihn wiedersah», flüsterte sie. Dann umklammerte sie Tul-lok, und ihr Mund suchte den seinen.

«Liebe mich ... liebe mich...» flehte sie, und ihre Augen füllten sich mit Tränen.

21

Sie waren vormittags gut vorangekommen und hatten Dutzende von Flüchtlingsgruppen überholt. Mittags hielten sie an, damit sie etwas essen und die Pferde sich ausruhen konnten. Tul-lok und Genyen hatten Späher ausgeschickt, die auf etwaige Anzeichen für die Anwesenheit von Han achten sollten.

Die Männer, die sich um Tul-loks Lagerfeuer geschart hatten, standen auf, als Tsun zu seinem Vetter trat. Er setzte sich neben Tul-lok, der die Klinge seines langen Schwerts schliff. Tsun seufzte. Die Höflichkeit, die ihm bekundet wurde, ließ erkennen, daß viele Leute wußten, wer er war. Tul-lok spuckte auf den Wetzstein, um ihn feucht zu halten. Einer von Tul-loks Leuten verbeugte sich, zog den Atem ein und bot Tsun Tee an. Gereizt gab Tsun ihm einen Wink, zu verschwinden.

«Warte mal! Ehe du weggehst, sage mir, woher du weißt, wer ich bin.»

Die Frage war dem Mann unangenehm; er lächelte und deutete auf einen anderen, der auf der gegenüberliegenden Seite des Feuers saß. «Er hat es mir gesagt, Rimpotsche.»

«Mittlerweile werden wohl alle über dich im Bilde sein», sagte Tul-lok. «Diese Frau, Norden, hat jedem, der es hören wollte, von der Zerstörung von Dordsche Ri-gon erzählt.»

«Zuviel essen ist Gift, zuviel reden ist ebenso schädlich», sagte Tsun scharf. «Zweifellos gibt sie mir die Schuld, und ich kann es verstehen.»

«Das hat sie in der Tat getan! Zuviele Leute wissen, wer du bist, Vetter. Du mußt dich verkleiden und dich in der Menge verkrümeln.»

Tsun lachte, aber Tul-lok hatte es ernst gemeint und deutete auf die langsam vorbeiziehenden Menschen und Tiere. «Einer von meinen Leuten kann deine Kleider anziehen und vorgeben, du zu sein, so daß du nicht vermißt wirst. Wir können sagen, du habest ein Schweigegelübde abgelegt.»

«Aber Kesang, Rintschen und sogar der Hund würden sofort wissen, daß ich es nicht bin.»

Tul-lok seufzte. «Vetter, du hast keinen Funken Phantasie. Es wäre ganz natürlich, daß derjenige, der sich für dich ausgibt, sich von den anderen fernhält, denn du würdest meditieren. Er könnte den Kopf verhüllen. Das wäre doch nicht schwierig.»

«Aber wie lange kann man einen solchen Mummenschanz aufrechterhalten?» Tsun wählte unter den verschiedenen silbernen Gerätschaften zur Körperpflege, die an seinem Gürtel hingen, einen Ohrlöffel und begann sich das linke Ohr zu reinigen. «Zu guter Letzt würde jemand den Betrüger entlarven.»

«Natürlich, Vetter, aber wie lange brauchst du, um dich abzusetzen? Ein paar Stunden? Vielleicht weniger. Die Zeit, die wir durch den Mummenschanz gewinnen, macht den Plan sicherer.»

«Dann wäre ich in Sicherheit, aber was ist mit den anderen? Ich bin für die gesamte Gruppe verantwortlich. Sie sind alles, was von Dordsche Ri-gon geblieben ist.»

«Du hast eine größere Verantwortung. Wie du mir gesagt hast, würde die Ermordung des Verteidigungsministers nicht nur deinen Auftrag, sondern ganz Tibet gefährden. Ich sage es dir noch einmal: Wenn du nicht heute abend verschwindest, wird dein Auftrag niemals ausgeführt werden. Dein Spitzel ist nicht der einzige im Lager.» Tul-lok spuckte auf den Wetzstein und fuhr fort, seine Klinge zu schleifen.

«Nein, die Han werden uns immer finden, Tul-lok. Sie müssen wirklich sehr beunruhigt sein wegen der Petition, wenn sie sich so viel Mühe geben, sie in die Hand zu bekommen.» Tsun dachte einen Augenblick nach. «Es gibt noch eine Möglichkeit.» Mit einer Schleuderbewegung befreite er den Ohrlöffel vom Ohrenschmalz. «Du könntest die Petition nehmen. Worin besteht der Vorteil, wenn ich sie habe? Hunderte von Tibetern wissen es, und die Han bestimmt auch. Ich werde sagen, daß ich allein nach Lhasa gehe, so daß die Han weiterhin glauben, ich hätte die Petition. In Wirklichkeit werde ich mich aber in die Einsamkeit zurückziehen, was es noch schwieriger machen wird, mich zu finden, und du wirst die Petition überbringen. Keiner außer uns beiden wird es wissen.»

Tul-lok schüttelte den Kopf und ließ die Klinge seines Schwerts zwischen den Fingern durchlaufen, um den gelben Staub vom Schleifen abzustreifen.

«Du kennst Ausländer. Ich nicht.»

«In Kalimpong sind tibetische Kaufleute und Adelige, die dir helfen werden.»

Tul-lok antwortete nicht.

«Außerdem», fuhr Tsun fort, «bist du kein Mönch mehr und kannst die Petition ungehinderter beschützen. Vielleicht habe ich die Petition für wichtiger gehalten als alles andere. Norden hat insofern recht, als man seinen Charakter nicht ändert, wenn man das geistliche Gewand anlegt. Warum würde ich sonst Gold für Munition und Waffen überbringen? Als ich meine Gelübde ablegte, habe ich geschworen, nicht zu töten.»

«Was ist daran unrecht, wenn du Gold überbringst?» Tul-lok zwinkerte ihm zu und lächelte, aber er wußte, daß Tsun nicht so naiv war, sich mit dieser einfachen Sichtweise abzufinden. Er sah seinen Vetter besorgt an.

«Glaubst du an das, was der Widerstand tut?» fragte Tul-lok. «Ich mache mir nichts vor. Ich weiß, was geschehen wird, weil ich töte, aber ich denke auch daran, daß es ebenso gut ist wie das, was jene taten, die das Land von König Langdarma befreiten. Sie retteten die Religion vor der Verfolgung durch den Abtrünnigen. Nach Hunderten von Jahren halten wir die Mörder des Königs noch in Ehren. Das Gute hat das Böse überwogen. Tut der Widerstand jetzt weniger? Ist denn jetzt nicht nur die Religion, sondern auch das Volk in Gefahr?»

«Ich respektiere den Widerstand, Tul-lok. Würde ich nicht an das glauben, was er tut, hätte ich mich überhaupt nicht bereit erklärt, die Petition zu überbringen. Aber du weißt ganz genau, daß die Gelübde, die ein Mönch ablegt, leicht gefährdet werden können. Ich erhielt von Dordsche Rimpotsche heilige Lehren, und meine wichtigste Pflicht besteht darin, diese Lehren weiterzugeben. Vor allem jetzt, da Dordsche Ri-gon zerstört ist. Die Verantwortung ist noch größer geworden. Heißt es nicht, daß jedes Dorf seinen eigenen Dialekt hat und jeder Lama seine eigene Lehre? Deshalb ist Dordsche Rimpotsches Lehre einzigartig. Wenn ich nicht ihr entsprechend lebe, mache ich ihre Weitergabe zum Gespött. Nein, Tul-lok, aus vielen Gründen ist es richtig, daß du die Petition übernimmst.»

Tul-lok steckte sein Schwert in die Scheide. «Und Genyen?»

Tsun lachte. Sie konnten noch immer in den Gedanken des anderen lesen.

«Sie beeinflußt meine Entscheidung auch, aber nicht ausschließlich. Was immer in der nächsten Zeit geschieht, es wird nicht einfach sein. Das Volk erwartet in seiner Not geistige Hilfe von den Lamas. Ich muß tun, was in meinen Kräften steht, um sie zu gewähren, aber um dazu in der Lage zu sein, muß ich mich in die Einsamkeit zurückziehen und mich darauf vorbereiten. Nachdem mich die Han so lange und so weit verfolgt und soviel Mühe aufgewandt haben, mich gefangenzunehmen, werden sie mich nicht gerade wie einen Ehrengast behandeln.» Er lächelte.

Sie schwiegen, während Tul-lok seine Pfeife stopfte. Beide wußten, daß man sie bei den Tamsings öffentlich foltern würde, falls man sie gefangennahm.

«Alles, was du sagst, ist richtig, Vetter», sagte Tul-lok. Tsun wartete auf eine Einschränkung, aber es kam keine. Er beschäftigte sich weiter mit seinem Ohrlöffel.

«Die Han haben es nicht nur auf mich abgesehen, Tul-lok, sondern auch auf Kesang. Weil er der Tulku von Dordsche Rimpotsche ist und weil er jung ist, hoffen sie, sich seinen Einfluß zunutze zu machen wie den des Pantschen Lama. Sie wissen auch, daß ich, wenn sie ihn als Geisel hätten, mich ergeben würde.» Tsun hielt inne. Beide sahen auf vier von Tul-loks Leuten, die auf der anderen Seite des Feuers würfelten, ohne sie wirklich wahrzunehmen.

Tsun brach schließlich das Schweigen. «Hast du einen Entschluß in bezug auf Tschen-Yi gefaßt?»

Tul-lok schüttelte den Kopf. «Ich habe mit denen, die es angeht, noch nicht sprechen können.» Er hielt einen glühenden Zweig vom Feuer an den Pfeifenkopf. Tsun sah ihn scharf an.

«Halte mich nicht zum Narren, Vetter.»

Tul-lok nahm die Pfeife aus dem Mund und murmelte mit einem Anflug von Spott: «Das würde ich nie tun.»

Er entzündete die Pfeife, dann wandte er seinem Vetter sein kräftiges, braunes Gesicht zu.

«Tsun, du bist aus vielen Gründen auserwählt worden, die Petition zu überbringen. Du hast alles miterlebt, was darin erwähnt wird. Das wird den Indschis Eindruck machen.»

«Du hast ebensoviel erlebt.»

«Vetter, ich bin ein abtrünnig gewordener Mönch. Ein Brigant, der Tibet nie verlassen hat. Du bist das respektierte Oberhaupt eines Klosters, ein Lama, geehrt, wo immer du hingehst. Du verstehst die Sprache der Indschis und ihre Lebensweise. Nun sag selbst, wer von uns ist geeigneter, die Petition zu überbringen? Du mußt es entscheiden.»

Tsun langte nach der Teekanne, die auf einem Stein neben dem Feuer warmgehalten wurde, und winkte einen der Khampas weg, der aufgestanden war, um ihm behilflich zu sein. Er füllte erst Tulloks Schale, dann seine. Schließlich trank er einen kräftigen Schluck und lächelte.

«Ich werde die Petition überbringen, Tul-lok.»

Lopsang wog die kleinen, behaarten Hautbeutel in der linken Hand. Die rechte ruhte auf dem Sattelknauf.

«Der Geruch ist stark.» Die Gruppe kam nur noch im Schritt voran, da die Flüchtlingskarawane sich einer Schlucht näherte, die aus der Ebene hinausführte.

«Sie wurden im Winter entnommen, wenn die Hirsche schlachtreif sind», sagte Norden. Lopsang befühlte und beschnupperte die Beutel, während sie weiterritten.

«Was haben Sie dafür gegeben?»

«Oh, sehr wenig, ein paar Lebensmittel.»

Voller Zweifel beäugte er die Drüsen.

«Sie waren spottbillig», beharrte Norden. «Der Moschus ist von bester Qualität. In Kalkutta könnten wir einen guten Preis dafür bekommen, und in Lhasa, wo so viele Han sind, wahrscheinlich einen noch höheren.»

«Sind denn diese modernen Han wie ihre Vorväter? Halten sie Moschus immer noch für ein Aphrodisiakum, oder wollen sie überhaupt eins?»

Norden lachte.

«Sie sind immer noch Han und immer noch Männer!»

Pema ritt an ihre Seite. Als sie merkte, daß sie störte, wollte sie umkehren, aber Lopsang winkte ihr, dazubleiben. Er nickte Norden zu, ließ die beiden Frauen allein und ritt zu Tsun und Rintschen.

Norden schlang ihre Zügel über den Sattelknauf, wickelte jeden Beutel sorgfältig ein und steckte sie in ein Ledertäschchen.

«Moschus?» fragte Pema.

Norden nickte und gab ihr die Beutel, die von der Bauchhaut eines Moschustiers abgeschnitten worden waren. Pema schnupperte daran.

«Verkaufen Sie sie so, wie sie sind?»

«Sie sind in gutem Zustand. Wenn ich das Drüsensekret zwischen den Häuten lasse, bekomme ich den besten Preis.»

«Wofür wird Moschus verwendet?»

Norden lächelte, ein wenig verwundert über die Frage.

«Als Aphrodisiakum. Es heißt, ein Körnchen davon mache einen Mann zu einem unersättlichen Liebhaber.»

«Stimmt das?»

Norden zuckte die Schulter. «Wenn man's glaubt, vielleicht. Ich kann ihn auch als Weihrauch verkaufen.»

Pema staunte über die verblüffende Erfindungsgabe des Menschen, wenn es sich um seine Gelüste handelt, und über das Los des armen Moschushirsches, der nur sein Weibchen anlocken will und statt dessen den Pfeil des Jägers auf sich zieht.

«Wollen Sie auf eine Handelsreise gehen, Ehrwürdige Mutter?»

Norden musterte sie mit einem listigen Blick. «Das würde ich gern, aber wer weiß, ob es klappt in diesen unruhigen Zeiten? Was willst du in Lhasa tun?»

«Ich weiß es nicht», antwortete Pema. «Es hängt von meinem Bruder ab, er führt uns.»

«Er führt uns in die Hölle!» Die Worte klangen unwillkürlich zornig, aber Norden beobachtete scharf, wie Pema reagierte.

«Warum werden wir die ganze Zeit verfolgt? Stimmt es, daß er eine Petition überbringt?»

Norden nickte. «Für diese Petition ist alles geopfert worden. Man hat mir erzählt, wie dein Bruder war, ehe er Mönch wurde: leichtfertig und ungestüm. In all den Jahren, in denen er dem Orden angehört, hat er sich nicht geändert. Einen solchen Mann kann man nicht zähmen. Er hat Geschmack gefunden am lockeren Leben und an den Frauen. Solche Gewohnheiten legt man nicht so leicht ab.»

«Ist er denn ein guter Mönch gewesen?»

«Ja», gab Norden widerstrebend zu. «Obwohl ...» Sie war voller Wut über die Neuigkeiten aus Dordsche Ri-gon. «Ist dir aufgefallen, wie er Genyen ansieht?»

Pema nickte und begann sich zu fragen, ob ihre frühere Zuneigung all die Jahre überdauert hatte.

Norden runzelte die Stirn. «Wenn er schon so spät in den Orden eintreten mußte, dann hätte man ihn wenigstens nicht zum Abt machen sollen. Seine Kleidung hat sich verändert, aber nicht sein Charakter», sagte sie voller Bitternis.

Erregt und impulsiv, wie sie war, dachte Pema, dies könnte der richtige Augenblick sein, um endlich etwas mehr zu erfahren.

«Was steht denn in der Petition, derentwegen die Han Jagd auf ihn machen?»

«Es ist ein Bericht über die Lage in Kham und ein Appell an die Vereinten Nationen.»

«Was ist denn das?»

«Das ist eine Vereinigung aller Länder, die einander helfen sollen, Frieden zu halten. Ich habe etwas darüber gehört, als ich in Indien war.»

Pema erinnerte sich undeutlich, in der Schule gelernt zu haben, daß es sich um eine Kampfgemeinschaft der Imperialisten handelte.

«Ist die Petition für die Han so wichtig?»

«Ihretwegen haben sie Dordsche Ri-gon zerstört.»

Sie nahm Pema den Moschus ab und steckte die Beutel in ihre Amba.

«Ich kann darüber nicht sprechen. Mein Sohn ist jetzt bettelarm wegen deines Bruders. Ich habe ihn gewarnt, daß er Unheil über uns bringen würde. Aber nein! Er mußte unbedingt weitermachen!»

«Tsun, schau mal!» Kesang deutete auf eine sechs Meter hohe, in den Fels eingemeißelte und teilweise bemalte Statue von Tschenresi. Daneben befand sich ein Mani-Steinhaufen. Sie stiegen ab und gingen hinüber, um einen genaueren Blick darauf zu werfen, und Kesang wies auf eine primitive Bedachung aus Zweigen über dem Eingang zu einer kleinen Höhle neben der Skulptur. Eine Gestalt in einem zerfetzten rötlichbraunen Gewand trat aus der Höhle.

«Es wäre mir eine Ehre, Rimpotsche, wenn Sie mit mir Tee trinken würden.» Eine alte Frau mit zerfurchtem Gesicht, kahlgeschorenem Kopf und zahnlosem Mund lächelte die beiden Lamas an. Sie traten ein und setzten sich, während die alte Frau ihnen aus einer irdenen Teekanne, die am Feuer warmgehalten wurde, Tee in ihre hölzernen Schalen einschenkte. Keiner von beiden war sonderlich überrascht, daß die Frau sie kannte. Es war ein Zeichen dafür, daß sie auf dem geistigen Pfad weit fortgeschritten war.

«Tsun-la.» Kesang machte ihn auf eine Antilope aufmerksam, die es sich im vorderen Teil der Höhle auf einem Sonnenfleck behaglich gemacht hatte und die Fremden mit ihren schwarzen, glänzenden Augen neugierig betrachtete.

«Guter Tee», sagte Tsun. «Hochwillkommen nach einer solchen Kletterei.»

«Nein, nein!» Die alte Frau zog ihren Umhang über den kahlgeschorenen Kopf. «Der Tee ist sehr minderwertig.»

Das ist er wahrlich, dachte Tsun bei sich.

«Die Geste des Gebens ist vortrefflich», sagte er.

Sie lachte über sein Kompliment, gegen das sie sich nicht auf die übliche Weise verwahren konnte.

«Woher kommen Sie, Rimpotsche?»

«Aus Litang.»

«All diese Menschen, Rimpotsche?» Sie zeigte auf die Tausenden, die man von hier oben immer noch über die Ebene ziehen sah. «So lange bin ich hier schon allein, und plötzlich scheint es, als komme die ganze Welt zu mir. Warum, Rimpotsche?»

«Die Leute fliehen vor den Han.»

Die alte Frau schüttelte betrübt den Kopf.

«Wie lange sind Sie schon hier?» fragte Kesang.

Sie zuckte die Schultern und lachte. «Ich war schon lange vor meiner Geburt hier.» Sie tätschelte die Antilope, die ihr die Hand leckte.

«Woher kommen Sie?»

«Aus dem Norden.»

«Und wo sind Sie überall gewesen?» Kesang ließ nicht locker.

«Im Osten, Westen und Süden. Mit den Winden der vier Himmelsrichtungen.»

«Haben Sie denn kein Zuhause?»

«Ich bin zu Hause, wo immer ich bin, Rimpotsche.»

Kesang runzelte die Stirn. «Sind Sie eine Hexe?»

Die alte Frau bog sich vor Lachen; dann traten ihr Tränen in die Augen, und ihr Gelächter verebbte. Unwillkürlich streckte sie eine von Sonne und Schmutz geschwärzte Hand nach ihm aus, zog sie aber wieder zurück, denn sie fand es ungehörig, jemand von so hohem Rang zu berühren, doch Kesang hielt sie in seinen Händen fest.

«Wäre ich doch eine Hexe», murmelte sie, und obwohl sie dem Jungen zulächelte, waren ihre Augen dabei auf Tsun gerichtet, und dieser sah eine unendliche Traurigkeit in ihnen, die ihn mit Schrekken erfüllte.

«Ich bin bloß eine Pilgerin, Rimpotsche, eine Nonne.»

«Und warum haben Sie Tschenresi bemalt?»

«Aber warum nicht, Rimpotsche?»

«Es ist doch so einsam hier, niemand wird es sehen.» Der Junge nippte geräuschvoll an seinem Tee.

«Ich habe einfach da gemalt, wo ich malen mußte.» Sie lachte, aber Kesang verstand nicht, daß es keine Rolle spielte, wer die Statue zu Gesicht bekam oder ob überhaupt jemand sie zu Gesicht bekam, auch nicht, ob sie gut oder schlecht gemalt hatte. Es war ein unbefangener, echter Schöpfungsakt. Aber etwas in Kesang sprach darauf an, denn er stellte seine Teeschale hin, nahm eine Glücksschärpe aus seiner Amba und ging hinaus in den Sonnenschein, um sie der tausendarmigen Skulptur zu Füßen zu legen. Als er bei seiner ehrfurchtsvollen Verbeugung den kalten Fels berührte, erschauerte er. Der Wind trug den leichten Stoff der Glücksschärpe rasch davon. Es schien Kesang, als wäre die Figur aus der Nacht, aus dem Schoß von Dämonen, Feen, Göttern und Göttinnen herausgezerrt und in den Felsen geschlagen worden.

Die Antilope sprang auf, als er in die Höhle zurückkam: sie war nicht an Fremde gewöhnt.

«Sind Sie an den heiligen Stätten gewesen?» fragte Tsun die Nonne.

«Ja, Rimpotsche.»

Kesang setzte ihr nun mit Fragen über ihre Pilgerfahrten zu, und während sie die heiligen Stätten beschrieb, erlebte sie alles von neuem. Ihr Verhalten war von großer Schlichtheit – es hatte nichts Berechnendes oder Gekünsteltes an sich; alles, was sie sagte oder tat, war völlig ungezwungen und natürlich. Sie ermutigte Kesang, die Antilope zu streicheln, die sich allmählich seine Liebkosungen gefallen ließ. Als seine Aufmerksamkeit sich ganz auf das Tier konzentrierte, sagte die Nonne zu Tsun: «Rimpotsche, ich muß mit

Ihnen sprechen.» Sie ging ein wenig beiseite, damit Kesang sie nicht hören konnte.

Als Tsun aufstand und ihr folgte, sah ihn die Nonne so angstvoll an, daß ihr Blick ihm in der Seele weh tat. Das Schweigen währte lange.

«Fürchten Sie sich nicht zu sprechen, ich habe bereits in den Spiegel des Todes geschaut.»

«Rimpotsche...» Aber sie wußte nicht, wie sie es ihm sagen sollte. Aus ihrer Qual und ihrem Zögern entnahm Tsun mehr, als sie hätte in Worte fassen können.

«Rimpotsche, was immer Ihnen widerfährt, Ihr Schicksal ist es, die Lehre weiterzugeben.»

Tsun war verdutzt. Das war es doch schon, seit er Mönch geworden war.

«Welche Niederlagen Sie auch immer erleiden mögen, Rimpotsche, wenn die Zeit kommt, hören Sie auf diese Worte und seien Sie gewiß, daß Ihr Schicksal besonders segensreich ist. Ihr Name wird wie der wispernde Wind im Wald sein, der unmerklich unzählige Blätter bewegt.»

Norden zog die Ohrenklappen ihrer Pelzmütze herunter und warf zwei Stück Yakdung auf das Feuer. Der durch die große Zahl von Flüchtlingen hervorgerufene Bedarf an Brennmaterial hatte selbst den Dung knapp werden lassen. Im Schein der Flammen, die über das unbewegte Gesicht des Mönches zuckten, sah Norden zu, wie Tsun meditierte. Er hatte Lopsang und Rintschen davon überzeugt, daß es besser wäre, wenn er allein meditierte und die Schutz-Zeremonie zur Abschwächung des Fluches erst am nächsten Abend durchgeführt würde. Da in der letzten Nacht nichts geschehen war und während des Tages keine Anzeichen dafür zu erkennen gewesen waren, daß der Fluch wirksam werden würde, hatte die Spannung nachgelassen. Aber Lopsang und Rintschen hatten vereinbart, abwechselnd über Tsun zu wachen, während er in tiefer Kontemplation dasaß.

Als Rintschen Tee einschenkte, zog er vorsichtig auch Tsuns Holzschale aus seiner Amba, damit er wisse, daß es Tee gab, falls er trinken wollte. Trotz der Kälte waren Schweißperlen auf Tsuns Gesicht erschienen. Rintschen erschrak, doch Tsun hatte unnachgiebig darauf bestanden, sich allein vorzubereiten. Man mußte abwarten.

Lopsang, Rintschen und Norden saßen über eine Stunde am Feuer, beobachteten und meditierten. Tsun regte sich nicht, nur sein Atem ging stetig und rhythmisch, und die Schweißperlen rannen ihm übers Gesicht. Dann und wann trat einer von den anderen ans Feuer, trank schweigend Tee und sah dem Lama bei seinem stummen Ringen zu. Allmählich scharte sich die gesamte Gruppe um Tsun, um zu helfen, denn obwohl sein Gesicht ausdruckslos blieb, spiegelte es auf beinahe unmerkliche Weise seinen inneren Überlebenskampf wider.

«Om Mani Padme Hum, Om Mani Padme Hum.» Die leise gemurmelte Anrufung Tschenresis umhüllte Tsun in der kalten Dunkelheit. Pema zählte die Gebete an ihrer Kette ab, Nordens Mani-Mühle drehte sich unablässig; Kesang und die anderen Mönche ließen die Perlen ihrer Gebetsketten durch die Finger gleiten und richteten ihre Gedanken auf Tsun.

Norden bemerkte die Veränderung in Tsuns Gesicht als erste. Unwillkürlich ergriff sie Kesangs Arm. «Schau mal!» Tsuns Augen öffneten sich langsam, und die gemurmelten Gebete verklangen. Der Abt lächelte in die schweigende Runde und wischte sich den Schweiß vom Gesicht. Genyens Freudenruf löste die allgemeine Anspannung, alles begann zu reden und Fragen zu stellen. Pema reichte ihrem Bruder eine Schale Tee und sah ihn scheu an, eingeschüchtert durch die Spuren des geistigen Kampfes auf seinem Gesicht. Als sie ihm in die dunklen, freundlichen Augen sah und murmelte: «Ist es vorüber?» huschte ein Schimmer von Beunruhigung über sein Gesicht, dann nickte er bedächtig.

«Namgyal, sieh mal!» Kesang deutete auf ein winziges weißes Licht in der Dunkelheit, das von dem baumbestandenen Hang über ihnen zu kommen schien. Im selben Augenblick hörten sie den Alarmruf der Späher und sahen auf der anderen Seite des Tals weitere Lichtpunkte aufschimmern und Blinkzeichen aufleuchten.

Die Flüchtlinge erkannten, daß sie umzingelt waren. Als sie auf die Lichtpunkte zu schießen begannen, eröffneten die Han das Feuer und belegten von den umgebenden Hügeln aus das Lager im Tal mit Granaten.

22

Überall herrschte ein heilloses Durcheinander, während Tausende von Flüchtlingen versuchten, sich zu verteidigen oder unter dem verheerenden Granatfeuer der Han einen Ausweg aus dem Tal zu finden.

«Samden!» schrie Genyen und drehte die Trommel ihres Revolvers, um zu überprüfen, ob er voll geladen war. «Lösch das Feuer!»

«Es müssen ja Tausende sein», rief Pema der Nomadenfrau zu, während sie ihrem Pferd den Sattel auflegte und den Gurt über der Satteldecke festzog.

«Los! Los! Macht schon, steht auf!» schrie Dschigme und schlug die beiden Maulesel, um sie auf die Beine zu bringen. Norden rannte mit zwei Teekannen herbei, die sie den Mauleseln aufzuschnallen begann, und Samden warf ein paar Handvoll Erde auf das Feuer, um es zu ersticken.

«Namgyal!» rief Lopsang. «Sieh dich um!» Ein durchgehendes Pferd raste auf den Jungen zu, der das Butterfaß trug. Namgyal drehte sich um und blieb wie hypnotisiert stehen. Tschampa gelang es gerade noch, ihn beiseite zu ziehen. Norden schrie vor Schreck auf, als eine Kugel ihren roten, bestickten Filzstiefel streifte. 200 Meter entfernt stieg ein großer, rauchender Feuerball aus dem Boden.

«Halt es ja fest!» schrie Samden Pema zu, deren Pferd sich vor Angst aufbäumte und ihr fast die Zügel aus der Hand riß. Sie versuchte den Hufschlägen auszuweichen. Samden packte die Zügel und trieb das Pferd in den Schutz einiger Felsen, wo sich die übrige Gruppe schon gesammelt hatte. Ringsum schrien Menschen und rannten in alle Richtungen; im ganzen Tal bebte der Boden von den Explosionen der Granaten.

Tsun kroch zu Genyen hinüber.

«Sieh mal», sagte er. «Da ist ein ziemlich großer Abstand zwischen den Lichtern. Die Bäume würden uns Deckung geben.»

«Vielleicht warten die Han genau darauf.»

Tsun grinste, seine tadellosen weißen Zähne blitzten in seinem tiefgebräunten Gesicht. «Und was für eine Chance haben wir hier unten?»

Genyen zuckte die Schultern. Die Han setzten Granatwerfer, Maschinenpistolen und MGs ein, und die Tibeter hatten nur rückstoßfreie und Selbstladegewehre, knapp ein halbes Dutzend MGs und viele Luntenschloßmusketen. Eingeschlossen und mit wenig Deckung, würden sich die Flüchtlinge bald ergeben müssen oder abgeschlachtet werden.

Tul-lok hatte sich an einen Felsen gelehnt und entzündete seelenruhig seine Pfeife. Er fluchte leise, weil der Funke des Feuersteins den Tabak nicht in Brand setzen wollte.

«Geh in Deckung!» schrie Tsun und zog Kesang nach unten, der neugierig über den Felsen spähte.

«Hast du ein Streichholz?» rief Tul-lok.

Der Abt warf ihm eine Schachtel hinüber. Tul-lok zündete sorgsam seine Pfeife an, dann zielte er sorgfältig und gab einen einzigen Gewehrschuß auf den nächsten Lichtpunkt einige hundert Meter hügelaufwärts ab. Das Licht erlosch, und alles jubelte. Doch nun hatte die Gruppe das Feuer der Han auf sich gezogen. Tul-lok nahm den Feldstecher zur Hand, um das verräterische Mündungsfeuer auszumachen; alle kauerten sich dicht an die Felsen, während Kugeln und Steine in alle Richtungen flogen.

«Hast du das gesehen?» rief Tul-lok, den Lärm übertönend.

«Klar!» erwiderte Tsun.

«Da hast du aber in ein Wespennest gestochen», schrie Genyen.

«Aus den Bäumen zwischen den Lichtern ist nichts gekommen.» Tul-lok deutete hinüber. «Links von uns ist ein Maschinengewehr und rechts ein Granatwerfer, aber es sind nicht so viele, wie sie uns glauben machen wollen. Meine Leute werden euch Deckung geben und das Han-Feuer auf sich lenken, während ihr euch zu den Bäumen durchschlagt.»

«Und ihr?»

«Wir werden hier gebraucht, es sind so wenige vom Widerstand bei den Flüchtlingen.»

«Sicherer ist es auf jeden Fall hier unten», murmelte Genyen, dann schrie sie: «Macht euch fertig, wir ziehen ab! Bleibt dicht zusammen und nehmt den Mauleseln die Glocken ab!»

Kesang stopfte Senge in seine Tschuba. Tsun gab seinem Vetter die Hand. «Wir treffen uns dann in Lhasa.»

Tul-lok nickte. «Gib mir deine Schleuder, Namgyal.»

Er legte eine Handgranate in die Schleuder, zog den Stift heraus, ließ die Schleuder einmal über seinen Kopf wirbeln, und die Handgranate schoß davon.

Sie explodierte weit vor den chinesischen Stellungen in einem Flammen- und Rauchpilz, der es Tsun und seiner Gruppe aber immerhin ermöglichte, unbemerkt den Aufstieg auf dem steilen, mit Gebüsch und Geröll bedeckten Hang zu beginnen.

Sie kamen langsam voran, weil die Pferde und Maulesel Schwierigkeit hatten, festen Halt zu finden. Manchmal mußten sie im Zickzack über den Hang gehen. Unterhalb von ihnen feuerten Tulloks Leute unablässig und warfen immer wieder Handgranaten, um die Han abzulenken. Von oben war, abgesehen von den Granatwerferexplosionen, kaum zu sehen, was vor sich ging, dafür aber genug zu hören: Schreie von Männern, Frauen und Kindern, das Rattern der automatischen Waffen der Han und das unregelmäßig antwortende Feuer von Gewehren, Revolvern und Luntenmusketen.

Pema betete darum, daß die Han das Hufgetrappel nicht hören würden. Sie sah hinauf zu den Kiefern, hoch über ihnen, die noch genausoweit weg zu sein schienen wie vorher. Sie griff nach den kahlen Ästen eines verkümmerten Strauchs und zog daran, um ihrem Pferd den Aufstieg zu erleichtern. Dicht vor ihr gerieten die Hinterbeine von Rintschens Pferd auf dem Geröll ins Rutschen. Verzweifelt versuchte das Pferd, sich im Gleichgewicht zu halten, während der Boden unter ihm nachgab, dann knickten seine Beine ein. Pema beugte sich vor, so weit sie konnte, und packte das Pferd am Schwanz.

«Dschigme», rief sie dem jungen Mann neben ihn leise zu, «stütz ihm die Flanke, sonst rutscht es ab.»

Gemeinsam schafften sie es, das Pferd so lange festzuhalten, bis es wieder Fuß faßte und auf festeren Boden gelangte.

Jedesmal, wenn eine Granate im Tal explodierte, scheuten die Pferde aufgeregt.

«Was sind das für rote Lichter, die sie abschießen?» fragte Kesang den Abt.

«Leuchtspurgeschosse, die ihnen das Zielen erleichtern. Komm weiter, Kesang. Bleib nicht zurück.»

Genyen richtete den Blick gen Himmel. «Rimpotsche, machen Sie Gebrauch von Ihren Kräften, damit der Mond hinter den Wolken bleibt.»

Im unwillkommenen Mondschein würden die Han sie leicht sehen, und da es bis zu den Bäumen so gut wie keine Deckung gab, wären sie ihnen schutzlos preisgegeben.

Immer mehr Steine rollten bergab. Genyen gab der Gruppe ein Zeichen anzuhalten. Gespannt warteten sie ab, ob die fallenden Steine die Aufmerksamkeit der Han erregen würden. Als nichts geschah, saßen sie ab und zogen, vor Anstrengung keuchend, die Pferde hinauf in Richtung der Bäume. Sie waren ihnen jetzt ganz nahe.

«Herr der Barmherzigkeit!» murmelte Norden. Sie blickte zurück ins Tal, dessen Schwärze von den dichten, dunkelrot glühenden Rauchfahnen der Granatexplosionen überstrahlt wurde.

«Der Mond!» rief Genyen warnend. Eiligst stürzten sie auf den Schatten der Bäume zu, während die Wolken aufrissen. Nur Norden war zurückgeblieben und mühte sich verzweifelt, auf dem losen Geröll nicht den Halt zu verlieren. Von oben hörte man Han schreien, dann das schnelle Tak-Tak von Maschinengewehren, und Kugeln prasselten auf die Steine ringsum. Kesang sah sich nach seiner Mutter um, die immer wieder abrutschte und stürzte.

«Ama-la!» schrie er.

Sie war beinahe am Waldrand angelangt, als sie plötzlich aufschrie und verkrümmt zu Boden stürzte.

«Ama-la! Ama-la!» Kesang rannte durch den Rauch, der in dichten Schwaden zwischen den Bäumen hing.

Seine Mutter lag blutüberströmt auf der Seite, die Arme seltsam abgewinkelt.

«Ama-la ...»

«Nein ... bleib weg ...» keuchte sie.

Tsun rannte ebenfalls herbei und duckte sich vor den ringsum einschlagenden Kugeln. Er packte Kesang.

«Er darf mein Blut nicht berühren, sonst wird seines fließen», flüsterte Norden mit letzter Kraft.

«Ama-la ...» Kesang schrie vor Verzweiflung, als er merkte, daß es mit seiner Mutter zu Ende ging. Tsun versuchte, ihn von der grausigen Szene wegzuziehen.

«Nein!» schrie der Junge. «Nein! Ama-la, Tsun, laß mich hierbleiben.» Aber da war Pema schon herbeigeeilt und hatte ihn fortgerissen.

Tsun zuckte zusammen, als er sich über Norden beugte und ihr zerschmettertes Gesicht sah. Ein Augapfel hing nur noch an einem Faden. Unter ihr quollen ihre Eingeweide heraus. Sie stöhnte vor Qual. Tsun konnte ihr nicht mehr helfen. Er wünschte nur, daß sie gleich sterben würde und sich nicht lange quälen mußte. Schnell warf er einen Blick in die Runde. Genyen und ihre Leute lagen hinter den Bäumen und versuchten, die nun von allen Seiten vorrückenden Han aufzuhalten. Er beugte sich wieder über Norden, die das Bewußtsein verloren hatte. Er legte ihr die Hand auf den Kopf und sprach inmitten des Kugelhagels ein Gebet, um ihr Bewußtsein zu übertragen und eine günstige Wiedergeburt für sie zu sichern.

Norden, die Ehrwürdige Mutter, war tot.

Namgyal zog an Tsuns Tschuba und deutete auf mehrere Gestalten, die rechts von ihnen den Hügel heraufkamen.

«Rimpotsche, die Han!»

Sie rannten in den Schutz der Bäume, wußten aber nicht genau, welche Richtung die anderen eingeschlagen hatten. Ihre Verfolger eröffneten das Feuer, und Kugeln pfiffen um sie herum.

«Tsun-la!» Pema stand plötzlich vor ihnen. Kesang, der ihre Hand hielt, fragte nicht nach seiner Mutter, aber sein Gesicht war tränennaß.

«Wo sind die anderen?»

«Ein Stück voraus, glaube ich.»

Tsun schnallte sich den Gürtel ab, an dem die Geldtaschen mit dem Waschgold und der Lederbeutel mit der Petition hingen.

«Pema», sagte er und hielt ihr den Gürtel hin, «weißt du, was das ist?»

«Ja.» Sie machte ein überraschtes Gesicht.

«Heb ihn für mich auf. Falls mir etwas zustößt oder wir getrennt werden sollten, sieh zu, daß Genyen oder Tul-lok ihn an sich nehmen. Viele haben Opfer dafür gebracht, damit er sein Ziel erreicht.»

Pema nickte unsicher, nahm den Gürtel, schob ihn unter die Falte ihrer Tschuba und schnallte ihn sich um die Taille.

«Wenn du gefangengenommen wirst», sagte er, «verstecke den Gürtel, vergrabe ihn, verbrenne ihn. Tu, was immer möglich ist, aber laß die Han ihn nicht bekommen.»

«Warum bittest du *mich* darum?»

Tsun lächelte in der Dunkelheit.

Gebückt führten sie die Pferde, kletterten ständig bergauf und hielten sich im Schutz des Waldes. Die hohen Kiefern standen dicht und verhüllten Mond und Sterne. Tsun hörte etwas durch das Unterholz auf sie zukriechen. Er zog seinen langen Dolch aus der Scheide. Doch dann fing er einige tibetische Wortfetzen auf, und eine Frau mit zwei kleinen Mädchen an der Hand tauchte vor ihm aus der Dunkelheit auf. Bei seinem Anblick erstickte sie einen Angstschrei, aber als sie merkte, daß er Tibeter war, trat sie näher.

«Bitte helfen Sie uns, wir haben uns verirrt.»

«Ich weiß den Weg nicht», antwortete Tsun leise. «Wir haben uns auch verirrt.»

«Bitte», flehte die Frau. Eines der kleinen Mädchen berührte Tsuns Hand.

«Na gut», sagte er.

Insgeheim stöhnte er. Es war schon schwierig genug, sich um die kleine Gruppe zu kümmern. Als sie weitergingen, schlossen sich die Frau und die beiden Mädchen an. Dann merkte Tsun, daß von allen Seiten Frauen und Kinder auf sie zuströmten und sie erwartungsvoll ansahen.

«Woher kommen sie?»

«Aus dem Tal. Unsere Männer haben gesagt, wir sollten die Kinder an einen sicheren Ort bringen, damit sie ungehindert kämpfen können.»

Tsun schätzte, daß ihn etwa zwanzig Frauen und Kinder umgaben. Mit einer so großen, unberittenen Gruppe durch die Linien der Han zu schlüpfen, würde nahezu unmöglich sein.

«Versteckt euch», sagte er. «Bleibt in Deckung. Ich kann euch nicht helfen. Ich weiß auch nicht, wohin ich gehen soll.»

Sie sahen ihn mit verzweifelten Gesichtern an und rührten sich nicht von der Stelle. Tsun seufzte und erkannte, daß es sein Karma war, sie zu führen.

«Bleibt nahe beieinander und seid still!» sagte er.

Die Dunkelheit unter den hohen Bäumen würde es den Han erschweren, sie zu sehen, dachte er, aber auch das Vorankommen war nicht leicht. Der mit Gestrüpp und Blättern bedeckte Boden war voller tückischer Vertiefungen und Mulden. Zweige zerkratzten ihnen die Gesichter, und Wurzeln schienen es direkt darauf anzulegen, sie zu Fall zu bringen.

Die Schlacht hatte sich vom Tal auf die Hänge ausgeweitet, und in allernächster Nähe hörte man das Geschrei von Han und Tibetern. Die Gruppe ging weiter und warf sich immer wieder zu Boden, wenn Granaten in der Nähe einschlugen. Manchmal hörten sie tibetische Stimmen, manchmal Han-Stimmen, und ab und zu rief ein verirrtes Kind nach seinen Eltern.

«Ama-la ...» Eines der Kinder stolperte und schrie auf.

«Pst!» Seine Mutter, die einen Säugling trug, hob es auf. «Komm weiter.»

«Ich kann nicht, Ama-la, mir tut der Fuß weh.»

«Komm, Tsering, du mußt weiterlaufen.»

«Seid still!» zischte Tsun, der ganz in der Nähe chinesische Laute vernommen hatte.

Pema nahm das Kind auf den Arm und trug es. Tsun blickte auf Kesang hinunter. Der Junge drückte den Hund an sich und weinte leise.

Die Han-Stimmen kamen näher. Es war bitterkalt geworden, aber Tsun schwitzte.

«Ama-la, ich habe einen Stein im Schuh», quengelte ein kleines Mädchen.

«Dann nimm ihn raus!»

«Hilf mir doch, Ama-la.»

Die Frau knotete die Bänder auf der Rückseite des Filzstiefels auf. Fieberhaft suchte sie nach dem Stein, während die anderen Frauen und Kinder, die Tsun folgten, leise an ihr vorbeischlichen. Sie verknotete die Schnürbänder wieder und lehnte sich einen Augenblick an einen Baum, um sich auszuruhen. Plötzlich lenkte das Mondlicht ihren Blick auf ein dicht vor ihrer Brust aufblitzendes Bajonett. In panischem Schrecken blickte sie auf und erkannte die verzerrten Züge einer im Tod erstarrten Leiche, die, das Gewehr im Anschlag, an einem Baum vor ihr lehnte. Noch ehe ihr Schrei verhallte, war Tsun zwischen den Frauen und Kindern hindurch hügelabwärts zurückgerannt. Schluchzend, ihre beiden verängstigten Kinder immer noch an der Hand, stolperte ihm die Frau entgegen.

«Es tut mir leid, Kuscho.»

Eine Taschenlampe blendete Tsun.

«Keine Bewegung.» Die Stimme hatte einen starken Han-Akzent. Soldaten der Volksbefreiungsarmee umstellten ihn. Während ihm sein Dolch abgenommen und die Hände gefesselt wurden, durchkämmten die Han das Gebüsch ringsum. Ein Infanterist führte Namgyals, Kesangs und Pemas Pferde an Tsun vorbei, aber von seiner Schwester und den beiden Jungen sah er keine Spur. Es war in der Dunkelheit nicht auszumachen, ob sie gefangengenommen worden waren oder nicht.

DRITTES BUCH
März 1956 bis März 1959

... und die Träger des Glaubens, die glorreichen Wiedergeburten, werden entmachtet und ohne Namen bleiben ...

23

Oberst Liu Ying beobachtete, wie seine kniehohen, schwarzen Lederstiefel das bereifte Gras zerdrückten, während er sich auf den Fersen wiegte. Er war von mittlerer Größe, hatte nur einen Arm und trug eine dicke, wattierte Jacke und eine Mütze.

Er stand vor seinem Zelt und blickte über die 863 Gefangenen hinweg, die in der Mitte des schmalen grünen Tals zusammengetrieben wurden. Kaum hatten die Soldaten die Tibeter einigermaßen in Reih und Glied aufgestellt, als die Ordnung sich auch schon wieder auflöste, weil die Gefangenen auf der Suche nach Freunden und Verwandten herumliefen. Der Oberst wandte sich an den Hauptmann an seiner Seite.

«Ich warte nicht länger», sagte er wütend. «Ich möchte, daß diese Leute in fünf Minuten zum Appell bereitstehen. Sie rennen herum wie aufgescheuchte Schafe.»

Wie alle Gefangenen war Tsun geschwächt von Erschöpfung und Hunger. Er machte Anstalten, sich hinzusetzen, aber ein Soldat befahl ihm stehenzubleiben. Er atmete die eisige, belebende Morgenluft tief ein, aber sie war mit seinem stinkenden Körpergeruch durchsetzt. Ebenso wie die anderen hielt er ständig nach bekannten Gesichtern Ausschau, entdeckte aber keins.

«Achtung! Achtung!»

Die Gespräche verstummten, als alle dem lauten, vom Wind verzerrten Geschrei Aufmerksamkeit schenkten.

«Wer seinen Platz verläßt, wird erschossen! Wer seinen Platz verläßt, wird erschossen!»

Das ewige Hin und Her hörte auf. Der Oberst und seine Begleitung begannen mit dem Appell. Einige Gefangene, die hofften, damit sein Wohlwollen zu erlangen, zogen den Atem ein und verbeugten sich, aber die meisten betrachteten ihn feindselig. Der Oberst und seine Begleitung schritten langsam die Reihe ab und nahmen vor allem die männlichen Gefangenen scharf in Augenschein, aber es wurden weder Fragen gestellt noch Befehle erteilt. Nachdem Tsun sich überzeugt hatte, daß keiner der Soldaten auf ihn achtete, bückte er sich, hob eine Handvoll Erde auf und verschmierte sich damit das Gesicht.

«Kannst du mir deine Mütze leihen?» fragte er einen jungen Mann neben sich, denn sein geschorener Kopf machte ihn als Mönch kenntlich.

Der Mann reichte sie verstohlen herüber. Als die Offiziere sich näherten, versuchte er unauffällig zu wirken, indem er die Augen zu Boden senkte und seine Gedanken ins Leere schweifen ließ.

Der Oberst hielt nur einen Moment vor ihm an und richtete den Blick schon auf den jungen Mann, als eine Hand Tsuns Arm berührte. Die Mütze wurde ihm abgenommen. Er schaute auf. Neben dem Oberst stand jemand in der Uniform der Volksbefreiungsarmee, das Gesicht hinter einer Schutzmaske und einer Schneebrille verborgen. Durch die gefärbten Brillengläser sah Tsun in Lopsangs Augen.

«Abführen», befahl der Oberst.

Zwei Soldaten nahmen Tsun in die Mitte und folgten dem flott ausschreitenden Oberst. «He, das ist meine Mütze!» rief der junge Mann hinter ihnen her.

Im Zelt angelangt, setzte sich Oberst Liu auf einen Klappstuhl.

«Sagt den Leuten und den Gefangenen, daß sie jetzt essen können», befahl er.

Dann trank er ein wenig Wasser aus einem Emailbecher und sah zu Tsun auf, der vor dem Tisch stand.

«Zieht ihn aus und durchsucht ihn», sagte er. «Lopsang, Sie wissen, was wir suchen.»

Ein Soldat schob sich an den Wachposten vorbei und stellte einen Teller mit Reis und Dörrfleisch auf den Tisch. Einer der Soldaten stieß Tsun mit dem Gewehrkolben an. «Los, ausziehen!»

«Nicht hier drinnen, du Dummkopf», sagte der Oberst. «Der Mann stinkt, bringt ihn raus.»

Oberst Liu nahm Eßstäbchen aus einer Innentasche seiner Uniform und plazierte sie sorgfältig in geringem Abstand voneinander so auf den Tisch, daß er sie mit einer Hand aufnehmen und leicht handhaben konnte. Aber er aß nicht gern in Jacke und Handschuhen und verfluchte in Gedanken dieses eisige, öde und ungastliche Land mit seiner verräterischen, unwissenden Bevölkerung. Keinem konnte man trauen. Jeder von ihnen würde es fertigbringen, einem einen Dolch in den Leib zu stoßen.

«Genosse», fragte er einen jungen Hauptmann, «was gibt es Neues von den Kämpfen?»

«Der Kommandostab meldet, daß sie beendet sind.»

Der Oberst brummte beifällig vor sich hin. Wenigstens konnten sie jetzt nach Tschamdo zurückkehren, wo wenigstens ein Anschein von Zivilisation existierte.

«Der Mann, der durchsucht wird, und die Kinder werden nach Tschamdo gebracht», sagte er. «Die übrigen Gefangenen kommen ins Straßenlager. Erinnern Sie mich daran, daß wir von Tschamdo aus Vernehmungspersonal hierherschicken.»

«Genosse Oberst, wir haben nicht genug Lastwagen, um alle Gefangenen ins Straßenlager zu bringen.»

«Fordern Sie per Funk mehr Lastwagen beim Kommandostab an, und wenn die keine haben, Funkspruch nach Tschamdo.»

Tsun wurde wieder in das Zelt gebracht.

«Er hat sie nicht bei sich», sagte Lopsang und nahm Schneebrille und Schutzmaske ab.

«Wo ist sie?» wollte der Oberst von Tsun wissen.

«Ich habe nichts», sagte Tsun. «Ich war auf dem Weg nach Lhasa, um dort mit den anderen Flüchtlingen Zuflucht zu suchen.»

«Die Petition.» Oberst Lius Stimme klang hart.

«Ich hatte nur eine Botschaft von unserem Volk an Seine Heiligkeit.»

Der Oberst schüttelte den Kopf und lächelte Tsun an.

«Sie sind ein intelligenter Mann.» Er lehnte sich auf seinem Stuhl zurück. «Wenn Sie mir nicht sofort sagen, was mit der Petition geschehen ist, gebe ich Befehl, daß so lange pro Minute ein Gefangener erschossen wird, bis Sie mit der Sprache rausrücken.»

Tsun wußte, daß das kein Bluff war.

«Ich habe sie vernichtet, ehe ich gefangengenommen wurde. Als die Volksbefreiungsarmee mit dem Angriff auf das Flüchtlingslager begann.»

«Und wo ist der junge Lama?» Der Oberst sah Lopsang fragend an.

«Er war nicht unter den Gefangenen», sagte Lopsang.

Oberst Liu zündete sich eine Zigarette an. «Ich bezweifle, daß Sie uns die ganze Wahrheit sagen, ein Teil davon mag stimmen. Aber in Tschamdo werden wir die volle Wahrheit erfahren. Wir brechen sofort auf.» Er sah Lopsang wieder an. «Sie kommen mit.»

Er nahm ein Paar Handschellen vom Tisch und warf sie einem Soldaten zu. «Legen Sie sie dem Gefangenen an.»

«Kann ich etwas zu essen und zu trinken bekommen?» fragte Tsun.

Der Oberst warf einen Blick auf das abgezehrte Gesicht und die ausgetrockneten Lippen des Abtes.

«Gebt ihm etwas Wasser», sagte er.

Als Tsun an der Kolonne von langschnäuzigen Lastwagen russischer Bauart, die an der Straße nach Tschamdo bereitstand, entlangging, sah er Scharen von Kindern, die achträdrige Fahrzeuge bestiegen, einige von Tausenden, die während des Krieges mit Japan an Tschiang Kai-schek geliefert worden waren.

Der Oberst setzte sich auf den Vordersitz eines Jeeps neben den Fahrer. Als Tsun sich an der Seitenwand des Jeeps festhielt, um sich auf die Pritsche hinaufzuziehen, empfand er starke Schmerzen an den Handgelenken. Er setzte sich zwischen Lopsang und einen Soldaten und betrachtete eingehend die Handschellen. Sie waren mit kleinen Metallzähnen versehen, die sich bei jeder Bewegung zusammenzogen und ihm ins Fleisch schnitten. Er drehte sich um und beobachtete die Kinder, die auf zwei weiteren Lastwagen verstaut wurden. Halb hoffte er, Kesang und Namgyal zu sehen, halb wünschte er, daß sie in Sicherheit waren. Er fing einen Blick von Lopsang auf. Der Mönch wußte, was er dachte, und fragte mit ungeheuchelter Besorgnis in der Stimme:

«Was ist aus den anderen geworden?»

«Ich weiß es nicht, Lopsang.» Tsun sprach zögernd und empfand bitteren Groll über die Frage. «Wir wurden während der Kämpfe getrennt. Vielleicht sind sie am Leben, vielleicht aber auch tot.»

Als der Jeep mit einem Ruck anfuhr und die Handschellen in

Tsuns Gelenke einschnitten, schrie er vor Schmerz auf. Um die Hände vor den Stößen des Fahrzeugs zu schützen, hielt er sie zwischen den Knien.

Als der Konvoi seine Geschwindigkeit steigerte, warf Tsun einen letzten Blick auf das Tal und die Gefangenen, die auf die Lastwagen getrieben wurden, ehe eine Staubwolke ihm die Sicht nahm.

Seit Jahren war er nicht in einem Automobil gefahren, und niemals zuvor in einem so schnellen. Eine Zeitlang betrachtete er die hochragenden Berge, die Form und Farbe ständig wechselten, während der Jeep auf der sich tief unter ihnen schlängelnden oder die Berghänge im Zickzack erklimmenden Straße dahinraste.

Lopsang versuchte immer wieder, sich etwas Schnupftabak auf den Daumen zu klopfen, aber jedesmal wehte ihn der Wind davon. Er fing einen Blick von Tsun auf, setzte zum Sprechen an, schwieg dann aber.

«Warum haben die Han die Flüchtlinge angegriffen?» fragte Tsun.

Er spürte, wie Lopsang sich innerlich verschloß.

«Weil Konterrevolutionäre in der Gruppe waren.»

Beide wußten, daß der Sekretär den Begriff nicht in dem abfälligen Sinn wie die Han gebraucht hatte, sondern wie die Tibeter damit den Widerstand meinte.

«Warum, Lopsang, hast du uns verraten?»

Der Sekretär nahm die Schutzmaske ab und setzte seine übliche höfliche, undurchdringliche Miene auf.

«War ich der Verräter?» fragte er.

«Du hast mich soeben verraten», sagte Tsun, «und auch alles, was du als Mönch vertrittst.»

Der Abt hatte einen wunden Punkt berührt. Lopsang wandte den Blick ab. Es trat ein langes Schweigen ein.

«Erinnern Sie sich an die letzte Handelsreise?» fragte er schließlich.

Tsun nickte.

«Einige Offiziere der chinesischen Garnison in Litang haben mir vorgeschlagen, ihnen große Mengen Zigaretten zu besorgen. Ich war dazu bereit, aber ich mußte mir das Geld borgen, um die Zigaretten zu kaufen. Als die Händler aus Indien nach Litang zurückkamen, boten mir die Han einen Preis an, der kaum die Transportkosten deckte, geschweige denn einen Gewinn abwarf.»

Er hielt inne, und Tsun wollte ihn schon auffordern, fortzufahren, als er beschloß, lieber abzuwarten. Er hatte das Gefühl, Lopsang verfolgte ein Ziel mit seiner Erklärung, und wenn dem so war, brauchte er nicht angetrieben zu werden.

«Ich war ruiniert», sagte Lopsang. «Ich konnte das Geld nicht zurückzahlen und fand auch keinen Käufer für die große Menge Zigaretten, die ich nun hatte ...»

Der Oberst wandte sich auf dem Vordersitz um. Er trug eine dunkle Brille und eine Schutzmaske.

«Worüber reden Sie?» fragte er Lopsang.

«Ich erkläre ihm, wie ich erkannt habe, daß Tibets einzige Chance darin besteht, die Lebensweise des Großen Vaterlands zu übernehmen.»

Der Oberst glaubte Lopsang nicht, aber er hatte es gern, wenn die Leute sich vor ihm fürchteten. Er drehte sich wieder um.

«Als ich dann geschäftlich in Litang war», fuhr Lopsang fort, «traf ich den Mann, der mir das Geld geliehen hatte. Er sagte, es müsse sofort zurückgezahlt werden. Wenn ich die Schuld nicht begleichen könne, werde er es Ihnen, Rimpotsche, melden.»

Da Tsun sich an Lopsangs Unmut darüber erinnerte, daß er so rasch zum Abt aufgestiegen war, konnte er gut verstehen, wie demütigend das für Lopsang gewesen wäre.

«Im Büro des Sicherheitsausschusses wurde mir gesagt, man würde meine Schulden bezahlen, wenn es mir gelänge, Sie zur Zusammenarbeit mit den Han zu überreden.»

Tsun beobachtete eine ganze Kolonie von Murmeltieren, die in ihre Erdbauten flitzten, als die Fahrzeuge an ihnen vorbeirasten.

«Und wenn es nicht gelänge?» fragte er.

Lopsang zögerte. «Ich willigte ein, den Han behilflich zu sein, Ihren Auftrag zu unterbinden. Ich sah darin die einzige Möglichkeit, Dordsche Ri-gon zu retten.»

«Du hast uns verraten, Lopsang.» Tsun sprach diese Worte langsam und grollend aus, denn Erinnerungen an ihre Flucht standen ihm vor Augen.

«Was ist schon Verrat? Gestern war ich der Verräter ... heute –» Lopsang blickte lange auf Tsuns Handschellen – «heute sind Sie es.» Er runzelte die Stirn. «Ich habe Sie vor der Gefahr gewarnt, diese Petition zu überbringen und die Reaktionäre zu unterstützen.»

Tsun lächelte. Lopsang zog die Stirn in noch tiefere Falten.

«Rimpotsche, erinnern Sie sich an die Redensart vom Kaninchen?»

«Das die Pfoten nicht auf das schöne Geweih des Hirsches zu legen vermag?» ergänzte Tsun das Sprichwort und verstand. Sein Magen begann gegen die Benzindämpfe, den Staub und das Schaukeln des Jeeps zu revoltieren. Um seine Gedanken von dem körperlichen Unbehagen abzulenken, richtete er den Blick auf die Straße, die in Serpentinen einen Berg erklomm. Tsun wurde klar, daß sie in wenigen Stunden in Tschamdo ankommen würden; bevor die Han die Straße gebaut hatten, hätte man Tage gebraucht, um die Strecke zu bewältigen. Die Straßen, dachte er, fesselten Tibet wie Stricke.

«Rimpotsche, es ist noch nicht zu spät für Sie, mit den Behörden zusammenzuarbeiten. Man wird nachsichtig mit Ihnen sein. Und man verlangt doch weniger von Ihnen als vom Kundün.»

«Nein, Lopsang, erheblich mehr.»

«Das Pferd, denken Sie daran, kommt nicht, wenn ein Vogel ruft.»

Tsun lächelte seinen gleichmütig dreinschauenden Sekretär an. Als der Jeep eine scharfe Kurve nahm, wurde er gegen ihn geworfen. Ihm hob sich plötzlich der heftig protestierende Magen, er beugte sich an Lopsang vorbei und erbrach sich über die Seite des Jeeps; bei jedem Würgen schnitten ihm die Handschellen unbarmherzig in die Handgelenke.

Danach lehnte sich Tsun erschöpft zurück, hielt den Kopf hoch und versuchte, etwas saubere Luft einzuatmen. Er sah einen Vogel gemächlich unter rasch dahinziehenden Wolkenfetzen dahinsegeln. Dann fuhren sie durch ein Tal, in dem Weizen und Gerste wuchsen, während er glaubte, die Übelkeit würde ihm sein Inneres in Stücke reißen.

Als der Konvoi in einem Dorf anhielt, holte Tsun dankbar tief Luft. Er bemerkte, daß die Besatzung des Panzerwagens nicht ausstieg und daß Soldaten auf der Straße patrouillierten.

«Nehmt ihn mit», befahl der Oberst, auf Tsun deutend, und kletterte aus dem Jeep heraus. «Die Kinder können ihre Notdurft verrichten. Ich werde ihnen etwas zu essen und Wasser hinausschicken.» Ein Unteroffizier salutierte.

Tsun war so schwach, daß Lopsang und der Soldat ihm aus dem Jeep heraus und zu dem mit Wellblech gedeckten Han-Gasthaus hinüberhelfen mußten. Es gab noch zwei einstöckige Gebäude mit Schlafstellen für Reisende. Das Dorf bestand insgesamt aus sechs massiven Häusern mit Flachdächern.

Eine Gruppe armer Dörfler, die meisten alt oder sehr jung, standen an ihren Haustüren und beobachteten die Han mißmutig. Die arbeitsfähigen Männer und Frauen waren draußen auf den Feldern. Die Wachsamkeit der Han ließ erkennen, daß sie jederzeit mit einem Angriff rechneten, und Tsun wurde klar, daß die Geschwindigkeit auf der Landstraße ebenfalls durch die Furcht vor einem Überfall durch den Widerstand diktiert worden war. Als er in dem kahlen Raum an einem Tisch mit dem Obersten und Lopsang saß und Tee trank, faßte er neuen Mut. Einige Soldaten saßen an einem anderen Tisch.

Der Han-Zivilist und seine Frau, die das Gasthaus führten, wurden angewiesen, den Kindern Reis und Wasser zu bringen. Ein tibetisches Mädchen, das hier arbeitete, fragte Tsun, ob er noch Tee wolle.

«Danke», sagte er. «Habt ihr etwas Tsampa?»

Das Mädchen stellte einen Beutel Tsampa auf den Tisch und zuckte zusammen, als sie das Blut auf Tsuns Handgelenken sah. Der Abt vermochte den Beutel nicht zu öffnen. Blut tropfte auf den Tisch.

«Wenn sie noch fester angezogen werden», sagte er zu dem Obersten, «werde ich wahrscheinlich an Blutverlust sterben, ehe wir nach Tschamdo kommen.»

«Das bezweifle ich», sagte der Oberst sarkastisch. Aber er nahm einen Schlüssel aus der Tasche, steckte ihn in die Handschellen und lockerte den Druck.

24

Gesteht eure Verbrechen, und ihr bleibt am Leben! Verhehlt sie, und ihr seid des Todes! Das ist Unterdrückung, verbunden mit Milde

Tsun las die in Gold auf der roten Fahne prangenden chinesischen und tibetischen Buchstaben an der Wand hinter dem Vernehmungsoffizier. An der gegenüberliegenden Wand des großen, weißgetünchten Raums hing ein Sepia-Porträt von Mao Tse-tung. Es roch, dachte Tsun, als ob durch das mit Brettern vernagelte Fenster niemals die Sonne hereingeschienen hätte. Er war erschöpft und hungrig und wurde von Schwindel befallen. Er trug immer noch Handschellen und mußte sich an dem winzigen Hocker festhalten, um das Gleichgewicht zu bewahren.

«Lesen Sie das Motto und begreifen Sie es, denn darin liegt Ihre einzige Hoffnung.»

Tsun zwang sich, seine verschwimmenden Gedanken auf die eiskalte, entschlossene Stimme des Offiziers zu konzentrieren. Seine Serge-Uniform ließ erkennen, daß er von höherem Rang war als ein Hauptmann, aber wie alle chinesischen Offiziere trug er keine Rangabzeichen. Er war kahlköpfig, hatte ein mageres, olivfarbenes Gesicht mit vielen Falten um die Lippen und zupfte ständig an seinem buschigen schwarzen Schnurrbart und dem winzigen schwarzen Haarbüschel auf dem Kinn. Rechts von ihm saßen ein jüngerer Offizier, ernst und aufmerksam, und Lopsang, der immer wieder ein Gähnen unterdrückte und sich bemühte, wach zu bleiben. Zu seiner Linken saß ein kleiner, schweigsamer Mann mit abstehenden Ohren und zynischen Augen, die sich hinter einer Nickelbrille versteckten. Er trug eine schlichte blaue Jacke und eine schirmlose Mütze, die er aufbehielt, während die beiden Offiziere die ihren auf den mit schwarzem Tuch bedeckten Tisch gelegt hatten.

«Sitzen Sie still!» befahl der ranghöhere Offizier Tsun in gebrochenem Tibetisch. «Wir wissen alles über Ihre konterrevolutionären Aktivitäten.» Er zupfte an seinem Schnurrbart. «Als Reaktionär und Konterrevolutionär, der konspiriert hat, um Verbrechen gegen das Volk zu begehen, wissen Sie –» er hielt inne, um jedes Wort zu betonen – «daß keine Hoffnung für Sie besteht. Die Gnade des Volkes kann nur durch Kooperation und ein bereitwilliges Geständnis erlangt werden.»

Tsun zwang seine getrübten Augen, sich auf den Vernehmungsoffizier zu richten, und fragte sich, warum er, wenn sowieso alle «Verbrechen» bekannt waren, überhaupt gestehen mußte.

«Ich weiß, daß Ihrer Schwester Yangtschen sehr daran liegt, daß Sie kooperieren.»

Eine Zeitlang war Tsun benommen gewesen, doch jetzt wurde er so wach, als hätte man einen Eimer kaltes Wasser über ihm ausgeschüttet. Zahllose Fragen gingen ihm durch den Kopf. War das ein Trick?

Als hätte der Offizier seine Gedanken erraten, fuhr er fort: «Wenn Ihnen an ihr liegt, werden Sie uns sagen, wer die Petition hat.»

Etwas zuzugeben, das wußte Tsun, war gefährlich; alles zu leugnen war aber ebenso gefährlich.

«Wer?» Der Offizier zog ein elfenbeinernes Zigarettenetui aus der Jackentasche. Er ließ Tsun nicht aus den Augen.

Tsun erkannte, daß er für diese Leute nur so lange von Wert war, als er Informationen liefern konnte, und je mehr Zeit er gewann, um so mehr war für Kesang, Rintschen und Pema gewonnen – falls sie noch am Leben waren.

Seine fieberhaften Gedanken wurden vom Klicken des Feuerzeugs abgelenkt, das die spannungsgeladene Stille unterbrach.

«Antworten Sie! Wer hat die Petition?»

Tsuns Kopf neigte sich nach vorn, erfüllt von dem Bedürfnis, im warmen, dunklen Schlaf Zuflucht zu suchen. Der Mann im blauen Anzug beugte sich über den Tisch und flüsterte mit dem Offizier.

«Wir wissen, daß Sie Yangtschen in Derge besucht haben.»

Der Offizier zog an seiner Zigarette, dann schnippte er die Asche auf den Fußboden. Tsun bemühte sich, vernünftig zu denken und dennoch in die Bewußtlosigkeit des Schlafs zu versinken. Jede Bemerkung, darüber war er sich klar, war sorgfältig darauf berechnet, ein Minimum an eindeutigem Wissen zu vermitteln und ihn mit gezielten Andeutungen in Erregung zu versetzen und seine Sinne zu verwirren.

«Notfalls», sagte der Offizier, «werden wir eine Woche hier sitzen und auf Ihre Antwort warten. Wachen Sie auf!»

Tsun hob den Kopf und riß die Augen auf.

«Wer hat die Petition?»

Tsuns Lider senkten sich. Der Offizier nickte seinem jüngeren Waffenbruder zu, der daraufhin sagte:

«Wir wissen von Ihrer Korrespondenz mit ausländischen imperialistischen Agenten.»

Der Offizier blies Rauch durch die Nase aus. «Ihre Weigerung zu kooperieren wirkt sich nicht nur auf Sie, sondern auch auf Ihre Familie nachteilig aus.»

Tsun schreckte so gewaltsam aus seinem Halbschlaf auf, daß er von seinem Hocker herunterrutschte und auf Hände und Knie fiel. Das Bluten begann von neuem, als die Handschellen tiefer einschnitten. Seine beiden Bewacher hoben ihn wieder auf den Hocker. Unbarmherzig setzten die Offiziere die Vernehmung fort.

«Ihre einzige Hoffnung besteht darin, zu kooperieren.»

«Jeder Augenblick, in dem Sie nicht kooperieren, bestätigt nur Ihre Schuld.»

«Wer hat die Petition?»

«Wir kennen die Unterzeichner!»

«Wir wissen von Ihrem Besuch bei der Königin von Derge.»

Diese Aussage traf ihn, als würde ein Finger auf eine brennende Wunde gelegt, aber er vermochte immer noch nicht zu antworten. Er beobachtete nur, griff die unendlich vielen Gedanken nicht auf, die jeder der barsch vorgebrachten Sätze hervorrief. Sein herabsinkender Kopf wurde von den kalten MG-Läufen der Bewacher rasch wieder angehoben. Er verlor jedes Zeitgefühl, während er wie ein Pendel zwischen bewußter Wahrnehmung und Bewußtlosigkeit hin- und herschwang. Undeutlich wurde er gewahr, daß Lopsang und die Vernehmungsoffiziere den Raum verließen, vermutlich um sich auszuruhen. Zwei neue Offiziere setzten mit kaum einer Pause die Vernehmung fort und sprachen in demselben angewiderten Ton wie ihre Vorgänger. Immer dringender wurde Tsuns Bedürfnis, Wasser zu lassen. Mit trockenen, aufgesprungenen Lippen murmelte er etwas Diesbezügliches.

«Wer hat die Petition?»

«Ich muß austreten.»

«Wer hat die Petition?»

«Sie müssen müde sein.» Die Stimme des Offiziers klang fast fürsorglich, als er sich aus einem Porzellankrug etwas Wasser in ein Glas einschenkte. «Sagen Sie es uns, dann können wir uns alle ausruhen und dieses unbehagliche Gespräch beenden.»

Der Schmerz in Tsuns Blase wurde unerträglich. Er ließ sich auf dem Hocker nach vorn fallen, um den Druck zu lindern. Ein Bewacher packte ihn an der Schulter, zog ihn wieder hoch und ließ die Hand auf der Schulter liegen, um den Abt, dessen Gesicht aschfahl war, im Gleichgewicht zu halten.

«Sagen Sie uns bloß, wer die Petition hat.» Der Offizier trank einen Schluck Wasser.

«Ich ...» flüsterte Tsun zögernd, «habe sie einem Mitglied meiner Eskorte gegeben ... als wir angegriffen wurden ...»

Er schloß die Augen, um den heftig schaukelnden Raum zur Ruhe zu bringen, aber die ihn nun umgebende vielfarbige Dunkelheit war noch schlimmer. Übelkeit stieg in ihm auf.

«Wie heißt der Mann?»

«Dawa ...» Tsun stieß den Namen voll Verzweiflung hervor. «Kann ich jetzt austreten?»

«Wo ist er jetzt?»

«Das weiß ich nicht», stöhnte Tsun. «Wir wurden während der Kämpfe getrennt.»

Er merkte, daß eine Pause eintrat, und hörte, wie gemurmelt wurde, als der schnurrbärtige Offizier, sein jüngerer Waffenbruder und der Mann in Blau mit Lopsang im Schlepptau zurückkamen, um die Vernehmung fortzusetzen.

«Wohin sollte dieser Dawa die Petition bringen?» Der Offizier zupfte an dem schütteren Bart auf seinem Kinn.

«Lassen Sie mich austreten ...» Tsun war vom Hocker heruntergerutscht und lag auf dem Fußboden. Ein Bewacher stieß ihm mit dem Gewehrkolben in die Nierengegend, und er schrie vor Schmerz auf.

«Lassen Sie mich austreten ... dann werde ich es Ihnen sagen ...»

«Setzen Sie sich wieder auf den Hocker!»

Der Offizier nahm wieder eine Zigarette aus seinem elfenbeinernen Etui und bot es seinen beiden Gefährten an. Er betätigte das Feuerzeug, und alle drei rauchten, während sie zusahen, wie Tsun sich mühte, den Hocker zu greifen und sich auf ihn hinaufzuziehen. Blut rann ihm über die Arme, als die Handschellen tiefer in die Wunden an den Handgelenken einschnitten. Er hatte Wahnvorstellungen und war schwach, und beim Versuch, sich wieder hinzusetzen, rutschte der Hocker auf dem Steinboden weg. Unterstützt vom Gewehrkolben des Bewachers kroch Tsun hinter dem Hocker her und unternahm einen neuen Versuch, sich hinzusetzen.

Der Mann in Blau ließ den Rauch durch seine geschürzten Lippen entweichen und hatte das Gefühl, einem sich ungeschickt und tapsig bewegenden Kind zuzusehen. Er streifte Asche in den Aschenbecher ab. Wenn sie ihn weiter unter Druck hielten, bestand Aussicht, den Mann kleinzukriegen.

Der Hocker rutschte weg, Tsun lag wieder längelang auf dem Boden. Der Schmerz in seiner Blase wurde immer unerträglicher. Der Bewacher stieß ihn heftiger. Tsun war einer Ohnmacht nahe. Zu seiner unsäglichen Erleichterung spürte er einen warmen Strahl auf seinem Bein, und der Schmerz ließ nach.

Auf einen Wink des ranghöheren Offiziers hob der Soldat Tsun wieder auf den Hocker und hielt ihn fest. Tsuns Hosenbein war triefnaß. Der jüngere Offizier betrachtete die Pfütze auf dem Fußboden. «Das ist ja widerlich!» sagte er.

Der ranghöhere Offizier streckte die Beine aus, um einem Krampf vorzubeugen, und verrückte seinen Stuhl.

«Wohin soll die Petition gebracht werden?»

Tsun wußte, daß er Wahnvorstellungen hatte und es besser wäre, irgendeine Antwort zu geben, solange er noch einigermaßen ermessen konnte, was er sagte.

«Zum Kundün.»

«Warum?»

Der Mann in Blau goß sich und den beiden Offizieren Wasser ein. In Tsuns Ohren toste das Geräusch des in die Gläser rinnenden Wassers und erfüllte den ganzen Raum. Mit blutunterlaufenen Augen sah er den Mann an und schwieg. Der trank und hielt den zynischen Blick auf Tsun gerichtet. Dann wiederholte er seine Frage in ausgezeichnetem Tibetisch:

«Warum sollte die Petition zum Dalai Lama gebracht werden?»

Er schenkte noch ein Glas Wasser ein und schob es über den Tisch. «Hier, trinken Sie.»

Tsun wollte aufstehen, aber er war zu schwach. Der Mann winkte einem der Bewacher, Tsun das Glas zu geben. Als Tsun es ergriff, zitterten seine Hände so, daß die Hälfte herausschwappte, aber es gelang ihm, es an die Lippen zu setzen, und er mußte sich zwingen, es nicht in einem Zug auszutrinken. Er nahm kleine Schlucke und spürte, wie ihm die kalte Flüssigkeit kühlend und heilend durch die ausgetrocknete Kehle rann. Unablässig ging ihm die Frage durch den Kopf, warum der Mann in Blau in der Vergangenheitsform davon gesprochen hatte, daß die Petition zum Kundün gebracht werden sollte. Eine Falle? War Pema gefangengenommen worden? Wenn ja, dann brauchten sie ihn doch gewiß nicht zu vernehmen, denn dann hätten sie die Petition ja bereits. Aber Pema hätte sie ja auch vernichtet oder vergraben haben können, wie er sie angewiesen hatte.

Immer neue Fragen tauchten auf. Tsun wehrte sich dagegen, sein eigener Peiniger zu werden – ein weit wirkungsvollerer Folterknecht als irgendein anderer.

«Sagen Sie uns, warum die Petition zum Dalai Lama gebracht werden sollte.»

Rauch entwich aus den Nasenflügeln des Mannes in Blau.

«Um ihn zu bitten –» Tsun leckte sich die trockenen Lippen und spürte die stützende Hand des Soldaten, als er vom Hocker zu gleiten begann – «um zu bitten ...»

«Ja?»

«Um ihn zu bitten, bei Mao Tse-tung vorstellig zu werden ... das Volk von Kham bat ...» Tsun versuchte erneut, sich in die Bewußtlosigkeit zu flüchten. «Lassen Sie ... mich ausruhen.»

Der Mann in Blau schlug mit der Hand auf den Tisch.

«Wohin sollte die Petition noch gehen?»

«Wohin ...?» Tsuns Augen schlossen sich. «Wohin ... nirgends ...»

«Sie lügen!»

Der ranghöhere Offizier drückte seine Zigarette im Aschbecher aus. Tsun schüttelte den Kopf.

«Warum sind Sie nach Derge gegangen?» Der jüngere Offizier beugte sich vor, um die Frage zu stellen.

«Um meine Schwester zu besuchen.»

«Warum?»

«Weil sie meine Schwester ist.»

«Warum lügen Sie andauernd?» Die Stimme des ranghöheren Offiziers ließ erkennen, daß er kein Wort glaubte.

Tsun schüttelte den Kopf. Er war sich durchaus der Gefahren bewußt, die entstünden, wenn er ihre Fragen beantwortete, aber er wußte auch, daß sie ihn wachhalten würden, bis sie zufrieden waren. Schon jetzt fiel es ihm schwer, logisch zu denken, sich seine Antworten zu überlegen. Später würde es ganz unmöglich sein.

«Wer hat das Gold?»

Die leise gesprochenen Worte des Mannes in Blau unterbrachen Tsuns Überlegungen. Langsam öffnete er die Augen und bemühte sich verzweifelt um eine Antwort. Er bemerkte den schwachen Schimmer eines Lächelns auf den Lippen des Mannes.

«Welches Gold?» hauchte Tsun.

«Das Gold, mit dem Sie Waffen für die Konterrevolutionäre kaufen sollten.»

Der Mann in Blau nahm seine Nickelbrille ab, lutschte an einem Bügel und ließ Tsun nicht aus den Augen.

«Ich habe mich nie bereit erklärt, Waffen zu kaufen», murmelte Tsun. «Das Gold ... war ... war für den Kundün ...»

«Warum?»

«Das ist bei uns Brauch.» Tsun hielt inne. «Wenn wir den –» er rang nach Worten – «den Segen eines hohen Lamas ... erlangen wollen, bieten wir ihm ein Geschenk ... der Ehrerbietung an ... Tausende ...» Tsun betonte das Wort. «Wie bei der Petition um die Hilfe ... des Kundün ... haben Tausende zu dem Geschenk beigesteuert.»

Der Kopf sank ihm auf die Brust, die Augen waren fast geschlossen. Der ranghöhere Offizier warf Lopsang einen Blick zu. Lopsang nickte.

«Wer hat das Gold?» fragte der jüngere Offizier.

«Die Ehrwürdige Mutter», warf Lopsang ein.

«Wer?»

«Die Mutter von Dordsche Rimpotsche», erklärte Lopsang.

«*Er* wird verhört.» Der jüngere Offizier deutete auf Tsun.

«Wo ist sie?» fragte der ranghöhere Offizier.

«Das weiß ich nicht.» Tsun ließ seine Stimme noch verzweifelter klingen. «Wir wurden ... während des Angriffs ... getrennt ...»

«Welchen Treffpunkt haben Sie vereinbart?»

«Wir ... haben nichts vereinbart.»

«Sie hatten Zeit», sagte der jüngere Offizier, «die Petition diesem Mann namens Dawa zu geben und das Gold der Frau, aber Sie hatten keine Zeit, einen Treffpunkt zu vereinbaren?»

Tsun zwang sich, die Augen zu öffnen. «Wir waren unter Beschuß.»

«Offenbar», fuhr der jüngere Offizier fort, «begreifen Sie den Ernst Ihrer Lage nicht. Als Konterrevolutionär sind Sie ein Feind des Volkes. Als solcher haben Sie keinerlei Rechte, nicht einmal eine Daseinsberechtigung, sofern Sie keine Wiedergutmachung leisten. Vielleicht machen Sie sich um sich selbst keine Gedanken, aber was ist mit Ihrer Familie und Ihren Freunden? Sie haben sie in Ihre konterrevolutionären Betätigungen hineingezogen, ebenso Ihr Kloster Dordsche Ri-gon. Die Mönche dort mußten für Ihre Untaten büßen. Wollen Sie Ihre Familie für Ihr reaktionäres Ränkeschmieden auch noch leiden lassen?»

Tsun schwieg. Er konnte kaum noch sprechen.

«Wir haben lange genug Geduld gehabt.» Der ranghöhere Offizier seufzte und befahl:

«Führt ihn ab!»

Die beiden Bewacher hoben Tsun vom Hocker. Halb trugen, halb schleiften sie ihn aus dem Raum und dann einen dunklen Korridor entlang. Ein kalter Luftzug traf ihn. Er stöhnte. Seine Augen öffneten sich zuckend.

Silbern leuchtende Sterne schimmerten in der schwarzen Leere und beschworen Erinnerungen an ein anderes Leben herauf, an ein verlorenes Leben.

Gestützt von den Soldaten stolperte er auf einen Hof, in dem nichts war außer drei Holzpfosten in einiger Entfernung von der ihn umgebenden hohen Mauer. Erst als er die von Kugeleinschlägen durchlöcherte Mauer sah, begriff er, daß die Pfosten für Hinrichtungen bestimmt waren. Die Angst durchfuhr ihn, und er versuchte, sich auf das Ende vorzubereiten.

Die Bewacher hielten am äußersten Pfosten an und lehnten Tsuns schlaffen Körper dagegen. Dann überkam ihn die gnädige Dunkelheit der Bewußtlosigkeit.

«Tsun-la! Tsun-la!»

Er zuckte zusammen, als das grelle Licht in seinen Augäpfeln brannte. Jemand rüttelte ihn an der Schulter. Er drehte den schmerzenden Kopf und sah in Lopsangs besorgte Augen.

«Ich habe Ihnen etwas zu essen gebracht.»

Der Sekretär half Tsun, sich auf der Pritsche aufzusetzen. Ohne daß ein Ton herauskam, öffnete der Abt den Mund und sah auf die Handschellen. Seine dreckige, urindurchtränkte Tschuba war blutbefleckt. Lopsang nahm einen Schlüssel aus der Tasche und lockerte die Handschellen. Dann reichte er ihm einen Blechteller mit etwas gekochtem Reis und Dampfbrötchen. Als Tsun nicht zugriff, stellte er den Teller auf seinen Schoß und hielt ihm einen Emailbecher mit heißem Wasser an die Lippen. Tsun begann gierig zu trinken, aber Lopsang gebot ihm Einhalt. Der Abt, dem klar wurde, daß es sein Sekretär gewesen sein mußte, der versucht hatte, ihn mit dem Fluch zu belegen, lehnte den Kopf an die Wand und lachte. Es war ein hohles Lachen, der Absurdität der Situation angemessen. Dann machte Tsun sich mit schmutzigen, blutigen Fingern über die Brötchen her. Nie hatte er mit solcher Begeisterung gegessen.

«Wie lange habe ich geschlafen?» Er verschlang den Reis. Lopsang zuckte die Schultern. Innerhalb von Minuten war der Teller leer, aber Tsun hatte immer noch Hunger.

«Mehr?» fragte er in zweifelndem Ton.

Lopsang schüttelte den Kopf. Sie schwiegen beide, und Tsun betrachtete eingehend die kleine Zelle, die von einer an der Decke hängenden, flackernden und zischenden Crotonöllampe erhellt wurde. Das einzige Möbelstück war die Pritsche.

Irgendwo außerhalb des Gebäudes machte sich knackend und pfeifend ein Lautsprecher bemerkbar. Tsun vermutete, daß ein neuer Tag anbrach, aber er hatte keine Ahnung, welcher. *‹Der Osten ist rot›* erklang.

«Warum hast du hinsichtlich des Goldes gelogen, Lopsang?»

«Ich bin Realist, aber auch Tibeter.»

Lopsangs Gesicht verzog sich zu einem gewaltigen, unaufrichtigen Grinsen. Tsun glaubte ihm nicht und fragte sich, warum Lopsang wohl zu ihm gekommen war.

«Hast du etwas von den anderen gehört?»

«Nur von Kesang, deshalb bin ich gekommen.»

«Und zwar?» Tsuns Stimme klang hart und eindringlich.

«Ich war beim Obersten, als er einen Funkspruch erhielt, daß Kesang gefunden worden sei.»

«Lebend?»

«Lebend.»

«Was ist mit Rintschen, Pema und den übrigen?»

«Keiner war nach ihren bisherigen Erkenntnissen unter den Gefangenen.»

Tsun gab Lopsang den Blechteller; er brauchte nichts mehr zu hören. Aber Lopsang stellte den Teller wieder auf die Pritsche.

«Wenn es sein muß, werden sie sich Kesangs bedienen, um Sie zur Kooperation zu zwingen!» Lopsangs Augen drückten eine Verzweiflung aus, die Tsun fast für aufrichtig hielt.

«Es ist wahr», beteuerte Lopsang. «Was immer Sie von mir halten, *das* ist wahr.»

«Ich möchte ihn sehen.»

«Sie wollen, daß er hierherkommt?»

«Ich sah seine Mutter –» Tsun hielt nur einen Moment inne – «im Grauen des Angriffs verschwinden ... Männer, Frauen und Kinder getötet ...» Er versuchte den Schnitzer zu vertuschen.

Der Sekretär war unwillkürlich dem Blick der durchdringenden, dunklen Augen ausgewichen. Er nahm die Eßstäbchen und den Becher und tat alles ordentlich auf den Blechteller. Tsuns Beine brannten, weil die uringetränkte Hose ständig auf ihnen rieb.

«Kannst du mir eine andere Hose und Tschuba besorgen?»

Lopsang hörte nicht zu. «Sie werden bald kommen», sagte er. «Wenn Sie kooperieren, kann ich Sie retten.»

«Und was bedeutet Kooperation?»

«Ihnen alles sagen, die Wahrheit. Meinen Sie, sie glauben diese Lüge über die Petition?»

«Es ist keine Lüge», lächte Tsun. «Aber *du* scheinst alles zu wissen.»

«Nicht alles. Kooperieren Sie, um Ihrer selbst und um Kesangs willen.»

Tsuns Miene verhärtete sich, aber seine Stimme blieb ruhig. «Auch wenn ich ihnen die Wahrheit sage, Lopsang, werden sie mir ebensowenig trauen wie dir.»

Er sah einen Ausdruck der Besorgnis über Lopsangs Gesicht

huschen. Der Sekretär war sich seiner prekären Lage wohl bewußt. Er schloß die Zellentür auf.

«Sie werden es ihnen sagen, Tsun. Für die Han ist es nur eine Frage der Zeit.» Er ging hinaus und schloß die Tür hinter sich ab.

Tsun rutschte ein Stück herunter, so daß er flach auf der Pritsche lag. Er schloß die Augen und lauschte den langsamen, schweren Schritten der Wachposten auf dem Korridor. Seine Gedanken kreisten um immer wieder auftauchende Fragen und Szenen mit Kesang, Pema, Rintschen, Tul-lok und Genyen. Der Kampf, die Vernehmung, die Fragen, die Antworten, die Zukunft ...

Er klammerte sich nicht an die Gedanken, sondern ließ sie einfach kommen und gehen. Die Musik von den Lautsprechern draußen wurde lauter. Eine tibetische Ansagerin gab bekannt, daß Marschall Tschen-Yi auf dem Weg von Peking nach Tibet sei. Tsun hörte aufmerksam zu:

«Der stellvertretende Ministerpräsident und Außenminister der Zentralen Volksregierung leitet eine Delegation von achthundert Vertretern aus allen Teilen des Vaterlandes, die an der feierlichen Einsetzung des Vorbereitenden Ausschusses für die Autonome Region Tibet teilnehmen werden. Lhasa befindet sich in einem Taumel der Begeisterung, aus der ganzen Region strömen Menschen herbei, um mitzufeiern. Rote Fahnen und Spruchbänder flattern auf allen Dächern. Die Große Halle von Lhasa mit tausend Sitzplätzen ist dank dem Eifer der Arbeiter in Rekordzeit fertiggestellt worden. Der große Konvoi des Genossen Tschen-Yi wurde auf der Strecke von Peking nach Lhasa immer wieder durch die Gastfreundschaft und Begeisterung der Dörfler und Bauern angehalten. Er unterbricht die Fahrt oft in Dörfern, weil die Bevölkerung darauf besteht, tagelange Feiern für die Delegierten abzuhalten, und ihn und seine Begleiter mit Fragen über das neue China überschüttet. Die Delegierten zeigen oft Filme über die in Aussicht genommene Tätigkeit des Vorbereitenden Ausschusses für die Autonome Region Tibet, die von den Zuschauern begeistert aufgenommen werden. Tausende von Farbaufnahmen unseres großen Vorsitzenden Mao Tse-tung sind an die hocherfreuten Dörfler verteilt worden. Das Volk sorgt dafür, daß dieser erste Besuch eines Genossen der Zentralen Volksregierung in Tibet nicht vergessen werden wird.»

Auf die Ansage folgten entsprechend erhebende patriotische und revolutionäre Klänge.

Falls die von ihm und der Königin von Derge unternommenen Versuche, die Ermordung von Tschen-Yi zu verhindern, erfolglos geblieben wären und wirklich ein Anschlag auf das Leben des Marschalls verübt würde, dachte Tsun, würde man dessen Besuch in der Tat nicht vergessen!

Er fragte sich, ob die Offiziere, die ihn vernommen hatten, von dem Plan wußten. Daß er bei der Königin gewesen war, wußten sie! Was war aus Tul-lok geworden? Daß Lopsang recht hatte, war ihm klar. Es war nur eine Frage der Zeit, wann sie ihm das Rückgrat brechen würden. Er dachte über Flucht und Selbstmord nach und beschloß, zuerst die Fluchtmöglichkeiten zu erforschen.

Er betrachtete seine schmerzenden Hände und wußte, daß sich die Wunden wahrscheinlich bald entzünden würden. Er sah sich in der Zelle um, versuchte Fluchtpläne auszuarbeiten und dachte an das, was ihm widerfahren konnte. Schließlich fiel er in einen leichten Schlummer. Er riß die Augen auf, als sich die Zellentür öffnete.

Es waren die Bewacher, die ihn hergebracht hatten und ihm bedeuteten, aufzustehen und die Zelle zu verlassen. Mit dem Finger am Abzug ihrer MGs, ließen sie ihn vor sich hergehen. Tsun sah, daß noch andere Zellen von dem Korridor abgingen. Draußen stand ein geschlossener Jeep, in den er einsteigen mußte. Die Soldaten nahmen hinten Platz. Tsun gegenüber saß ein anderer Tibeter, ein älterer Mönch, der eine rotbraune Robe trug, die gefesselten Hände auf dem Schoß hielt und die Perlen seiner Gebetskette durch die Finger gleiten ließ.

Tsun erkannte das magere, blasse Gesicht mit dem schütteren weißen Bart. Der Mönch öffnete die während der Meditation geschlossenen Augen und musterte Tsun mit einem flüchtigen Lächeln, aber ohne ihn zu erkennen.

«Khenpo ... ich bin Lama Tsun von ...»

«Ruhe!» schrie einer der Bewacher.

«Aha!»

Der alte Mann beugte sich erfreut vor, um Tsuns Hände zu drükken, dann runzelte er die Stirn, als er die Wunden bemerkte. Der Khenpo war ein hochverehrter Präzeptor im Kloster Tschamdo gewesen. Tsun hatte ihn auf einer Pilgerfahrt zu den heiligen Stätten in Indien kennengelernt. Noch als Laie hatte Tsun geistige Unterweisung von dem Khenpo erhalten, deshalb fühlten sich beide einander besonders verbunden.

Die Gefangenen und ihre Bewacher wurden heftig durchgeschüttelt, als der Jeep laut hupend durch Tschamdos ungepflasterte, ausgefahrene Straßen rumpelte. Durch die Windschutzscheibe und die gelblichen Zelluloidfenster in dem Segeltuchverdeck sah Tsun flüchtig in eine andere Welt. Leute gingen ihren Geschäften nach, arbeiteten, redeten oder standen an den staatlichen Geschäften Schlange. Leben, Sonne, Himmel, Licht, Lebensmittel, Wasser, Pfützen auf der schlammigen Straße. Ein räudiger Hund hob an einer Mauer das Bein. Alles war ganz normal.

Die Handschellen schnitten tief in seine Gelenke ein, als der Jeep mit einem Ruck hielt. Unbeholfen sprang er aus dem Wagen. Nur wenige von den Soldaten, die rauchend und schwatzend an den geparkten Armee-Lastwagen herumlungerten, warfen auch nur einen Blick auf die beiden Gefangenen, die zu der gewaltigen Holzbühne unter einer Segeltuchmarkise im Volkspark geführt wurden.

Die Vorbühne, die von zwei bunt dekorierten Holzsäulen im tibetischen Stil flankiert war, trug die Aufschrift: REVOLUTION IST KLASSENKAMPF!

Tsun und der Khenpo wurden auf die hell erleuchtete Bühne geführt, an deren Rückseite riesige Farbfotos von Mao Tse-tung, General Tschang Tsching-wu, dem politischen Vertreter der Zentralen Volksregierung, und General Kua-hua, dem Befehlshaber der Volksbefreiungsarmee in Tibet, hingen. Ein Kader in zerknautschtem blauen Anzug und schirmloser Mütze redete leidenschaftlich auf die etwa fünfhundert Männer, Frauen und Kinder ein, die in dem von Truppen umstellten Volkspark versammelt waren.

Tschamdo liegt auf einer dreieckigen Halbinsel, begrenzt von dem «Ost»- und dem «West»-Fluß. Nicht weit vom Volkspark vereinigen sich die Flüsse und bilden den großen Mekong.

Von der hohen Bühne aus konnte Tsun über die Köpfe der Menge hinweg das ausgedehnte Kloster auf der abgeflachten Kuppel eines Hügels sehen, der sich über der Stadt mit ihren soliden, grau-braunen Häusern erhob. Kloster, Hügel, Stadt und Halbinsel waren eingekreist von Bergen, die im Schatten der sich zusammenballenden Regenwolken blau-grau schimmerten. Da oben, dachte er, regnet es, aber der Volkspark liegt im Sonnenschein. Tsun schien es, als erzählten die Wolken eine Geschichte, die das Leben widerspiegelte: abwechselnd nahmen sie die Form von Gesichtern, Häusern oder Tieren an; kaum hatte sich ein Muster gebildet, zerfloß es, bildete sich von neuem, löste sich auf und bildete sich wieder …

«Diese Leute», sagte der Kader mit bewegter Stimme und deutete auf eine Gruppe von Tibetern, die am Rand der Bühne saßen, «diese Leibeigenen haben von ihren Leiden vor der Befreiung durch das Vaterland berichtet. Sie haben die Gründe aufgezeigt, warum es einen Klassenkampf geben muß, denn wenn die Grundbesitzer und Unterdrücker nicht gestürzt werden, kann es für das Volk weder Glück noch Freiheit geben. Genosse Mao hat gesagt: ‹Der Feind wird nicht von selbst untergehen.› Es muß einen Kampf zwischen den Klassen der Bauern und der Grundbesitzer geben, wenn man Freiheit haben will. Es ist nicht gut, immer nur vom Kämpfen zu reden. Um einen Kampf zu gewinnen, muß man ihn ausfechten!»

Der Kader wischte sich das Gesicht mit einem großen weißen Taschentuch ab. Tsun sah, daß sich über dem Berg hinter dem Kloster ein Regenbogen bildete.

«So ist es», fuhr der Kader fort, «mit dem Klassenkampf. Um die unterdrückenden Klassen zu besiegen, muß man sie bekämpfen, sich ihnen widersetzen!» Er wandte sich brüsk um und winkte Tsuns Bewachern, ihn nach vorn zu bringen. In diesem Augenblick erkannte Tsun den Kader als den schweigsamen Mann in Blau. «Das ist der reaktionäre Grundbesitzer Tsun vom Kloster Dordsche Ri-gon. Sein ehemaliger Sekretär wird euch über seine Verruchtheit berichten.»

Von der Bühnenseite her trat Lopsang nach vorn; er trug eine dunkle Brille, einen grauen Anzug und eine Mütze. Der Kader ging auf ihn zu.

«Die Brille werden wir nicht brauchen.» Er sah Lopsang mit überlegenem, machtgewohntem Blick an. «Es wird regnen.»

Lopsang zögerte, dann nahm er die Brille ab. Der Kader begab sich zur Bühnenseite und setzte sich, während Lopsang sich den Kopf darüber zerbrach, warum er die Brille hatte abnehmen müssen. Er hätte sich gern dahinter versteckt, denn in der tibetischen Gesellschaft waren dunkle Gläser ein Zeichen von hohem Rang; erkannt zu werden hieß auch, festgelegt zu sein. Er hustete nervös, während er das Mikrofon höher stellte. Tsun warf einen Blick auf den Khenpo, der mit gesenkten Augen dastand und meditierte.

«Der reaktionäre Lama Tsun …» begann Lopsang. Er sprach leise und verkrampft. Der Soldat, der die Lautsprecheranlage bediente, mußte den Verstärker einschalten. «Der reaktionäre Lama Tsun war der Lieblingsschüler des berühmten Dordsche Rimpotsche. Als der Rimpotsche starb, riß der Reaktionär Tsun die Macht im Kloster an sich.» Lopsang räusperte sich, sprach lauter und versuchte, mehr Gefühl in seine Worte zu legen. Der Kader schüttelte seufzend den Kopf und nippte an einem Becher Tee.

«Der Reaktionär Tsun gab vor, ein Freund des Volkes zu sein, Reformen zu bewirken, während er in Wirklichkeit verzweifelt gegen die weitreichenden Reformen des örtlichen Arbeitsausschusses der Kommunistischen Partei Chinas arbeitete, deren Durchsetzung das Volk forderte. Er drängte die Mönche des Klosters, sich den konterrevolutionären Terroristen anzuschließen. Er gab vor, das Leben eines Heiligen zu führen, doch versuchte er nach Kräften, seine tyrannische Macht über das Kloster und dessen Pächter zu erhalten.» Lopsang kam allmählich in Schwung und war bestrebt, es dem Kader an Leidenschaftlichkeit gleichzutun.

«Als seine Verhaftung kurz bevorstand, ergriff er heimlich die Flucht und ließ die Mönche, die er betrogen und mißbraucht hatte, die Folgen seiner bösen Taten ausbaden. Ich gehörte zu ...»

Lopsangs Stimme wurde von einem Pfeifgeräusch im Mikrofon übertönt. Nervös klopfte er darauf und sah zu dem Soldaten hinüber, der die Verstärkeranlage bediente.

«Ich gehörte zu den Betrogenen und Mißbrauchten. Ich nahm an dieser geheimen ...» Wieder pfiff es in den Lautsprechern. Lopsang versuchte, dagegen anzusprechen: «... dieser geheimen Flucht teil. Ich sah, daß der Reaktionär Tsun die Waffen verteilte, die er in seiner Wohnung angehäuft hatte.» Er begann zu husten, weil das Schreien so anstrengend war. «Soll sich ...» Wieder wurde seine Stimme von dem Pfeifen übertönt.

Der Kader kam rasch von der Seitenbühne und gab Lopsang ein Megaphon.

«Soll sich ein Lama so verhalten? Auch habe ich mit eigenen Augen die Briefe gesehen, die er von imperialistischen Agenten bekommen hatte.»

Lopsang beobachtete zwei Soldaten, die sich mit einer Leiter den Weg zu dem Lautsprecher bahnten, der an einem Pfosten inmitten der Zuschauer befestigt war.

«Auf unserer Fahrt von Dordsche Ri-gon nahm der Reaktionär Tsun Verbindung mit konterrevolutionären Banditen auf, und es wurde vereinbart, daß er Waffen von den Imperialisten besorgen sollte, die unser großes Vaterland bedrohen.»

Lopsang hielt unvermittelt inne. Sein Gedächtnis ließ ihn im Stich. Plötzlich fiel ihm nichts ein, was er noch hätte sagen können. Er ließ das Megaphon sinken, hob es wieder an die Lippen und senkte es dann von neuem.

«Von einem Augenzeugen», sagte der Kader, «habt ihr gehört, welche Verbrechen der Unterdrücker Tsun verübt hat. Ihr habt es sogar von jemandem gehört, der an den Verbrechen gegen das Volk teilgenommen hat.»

Tsun warf seinem ehemaligen Sekretär, der nur einige Schritte von ihm entfernt stand, einen vielsagenden Blick zu, aber Lopsang ließ keine Reaktion erkennen. Die Bedeutung dieser Bemerkung war ihm allerdings auch nicht entgangen, und während er die beiden Soldaten mit der Trittleiter beobachtete, die dabei waren, den Lautsprecher richtig einzustellen, überlegte er, wie deutlich doch des Kaders energiegeladene Redeweise und selbstsicherer Wortgebrauch die Unzulänglichkeit seines eigenen Auftritts aufzeigten.

«Aber da er die Verderbtheit dieses Volksfeindes erkannte, ging Genosse Lopsang Nyima auf die Seite des Volkes über. Denen, die auf seine Seite übergehen, ist das Volk dankbar. Genosse Mao hat gesagt: ‹Wer auf der Seite des revolutionären Volkes steht, der ist ein Revolutionär; wer auf der Seite des Imperialismus, des Feudalismus steht –› Der Kader wurde sich klar, daß dieser Begriff seinen Zuhörern nichts bedeutete, deshalb ergänzte er – ‹auf der Seite der Grundbesitzer und Unterdrücker der Armen steht, der ist ein Konterrevolutionär!›»

Die Stellung des Lautsprechers war verändert worden, so daß er nicht mehr auf das Mikrofon ausgerichtet war. Die Soldaten mit ihrer Leiter kamen zurück. Der Kader fing ein Zeichen von dem Mann an der Verstärkeranlage auf und schaltete das Mikrofon wieder ein.

«Dieser Reaktionär –» er deutete auf Tsun – «hat klargemacht, auf welcher Seite er steht. Seht nur, wie arrogant er ist.» Der Kader nahm seine Nickelbrille ab und schwenkte sie in Tsuns Richtung. «So überzeugt von seinem Rang.» Er wischte die schweißbefleckten Gläser mit dem Jackenzipfel ab, dann schob er die elastischen Metallbügel wieder über seine abstehenden Ohren. «Lange genug ist er auf dem Rücken der Armen geritten.»

Die Spannung in der Menge, die schon dadurch erheblich war, daß jeder inzwischen wußte, was ein Tamsing bedeutete, wurde ständig erhöht durch das geschickte Vorgehen des Kaders. Was Tsun von Yangtschen über das Tamsing in Doi erfahren und was er über ein Dutzend andere Tamsings gehört hatte, ging ihm in lebhaften Bildern durch den Kopf. Er nahm alles wahr, was um ihn herum vorging, aber er reagierte darauf weder physisch noch geistig.

«Also was soll mit diesem Konterrevolutionär geschehen?»

Die vor dem Kader aufgereihten Leute äußerten sich nicht dazu. Manche sahen einander an, manche senkten die Köpfe, aber keiner antwortete, und davon ging eine gewisse Kraft aus. Der Kader wippte auf den Fersen, nur einmal, dann deutete er auf eine Frau, die nur wenige Schritte entfernt vorn in der Menge stand.

«Was sollte Ihrer Meinung nach mit ihm geschehen?»

Die Frau schüttelte den Kopf, machte den Mund auf und schloß ihn in stummem Entsetzen wieder. Der Kader spielte den Erstaunten.

«Aber er ist ein Konterrevolutionär! Sie haben von seinen Verbrechen gehört ...»

Alle Köpfe in der Menge reckten sich, um einen Blick auf die Frau zu erhaschen.

«Er sollte bestraft werden.»

Sie formte die Worte kaum hörbar mit den Lippen. Der Kader winkte ihr, auf die Bühne zu kommen. Sie rührte sich nicht und betete, daß seine Aufmerksamkeit sich jemand anderem zuwenden möge, aber das geschah nicht. Alle warteten auf sie. Sie knotete die Decke auf, mit der sie sich ihren Säugling auf den Rücken gebunden hatte, und gab der Frau neben ihr das Kind. Langsam betrat sie die Stufen, die zur Bühne hinaufführten. Sie trug einen großen, dreieckigen Kopfputz, der ohne die falschen Locken und kleinen Perlen, die eigentlich dazu gehörten, unheimlich und streng aussah. Sie hob ihren Rock an, um die Stufen zu erklimmen, und wischte sich mit der anderen Hand eine Träne ab. Der Kader trat vor, um ihr heraufzuhelfen. Sie warf rasch einen Blick auf Tsun und sah ebenso rasch wieder weg.

«Wir haben Sie nicht verstehen können, als Sie da unten waren», sagte der Kader. Er führte sie ans Mikrofon.

«Tu's nicht!» schrie jemand in der Menge. «Lang lebe Tibet!»

Ein Mann duckte sich und tauchte in der Menge unter, um den

Soldaten zu entkommen, die schon losgerannt waren, um ihn festzunehmen. Der Kader packte die Frau fest am Arm und zerrte sie näher ans Mikrofon.

«Sie sehen, selbst in unserer Mitte gibt es konterrevolutionäre Agitatoren. Wir müssen diesen Banditen beweisen –» einen Moment blickte er ihr fest in die Augen – «daß das Volk konterrevolutionäre Terroristen unbarmherzig vernichtet. Wer diese Reaktionäre nicht anprangert und ihre Missetaten nicht enthüllt, macht sich ebenso schuldig wie sie.»

Er schob die Frau vor, so daß ihr Mund sich in gleicher Höhe mit dem Mikrofon befand.

«Ich sagte ... daß der Reaktionär bestraft werden sollte.» Ihre Stimme war leise und tonlos.

«Bestraft?» Der Kader wies auf Tsun. «Das da ist nicht ein gewöhnlicher konterrevolutionärer Terrorist. Er ist ein Reaktionär aus der Oberschicht. Ein Mächtiger, der, wäre sein Plan gelungen, den Banditen Waffen besorgt hätte, um das Volk zu vernichten.»

Der Kader bebte vor Entrüstung.

«Ich selbst war bei der Besprechung anwesend, die viele Stunden dauerte und bei der jeder Versuch unternommen wurde, ihn zu überreden, sich auf die Seite des Volkes zu schlagen. Aber er weigerte sich halsstarrig. Solche üblen Elemente sind eine Gefahr für das Volk und müssen ausgemerzt werden. Ihm ist eine Chance gegeben worden.»

Der Kader wandte sich an die Tibeter, die auf einer Bank am Bühnenrand saßen.

«Was sollte mit ihm geschehen?»

Eine schielende Frau in einem zerlumpten, schmutzigen Kleid sprang auf.

«Tötet ihn! Tötet ihn!» brüllte sie.

Das Geschrei wurde von den anderen aufgenommen, die ebenfalls aufstanden, über die Bühne liefen und die Fäuste gegen Tsun schüttelten. Der Kader blickte zu den Zuschauern hinüber. Lockspitzel stimmten mit vereinzelten Rufen in den Sprechchor auf der Bühne ein. Wie Kreise, die sich auf der Wasseroberfläche ausweiten, wenn Steine in einen stillen Teich geworfen werden, breiteten sich diese Rufe in der Menge aus, denn die Furcht, als jemand entlarvt zu werden, «der nicht zum Volk gehört», spornte die Leute an. Bald gab es fast keinen mehr, der nicht schrie. Wenn alle schwiegen, waren sie stark. Wenn alle schrien, waren sie in Sicherheit. Nachdem sie sich einmal festgelegt hatten, war es nicht schwer, sie zur Raserei zu bringen, denn sie wollten dem Kader unbedingt beweisen, daß sie «zum Volk gehörten».

«Tötet ihn! Tötet ihn! Tötet ihn!»

Rhythmisch brandete der Ruf durch die Versammlung und erhöhte die Spannung, von der sie zehrte. Einer der Männer auf der Bühne, dem eine Hand fehlte, hob den Arm und schlug Tsun damit wie mit einem Knüppel ins Gesicht. Andere schlugen ihn auf den Körper und auf den Kopf. Er taumelte und stürzte zu Boden.

«Lange genug», schrie der Kader, den Lärm übertönend, «ist er auf dem Rücken der Armen geritten. Jetzt wollen wir mal sehen, wie es ihm gefällt, wenn andere auf ihm reiten.»

Die schielende Frau ließ sich auf Tsuns Rücken fallen und krallte sich mit den Händen an seinem Kopf fest. Er bemühte sich, seine Augen vor den bohrenden Fingern zu schützen. Die junge Frau aus dem Kreis der Zuschauer beobachtete schweigend die Vorgänge. Tränen rannen ihr über das Gesicht. Sie wußte schon, was von ihr verlangt wurde, als der Kader nun auf sie zutrat. Sie schloß sich der Gruppe an, die Tsun verprügelte. Alle mußten mitmachen.

Kleine blutige Rinnsale bildeten ein Netz auf Tsuns Gesicht. Wut stieg in ihm auf, und er versuchte, die Frau auf seinem Rükken abzuwerfen, die ihm Obszönitäten ins Ohr brüllte. Er schrie vor Schmerz und brach zusammen, wurde aber wieder auf die Knie gezerrt, damit das johlende Publikum sehen konnte, wie man auf einem Mönch ritt. Verzweifelt versuchte er, durch Meditation Selbstmord zu begehen, während er von seinen Peinigern mit Schlägen und Fußtritten langsam auf den Knien über die Bühne getrieben wurde. Seine Hände waren glitschig vom Blut, denn bei jeder Bewegung gruben sich die Handschellen tiefer ein.

«Tötet ihn! Tötet ihn! Tötet ihn!»

Tsun brach wieder zusammen, aber diesmal brachten ihn alle Schläge und Fußtritte nicht wieder auf die Knie.

Der Kader trat hinzu und winkte die Gruppe fort. Er packte den bewußtlosen Tsun und ließ die Menge sein Gesicht sehen. Die Augen waren geschlossen. Einen Moment lang glaubte der Kader, Tsun sei tot, aber dann bemerkte er, daß die Nasenflügel sanft vibrierten.

«Bringt ihn weg», rief er den Bewachern zu, «und macht ihn wieder munter!»

Die Leute auf der Bühne gingen schweigend zu ihren Plätzen zurück. «Die Zeit zum Sterben», schrie der Kader, «ist für ihn noch nicht gekommen. Das wäre zu einfach.»

Die junge Frau, die sich als erste gegen Tsun hatte aussprechen müssen, machte sich verstohlen davon, nahm ihrer Nachbarin ihr Kind wieder ab und versuchte, in der Menge zu verschwinden. Der Kader streckte einen Arm aus und deutete auf den Khenpo.

«Und was ist mit diesem gelben Räuber?» Er winkte den Bewachern, ihn nach vorn auf die Bühne zu bringen, wo man auf einem Tisch religiöse Gemälde, Statuen, Schriften, Teppiche, silberne Ständer und Deckel für Teetassen, Teekannen und Brokatkostüme, die bei Theateraufführungen im Kloster getragen wurden, angehäuft hatte.

«Gestern noch», fuhr der Kader fort, «hat das Volk diesen gelben Räuber bekämpft und angeklagt, der den Deckmantel der Religion benutzte, um unter seinem Schutz die skrupellose Ausbeutung des Volkes nur noch gieriger zu betreiben. Seht ihr, wie gut er gelebt hat? Wie gut er auf Kosten des Volkes gelebt hat?»

Mit einer ausholenden Armbewegung wies der Kader auf die Gegenstände, die auf dem Tisch lagen. Während er sprach, wurde ein Seil über einen dicken Balken geworfen und dann an einer drei Meter hohen Buddha-Statue befestigt.

«Seit Jahrhunderten haben solche Leute auf Kosten der Armen gelebt.»

Tsun hockte auf einem Stuhl am Rand der Bühne; kaltes Wasser wurde ihm ins Gesicht gegossen. Allmählich drangen die Worte des Kaders wieder in sein Bewußtsein.

«Tausende von Menschen sind zu diesem gelben Räuber gekommen, um seinen Segen zu erhalten, eine Berührung seiner Hand, eine Zauberpille. Und jeder, der kam, brachte eine Opfergabe dar. Seine Macht muß in der Tat groß sein, daß so viele so viel gaben.»

Vier Soldaten mußten Hand anlegen, um die schwere Bronzestatue vom Boden hochzuwuchten.

«Wenn mir ein Pferd verkauft werden soll und der Preis hoch ist, will ich das Pferd sehen. Ich will es laufen sehen, will sehen, was das für Eigenschaften sind, die es so teuer machen ...»

Die Bronzestatue wurde vorsichtig auf einen kräftigen Tisch heruntergelassen, der unter ihrem Gewicht stöhnte und ächzte.

«Aber wie kann man jemanden wie diesen gelben Räuber auf die Probe stellen? Wenn es schon als Blasphemie gilt, ihn auch nur unehrerbietig anzusehen, wenn angenommen wird, daß er euch verfluchen, euch von eurer Krankheit befreien oder sogar dafür sorgen könne, daß eure Toten in himmlischen Reichen wiedergeboren werden? Er hat euch und eure Furcht vor ihm ausgenutzt, um euch als Leibeigene zu behalten!»

Der Kader nahm die Brille ab und wischte sich mit dem Taschentuch über das Gesicht.

«Der Vorsitzende Mao hat gesagt: ‹Für alles Reaktionäre gilt, daß es nicht fällt, wenn man es nicht niederschlägt. Es ist die gleiche Regel wie beim Bodenkehren – wo der Besen nicht hinkommt, wird der Staub nicht von selbst verschwinden ...›»

Tsun konnte den Wasserbecher kaum halten, den man ihm gereicht hatte, nachdem ihm die Handschellen gelockert worden waren.

«Gestern haben wir einen Reaktionär niedergeschlagen!» Der Kader deutete mit einem anklagenden Finger auf den Khenpo. «Heute haben wir einen Reaktionär niedergeschlagen!» Der Kader drehte sich um und wies auf Tsun. «Nichts ist uns geschehen, und doch heißt es, daß die geistigen Kräfte von Lamas wie die von Magiern sind. Diese Lamas, glaubt man, dürfen nicht arbeiten. Doch sie genießen die Früchte der Arbeit des Volkes.»

Der Kader ergriff das Mikrofon und ging hinüber zum Tisch.

«Warum solltet ihr –» er deutete auf die Tibeter, die auf der Bank am Rand der Bühne saßen – «in Lumpen herumlaufen, wenn der reaktionäre Khenpo genug Kleider in seinem Schrank hat, um ein ganzes Dorf zu kleiden? Hier!» Er warf ihnen den Gebetsmantel des Khenpo zu. «Nehmt, was euch von Rechts wegen gehört, und gebt dieses Beutegut dem Volk zurück, dem es gestohlen worden ist.»

Die fünf Tibeter eilten zum Tisch, stopften sich die schönsten Gegenstände in ihre Ambas, brachten dann, was übrig war, an den Rand der Bühne und warfen es den Zuschauern zu.

«Da der reaktionäre Khenpo und der Lama Tsun ihren sogenannten Segen wie Waren auf dem Markt verkauft haben, wollen wir uns die Qualität der Waren ansehen, wie wir es auch auf dem Markt tun würden.»

Während er noch sprach, nahm er dem Mann, dem eine Hand fehlte, einen Thanka ab, den er gerade in die Menge werfen wollte, und stellte das Mikrofon ab.

«Den kann doch niemand brauchen», sagte er und warf den Thanka auf die Seitenbühne.

Der Mann machte ein verblüfftes Gesicht, und dem Kader entging nicht, was sich kurz in seinen Augen spiegelte. Diese Leute sind tatsächlich Grünhirne, dachte er. Er stellte das Mikrofon wieder an und winkte Tsuns Bewachern, ihn zum Tisch zu bringen. Sie mußten ihn stützen, damit er nicht zusammenbrach. Der Kader nickte einem der Soldaten am Tisch zu, der sich das Gewehr über die Schulter hängte und das Ende des vom Balken herabhängenden Seils zu einer Schlinge knotete.

Der Kader deutete auf die drei Meter hohe Buddha-Statue. «Seit Jahren haben Pilger Gold und Juwelen gespendet, um dieses Bildwerk zu verzieren; Reichtümer, die dringend gebraucht worden wären, um die Lage des Landes und das Leben des Volkes zu verbessern. Aber statt dessen entlockte der reaktionäre Khenpo dem Volk diese Reichtümer, so daß es arm und dienstbar blieb. Nun ja! Laßt den Buddha entscheiden!»

Tsun wurden die Handschellen abgenommen. Er hielt sich am Tischrand fest.

«Nun wollen wir mal sehen», fuhr der Kader fort, «über was für Kräfte diese beiden gelben Räuber verfügen.»

Der Soldat warf dem Khenpo die Schlinge über den Kopf und zog sie um seinen Hals zusammen. Der Khenpo ließ nicht die geringste Reaktion erkennen, sondern setzte seine Meditation fort. Der Kader nahm das Mikrofon und trug es an den Rand der Bühne, damit es den Zuschauern nicht die Aussicht versperrte.

Tsun sah den Khenpo voller Entsetzen an, als er merkte, daß drei Soldaten die Statue von Maitreya, dem Kommenden Buddha, die am anderen Ende des Seils befestigt war, auf ihn zuschoben. Drei weitere Soldaten drückten auf das andere Ende des Tisches, damit er nicht plötzlich umkippte.

Es herrschte absolutes und angsterfülltes Schweigen.

Ganz automatisch packte Tsun den breiten Bronzesockel der Statue, um zu verhindern, daß sie herunterfiel. Aber er kam gegen den Druck der drei Soldaten nicht an.

«Nun werden wir sehen», schrie der Kader durch das Mikrofon, «ob diese reaktionären Räuber über irgendwelche Mächte verfügen oder ob sie bloß betrügerische Banditen sind, die das Volk ausgeplündert haben.»

Tsuns blutige Hände arbeiteten sich am Sockel der Statue entlang, während die drei Soldaten sie, vor Anstrengung keuchend, Zoll für Zoll über den Tisch schoben. Mit einem Mal kippte sie langsam vornüber, und Tsuns Knie begannen einzuknicken. Er wankte und stellte seine Füße ein wenig auseinander, um die Last aufzufangen. Sein Atem verlangsamte sich, und er nahm seine ganze Kraft und seinen ganzen Willen zusammen. Dann schoben die Soldaten die Statue vollends vom Tisch herunter.

Er taumelte, Schweiß rann ihm über Gesicht und Arme, aber er hielt sie. So unglaublich es war, er hielt sie, während er wie ein Baum dastand, der sich in einem leichten Wind wiegt. Jede Sekunde schien eine Ewigkeit zu währen, aber er hielt die Statue.

Die Zuschauer begannen zu murmeln. Der Kader war verblüfft über Tsuns erstaunliche Kraft; er hätte es nicht für möglich gehalten, daß ein Mann allein die Statue von der Stelle bewegen, geschweige denn halten konnte. Einen schrecklichen Augenblick lang fragte er sich, ob er nicht soeben Zeuge eines Wunders wurde.

Besorgt betrachtete er die Zuschauer. Wenn er jetzt eingriff, wäre die ganze Wirkung des Tamsing verpufft. Tsuns Beine begannen unter dem Gewicht nachzugeben, ganz langsam nur, denn er bemühte sich verzweifelt, standzuhalten. Das Seil zog sich um den Hals des Khenpo zusammen. Er begann keuchend nach Atem zu ringen. Tsun fing einen flehenden Blick von ihm auf. Da ließ er die Statue los.

Sie stürzte krachend herunter, die Fußbodenbretter zersplitterten. Im Zusammenbrechen sah Tsun den Khenpo in seinem Mönchsgewand vor den Bogenlampen heftig hin- und herschwingen, sein Hals war gestreckt, der Kopf hing herab, und er schwang hin und her, hin und her ...

Auf dem Weg zurück zum Büro des Sicherheitsausschusses in Tschamdo zog der Kader zufrieden an seiner Zigarette und kam zu dem Schluß, daß, wenn es auch kein ideales Tamsing gewesen war, er seine Sache gut gemacht hatte. Nach den Ausbildungsvorschriften war es seine Aufgabe, die Massen auf den Klassenkampf vorzubereiten und sie dafür zu erziehen und dann als Katalysator zu wirken, wenn das Volk die Oberschicht-Reaktionäre spontan verurteilt. Auf diese Weise vollziehen die Massen selbst den traumatischen Bruch mit der alten Lebensweise, mit alten Loyalitäten.

Die Gefahr, darauf hatte Mao hingewiesen, bestand darin, daß das Volk, wenn es nur passiv zuschaut und unbeteiligt ist, beginnen könnte, Mitleid mit demjenigen zu empfinden, der bestraft wird. Der Kader hatte noch an keinem Tamsing in Tibet teilgenommen, bei dem das Volk spontan reagierte. Er wunderte sich noch immer darüber, wie hartnäckig sich die Leute an ihre Religion klammerten. In solchen Fällen half nur Terror.

Er freute sich, daß er sich des Terrors so geschickt bedient hatte und daß er, im Gegensatz zu vielen anderen derartigen Versammlungen, die Leute dazu gebracht hatte, im Sprechchor Tsuns Tod zu fordern. Die durch Beschuldigung und Selbstbeschuldigung ausgelösten Zweifel würden an ihrer Treue zur alten Lebensweise nagen. Allein die Tatsache, daß sie Tsuns Demütigung und der Hinrichtung des Khenpo hilflos hatten zusehen müssen, würde ihren Kampfgeist schwächen. Eigentlich, dachte er, während er die Asche seiner Zigarette auf den Fußboden des Jeeps schnippte, war es eines der erfolgreichsten unter den Dutzenden von Tamsings gewesen, die er organisiert hatte, seit er 1954 nach Tibet versetzt worden war.

25

Tsun erlangte allmählich das Bewußtsein wieder. Immer noch sah er den schwingenden Körper des Khenpo vor sich. Er stöhnte und drehte den schmerzenden Kopf. Ihm war, als würde er wie Treibholz auf den reißenden Fluten eines Flusses emporgehoben und herumgeschleudert. Sein Magen revoltierte, und er machte die Augen auf, weil er glaubte, sich jeden Moment übergeben zu müssen. Er packte die weichen Seiten des Strohsacks und versuchte vergeblich, Halt zu finden, während er in einem Meer von Farben und Formen herumwirbelte.

Plötzlich spürte er, daß eine Hand beruhigend seinen rechten Arm hielt und ein feuchtes Tuch seine Schläfe abtupfte. Langsam hörte seine Umgebung auf zu schwanken, und seine Übelkeit legte sich. Die Farben und Formen wurden deutlicher. Wohlig kam ihm zu Bewußtsein, daß er ein Laken unter dem nackten Körper hatte. Sein Blick richtete sich auf das Mädchen neben ihm. Es war Ling! Sie säuberte eine Wunde an seinem Hals und lächelte, als sie merkte, daß Tsun sie ansah. Dann beugte sie sich hinunter, um das Tuch in einer Emailschüssel auf dem Fußboden auszuspülen. Sie war gespannt, wie er reagieren würde, wenn er merkte, daß er in Gegenwart einer Frau nackt war. Sie war lange genug mit Tibetern zusammen gewesen, um zu wissen, daß manche Mönche in einer solchen Situation nach allem möglichen greifen würden, um ihre Blöße zu bedecken. Aber Tsun schien gar nicht daran zu denken; er sah sie nur ausdruckslos an und schaute sich dann im Zimmer um.

Es fiel ihm sehr schwer, seine fünf Sinne zusammenzubekommen, und er spürte immer mehr, wie empfindlich sein übel zugerichteter Körper war. Er zog scharf den Atem ein, als Ling ein Antiseptikum auf die Wunde an seinem Hals auftrug und dann ein Pflaster auflegte, aber auch das Atmen tat ihm weh, und mit der rechten Hand betastete er den Verband um seine Brust.

«Der Arzt sagt, es ist nichts gebrochen», sagte Ling sanft. «Aber Sie haben viele Prellungen und Quetschungen, und die Wunde über Ihrem Auge mußte genäht werden.»

Tsun zuckte zusammen, als sie das Pflaster auf seinem Hals festdrückte.

«Wie fürsorglich», krächzte er.

Seine Kehle war wund und geschwollen. Wieder stieg die Übelkeit in ihm auf, verging aber schnell wieder. Als er plötzlich aufschrie, kicherte Ling. Sie hatte einen wunden Hautbereich auf seinem Bauch mit Antiseptikum gesäubert. Mit einem spöttischen Lächeln sah sie zu ihm auf.

«Dabei waren Sie so tapfer bei dem ... Tamsing.»

Tsun blieb unbeweglich und antwortete nicht, sah ihr aber unverwandt in die Augen. Sie wünschte, sie hätte das Tamsing nicht erwähnt, und fühlte sich genötigt hinzuzufügen: «Jemand hat es mir erzählt. Ich war nicht dabei.»

Tsun drehte seinen schmerzenden, schwindligen Kopf und sah sich im Zimmer um. Da war ein Stuhl, auf dem seine säuberlich gefalteten Kleider lagen, und ein Tisch voller Propaganda-Zeitschriften. In einer Ecke stand ein feuerverzinkter Eimer mit einem Holzdeckel. Der Raum roch sauber und hatte ein niedriges Fenster, an dessen Scheibe funkelnde Regentropfen in kleinen Rinnsalen herabliefen.

Tsun fühlte sich besser. Ihm war klar, daß seine Peiniger das wohl kaum beabsichtigten, aber er fühlte sich tatsächlich besser.

Er sah Ling aufmerksam zu, wie sie seinen Leib abwusch. Ihr Mund war leicht geöffnet, und zwischen den vollen Lippen schimmerten die Zähne. Das lange Haar, das heute nicht zu einem Zopf geflochten war, umrahmte ihr Gesicht und hob ihre zarten Züge hervor, die, wie Tsun fand, Stärke und Intelligenz widerspiegelten, und in dieser unfaßbaren Tiefe erkannte er eine große Schönheit. Er wußte, daß sie nicht zufällig da war, und seufzte. Nichts geschah zufällig.

«Was ist passiert», fragte er heiser, «nachdem der Khenpo ...»

«Sie sind zusammengebrochen», warf Ling rasch ein, «und stundenlang bewußtlos gewesen.» Geräuschvoll spülte sie das

Tuch in der Schüssel aus. «Möchten Sie etwas zu essen oder zu trinken?»

«Ling!»

Sie hob die Augen und sah ihm in das verschwollene Gesicht.

«Ich wünschte, Sie wären nicht hier», sagte Tsun.

Ling lächelte.

«Mir verdanken Sie diese Betreuung.»

«Das ist es ja», murmelte er und zog eine Augenbraue hoch. Ling runzelte die Stirn und hörte auf, seinen Leib abzuwaschen.

«Vertrauen Sie mir, Tsun.» Dann fuhr sie, gleichsam erklärend, fort: «Sie haben mir einmal das Leben gerettet.» Tsun antwortete nicht, und nach einer Weile fand sie seinen unverwandten Blick verwirrend und senkte die Augen wieder auf seine Wunden. Tsun wollte versuchen, möglichst viele Informationen aus ihr herauszulocken, solange sich die Gelegenheit dazu bot.

«Wohin sind Sie nach Ihrer Flucht gegangen?» fragte er.

«Nach Derge, zum Distriktausschuß.»

«Einmal habe ich Sie gesehen ...»

«Ich weiß.»

Sie schüttete das blutige Wasser in einen Eimer und goß aus einem Krug frisches in die Schüssel. «Und dann noch einmal bei dem Nomadenlager.»

Schon geht's los, dachte er.

«Ich erinnere mich an keine Nomaden», sagte er.

Ling sah ihn an und grinste. Er hätte sie gern gefragt, was geschehen war, nachdem die Kavallerie-Abteilung das Nomadenlager erreicht hatte, aber damit hätte er auch zugegeben, daß er dagewesen war.

«Wissen Sie etwas von den ...» Er bekam einen Hustenanfall. Ling schenkte ihm einen Becher Wasser ein und stützte seinen Kopf, während er trank.

«Reden Sie nicht», sagte sie. «Warten Sie, bis Sie ausgeruhter sind.»

«Wissen Sie etwas von den anderen aus meiner Gruppe?»

Ling schickte sich an, seine Beine zu säubern. Sie verzog das Gesicht. «Wascht ihr Tibeter euch denn nie?»

«Ihre Freunde wollten mich nicht austreten lassen.»

Ling zuckte die Schultern. «Sie haben doch die Schriften des Genossen Mao gelesen. Sicher kennen Sie auch seine Beschreibung der

Revolution – sie ist kein Gastmahl, kein Aufsatzschreiben, kein Bildermalen oder Deckchensticken; sie kann nicht so fein –» Ling fuhr fort, seine Beine zu waschen – «so gemächlich und zartfühlend, so maßvoll, gesittet, höflich, zurückhaltend und großherzig durchgeführt werden. Die Revolution ist ein Aufstand, ein Gewaltakt, durch den eine Klasse eine andere Klasse stürzt.»

«Bereiten Sie mich auf mein nächstes Tamsing vor?»

«Ich gebe Ihnen eine Chance.» Lings Gesicht drückte Entschlossenheit aus. «Das hier –» sie deutete mit einer raschen Handbewegung auf das Zimmer – «war meine Idee.»

«Eine andere Methode.» Zum erstenmal klang eine Spur Bitterkeit in seiner Stimme an. «Und Sie haben eine stärkere Ausgangsstellung als Ihre Freunde.»

Ling schleuderte das Tuch in die Schüssel.

«Na schön, dann werde ich es Ihnen sagen. Sie haben nur eine Kostprobe von dem bekommen, was Ihnen bevorsteht.» Sie ging im Zimmer auf und ab, ihre Stimme bebte vor kaum unterdrücktem Zorn. «Sind Sie sich darüber klar, was es bedeutet, als Konterrevolutionär beschuldigt zu werden? Es gibt kein schlimmeres Verbrechen. Nach dem Grundgesetz sind Ihnen sämtliche Rechte aberkannt. Sie haben keine Zukunft.» Sie kämpfte gegen eine plötzliche Gefühlsaufwallung. «Sie haben nicht einmal das Recht, sich umzubringen!»

Sie zog ein Päckchen Zigaretten aus der Tasche und fummelte so ungeschickt daran herum, daß drei Zigaretten auf den Boden fielen.

«Warum sind Sie so beunruhigt?» fragte Tsun ruhig.

Als sie sich bückte, um die Zigaretten aufzuheben, bemerkte er, daß sie errötete. Sie richtete sich auf und lehnte sich an den Tisch. Sorgfältig steckte sie zwei Zigaretten wieder in das Päckchen und zündete die dritte mit einem einfachen Stahlfeuerzeug an. Dann sah sie durch den Rauch zu ihm hinüber. Ihre Hand zitterte, als sie die Zigarette wieder an die Lippen hob. Sie vermied es, ihm in die Augen zu sehen. Sie war sich der Röte ihrer Wangen bewußt, kam sich gedemütigt vor, und das brachte sie in Wut.

«Es macht die Sache komplizierter», murmelte Tsun.

Ling musterte ihn kühl. Ein leichtes Lächeln spielte um seinen Mund, und seine Augen ... Sie spürte, daß sie schon wieder rot wurde. Sie warf die Zigarette auf den Boden, trat sie aus und gab sich die erdenklichste Mühe, ihre Gefühle im Zaum zu halten. Sie nahm das Tuch aus der Schüssel und machte sich daran, ihm Beine und Füße zu waschen. Allmählich ließ die Spannung zwischen ihnen nach.

«Was weiß man von den anderen?» fragte Tsun noch einmal.

Ling sah ihm direkt in die Augen. «Nichts, Tsun. Ich habe nichts gehört.»

«War es Ihre Aufgabe, mich zu finden und gefangenzunehmen?»

Ling lächelte nervös und steckte sich schon wieder eine Zigarette an. Sie machte einen Lungenzug und sah dem Rauch zu, der sich zur Zimmerdecke hinaufkräuselte. Es trat eine lange Pause ein. Dann brummte Tsun:

«Nun?»

Ling schnippte die Asche von ihrer Zigarette.

«Es hängt von Ihnen ab, Tsun. Ich kann Sie nicht ewig beschützen. Es ist bekannt, daß Sie Ihre Schwester in Derge besucht haben. Das könnte für sie ein böses Ende nehmen.»

Tsun lachte. «Jetzt hören Sie sich an wie Ihre Freunde.»

Ling wandte sich wütend ab. «Es ist ganz egal, wie sich das anhört. Ich spreche von Tatsachen!» Ihre Hand zitterte, und die Zigarette fiel auf den Boden. Sie trat darauf, ohne sie zu sehen.

«Sie wissen, wie die Dinge liegen. Ist Ihnen denn alles gleichgültig?»

Einen Augenblick glaubte sie, er werde sich hochziehen und sie schlagen. Doch dann grinste er und sah hinunter auf seine Beine. «Ich habe mich gerade gefragt, ob Sie wirklich alles waschen würden.»

Ling folgte seinem Blick, spürte, daß sie wieder rot wurde, nahm das Tuch auf und warf es ihm ins Gesicht.

Von draußen hörte Tsun undeutlich Stimmen, die tibetisch sprachen, dann wurden sie von den Lautsprechern übertönt, aber das brachte ihn auf den Gedanken, daß sein Gefängnis sich möglicherweise in der Stadt befand und nicht in der Han-Kaserne. In der Stadt würde es leichter sein, zu fliehen. Doch er kam zu dem Schluß, daß das Fenster zu klein war, als daß ein Mann hätte durchkriechen können. Es war länglich und niedrig, aber viel zu schmal, und die Tür machte einen stabilen Eindruck. Er fragte sich, ob Ling wohl den Schlüssel hatte.

Ling zündete sich eine weitere Zigarette an. Dann wischte sie sich mit dem Zeigefinger der rechten Hand die Schweißperlen von der Stirn, als wollte sie sich die Haarsträhnen aus dem Gesicht streichen. Sie blies den Rauch durch die Nase, er ringelte sich durch die Luft, und Tsun mußte unwillkürlich an den Rauch aus den Weihrauchgefäßen im Tempel von Dordsche Ri-gon denken. Ling sah ihn an, wie er da auf der Bettstelle lag.

«Vertrauen Sie mir», sagte sie.

«Kann ich etwas Wasser haben?» fragte er höflich.

Ling klemmte sich die Zigarette zwischen die Lippen und goß Wasser in einen Porzellanbecher.

«Wir werden nie auf die gleiche Weise denken, das weiß ich», sagte sie und setzte sich neben ihn auf das Bett. «Sie sind ein Reaktionär und Konterrevolutionär, aber ...» Tsun fand ihre Verwirrung sehr reizvoll. «Ich frage mich, warum? An manchen Punkten stimmen unsere Gedanken überein. Sie waren in Litang für Ihre fortschrittlichen Ideen bekannt ...» Ihr fiel ein, daß sie ein Gespräch wie dieses schon einmal geführt hatten. Wenn sie es ihm nur begreiflich machen könnte!

Tsun murmelte lächelnd vor sich hin: «Fortschrittliche Ideen – fortschrittliche Ideen ...» Er ging mit den Wörtern um wie jemand, der einen Stein in die Hand nimmt, um herauszufinden, wie er sich anfühlt.

«Sie könnten dem neuen Tibet sehr nützlich sein.» Sein vertrautes, spöttisches Lächeln entging ihr nicht. «Ich bin nicht mit allem einverstanden, was in Tibet geschieht, kein denkender Kommunist wäre es, aber wie Genosse Mao sagt, die Revolution ist kein Gastmahl. So sind die Menschen nun mal.» Mit einer Hand hob sie seinen Kopf an, mit der anderen hielt sie den Becher, damit er trinken konnte.

«Als einer der neuen Führer von Tibet hätten Sie natürlich Einfluß auf dessen Fortschritte.»

Tsun versuchte, den Becher selbst zu halten, aber seine Hand zitterte so sehr, daß sie ihm helfen mußte. Er trank in kleinen Schlucken.

«1952 haben hier in Kham einige meiner Freunde ähnlichen Angeboten, wie Sie sie mir machen, geglaubt.» Er hustete, trank dann etwas Wasser, um die Trockenheit in seiner Kehle zu lindern, und fuhr fort: «Heute sind die meisten von ihnen im Gefängnis, tot oder im Widerstand.»

«Nicht alle», sagte Ling. «Was ist mit dem Kundün? Dem Pantschen Lama? Sie wissen, wie die Dinge liegen.»

Tsun konnte ihr Haar riechen. Es duftete lieblich.

«Ja», seufzte er. «Das tun sie!»

Sie fuhr sich mit der Hand übers Gesicht und schnippte Asche auf den Fußboden.

«Na schön, Tsun.» Sie stellte den Becher auf den Boden und warf ihre Zigarette in den Eimer. «Dann seien Sie kein Führer, aber *leben* Sie wenigstens im neuen Tibet. Sonst ...» In ihren Augen schimmerten unvergossene Tränen. «Sonst bleibt nichts übrig.»

Tsun legte ihr sanft eine Hand auf den Kopf. Er spürte, daß sie sich versteifte, aber sie rückte nicht weg.

«Bitte, Tsun ... bitte ...»

Er richtete sich auf und zog ihren Kopf nach unten. Ihre Lippen berührten sich sanft. Er schob ihren Kopf zurück, hielt ihn so, daß er ihr ins Gesicht sehen konnte, und entdeckte einen ängstlichen Ausdruck in ihren Augen. Als er ihre Lider und ihre Nase küßte und ihre Wangen streichelte, verschwand er wieder. Er hob ihr Haar an und ließ es durch die Finger gleiten. Dann trafen sich ihre Blicke wieder und hielten einander fest. Ling spürte ihr Herz klopfen. Dies hier war wirklich, war etwas, das sie nicht in der Gewalt hatte. Tsun war jetzt ruhig und atmete rasch, in seinen Augen spiegelte sich die Qual seines inneren Konflikts. Beide erinnerten sich an jenen Augenblick im Tal, der eine Ewigkeit her zu sein schien. Mit seiner Hand, die auf ihrem Nacken ruhte, zog Tsun sie langsam neben sich aufs Bett. Dann knöpfte er eilig mit beiden Händen ihre karierte Bluse auf. Ihre Brüste standen wie reife Früchte hervor, und ihre harten Brustwarzen streiften seine Brust. Sie lag ganz still. Sanft liebkoste er ihre Brust mit der Rechten.

Ling hatte die plötzliche Wendung der Dinge völlig aus der Fassung gebracht. Sie war sich weder Tsuns noch ihres eigenen Begehrens sicher. Doch jeder Kuß, jede Liebkosung ließ seine Leidenschaft mehr erkennen. Die Welt, das Zimmer, die Stimmen, Licht und Dunkelheit, all das war verschwunden, und es gab nur noch sie beide. Er drückte den Mund auf ihren Hals, und als er seinen Körper an den ihren preßte, streckte sie eine Hand aus, um den Gürtel ihrer Hose aufzuschnallen. Tsun spürte das kalte Metall auf seinem Bauch. Er sah Ling in die Augen, dann berührten sich ihre Lippen.

«Khöp Tho!» fluchte Ling, als sie unversehens auf den Fußboden geschleudert wurde. Tsun stand auf, und sein Begehren war widersinnigerweise immer noch sichtbar. Er funkelte sie wütend an.

«Wieviel haben sie dir geboten?» fragte er.

«Nichts haben sie mir geboten! Überhaupt nichts!» schluchzte Ling.

«Nein? Kein Geld? Keine Beförderung? Keinen Orden?» Er grinste höhnisch. «Hast du es nur für den Genossen Mao getan? Oder gehört es einfach zu deinen Aufgaben?»

Ling stand auf; weinend zog sie die Hose hoch und schnallte den Gürtel zu. Dann hob sie die Bluse vom Boden auf. Tsun packte sie am Haar und starrte in das tränenüberströmte Gesicht einer durch die Liebe gedemütigten Frau.

Er zog so an ihrem Kopf, daß sie ihn ansehen mußte. «Du kannst ihnen sagen, daß du es sehr, sehr gut gemacht hast!»

Ling griff nach seiner Hand und riß sie so heftig weg, daß ein paar Haarsträhnen mit abgingen.

«In Ordnung!» schrie sie ihn an. «Alles, was du sagst, ist richtig! Wenn es das ist, was du glaubst, dann glaub es doch! Du bist so überzeugt von dir selbst!»

Sie zog ihre Bluse an und stopfte sie ungeduldig in die Hose.

«Bist du nun zufrieden, wo du weißt, daß du recht hast? Ich hätte dich beim Tamsing lassen sollen. Du hast nicht mal den Schneid, dir deine eigenen Gefühle einzugestehen, geschweige denn, sie zum Ausdruck zu bringen.» Sie wischte sich mit dem Handrücken die Tränen ab. «Ich muß verrückt sein. Na ja, jetzt sind wir einander nichts mehr schuldig. Du hast mir das Leben gerettet, und ich habe dir eine Chance geboten, dich zu retten. Du brauchst sie ja nicht zu ergreifen!» fauchte sie.

Tsun stand da und beobachtete sie. Er rührte sich nicht, und jedes ihrer Worte traf ihn wie ein Schlag.

Ling warf den Kopf zurück und mühte sich, ihren Zorn zu bezähmen.

«Ich hätte es wissen sollen», sagte sie bitter, «aber ich bin schnurstracks in die Falle gegangen.» Sie begann auf und ab zu gehen. «Man sollte nicht vergessen, in der Klassengesellschaft lebt jeder Mensch in einer bestimmten Klassenlage, und es gibt keine Ideen, die nicht den Stempel seiner Klasse tragen. Ich dachte ...» Sie machte eine verzweifelte Handbewegung. «Ich weiß nicht, was ich dachte ...» Sie hielt inne, blieb mit dem Rücken zu ihm am Fenster stehen und starrte hinaus.

«Wenn man eine profunde Wahrheit so vereinfacht», sagte Tsun mit leiser und ruhiger Stimme, «spricht man nur von der sichtbaren Lotusblüte, die auf dem Wasser schwimmt. Was ist mit den Wurzeln in der dunklen Tiefe des Wassers, im Schlick und Schlamm auf dem Grund des Teiches? Pflückt man die Blüte, so bleibt die Wurzel da und bringt eine neue Blüte hervor. Es ist diese grundlegende Konditionierung, diese Unkenntnis unserer wahren Natur, um die es mir geht. Du, ich, jeder erleidet das, nicht bloß Angehörige einer Klassengesellschaft.»

Ling drehte sich zu ihm um. «Ich spreche von praktischen Dingen», sagte sie. «Sie ...» Sie hielt inne, als sie die Qual sah, die sich auf Tsuns Gesicht abzeichnete, und war bestürzt über die Tränenspuren auf seinen Wangen.

Er trat zu ihr, und sie wich nicht aus. Er legte den Arm um sie, und sie strich mit einem Finger über seine nasse Wange. Auch sie weinte.

«Es tut mir leid», murmelte sie.

Ihre Tränen und die sanften Gesten der Liebe offenbarten, daß nicht nur ihr eigenes Tun, sondern vieles mehr auf ihnen lastete.

«Ling», sagte Tsun, «ich liebe dich.»

Ling zog ihre Hand zurück und starrte ihn mit einem fast kindlichen Ausdruck der Verwunderung an. Tsun lachte, und die Nähe war verflogen. Er ließ sie los, ging weg und griff nach seiner Hose, ließ sie jedoch angewidert wieder fallen.

«Kannst du mir eine saubere besorgen? Diese stinkt.»

Ling zog eine Zigarette aus ihrem Päckchen.

«Hm?»

Sie wischte sich die Tränen ab.

«Eine saubere Hose? Und eine Tschuba?» wiederholte Tsun.

«Ach ja, ich werd's versuchen.»

Tsun zog sein Hemd an, setzte sich aufs Bett, und als Ling an ihm vorbeiging, griff er nach ihrem Arm. Ihr Gesicht war blaß und verkrampft. Wie ein gehorsames Kind setzte sie sich neben ihn.

«Du zitterst ja.» Er legte ihr den Arm um die Taille. «Warum?»

«Weil – » sie lächelte schwach – «weil ...»

Alle möglichen Gedanken über das, was hätte geschehen können oder sollen, schossen ihr durch den Kopf. Tsun war damit beschäftigt, ihre Gesichtszüge mit den Fingern nachzuzeichnen.

«Ja», murmelte sie, «was machen wir nun?» Ihr Blick bat flehentlich um eine Antwort. Seine Gelassenheit trug nicht dazu bei, ihre verworrenen Gefühle zu beschwichtigen.

«Wenn die Situation eine andere wäre ...» sagte er.

«Was meinst du damit – eine andere?»

Tsun deutete mit einer Handbewegung auf das Zimmer. «Die Umstände ...»

«Es könnte eine Möglichkeit geben», unterbrach Ling. Als sie die Zweifel in Tsuns Augen entdeckte, fügte sie hinzu: «Ich besitze Einfluß. Sicher nicht in Tschamdo, aber wenn du in Lhasa wärst, wo du nicht öffentlich angeprangert wurdest ...» Sie überlegte. «Und dann könnte ich mich dahin versetzen lassen ...»

«Wie könntest du deine Arbeit tun und mit mir zusammen sein?»

«Ich würde sie aufgeben. Wir könnten eine andere finden.»

Sie sah ihn nicht an, und er brauchte nicht darauf zu antworten. Niemand hörte auf, für die Partei zu arbeiten, sofern die Partei es nicht wünschte.

«Wenigstens», fuhr Ling fort, «könnten wir etwas Zeit zusammen verbringen, das ist besser als nichts.» Sie hielt inne. Tsun beobachtete sie und wartete ab. Ling zündete die Zigarette an, die sie in der Hand gehalten hatte, und betrachtete das glühende Ende.

«Tsun, wenn ... wenn du mir nur irgend etwas zugestehen würdest, das ich zu deinen Gunsten verwenden könnte.» Sie sah ihn nervös an, wartete ängstlich auf seine Reaktion, aber sein Gesicht blieb ausdruckslos.

«Zum Beispiel könntest du sagen, du habest dich in der Vergangenheit geirrt, und das neue Tibet läge dir am Herzen.»

Tsun lachte. «Das ist genau das, was deine Freunde hören wollen.»

«Es ist etwas, Tsun. Bitte, wie wenig auch immer ...»

«Der Kopf des Wurms sieht nach wenig aus, wenn er aus der Erde auftaucht, doch genau das ist es, worauf der Vogel lauert, denn wenn er ihn ergreift und zieht, kommt alles heraus.»

Ling schüttelte den Kopf zum Zeichen, daß sie anderer Meinung war.

«Ich bin beim Tamsing gefoltert worden», sagte Tsun. «Weil ich dem Volk etwas bedeute, weil ich die Religion vertrete und weil ich, wie das Volk, glaube, daß unser Vaterland nicht China heißt, sondern Tibet. Wegen des mir gezollten Respekts und wegen meines Einflusses haben die Han nichts unversucht gelassen, um meinen Ruf zu untergraben.» Er sprach bedächtig, und seine Worte klangen bedeutungsschwer.

«Die gewöhnlichen Tibeter, die Laien und alle anderen, erleiden bei ihrem Bemühen, unsere Religion und unser Volk zu retten, weit mehr Ungemach als ich, ein Lama. Es ist also besser, wenn ich vor dem Volk von Tschamdo aufgehängt werde, anstatt einen Vertrauensbruch zu begehen und mich der Verantwortung, die mir das Volk übertragen hat, zu entziehen.»

«Tsun, wie kannst du nur so blind sein? Kannst du nicht einsehen, daß Tibet, ob es dir gefällt oder nicht, jetzt zu China gehört?»

Sie legte ihm die Hand auf die Wange, als ob die Berührung ihren Worten Nachdruck verleihen würde.

«Das ist eine Tatsache. Und wenn alle Tibeter sich auf einmal erhöben, sie würden vernichtet werden. Finde dich damit ab, Tsun. Nicht nur um deinetwillen, sondern auch um deiner Anhänger willen. Kannst du nicht einsehen, daß dein Widerstand und deine konterrevolutionäre Betätigung nicht nur deinen Tod zur Folge haben werden, sondern auch den Tod von vielen, die dir, wie du sagst, vertrauen? Es ist ein Teufelskreis, der den Untergang nach sich zieht, denn er beruht auf dem dir gezollten Respekt und auf deiner unbeugsamen Entschlossenheit, ein Held zu sein, gleichgültig, was für Opfer das für andere bedeutet. Es gibt bereits ein neues Tibet. Bitte, Tsun, bitte begreif das. Es ist Zeit, daß du dich dem neuen Tibet anschließt. Komm mir halbwegs entgegen. Glaubst du, der Kundün und der Pantschen Lama haben unrecht, wenn sie sich für eine friedliche Befreiung Tibets verwenden? Sollten sie sich den Terroristen anschließen und Menschen töten?»

«Ling, Ling, du verlangst von mir Verständnis, aber was ist mit dir? Ich weiß, was ich tun muß. Natürlich haben der Kundün und der Pantschen Rimpotsche recht, wenn sie zum Frieden raten, wie viele von uns es in Kham getan haben. Aber Lhasa ist noch nicht Kham. Deine Freunde werden entscheiden, ob es so werden soll.» Er hielt inne, dann fragte er: «Sag mal, Ling, würdest du mit mir kommen, um für den Widerstand zu kämpfen?»

Ling starrte auf den Fußboden. «Ich weiß es nicht ...» Sie

schaute auf und sah ihn traurig an. «Ich könnte nicht kämpfen, Tsun.»

«Siehst du», sagte er. «Du und ich sind wie die Schlange, von der es im Sprichwort heißt: Auch wenn du eine Schlange schlägst, kann sie Hände und Füße vorzeigen?»

Ein flüchtiges Lächeln huschte über Lings Gesicht. «Du hast die erste Zeile des Sprichworts ausgelassen: Auch wenn du einen Han schlägst, kann er Tibetisch sprechen?»

Tsun lachte leise.

«Oh, Tsun», murmelte Ling.

«Du könntest mir zur Flucht verhelfen», sagte er leichthin, obwohl er sich ernsthaft mit dem Gedanken beschäftigte.

«Nein, das ist unmöglich, ich könnte dich bestimmt nicht an den Sicherheitsorganen vorbeibringen.»

Sie warf den Kopf zurück, und eine Haarsträhne berührte das brennende Ende ihrer Zigarette. Brandgeruch stieg auf.

«Ich bin es nicht gewöhnt, mein Haar so zu tragen, es ist gefährlich.»

Sie strich es zurück, so daß es dicht am Kopf anlag. Tsun legte ihr eine Hand auf den Kopf. «Dein Haar ist schön», sagte er.

«Vielleicht», murmelte Ling, «könntest du mir ‹abhanden› kommen … vielleicht ist das eine Möglichkeit, Tsun. Allerdings wird es nicht einfach sein. Aber es kann eigentlich nicht schlimmer werden als das, was hier schon geschehen ist und noch geschehen wird.» Sie warf die Zigarette auf den Boden und trat sie mit dem Absatz aus. «Du mußt einen anderen Namen bekommen.»

«Wie wäre es mit Yeschi Norbu?» fragte Tsun.

«Ja», nickte Ling. «Das ist gut. Den Namen werde ich in die Formulare eintragen.»

«Weißt du, was mir dann bevorsteht?»

«Du würdest in ein Arbeitslager geschickt. Das ist für Reaktionäre, die erkennen lassen, daß sie sich bessern wollen. Vergiß das nicht, Tsun!» Sie sah sein Lächeln und runzelte die Stirn. «Es ist deine einzige Chance, bitte nimm sie wahr. Es wird nicht leicht sein, aber von da aus könnte ich vielleicht deine Flucht nach Lhasa bewerkstelligen …»

Tsuns starrer Blick ließ sie innehalten. Er fuhr sich mit der Hand über sein geschwollenes Gesicht und zuckte vor Schmerz zusammen. Ling konnte ihre Besorgnis nicht verhehlen.

«Es ist vielleicht erst in ein paar Wochen möglich», sagte sie. «Tsun ... bitte, sei vorsichtig und versuche zu kooperieren, sonst ...»

Wieder herrschte Schweigen zwischen ihnen.

«Warum weinst du?» flüsterte Tsun.

«Alles ist so unsicher, und die Zeit ist so kurz.»

Plötzlich hielt er sie in den Armen, und sie weinte hemmungslos, das Gesicht an seinen Hals gepreßt. Er drückte sie fest an sich, aber sie weinte nur noch mehr. Seine Liebkosungen waren bar jeder Leidenschaft. Sie löste sich von ihm und sah ihn unter Tränen an.

«Liebe mich ... bitte ...» Sie las ihm die Antwort aus den Augen, doch sie wollte sie nicht verstehen.

Tsun strich ihr sanft über den Kopf, drückte sie an sich und küßte sie auf die Lippen. Einen Augenblick spürte sie, wie sein Begehren wiederkehrte.

«Tsun, bitte ...»

«Nein!» Er hatte das Wort nur gehaucht.

«Aber wir haben so wenig Zeit zusammen.»

«Nicht jetzt, nicht hier!» Er hielt ihr Gesicht in beiden Händen. «Ich möchte es so gern, aber wo und wann, werden wir bestimmen, ohne daß jemand einen Vorteil davon hat.»

«Bitte ...»

«Nein, Ling!» Seine Weigerung klang ebenso verzweifelt wie ihr Flehen. Er schob sie entschlossen von sich. «Wieviel Zeit haben wir noch?»

Ling sah auf die von einem tibetischen Händler gekaufte Omega-Uhr an ihrem Handgelenk, ein Zugeständnis an den Kapitalismus. «Eine Stunde», sagte sie.

«Könnten wir etwas zu essen bekommen?»

«Ich werde etwas besorgen, und auch Kleidungsstücke.»

Sie sah ihn überrascht an, als er sein Hemd um sich zog und die Beine übereinanderschlug.

«Was hast du vor?»

«Ich will meditieren.»

Ling war verärgert über dieses Eindringen einer Welt, die sie nicht verstand. Der Anblick des schweigenden Lamas, der die Augen geschlossen hatte, bewirkte, daß ihr unbehaglich zumute wurde, dennoch verspürte sie nicht den Wunsch, ihn zu verlassen. Sie stand mit dem Rücken zu ihm am Fenster und schaute hinaus.

Dann wurde sie unruhig, ging zum Bett und setzte sich verlegen neben ihn.

Tsun öffnete langsam die Augen, dann legte er ihr vorsichtig die rechte Hand auf den Kopf.

Hinterher wußte Ling nicht, ob sie aufgeschrien hatte oder nicht. Sie war so verwirrt, daß sie eine Zeitlang nicht richtig denken konnte, wie lange, das wußte sie nicht – eine Sekunde, eine Minute, eine Stunde? Denn als Tsuns Hand sie berührt hatte, war ihr ein Blitzstrahl durch Geist und Körper gefahren.

Als sie sich klar zu werden begann, was geschehen war, war Tsun schon wieder in Meditation versunken, die Finger in einer symbolischen Mudra-Geste zusammengelegt, die seinen Geisteszustand widerspiegelten. Sie saß auf dem Bett, als träumte sie, sah ihn an und war sich einer Realität bewußt, von der er oft gesprochen, die sie aber nie verstanden hatte. Langsam stand sie auf und ging zur Tür. Dort blieb sie stehen, nahm einen Schlüssel aus der Tasche, steckte ihn ins Schlüsselloch und schloß auf. Während sie die Tür aufmachte, beobachtete sie Tsun; alle möglichen Gedanken und Fragen gingen ihr durch den Kopf, sie verspürte ein Gefühl des Verlustes, doch auch eine starke Anziehungskraft und das Bedürfnis, mehr über ihr Erlebnis zu erfahren, und schließlich hatte sie schreckliche Angst vor dem, was ihm widerfahren konnte. Leise schloß sie die Tür hinter sich.

26

Das Geräusch eines sich im Schloß drehenden Schlüssels und der sich öffnenden Tür veranlaßte Tsun aufzuschauen, denn er erwartete, daß Ling zurückkommen würde, aber ein Soldat der Volksbefreiungsarmee in grüner Uniform und schirmloser Mütze warf eine Hose und eine Tschuba herein, stellte einen Teller mit Reis und einen Becher mit warmem Wasser auf den Fußboden und knallte dann die Tür hinter sich zu.

Tsun zog die saubere Hose und die Tschuba an. Der Reis war noch warm, und als er den Teller hochhob, spürte er etwas in der Handfläche. Auf der Unterseite des Tellers war ein Personalausweis festgeklebt, ausgestellt auf den Namen Yeschi Norbu, Silberschmied.

Tsun lächelte, denn er war so froh, daß Ling ihn nicht betrogen hatte. Er fragte sich, ob sie von Lopsang erfahren hatte, daß er früher der Gehilfe eines Silberschmieds gewesen war. Jedenfalls würde ihm seine Tätigkeit für Tschopel gut zustatten kommen, falls er je seinen Werdegang nachweisen mußte.

Eine Stunde später ging die Tür wieder auf, und derselbe Soldat, die Selbstladepistole im Anschlag, brachte ihn rasch einen Korridor entlang und durch eine Tür auf einen Hof, wo Männer auf Lastwagen verladen wurden. Einige Gesichter, die er im Flüchtlingslager gesehen hatte, erkannte er wieder, aber mittlerweile hüteten sich alle vor den Gefahren, die ein gegenseitiges Erkennen mit sich bringen konnte, wenn man merken ließ, daß man einander kannte.

Tsun war einer von Tausenden, die an dem Straßennetz arbeiten mußten, das in ganz Tibet angelegt wurde. Die Han hielten diese

Arbeiten für vordringlich, denn als die Volksbefreiungsarmee in das Land eingerückt war, hatte es keine für Kraftfahrzeuge geeigneten Straßen gegeben. Abgesehen von den Unzähligen, die wie Tsun als «schädliche Elemente» inhaftiert waren, hatte man ganze Dörfer für den Bau dieser Straßen dienstverpflichtet, die sichern sollten, daß die Volksbefreiungsarmee das ganze Land wirkungsvoll kontrollieren und an China angliedern konnte.

Zwar wußte Tsun, daß einige Wochen vergehen mochten, ehe er von Ling etwas hörte, aber er war überzeugt, daß er von ihr hören würde. Noch nach drei Monaten klammerte er sich an die Hoffnung, sie würde an einem Plan arbeiten. Hatte sie nicht gesagt, es werde einige Zeit dauern, ehe sie sich mit ihm in Verbindung setzen könnte? Nach sechs Monaten wartete er nicht mehr.

Von Kesang, Pema, Rintschen, Namgyal und seinen Schülern wußte er nichts. Er hoffte nur, daß sie nicht gefangengenommen worden waren. Als er schon fast ein Jahr im Lager war, erfuhr er zufällig, daß Tul-lok und Genyen am Leben waren und in der Gegend von Lhasa aktiv am Widerstand teilnahmen. Dann verstieß er gegen die Überlebensregeln, die er in den letzten Monaten so gut erlernt hatte, und bat einen Schneider, der entlassen werden sollte, Tul-lok oder Genyen die Nachricht zu übermitteln, daß der «Heißsporn» im Lager sei. Mehr konnte er nicht riskieren, ohne seine Tarnung zu gefährden. Er hoffte, daß sie die Botschaft verstehen würden. Der Schneider versprach, sein möglichstes zu tun, aber Tsun war sich klar, daß sie die Nachricht, wenn überhaupt, frühestens in einigen Monaten erreichen würde.

Ein Ziel seiner Ausbildung war es gewesen, jeden Tag voll und ganz auszukosten, den gegenwärtigen Augenblick als den einzigen wirklich existierenden anzusehen. Das Lagerleben sorgte dafür. Er kannte keine bessere Methode, die Verzweiflung zu bekämpfen.

Seit 982 Tagen versuchten Tsun und die anderen 24 Mann in der Schlafbaracke, im Morgengrauen das Klirren der Stange zu überhören, die zwischen zwei Eisengittern ratterte, und weiterzuschlafen, aber schließlich wachten sie immer auf. Es sei denn, sie waren tot.

Heute, dachte Tsun, als er auf das kleine Fenster starrte, das mit einer dicken Rauhreifschicht bedeckt war, ist es anders. Heute war kein Klirren zu hören, das ihn zum Aufstehen aufforderte. Wirre, wundervolle Gedanken tauchten auf. Vielleicht hatte der Widerstand die Wachmannschaften überwältigt, und sie waren frei ... aber warum dann diese Stille? Die Stille hatte ihn auf eine Weise geweckt, wie das unablässige Klirren der Eisengitter es nie vermocht hatte. Er lächelte. Wie schnell und leicht wird man doch konditioniert.

Ein Schwall eiskalter Luft erfüllte die Baracke, als jemand die Tür schnell öffnete und wieder schloß und dann den Vorhang aus Sackleinen beiseite schob.

«Was ist los, Messingnase?»

Der Mann hatte die Abdeckung des eisernen Ofens abgenommen, um sich die Hände zu wärmen. Die zuckenden, tanzenden Flammen spiegelten sich auf dem Ding, das ihm seinen Spitznamen eingetragen hatte, einer Nase aus Messing.

«Der Aufseher hat die Stange in den Schnee fallen lassen und kann sie nicht wiederfinden.»

Messingnase sah zu Tsun hinauf, der auf dem obersten Bett lag – es waren jeweils vier übereinander –, nahm seine Pelzmütze ab und stampfte mit den Füßen auf, um warm zu werden. Tsun lachte. «Vielleicht ist das ein Omen?»

Er merkte, daß sich eine Wanze den Weg durch das Haar auf seinem Arm bahnte.

«Kunjosum!» Messingnase fluchte leise und legte die Abdeckung wieder auf den Ofen. «Kochen, mich wärmen, es ist immer dasselbe. Meine Nase fängt an zu brennen, ehe ich die Hitze auch nur fühle.»

Vorsichtig betastete er die gut nachgebildete Nase aus Messing, die mit Lederriemen an seinen Ohren befestigt war. Ein Aufseher riß die Tür auf und schrie in gebrochenem Tibetisch: «Aufstehen! Aufstehen!»

Messingnase knallte die Tür hinter ihm zu. Stöhnend und fluchend kletterten die Leute des 22. Bautrupps aus ihren Betten.

Tsun zog seinen Ärmel hoch, nahm die Wanze und schob sie durch einen Spalt in der Bretterwand. Kaum einer der Gefangenen tötete Wanzen. Selbst Tsun war niemals ganz sicher, inwieweit das bei ihm selbst auf Frömmigkeit zurückzuführen war oder auf den abscheulichen Gestank, den zerquetschte Wanzen ausströmen.

Die dunkle, enge Hütte wimmelte von unförmigen Gestalten in fülligen, zerfetzten Tschubas, die ihre Stiefel aus dem großen Haufen am Ofen heraussuchten. In der Düsternis stolperte ein Mann über die schwarz-roten Filzstiefel eines stupsnasigen Achtzehnjährigen, der sich sorgfältig die Füße mit Stroh umwickelte. Andere Gefangene lachten. Der Mann drehte sich um, nahm die Stiefel des Jungen und hielt sie hoch.

«Seht euch mal diese schönen Stiefel an. Wer soll sie bekommen?»

Als der Junge nach ihnen griff, warf der Mann sie in die Menge, und sie gingen von Hand zu Hand. Der Aufseher hatte seine Stange wiedergefunden und übertönte mit dem scheppernden Frühstückssignal das allgemeine Gelächter.

«Komm schon, du bist erst einen Tag hier», sagte ein alter Mann, «du mußt noch etwas bei dir haben. Was gibst du, wenn du die Stiefel wiederbekommst?»

Er sprach gerade so laut, daß die anderen es hörten, und das Spiel hörte sofort auf, ein Spiel zu sein, das Gelächter wurde hart, und mit geschäftstüchtiger Entschlossenheit wurden die Stiefel von Hand zu Hand weggezaubert.

«Laßt den Jungen in Frieden!» schrie Messingnase. «Gebt ihm seine Stiefel zurück.» Die Männer hörten widerstrebend auf, dann wurden die Stiefel unter Unmutsgemurmel zurückgegeben.

«Danke.» Der Junge schlüpfte hinein.

«Wie heißt du?» wollte Messingnase wissen.

«Dschigme Tsering, aber ich werde Dschettie genannt.»

«Gut, Dschettie. Ich bin der Gruppenführer des 22. Bautrupps.» Messingnase deutete auf die Männer ringsum. «Ich bin der Gruppenführer, weil ich mich hier besser auskenne als die meisten anderen.»

Tsun lachte, während Messingnase fortfuhr.

«Ich glaube, wir werden dich lieber für leichte Arbeit einteilen, mein Junge, sonst wirst du keine vier Wochen durchhalten. An die harte Arbeit hier wirst du nicht gewöhnt sein.»

«Wenn der junge Vogel nicht aus dem Nest springt, wie weiß er dann, ob er fliegen kann oder nicht?» warf Tsun ein.

Dschettie grinste. Tsun lachte wieder und zog den Senkel um seine Stiefel fest.

«Der junge Vogel wird von seinen Eltern rausgeschubst.» Messingnase legte dem Jungen liebevoll eine Hand auf die Schulter, als die drei sich zur Kantine aufmachten.

«Gegen das Päckchen Zigaretten in deiner Tasche könnte ich dich einen Monat lang für leichte Arbeit einteilen.»

«Was bedeutet das?» fragte Dschettie mit gesenktem Kopf und sah auf den Schnee, der unter seinen Stiefeln knirschte.

«Granit zu Splitt zerkleinern. Das machen viele von den alten Leuten. Du wirst zu guter Letzt sowieso zu mir kommen, damit ich dir helfe, also warum willst du meinen Rat nicht gleich annehmen? Yeschi Norbu!» Messingnase wandte sich an Tsun, der sich die Wollmütze über die Ohren zog. «Stimmt es nicht, daß ich schon hier war, als du vor drei Jahren kamst? Ich war tatsächlich einer der ersten hier.»

«Ich denke heute noch manchmal», lachte Tsun, «daß du das Lager selbst gebaut hast. Ein lukratives Geschäft hast du da.»

Messingnase spuckte aus. «Mein Geschäft besteht darin, mich selbst und meinen Trupp am Leben zu erhalten.» Er wandte sich wieder an Dschettie. «Na?»

«Was meinst du?» sagte Dschettie zu Tsun, als sie sich durch das Gedränge den Weg in das Kantinengebäude mit dem Wellblechdach bahnten. Dschettie fühlte sich zu Tsun hingezogen. Er war ebenso zerlumpt wie die anderen Gefangenen, noch etwas magerer als die meisten, seine sich abschälende, lederartige Haut spannte sich über den Knochen, sein Haar war grau; dennoch schätzte Dschettie ihn auf nicht älter als dreißig oder vierzig Jahre. Das kurz geschorene Haar und etwas in seinem Benehmen ließen vermuten, daß er einmal Mönch gewesen war. Aber Tsuns Augen waren es, die Dschettie vor allem faszinierten. Wie bei allen Gefangenen ähnelte ihr Ausdruck dem eines gejagten Tieres: eine Mischung von Erschöpfung, Schmerz und verzweifelter Hoffnung. Doch im Gegensatz zu den anderen war in Tsuns Augen etwas Undefinierbares; tief in ihnen spiegelte sich etwas anderes als das Lagerleben wider.

«Ich meine, du solltest dir Messingnase zum Freund machen», rief Tsun, den Lärm übertönend, dem jungen Mann zu, als er seine Schale in die Durchreiche schob. «Los, rührt um, schöpft von unten», rief er durch die Durchreiche.

Dschettie erblickte einen riesigen Kloster-Teekessel, aus dem eine dünne Brühe aus Tsampa und Gemüse in die Schalen geschöpft wurde, begleitet von wütendem Geschrei, wenn einer etwas von der kostbaren Nahrung verschüttete.

Messingnase hielt Dschettie, der sich auf den Weg durch die Kantine machen wollte, um sich einen Platz zu suchen, am Ärmel seiner Tschuba fest. Er entdeckte einen Gefangenen, der mit dem Essen fertig war, und bedeutete ihm mit einer Kopfbewegung, zu verschwinden. Widerstrebend standen der Mann und zwei seiner Kameraden auf. Messingnase nahm grinsend Platz und legte die Hände um die dampfende Schale, um sie zu wärmen.

«Setz dich immer möglichst in die Nähe der Küche», sagte er. «Wegen der Wärme.» Tsun verrichtete ein stilles Gebet, dann erforschte er die wässrige Brühe mit seinen hölzernen Eßstäbchen. Er wandte sich an Dschettie.

«Ja, mach dir Messingnase zum Freund, denn seine Freunde bekommen seine Dienste immer etwas billiger. Aber vergiß nicht, er ist ein Geschäftsmann, und wie alle guten Geschäftsleute wird er versuchen, möglichst viel Gewinn zu machen. Du mußt mit ihm feilschen, wie du es auf dem Markt tun würdest. Vergiß auch nicht, daß der Wert deiner Zigaretten hier immer hoch ist. Der Wert der Privilegien, die du damit erkaufen kannst, hängt davon ab, wie dringend du sie gerade brauchst, und selbst dann werden sie, genau wie deine Zigaretten, nicht lange vorhalten.»

«Du bist jedenfalls kein Freund von mir, mir so die Preise zu verderben», murmelte Messingnase und schlürfte geräuschvoll seine Suppe. «Na schön!» Er deutete mahnend mit dem Finger auf Dschettie. «Heute arbeitest du wie wir, dann siehst du es selbst.»

Tsun lachte, dann aß er mit der Miene eines Menschen, der völlig von seinem Tun in Anspruch genommen ist, genußvoll einen Rübenschnitz. Er hatte gelernt, diese wenigen kostbaren Augenblicke, das einzige, was einem Gefangenen blieb, nach Kräften auszukosten, sich über jeden einzelnen Bissen zu freuen und sich daran zu laben, wie die heiße Flüssigkeit ihn von innen erwärmte. Der Hunger war nicht ganz, aber teilweise gestillt, der nagende Schmerz für eine Weile vergessen.

Dschettie hob seine Schale an die Lippen. Die fettige Brühe schmeckte widerlich. Er war drauf und dran, seinem Impuls nachzugeben und sie auszuspucken, stellte aber statt dessen seine Schale wieder auf den Tisch und betrachtete sie voller Abscheu. Während er sie noch anstarrte, tauchte ein undefinierbares Gemüse an der Oberfläche auf.

«Mach dir keine Sorgen», sagte Tsun. «So empfinden alle zu Anfang. Du wirst dich bald daran gewöhnen.» Er griff mit einem fragenden Blick nach der Schale, und Dschettie nickte. Tsun trank die Hälfte, dann schob er den Rest zu Messingnase hinüber.

«Kunjosum! Ich habe schon wieder einen Zahn verloren!» Entsetzt starrte Messingnase auf den Zahn, der, eine schimmernde weiße Insel in der kleinen Lache aus fettiger Brühe, auf dem Grund der Schale lag.

Dschettie sah die Angst in Messingnases Augen, als er den Mund aufmachte, damit Tsun hineinsehen konnte. So etwas hatte Dschettie noch nie gesehen. Die Hälfte der Zähne fehlte, und die paar, die noch da waren, standen schief im geschwärzten Zahnfleisch. Dschettie drehte sich der Magen herum. Das fettige Zeug, das er zum Frühstück bekommen hatte, Messingnases verfaultes Gebiß und der Anblick des blutbefleckten Zahns in der Schale, das alles zusammen bewirkte, daß er sich um ein Haar übergeben hätte.

«Messingnase, mach dir deinen Einfluß zunutze und laß dich vom Arzt untersuchen», sagte Tsun kategorisch. «Sonst werde ich bald deine schönen Stiefel tragen.»

Messingnase brummte: «Die werde ich noch anhaben, wenn ich *dich* zu den Leichenzerstücklern bringe.» Er hielt inne. «Nach so langer Zeit ...» Seine gemurmelten Worte gingen im Lärm der Lautsprecher unter. «Antreten! Antreten!»

Tsun vernahm Geräuschfetzen von Militärmusik, ehe das Brausen des Windes draußen sie übertönte. Die 1326 Gefangenen des Lagers sammelten sich auf dem Exerzierplatz zum Appell.

Der Offizier vom Dienst, der überprüfte, ob alle Arbeitsgruppen vollzählig waren, blieb vor Tsun stehen. Das war schon früher vorgekommen, aber selten, und jedesmal hatte Tsun sich gefragt, ob seine wahre Identität entdeckt worden war oder ob vielleicht – verrückte, lächerliche Hoffnung – Ling seine Entlassung veranlaßt hatte. Was war überhaupt aus ihr geworden? Ob sie ihn vergessen hatte? Ob sie womöglich tot war? Drei Jahre! In seinen Träumen war er immer noch in Dordsche Ri-gon, hörte das Lachen von Kesang und seinen Schülern, stritt mit Norden, spielte mit Senge, und manchmal sah er Genyens wilde, aufregende Schönheit – eine andere Welt, eine Illusion, ein Traum. Aber Träume konnten quälend sein.

Der Leutnant sah mißbilligend auf das schmutzbedeckte Abzeichen, das auf Tsuns Jacke aufgenäht war.

«Ihre Nummer?»

«G 6846.»

«Lassen Sie es neu beschriften.»

Der ihn begleitende Unteroffizier machte sich eine Notiz auf seinem Klemmbrett. Messingnase stritt mit dem Offizier, der die Arbeit zuteilte.

«Aber der Mann kann nicht zehn Minuten arbeiten, ohne zu scheißen. Sie haben ihn ja gesehen.»

«Der Sanitätsoffizier hat ihn gesund geschrieben.»

Messingnase lachte gezwungen. «Lassen Sie ihn heute leichte Arbeit tun», schlug er vor. «Der Chefingenieur hat gestern gesagt, er braucht mehr Splitt.»

«Wenn bei mir mehr Splitt angefordert wird, werde ich mehr Leute für die Arbeit einsetzen.»

«Ein Viertel Reis.»

«Drei Viertel.»

«Die Hälfte.»

Der Offizier nickte.

«Widerlicher Schmarotzer!» murrte Messingnase, als er wieder neben Tsun ins Glied trat. «Und dann für diesen faulen Rindak, der krank gewesen ist, seit er herkam.»

Die Holztore öffneten sich. Die Männer bildeten Viererreihen und marschierten hinaus auf die schneebedeckte Ebene, begleitet von vierhundert Aufsehern mit scharfen Hunden. Kaum waren sie aus dem Lager heraus, setzten sie sich über den Befehl hinweg, daß unterwegs nicht gesprochen werden dürfe.

«Was hat Messingnase da drinnen gemacht?» wollte Dschettie von Tsun wissen.

«Jede Gruppe muß ein Soll erfüllen.» Dschettie mußte näher an Tsun heranrücken, um ihn bei dem Brausen des Windes zu verstehen. «Rindak ist zu schwach, um schwer zu arbeiten, aber wenn er offiziell krank gemeldet ist und ihm andere Arbeit zugewiesen wird, dann ermäßigt sich unser Soll entsprechend. Natürlich müssen wir alle zu der Bestechung beitragen, aber es ist die Aufgabe des Gruppenführers, dafür zu sorgen, daß die Bestechung weniger ausmacht als das, was wir verlieren würden, wenn wir das Soll nicht erfüllen könnten, weil Rindak bei unserer Gruppe mitgezählt wird.»

Einige der Männer begannen einen Sängerwettstreit, bei dem

jede Gruppe versuchte, so viele Lieder zu singen, bis das Repertoire der gegnerischen erschöpft war. Es linderte die Monotonie, dachte Tsun, die stumpfsinnige, zermürbende Lagerroutine. Er zog unter seiner Mütze den ausgefransten Lappen hervor, mit dem er seine Augen vor Schneeblindheit schützte. In dem grauen Morgenlicht sah er die Spitze der Kolonne einen Bogen auf der ausgedehnten Ebene beschreiben, aus der stellenweise gelbes Gestein auftauchte, das einzige hervorstechende Merkmal in dieser eintönigen weißen Landschaft. Tsun packte Dschettie, der beiseite gehen wollte.

«Sie werden dich erschießen!»

«Ich muß austreten.»

«Du mußt den Aufseher um Erlaubnis bitten.»

Der Sängerwettstreit ging weiter, und Tsun stimmte in den Gesang ein. Messingnase dachte an sein Schicksal; er hatte genug Männer in seinem Zustand gesehen, um zu wissen, was für ein Ende es mit seiner Krankheit nehmen würde.

Tsun schlug den Jackenkragen hoch. Seine Füße waren bereits gefühllos vor Kälte. Jeden Tag schienen sie schneller auszukühlen. Irgendwie, dachte er, muß ich ein neues Paar Stiefel bekommen. Er sprach laut gegen den Wind und den Gesang an, um sich mit Dschettie verständigen zu können.

«Warum bist du hier?»

«Ich war bei der Widerstandsbewegung des Volkes, der Mimang in Lhasa, und wurde verhaftet, weil ich antichinesische Plakate angeklebt hatte. Aber wo sind wir hier eigentlich? Ich bin nachts hergefahren worden.»

«Das Lager liegt 220 Kilometer von Lhasa entfernt. Wir sind hier, um von der Hauptstraße zwischen Tschamdo und Lhasa eine Verbindungsstraße zur indischen Grenze zu bauen. Was gibt es Neues in Lhasa? Manchmal hören wir Gerüchte von den Aufsehern, aber sie wissen nicht viel mehr als wir.»

Dschettie schwieg.

«Es ist gut», fuhr Tsun fort, «daß du vor Denunzianten gewarnt wurdest, aber ich rede offen mit dir, obwohl ich weiß, daß die Han dir aufgetragen haben, mich zu bespitzeln ...»

«Nein!» Dschettie sah sich bestürzt um, ob Messingnase oder die anderen etwas gehört hatten. «Ich habe mich nicht bereit erklärt.»

Seine Augen, dachte Tsun, sehen schon genauso aus wie unsere. Er lächelte dem Jungen zu. «Gut», sagte er. «Dann berichte mir von Lhasa.»

Dschettie antwortete nicht gleich. Tsun hatte ihm Angst eingejagt. Die Männer sangen von der Vergänglichkeit aller Dinge, von den Wasservögeln, die am Grund der Bäche ihre Nahrung suchen, von der Schönheit der Berge und des Lebens. Tsun lauschte den Liedern nicht; er wollte hören, was Dschettie, wenn er ihm gut zuredete, über Lhasa berichtete.

«Tausende von Flüchtlingen aus dem Norden und Osten lagern rings um Lhasa», begann Dschettie. «Ihre Berichte über das, was die Han im Osten tun, haben alle bestürzt. Zuerst wollten die Leute es nicht glauben, dann kamen Tag für Tag immer mehr Menschen und berichteten dasselbe. Vor ungefähr zwei Wochen, kurz vor meiner Verhaftung, begannen die Han eine Liste der Flüchtlinge aufzustellen. Das machte ihnen Angst, und viele sind nach Lhargeri gegangen, um sich dem Tschuschi Gang Druk anzuschließen.»

«Wie ist die Einstellung der Regierung?»

Dschettie grinste. «Ein Mund, zwei Zungen. Eine für die Han, die andere für uns. Sie mußten einen Erlaß herausgeben, daß die Mimang verboten ist, aber wir sind immer noch da.»

«Und der Kundün?»

«Wie immer strebt er nach Frieden, aber ...» Dschettie zuckte die Schultern. «Hast du gehört, daß er den indischen Ministerpräsidenten eingeladen hatte?»

Tsun schüttelte den Kopf.

«1956, als der Kundün und der Pantschen Rimpotsche zu den Feiern des heiligen Jahres von Buddha Dschayanti nach Indien reisten, hat der Kundün Nehru nach Lhasa eingeladen. Später haben die Han die Einladung widerrufen, weil sie sich angeblich Sorgen machten, es könnte ein Anschlag von Khampa-Terroristen auf ihn geplant sein. Deshalb ...» Dschettie zuckte wieder die Schultern.

«Gibt es keine Hilfe von draußen?» fragte Tsun.

«Das weiß ich nicht. Vielleicht. Einige der Führer des Tschuschi Gang Druk sind in Kalimpong, und der Widerstand macht seine Sache gut. An dem Tag, an dem ich verhaftet wurde, hörten wir, daß ein Militärlager der Volksbefreiungsarmee, nur 50 Kilometer von Lhasa entfernt, dem Erdboden gleichgemacht worden ist.»

Tsun spürte, daß der Junge sich immer noch eine gewisse Zurückhaltung auferlegte.

«Was ist mit dieser Kampagne ‹Sechs Jahre lang keine Reformen›?» fragte er.

«Weißt du davon nichts?»

Tsun schüttelte den Kopf. «Wir erfahren hier nicht viel. Selbst die Han-Zeitschriften sind veraltet. Du bist der erste Gefangene aus Lhasa seit Monaten.»

«Als der Kundün in Indien war, traf er Tschou En-lai und sagte ihm, wie entsetzt das Volk über das sei, was die Han im Osten taten. Jedenfalls hat Mao Tse-tung selbst bekanntgegeben, daß sechs Jahre lang keine Reformen durchgeführt werden würden, weil das tibetische Volk sie nicht wünsche. In Lhasa hielten Generäle Reden, in denen sie ankündigten, daß die meisten Han-Kader nach China zurückgeschickt werden würden, und die Volksbefreiungsarmee und die Kader vor einer ‹chinesischen Überfremdung› warnten.»

Tsun lachte schallend. «Hat es etwas geändert?»

Dschettie grinste nur. Tsun sagte das genug.

«Woher kommst du?» fragte Dschettie.

«Aus Tschamdo.»

Wenn Mao selbst hatte zurückstecken müssen, dachte Tsun, bedeutete das vielleicht, daß Tibet doch einen Trumpf in der Hand hatte. Bestand also Hoffnung? Hoffnung! Dieser scheue Vogel, der schon vor so langer Zeit am Horizont entschwunden war. Aber niemand hatte ihn vergessen.

«Bist du Mönch gewesen?» wollte Dschettie wissen.

Tsun nickte. «Wo wohnst du in Lhasa?» fragte er.

«In Scho.»

«Ich habe Freunde in der Straße zum Goldenen Fisch, die vom Barkor abgeht. Kennst du diese Gegend?»

«Nein.»

Tsun hatte gehofft, herauszufinden, ob sich einige seiner Freunde im Dordsche Ri-gon-Haus in der Straße zum Goldenen Fisch aufhielten, aber er wagte nicht direkt danach zu fragen. Selbst ein Freund könnte dazu gebracht werden, Aussagen zu machen.

Das Geräusch der Kolonne, die von der Ebene in ein langgestrecktes Tal hinabstieg, scheuchte ein paar Geier auf. Mit schrillen Schreien und langsamen Flügelschlägen schwangen sie sich unterhalb des Grates empor. Tsun beobachtete sie fasziniert. Die erhabene Schönheit des Tals beeindruckte ihn immer wieder. In diesen kurzen Augenblicken, wenn er auf dem Grat entlangging, sah er nicht hinauf zu dem undichten Dach der Schlafbaracke, blickte nicht auf die grausliche Suppe, auf von Skorbut gezeichnete Gesichter, auf seine zerschlissenen Stiefel, auf seine Hacke, die auf dem Felsen Funken schlug: In diesen kurzen Augenblicken sah er das Leben, sah er die Freiheit.

Die Sonne war am klaren, blauen Himmel aufgegangen. Eine einzige Wolkenbank wurde von einem steifen Nordwind hinter den scharfgeschnittenen, gletscherbedeckten Gipfeln vorbeigeweht. Tsun konnte gerade noch winzige Gestalten und eine langgezogene Kette von Yaks ausmachen, die sich, den gefrorenen Fluß als Straße benutzend, durch das zerklüftete, schmale Tal zog.

Ein Schneeklumpen fiel wie eine reife Frucht von den Zweigen eines Baums. Da der Frühling sich näherte, wich der Schnee auf die Berge zurück und ließ die Straße als cremefarbenes Band, das sich auf dem braungrünen Berghang im Zickzack emporschlängelte, deutlich hervortreten. Es war ein solcher Gegensatz zu der kahlen Ebene. Tsun fielen einige Worte von Milarepa ein, dem kattunbekleideten Heiligen:

Daß der ganze in meinem Geist erkannte Reichtum
Und alles, was die kreisenden, dreifachen Welten enthalten,
Unwirklich ist und dennoch gesehen werden kann – das ist das Wunder.

«Kuscho ...» Dschettie hatte rasch gelernt, Messingnases Stellung zu respektieren. «Wie verhält sich das mit Ihrer ...»

Als Messingnase von seiner Suppenschüssel aufschaute, zögerte der Junge, weil er nicht sicher war, wie der Mann reagieren würde. Tsun lachte.

«Mach schon, Messingnase, erzähl dem Jungen von deiner Nase.»

Die drei saßen auf einem Felsen hoch über dem Tal und nahmen ihr Mittagessen ein.

«Jeder gute Geschichtenerzähler läßt sich bezahlen», sagte Messingnase. «Wie wäre es mit einer Zigarette?»

Dschettie grinste, holte ein Päckchen aus seiner Amba und gab Messingnase einen Glimmstengel.

«Hast du Streichhölzer?» fragte Tsun den Jungen.

Dschettie schüttelte den Kopf. Tsun mühte sich ab, mit seinem Feuerstein das Kuscha-Gras in Brand zu stecken. Die beiden anderen tranken ihre Suppe und schauten zu. Schließlich loderte das Gras auf. Messingnase hörte auf zu essen und hielt das Ende der Zigarette an die Flamme. Er zog den berauschenden Rauch tief in die Lunge, dann lehnte er sich in dem herrlichen Gefühl zurück, eine Zigarette zwischen den Fingern zu spüren, und genoß jeden Zug, als ob es der letzte wäre. Tsun trat das kleine Feuer aus.

«Ich habe 1956 mit dem Widerstand in Batang gekämpft», begann Messingnase. «Mit meinem Schwert habe ich einen Han zu Boden geschlagen. Zuerst dachte ich, er sei tot, dann sah ich, daß er nach seinem Revolver griff, deshalb wollte ich absitzen und ihn fertigmachen. Aber mein Steigbügel riß, und ich fiel mit solcher Wucht auf den Boden, daß sich aus meinem Gewehr ein Schuß löste. Er hätte mir fast den Kopf abgerissen, den Brandfleck habe ich immer noch, aber er verfehlte mich und tötete statt dessen mein Pferd.»

Dschettie schüttelte sich vor Lachen.

«Es kam zu einem gewaltigen Kampf mit dem Han, bei dem es ihm gelang, mir die Nase abzuschneiden!» Messingnase grinste. «Zu guter Letzt habe ich ihn dann getötet und mir aus den Messingknöpfen der Uniformen aller Han, die ich später tötete, diese Nase machen lassen.»

Tsun lachte. «Ich glaube kein Wort davon, Dschettie. Wie ich Messingnase kenne, halte ich es für wahrscheinlicher, daß seine Nase infolge einer gewissen Krankheit abgefallen ist.»

«Wenn ein anderer das gesagt hätte –» Messingnases Stimme klang humorlos – «würde ich ihn umbringen.» Er grinste. «Und vielleicht bringe ich dich irgendwann noch mal um.»

Tsun kicherte. «Da gibt es etwas, das Messingnase unbedingt von mir will, Dschettie.» Der Junge konnte es immer noch nicht über sich bringen, die Suppe zu verzehren, und gab Messingnase die Schale.

«Etwas, das er nicht bekommen kann, wenn ich nicht mehr am Leben bin, und das er nur einmal bekommen kann.»

Messingnase reichte Dschettie die Zigarette, der einen Zug tat und sie dann Tsun anbot; als dieser den Kopf schüttelte, gab er sie Messingnase zurück.

«Er glaubt, ich könnte ihm in den Bereichen des Bardo beistehen, wenn er hier stirbt, und ihn auf den Weg zu einer günstigen Wiedergeburt führen.»

«Kannst du das denn, Yeschi?» fragte Dschettie. Er wickelte sich seinen langen Zopf um den Kopf und steckte das Ende geschickt fest. Aber Tsun hörte ihm nicht zu. Er blickte auf den 5 Meter hohen Tschörten, der nicht weit von ihnen am Berghang stand.

«Hört mal!» murmelte er. So leise, daß es eine Sinnestäuschung zu sein schien, hörten sie über das Geschrei und Gelächter der anderen hinweg das leise Läuten der Glöckchen, die, aufgereiht wie Edelsteine auf einer Halskette, an einer Schnur an der Spitze des Tschörten befestigt waren, deren Ende lose herabhing, da sie von der Ruine eines anderen Tschörten in der Nähe abgerissen worden war. Der Klang der Glocken und der Anblick des Tschörten erfreuten Tsun immer, weil sie den Menschen und sein ständiges Streben repräsentierten. Tschörten enthielten oft heilige Reliquien, und es war eine verdienstliche Tat, einen zu bauen, denn er erinnerte den Reisenden an die ewigen Wahrheiten.

«Wißt ihr, wie die Tschörten entstanden sind?» fragte Tsun, und als Messingnase und Dschettie die Achseln zuckten, begann er zu erzählen.

«Als Buddha im Sterben lag, waren seine Schüler sehr betrübt über seinen bevorstehenden Tod, aber der Buddha tadelte sie und sagte:

‹Alles nimmt ein Ende, obwohl es eine Äone dauern mag. Die Stunde des Abschieds muß schließlich kommen. Ich habe nun getan, was ich konnte, sowohl für mich als auch für andere. Jetzt noch hierzubleiben, wäre zwecklos. In der Stunde der Freude ist es nicht angebracht, sich zu grämen. Das so schwer zu erreichende Ziel, nach dem ich mich seit vielen Äonen gesehnt habe, ist jetzt endlich nicht mehr fern, wenn unwandelbare Glückseligkeit erreicht ist, die niemand schmälern kann ...›

Er wies seine Schüler an, seine Knochen und seine Asche in Grabhügeln unterzubringen, denn er wußte, sie würden zu Pilgerstätten werden.»

Messingnase riß ein verkümmertes Unkraut heraus, das in der Nähe eines Felsen wuchs, und kaute nachdenklich darauf herum.

«Der Grabhügel läßt uns eine unbestreitbare Tatsache erkennen», sagte Tsun. «Die Tatsache des Todes und der Vergänglichkeit, der Vergänglichkeit der Welt. Ebenso wie Buddhas Schüler weinen wir und fürchten uns, aber nur, weil wir die Welt nicht so sehen, wie Buddha sie sah, nämlich so, daß der Tod bedeutungslos wurde, was für ihn ein Grund zur Freude war.»

Messingnase zupfte noch mehr Unkräuter heraus und bot sie seinen Gefährten an. Dschettie lehnte ab, doch Tsun griff zu und kaute auf einem zähen Stengel.

«Ihr seht also», fuhr er fort, «daß Buddhas Grabhügel auch dazu dient, uns an das Ziel des Buddhismus zu erinnern, nämlich zur Erkenntnis der Wirklichkeit, und deshalb ist er in allen buddhistischen Ländern als Symbol für das Streben des Menschen nach Erfüllung übernommen worden und wird in jedem Land in einem anderen Stil erbaut – Pagoden in China, Tschörten in Tibet.»

«Rasch, Yeschi», sagte Messingnase und sah Tsun an. «Wenn wir uns nicht beeilen, sind wir wegen Bummelei dran.»

Wochenlang war Tsun einer Gruppe zugeteilt gewesen, die täglich zweihundert Eimer mit Gestein den Berghang hinuntertragen mußte. Die eiternden Wunden auf seinem Rücken waren so schlimm, daß Messingnase es schließlich für dringend notwendig gehalten hatte, ihn zum Graben einzuteilen. Dschettie, sein Gehilfe an diesem Tag, bediente das Seil, mit dem die Eimer an eine Sammelstelle transportiert wurden.

«Yeschi», ächzte Dschetti vor Anstrengung, «ist das nun leichte oder schwere Arbeit?»

Tsun lachte. «Du wirst es sehen.»

Am späten Nachmittag waren die schweigend arbeitenden Männer zu erschöpft, um sich zu unterhalten oder die Lieder zu singen, mit denen sie den Tag begonnen hatten. Tsun sehnte sich nach der Abendmahlzeit und dann nach Ruhe und Schlaf, um der Wirklichkeit zu entkommen. In jedem Augenblick seiner dreijährigen Gefangenschaft hatte er darum ringen müssen, sich ein wenig von seiner geistigen Freiheit zu bewahren, aber inzwischen war sie hinter dem allumfassenden, entmenschlichenden Kampf ums Dasein nur noch undeutlich sichtbar.

27

Es dauerte einige Sekunden, bis man auf dem Straßenabschnitt hoch oben am Berg, wo Tsun arbeitete, auf die fernen Schüsse und Schreie reagiert.

«Der Widerstand!» rief Dschettie und ließ seine Hacke fallen.

Gefangene und Aufseher blickten von der Straße, die wie Stufen in den Berg eingeschnitten war, hinunter ins Tal, wo Reiter aus dem verschneiten Wald hervorbrachen und das Lager angriffen.

«Antreten! Antreten!» Der für Tsuns Gruppe zuständige Unteroffizier zog seine Selbstladepistole.

«Bringt sie nach unten», rief er den Aufsehern zu und deutete auf das Lager. «Nehmt sie als Schutzschild.»

Während er noch sprach, hörte man einen Feuerstoß aus Maschinenpistolen, als auf einem tieferen Niveau der Straße der Kampf zwischen Gefangenen und Aufsehern ausbrach.

Messingnase stellte dem Aufseher, der ihm am nächsten war, ein Bein und packte sein Gewehr. Die Gefangenen, die die Freiheit witterten, machten mit einemmal ihrem monatelang aufgestauten Haß Luft und fielen über die Aufseher her. Der Unteroffizier, der mit dem Rücken zum Hang stand, schoß auf Messingnase, verfehlte ihn aber. Er wurde von einem Stein am Kopf getroffen, stürzte zu Boden und verschwand sofort unter den zuschlagenden Hacken und Schaufeln der Gefangenen. Die Aufseher schossen wild um sich. Sie waren überrumpelt worden und den Gefangenen, deren Wut den Mangel an Waffen wettmachte, an Zahl unterlegen. Da es keine Deckung gab und der Berg zu steil war, als daß er natürliche Verteidigungsstellungen geboten hätte, versuchten die Aufseher, sich einen Fluchtweg freizuschießen, aber inzwischen wurde ihr Feuer von denjenigen Gefangenen erwidert, die den getöteten Aufsehern die Waffen abgenommen hatten.

Tsun zog Dschettie hinter ein paar Körben mit Schotter in Dekkung, die ununterbrochen durch von den Steinen abprallende Kugeln erschüttert wurden. Wenige Schritte von ihnen entfernt lagen Messingnase und ein Aufseher am Straßenrand neben einem steilen Abgrund und rangen um eine Maschinenpistole. Als Tsun herankroch, um seinem Freund zu helfen, stieß Messingnase gerade dem Mann seine Knie in die Leistengegend. Schreiend und schmerzverkrümmt rollte der Aufseher von der Straße herunter und stürzte über den steilen Berghang. Tsun warf sich nach vorn und packte Messingnases Beine, um zu verhindern, daß er mitgezogen wurde. Messingnase hielt die Pistole fest, und der Aufseher schwebte über der abgrundtiefen Kluft und klammerte sich an ihren Riemen. Messingnase starrte mit vor Anstrengung verzerrtem Gesicht in die angstvollen Augen des Aufsehers, der sich mit einer Hand in seiner Tschuba zu verkrallen versuchte. Plötzlich zog er mit einem Ruck an der Pistole, der Riemen verdrehte sich, der Aufseher ließ ihn los und umklammerte wieder mit beiden Händen den Riemen.

«Halt fest!» schrie Messingnase Tsun zu, der nur mit Mühe verhindern konnte, daß beide Männer über den Felsrand gezogen wurden, während Messingnase den Aufseher wie ein Pendel hin- und herschwang und ihn abzuschütteln versuchte. Der Mann schrie und flehte um sein Leben, aber schließlich mußte er loslassen und stürzte mit einem entsetzlichen Schrei in die Tiefe. Messingnase sprang sofort auf, brachte die Maschinenpistole in Anschlag und eröffnete das Feuer auf die anderen Aufseher.

Tsun lag dicht am Straßenrand und sah, daß Granaten zwischen den Reitern explodierten. Sie selbst griffen das Lager mit Handgranaten an. Auf einem tiefergelegenen Abschnitt der Straße wurde ein Aufseher mit Spaten totgeschlagen. Ein anderer wurde hochgehoben und den Berghang hinuntergeschleudert. In Tsuns Nähe nahm einer der letzten überlebenden Aufseher hinter Toten und Sterbenden Deckung und knallte Gefangene einzeln ab. Messingnase hockte sich hinter einen Schubkarren, zielte und drückte ab. Der Soldat zuckte zusammen und regte sich nicht mehr.

Das Feuer hörte so plötzlich auf, wie es begonnen hatte. Einige Gefangene schrien, jubelten und tanzten vor Freude. Andere lagen stöhnend in ihrem Blut. Ein Gebäude im Lager unten brannte. Fünf

Reiter kamen die Straße heraufgeritten. Vereinzelt waren im Tal noch Schüsse zu hören.

Als Tsun die Reiter herankommen hörte, sah er auf. Einen Augenblick glaubte er zu träumen. Langsam stand er auf. Der Anführer ritt auf einem Schimmel, trug eine hohe Rotfuchsmütze und eine Tschuba. Der rechte Arm war bloß. Die Hand hielt einen Revolver. Tsun ging näher.

«Genyen ...»

Die Frau sah auf ihn herunter, ohne ihn zu erkennen, überrascht, daß er ihren Namen wußte. Sie wollte etwas sagen, dann hielt sie abrupt inne und starrte ihn an. Der Schmerz und das Entsetzen in ihren Augen sagten ihm mehr über seinen Zustand als irgendein Spiegel. Sie beugte sich herab und berührte mit zitternder Hand sein Gesicht. Sanft schob sie den ausgefransten Lappen beiseite, um ihm in die roten, geschwollenen Augen zu sehen. Sie hauchte seinen Namen. Dann lachte sie.

«Ich wußte, ich würde Sie lebend finden. Wir haben Ihre Botschaft erst vor ein paar Wochen erhalten. Heute abend werden wir singen und tanzen!» Sie streckte die Hand aus, um Tsun hinten auf ihr Pferd zu heben.

«Die Männer aus meinem Trupp», sagte er zögernd, «meine Freunde?»

«Nimm sie mit.» Genyen lenkte ihr Pferd vom Schauplatz des Gemetzels weg und den Berg hinunter. Tsun brannte auf Neuigkeiten.

«Was hast du von Kesang, Rintschen und Pema gehört?» begann er. «Mir wurde gesagt, Kesang sei gefangengenommen worden.»

«Gefangengenommen?» Genyen sah verblüfft aus. «Soviel ich weiß, ist Dordsche Rimpotsche in Sicherheit, es geht ihm gut, und er studiert. Sie sind alle in Lhasa.»

Tsun konnte es kaum glauben. So war es also doch ein Trick der Han gewesen, um ihn zu einer Aussage zu verleiten. So lange hatte er gehofft, sie könnten entkommen sein, aber im stillen hatte er immer befürchtet, daß sie tot oder im Gefängnis waren.

«Was ist mit den anderen?»

«Vor ungefähr neun Monaten», sagte Genyen, «war ich in Lhasa. An der Oberfläche geht das Leben dort weiter wie bisher, und obwohl die Han überall sind, gehen sie vorsichtig zu Werke und behandeln den Kundün öffentlich mit großem Respekt, weil sie die Loyalität des Volkes ihm gegenüber fürchten. Doch wie immer bieten sie Honig auf einer scharfen Klinge an. Sie mißtrauen allen Khampas in Lhasa, und mir wurde bald klar, daß ich überwacht wurde. Deshalb mußte ich vorsichtig sein. Dordsche Rimpotsche studiert wie Ihre Schüler Dschigme und Tschampa im Kloster Sera. Ihr Verwalter Rintschen ist Lehrer, und Pema und Namgyal besuchen eine der Han-Schulen in Lhasa. Wie Samden mir sagte, haben die Han ihre wahre Identität bisher nicht aufgedeckt. Ich habe vom Tod der Ehrwürdigen Mutter erfahren.»

«Sie starb sehr tapfer, Genyen. Eine wahrlich Ehrwürdige Mutter. Oh, Genyen, frei zu sein nach so langer Zeit ... frei zu sein!» Die Worte klangen fast wie ein Lobgesang. «Wenn du wüßtest, was es für mich bedeutet, wieder auf einem Pferd zu sitzen und zu reiten, wohin ich will!»

Später saßen sie zusammen auf einem mit Flechten bewachsenen Felsen, und im bleichen Licht des wäßrig-gelben Mondes, der wie eine Melonenscheibe am Himmel hing, sahen sie Genyens Leuten und den befreiten Gefangenen zu, die sich betranken, denn im Lager waren ganze Fässer mit Arrak und Tschang gefunden worden. Genyen begann sich zu wundern, als Messingnase zum fünftenmal in einer Stunde seinen Holzbecher fallen ließ und sich eilig hinter einen Felsen begab.

«Was ist los mit ihm, Tsun?» fragte sie.

Tsun trank einen Schluck Tee, beglückt über dessen Güte und Wärme. Er hatte fast vergessen, wie echter Tee schmeckte.

«Hast du sein Zahnfleisch und seine Zähne gesehen? Das ist Skorbut, die Lagerkrankheit. Was wir zu essen bekamen, war nicht einmal als Viehfutter geeignet. Wenn wir rechtzeitig nach Lhasa kommen, kann ich vielleicht Kräuter auftreiben, die ihm helfen.»

Genyen zog etwas Schnupftabak ein, dann gab sie Tsun die kleine Jadeflasche. Tsun griff erfreut zu, aber da er nach drei Jahren nicht mehr daran gewöhnt war, wurde ihm schwindlig, und das Wasser lief ihm aus den Augen. Er hielt sich den Kopf und wartete darauf, daß die Wirkung nachließ. Genyen lachte leise und schenkte Tee nach.

«Erzähl mir, was damals nach dem Angriff der Han geschehen ist», sagte Tsun.

Genyen nahm etwas Butter aus einem Lederbeutel und rieb sie in einen Lappen.

«Nachdem wir alle getrennt waren», sagte sie, «haben Tul-lok und ich uns auf die Suche nach euch gemacht, aber überall waren Han, und wir selbst sind nur knapp entkommen. Tausende wurden gefangengenommen ...»

«Ich weiß, ich habe es miterlebt.» Tsun schüttete etwas Gerstenmehl in seine Schale und verrührte es mit dem Tee zu einem Brei.

«Ich wußte nicht, ob Sie am Leben waren oder nicht», fuhr Genyen fort, «bis ich erfuhr, daß Sie in Tschamdo einem Tamsing unterworfen worden waren.» Sie schob den buttergetränkten Lappen in den hohlen Reinigungsstock und zog ihn im Lauf ihrer Muskete hin und her.

«Hier!» Sie legte das Gewehr beiseite und streute aus einem winzigen Stoffbeutel Zucker in Tsuns Schale – eine seltene Delikatesse. Er lächelte dankbar, und sie sahen einander in die Augen, während Genyen fortfuhr.

«Ich bin nach Tschamdo gekommen und habe versucht, Sie zu retten.»

«Genyen ...» murmelte Tsun liebevoll, hob die Hand und strich ihr über den Kopf. Schön war sie, von einer starken und wilden Schönheit.

«Aber ich konnte niemanden finden, der wußte, was nach dem Tamsing mit Ihnen geschehen war.» Genyen widmete sich wieder der Reinigung ihrer Muskete, und Tsun kaute seinen Tsampa. Er überlegte, ob er ihr erzählen sollte, daß Ling ihm das Leben gerettet hatte, verwarf den Gedanken aber.

«Die Han wußten», fuhr Genyen fort, «daß Angehörige des Widerstands sich in Tschamdo versteckten. Und sie machten Hausdurchsuchungen. Ich mußte verschwinden, und deshalb ging ich nach Lhargeri. Dann erhielt Tul-lok eine Botschaft, daß der ‹Heißsporn› am Leben sei, und wir wußten, daß nur Sie das sein konnten. Allerdings war es schwierig, das Lager zu finden.» Sie zog den Lappen aus dem Reinigungsstock.

«Rimpotsche?» Dschettie zog den Atem ein und verbeugte sich. «Mo Mo!» Mit einem verschmitzten Lächeln hielt er ihm ein irdenes Gefäß voller dampfender Klöße hin. Tsun brauchte eine Weile, um aus seinen Erinnerungen aufzutauchen. Schließlich streckte er die Hand aus und nahm ein paar Klöße heraus, aber Dschettie zog aus seiner Amba ein zylindrisches Etui aus Silber und Leder für Eßstäbchen und Messer und reichte es ihm. Tsun hatte sich jedoch bereits einen Kloß in den Mund gestopft; er war derart ausgehungert, daß ihn der Gedanke an den herrlichen Geschmack von Klößen geradezu überwältigte. Er fuhr sich mit den Fingern um den Mund, damit ja kein Bröckchen verlorenging. Im Nu war der Kloß aufgegessen, und als Tsun aufblickte, machte er ein verlegenes Gesicht. Mit den elfenbeinernen Eßstäbchen stach er in einen zweiten Kloß, legte ihn in seine Schale und sagte: «Bringe Messingnase auch welche. Sorg dafür, daß er Arrak hat. Kümmere dich um ihn so gut wie um mich, denn ich verdanke ihm viel. Und noch etwas, Dschettie. Im Lager hast du mich nicht Rimpotsche genannt. Ich weiß es zu würdigen, daß du es jetzt tust, aber es ist nicht nötig.» Dschettie sah ihn erfreut an, dann bediente er Genyen und Messingnase, der auf der anderen Seite des Feuers saß.

«Was ist mit der Petition?» fragte Tsun nach einigen Minuten. «Und mit dem Gold?» Er war sich bewußt, daß Genyen ihn nachdenklich beobachtete, während er an den saftigen, fleischgefüllten Klößen lutschte.

«Davon habe ich nichts mehr gehört», sagte Genyen und schob den Reinigungsstock wieder in den Lauf ihres Gewehrs. «Wir glaubten, Petition und Gold seien den Han in die Hände gefallen, als Sie gefangengenommen wurden.» Unversehens wurde ihr die Bedeutung von Tsuns Frage klar. «Wem haben Sie sie gegeben, Rimpotsche?»

Tsun aß eine Zeitlang schweigend weiter. «Wie eitel ist doch der Mensch, Genyen.» Seine Stimme war leise, Selbstkritik schwang in ihr mit. «Von allem, was an unseren Lagerfeuern geäußert wurde, haben sich allein Lopsangs Worte als richtig erwiesen. Er warnte mich vor den Folgen, die die Petition haben könnte. Selbst als sich seine Worte während unserer Flucht bestätigten, selbst als ich von der Zerstörung von Dordsche Ri-gon erfuhr, selbst da glaubte ich noch, die Petition sei wichtig, weil so viele Menschen ihr Vertrauen in sie gesetzt hatten.»

«Das war sie auch und ist es vielleicht noch immer ...»

«Sie hat, wie Lopsang vorausgesagt hatte, nichts als Leiden hervorgerufen ...» Warum, fragte er sich immer wieder, hat Pema die Petition nicht weitergegeben? Samden mußte ihr doch gesagt haben, daß Tul-lok und Genyen in Lhargeri waren. Sie hat neun Monate Zeit gehabt, ihnen eine Nachricht zu schicken. Warum? So regelmäßig wie ein Herzschlag ging ihm immer wieder ein Gedanke durch den Kopf: Hatte Pema sie verraten und den Han die Petition ausgehändigt?

«Tsun ...» Genyens Stimme ließ ihn aus seinen Gedanken hochfahren. «Wem haben Sie die Petition gegeben?»

Tsun sah sie an und schwieg.

«Seht mal!» rief Messingnase, der aus der Dunkelheit herantorkelte, gefolgt von einer Gruppe ehemaliger Häftlinge und Genyens Leuten, allesamt betrunken und beladen mit Beute aus dem verlassenen Lager.

Messingnase ließ sich schwerfällig nieder und kippte den Inhalt seiner Amba auf die Erde. Lachend hob er einen Lederbeutel mit Silber-Yüans hoch und schüttelte ihn über seinem Kopf, so daß die Münzen auf ihn herabregneten.

«Auf alledem liegt ein Fluch.» Genyen hob den Deckel eines kleinen Pappkartons an. «Wo hast du die her?» fragte sie und hielt eine Patrone hoch, die sie aus dem Munitionskarton genommen hatte.

Messingnase schwenkte eine Whiskyflasche und deutete damit auf die Dunkelheit. Genyen zog ihm die Flasche von den Lippen.

«Sind noch mehr davon da?»

Messingnase taumelte mit halb geschlossenen Augen herum und deutete auf die Schachteln auf dem Boden.

«Im Lager», schrie Genyen und versuchte, in seinen benebelten Grips durchzudringen, «hast du da irgendwelche Kartons liegen lassen?»

Messingnase zuckte nicht mit der Wimper. Er hatte sich nahezu bewußtlos gesoffen. Fluchend schnallte Genyen ihre Patronengurte von Taille und Brust und begann sie aufzufüllen.

«Wahrscheinlich haben die Han in diesem Lager genug Waffen, Pferde und Geld gehortet, um uns zu den reichsten Leuten in Tibet zu machen», sagte sie nachdenklich. «Sie sind bessere Diebe, als ich es jemals war. Das Leben hat einen schönen Mund, aber ein kaltes Herz.» Sie warf Tsun einen Blick zu und grinste. «Hier kann man etwas über die Wahrheit der Religion lernen, Tsun.» Tsun nahm ebenfalls einen Patronengurt zur Hand und steckte eine Patrone nach der anderen in die schmalen Lederschlaufen. Er lachte. «Für mich und meine Freunde aus dem Lager hat das Leben ein warmes Herz ... essen, trinken, Pferde ...»

«Ja», sagte Genyen, «diese Pferde brauchen wir. Und, Kunjosum, wie dringend brauchen wir Munition.»

«Mit dem Geld können wir welche kaufen.»

«Mit dem Reichtum der ganzen Welt könnten wir keine Munition kaufen.»

«Warum?» Tsun legte den gefüllten Patronengurt zur Seite und warf Yakdung auf das Feuer. Genyen zog einen Beutel mit Puffgerste aus ihrer Amba.

«Niemand will etwas über uns wissen, Tsun. Vor sieben Monaten haben wir einen Appell abgesandt; es war keine Bitte um Waffen, die Leute sollten lediglich von unserer mißlichen Lage erfahren. Wir schickten den Appell an zahlreiche Personen, zum Beispiel an den Ministerpräsidenten Nehru von Indien, an die Königin der Indschis und –» sie krauste die Stirn – «an die Stelle, an die schon die alte Petition gehen sollte ... die Vereinten Nationen. Führer aller Provinzen hatten den Appell unterzeichnet. Dreihundert Exemplare haben wir abgeschickt!» Sie gab Tsun den Beutel mit Puffgerste, und der immer noch hungrige Mönch langte kräftig zu.

«Was passierte dann?»

«Nichts! Abgesehen davon, daß Indien unseren Vertretern dort im Land befahl, jede politische Tätigkeit zu unterlassen, und ihnen drohte, sie andernfalls an die Han auszuliefern.»

Sie warf sich etwas Puffgerste in den Mund und deutete mit dem Beutel auf das Tal. «Es ist wie mit dem Lager dort hinten. Der Sieg ist unser, wenn wir zugreifen. Wir haben jetzt einen nationalen Widerstand, den Tschuschi Gang Druk, mit einem richtigen Hauptquartier in Lhargeri. Aus ganz Tibet kommen Leute und schließen sich uns an. Wir beherrschen noch fast ganz Kham und den Großteil von Kongpo, U-Tsang und Westtibet, abgesehen von den Städten. Sogar in Lhasa gibt es jetzt die Widerstandsbewegung Mimang. Wir haben den Bau der Eisenbahn von China verhindert.» Sie hielt Tsun den Beutel hin, und wieder langte er zu. «Die Han müssen jetzt in großen Konvois fahren, und trotzdem greifen wir sie an, sogar Kasernen, und jetzt ein Arbeitslager! Wir haben einfach die Straße Tschamdo-Lhasa gesprengt ...» Sie lachte. «Eine Brücke! Sie werden Wochen brauchen, um sie zu reparieren. Es hat einen

Haufen Munition gekostet, euch alle zu befreien, aber es hat sich gelohnt.»

«Der Sieg wäre also in Reichweite, wenn wir nur genügend Munition hätten?»

Genyen nickte.

«Angst vernichtet die Han», zitierte Tsun das alte Sprichwort. «Und Hoffnung vernichtet die Tibeter! Die Han müssen sich Sorgen machen.»

«Sie verhaften Leute und schicken sie nach China. Bisher hat es allerdings in U-Tsang keine Überfälle auf Klöster oder irgendwelche Tamsings gegeben. Die Han haben in der Tat Sorgen. Sie haben eine Menge tibetische Kader verhaftet, die in China geschult worden waren, und viele Han-Beamte sind abgelöst worden.» Sie lachte. «Vor ein paar Tagen stießen wir auf eine Gruppe Han-Zivilisten. Sie hatten keine Waffen und nichts zu essen und versuchten, zu Fuß nach China zurückzukehren!»

«Was habt ihr mit ihnen gemacht?»

«Wir haben sie mit Essen versorgt und ihnen die Richtung gezeigt.» Ihre weißen Zähne blitzten bei dieser Bemerkung. «Ich bin den Han gern behilflich, Tibet zu verlassen.» Sie hielt inne. «Vor ein paar Wochen prangerten die Generäle bei einer Versammlung des Patriotischen Frauenbundes die tibetische Regierung an. Sie nannten die Schapais Vaterlandsverräter und drohten, sie öffentlich zu foltern.» Als sie Tsuns vorwurfsvollen Blick sah, fügte sie hinzu: «Ja, ja, sehen Sie sich doch Schapai Ngabo an. Er macht kein Hehl aus seiner Kollaboration, das verheimlichen wenige der Adligen. Einige dieser Aasgeier haben durch ihre Handelsagenten in Indien Waffen erhalten und verkaufen sie uns zu Wucherpreisen.»

Tsun zog sich seinen Schaffellkragen um den Hals.

«Sie sind ebenso blind wie du, Genyen. Die Han sind schlau, sie beuten die Schwächen der Menschen aus und benutzen sie als Waffen zur Selbstzerstörung. Erinnerst du dich, daß sie bei ihrem Einmarsch den Anhängern des Pantschen Rimpotsche und den Khampa-Stammesfürsten größere Freiheit von Lhasa versprachen? Und was ist geschehen? Sie schlugen damit einen Keil ein, der Tibet dreiteilte, und nutzten das zwischen den Provinzen herrschende Mißtrauen für sich aus. Sie werden versuchen, die tibetische Regierung dazu zu bringen, dem Widerstand zu mißtrauen, und den Widerstand dazu treiben, der tibetischen Regierung zu mißtrauen.»

Genyen murmelte unwillig, stand auf und ging hinüber zu dem Stapel Beutegut, das ihre Leute im Lager gesammelt hatten. Sie kam mit einem Paar schwarzweißer Filzstiefel zurück.

«Probieren Sie sie an, Tsun.»

«Nur der Kundün ist noch übrig», sagte er. «Und wie lange wird es dauern, bis die Han gegen ihn vorgehen? Der Kundün ist im Augenblick unser schwächster Punkt.»

Ganz mechanisch band er die Schnur auf, die seine zerfetzten Stiefel zusammenhielt.

«Was hast *du* in den letzten drei Jahren getan?» fragte er.

Genyen lächelte. «Gekämpft!» Sie schenkte ihm wieder Tee nach. «Vor ein paar Monaten bin ich zur Tschul-Ka-Sum-Versammlung nach Indien gereist.» Sie schüttelte den Kopf. «Kalkutta! So eine Hitze! Und diese vielen Menschen, die ständig da- und dorthin eilen.» Sie grinste. «Werden Sie es nicht weitererzählen?» Tsun schüttelte den Kopf.

«Ich war noch kaum zwei Stunden in Kalkutta, da war schon mein ganzes Gepäck gestohlen! Ich habe es nicht einmal bemerkt!» Da ihr Tsuns schadenfrohes Gelächter nicht behagte, wechselte sie rasch das Thema.

«Bei der Besprechung, die wir in Kalimpong mit den Vertretern von Tschul-Ka-Sum hatten, schlug ich vor, in Kalimpong und Darjeeling die Macht zu übernehmen und in Bhutan und Sikkim einzumarschieren. Dann müßte die Welt endlich von uns Notiz nehmen. Wir kämen auch viel leichter an Lebensmittel und Munition. Viele stimmten mir zu. Aber die U-Tsang-Leute, die Mimang-Führer, fanden, wir sollten das nur im äußersten Notfall tun und zuerst einmal die dreihundert Appelle versenden.»

«Hat es darauf irgendeine Reaktion gegeben?»

Genyen schüttelte den Kopf. «Nein. Die Inder haben es uns sogar schwer gemacht, auch nur Kontakt mit Ausländern aufzunehmen.»

«Also?» Tsun trank einen Schluck Tee.

«Vielleicht doch der Einmarsch in Bhutan und Sikkim ... ich weiß es nicht ... Tul-lok ist nach Lhasa gegangen, um mit der Mimang Pläne zu schmieden.» Sie ballte die Fäuste. «Wir sind dem Sieg so nahe, Tsun. Wenn wir nur Munition hätten. Tausende von Han-Zivilisten sind nach China zurückgeschickt worden. Diejenigen, die noch hier sind, sind unzufrieden und wollen ebenfalls in die Heimat zurück.»

«Die Flöhe! Die Flöhe!» Messingnase kniete auf dem Boden, zog seine Schaffell-Tschuba aus und durchsuchte verzweifelt den langhaarigen Pelz. «Yeschi Norbu!» Er sah Tsun an. «Sie sind weg! Da ist kein einziger Floh mehr in der Tschuba, und dabei hat es noch vorhin nur so von Flöhen in ihr gewimmelt.»

Genyen starrte ihn an, als ob er verrückt geworden wäre.

«Mach dir keine Sorgen, mein Freund. Morgen brechen wir nach Lhasa auf, dann suche ich Kräuter, die dir helfen werden.»

Er wandte sich zu Genyen um und sagte leise zu ihr: «Wenn dich sogar die Flöhe und Wanzen verlassen, wird nur Schensi, der Herr des Todes, dich noch aufnehmen.» Er sah sie lange an. «Ich habe im Arbeitslager viel gelernt.» In seiner Stimme klang eine Besorgnis auf, die sie erschauern ließ. «Während meiner Unterweisung durch Dordsche Rimpotsche habe ich viele Monate ganz allein in der Einsamkeit zugebracht. Meine Einsiedelei war so gebaut, daß ich nichts sehen konnte als den Himmel durch ein kleines Loch im Dach. Zweimal in der Woche wurde mir durch eine Klappe etwas zu essen hereingeschoben, und daran konnte ich mir die Zahl der Tage ausrechnen, die vergingen. Zuerst schienen sie überhaupt nicht zu vergehen – jede Minute kam mir vor wie eine Stunde –, obwohl ich viel Geistesarbeit zu erledigen hatte und mich oft niederwerfen mußte, um meinen Körper zu trainieren und ihn für meine Meditationsübungen geschmeidig zu machen. Zweimal befürchtete ich, wahnsinnig zu werden, denn obwohl Dordsche Rimpotsche gesagt hatte, bei meiner Ausbildung werde sich die Welterfahrung, die ich als Laie erlangt hatte, als nützlich erweisen, so besaß ich doch, da ich so spät in den geistlichen Stand eingetreten bin, nicht die Disziplin eines Mönchs, der im Kloster aufgewachsen ist. Das einzige, was wir im Arbeitslager für uns allein hatten, waren unsere Gedanken, und an denen arbeiteten die Han ebenso angestrengt wie wir an ihren Straßen. Ohne Unterlaß versuchten sie, in diese letzte Zuflucht einzudringen. Dennoch bin ich dankbar für das Erlebnis, denn in gewisser Weise war ich völlig auf mich gestellt und hatte nur den Buddha in meinem Herzen. Denke an das, was er gesagt hat: ‹Gib auf, was dir nicht nützlich ist.› Morgen, Genyen, werde ich mir für den Weg nach Lhasa das beste Pferd aussuchen, das ich finden kann. Aber erst auf dem Weg selbst werde ich erfahren, ob ich das Pferd klug gewählt habe. Nur dann wird das Pferd auf die Probe gestellt so wie ich im Lager, als die Lehre, die mir anvertraut worden war, auf die Probe gestellt wurde und sich als wirksam erwies. Lopsang sagte immer, ich hätte nur meinen Körper mit dem geistlichen Gewand bekleidet, aber nicht meinen Geist. Viele sagten, ich sei zu alt, um meine alte Lebensweise aufzugeben. Tul-lok ...» Er hielt inne und lächelte. «Auch du ...»

Genyen machte den Mund auf, um zu antworten, aber er ließ sie nicht zu Wort kommen.

«Ein wenig zumindest habe ich den Leuten im Lager helfen können. Die Lehre, die ich vermittelte, brachte etwas Licht ins Dunkel ihres Lebens. Das, Genyen, ist wichtig, wichtiger als eine Million Petitionen. Alles, was wir haben, sind wir selbst und die Zeit.»

Er selbst hatte die Frage beantwortet, die sie nicht gestellt hatte. Genyen wandte ihren Blick ab und sah hinauf zur Sichel des Mondes.

VIERTES BUCH
März 1959

Die Staatsbeamten, kirchliche und weltliche,
werden feststellen, daß ihr Land beschlagnahmt
und ihr Eigentum konfisziert wird,
und sie selbst werden ihren Feinden
dienen oder wie Bettler im Land herumziehen müssen.

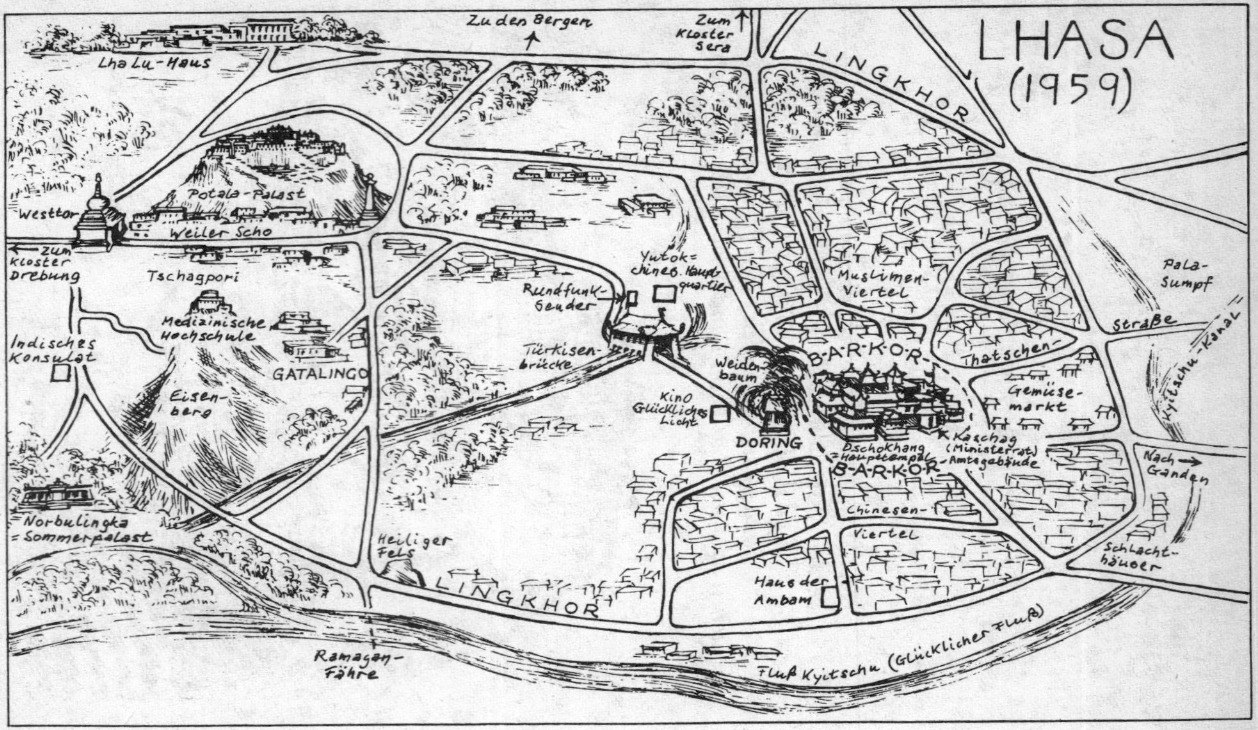
LHASA
(1959)
Zu den Bergen
Zum Kloster Sera
LINGKHOR
Lha Lu-Haus
Potala-Palast
Westtor
Weiler Scho
Zum Kloster Drebung
Tschagpori
Medizinische Hochschule
Indisches Konsulat
GATALINGO
Eisenberg
Norbulingka = Sommerpalast
Yutok = chines. Hauptquartier
Rundfunk-Sender
Türkisenbrücke
Kino Glückliches Licht
Weidenbaum
DORING
Muslimen-Viertel
BARKOR
Thatschen-
Gemüsemarkt
Kaschag (Ministerrat) Amtsgebäude
Dschokhang Haupttempel
Chinesen-Viertel
Haus der Ambam
Heiliger Fels
LINGKHOR
Pala-Sumpf
Straße
Kyitschu-Kanal
Nach Ganden
Schlachthäuser
Ramagan-Fähre
Fluß Kyitschu (Glücklicher Fluß)

28

Der junge Pilot des Yun-5-Doppeldeckers war angewiesen worden, die Stimmung unter den Tausenden von Flüchtlingen aus Osttibet zu erkunden, die rings um Lhasa lagerten und die Einwohnerzahl der Stadt nahezu verdoppelt hatten. Die Han wußten, daß viele von ihnen im Widerstand aktiv waren, und befürchteten Demonstrationen anläßlich der religiösen Prüfungen des Kundüns. Der Pilot legte die Maschine in die Kurve, überquerte den Glücklichen Fluß, der das breite Tal von Lhasa zerschnitt, und kreiste dann über den dicht stehenden, zwei- und dreistöckigen Häusern aus Lehmziegeln oder Stein in der Innenstadt. Die meisten waren zur Feier des Neujahrsfestes frisch mit Kalk getüncht worden, und man hatte neue Gebetsfahnen an den Ecken der Flachdächer befestigt.

Die schmalen Gassen am Markt, die meisten Straßen der Stadt und das Flüchtlingslager waren verlassen. Praktisch die ganze Bevölkerung nahm an den Prüfungen des Kundün teil. Tausende standen im Hof des Dschokhang, des ältesten und heiligsten Tempels in ganz Tibet, noch weit mehr auf dem Platz vor dem vierstöckigen Gebäude mit den vergoldeten Dächern, und andere säumten den Weg zum Sommerpalast.

Der Pilot folgte dem Prozessionsweg von der Stadt über die Türkisendachbrücke, die einen Nebenfluß des Glücklichen Flusses überspannte, hinaus nach Neu-Lhasa. Hohe Mauern umgaben die neuen Kasernen, Krankenhäuser und Verwaltungsämter der Han, die einzigen Gebäude mit Steildächern. Der neue Han-Stadtteil schob sich immer weiter auf das Wiesenland zwischen der Altstadt und dem Potala vor.

Der Potala-Palast beeindruckte den Piloten immer wieder. In einem Land, dachte er, in dem die Natur mit der gewaltigen Schönheit von Berg, Ebene und Tal den Menschen beherrscht, hatte der Mensch es verstanden, etwas so Erhabenes zu erschaffen, das aber nicht mit der Natur wetteiferte, sondern vielmehr wie ein Teil von ihr wirkte. Mit seinen schräg abfallenden Granitmauern schien der Potala aus dem Hügel in die Mitte des Tals, auf dem er erbaut war, herauszuwachsen: ein Wall aus mächtigen, weißen Mauern über dem anderen; an jedem Ende des insgesamt 300 Meter hohen Gebäudes befanden sich große Verteidigungstürme; die von Flachdächern unterbrochenen Wälle führten allmählich hinauf bis zum Herzen des Potala, dem von goldenen Pagodendächern gekrönten Roten Palast, der über allem thronte. Der Weiler Scho, wie die Häuser am Fuß des Potala genannt wurden, war ein traditioneller Sammelpunkt für öffentliche Zusammenkünfte, und der Pilot war darauf hingewiesen worden, daß etwaige Demonstrationen wahrscheinlich dort ihren Ausgang nehmen würden. Auftragsgemäß richtete er seinen Feldstecher auf die Menschenmenge, aber als er über den Großen Tschörten mit seiner vergoldeten Spitze flog, der das Haupttor der Stadt bildete, sah alles ruhig und friedlich aus. Er erinnerte sich daran, wie er zum erstenmal hindurchgegangen war, wie imposant hatte er da den hoch aufragenden Potala und die fernen goldenen Dächer des Tempels im Herzen der Stadt gefunden! Er wußte damals nichts vom Buddhismus, aber er verstand die Gefühle der Pilger, die mit ihm in die Stadt eingezogen waren.

Auf der letzten Wegstrecke zum Norbulingka-Park, wo der Kundün seinen Sommerpalast hatte, drängte sich die Menge noch dichter. Der Pilot richtete sich auf und bereitete sich zum Anflug auf den Behelfsflugplatz beim Verwaltungsgebäude der Han-Armee für den Militärbereich Tibet vor. In seinem unbewaffneten Aufklärungsflugzeug, das wohlweislich ausgewählt worden war, um nicht den Eindruck einer bewaffneten Patrouille zu erwecken, konnte der Pilot nicht ahnen, welchen Ärger und Groll sein Flug über Lhasa hervorgerufen hatte, ja daß er als bewußter Affront gegen die Würde der Tibeter angesehen wurde. Denn es war Sitte, daß aus Respekt niemand über dem Kundün sein sollte, und wo immer die Prozession vorbeikam, verließen die Leute die oberen Stockwerke ihrer Häuser, um nicht auf ihn herunterzusehen.

Tsun beobachtete Schwärme von gelben Schmetterlingen, die

über Anemonen und Primeln schwebten und sich immer wieder auf ihnen niederließen. Er wurde sich immer stärker bewußt, wie sehr sich das Arbeitslager auf die Insassen ausgewirkt hatte, wie eng deren Blickwinkel geworden war. Niemand außer Dschettie und Messingnase konnte wirklich verstehen, welches Glück es für ihn bedeutete, Schmetterlinge beobachten zu können, so lange er wollte. Eine Lerche, die Haube erwartungsvoll aufgerichtet, machte sich vorsichtig auf den Weg zu den Topfpflanzen, um nach einem Insekt zu schnappen, erschrak aber durch den Lärm des niedrig fliegenden Doppeldeckers. Sie schwang sich vom Flachdach des Potala in den durchsichtig blauen Himmel auf, in dem Mauersegler kreisten. Tsun dachte daran zurück, wie sehnsüchtig er im Arbeitslager den freien Flug der Vögel beobachtet hatte. Er fand die Freiheit immer noch seltsam faszinierend, und fast alles, was er tat und dachte, ließ das erkennen. Er fühlte sich wie wiedergeboren, wie in einem neuen Leben, und doch war es wie eine Rückkehr in die Vergangenheit. Denn obwohl Lastwagen-Konvois der Han, Jeeps mit in Stellung gebrachten Maschinengewehren und Panzerwagen ununterbrochen auf das riesige Gelände des Militärbereichs Tibet fuhren oder von dort herauskamen, war er immer noch in Lhasa, der Heiligen Stadt.

Messingnase untersuchte seine Schaffell-Tschuba, die er auf der Balustrade ausgebreitet hatte, aber die Flöhe waren nicht wiedergekommen.

Wolken von wohlriechendem Rauch stiegen von Feuern aus harzigen Blättern auf, entfacht von der Menschenmenge, die sich an der 3 Kilometer langen Strecke vom Dschokhang eingefunden hatte, um dem Kundün ihre Ehrerbietung zu bekunden. Obwohl die Außenwelt den Herrscher Tibets als Dalai Lama kannte, verehrte ihn das Volk als die «Gegenwart von Tschenresi», dem Herrn des Mitleids und Schutzpatron von Tibet.

Tsun richtete den Feldstecher auf die Spitze der den Dschokhang verlassenden Prozession: Mönche trugen klirrende Becken und tief dröhnende Trommeln; die Melodie wurde von Trompeten und Oboen geführt; und 4 Meter lange Kupfertubas, deren glokkenförmige Enden von jungen Novizen gehalten wurden, markierten mit ihren tiefen, widerhallenden Tönen die Höhepunkte der Melodie.

«Warum sind wir eigentlich hier, Genyen?» fragte Tsun. Kaum

waren sie durch das Westtor der Stadt gekommen, da hatte sie darauf bestanden, daß Tsun mit ihr zum Potala ging. Sie war sofort in dem riesigen Gebäude verschwunden und hatte Dschettie mit einem geheimen Auftrag in die Stadt geschickt. Jetzt stützte sie sich neben Tsun auf die Balustrade. Sie trug kreuzweise Patronengurte über ihrer pelzgefütterten, gemusterten Satin-Tschuba, die die kupferne Haut ihrer Schultern nur unvollständig bedeckte.

«Ich möchte, daß Sie jemanden treffen», sagte sie. «Hier ist es ungefährlich.»

«Ungefährlich?» Messingnase sah von seiner Schaffell-Tschuba auf und brummte. «Mir gefällt es nicht.»

Genyen nahm keine Notiz von ihm, aber auch ihr bereitete die dreiste Unhöflichkeit gegenüber dem Kundün Unbehagen, das durch ihren Zorn auf die Han-Maschine, die seine Prozession überflog, noch verstärkt wurde.

Tsun hörte nicht, daß sich hinter ihm leise Schritte näherten. Erst als er den Lauf einer Pistole in seinem Rücken spürte, spannte sich jeder einzelne Nerv in ihm. Mit einer Hand tastete er in seiner Amba nach dem Revolver, den Genyen ihm gegeben hatte, dann hielt er inne. Langsam senkte er den Feldstecher und wandte den Kopf.

«Du bist kein Khampa, Vetter.» Tul-lok grinste und steckte die Mauserpistole in seine Tschuba. «Ich habe genug Krach gemacht, um ein ganzes Lager aufzuwecken.»

«Tul-lok!» Mit Tränen in den Augen umarmten sich die beiden Männer. Tul-lok sah ziemlich unverändert aus, nur war sein kurz geschnittenes Haar ergraut und sein gebräuntes Gesicht noch zerfurchter als früher. Er trug immer noch seinen Filzhut und den langen, goldenen Ohrring mit Türkisen. Kesang war bei ihm, und Tsun erkannte ihn sofort, obwohl sich ein Junge in drei Jahren bis zur Unkenntlichkeit verändern kann. Kesang ergriff Tsuns ausgestreckte Hände und brach in Tränen aus. Tsun wurde sich mit einemmal bewußt, daß der fast physische Schmerz des Verlustes, der ihn seit seiner Gefangennahme geplagt hatte, vergangen war.

Kesang balancierte auf einem Weihrauchgefäß, damit er über die Balustrade sehen und die Prozession beobachten konnte.

«Genyen hat mir von den Erfolgen erzählt, die du gegen die Han errungen hast», sagte Tsun über den Kopf des Jungen hinweg zu

Tul-lok. «Ich habe schon Lieder singen hören, die deine Taten rühmen!» Er stellte den Feldstecher für Kesang ein.

«Daß du das von Genyen gehört hast, ist in der Tat ein Kompliment.» Tul-lok lächelte spöttisch zu ihr hinüber.

«Was hast du Neues zu berichten, Tul-lok?» fragte Tsun.

«Meine Taten mögen Stoff für viele Legenden liefern, aber sonst scheinen sie wenig zu bewirken. Dort –» er deutete auf die Prozession des Kundün, die von der Türkisenbrücke aus durch Neu-Lhasa zog – «liegt das Schicksal unseres Landes.»

«Was geht bei den religiösen Prüfungen vor sich?» wollte Kesang von Tsun wissen.

«Es wird so sein wie bei denen, die wir zusammen in Dordsche Ri-gon und Litang angesehen haben», sagte Tsun. «Im Dschokhang werden jedes Jahr drei Wochen lang Disputationen abgehalten. Nur sind sie in diesem Jahr von besonderer Bedeutung für das ganze Volk.»

«Weil der Kundün geprüft wird?»

«Ja. Denn obwohl wir ihn als die Gegenwart von Tschenresi verehren, ist er dennoch ein Mensch.»

Den anderen kamen diese Worte ein wenig lästerlich vor. Man konnte sich den Kundün schließlich schlecht als gewöhnlichen Sterblichen vorstellen. Messingnase polierte mit Daumen und Zeigefinger seine Nase, während er Tsun zuhörte.

«Als gewöhnlicher Mönch steigt er von seinem Thron herab und nimmt an stunden- und tagelangen Streitgesprächen mit den führenden Geistern des Landes teil.»

«Ist es genauso wie bei meinem Unterricht?» fragte der Junge.

Tsun lachte leise. «Genau wie du mußte er die gleichen stilisierten Gesten der Emphase lernen, die heiligen Schriften studieren und sein logisches Denken schulen. Aber während bei deinen Übungen nur ein paar Dutzend Leute zusahen, ist der Kundün von seinen Prüfern umgeben, die gesamte Regierung und Tausende von Mönchen und Laien schauen zu. Für das weltliche wie für das geistliche Wohlergehen des Landes hängt viel vom Ausgang der Prüfung ab, insbesondere an diesem kritischen Punkt unserer Geschichte.»

Tul-lok legte dem Jungen einen Arm auf die Schulter.

«Es gibt», sagte er heimlichtuerisch wie ein Verschwörer, «am Hof des Kundün Leute, die sehen wollen, wie er dem Druck der

Argumente widersteht. Ob er entschlossen ist oder nicht, könnte wichtig sein für einen Beamten, der danach trachtet, den Kundün zu beeinflussen.»

«‹Ein geneigtes Ohr beim Lama finden›», zitierte Kesang murmelnd das alte Sprichwort. Tul-lok lachte.

«Auch die Han», fügte er hinzu, «wissen, wie wichtig für ihre eigenen Pläne das Ergebnis der Prüfung ist.»

Die Spitze der Prozession erreichte den Weiler Scho am Fuß des Potala. Sie spiegelte die Machtstrukturen vor der Besetzung wider, denn sie wurde angeführt von der Mönchsbeamtenschaft, vornweg die höchsten Vertreter, dann folgten deren Subalterne in absteigender Rangordnung.

Kesang blickte voll Staunen auf die Prozession, die im Schritttempo unter ihnen vorbeizog; in der Ferne schimmerte die goldene Sänfte.

Tul-lok zog an seinem Ohrläppchen. «Radio Peking hat gemeldet, der Kundün werde an der Sitzung des Beratenden Volkskongresses in Peking teilnehmen.»

«Kunjosum! Die Han müssen verrückt sein!» sagte Genyen ungläubig.

«Aber der Kundün», fuhr Tul-lok fort, «hat die Einladung nicht angenommen.» Sie sahen einander an und dachten an die Folgen, die diese Weigerung haben mochte, aber Tsun war es, der ihre Befürchtungen schließlich aussprach.

«Wenn die Han öffentlich verkünden, daß der Kundün nach Peking kommt, dann müssen sie überzeugt sein, daß sie ihn veranlassen können, an dem Kongreß teilzunehmen, oder aber sie wollen einen Vorwand haben, um die endgültige Konfrontation mit ihm herbeizuführen.»

«Wenn der Kundün nicht hinreist, nachdem seine Teilnahme schon angekündigt worden ist, wäre das ein entsetzlicher Gesichtsverlust für ihn», murmelte Tul-lok und bot Tsun sein Schnupftabakfläschchen an.

«Entsetzlich», bekräftigte sein Vetter und nahm etwas von dem Pulver.

«Vielleicht sind die Han bloß dumm», sagte Genyen. Sie hatte sich gegen die Balustrade gelehnt und das Kinn auf die verschränkten Arme gelegt.

«In Tibet ja», erwiderte Tsun. «Aber nicht in Peking.» Er hielt inne. «Obwohl die Generäle hier sagen, was Peking ihrer Ansicht nach hören will.»

«Was macht das schon aus?» fragte Genyen gereizt.

«Vielleicht nichts, vielleicht eine ganze Menge», sagte Tsun.

Er half Kesang auf die breite Balustrade hinauf, damit er die Prozession besser sehen konnte, die jetzt am Potala vorbeizog. Genyen reichte Tsun ihren Feldstecher.

«Ist Ihnen etwas aufgefallen?»

Tsun nahm das Glas und gab es Genyen nach einigen Minuten zurück.

«Es sind keine Han in der Prozession.»

Messingnase sah sie fragend an.

«In den acht Jahren seit der Besetzung», erklärte Genyen, «haben die Han immer an der Prozession teilgenommen.»

«Warum dieses Jahr nicht?» fragte Tsun, ohne aufzuschauen. Genyen zuckte die Schultern. Wie das meiste, was die Han taten, konnte es viel oder auch gar nichts bedeuten.

«Seht mal! Das ist Ngabo!» Tsun nahm Genyen den Feldstecher ab und richtete ihn auf den in Gold gewandeten Kabinettsminister, der in ganz Tibet berüchtigt war, weil er eng mit den Han zusammenarbeitete. Er ritt neben der Sänfte des Kundün.

«Tsun», sagte Tul-lok, ohne den Feldstecher abzusetzen, «ich habe mit Abgeordneten der Nationalversammlung gesprochen, und sie sind der Meinung, du solltest so bald wie möglich mit dem Kundün reden.» Aber Tsun hörte nicht zu.

«Sieh mal, Tul-lok!» Er deutete auf etwas, und Tul-lok richtete sein Fernglas darauf. Unter den hohen Mönchsbeamten sah er die schlanke, leicht gebeugte Gestalt von Lopsang.

«Er ist den Han nützlich gewesen», sagte er bitter. «Ich habe gehört, er soll dem Vorbereitenden Ausschuß für die Autonome Region Tibet angehören.»

«Ein einflußreicher Mann», murmelte Tsun.

Tul-lok brummte. «Genyen hat mir erzählt, daß es Lopsang war, der dich verraten hat. Jetzt reitet er mit dem Kundün, und der Kabinettsminister Ngabo ist neuerdings General der Volksbefreiungsarmee.»

«Was wird es nützen, wenn ich mit dem Kundün spreche?» fragte Tsun.

«Der Hof hat sich nicht verändert. Selbst hinter einem Morgengruß versteckt sich hohe Politik», sagte Tul-lok. «Ich erinnere mich, daß ich warnend darauf hingewiesen wurde, am Hof solle man ausdruckslos dreinschauen und wenig sagen, denn die Wände hätten Ohren. Einige der Adligen setzen ihr Spiel wie in alten Zeiten fort. Sie nehmen Posten von den Han an, und dann verkaufen sie dem Widerstand Munition zu hohen Preisen. Sie sagen dem Kundün, was er ihrer Ansicht nach hören will. Von dir wird er einen Teil der Wahrheit erfahren.»

Tsun konnte verstehen, daß die Khampas den Adligen mißtrauten. «Aber sicher haben doch schon andere ehrlich zu ihm gesprochen. Tausende von Flüchtlingen lagern in und um Lhasa.»

«Natürlich, Rimpotsche», stimmte Genyen zu. «Aber Sie sind bekannt, und Ihr Auftrag ist ebenfalls bekannt.»

Tsun lachte. «Allzu bekannt, wie sich gezeigt hat.»

Sie schwiegen, als die Sänfte des Kundün, die von hier oben klein wie ein Spielzeug aussah, unterhalb des Potala vorbeikam. Keiner von ihnen richtete seinen Feldstecher auf den lächelnden jungen Mann, der darin saß. Wie die Menge, die den Weg säumte, neigten sie vor der Verkörperung des Herrn des Mitleids, Seiner Heiligkeit dem Kundün, ehrfürchtig den Kopf.

«Vetter, was ist aus der Petition geworden?» erkundigte sich Tul-lok. «Und aus dem Gold?»

Tsun brachte es nicht fertig, Genyens Blick standzuhalten. «Ehe ich gefangengenommen wurde, habe ich beides jemandem gegeben.»

«Wem?» Tul-lok spürte, daß Tsun nicht mit der ganzen Wahrheit herausrücken wollte. «Wir brauchen dieses Gold dringend. Besteht Aussicht, es zurückzubekommen?»

Tsun seufzte. «Vielleicht», sagte er. «Gib mir ein oder zwei Tage.»

«Wir haben so wenig Zeit.» Tul-lok packte Tsun am Arm, der sich nicht erinnern konnte, ihn je so besorgt gesehen zu haben.

«Hier oben haben wir den besten Aussichtspunkt, um die gesamte Prozession zu überblicken, aber uns entgeht, was die Leute da unten reden», stellte Genyen stirnrunzelnd fest.

«Ich brauche unbedingt noch ein oder zwei Tage Zeit», wiederholte Tsun, an seinen Vetter gewandt. «Ich glaube, daß das Gold gerettet ist, aber ich will erst sichergehen.»

«Wem haben Sie es gegeben, Rimpotsche?» Genyen wünschte

sofort, sie hätte die Frage nicht gestellt, als er sich umdrehte und sie böse ansah. Dann änderte sich der Ausdruck in seinen Augen. Genyen tastete nach dem Revolver in ihrer Amba, aber Tsun streckte die Hand aus, um sie zurückzuhalten.

«Was machen Sie denn hier?» Die scharfe Stimme mit dem starken Akzent erschreckte sie alle, und als sie sich umdrehten, sahen sie einen Offizier der Volksbefreiungsarmee wenige Schritte entfernt stehen.

«Ebenso wie Sie», sagte Tsun in seinem besten Chinesisch und mit großem Nachdruck, «haben wir uns die Prozession angesehen. Und Sie? Haben Sie eine Einladung? Ich bin sicher, General Tschang Tsching-wu wäre nicht erfreut, wenn er erführe, daß einer seiner Offiziere so unhöflich war, in den Palast des Kundün hineinzuschlendern, als handelte es sich um ein öffentliches Gebäude. Insbesondere», fuhr er fort, als der Offizier zu einer Erwiderung ansetzte, «zu einem politisch so heiklen Zeitpunkt, da die Abreise des Kundün nach Peking bevorsteht.»

Der Offizier zögerte und ließ die Hand sinken. Sie blieb auf seinem Pistolenhalfter liegen.

«Wie kommt es, daß die größten Familien des Landes sich aus Respekt vor dem Kundün in das Erdgeschoß ihrer Häuser begeben und Sie –» er musterte die wenig ansehnliche Gruppe – «hier oben bleiben dürfen?»

Die Pause wurde zu lang.

«Sie sind auf meine Bitte hier», sagte eine feste, selbstsichere Stimme. Ein Mann trat aus dem Schatten eines mit Holzschnitzereien verzierten Türeingangs. Sein kastanienbraunes Gewand war mit Brokat gesäumt, ein Zeichen, daß er dem Mönchsbeamtenstand angehörte. Der Offizier wußte, daß das Kloster der Mönchsbeamten sich im Potala befand, und er erkannte den alten Mann mit dem riesigen Kropf als Mitglied eines Verwaltungsausschusses. Er zögerte, dann nickte er kurz, machte kehrt und ging. Alle waren sich der Tatsache bewußt, daß er sie noch immer für verdächtig hielt.

«Kommen Sie!» Der Lama winkte der Gruppe, ihm durch die dunklen Korridore des Potala zu folgen, die nur hier und da von Butter- oder Senföllampen erhellt wurden.

Der Potala, der von außen so geradlinig und übersichtlich aussah, war innen ein wahres Labyrinth mit Tausenden von Zimmern,

Tempeln und Hallen, deren Ausstattung mit ihrer Pracht und Vielfältigkeit, mit den Wandfresken und geschnitzten und bemalten Kapitellen ebenfalls zum schlichten Äußeren des Gebäudes im Gegensatz stand.

Tsun nahm Kesang an die Hand und blieb vor dem mit Glas abgedeckten Abdruck zweier Hände im Verputz einer Wand stehen. «Das sind die Hände des großen dreizehnten Kundün», flüsterte er.

Alle hielten an, berührten ehrfürchtig die Glasplatte mit der Stirn und gingen dann über die steile, ausgetretene Holztreppe hinunter in eine Empfangshalle, deren eines Ende eine Art Balkon und zugleich Schrein war, der den hohen Mausoleumstschörten des früheren Dalai Lama umgab.

Der Lama bedeutete Tsun und Tul-lok, auf einem mit Teppichen bedeckten Diwan Platz zu nehmen, vor dem ein langer, niedriger Tisch stand, während Kesang mit den anderen die Rollbilder, Fresken und herrlichen Thankas betrachtete, die an den rotlakkierten Säulen hingen. Der ältliche Lama befühlte ständig seinen Kropf, als könnte er dadurch die Beschwerden lindern, die der unförmige Auswuchs verursachte. Tsun wartete darauf, daß er sich vorstellte.

«Im Augenblick ist es besser, wenn Sie meinen Namen nicht wissen», sagte der Lama. «Sie werden ihn rechtzeitig erfahren.» Er nahm ein Tuch, hob eine Teekanne von einer Kohlenpfanne aus Messingfiligran und goß Tee in drei Jade-Teetassen.

«Rimpotsche», sagte er, «Sie müssen den Indschi-Tee probieren. Ich habe ihn extra für Sie bereitet.»

Er goß Milch in jede Tasse und reichte den beiden Männern eine Schale mit Zuckerstücken. Dann verzichtete er auf die üblichen höflichen Erkundigungen nach dem Wohlbefinden und kam umgehend zum Thema.

«Wie Sie wissen, Rimpotsche, wird die Nationalversammlung einberufen, wenn unser Land sich in einer kritischen Lage befindet. Es jetzt zu tun, wäre unmöglich, deshalb tun wir, was wir können. Von einigen der führenden Abgeordneten bin ich gebeten worden, mit Ihnen zu sprechen, weil wir von Ihrem Auftrag für Kham gehört haben.» Er hielt inne und nippte an seinem Tee.

«Wir wissen auch», fuhr er fort, «daß Sie Indien und die Indschis kennen und daß Sie deren Sprache sprechen. Wir alle sind auf unterschiedlichem Niveau tätig. Die großen Höhen, Rimpotsche, gehören den Vögeln des Himmels, während die Felsspalten das Versteck des Birkhuhns sind. Wohin gehören wir?» Er nippte wieder an seinem Tee, sah Tsun an und lachte. «Gut?»

Tsun nickte und lächelte. «Ausgezeichnet.»

Der Lama war erfreut. Tsun fand, daß das Getränk nur entfernte Ähnlichkeit mit englischem Tee hatte, aber das zu sagen wäre höchst unhöflich gewesen.

«Wer weiß», sagte Tsun, «ob wir wie die Vögel sein können, denen der ganze Himmel gehört, oder ob wir den trippelnden, des Fliegens nicht mächtigen Birkhühnern ähneln, die nach einer Felsspalte suchen?»

Der Lama nickte: «Aus den Beständen des Staatsarchivs stellen wir gerade ein Dossier zusammen; die darin gesammelten Dokumente untermauern auf unbestreitbare Weise unseren Anspruch auf Unabhängigkeit. Seit Monaten haben wir Gelehrte an den Manuskripten arbeiten und Abschriften von Originalen erstellen lassen.»

Tsun schüttete aus der silbernen Flasche, die er sich von Genyen geborgt hatte, etwas Schnupftabak auf seinen Daumennagel.

«Das Manuskript muß zur sicheren Verwahrung nach Indien gebracht und der übrigen Welt gezeigt werden», sagte der Lama.

Tsun zog den Schnupftabak ein. Er war sich des Risikos, das der Lama einging, durchaus bewußt. Wenn die Han erfuhren, daß die Nationalversammlung Beweismaterial für einen weiteren Appell an die Vereinten Nationen zusammenstellte, wäre es für sie ein ausreichender Vorwand, die gesamte Regierungsgewalt an sich zu reißen.

«Sie genießen das Vertrauen und den Respekt sowohl des Khampa-Widerstands als auch der Mimang. Wenn Sie einverstanden wären, die Dokumente zu überbringen, böte das die Gewähr für ein Maximum an Kooperation unter dem Volk, und Sie sprächen für ganz Tibet.»

«Das können andere auch», sagte Tsun müde.

«Wer, Rimpotsche?» fragte der Lama. «Wir haben so wenig Zeit. Die Han haben uns in den letzten Monaten ständig gedrängt, der Zentralen Volksregierung unsere ganzen Dokumente über den Grenzverlauf zu Ladakh, Nepal, Sikkim, Bhutan und Indien leihweise zu überlassen. Sie behaupten, sie wollten sie für eine Ausstellung haben.»

Tul-lok lachte. «Sie würden niemals nach Tibet zurückkommen!»

Der Lama nickte zustimmend. «Tschang Tsching-wu sagt, die verlorenen Gebiete an unseren Grenzen sollen wieder mit dem Vaterland vereint werden. Um das zu tun, brauche er nur seine Armee, aber die Dokumente könnten dazu dienen, den Anspruch der Han zu erhärten, und vor allem wissen sie, daß die Dokumente auch ein Beweis für unsere Unabhängigkeit sind sowie für unsere Befugnis, Verträge abzuschließen.»

«Gibt es keine Möglichkeit, die Dokumente zu verstecken?» fragte Tsun.

Tul-lok wunderte sich über den offensichtlichen Mangel an Begeisterung bei seinem Vetter.

«Einige der ursprünglichen Aufzeichnungen wiegen 80 Pfund, und abgesehen von den physischen Schwierigkeiten, sie zu transportieren, werden jetzt auch alle Leute überwacht.» Der Lama zuckte ratlos die Schultern. «Ich weiß nicht einmal, wer unter denen, die die Dokumente sortieren, ein Spitzel ist. Es ist schwierig. Gestern wurde der Nationalversammlung vom Staatsrat selbst eine Anweisung erteilt.»

Tsun stellte seine Teetasse auf das Tischchen und legte den Dekkel drauf. «Die Originaldokumente sollen nach Peking geschickt werden?»

«Abschriften werden sie nicht akzeptieren.»

«Können Sie nicht sagen, sie seien zu wertvoll, um sie zu transportieren?»

«Nicht einmal der Kundün konnte erreichen, daß die Anweisung geändert wurde. Ganz unverhüllt hat Tschang Tsching-wu eine Bestandsaufnahme der Goldreserven im Dschokhang machen lassen. Er sagt, das sei für den Fall eines Krieges mit Indien, aber der Kundün ist praktisch schon gezwungen worden, aus seiner eigenen Schatzkammer ‹patriotische› Spenden für Chinas Auslandshilfsprogramm zu machen, was immer das sein mag.»

«Werden die Dokumente in Manuskriptform sein?»

«Ja, Rimpotsche, und einige der besonders wichtigen im Original.»

«Und sie sind so ausgewählt, daß ein Mann sie tragen kann?»

Der Lama nickte. «Werden Sie sie für uns überbringen?»
«Ja», sagte Tsun.
Eine Spinne fiel aus dem Dunkel der Dachbalken herunter, landete auf dem Rand von Tul-loks Tasse und rutschte in die Teereste. Vorsichtig hob Tul-lok das ertrinkende Insekt heraus und setzte es auf den Tisch.

29

Lhasa

Tausende von Mönchen kamen aus dem Dschokhang und mischten sich unter die Menge, die sich auf dem Platz vor dem Tempel und in den Seitenstraßen drängte, wo sich der Basar der kleinen Hauptstadt befand. Wenn das Hauptinteresse des Volkes der Religion galt, dann kam an zweiter Stelle der Handel. Was man auch kaufte und wie groß das Gedränge auch sein mochte, es wurde gefeilscht, egal ob es um Äpfel, Fleisch, Gemüse und Thermosflaschen ging oder um Korallen, Türkise und Fuchspelze.

Der Inhaber eines kleinen Ladens ganz dicht am Barkor-Platz außerhalb des Tempelbezirks machte ein gutes Geschäft mit Plastikzahnbürsten. Wie alle Häuser hatte das Ladengebäude nach innen geneigte Mauern und tief angesetzte, nach oben schmäler werdende Fenster, die die Wärme zurückhielten und dennoch genug Sonne einließen, wie bei allen anderen standen auf den Brüstungen zahllose Pflanzen in Töpfen und Büchsen.

Pemba, der Inhaber des Ladens, hatte kein einziges Haar mehr auf dem Kopf. Er stand im Türsturz und gestikulierte lebhaft, während er mit einem Kunden über die Einladung der Han an den Kundün debattierte, wobei der schüttere weiße Bart, der ihm im tiefgebräunten und zerfurchten Gesicht stand, stetig zitterte.

Tsun betrachtete die Taschenlampen, Zigaretten, Schuhe und alle möglichen anderen Dinge, die auf dem Ladentisch aufgehäuft waren, nahm eine Zahnbürste zur Hand, ließ die Borsten über seinen Daumenballen gleiten und gab dem Händler zu verstehen, daß er sie kaufen wolle. Als er in seine Amba griff, stellte er fest, daß er überhaupt kein Geld hatte und auch nichts, was er im Tausch hätte anbieten können. In diesem Augenblick tauchte Kesang aus der Menschenmenge auf und drückte Tsun verstohlen ein paar Yüan in die Hand. Erst jetzt erkannte Pemba in den beiden den Besuch, der ihm schon angekündigt worden war, und lehnte verlegen jede Bezahlung ab. Der Rest der Gruppe war nun ebenfalls vor dem Haus des Händlers angelangt.

Tul-lok legte dem Mann einen Arm auf die Schulter, duckte sich unter den Hemden und den grünen und blauen Mützen durch, die am Türsturz aufgehängt waren, und schob ihn nach drinnen, damit die Begrüßung nicht in der Öffentlichkeit stattfand.

«Pemba, das sind Tsun Rimpotsche und Messingnase, von denen Dschettie Ihnen erzählt haben wird.»

Der Mann nickte, verbeugte sich und überreichte Tsun eine Glücksschärpe.

«Dordsche Rimpotsche und Genyen kennen Sie schon. Hat Dschettie die anderen herbestellt?»

Pemba nickte. Plötzlich war auf der steilen Leiter, die aufs Dach führte, ein Kratzen und Scharren zu vernehmen, und Tsun wurde fast umgerissen, als Senge sich auf ihn stürzte. Der Hund winselte und stieß ihn ungestüm mit der Schnauze, und als Tsun ihn auf den Arm nahm, leckte er ihm das Gesicht ab. Der Abt konnte es kaum glauben, daß der kleine Hund noch am Leben war.

Kesang streichelte das Wollknäuel in Tsuns Armen. «Jedesmal, wenn ich die Hoffnung aufgegeben hatte, dich wiederzusehen, hat Senge mir wieder Mut gemacht.»

In dem Lichtstrahl, der schräg von der Klapptür herabfiel, die Zugang zum Dach gewährte, hob sich die Gestalt eines Mönchs ab und stieg dann die Leiter herunter. Tsun brauchte das Gesicht nicht zu sehen, um zu wissen, daß es Rintschen war. Die gefühlvolle und freudige Begrüßung durch seinen ehemaligen Verwalter rührte ihn.

Pembas Frau und sein Sohn stellten Schüsseln mit Bries auf die niedrigen Tische, die vor den auf dem Flachdach ausgebreiteten Teppichen standen. Ein Rauchwölkchen, das von den in einem Weihrauchgefäß glimmenden Wacholderblättern aufstieg, schlängelte sich in den Sonnenschein hinauf. Es saßen noch drei weitere Männer auf dem Dach. Zwei von ihnen trugen Mönchsgewänder, ein dritter eine graue, baumwollene Han-Jacke sowie gut geschnittene und gebügelte Hosen.

Als Tsun die Leiter hinaufgeklettert war und das Dach betrat, war er verblüfft darüber, wie sehr seine drei Schüler in den drei Jahren seiner Gefangenschaft gereift waren. Sie waren zu Männern geworden.

Zur Begrüßung überrreichten sie scheu ihre Glücksschärpen, verbeugten sich ehrfurchtsvoll, und die Stille, die nun mitten im Herzen des geschäftigen Basars auf dem kleinen Dach eintrat, hatte etwas Feierliches an sich. Rintschen geleitete Tsun zu einem der Teppiche, und Kesang setzte sich neben ihn. Pembas Frau schenkte Tee ein. Tsun nippte daran, setzte Senge auf seine gekreuzten Beine und stimmte die Anrufung Tschenresis an: «Om Mani Padme Hum ... Om Mani Padme Hum ...» Alle fielen in die Meditation ein, und allmählich löste sich die Spannung in der Gruppe, die vom Schicksal in alle Winde verstreut und nun so unvermutet wieder zusammengeführt worden war. Als Tsun endete, kam die Wiedersehensfreude zu ihrem Recht, und plötzlich war es möglich, zu weinen und zu lachen. Er sah seine drei Schüler an.

«Seid ihr mit Dordsche Rimpotsche und Rintschen im Kloster Sera?»

«Mit Ausnahme von Samden», antwortete Rintschen für sie.

Samden kniff die Lippen zusammen. «Ich bin ein nichtparteigebundener Kader», sagte er. «Ich werde in der Verwaltung ausgebildet und gehöre nicht der Partei an.»

Tsun bemerkte Samdens offensichtliche Verlegenheit, und als Pembas Frau Tee nachschenkte, wechselte er das Thema.

«Wir danken Ihnen für Ihre Gastfreundschaft», sagte er. «Sie ist nicht selbstverständlich in diesen Zeiten.» Er sah, daß Messingnases Lächeln, das seine zwei letzten Vorderzähne in makabrer Weise aus seinem geschwärzten Zahnfleisch ins Freie ragen ließ, ihr Unbehagen bereitete. Er legte ihm den Arm um die Schulter.

«Messingnase», sagte er, «verdanke ich das Leben. Wenn Sie ihn versorgen, dann versorgen Sie mich.»

Messingnase sah ihn verschmitzt an. «Ich bleibe bloß bei dir, um sicherzugehen, daß unsere Abmachung eingehalten wird.»

Tsun lachte und klopfte ihm auf den Rücken, und Pembas Frau ließ es sich angelegen sein, ihn so zuvorkommend zu bedienen, wie es einem geehrten Gast gebührte.

«Wir dachten, Sie wären längst tot, Rimpotsche», sagte Rintschen. «Ich konnte es nicht glauben, als ich Ihre Botschaft erhielt.»

«Was ist mit dem Dordsche Ri-gon-Haus?» erkundigte sich Tsun.

«Als wir ankamen, stellten wir fest, daß es längst beschlagnahmt worden war.» Rintschen sprach leise. «Nur wenige Leute wissen, daß Dordsche Rimpotsche hier ist. Es zu verheimlichen, schien uns am ungefährlichsten zu sein.»

«Und meine Schwester Pema?»

Rintschen trank einen Schluck Tee. «Sie arbeitet als Ansagerin bei dem neuen Rundfunksender.»

Tsun nickte, äußerte sich aber nicht dazu. «Und Namgyal?»

«Er besucht die Han-Schule. Das müssen alle Kinder, sofern sie nicht in einem Kloster gemeldet sind.»

«Namgyal ist wohl nicht für das Klosterleben geschaffen», lachte Tsun.

«Tul-lok, sehen Sie mal!» Samden deutete hinunter auf die Straße. Tul-lok folgte dem Blick des jungen Mannes und sah gerade noch, daß ein Han-Offizier sein Fahrrad am Laden abstellte und hineinging. Pemba rief zu seiner Frau herauf:

«Es ist Hauptmann Tschan.»

Pembas Frau eilte die Leiter hinunter. Auf halber Höhe wandte sie sich um.

«Der Hauptmann ist sehr hilfsbereit und freundlich», sagte sie. «Vielleicht hat er etwas Neues zu berichten.»

«Tul-lok», sagte Tsun und deutete auf das Nachbardach, das durch eine schmale Gasse von ihnen getrennt war, «wenn du türmen mußt ... ich gehe hinunter in den Laden.» Er stieg rasch die Leiter hinunter, und Kesang folgte ihm, ehe ihn jemand zurückhalten konnte.

Unten im Laden war der Hauptmann mit Pemba und seiner Frau in ein Gespräch vertieft. Er wies auf ein Päckchen englischer Zigaretten. «Sind sie wirklich aphrodisisch?» fragte er.

«Wer hat Ihnen denn so was erzählt?» sagte Pemba und sah dann stirnrunzelnd seinen Sohn an. «Thubten!» Der Junge machte ein verlegenes Gesicht.

«Was kosten sie?» wollte der Hauptmann wissen.

Pemba nannte ihm den Preis, der Hauptmann nahm Geld aus seiner Brieftasche, bezahlte und gab Thubten das Wechselgeld.

«Nein! Nein!» protestierte Pemba. «Das wird ihn nur anspornen, den Leuten weiter solche Bären aufzubinden.»

«Ich habe selbst Kinder», lächelte der Hauptmann. «Wann geht Thubten wieder in die Schule?»

«Nächste Woche.»

«Es wäre gut, wenn der Junge in Indien zur Schule ginge», sagte der Hauptmann in bedeutungsvollem Tonfall. «Es wäre gut, wenn ihr *alle* eine Pilgerfahrt nach Indien unternehmen könntet, seid ihr nicht auch der Meinung?»

«Ja, aber...» murmelte Pemba unsicher.

«Dann, mein Freund», sagte der Hauptmann, «geht gleich!»

Es trat ein bestürztes Schweigen ein. Der Hauptmann sah auf seine Armbanduhr, nahm die Zigaretten und ging zur Ladentür. Dann drehte er sich um.

«Taschi Deleg.» Er murmelte den tibetischen Abschiedsgruß.

Alle sahen ihm erstarrt nach, als er sich unter dem Vorhang aus Hemden an der Tür duckte, sein Fahrrad ergriff und im Gewühl der Menschen verschwand.

«Kunjosum! Was sollen wir nur tun?» rief Pembas Frau.

Pemba gab ihr ein Zeichen, still zu sein, dann traten alle wieder aufs Dach hinaus, wo Tul-lok, Genyen und Messingnase noch saßen. Pemba warf einen Blick auf die benachbarten Dächer, um sicher zu sein, daß niemand mithörte.

«Der Han-Offizier, den wir sehr gut kennen», sagte er, «hat uns gerade dringend geraten, Tibet zu verlassen und sofort nach Indien zu gehen.»

Seine Frau stöhnte und schüttelte angstvoll den Kopf.

«Ist dieser Offizier vertrauenswürdig?» fragte Genyen.

«Absolut», antwortete Pemba. «Offenbar weiß er, daß etwas im Gange ist.»

«Es war ein unerhörtes Risiko, das er auf sich genommen hat», sagte Tul-lok. «Ihr könntet Spitzel sein.»

«Er mag meinen Jungen, er erinnert ihn an seinen eigenen Sohn.» Pemba wandte sich an seine Frau. «Wir müssen so bald wie möglich aufbrechen.»

«Aber was ist mit dem Laden?» fragte sie.

«Wir müssen ihn einfach zumachen. Ich werde einen Nachbarn bitten, ein Auge darauf zu haben.»

«Kunjosum!» stöhnte seine Frau wieder. «Wie können wir denn alles im Stich lassen? Und wenn wir nicht zurückkommen können? Dann haben wir nichts mehr.»

«Wir haben unser Leben», sagte Pemba. «Und wir werden Geld mitnehmen.» Seine Frau verbarg das Gesicht in den Händen und begann zu weinen.

«Pemba-la! Pemba-la!» Tsun erkannte die Stimme seiner Schwester sofort. Er drehte sich um und sah sie durch die Falltür aufs Dach treten. Sie trug eine geblümte Bluse und Drillichhosen, und ihr Haar war nach der Han-Mode zu zwei Zöpfen geflochten. Hinter ihr stand Namgyal. Sie blieb abrupt stehen, als sie Tsun sah, dann ging sie langsam auf ihn zu.

«Tsun», sagte sie heiser, «bist du es wirklich?»

Tsun nickte. Pema brach in Tränen aus. Tsun stand auf.

«Namgyal», sagte er lächelnd. Aus dem Kind war ein junger Mann geworden. Tsun berührte segnend seinen Kopf, dann legte er seiner Schwester eine Hand auf die Schulter. Sie sah ihn mit tränenverschleierten Augen an.

«Ich dachte, du wärst tot», sagte sie. «Ich dachte, ich hätte alle verloren ... und wie siehst du aus! Was haben sie dir nur angetan?»

«Ich war in einem Arbeitslager, Pema. Es war nicht einfach. Aber erzähl mir von dir. Wie ist es dir ergangen?»

«Zuerst wollte ich wieder nach Derge zurückgehen, aber was ich über die dortigen Zustände hörte, hielt mich davon ab.»

Senge winselte, damit Tsun ihn aufnahm. Er verstaute den kleinen Hund in seiner Tschuba.

«Ich habe an Yangtschen geschrieben», sagte Pema voller Verzweiflung. «So viele Briefe, aber keiner wurde beantwortet. Ich weiß nicht, ob sie sie bekommen hat oder nicht. Tsun, was mag aus ihr geworden sein?»

Die Furcht, die sich auf Pemas Gesicht abzeichnete, fand ihren Niederschlag in Tsuns Herzen.

«Zuerst dachte ich bloß, die Post bräuchte so lange. Dann bekam ich Angst, sie könnte mir ins Dordsche Ri-gon-Haus geschrieben haben. Die Han haben es beschlagnahmt. Wäre Pemba nicht gewesen, hätte ich nicht mehr aus noch ein gewußt.»

Sie wischte sich die Augen. Unten auf der Straße hatten sich kleine Menschengruppen gebildet und diskutierten über die neuesten Gerüchte und die Anti-Han-Plakate an den Mauern. Pema blickte hinunter, ohne die Leute wahrzunehmen.

«Ich dachte», fuhr sie fort, «daß du uns nie finden würdest. Ich wußte nicht, wo ich eine Nachricht hinterlassen sollte. Wie hast du uns nur gefunden?»

«Zum Glück kannten Tul-lok und Genyen Pemba gut.»

Pema senkte die Stimme. «Tsun, ich habe das Gold noch.» Sie hielt inne. «Und die Petition. Ich wußte nicht, was ich damit machen sollte, und ich hatte solche Angst, daß ich niemandem vertraute, nicht einmal Rintschen. Ich wollte mit Genyen sprechen, aber es vergingen Monate, bis sie wieder nach Lhasa kam, und inzwischen arbeitete ich beim Sender, und da schien es mir besser, abzuwarten ...»

«Weiß jemand beim Sender, daß du meine Schwester bist?»

Pema schüttelte den Kopf.

«Wo ist das Gold jetzt?» fragte Tsun leise.

«Komm mit, ich werde es dir zeigen.» Pema ging rasch über das Dach, ohne die anderen anzusehen, die sitzen blieben und Bruder und Schwester beobachteten. Sie stieg die Leiter hinunter und führte Tsun in ein Zimmer voller Truhen, in denen die Vorräte und die Festtagskleidung der Familie aufbewahrt wurden. Sie schloß die Tür hinter ihnen und drehte den Schlüssel um. Dann zog sie ihre Matratze von der Wand weg. Tsun betrachtete die Han-Propaganda-Zeitschriften und Lehrbücher, die auf dem Fensterbrett säuberlich angeordnet waren, und wunderte sich.

Pema lag auf den Knien und begann mit einem Taschenmesser den festgestampften Lehm zu bearbeiten. Tsun fand eine Schaufel, und sie gruben tiefer und tiefer, bis Pema von einer entsetzlichen Unsicherheit befallen wurde. Doch plötzlich stießen sie auf Widerstand. Tsun befreite das mit Türkisen besetzte Amulett vom Schmutz und hielt schließlich die Reste der Petition in der Hand, die sich fast völlig in ihre Bestandteile aufgelöst hatte. Pema zog aus dem zerschlissenen Stoff das Gold heraus und gab es ihm.

Zu Tausenden flogen die Tauben hinauf zu ihren Schlafstellen auf den pagodenähnlichen, vergoldeten Dächern des Tempels, deren Farbe sich in der untergehenden Sonne in Rotgold verwandelte.

Auf dem Marktplatz blieb Genyen stehen und sah zweifelnd einen Mann an, der von einer kleinen Menschenmenge umgeben, auf einem Teppich saß. Er hatte verfilztes, schulterlanges Haar, und seine Kleider waren zerfetzt. An einem Riemen um seinen Hals hing eine vertrocknete, abgetrennte Hand, und er strich sich das fettige Haar mit dem Stumpf des rechten Arms aus den Augen. Genyen vermutete, daß ihm wohl zur Strafe für wiederholten Diebstahl die Hand abgeschlagen worden war, und wollte sich gerade auf die Suche nach einem achtbaren Wahrsager machen, als der Mann nach ihr rief.

«Warum zögerst du?» sagte er. Und seinen Augen sah sie an, daß er sie als jemand durchschaut hatte, der auch nicht viel besser als ein gewöhnlicher Dieb war. Vielleicht, dachte sie, als sie sich durch die Menge drängte, die um ihn herumstand, ist er ein guter Wahrsager. Er war schmierig, aber er saß auf einem dicken Teppich, wie ihn nur ein tüchtiger Dieb stehlen oder ein guter Wahrsager sich leisten konnte.

Der Mann winkte die Leute beiseite, damit Genyen sich vor ihm hinsetzen konnte. Einen Augenblick betrachteten sie einander.

«Was willst du wissen?» fragte er.

Genyen war verlegen. «Wenn du ein guter Wahrsager bist, brauche ich es dir nicht zu sagen.»

Er grinste, dann strich er den Straßenstaub von einem kleinen roten Tuch, das auf dem Teppich vor ihm lag. Die Menge drängte sich dichter heran. Mit seiner einen Hand holte er einen Lederbeutel mit Gerstenkörnern aus seiner Amba und streute sie in die Mitte des Tuches. Das Geschwätz der Menge verstummte, als der Wahrsager die Lider senkte und seine Schutzgottheit anrief. Dann nahm er ein paar Körner auf, hielt sie an die Stirn, sammelte sich und warf sie dann in die Luft. Er blies auf den glimmenden Stoß Wacholderblätter, um die Glut anzufachen, nahm das Tuch an den vier Zipfeln auf, führte es an seine Stirn und schwenkte es dann dreimal über dem Weihrauch. Ohne Genyen anzusehen, berührte der Wahrsager ihre Stirn mit dem Tuch.

«Konzentriere dich auf deine Frage», murmelte er.

Nach einem weiteren Gebet legte er das Tuch vorsichtig auf den Teppich und betrachtete die Anordnung der Körner.

Genyen beobachtete ihn, und während sie auf ein Wort von ihm wartete, spürte sie, daß sich ihr der Magen vor Angst zusammenzog. Aber er sagte nichts. Er nahm das Tuch auf, hielt es ihr noch einmal an die Stirn und erbat wiederum die Antwort von seiner Schutzgottheit. Dann zog er durch die Mundwinkel den Atem ein, und Genyen wußte, daß die Antwort nicht gut ausgefallen war. Wütend zog sie ihren Revolver aus der Tschuba und richtete ihn auf die Brust des Mannes. Die Menge begann zu murmeln.

«Ich möchte, daß du es noch einmal tust», schnauzte sie.

Der Mann blieb unbeeindruckt. «Dreimal sind die Körner geworfen worden, und wenn jedesmal dasselbe herauskommt ...» Er zuckte die Schultern.

«Wirf sie noch einmal», verlangte Genyen. «Und diesmal richtig!»

Er lächelte, nahm das Tuch an den vier Zipfeln auf, hielt es ihr an die Stirn und murmelte die Anrufung. Die Menge sah schweigend zu. Dann schlug er das Tuch auf und betrachtete die Körner. Es trat eine lange Pause ein.

«Alle Würfe stimmen überein», sagte er.

Genyen wollte es nicht glauben. Sie spannte den Hahn ihres Revolvers.

«Du wirst ihn nicht bekommen», sagte der Mann ruhig.

«Wirf die Körner noch einmal», befahl Genyen und setzte ihm den Revolver auf die Brust. Er packte die amputierte Hand und stieß sie ihr ins Gesicht.

«Töte mich ruhig», höhnte er, «aber das wirst du nicht unwirksam machen, und eines Nachts, wenn du schläfst, ereilt es dich, es ...»

«Die Han kommen! Die Han kommen!» schrie jemand.

Genyen wandte den Blick nicht von dem Wahrsager. Er deutete mit dem Kopf auf einen Laden hinter sich. «Mein Freund wird dir einen Zaubertrank geben.»

Sie zögerte, aber als sich die Menge zerstreute, weil sich eine Han-Patrouille näherte, steckte sie den Revolver wieder in die Tschuba, warf ein paar Münzen auf den Teppich und verschwand im Dunkel einer Seitengasse. Sie wollte warten, bis es ungefährlicher war, ehe sie sich in den Laden wagte.

30

Am nächsten Vormittag erfuhren Tsun und Tul-lok den Grund, warum der Han-Hauptmann Pemba und seiner Familie so dringend geraten hatte, die Stadt möglichst bald zu verlassen. Während Pemba und seine Frau packten und den Laden schlossen, hatten der Abt und sein Vetter in einem Hinterzimmer eine Besprechung mit dem Mönchsbeamten, den sie am Vortag im Potala getroffen hatten. Tul-lok zog an seinem langen Türkis-Ohrring, dann fuhr er sich mit der Hand über sein kurz geschorenes Haar und hörte sich an, was der Lama zu sagen hatte:

«Wie wir gerade erfahren haben, wollen die Han, daß der Kundün morgen in das Hauptquartier des Militärbereichs Tibet kommt, und zwar ohne seine übliche Begleitung von Beamten oder eine Leibwache, sondern nur mit sechs der höchsten Regierungsmitglieder, und von dem Besuch soll vorher nichts bekannt werden.»

«Aber warum?» fragte Tsun.

«Sie sagen, wenn es bekanntgegeben wird und der Kundün mit dem üblichen Gefolge kommt, würde das womöglich Unruhen auslösen.»

«Welchen Zweck verfolgen sie denn mit dieser Geheimnistuerei?» Tsun schüttelte den Kopf.

«Der Kundün ist noch nie im Militärlager der Han gewesen.» Der Lama saß zusammengesunken auf einer Truhe in dem kleinen, dunklen Raum und befingerte nervös die Perlen seiner Gebetskette. «Das Volk wird es nicht dulden. Die Han wollen, daß sich der Kundün eine Theateraufführung ansieht.»

Tul-lok schenkte Tsun ein gequältes Lächeln. «Erinnerst du dich an das, was in Kham geschehen ist?»

Tsun erinnerte sich daran. Es war oft vorgekommen, daß die höchsten Lamas von Kham zu scheinbar harmlosen gesellschaftlichen Veranstaltungen eingeladen worden waren. Die Lamas blieben entweder verschwunden, waren «nach China gegangen» oder waren, wie man wußte, hingerichtet worden.

«Der Kundün darf da nicht hingehen», sagte Tsun.

«Die Han haben ihn in eine unerträgliche Lage gebracht», seufzte der Lama. «Wenn er nicht hingeht, würden sie es als untragbaren Gesichtsverlust ansehen. Aber es ist ebenso unmöglich, daß er hingeht.»

«Was erwarten Sie von mir?»

«Zweierlei», sagte der Lama und sah Tsun durchdringend an. «Wir müssen versuchen, das Volk zu beruhigen, und dürfen den Han keinen Vorwand liefern, die Macht ganz zu übernehmen. Sie sind hochangesehen und wegen Ihres Einsatzes für die Freiheit bekannt. Wir brauchen Ihre Hilfe bei der Mimang im Norbulingka, um zu verhindern, daß sich die Lage verschlechtert, wenn die Nachricht vom Besuch des Kundün im Militärlager durchsickert – was sicherlich geschehen wird oder schon geschehen ist. Zweitens müssen wir sehr kurzfristig bereit sein, die Dokumente nach Indien zu bringen.»

Tsun nickte. Er stand auf, verabschiedete sich und verabredete mit den beiden Männern, sie später im Norbulingka zu treffen. Zuerst wollte er Kesang abholen.

Eine steife Brise kräuselte die Oberfläche des Sees, verzerrte die Widerspiegelung des Potala, wirbelte Sand von der Ebene von Lhasa auf und machte die vier Pferde unruhig, die inmitten der wogenden Menschenmasse am Fuß des Potala zum Stehen gekommen waren. Der Wind zerrte an Tsuns Sommerreitmütze aus Pelz und Brokat. Senge steckte den Kopf aus der pflaumenblauen Laien-Tschuba des Abtes, als die Pferde anhielten, aber als er den kalten Wind ins Gesicht bekam, kuschelte er sich wieder an Tsuns Bauch.

Kesang und Rintschen zogen sich die Kapuzen ihrer braunen Mäntel über die Köpfe. Genyen streichelte beruhigend den Hals ihres Pferdes, das ungeduldig stampfte. Der Ritt von der Stadtmitte über die Türkisenbrücke und durch Neu-Lhasa war nicht einfach gewesen. Überall hatten sich Menschenknäuel gebildet, die über die neuesten Gerüchte diskutierten; Ladeninhaber brachten Bretterverschläge an ihren Läden an; bewaffnete Reiter galoppierten durch schmale, schlammige Straßen. Eine große, militante Menge schlecht bewaffneter Männer und Frauen verbarrikadierte sich im Dschokhang.

Die Pferde wurden nervös, als sich die Menschen, die laut Freiheit für Tibet forderten, durch das Westtor drängten, um zum Norbulingka zu gelangen, dem Sommerpalast des Kundün.

Senge schob seine feuchte Nase an Tsuns Hals. Tsun streichelte ihn, spielte mit seinem Ohr und fragte sich, ob der Hund wohl wußte, daß eine neue Trennung unmittelbar bevorstand.

Senge winselte, als Tsun ihn aus seiner Tschuba holte, ihm lächelnd in die großen braunen Augen sah und ihn Kesang gab. Der Hund kuschelte sich an den warmen Körper des Jungen.

«Lerne von Senge, Kesang», sagte Tsun. «Lerne, so zu lieben, wie er liebt, ohne eine Gegenleistung zu erwarten. Und lerne aus seiner Fähigkeit, den Menschen über seine Unvollkommenheit hinweg zu erkennen, denn er akzeptiert alles. Lerne daraus Weisheit.»

Der Junge nickte, und seine Augen füllten sich mit Tränen.

«Rintschen wird dich nach Drebung bringen», sagte Tsun kurz angebunden. «Die Han-Patrouillen werden einen Mönch und seinen Diener nicht verdächtigen. Von Drebung aus könnt ihr nach Indien entkommen.»

Er wendete sein Pferd, sah dem Jungen einen Moment tief in die Augen und legte ihm dann segnend die Hand auf den Kopf.

«Ich komme später nach», sagte er. Er preßte die Knie auf die Flanken des Pferdes und schlug ihm mit dem Ende des Zügels auf die Kruppe. Senge fing in Kesangs Tschuba an zu bellen, als er merkte, daß der Lama wegritt. Über die Köpfe der wogenden Menge hinweg schrie Kesang verzweifelt: «Tsun!»

Rintschen packte die Zügel von Kesangs Pferd und trieb es durch die Menge davon. Tsun sah sich nicht um. Genyen, die neben ihm ritt, wollte ihm ein tröstendes Wort sagen, aber da war wieder diese Schranke zwischen ihnen, deshalb schrie sie statt dessen, den Lärm übertönend:

«Alle gehen zum Norbulingka, Rimpotsche!» Sie deutete mit dem Arm auf die Menge, die sich um sie drängte.

Tsun warf ihr einen traurigen Blick zu. Sie sah ihm unverwandt in die dunklen Augen. Instinktiv nahm er ihre Hand. Vielleicht – Genyen wagte es nicht zu hoffen, weil das den Zauberbann brechen könnte –, vielleicht wirkte das Aphrodisiakum doch?

31

Norbulingka

Jenseits der Ebene, am Fuß der grasbewachsenen Hügel, sah Tsun einen langen Konvoi von Lastwagen und Panzerwagen, die große Staubwolken aufwirbelten. Auch Genyen wußte, was die Verstärkung der Han-Truppen bedeutete.

«Tsun, schauen Sie mal, da drüben!» Sie deutete auf eine Gruppe Khampas, die ein veraltetes Lewis-Maschinengewehr aus dem Ersten Weltkrieg am Straßenrand aufstellten. In diesem Augenblick hielt ein Panzerwagen der Volksbefreiungsarmee neben einem der Telegrafenmasten, über den die Telefonverbindung zwischen dem Norbulingka und dem Hauptquartier lief. Von diesem Aussichtspunkt aus nahm ein Soldat Zielmessungen für eine Feldbatterie der Han vor.

Um Tsun und Genyen herum drängte sich die größte Menschenmenge, die sich je in Lhasa versammelt hatte, Männer, Frauen und Kinder, die Schlachtrufe ausstießen und Fahnen, Stöcke, Schwerter und Gewehre schwenkten. Manche hatten in der näheren Umgebung des Norbulingka kampiert, und Rauch stieg von ihren Lagerfeuern auf.

«Durch diese Menge kommen wir nie durch», sagte Genyen. Aber im selben Augenblick teilte sich die wogende Menge, um den Ragyapas, den Leichenzerstücklern, Platz zu machen, deren verfilzte Haare und zerfetzte Kleider nach ihrem Beruf rochen. An Glücksschärpen, die um die Knöchel gebunden waren, zogen sie eine übel zugerichtete blutige Leiche hinter sich her.

«Wer ist das?» fragte Tsun eine junge Frau, die ein zweijähriges Kind auf dem Arm hielt.

«Phakpala Khentschung … er wurde erwischt, als er versuchte, mit einem Revolver in den Norbulingka einzudringen. Man vermutet, daß er den Kundün töten wollte.»

Tsun und Genyen hatten große Schwierigkeiten, ihre Pferde im Zaum zu halten, als die Leiche wie eine groteske Puppe mit ausgestreckten Armen vorbeigeschleift wurde. Phakpala Khentschung war zwar ein bekannter Kollaborateur gewesen, aber auch ein hochangesehener Lama. Daß die Ragyapas es nicht für nötig hielten, seinen Leichnam zu tragen, war eine beispiellose Demütigung.

Tsun und Genyen gelang es, sich einen Weg durch die Menge zu bahnen. Tsun blickte hinauf in den klaren Frühlingshimmel und hörte den vertrauten Schrei der kreisenden Geier, die darauf warteten, daß die Leiche des Lamas auf den Gipfel eines kleinen Hügels gebracht und, wie es seit Jahrhunderten für die Höchsten und Niedrigsten im Land üblich war, auf einer Steinplatte zerstückelt wurde, ehe man sie den unersättlichen Vögeln zum Fraß überließ, so daß nichts übrigblieb.

Vor dem Haupttor mußten sie anhalten. Die Menge hatte sich zornig um eine Han-Limousine mit zugezogenen Vorhängen geschart, wurde aber von Angehörigen der Mimang zurückgehalten.

Der in ein golddurchwirktes Gewand gekleidete Ministerpräsident von Tibet stand mit zweien seiner Regierungsmitglieder neben dem Wagen und versuchte, sich bei der schreienden Menge Gehör zu verschaffen, während Mimang-Führer das Fahrzeug für den Fall durchsuchten, daß der Kundün in das Militärgelände hineingeschmuggelt werden sollte. Der Ministerpräsident erklärte, er und die anderen Minister führen nur ins Hauptquartier der Han, um die Generäle davon zu unterrichten, daß der Kundün bei der Theatervorstellung nicht anwesend sein könne. Er bat die Menge, sich zu zerstreuen, und wies auf den Zorn der Han und mögliche Vergeltungsmaßnahmen hin, die diese Menschenansammlung am Norbulingka zur Folge haben könnte, aber das bewirkte nur, daß die Leute noch entschlossener auf ihren Plätzen verharrten.

«Sehen Sie, Tsun», sagte Genyen, «selbst die Regierung hat Angst vor den Han. Wenn sich diese Leute am Oberkommando der Han zusammenrotten würden, hätten die Minister vielleicht Grund, sich zu beklagen. Tsun …» Sie sah ihn mit leuchtenden Augen an – und wie oft hatte er diesen Ausdruck in ihrem Gesicht gesehen, bevor sie eine Karawane überfiel! «Sie versuchen den

Kundün zu schützen. Wenn wir nicht kämpfen, werden die Han ewig herrschen!»

Die Minister stiegen wieder in die Limousine. Langsam bahnte sich der Wagen einen Weg durch die Menge. Tsun und Genyen spürten, wie ihnen die Massen auf den Leib rückten, während sie dem Mimang-Führer, der am Tor Dienst tat, ihr Anliegen erklärten. Die auf beiden Seiten des Tors angeketteten Mastiffs waren außer sich vor Wut und schnappten nach jedem, der ihnen zu nahe kam. Schließlich machten die Wachposten eins der Tore auf und ließen die beiden herein.

Nachdem man ihre Pferde in den Stall gebracht hatte, wurden sie von Regierungsbeamten und anderen Mitgliedern des Mimang-Ausschusses begrüßt. Man sprach über die Sondersitzung der Nationalversammlung. Tsun überredete den Ausschuß, den Han ein Zeichen zu geben, daß man lieber verhandeln als kämpfen wolle, indem man ein paar besonders ins Auge fallende MG-Stellungen und Barrikaden abbaute.

Der Park mit seinen üppigen Rasenflächen und Weidenwäldchen, mit den Landhäusern der Regierungsmitglieder und Tempeln darin machte bei all der Hektik, die dort herrschte, einen friedvollen Eindruck. Eilig zu einer Truppe zusammengewürfelte Zivilisten und Khampas bewachten die Tore oder standen in Gruppen beisammen und erörterten mit Regierungs- und Mönchsbeamten die Lage. Laienbeamte in knöchellangen Tschubas mit Türkisenohrringen und winzigen Amulettkästchen aus Türkisen auf dem Scheitel eilten über die Kieswege und trugen Akten zwischen den Landhäusern der Regierung, des Hofmarschalls und des Befehlshabers der Leibwache Seiner Heiligkeit hin und her. Tsun und Genyen begaben sich zu einem zweistöckigen Haus mit Flachdach und heruntergelassenen Markisen, um Tul-lok zu treffen, der mit anderen Widerstandsführern an einer Besprechung mit einem Kabinettsminister teilgenommen hatte.

«So», sagte Genyen, als sie vor dem Haus standen, «die Nationalversammlung hat also die Unabhängigkeit erklärt.»

«Sie erklären und sie erringen», erwiderte Tsun, «verhält sich wie das Spiegelbild eines Vogels in einem See zum Vogel selbst.»

«Tsun!» rief Tul-lok. «Du hast keine Phantasie, darum bist du Lama geworden und ich Bandit.»

Tsun drehte sich um. Sein Vetter stand hinter ihnen, die Tschuba nach Khampa-Art gerafft, so daß seine kniehohen Stiefel zu sehen waren, die rechte Hand ruhte auf einem Amulettkästchen, die linke hielt den Riemen des umgehängten Gewehrs.

Tsun stupste ihn spöttisch mit dem Finger an. «Eben *weil* ich Phantasie habe, bin ich Lama geworden!»

Tul-lok lachte und hakte Tsun unter. Genyen schloß sich ihnen an, so daß sie Tul-lok in die Mitte nahmen. Er legte ihr den Arm um die Taille.

«Findest du nicht, daß sie noch schöner geworden ist, Tsun?»

Als der Abt die Frau mit dem blau-schwarzen Haar ansah, trafen sich ihre Blicke, und zum erstenmal in seinem Leben sah Tsun sie erröten. Sie war wirklich schön!

«Ich bin noch nie hier gewesen», sagte Genyen nach einer Weile. «Überall sind Blumen!»

«Es gibt sogar alle möglichen Tiere hier», sagte Tul-lok, während er eine Ente beobachtete, die langsam über ihren Weg watschelte. Tsun streckte die Hand aus und berühte den knospenden Zweig einer Weide.

«So viele Vögel», staunte Genyen, und sie schwiegen und lauschten dem unaufhörlichen Gezwitscher, das das Geschrei der Menge draußen übertönte.

Tsun ließ sich auf den Rasen nieder und lehnte sich an eine Pappel. Genyen setzte sich neben ihn. «Es ist wirklich wunderschön», murmelte sie.

Sie blickte hinaus auf den kleinen See. Buntgefiederte Enten schwammen erwartungsvoll auf die Gruppe zu. Eine Steinbrücke wölbte sich vom Ufer zu einer von Bäumen beschatteten Insel, auf der ein kleiner, schlichter Pavillon stand.

«Es heißt, daß der Kundün sich hier oft aufhält, wenn er im Norbulingka ist», sagte Genyen leise.

Tsun staunte. Selten hatte er ihr Verhalten als so ausgeprägt weiblich empfunden. Tul-lok saß ihnen gegenüber mit gesenktem Kopf auf dem Rasen. Er riß Grashalme aus und kaute auf den harten, zähen Stengeln.

«Hast du die Mimang-Führer überreden können?» fragte er.

«Im Augenblick nur dazu, ein paar Barrikaden abzubauen, einige MGs abzuziehen und möglichst zu verhindern, daß weitere in Stellung gebracht werden.»

«Wir werden sie vielleicht brauchen», murmelte Genyen.

«Meine Leute haben mir jedenfalls berichtet, daß die Han Vorbereitungen zum Kampf treffen», sagte Tul-lok.

«Und was tut sich hier, Tul-lok?» fragte Tsun. «Was wird der Kundün unternehmen?»

Tul-lok machte ein sorgenvolles Gesicht. «Niemand weiß, was vorgeht. Sie –» er machte eine ausladende Geste mit dem Arm, als wollte er den ganzen Park umfassen. – «sie huschen herum wie Murmeltiere, die in ihren Höhlen Schutz suchen, und hoffen auf irgendeine Lösung, aber es gibt keine.»

Genyen sah ihn ungläubig an. «Aber die ganze Stadt hat sich gegen die Chinesen erhoben. Die Han können doch nicht alle töten! Die Welt wird es erfahren!»

«Und wer soll es der Welt sagen?»

«Die Konsulate!» erklärte sie triumphierend.

«Genyen!» Tul-lok schüttelte den Kopf und warf einen Kieselstein in den See. «Weder Indien noch Nepal werden Truppen schikken. Haben sie uns etwa geholfen, als die Han einmarschierten? Oder 1956, als der Kundün selbst um Hilfe bat?»

«Aber sie werden doch einsehen müssen, daß das ganze Volk gegen die Besetzung ist ...» Doch schon, als sie es sagte, wußte sie, daß es vergeblich war, auf Hilfe von den Nachbarn zu hoffen. «Na schön», sagte sie gereizt, «ich gebe zu, es ist eine unorganisierte Erhebung, das Volk ist nicht richtig bewaffnet ... Aber es hat sich erhoben, Tul-lok, und wir werden nicht noch einmal eine Chance bekommen.»

«Das weiß ich ebensogut wie du! Warum, glaubst du, ist der Mimang-Ausschuß zusammengetreten?»

«Tul-lok, warum können wir nicht Bhutan und Sikkim erobern? Es sind genug Khampas in der Nähe der Grenze. Die Tibeter, die dort leben, würden sich erheben, das wissen wir.»

«Nein, Genyen», sagte Tsun. «Die Inder sind jetzt schon unfreundlich genug zu uns. Wenn wir Sikkim und Bhutan einnehmen, ist es mehr als wahrscheinlich, daß unverhohlene Feindseligkeiten ausbrechen.»

«Er hat recht», fand Tul-lok. «Und außerdem haben wir nicht genug Munition.»

Genyens Augen strahlten. «Die gibt es bei den Han. Wir könnten sie uns holen.»

«Das wäre selbstmörderisch», sagte Tul-lok. «Selbst jetzt können wir nichts tun, als die Menge unter Kontrolle zu halten. Die meisten sind unbewaffnet und nicht kampferfahren. Es mag wohl sein, daß die Han uns angreifen. Aber wenn wir die Garnison angriffen, würden sie ganz sicher zurückschlagen. Es wäre der Vorwand, auf den sie warten, um uns völlig zu vernichten.»

Genyen fuhr sich aufgeregt mit der Hand durchs Haar.

«Eine kleine Gruppe von uns könnte heute nacht in die Garnison eindringen, Tul-lok. Du und ich haben schon zweimal so viele Männer getötet, wie wir je bei uns hatten.»

Tul-lok tauchte die Hände ins Wasser. «Vielleicht. Aber vergiß nicht, diesmal sind es Tausende von Han, nicht Hunderte.»

«Ich werde es trotzdem heute nacht versuchen.»

«Nein!» widersprach Tul-lok scharf. «Nicht, bevor ich mit den anderen gesprochen habe. Die Lage ist nicht wie bei anderen Schlägen, die wir gegen die Han geführt haben. Die Menschenmenge hält sie davon ab, in den Norbulingka einzudringen und sich des Kundün zu bemächtigen, aber sie kann sie nicht davon abhalten, ihre eisernen Vögel einzusetzen. Du hast gesehen, wozu sie imstande sind. Stell dir vor, was geschehen würde, wenn eiserne Vögel den Norbulingka bombardieren.»

«Er hat recht, Genyen», sagte Tsun. «Alles, was wir tun, wird Rückwirkungen auf den Kundün haben.»

«Immer der Vorsichtige», Genyen sah ihn spöttisch an. «Immer der Vorsichtige, Tsun.»

Tsun lächelte, sagte aber nichts. Einige Minuten saßen sie still da und lauschten dem Platschen der Fische, dem Zwitschern der Vögel und dem Geschrei der Menge. Es gab so viel zu tun, dachte Tsun, doch was *konnte* getan werden? Genyen wurde immer ungeduldiger. Sie blickte die beiden in ihre Gedanken versunkenen Männer finster an. Mit den Augen folgte sie Tsuns Blick hinauf zu einer über ihnen kreisenden Krähe. Der Vogel ließ sich krächzend auf einer Stange mit Gebetsfahnen nieder und schaukelte im Wind. Tul-lok sah nun ebenfalls hinauf. Die Gebetsfahnen waren grün, die dem Kundün vorbehaltene Farbe.

«Ein Omen», murmelte er.

Genyen nahm die Schleuder aus ihrer Amba, hob einen Kiesel vom Weg auf, legte ihn hinein und wirbelte die Schleuder über den Kopf. Der Stein traf eine der Fahnen und erschreckte die Krähe, die noch lauter krächzte, ihre Flügel ausbreitete und davonflog.

«Das ist wirklich ein Omen!» rief Genyen ungestüm und dachte dabei an den Wahrsager vom Marktplatz. «Ein Omen ist *das*, was man daraus macht!»

Tul-lok stand auf und schüttelte den Kopf. «Du bist töricht, Genyen.»

«Nein», sagte Tsun, «sie hat recht.» Er hatte eine Idee.

Genyen strahlte ihn an, als sie aufstanden und sich auf den Weg zu einem kleinen Landhaus machten.

In dem Gebäude wimmelte es von Regierungsbeamten. Tsun bemerkte Dschettie und bat ihn, Samden eine dringende Nachricht zu überbringen. Der schwergewichtige Lama, mit dem sie im Potala gesprochen hatten, trat auf sie zu. Er begrüßte Tsun, nahm ihn am Arm und führte ihn in ein kleines Zimmer, das Ausblick auf den Edelsteingarten gewährte. Er forderte Tsun auf, Platz zu nehmen, dann ließ er sich mit der Vorsicht der Korpulenten auf einer geschnitzten Holzbank nieder. Ein Diener stellte eine Schale mit Gebäck vor sie und schenkte Tee in zwei chinesische Porzellantassen.

«Greifen Sie doch bitte zu, Rimpotsche.»

Der Lama bot Tsun die Schale an und beobachtete ihn mit seinen pfiffigen braunen Augen. Der Diener schloß die Tür leise hinter sich.

«Sie wissen von der Unabhängigkeitserklärung der Nationalversammlung?» hob der Lama an. Tsun nickte und trank einen Schluck Tee.

«Andere sind aufgefordert worden, sie ebenfalls zu unterzeichnen, auch das Kabinett. Das ist alles, was wir tun können, um das Volk unter Kontrolle zu halten. Der Kundün ist zutiefst beunruhigt, die Han könnten sich wegen dieser Erklärung dazu provoziert fühlen, alles zu zerstören.»

«Es war unvermeidlich, daß es so kommen mußte.»

«Vielleicht. Aber wenig kann gewonnen und viel verloren werden.» Der Lama lächelte dünn.

«Bitte machen Sie Ihren Einfluß beim Mimang-Ausschuß geltend, Rimpotsche, um das Volk zu beruhigen und es daran zu hindern, Dinge zu unternehmen, deren Folgen unabsehbar wären.» Sein Gesicht wurde sehr ernst. «Die Leute müssen sich so schnell wie möglich zerstreuen. Der Kundün hat ihnen versichert, daß er sich nicht zum Oberkommando des Militärbereichs begeben wird.»

«Ich werde tun, was ich kann.»

Tsun dachte an Genyens Plan, in der Nacht die Han-Garnison zu überfallen.

«Die Dokumente ...» fuhr der Lama fort.

«Ja?»

«Sie sind fast fertig und müssen so bald wie möglich aus Lhasa herausgebracht werden.»

«Wie bald?»

«Es ist eine Frage von Stunden.» Der Lama trank noch einen Schluck Tee. «Sehen Sie das hier als Ihr Haus an, Rimpotsche, bis Sie aufbrechen müssen.»

«Ich muß noch mal in die Stadt, ehe ich mich auf den Weg nach Indien mache.»

«Aber das ist Wahnsinn! Es wird bereits geschossen. Wer weiß, was geschehen wird? Nein! Sie dürfen nicht den ganzen Auftrag gefährden. Sie müssen hierbleiben, Rimpotsche.»

Tsun beschloß, diesen Punkt nicht weiter zu erörtern. «Weiß der Kundün über diese Dokumente Bescheid?»

«Es gibt Dinge, die nicht zu wissen ungefährlicher ist.»

Sie wurden durch ein Klopfen an der Tür unterbrochen. Der Diener kam eilig herein.

«Kuscho ...» Er stürzte herbei und flüsterte dem Lama etwas ins Ohr.

«Gut, gut.» Er streckte den Arm aus, damit der Diener ihm aufhalf. «Sie müssen mich entschuldigen, Rimpotsche, ich muß weg. Ich komme bald zurück.»

Tsun sah dem feisten Mann nach, der, von seinem Diener gefolgt, aus dem Zimmer eilte.

32

Der Wachtposten beäugte Tsun mißtrauisch, aber er erkannte am Auftreten des Abtes, daß er ein Mann von Stand war, und zögerte, ihn anzurufen. Tsun machte sich den Augenblick des Zweifels zunutze, riegelte das Tor auf, schlüpfte hindurch und schloß es wieder hinter sich. Der Norbulingka-Park war durch hohe Mauern geschützt, und draußen peitschte ihm der Wind, der jetzt bei Sonnenuntergang eisig kalt wurde, Sandkörner ins Gesicht. Er stemmte sich gegen den Sturm und bahnte sich einen Weg durch die Menge. Die große Masse der Leute befand sich vor dem Haupttor, und da er durch ein Seitentor gegangen war, kam er verhältnismäßig leicht voran. Weil er nicht wußte, auf was für Hindernisse er stoßen würde, hatte er beschlossen, die 6 Kilometer zur Stadt zu Fuß zurückzulegen. Entlang der Straße brannten hier und da kleine Feuer, um die herum Leute hockten, um sich zu wärmen. Einige waren auf dem Heimweg, aber viele strömten ihm entgegen, um sich den Wachenden anzuschließen.

Ein bedrückendes Zwielicht, das in regelmäßigen Abständen durch den kreisenden Scheinwerfer des chinesischen Hauptquartiers erhellt wurde, hing über der Stadt. Aus irgendeinem Grund war die Straßenbeleuchtung nicht angestellt worden, was Tsun mehr Schutz gewährte. Als er durch Neu-Lhasas ummauerte Bezirke lief, hörte er Motorengeräusch und sah Scheinwerfer, die ihm von der überdachten Türkisenbrücke her entgegenkamen. Er rannte über die Straße und warf sich ins hohe Gras. Ein Panzerwagen brauste vorbei.

Er überquerte die Brücke rasch und lauschte dem Rauschen des durch die Schneeschmelze angeschwollenen Wassers. Als er sich der Altstadt näherte, hörte er sporadisches Geschützfeuer. Nur in wenigen Häusern waren die Fenster erleuchtet, und die Dämmerung wich einer samtenen Schwärze.

Er ging durch die schmalen, schlammigen Straßen zum Dschokhang, und in der Stadtmitte wurde das Schießen lauter. Hunde bellten, erschreckt von den Schüssen. Als er in die Straße einbog, in der Pembas Laden lag, wurde plötzlich ganz in seiner Nähe gefeuert. Tsun schlich die Straße entlang, hielt sich dicht an den Hauswänden und schlüpfte immer wieder in Türeingänge. Der Schußwechsel wurde stärker. Einen Augenblick glaubte Tsun, er sei an Pembas Laden vorbeigegangen, dann fiel ihm ein, daß er dicht am Barkor-Platz lag. Er brachte die letzten paar Meter vorsichtig hinter sich.

Die verängstigten Bewohner hatten sich in ihren Häusern verbarrikadiert und sich nicht einmal die Zeit genommen, die Markisen hochzuziehen, die jetzt in dem starken Wind flatterten wie große Fledermäuse.

Schließlich erreichte Tsun die Tür, die er als Pembas Ladentür zu erkennen glaubte. Er klopfte in der Hoffnung, bei der Schießerei gehört zu werden. Es rührte sich nichts. Er versuchte es noch einmal, diesmal lauter, aber wieder ergebnislos. Er tastete nach dem Türgriff und drehte ihn, doch die Tür war verriegelt und die Fensterläden geschlossen. Er klopfte weiter, und einmal, in einer Feuerpause, klang sein Klopfen wie in der Nacht widerhallende Trommelschläge.

Dann, als es ihm schon so vorkam, als wären Stunden vergangen, glaubte er hinter der Tür eine Bewegung zu hören. Als er noch einmal klopfte, wurde ein Riegel zurückgeschoben. Die Tür öffnete sich einen Spalt, und der Lauf einer Muskete wurde hindurchgeschoben.

«Wer ist da?» kam ein heiseres Flüstern.

Tsun erkannte Samdens Stimme. «Tsun», flüsterte er zurück.

Die Tür öffnete sich weiter, und Samden steckte den Kopf heraus. Sein Haar war lang und nach westlicher Mode seitlich gescheitelt. Er starrte in die Dunkelheit, dann erkannte er Tsun und machte die Tür ganz auf, um ihn hereinzulassen. Er verriegelte die Tür wieder hinter ihm und führte Tsun durch den dunklen Laden in die Küche im oberen Stockwerk.

Pema, Tschampa und Dschigme saßen um den gemauerten

Ofen und tranken Tee. Als sie Tsun sahen, standen sie auf und begrüßten ihn. Pema schenkte ihm Tee ein.

«Wie lange ist die Schießerei schon im Gange?» wollte Tsun wissen.

Samden saß neben dem Herd auf dem Fußboden und befingerte seinen langsam sprießenden Schnurrbart. «Seit heute Nachmittag», antwortete er.

«Wo ist Messingnase?» fragte Tsun.

«Er ist bei denen, die im Dschokhang kämpfen.» Pema gab ihm einen Bogen dicken, cremefarbenen Büttenpapiers. «Er hat diesen Brief für dich hiergelassen.»

Tsun nahm ihn, faltete den Bogen auf und las:

«Rimpotsche, ich habe eine bessere Möglichkeit des Sterbens gefunden, als Tag für Tag, Stunde für Stunde darauf zu warten, daß der Tod mich holt. Wie lange habe ich Sie beschützt, damit Sie mich durch das Nachtod-Dasein leiten, wenn ich sterbe? Jetzt, glaube ich, werden Sie es erfahren, wenn ich sterbe, und an mich denken. Sorgen Sie für Ihre Familie. Reisen Sie in Frieden.»

Tsun beugte sich vor und ließ das Papier sanft in die Flammen fallen. Es war das erste Mal, daß Messingnase seines Wissens etwas völlig ernst gemeint hatte. Er wandte sich an Pema.

«Du mußt morgen früh aufbrechen. Geh nach Drebung und sieh, ob Rintschen und Kesang da sind, dann müßt ihr nach Indien fliehen. Ich werde dir einen Brief mitgeben, damit ihr in Drebung Pferde bekommt.»

«Was geschieht in Norbulingka?» fragte Pema und reichte ihm eine Schnur mit getrockneten Käsewürfeln.

«Niemand weiß es», antwortete Tsun, «aber was auch immer geschieht, es wird lange dauern, bis in Lhasa wieder Frieden herrscht.» Er nahm einen Käsewürfel von der Schnur.

«Aber warum müssen wir weggehen?» Pemas Stimme klang, als wolle sie sich verteidigen. Sie schien ihrem Bruder den Rat zur Flucht übelzunehmen. «Warum, Tsun?»

«Weil du jetzt noch fliehen kannst. Zurückkommen kannst du immer», sagte Tsun. «Aber wenn du noch länger wartest, wird selbst die *Chance* zur Flucht verpaßt sein.»

«Was wirst du tun?» Pema fingerte nervös an einem ihrer dicken Zöpfe und lenkte damit seine Aufmerksamkeit auf ihre typische Han-Frisur. Sie war, dachte er, eine auffallend hübsche Frau geworden.

«Ich werde so bald wie möglich nachkommen», sagte er, «aber zuerst muß ich noch mal in den Norbulingka.»

Pema zupfte an ihrem Zopf.

«Was wird aus uns in Indien werden?» fragte sie stirnrunzelnd. «Was wird aus uns werden? Wir kennen doch niemanden dort ...»

«Ich werde euch Geld geben, damit ihr, wenn ihr eine Weile dableiben müßt, weiterstudieren könnt, und du, Pema, solltest die Gelegenheit nutzen und zu den heiligen Stätten pilgern. Du wirst viel dabei lernen.»

Pema antwortete nicht und hielt die Augen gesenkt. Tsun spürte ihren unausgesprochenen Widerstand, aber er war nicht so stark wie damals, als er sie praktisch gezwungen hatte, Derge zu verlassen. Pema wirkte eher verlegen. Bruder und Schwester fanden die zwischen ihnen herrschende Atmosphäre gleichermaßen unbehaglich.

«Erinnerst du dich», fragte Tsun, «wie ungern du nach Lhasa gekommen bist?»

Pema nickte.

«War es ein so großer Fehler?»

«Nein ...» Sie sah ihn mit einem schüchternen Lächeln an und legte ihre Hand auf die seine. «Nein, Tsun, ich bin dankbar, und vielleicht verstehe ich besser ...» Es trat eine lange Pause ein. «Es ist bloß ...»

«Ja?»

Tsuns eindringlicher Ton nahm ihr den Mut. Sie zog ihre Hand zurück und befand sich wieder in der Defensive.

«Es ist bloß ... sei nicht ärgerlich, Tsun, aber die Lage ist für dich und für mich unterschiedlich ...»

«Du meinst, du hast keinen Grund, die Han so zu fürchten wie ich», sagte Tsun zögernd.

«Ich bin jetzt drei Jahre hier. Ich habe mir eine Existenz aufgebaut. Warum sollten ...» Sie hielt abrupt inne und biß sich auf die Unterlippe.

«Warum sollten die Han dir etwas antun?» beendete Tsun die Frage. Pema nickte kurz und verlegen.

«Niemand weiß», sagte Tsun, «was nach diesem Aufstand geschehen wird. Das Leben wird niemals wieder sein wie zuvor. Wir kämpfen! Wir marschieren! Wir erklären unsere Unabhängigkeit, aber wir wissen beide, daß nur ein Sieger aus diesem Kampf hervorgehen kann ... die Han! Nach diesem Aufstand mag es sein, daß *jeder* Grund haben wird, die Han zu fürchten! Erinnerst du dich, wie es in Kham war? Hier wird es schlimmer sein.» Er hielt inne. «Es könnte sein, daß du sogar noch mehr von den Tibetern zu befürchten hast. Du hast vielleicht eine Chance, morgen früh zu entkommen, aber selbst das ist nicht sicher. Pema ...» Sein Gesichtsausdruck ließ seine Besorgnis erkennen. «Es wäre Wahnsinn, diese Chance zu verschenken.»

«Heilige Tara! Wie lange soll das noch so weitergehen? Fast mein ganzes Leben lang habe ich nichts als Kampf und Flucht erlebt, meine Familie und meine Freunde verloren ...» Ihre Augen füllten sich mit Tränen. «Tsun, ich will nicht heimatlos in einem fremden Land leben.»

«Nein ...» Er strich ihr zärtlich über den Kopf. «Aber du wolltest damals auch nicht mit mir nach Lhasa kommen.»

«Ich weiß», seufzte sie. «Aber ich will nicht immer wieder weglaufen.» Sie sah ihm trotzig in die braunen Augen. «Tsun-la, mir gefällt meine Arbeit beim Sender. Ich mache sie gut. Warum sollte ich etwas zu fürchten haben?» Tsun sah sie nachdenklich an.

«Ich weiß», fuhr sie fort, «es stimmt wahrscheinlich, was du sagst, aber nachher müssen sich die Leute auch wieder eine Existenz schaffen. Vielleicht kann ich behilflich sein. Ich bin nicht mit allem einverstanden, was im Radio ausgestrahlt wird, natürlich nicht, aber ist es nicht besser, wenn man versucht, die Han zu beeinflussen?» Ihre Stimme wurde schrill vor Aufregung. «Wir müssen mit ihnen leben. Das sagst du selbst.»

Tsun nickte. «Pema-la, ich verstehe, was du sagst, und daran ist wirklich etwas Wahres. Du bist jetzt erwachsen und sehr wohl imstande, selbst Entscheidungen zu treffen. Triff die Entscheidung, die du für richtig hältst.»

Pema überwand ihre Scheu, die sie vor seinem religiösen Stand hatte, nahm seine Hand und suchte weinend Zuflucht in seinen Armen.

«Ich wünschte, Pema-la», murmelte er, «du wärst in besseren Zeiten geboren worden.»

«Rimpotsche», unterbrach eine Stimme.

«Samden?»

Der junge Mann flüsterte Tsun ins Ohr: «Es ist mir gelungen, Ihren Auftrag auszuführen. Es war nicht so schwierig, wie ich geglaubt hatte. Ich habe herausgefunden, daß es eine Ling Tao Yen gibt, die im Amt für Öffentliche Sicherheit arbeitet. Sie hat einen ziemlich hohen Rang.»

«Hast du dich mit ihr in Verbindung setzen können?» fragte Tsun leise. Samden nickte.

«Ja, ich habe mit ihr sprechen können, und sie möchte Sie gern sehen.»

«Wo treffe ich sie?»

«Ich soll sie hierherbringen, sobald Sie da sind.»

«Aber kannst du das tun? Du gehst das Risiko ein, heute abend auf den Straßen erschossen zu werden. Wird sie kommen?»

Samden nickte. «Ich bin bald wieder da, Rimpotsche.» Er stieg die Leiter hinauf und verschwand durch die Falltür im Dach, die er sorgsam hinter sich schloß. Die anderen sahen ihm nach und wunderten sich, wohin er ging.

«Pemba hat seine Frau und den Sohn weggeschickt», sagte Pema und unterbrach damit das Schweigen. «Aber er selbst ist hiergeblieben und zum Norbulingka gegangen, um mit den anderen den Kundün zu beschützen. Er hat gesagt, wir könnten benutzen, was immer wir wollten.»

«Pemba hat ein gutes Herz», murmelte Tsun.

Draußen wurde von neuem geschossen, Hunde bellten, dann trat Stille ein. Sie saßen dicht beisammen um den Herd, dessen Flammen die einzige Lichtquelle waren. Tsun sah seine beiden Schüler an.

«Tschampa, Dschigme, bitte geht noch vor der Morgendämmerung nach Drebung. Wenn ihr während des Tages etwas von Kämpfen hört, dann macht euch gleich auf den Weg nach Indien. Bitte schiebt es nicht auf. Geht mit Rintschen und Dordsche Rimpotsche.»

«Glauben Sie nicht, daß sich die Lage bessert, Rimpotsche?» sagte Tschampa, schüttete etwas Gerstenmehl in Tsuns Schale und fügte etwas Tee hinzu.

«Nein, Tschampa.» Tsun verknetete das Mehl und den Tee mit den Fingern zu einem Brei. «Ich glaube, daß keiner von uns sich ganz darüber klar ist, was geschehen wird.»

«Aber warum Indien, Rimpotsche?» fragte Dschigme. «Könnten wir nicht in ein Kloster in Westtibet gehen?»

«Wenn die Han die Macht ganz übernehmen, wird es überall in Tibet sein wie in Kham.»

Den beiden jungen Leuten fiel es schwer, sich das vorzustellen. Tschampa fragte bedrückt:

«Was sollen wir denn tun, wenn wir nach Indien kommen?»

«Die Lehre verwirklichen.» Tsun lächelte. «Ich glaube, ihr werdet da mehr als genug zu tun finden.»

«Was wird nur aus unserem Land werden?» sagte Dschigme.

«Ich weiß es nicht, Dschigme», seufzte Tsun. «Aber ich weiß, daß vieles von dem, was wir an unserer Lebensweise lieben, für immer verloren ist. Wer weiß, wieviel von dem, was übrig ist, bleiben wird?»

«Aber die Religion, die Lehrer», fragte Tschampa, «was wird aus ihnen werden? Wie kann unsere Religion im neuen Tibet überleben?»

«Vielleicht nur im Herzen, Tschampa. Der große dreizehnte Kundün hat vorausgesagt, was unserem Land geschehen würde. Er bat uns dringend, auf ein derartiges Geschehen vorbereitet zu sein.»

«Dann ist es das Ende», murmelte Tschampa undeutlich. «Nichts wird übrigbleiben.»

«Das wissen wir nicht, Tschampa. Eine Zeitlang wird es noch Menschen geben, die die Religion lebendig erhalten.»

«Aber wenn sie sie nicht ausüben dürfen?»

«Das ist der Grund, warum ich glaube, daß ihr fliehen solltet. Denn diejenigen, die entkommen, werden zwar verarmt sein, aber die Fähigkeit und die Freiheit besitzen, die Religion auszuüben und weiterzugeben. Als ich im Arbeitslager war, hatte ich einmal einen Traum. Heute glaube ich, die Bedeutung des Traums war, daß Tibet einen ungeheuren Wandel durchmacht und in eine neue geschichtliche Ära eintritt, wie die ganze Welt übrigens. Schon die Prophezeiungen unserer Vorväter sagen das.»

«Worauf kann man dann noch hoffen, Rimpotsche?» fragte Dschigme. «Ich erinnere mich, daß die Prophezeiungen vom Ende des Ordens sprechen, so daß wir wie der Sakyastamm des Buddha sein werden, völlig vernichtet. Oder die jämmerlichen Überreste der Welt, für immer verloren. In der Fremde lebend und im Warten auf den Tod als einzigem Zustand, in dem wir wir selbst sein können.»

«Was geschieht, Dschigme, ist bedeutsam. Aber du bist zu pessimistisch. Vergiß nicht, auch wenn unsere Zukunftsvision düster und leer ist, das Rad des Lebens dreht sich dennoch. Was verloren und tot erscheint, wird in eine Form verwandelt, die wieder anders ist, als wir selbst sein werden. Während der Regierungszeit von König Langdarma wurden unsere Tempel und Klöster zerstört. Die Mönche und Lamas wurden gezwungen, das geistliche Gewand abzulegen oder zu fliehen. Die heiligen Schriften wurden verbrannt. Es schien, als würde nichts bleiben. Fast 70 Jahre lang war nichts von der Religion zu sehen, dennoch haben Menschen sie ausgeübt und in ihren Herzen lebendig erhalten. Sie waren die wirklichen Bewahrer der alten Weisheit. Sie hegten und pflegten sie, manchmal auf fremdem Boden, aber die Flammen erloschen nicht.

Und in den Prophezeiungen heißt es, daß Indien, das Geburtsland des Buddha, und Tibet zusammenkommen werden. Viele werden das Schneeland verlassen, und die Prophezeiung wird dadurch erfüllt werden, daß sie den Kern der Religion am Leben erhalten. Dafür habe ich euch vorbereitet. Das ist der Grund, warum ich euch beiden viele Initiationen und Lehren habe zuteil werden lassen, damit, wenngleich sie eure Fähigkeiten und euer Verständnis weit überstiegen, die Saat der Weisheit und selbstlosen Liebe in euch aufgehen sollte.»

«Aber Rimpotsche, ich bin nichts Besonderes. Warum sollte ich fliehen?» wandte Tschampa ein.

«Du wirst es tun», sagte Tsun ruhig.

«Aber es erfordert so viele ...»

«Wenn es an der Zeit ist, und alles deutet darauf hin, daß die Zeit gekommen ist, werden genug fliehen, um die Traditionen am Leben zu erhalten. Aber ich bitte euch beide, folgendes nicht zu vergessen. Hier in diesem Raum spricht das schlichte Muster auf der Teekanne zu euch von der Religion, von den ewigen Wahrheiten. Überall, wohin ihr auch schaut, seht ihr etwas, das euch an den Glauben erinnert. In Indien wird es wenig geben, das euch daran erinnert. Indien ist kein Land des Buddhismus. Ihr werdet feststellen, daß die Religion zwar nicht offen angegriffen wird wie hier in Tibet, daß die Menschen aber ein anderes Lebensziel haben. Auf unmerkliche Weise werdet ihr in Versuchung geführt werden, die Religion zu vergessen.

Denkt immer daran, daß die ganze Menschheit und alle Lebewesen nach Frieden, Sicherheit und Glück streben. Der so begabte, so gesegnete Mensch kann bei seiner Suche oft selbstsüchtige, brutale

Wege einschlagen, die Leiden für andere verursachen. Dennoch vergeßt niemals diese gemeinsame Suche. Hier in unserem Schneeland sind wir alle Gefangene. Unsere Zeit, unser Handeln, unsere Arbeit, unsere Kleidung, sogar unsere Äußerungen, all dies wird von Fremden kontrolliert. Auch unser Denken wollten sie beherrschen. Aber da haben wir unsere Unabhängigkeit behalten. Das ist die größte Freiheit. Seid euch dieses weiten Raums bewußt, der Freiheit des Geistes, des Verständnisses, inneren Friedens und Bewußtseins, die über das hinausgehen, was wir im allgemeinen als unser Denken begreifen. Ihr wißt, wovon ich spreche. Und wenn ihr in schwerer Zeit verzweifelt und nicht sehen könnt, wie euer erweckter Geist die Dinge ändern kann, dann denkt an die große Lehre vom Karma, an die Lehre von den unzähligen Wirkungen, die wir zum Guten oder Bösen hervorrufen können.»

Dschigme machte ein bekümmertes Gesicht.

«Rimpotsche ...» begann er leise, aber es fiel ihm schwer, seine Gefühle auszusprechen. «Es ist eine große Ehre, vom Erhabenen als sein Orakel erwählt zu werden ...»

«Ja?» Tsun wartete darauf, daß der junge Mann fortfuhr und sagte, was ihn bedrückte. Er versuchte Dschigme zu helfen. «Es ist auch eine starke Belastung für den Erwählten.»

«Rimpotsche, ich weiß, daß das eine große Ehre ist, und seit ich in Sera bin, habe ich als Orakel viel gelernt.» Er hielt inne. «Orakel leben nicht lange.»

«Das weiß ich.»

«Das ist es nicht so sehr ... nur empfinde ich keine Befriedigung. Ich glaube, nicht dazu geeignet zu sein! Obwohl ich in Sera gelernt habe, wie man die Besessenheit jedesmal leichter erträgt, fällt es mir von Mal zu Mal schwerer.»

«Weißt du denn etwas, was du lieber tätest, Dschigme?»

Der junge Mann zögerte. «Nun ja, immer wenn ich Handelsreisen für das Kloster unternahm, war ich wirklich glücklich.»

«Du möchtest also Händler werden?»

Dschigme nickte. «Meine Mutter ist Händlerin, und bevor ich ins Kloster eintrat, half ich ihr immer. Es liegt mir im Blut. Aber sicherlich wird es den Erhabenen erzürnen, wenn ich so etwas sage. Und ich möchte auch Sie nicht enttäuschen, Rimpotsche.»

«Warum fragst du den Erhabenen nicht, ob er ein anderes Sprachrohr erwählt, da du ungeeignet bist?»

Dschigme verzog entsetzt das Gesicht. «Aber meine Lehrer in Sera ...»

Tsun lächelte. «Du wirst da vorläufig nicht wieder hingehen. Benutze die Gelegenheit. Frage den Erhabenen, dann wirst du das Ergebnis erfahren. Du bist nicht das erste Orakel, das so empfindet, und du wirst niemanden enttäuschen, Dschigme.»

Er nahm aus seiner Tschuba einen Beutel mit goldenen und silbernen Han-Münzen und gab ihn ihm. «Du wirst Geld brauchen. Wenn du Namgyal eine Nachricht zukommen lassen kannst, ohne dich in Gefahr zu bringen, dann sage ihm, daß ich es für das Beste halte, wenn er flieht, aber er muß selbst entscheiden.»

Er dachte daran, wie er am frühen Abend vom Norbulingka zum Laden gegangen war, und fragte sich, wie die Dinge wohl am nächsten Morgen aussehen würden. Einen kurzen Augenblick lang zweifelte Tsun daran, ob es klug war, die jungen Leute zu einer Flucht zu drängen, die so viele Ungewißheiten in sich barg.

33

Während sie um das Feuer saßen, erklärte Tsun ihnen, wohin Samden gegangen war. In Pembas kleinem, aber buntgemischten Warenbestand hatte Tschampa eine Uhr entdeckt, doch das Wissen, daß Samden sie bereits vor drei Stunden verlassen hatte, erleichterte das Warten nicht. Sie saßen im Kreis ums Feuer und sahen zu, wie die Minuten unendlich langsam dahinschlichen.

«Rimpotsche, weden Sie morgen auch nach Drebung kommen?»

«Ich nehme es an, aber wenn ich mich verspäte, solltet ihr nicht auf mich warten. Es mag sein, daß wir getrennt gehen müssen.»

«Du sprichst», sagte Pema, «als wärst du dir deiner Sache unsicher.»

Er lachte leise. «Pema, hör dir die Schießerei draußen an. Wie können wir uns irgendeiner Sache sicher sein? Bist du denn sicher, daß du mit Tschampa und Dschigme mitgehen wirst?»

Er hat ganz recht, dachte sie und ärgerte sich über sich selbst.

«Horcht mal!» Tsun war schon die Leiter hinaufgestürzt, ehe die anderen merkten, daß es leise an der Falltür geklopft hatte. Ling kletterte die Leiter herunter und sah sich ein wenig mißtrauisch um.

«Warum ist es so dunkel?»

«Es ist keine Falle.» Tsun nickte Tschampa und Dschigme zu, die ein paar Senföllampen anzündeten.

«Nein, das habe ich auch nicht angenommen», sagte Ling. «Sonst wäre ich nicht hergekommen, aber ich habe gelernt, vorsichtig zu sein.» Sie klopfte auf den Pistolenhalfter an ihrem Gürtel und lächelte Tsun an. Dann streckte sie die Hand aus, und er schüttelte sie. Er fand es merkwürdig, sie nach so langer Zeit wieder zu berühren, während die beiden Mönche Lings Mangel an Zurückhaltung ungehobelt fanden. Er sah den besorgten Ausdruck auf ihrem Gesicht, als sie bemerkte, wie sehr er gealtert war.

«Es tut mir leid, Tsun», flüsterte sie.

«Was ist mit dir geschehen?» fragte er leise, damit die anderen es nicht hörten. «Ich habe monatelang gewartet und dann die Hoffnung aufgegeben.»

«Ich habe erhebliche Schwierigkeiten bekommen, als du nicht mehr aufzufinden warst.»

«Aber wie haben sie es erfahren?»

«Der Gefängniswärter fing an zu reden, als man ihn ein wenig unter Druck setzte.»

«Es tut mir leid, Ling ...»

«Warum?» lachte sie. «Du wirst bestimmt Schlimmeres durchgemacht haben.»

Während Tsun sie zu Pemas teppichbedecktem Diwan am anderen Ende des Raums geleitete, wunderte er sich über Lings selbstsicheres Auftreten. Ihre Kleidung war von der guten Qualität, wie sie nur ranghohe Kader trugen. In nur wenigen Jahren hatte sich ihr Gesicht mit den regelmäßigen, reizvollen Zügen und dem hübschen Lächeln trotz der strengen Brille vorteilhaft verändert. Vielleicht war es das Selbstbewußtsein, das ihre Stellung ihr verlieh, dachte er.

Samden brachte Tee. Tsun deutete mit dem Kopf auf ihn. «Gut, daß er dich gefunden hat.»

«Nun, was möchtest du von mir, Tsun?» fragte sie in sachlichem Ton.

«Ich habe einen Großteil der Stadt gesehen, Ling, ich kann die Lage also beurteilen. Kannst du deinen dickköpfigen, cholerischen Herren, die hinter den hohen Mauern ihres Lagers hocken, klarmachen, daß der Kundün, das Kabinett und die Mimang ebensowenig Gewalt über die Bevölkerung von Lhasa haben wie sie? Die große Ironie besteht darin, daß auf der einen Seite die Volksbefreiungsarmee steht und auf der anderen das Volk. Du hast doch wohl etwas davon gehört?»

Sie nickte. «Aber wir haben Befehl erhalten, wegen der Gefahr eines Angriffs unsere Quartiere nicht zu verlassen.»

«Die Generäle haben Druck auf den Kundün und die anderen Führer ausgeübt und gesagt, der Aufstand sei ein Beweis dafür, daß sie insgeheim konterrevolutionäre Betätigungen unterstützen. Die Führer haben keinen Einfluß mehr auf die Geschehnisse. Nicht einmal der Kundün. Er hat das Volk aufgefordert, sich zu zerstreuen. Das will es tun, wenn es sich überzeugt hat, daß ihr ihn nicht länger zwingen wollt, ins chinesische Hauptquartier zu kommen.»

«Aber Tsun –» Ling stellte ihre Tasse hin – «du willst doch nicht etwa leugnen, daß dein Volk die Unabhängigkeit erklärt hat und daß Waffen ausgegeben worden sind?»

«Nein, natürlich nicht. Aber was kannst du erwarten? Die Tatsache bleibt bestehen, daß der Kundün, das Kabinett und die Mimang wissen, wie der Aufstand wahrscheinlich ausgehen wird, genau wie du. Wir wollen ihn vermeiden.»

«Wie kann ich etwas tun?»

«Zumindest kannst du eine verläßliche Verbindung herstellen. Die Generäle kapseln sich völlig ab. Es ist nahezu unmöglich, ihnen die Lage auch nur schildern.»

Sie nippte bedächtig an ihrem Tee. «Ich werde mein möglichstes tun, Tsun.»

«Werden sie es akzeptieren? Wie wirst du ihnen deine Rolle als Nachrichtenüberbringerin erklären?»

«Ich werde sagen, der Mimang-Ausschuß habe sich mit mir in Verbindung gesetzt, weil ich tibetisch spreche. Ich habe mehr Kontakt mit Tibetern als die meisten anderen Kader, deshalb wird das keine Überraschung hervorrufen.»

«Sie könnten den ganzen Lagebericht für einen abgefeimten Trick halten», meinte Tsun.

«Damit wir uns zurückhalten?»

«Ja.»

«Das könnten sie, Tsun», sagte sie nachdenklich. «Ich werde versuchen, sie vom Gegenteil zu überzeugen. Was erwartest du von ihnen?»

«Daß sie nicht gleich zum Angriff übergehen. Daß sie nicht glauben, es hieße Krieg, wenn ein paar junge Hitzköpfe aufs Geratewohl herumballern.» Er dachte an Genyen und hoffte, daß ihr jemand ausgeredet hatte, das Waffenlager der Han zu überfallen. «Und daß sie eine verläßliche Verbindung herstellen.»

«Du verlangst eine Menge! Was wird dafür von eurer Seite aus getan?»

«Wir versuchen, das Volk von einem Aufstand abzuhalten, Ling.» Er hielt inne. «Ich muß ganz ehrlich sagen, weil ich glaube, damit deine Argumentation zu stärken, nicht zu schwächen, daß die Volksmenge unberechenbar ist. Ich weiß nicht, ob wir nicht zu lange gewartet haben. Wenn du mir eine Nachricht schicken kannst, vielleicht durch Samden, werde ich alles tun, was ich kann, um den Widerstand dazu zu bringen, einige der Barrikaden abzubauen und Maschinengewehre abzuziehen als Hinweis darauf, daß sie nicht kämpfen, sondern verhandeln wollen. In der Beziehung bin ich schon ein Stück vorangekommen.»

Sie nickte. Es gab wenig sonst zu sagen.

«Was wirst du tun, Tsun?»

«Helfen, so lange ich kann.»

Sie sah ihn an und runzelte die Stirn. «Wenn die Lage schwierig wird, könntest du dich durch Samden wieder mit mir in Verbindung setzen.»

Tsun erwiderte lächelnd ihren Blick. «Danke, Ling. Aber hältst du es für wahrscheinlich, daß ich das tue?»

«Nein, eigentlich nicht.»

Als sie aufstand, um zu gehen, kletterte Samden die Leiter hoch und machte die Falltür auf.

«Ihr habt doch nicht den ganzen Weg über die Dächer zurückgelegt?» fragte Tsun.

«Nein, aber die Dächer sind ungefährlicher als die Straßen, und ein paar Ecken weiter stehen zwei Fahrräder für uns.»

Mit beiden Händen umfaßte Tsun ihre Hand. «Ling, bitte nimm das ernst, worum ich bitte. Es ist nicht bloß für mich.»

«Das tue ich, Tsun, und ich werde dir eine Nachricht schikken.»

«Zum Norbulingka?»

Sie nickte.

Er lachte leise. «Wir werden uns keine Sorgen zu machen brauchen, wenn du ebenso gründlich bist wie damals, als du versucht hast, die Petition in die Hände zu bekommen. Und zu guter Letzt hast du ja gewonnen.»

Sie sah von der Leiter herunter und fragte überrascht: «Wieso?»

«Na, du weißt doch, daß sie nicht zu den Vereinten Nationen gelangt ist.»

«Ach, deswegen waren wir doch nicht hinter ihr her. Nein, sie wäre nützlich gewesen, weil wir mit den Unterschriften eine vollständige Liste derjenigen in die Hand bekommen hätten, die in Kham im Widerstand waren, und die Namen aller potentiellen Unruhestifter.»

Die Klapptür schlug zu.

34

Norbulingka

Der Schatten einer Krähe zog über Tsun hinweg, als er die Ställe betrat und die Boxen entlangging, um die Pferde zu begutachten. Genyen deutete mit dem Kopf auf die leuchtend bunten Holzsäulen, deren Kapitelle durch dunkler getönte Blumen hervorgehoben wurden. Die herrlichen Wandfresken waren mit Pferdekot beschmutzt.

«Ihre Boxen sind bemalt wie Tempel», sagte sie. «Und alles, was diese Pferde je getan haben, ist Fressen.» Sie schlug einem aufs wohlgerundete Hinterteil. «Tsun, diese Tiere werden Sie niemals nach Indien bringen.»

«Besser ein gut gefüttertes Pferd als ein ausgehungertes», antwortete der alte Reitknecht, der ihnen folgte. «Und sie werden jeden Tag bewegt.»

Tsun blieb an einer der Boxen stehen. Das Pferd war größer als die übrigen und offenbar regelmäßig geritten worden. Als er sich entschieden hatte, es zu wählen, bemerkte er den mißmutigen Ausdruck im Gesicht des Reitknechts.

«Rimpotsche», sagte der Mann, «das ist eines der Pferde, die der Kundün reitet.»

«Für diese Reise», erwiderte Tsun, «ist es gerade richtig.» Er dachte an die Ledertasche in seiner Amba mit den Beweisstücken der Nationalversammlung für die Vereinten Nationen.

«Rimpotsche ...» Der Reitknecht fummelte nervös am Halfter des Pferdes herum. «Ich werde mit dem Hofmarschall Phala sprechen müssen.» Er verbeugte sich und zog ehrerbietig den Atem ein.

Tsun lächelte und sagte: «Natürlich.»
Sie sahen dem Mann nach, als er wegging.
«Wie wollen Sie Ihre Flucht bewerkstelligen?» fragte Genyen.
«Der Reitknecht wird dieses Pferd mit den anderen auf die Weide neben der Molkerei des Kundün bringen. Ich werde dann später in der Kleidung eines Dieners den Norbulingka verlassen. Die Molkerei liegt hinter dem letzten Kontrollpunkt, und dort werde ich das Pferd abholen.»
Er sah sich die Sättel an, die an Haken an der Wand hingen. Einige waren mit Brokat bedeckt und hatten Goldfiligranarbeit auf dem hohen Vorder- und Hinterzwiesel. Andere waren einfache Holzgestelle, über die eine dicke Decke geworfen werden konnte, und unter ihnen befanden sich ein paar lächerlich klein aussehende englische Sättel. Er wählte einen ledergepolsterten mit einem bemalten Sattelknauf und einer hohen Rückenstütze.
Der Reitknecht war zurückgekommen und erteilte ihm die offizielle Erlaubnis, das Pferd zu nehmen, das er sich ausgesucht hatte. Tsun zeigte ihm den Sattel, den er haben wollte.
«Wie wollen Sie den an den Han vorbeischmuggeln?» fragte Genyen mit Blick auf den Sattel.
Tsun lächelte. «Der Reitknecht muß ja darauf reiten.»
«Tsun», sagte Genyen ernst, «ich wünschte, Sie würden mit uns kommen. Bald machen sich meine Leute in den Süden auf ...»
Tsun unterbrach sie lachend. «Du weißt genau, daß du hier nicht weggehst, ehe die Kämpfe dich dazu zwingen, und ich will jetzt aufbrechen.»
Sie verließen den Stall und stellten fest, daß sich eine Menschenmenge in der Nähe der Tore eingefunden hatte. Sie hörten ängstliches Stimmengewirr, und einige Frauen weinten. Sofort schoß Tsun der Gedanke durch den Kopf, es habe vielleicht eine Nachricht vom Kundün gegeben. Die Leute verstummten, als sie Tsun und Genyen sahen, und machten Platz, um sie durchzulassen.
«Es ist Tul-lok ... er ist ... tot!» rief Karma, als er die beiden erblickte. Mit einem einzigen großen Schritt war Tsun bei ihm und packte ihn an der Schulter.
«*Tot!* Was ist geschehen?»
Karma schluckte schwer und rieb sich den kalten Schweiß vom Gesicht.
«Wir waren mit einem leeren Lastwagen im Potala, um mehr

Waffen für den Norbulingka zu holen. Tul-lok wollte zu Fuß zurückgehen, nachdem die Lastwagen beladen waren, aber da waren Han-Patrouillen. Eine von ihnen hielt uns an, um uns zu verhören. Wir sagten, wir hätten Verwandte besucht ... aber Sie kennen ja die Han, sie merkten, daß wir Khampas waren, und verhafteten uns. Tul-lok zog seinen Revolver –» Karma schüttelte verzweifelt den Kopf – «und als er feuern wollte, hatte seine Waffe Ladehemmung, und sie erschossen ihn!» Von den Umstehenden hörte man ein leises Stöhnen. «Ich rannte los», fuhr er fort, und seine Stimme war jetzt gefühlsleer. «Sie haben nicht versucht, mich zurückzuhalten, nicht einmal, als ihnen klar wurde, wen sie erschossen hatten. Den berühmten Tul-lok.»

«Karma», flüsterte Genyen, «ich kann es nicht glauben, daß er tot ist!»

Tsun starrte mit leerem Blick auf den Überbringer der Schreckensnachricht. Ein entsetzliches Grauen erfüllte ihn. Schließlich drehte er sich um und ging weg.

Als Genyen ihn eingeholt hatte, liefen sie schweigend über die gewölbte Steinbrücke zur Insel im See. Am Ende der Brücke blieb Genyen stehen und packte das Geländer.

«Tsun ...» Ihre Stimme war hohl, ihr Gesicht bleich, und Tränen rannen ihr über das Gesicht. «Oh ... nein ...»

Tsun wußte, daß ihr Kummer ebenso groß war wie seiner. Er nahm in stummem Mitgefühl ihren Arm, und sie ergriff seine Hand und hielt sie fest.

Der kleine Pavillon auf der Insel war schlicht, aber erlesen möbliert. Ein Teppich bedeckte das Ruhebett auf der Veranda, und Jade-Teetassen standen auf einem schön geschnitzten und bunt bemalten Tisch, umgeben von herrlichen Thankas und Pflanzen in Cloisonné-Kübeln.

Genyen und Tsun setzten sich auf einen Teppich im Schatten der Veranda. Der Pavillon war ausschließlich dem Kundün vorbehalten, aber in ihrem Gram machten sie sich nichts daraus. Genyen wandte den Kopf und war dankbar für das Glück, im Sanktuarium Seiner Heiligkeit zu sein. Dann verbarg sie das Gesicht in den Händen und weinte, und ihr ganzer Körper erbebte vor Schluchzen.

Nach einer Weile ließ sie die Hände sinken und sah Tsun an. Die tiefe Trauer, die sich in seinem Gesicht abzeichnete, machte die Tatsache von Tul-loks Tod nur noch gewisser.

«Warum ... warum?» stöhnte sie.

Tsun hörte in ihrem Ausruf die ganze Qual aller durch den Tod beraubten und gramgebeugten Menschen seit undenklichen Zeiten. Dies war die harte Wirklichkeit des Todes, die in Wahrheit keine Wirklichkeit war, aber sterblichen, verwirrten Augen so entsetzlich wahr erschien.

Genyen unterdrückte ihr Schluchzen und zwang sich, dem Säuseln des Windes und dem Zwitschern der Vögel zu lauschen. Aus der Ferne drangen die turbulenten Geräusche der Volksmenge vor dem Norbulingka herüber.

«Hier in diesem Park ist die letzte Zufluchtsstätte», sagte sie. «Und wie lange noch?» Sie sah Tsun an. «Tul-lok ist so gut zu mir gewesen ...» Sie begann wieder leise zu weinen. «Ach Tsun ...» Sie lehnte den Kopf an seinen Arm und blickte hinauf zum türkisblauen Himmel. «Warum muß unser Leben wie ein Blatt sein, das vom Baum fällt, vom Wind verweht und in den See getrieben wird? Wir finden uns, trennen uns, finden uns wieder, und dann kommt die endgültige Trennung. Nichts verläuft so, wie wir es wünschen ...»

«Wir gestalten unser Schicksal, Genyen, wir wählen unseren Weg, bewußt oder unbewußt, jeder von uns wählt ihn.»

Sie sah ihm in die Augen. Niemals war sie sich so hilflos vorgekommen. Tsun fuhr ihr sanft mit den Fingern über die tränennasse Wange und küßte sie auf die Stirn. Sie hob den Kopf, schlang die Arme um ihn, drückte ihre Lippen auf seine, und mitten in ihrem Kummer keimte Hoffnung auf, als er sie sanft küßte und ihr zärtlich über den Kopf strich.

«Warum hast du mich verlassen, Tsun?»

«Du weißt es.»

«Ich werde es nie wissen! Ich liebe dich –», sie zögerte – «und du hast mich geliebt.»

«Das tue ich noch, Genyen, das weißt du», sagte er.

Sie sah ihn durch einen Tränenschleier an. «Warum dann?»

«Weil ich keine Ruhe fand, nachdem ich Dordsche Rimpotsche kennengelernt hatte. Er gewährte mir einen flüchtigen Einblick in etwas, das ich nicht vergessen konnte ...»

«Du hättest es versuchen können, du ...»

«Das habe ich getan! Heilige Tara, und wie ich es in jenen letzten Monaten versucht habe! Ich dachte sogar daran, Laienjünger von

Dordsche Rimpotsche zu werden, ich glaubte, das würde reichen, aber es reichte nicht! Ich mußte es *erfahren*, Genyen, ich mußte es *sehen*. Ich habe es dir damals gesagt ...»

«Das machte es nicht leichter.»

«Ich weiß. Aber wenn wir in jenen letzten Monaten zusammen waren, stritten wir uns zuviel ... es hätte nicht lange gutgehen können.»

«Warum wohl?» Sie warf den Kopf zurück und sah ihn mit funkelnden Augen an. «Ich weiß, ich bin ebenso daran schuld, es war auch für mich nicht leicht, Tsun. Als ich nach dem Tod meines Vaters zur Führerin des Stammesverbandes wurde, begann ich, mir meine Männer allein auszusuchen, und ob es dir gefällt oder nicht, sie kamen ... mit Ausnahme von dir. Ich liebte dich, und dennoch glaubte ich, dich wie die anderen behandeln zu können. Selbst in der wundervollen Zeit, als mir klar wurde, daß du mich wirklich liebtest, als du mich auf eine Weise nahmst, die ich keinem anderen Mann je erlaubt hätte, selbst damals, nach so vielen Jahren, war es manchmal schwer, dich nicht so zu behandeln wie die anderen.»

«Das war unser Karma.»

«Wenn es nur länger gedauert hätte! Ich habe nie aufgehört, an dich zu denken und mich nach dir zu sehnen, Tsun.» Genyen rieb ihre Wange an seine und drückte ihn an sich, als wollte sie ihn an sich fesseln. «Tsun, können wir nicht einen neuen Anfang machen?»

Er streichelte ihr liebevoll das Haar. «Nein», murmelte er.

«Warum?» Sie löste sich von ihm. «Wegen deiner verfluchten Gelübde? Du solltest jetzt nicht bei mir sein. Du Heuchler!»

«Nein, Genyen, ich bin kein Heuchler. Aber ich habe von Dordsche Rimpotsche eine Aufgabe erhalten, die ich erfüllen muß.»

«Du könntest immer noch Laie werden», beharrte sie.

«Und du könntest das Kämpfen aufgeben.»

Genyen wandte den Blick ab. Eine Ente flog vom See auf und glitt mit schlagenden Flügeln über das Wasser, ehe sie sich langsam in die Luft erhob.

Genyen sah wieder zu ihm auf. «Und wenn ich es täte, Tsun? Wenn wir ein Abkommen träfen, würdest du dann deine Gelübde aufgeben?»

Er schüttelte den Kopf. «Es würde nicht klappen.»

«O dieses Leben!» Genyen lachte verbittert. «Was für ein saumäßiges Leben. Tul-lok wußte Bescheid über uns.» Ihre Augen füllten sich wieder mit Tränen. «Er hatte mich wirklich gern, obwohl er wußte, daß ich mich nach dir sehnte, wenn ich ihn in den Armen hielt ... verdammtes Leben!» Sie schlug sich mit der Faust in die offene Handfläche. «Ich wünschte, ich hätte dich nicht wiedergesehen. Das hat alles nur noch erschwert.» Sie wischte sich die Tränen von den Wangen.

«Ich hatte bereits beschlossen, mich mit Tul-lok zufriedenzugeben. Er war dir ähnlicher als jeder andere Mann, den ich kannte. Wir waren beide im Widerstand, keiner von uns wußte, ob er noch lange leben würde, aber das Leben geht weiter, das verdammte Leben geht weiter, selbst jetzt.» Sie warf den Kopf zurück und haderte mit dem Himmel. «Wenn nur ich an seiner Stelle gestorben wäre, dann wäre mir diese Qual erspart geblieben.»

Sie begann wieder zu schluchzen. Tsun nahm sie an den Schultern und zog sie an sich. Ihr Kopf ruhte an seiner Brust, und er strich ihr übers Haar. Allmählich beruhigte sie sich, der Schmerz ließ nach, und mit den Blicken folgte sie den aufgeregten Bewegungen der Enten auf dem See. Erschreckt von dem zunehmenden Lärm jenseits der Mauer stieg eine Schar gemeinsam auf, kreiste über dem Edelsteingarten und ließ sich dann wieder in das kalte Wasser gleiten.

«Ich wollte auf den richtigen Moment warten», sagte Genyen leise. «Es ist so grausam ...» Sie löste sich aus Tsuns Armen und strich sich das Haar von den feuchten Wangen. «Wenn meine Leute mich jetzt sehen könnten», sagte sie mit etwas festerer Stimme, «eine weinende, schwangere Frau!»

Tsun starrte sie ungläubig an. *«Schwanger?»*

Genyen nickte. «Ich wollte es Tul-lok bald sagen.» Sie lächelte freudlos. «Schwanger, ausgerechnet ich!»

Sie blickte hinüber zu den Enten. «Es war ein großer Schock, als mir klar wurde, daß ich ein Kind erwarte. In der Rolle einer Mutter habe ich mich noch nie sehen können.»

«Was wirst du nun tun?»

«Nichts», seufzte sie. «Wahrscheinlich werden das Kind und ich sterben, bevor es Zeit hat, geboren zu werden ...» Sie hielt inne, denn sie wartete instinktiv darauf, daß Tsun das bestreiten würde, aber er tat es nicht. Sie sah zu ihm auf. «Ist das wirklich der Anfang vom Ende?»

«Ja.» Tsun nickte. «Ja, Genyen, das ist es.»
«Und weißt du, was es bedeutet?»
«Nein, ich weiß nur, was ich glaube. Sicherheit gibt es da nicht.»
«Bitte sag es mir, laß mich hoffen.»
«Ich kann dir nichts sagen.»
«Also gibt es keine Hoffnung?»
«Hoffnung gibt es immer. Die Prophezeiungen sprechen davon, daß wir durch die Periode der Finsternis hindurchgelangen werden.»
«Tsun.» Genyens Stimme klang verzweifelt. «Ich weiß, wir haben nur noch wenig Zeit. Wann brichst du auf? Morgen?»
«Nein, Genyen, heute noch.» Und eindringlich fuhr er fort: «Gestern abend habe ich Vorkehrungen für die Flucht meiner Schwester und meiner Schüler getroffen. Wenn sie jetzt aufbrechen, können sie immer zurückkommen; wenn sie hierbleiben, werden sie bald nicht mehr fliehen können. Könntest du dir vorstellen, mit mir nach Indien zu gehen?»
Genyen zog ihre Hand zurück. «Wie wenig sind wir doch Herr unseres Schicksals! Keiner von uns kann tun, was er will. Ich kann jetzt nicht mitkommen, Tsun, zu viele Leute verlassen sich auf meine Führung.»
Gleichzeitig wurden sich beide des tiefen Pfeifens bewußt, das den Garten erfüllte, und ehe ihnen klar wurde, um was es sich handelte, schlug die Granate im See ein und explodierte. Sie wurden mit einem Wasserschwall überschüttet, ein Cloisonné-Kübel zersprang mit lautem Geklirr, und der Kadaver einer Ente landete blutig und zerfetzt auf der Veranda. Als das Pfeifgeräusch zum zweitenmal ertönte, warfen sie sich zu Boden, aber die Granate explodierte in dem Marschland, das sich an den Edelsteingarten anschloß. Sie warteten ein paar Minuten, dann standen sie vorsichtig auf.
«Endlich!» sagte Genyen beinahe erleichtert.
Tsun blickte hinunter auf das Blut, das aus dem Kadaver der Ente rann.
«Es mußte so kommen», fuhr Genyen fort. «Und diese paar Tage haben uns Zeit zur Vorbereitung gegeben. Der Dschokhang ist eine Festung. Der Potala ist bewaffnet, ebenso der Tschagpori und der Norbulingka.»
«Wir haben weder genug Kriegsgerät noch Mannschaften.»

«Wir haben das Können. Wir haben die Stadt. Wir haben die Götter auf unserer Seite, weil wir im Recht sind. Kannst du den Sieg nicht *spüren*, Tsun? Er liegt in der Luft!» Sie schickte sich an aufzubrechen. «Ich muß zu meinen Leuten gehen.»

«Ja», sagte Tsun ruhig, «und ich muß herausfinden, was der Freiheitsausschuß der Mimang tut.»

Sie verließen die Veranda und überquerten die Brücke. Als sie das andere Ufer erreichten, rannten irreguläre Khampa-Soldaten an ihnen vorbei und brachten einen Granatwerfer und ein Lewis-Maschinengewehr in Stellung. Überall bereiteten sich Soldaten, Khampas und Bürger von Lhasa auf die Belagerung vor. Ganz eingenommen von dem sich rasch ändernden Bild der Geschehnisse trennten sich die beiden fast ohne Abschiedswort, und Genyen machte sich auf, den Befehl über ihre Leute zu übernehmen, die eines der Tore bewachten.

Tsun sah ihr einen Moment nach, dann bahnte er sich den Weg durch die Menge zu dem bescheidenen zweistöckigen Palast des Kundün. Menschen strömten die Pfade entlang, die zu dem kleinen, weißgetünchten Gebäude mit den bunt bemalten Fensterrahmen führten. Keiner von ihnen wußte, daß in diesem Augenblick, nur wenige Meter entfernt, im Zimmer des Konsuls die Pläne des Oberhofmarschalls verwirklicht wurden.

Der Kundün äußerte zwar Zweifel daran, ob es klug war, einen solchen Schritt zu unternehmen, doch eingedenk der gefährlichen Vorzeichen nahm er formell den Rat der Regierung an und gab seinen Entschluß bekannt, Lhasa zu verlassen und die Regierung in den Süden Tibets, in ein von den Khampas gehaltenes Gebiet zu verlegen.

Als Tsun auf die Veranda trat, von der aus man in die Gemächer des Kundün gelangte, drängten sich dort so viele Menschen, daß er beschloß, eine Weile zu warten.

«Rimpotsche!»

Er drehte sich um und sah Dschettie auf sich zukommen. Der junge Mann hatte ein Gewehr über der Schulter hängen und trug einen Patronengurt um die Taille.

«Hat es angefangen?» fragte Tsun leise, und er wußte, daß jede Bitte von Ling zugunsten der Tibeter so wirkungsvoll gewesen sein mußte wie der Versuch, Sand in einem Sieb aufzubewahren. Es war zu spät gewesen.

«Ja, Rimpotsche.» Dschetties Stimme zitterte ein wenig. «Aber ich verstehe nicht, warum die Han so zögernd angreifen. Sie haben nur diese zwei Granaten auf den Norbulingka abgeschossen.»

«Als Warnung vielleicht?»

«Was nur dazu geführt hat, daß sie jetzt selbst Verluste hinnehmen werden müssen. Ministerpräsident Sukkhang versucht soeben, der Armee auszureden, das Hauptquartier der Han anzugreifen.»

«Und was ist mit dem Freiheitsausschuß?»

«Wir hatten ja angeordnet, ein paar Barrikaden abzubauen, aber jetzt bewaffnen wir alles, was Beine hat.»

«Aber draußen gibt es keine Deckung», sagte Tsun. «Die Han werden euch niedermetzeln.»

«Wir beziehen Stellungen innerhalb des Norbulingka, decken uns mit Lebensmitteln ein und bringen ein Geschütz herein ... Haben Sie vom Dschokhang gehört?»

Tsun nickte. «Ich nehme an, der Tempel ist eine Festung geworden.»

«Er könnte einer Belagerung von sechs Wochen oder mehr standhalten.»

Tsun fand diese Einschätzung ziemlich übertrieben.

«Rimpotsche», sagte Dschettie, «es wäre sehr nützlich, wenn Sie hierbleiben könnten, um etwaige Neuigkeiten zu erfahren, denn ich muß zum Haupttor und sehen, ob die Leute Stellung bezogen haben.»

«Ich werde hierbleiben», versprach Tsun und sah Dschettie nach, der eilig davonlief.

Eine Weile beobachtete er ein paar Frauen mittleren Alters, die aus Blechkanistern Benzin in Flaschen füllten. Ihr mütterliches Aussehen wollte gar nicht zu ihrem martialischen Vorhaben passen. Er hielt einen vorbeigehenden Diener am Arm fest.

«Ich bin Tsun, Abt von Dordsche Ri-gon. Ich möchte den Hofmarschall Phala sprechen.»

Der Mann verbeugte sich respektvoll. «Da kann ich nicht behilflich sein», entschuldigte er sich. «Der Hofmarschall hat eine Audienz beim Kundün.»

Tsun ließ ihn gehen und wartete. Er sah Beamte debattierend und gestikulierend aus den Gemächern herauskommen, gefolgt von Vertretern der Nationalversammlung, des öffentlichen Dienstes, der Armee und des Freiheitsausschusses.

Tsun sah ihnen nach, dann setzte er sich mit gekreuzten Beinen auf einen niedrigen Diwan, und inmitten des Lärms und des geschäftigen Treibens meditierte er.

Dschokhang

Messingnase wankte, als er den schweren Blumenkasten in eine Lücke der Verschanzung schob, mit der die Brüstung unter den vergoldeten Dächern von Tibets heiligster Stätte, dem Dschokhang, versehen worden war. Er legte die Stirn an den Rand des Kastens und hörte es knacken, als eine der rot blühenden Geranien abbrach. Er merkte, daß er zunehmend schwächer wurde, und wußte, daß der Tod nicht mehr fern sein konnte. Nur mit unerhörter Willensanstrengung hielt er sich noch auf den Beinen. Bis auf die Messingnase war sein ganzer Körper von dem weit fortgeschrittenen Skorbut befallen. Sein jetzt zahnloses Zahnfleisch war schwarz und blutete, und sein Gesicht war entstellt.

Er dachte an das Arbeitslager, wo er gelernt hatte, die Todesfurcht zu überwinden. Der Tod schlief mit ihm, und er wußte, daß er eines Tages von ihm geweckt werden würde. Was er am meisten haßte, war das Dahinsiechen und die Angst vor der völligen Hilflosigkeit. Er war dankbar für den Aufstand. Er wollte, daß Tibet frei wäre, aber vor allem wollte er im Kampf sich selbst vergessen, und ob Tibet nun gerettet oder verloren war, würde für ihn hinterher keine Rolle mehr spielen.

Messingnase stand auf dem höchsten Dach des ausgedehnten Gebäudes, das von den vergoldeten Pagodendächern überragt wurde. Der Tempel, von dem alle Hauptstraßen ausgingen, war das Herz und der Mittelpunkt der heiligen Stadt. Auf der anderen Straßenseite hatten es sich ein paar Han-Soldaten auf einem Flachdach hinter Sandsäcken gemütlich gemacht. Einige schliefen, andere unterhielten sich und reinigten ein MG.

Messingnase nahm einen Feldstecher aus dem Etui, das neben dem Schwert an seinem Gürtel befestigt war, und richtete es auf die Außenbezirke der Stadt. Han-Soldaten hoben Schützengräben quer über die große Straße zum Potala und Westtor aus. Langsam schwenkte er das Glas, bis er die Han sehen konnte, die an allen Ausfallstraßen Haubitzen in Stellung brachten. Seine Beobachtungen würde er dem Stadtrat berichten müssen, der die Polizei, viele Khampas und Tausende von Bürgern Lhasas aufbot, um den Dschokhang zu befestigen. Sie errichteten Barrikaden aus herausgerissenen Steinplatten an den Straßen, die zum Tempelplatz führten. Frauen brachten Säcke mit Tsampa und getrocknetem Fleisch und schöpften Wasser am Tempelbrunnen, um eine ständige Versorgung mit Tee zu gewährleisten. Flüchtlingsfamilien mit wenig Habe nisteten sich in Ecken des Tempels ein. Als Messingnase unsicheren Schrittes auf die Leiter zuging, die nach unten führte, sah er, daß ein Maschinengewehr aufs Dach gebracht wurde und Leute sich mit Maschinengewehrgurten die Leitern heraufquälten. Frauen, die lachten und schwatzten, wie sie es an ihren Webstühlen getan hatten, stellten auf einem anderen Dach Benzinbomben her. Mit lauten Beckenschlägen und tief dröhnenden Trompeten bahnte sich eine Prozession von Mönchen den Weg durch die wimmelnde Menge im Hof zur inneren Halle, um die als Gottheiten verkörperten Kräfte anzurufen, damit sie dem Volk Schutz gewährten oder, wenn gekämpft werden mußte, Tibets Sieg garantierten.

Norbulingka

Ein umfangreicher Schatten fiel auf Tsun und brachte ihn wieder auf das Niveau des Lebens zurück. Er machte die Augen auf und sah die braungewandete Gestalt von Phala, dem Hofmarschall, vor sich stehen. Tsun stand respektvoll auf. Die beiden Männer verbeugten sich voreinander und überreichten Glücksschärpen zum Gruß.

«Rimpotsche –» Phala sprach schnell, ohne die üblichen, belanglosen Liebenswürdigkeiten und leise, um von den Angehörigen der Mimang und anderen Beamten nicht gehört zu werden, die einen höflichen Abstand zu ihnen einhielten. – «bitte geben Sie mir Ihr Ehrenwort, daß Sie absolut geheimhalten werden, was ich jetzt sage.»

«Ich gebe es Ihnen.»

«Der Kundün wird innerhalb der nächsten Stunde entfliehen!» Er hielt einen Moment inne, um die Ungeheuerlichkeit seiner Erklärung auf Tsun wirken zu lassen. «Seine Heiligkeit plant, die Regierung in den Süden zu verlegen. Wir möchten, daß Sie mitkommen.»

«Um Indien mit den Dokumenten schneller zu erreichen, wäre es besser, wenn ich allein reise.»

«Aber Sie sind sicherer mit uns, die Strecke wird gut bewacht sein, und ...»

«Werden Sie ebenfalls nach Indien gehen?»

«Das ist durchaus möglich.»

«Was für einen Zweck hat es dann, daß ich die Dokumente hinbringe? Denn die Welt wird den Kundün sehen und ihn selbst vom Schicksal Tibets sprechen hören.»

«Es ist nicht sicher ... nichts ist sicher. Wir müssen sehen, was geschieht, aber daß Sie die Sprache der Indschis verstehen, wird uns sehr nützlich sein.»

«Kuscho», sagte Tsun, «lassen Sie mir Zeit, darüber nachzudenken.»

Phala holte tief Luft, dann stampfte er ungeduldig mit dem Fuß auf. «Rimpotsche, was gibt es da zu überlegen? Nur wenige sind so glücklich, diese Gelegenheit zu haben. Wir brechen in einer Stunde auf.»

«Wenn ich mich nicht in Ihren Gemächern einfinde», antwortete Tsun höflich, «dann, weil ich Sie nicht begleiten kann.»

«Nicht kann!» sagte Phala ärgerlich, aber immer noch leise. «Sind Sie sich über die Chance klar, die ich Ihnen biete? Sind Sie sich klar, was in Lhasa geschehen könnte?»

Tsun nickte. «Ja, Kuscho. Aber ich bin zu einem der Führer des Mimang-Ausschusses gewählt worden, und wenn es nötig gewesen wäre, die Dokumente als Petition an die Vereinten Nationen zu überbringen, wäre das für mich ein Grund gewesen, das Land zu verlassen. Wenn nicht, wird das Volk alle Hilfe brauchen, die ich zu gewähren vermag, wenn ...»

«Wenn ich Ihnen sage, daß Sie dem Kundün auf seiner Flucht behilflich sein könnten, würde das die Sachlage ändern?»

«Ich werde darüber nachdenken.»

«Nachdenken», sagte Phala bitter, «ist ein Luxus. Jetzt ist es Zeit zu handeln!»

Ein junger Mann in der blauen Tschuba eines Laien ging an ihnen vorbei in den angrenzenden Betsaal und saß dort einige Augenblicke in stummer Meditation. Tsun rührte sich nicht, aber ihm war klar, daß er sich in der Gegenwart des Kundün befand.

Der Posten stand stramm, als der Hofmarschall sich aus der Dämmerung näherte. Er wurde von einem kleinen Trupp Soldaten begleitet. Phala deutete mit einem Kopfnicken auf einen unbewaffneten Soldaten. Der Posten reichte, wie er angewiesen worden war, dem jungen Mann ein Gewehr, und als er es ihm übergab, drückte ihm der Soldat etwas in die Hand. Er blickte hinunter auf das winzige Tonbröckchen. Es war von einer Wandtafel abgebrochen worden, die eine Reliquie enthielt, und von solchen Tafeln wurden Stückchen abgebrochen und in entscheidenden Augenblicken im Leben gegessen.

Der junge Soldat zog sich die Wollmütze tief in die Stirn und sein Halstuch über die untere Gesichtshälftc. Der Posten blickte zu ihm auf und sah in die Augen des Kundün. Langsam hob er das Tonbröckchen zum Mund und sah dem jungen Mann nach, der dem Hofmarschall durch das Seitentor in einen aufkommenden Sandsturm folgte.

In der Begleitung des Kundün reisten auch die Dokumente für die Vereinten Nationen; Tsun blieb in Tibet.

Die ganze Nacht meditierte er. Am nächsten Tag sprachen die Beamten, die noch im Norbulingka waren, mit den Mimang-Führern und versuchten, den Tibetern auszureden, als erste anzugreifen. Aber während sie noch verhandelten, verteilten die Widerstandskämpfer Waffen und verstärkten ihre Stellungen im Edelsteingarten. Die Menge draußen vor den Toren wurde größer, obwohl viele, die dort kampierten, kaum wußten, was eigentlich vor sich ging. Väter halfen ihren Kindern, im starken Wind Drachen steigen zu lassen, während die Frauen ununterbrochen Tee kochten und die neuesten Gerüchte weitergaben. Schon wurde getuschelt, der Kundün sei auf geheimnisvolle Weise verschwunden.

Ein großes Kontingent von Khampas und Soldaten war nach Süden entsandt worden, um die Han an einer etwaigen Verfolgung des Kundün zu hindern. Es wurde gemunkelt, daß die Han bereits Verdacht geschöpft hatten, aber sie waren den größten Teil des Tages damit beschäftigt, ihre Stellungen in der ganzen Stadt auszubauen. Viele Soldaten verschafften sich eine hübsche Nebeneinnahme, indem sie den Tibetern Munition verkauften.

Im Sommerpalast Seiner Heiligkeit ging alles weiter, als wäre nichts geschehen. Die Gärtner arbeiteten im Park, die Pferde wurden bewegt und gestriegelt. Diejenigen Büroangestellten, die nicht zum Militärdienst eingezogen waren, beugten sich über ihre Kassenbücher und Akten.

Genyen spürte Tsun im Betsaal auf. Sie stand an der Tür, den Rücken der Sonne zugewandt, die rechte Hand unter den Patronengurt geschoben, und warf einen langen Schatten. Eine ganze Weile ruhte ihr Blick auf Tsun, der in Meditation versunken dasaß, und voller Schrecken erkannte sie, wie stark doch der Gegner war, mit dem sie um sein Herz rang. Mit feuchten Augen wandte sie sich ab.

«Rimpotsche», sagte Dschettie leise und ein wenig scheu, weil er den Lama bei der Meditation störte. Aber es gab Dringendes zu bereden. «Rimpotsche?» sagte er noch einmal, diesmal etwas lauter.

«Ja, Dschettie?» Tsun sah mit seinen dunklen Augen, die so viele Menschen auf erschreckende Weise durchdringend fanden, zu ihm auf.

«Rimpotsche, die Führer des Freiheitsausschusses haben mich gebeten, mit Ihnen zu sprechen. Wir haben Berichte erhalten, daß die Han versucht haben, die Konsulate von Indien, Nepal und Bhutan zu durchsuchen.»

«Wie haben die Botschaften darauf reagiert?»

«Sie haben ausnahmslos die Erlaubnis verweigert, woraufhin die Han ihnen untersagt haben, ihre Gebäude zu verlassen.»

«Aha», sagte Tsun leise, «sie werden uns also bombardieren.»

Es herrschte einen Augenblick Schweigen.

«Das muß es sein», sagte Dschettie. «Aber wir werden siegen. Die ganze Stadt ist bereit, sich zu erheben.»

Tsun schien nicht gehört zu haben. Er sah Dschettie besorgt an. «Zerstreut die Menge um den Norbulingka, ich bitte euch darum.»

«Rimpotsche!» Dschettie war verblüfft. «Sie wissen doch, daß wir das nicht können!»

«Die Leute sind nicht im mindesten vor Granaten geschützt. Sie werden hingemetzelt werden.»

«Aber der Kundün!»

«Tote Menschen können den Kundün nicht beschützen.»

Schließlich stellte Dschettie die Frage, die zu stellen ihn der Freiheitsausschuß beauftragt hatte. «Rimpotsche, die Han scheinen anzunehmen, daß der Kundün geflohen ist oder sich irgendwo versteckt.»

Tsun sah Dschettie lange an, und der junge Mann bemerkte, wie bedrückt der Abt aussah. Tsun wußte, daß alle hier im Park entschlossen waren, den Norbulingka zu verteidigen und für ihre Sehnsucht nach einem freien Tibet zu sterben. Junge Büroangestellte, die in ihren knöchellangen Tschubas etwas fehl am Platz aussahen, wuchteten einen Granatwerfer auf eisernen Rädern durch ein Blumenbeet.

«Ob der Kundün entkommt», sagte Tsun bedächtig, «wird von den Göttern abhängen.»

Dschettie gab sich mit dieser Zweideutigkeit zufrieden und lächelte, während er dem Abt durch die wogende Menge in den Garten folgte.

«Dschettie, wir *müssen* die Menge zerstreuen.»

«Aber wie, Rimpotsche?» Dschettie fiel es schwer, mit dem Lama Schritt zu halten, der durch den Park eilte, vorbei an halb erblühten Blumenbeeten, die inzwischen von Hunderten von Menschen, die sich auf den Kampf vorbereiteten, zertrampelt worden waren. Sie erblickten Genyen, die dabei war, Kisten mit rückstoßfreien Gewehren aufzubrechen, die verteilt werden sollten.

Als sie heran waren, zählte Tsun die Patronen, die Genyen mit jedem Gewehr ausgab.

«Acht sind nicht viele, Genyen.»

Sie lächelte gequält. «Manche haben noch weniger.»

Sie hielt inne, aber Tsun lachte nur, schlüpfte mit dem rechten Arm aus seinem Obergewand und bedeutete ihr mit einer Handbewegung, daß sie sich nicht stören lassen sollte.

«Rimpotsche, wann brechen Sie auf?» fragte sie.

Er drehte sich um und begann langsam wegzugehen. «Wenn es Zeit ist», sagte er ausdruckslos.

Genyen ging ihm nach. «Du darfst es nicht zu lange aufschieben.»

Er lächelte über ihre Beunruhigung. «Ich weiß, Genyen, aber mach dir keine Sorgen.»

«Heute abend, wenn es dunkel ist, wäre es am ungefährlichsten. Mag sein, daß die Han dann Angst haben, aus ihren Löchern herauszukommen, aber tagsüber haben sie Lhasa größtenteils unter Kontrolle.» Sie kicherte. «Der Hofmarschall hat Fackeln bei Nacht verboten. Ich hatte nicht daran gedacht. Sie geben ein ebenso gutes Ziel ab wie Lagerfeuer.»

«Genyen, warum haben die Han zwei Granaten auf den Edelsteingarten abgefeuert?»

«Als Warnung.» Sie wunderte sich über die Frage.

«Wenn unsere einzige Reaktion darauf darin besteht, daß wir das Volk unzulänglich bewaffnen, dann stellen wir sicher, daß es vernichtet wird. Wir haben den Han nichts entgegenzusetzen, und du weißt es.»

«Wir alle wissen es», schrie Genyen wütend. «Aber werden sie einfach eine Stadt angreifen? Die ganze Stadt hat sich erhoben, Tsun. Du und ich, wir sind Khampas. Wir haben Kriegerblut in den Adern, aber das da ist das friedliche Volk von Lhasa. Und da draußen sind nicht nur Männer, sondern auch Frauen und Kinder, die seit Tagen ihre Freiheit gefordert haben, die zu den Konsulaten gezogen sind und darum gebeten haben, daß man sie anhört. Soll unsere Entschlossenheit geringer sein als ihre?»

Ehe er antworten konnte, kam Dschettie zurück und bat die beiden, ihn und drei andere Abgesandte in den Palast zu begleiten. Sie betraten einen Empfangsraum und wurden dem Privatsekretär des Kundün vorgestellt. Ein Mönch schloß die Tür hinter ihnen. In dem von Säulen getragenen Raum mit den zierlich geschnitzten und bemalten Dekorationen und den breiten, verglasten Fenstern herrschte die Stille früherer Zeiten. Der dicke Lama mit dem Kropf erwartete sie. Er begrüßte Tsun mit einem leichten Kopfnicken. Sie warfen sich alle vor dem leeren Thron des Kundün zu Boden, dann setzten sie sich und schlugen die Beine über Kreuz. Der Mönch schenkte Tee in die Becher, die auf kleinen Tischen vor ihnen standen.

Der dicke Lama hielt ein versiegeltes Schriftstück hoch. «Es ist vom Kundün», sagte er.

Der Älteste unter ihnen, ein Innungsmeister, nahm den Brief an sich und erbrach mit zitternden Händen das Siegel. Langsam las er die Formulierungen des Kundün vor, denen zufolge er widerstrebend einverstanden gewesen sei, aus der Stadt zu fliehen, in der Hoffnung, es werde ihm von einem Gebiet, das außerhalb der Kontrolle der Han lag, möglich sein, mit ihnen eine Übereinkunft auszuhandeln. Er dankte allen Mimang-Führern für ihre Treue und bat sie, das Volk dazu zu bewegen, friedlich zu bleiben und nicht mit Gewalttätigkeiten anzufangen.

Als die drei Abgesandten das zweistöckige Gebäude verließen, machten sie sich instinktiv zum Haupttor auf. Die Menge wurde von Stunde zu Stunde erregter und zorniger.

«Wird es die Leute überzeugen», murmelte Tsun, «wenn sie erfahren, daß sie den Kundün nicht länger zu beschützen brauchen?»

«Ob wir es wagen können, ihnen das zu sagen, Rimpotsche?» fragte Dschettie.

«Er ist schon fast einen Tag weg», gab Tsun zu bedenken.

«Und Gerüchte von seiner Flucht», fügte Genyen hinzu, «sind bereits im Umlauf.»

«Die Han suchen ihn schon», sagte Dschettie. «Wenn sie es erführen, würden sie ihn sofort verfolgen.»

«All diese Menschen, Tsun, sind hergekommen, um den Kundün zu schützen», sagte Genyen. «Je länger die Han im ungewissen sind, um so sicherer wird er sein.»

Als sie die Stufen zu dem goldüberdachten Balkon über dem Haupttor hinaufstiegen, begann einer der Mimang-Führer mit Dschettie zu flüstern. Tsun trat hinaus auf die granitene Mauer und erblickte Dschigme Taring, den Leibfotografen des Kundün, der Aufnahmen von der Menge machte. Seine hochgewachsene Gestalt war wohlbekannt, ebenso die Tatsache, daß er mit dem Kundün auf vertrautem Fuß stand und daß er in England zur Schule gegangen war. Seine Anwesenheit im Norbulingka würde viele davon überzeugen, daß auch der Kundün noch da war. Einschließlich der Han, dachte Tsun.

Seine Finger bohrten sich in die weiche Erde eines Blumentopfes, die zu Dutzenden auf dem Balkon standen und deren rot bemaltes Holz sich von den verschlungenen, zart schattierten Blumen in kräftigem Kontrast abhob. Hunderte von Gesichtern sahen gespannt zum Balkon hinauf, als ob sie einen weiteren Appell, sich zu zerstreuen, erwarteten. Der Ruf nach einem freien Tibet schwoll an. Zumindest, dachte Tsun und lächelte über die Ironie, haben sich die Tibeter beim Agitprop-Geschrei als gelehrige Schüler der Han erwiesen. Die Abendsonne glitzerte auf dem goldenen Relief an der Mauer. Er sah hinunter auf die Menge, die sich wie eine lebende Mauer um den Norbulingka aufgebaut hatte. Die meisten waren bewaffnet, mit Dolchen, Knüppeln oder irgend etwas, das als Waffe dienen konnte. Angehörige des Widerstands und der tibetischen Armee hatten an der Zufahrtsstraße Maschinengewehre in

Stellung gebracht. Viele Leute hatten sich häuslich eingerichtet, kochten auf Feuern, brühten Tee auf, spielten mit ihren Kindern und machten Tauschgeschäfte.

«Selbst wenn wir sie überzeugen könnten, Tsun ...» murmelte Genyen.

«... ist es zu spät», ergänzte Tsun.

Kloster Drebung

Die Wolken hatten sich verzogen, und die Sterne an dem gewaltigen Nachthimmel waren hell genug, um die Ansammlung weißer Gebäude am Fuß der das Tal von Lhasa umgebenden Berge zu beleuchten, die zutreffend Drebung, «der Reishaufen», genannt wurden. Drebung war das größte Kloster der Welt, und an den sechs Fakultäten der Kloster-Universität studierten 10000 Mönche aus ganz Tibet, aus der Mongolei, aus Ladakh, Sikkim, Bhutan und Nepal.

Kesang stand im Schatten eines Pferdes, befingerte einen Revolver und staunte über den Anblick der zahlreichen jungen Mönche, die geräuschvoll aus den schmalen Gassen zwischen den Klostergebäuden herbeiströmten. Viele trugen Fackeln und Sturmlaternen, die im Vergleich mit den Senföllampen in den Klosterräumen ein helles und hartes Licht verbreiteten. Beamte des Regierungsarsenals und des Klosters verteilten von drei Karren Waffen an die Mönche. Der Abt des Klosters sah zu. Ebenso wie die Mönche war er überzeugt, daß die Religion mit allem, was verfügbar war, verteidigt werden mußte.

Norbulingka

Die schwache elektrische Birne in dem schmutzigen weißen Plastikschirm verbreitete Trostlosigkeit in dem weißgetünchten Raum und dämpfte die Farben der Thankas und des Schreins. 30 Männer und Frauen, die alle der Mimang, der Nationalversammlung, den Innungen oder der Regierung angehörten, hockten auf Filzteppichen um einen Plan von Lhasa, der auf dem Fußboden vor ihnen ausgebreitet war, und erörterten mögliche Taktiken. Eine große Messing-Teekanne wurde auf einer Kohlenpfanne warmgehalten.

«Ich frage mich, was General Tan wohl nach Peking berichtet.»

Tsun nickte und nahm eine Prise von dem Schnupftabak, den ihm ein Mönch mit schütterem Bart anbot.

«Rimpotsche –» der Mönch klopfte sich ebenfalls Schnupftabak auf den Daumennagel und zog ihn ein – «wenn Sie Tan wären, und Peking hätte Sie kritisiert, weil Sie nicht verhindert haben, daß sich die Rebellion im Osten ausbreitete, würden Sie gern berichten, daß Sie nicht wissen, wo der Kundün ist, und daß eine offene Revolte der Bürger von Lhasa gegen die Han-Besetzung ausgebrochen ist?»

«Was wird er tun? Er kann nicht klein beigeben», sagte Genyen.

«Nein, aber er wird den Aufstand möglichst schnell und unauffällig beenden wollen», sagte Tsun. «Dann wird er dafür sorgen, daß dergleichen nie wieder stattfindet.»

«Sie setzen die Niederlage voraus, Rimpotsche.»

«Nein, ich habe bloß darüber nachgedacht, daß die Welt und Peking die Wahrheit von *uns* erfahren sollten.»

«Der Sender?» sagte Genyen überrascht.

Er nickte. «Aber das ist eins der bestbewachten Gebäude in Lhasa.»

«Sie haben recht», sagte Genyen. «Wenn wir es besetzen könnten, wäre das viele, viele Waffen wert.»

Die angeregte Unterhaltung stockte, als die Glühbirne unversehens flackerte und schließlich ausging, aber das war nichts Ungewöhnliches. Als dann jemand aufstand, um eine Sturmlaterne zu holen, schlug die erste Granate im Dach des kleinen Hauses im Norbulingka ein.

Fast mit einem Blick sah Tsun Genyens verblüfftes Gesicht, sah, wie der Schrein umkippte und die Butterlampen herabrutschten, sah, wie Holz und Putz herumflogen, dann wurde er umgerissen. Der Raum schwankte unter der Explosion, und Tsun schrie auf, als Trümmer auf ihn stürzten. Plötzlich war er in einem Knäuel von Armen und Beinen gefangen und hörte das Zersplittern von Glas.

Während er sich zu befreien bemühte, erschollen Warnungsrufe, und bald schlugen Flammen aus den Vorhängen des Schreins hervor, entzündet von den glühenden Kohlen aus der Wärmepfanne, die im Raum umhergeflogen waren.

Zwei Männer schlugen mit ihren Schwertern die Vorhänge herunter, und Tsun, der sich inzwischen aufgerappelt hatte, warf Teppiche auf ein sich rasch ausbreitendes Feuer auf dem Fußboden.

«Genyen, wo bist du?» rief er. Die Flammen waren zwar erstickt, aber er sah, daß noch immer Kohlen in den Trümmern glommen.

«Macht, daß ihr rauskommt», schrie er. «Das Haus brennt ab!»

Ringsum versuchten Leute stöhnend und fluchend, sich zu befreien und in der Dunkelheit durch den Schutt nach draußen zu gelangen. Plötzlich gab es draußen eine gewaltige Explosion, und man hörte Schreie aus der Menge, die vor der Mauer des Norbulingka kampierte.

Der Raum wurde von einem weiteren Einschlag erschüttert. Wieder zersplitterte Glas, und in Qualm und Dunkelheit sah Tsun scharfe Bruchstücke aufblitzen. Ein Splitter grub sich neben ihm in eine Holzsäule und zitterte für einen kurzen Augenblick.

«Genyen?»

«Hier, Tsun! Hilf mir!»

«Wo bist du?»

«Hier am Schrein, Rimpotsche.» Einer der Mimang-Führer bemühte sich, Genyens Beine unter dem umgekippten Schrein hervorzuziehen.

Tsun half ihm, den Schrein anzuheben. Genyen schrie vor Schmerz. Ihre Beine waren blutbedeckt, ein großer Glassplitter hatte sich in den Schenkel gebohrt und saß da fest.

«Kunjosum!» schrie Genyen, als Tsun versuchte, das Glas herauszuziehen.

Wieder wurde der Raum von einer Explosion erschüttert, der Schrein kippte von neuem, und Statuen, rituelle Gegenstände und heilige Schriften stürzten zu Boden. Tsun hörte Dschetties aufgeregte Stimme, der mit ein paar anderen Männern versuchte, einem von herumfliegendem Glas verletzten Beamten aufzuhelfen.

Tsun brachte die Blutung an Genyens Bein mit einer Glücksschärpe zum Stehen. Es war ein sauberer, tiefer Schnitt bis auf den Knochen, aber die Sehne war nicht durchtrennt, und kaum hatte Tsun den primitiven Verband angelegt, da war sie schon wieder auf den Beinen. Sie wußten beide, daß die Wunde mit einer Kräuterlösung ausgewaschen werden mußte, da die Gefahr einer Entzündung groß war, aber das war im Augenblick unwichtig.

Unerbittlich wurde der Norbulingka mit Granaten beharkt. Schon wieder explodierte eine in der Nähe des Raumes, in dem sie sich befanden, und durch die Druckwelle flog ihnen das Mauerwerk um die Ohren.

«Wir müssen raus!» schrie Tsun. Seine Worte gingen unter im Blitzen und Krachen einer weiteren Explosion.

35

Kloster Drebung

Kesang sah aus dem Fenster eines Hauses in Drebung. Die Berge um das breite Tal von Lhasa erhoben sich schattenhaft aus der Dunkelheit, Lhasa selbst und der Potala, etwa 5 Kilometer entfernt, waren hinter Ausläufern des Gebirges verborgen. Doch sah Kesang jähe Blitze aufzucken, und Augenblicke später hörte er das tiefe Grollen der Geschütze. Er bewegte betend die Lippen und verschob die Perlen seiner um die Hände geschlungenen Gebetskette. Senge kuschelte sich an seine Füße. Er blickte winselnd zu dem Jungen auf, und Kesang spürte, wie sein kleiner Körper zitterte.

Zu dieser Nachtzeit waren die Fenster im Kloster gewöhnlich dunkel, denn der Tagesablauf wurde von Aufgang und Untergang der Sonne bestimmt. Heute herrschte überall noch Leben. Kesang sah nicht hinunter auf den Tumult in den schmalen Straßen von Drebung, wo Hunderte von Mönchen, manche mit elektrischen Taschenlampen und Sturmlaternen, umhereilten und über die neuesten Nachrichten oder Gerüchte sprachen. Viele schenkten den Gerüchten über die Flucht des Kundün inzwischen Glauben. Alle wußten genug über das, was in anderen Klöstern geschehen war, um sich entweder zu bewaffnen oder die Flucht in den Süden zu planen.

Der Raum wurde von zwei Senföllampen beleuchtet. Die Flammen flackerten heftig im Luftzug, der durch das offene Fenster hereinkam, und warfen seltsame, tanzende Schatten auf die Wände. Rintschen zog sein langes, braunes Mönchsgewand aus, faltete es sorgfältig zusammen und betrachtete eine Weile einen Haufen Lumpen, der in einer Ecke lag.

Er beobachtete Kesang, dessen Lippen sich stumm bewegten, der aber nicht mehr in die Dunkelheit hinausblickte, sondern die Augen meditierend halb geschlossen hatte.

«Rimpotsche.»

Kesang rührte sich nicht.

«Rimpotsche ... Kesang-la?»

«Ja, Rintschen-la.» Der Junge drehte sich um und starrte ungläubig auf die geflickte und zerfetzte Laientschuba, die der Verwalter anhatte. Rintschen sah an sich herab und stimmte dann in Kesangs hemmungsloses Gelächter ein.

«Das da sind Ihre, Rimpotsche.» Rintschen deutete auf eine dreckverkrustete Schaffell-Tschuba und einige Lumpen.

Kesang legte seine Gewänder ab und begann, immer noch lachend, die abgetragenen Stiefel anzuziehen, die zu der Tschuba gehörten. Er band sich einen fleckigen roten Stoffgürtel um die Taille, und die lange, gelockte Wolle des Schaffells, das er direkt auf der Haut trug, wurde an den Rändern herausgepreßt. Senge rannte um ihn herum und kläffte aufgeregt, der alte Pelz schien eine Fülle von wohlbekannten Gerüchen auszuströmen. Er setzte sich hin und schnupperte ausgiebig an den Stiefeln, dann stellte er sich auf die Hinterbeine und beroch die Tschuba. Kesang lachte und schubste ihn weg. Er setzte eine Schaffell-Mütze auf, stemmte die Arme in die Hüften und sah kämpferisch aus.

«Ihr Gesicht ist viel zu sauber», sagte Rintschen.

Kesang ging zur Kohlenpfanne, auf der die Teekanne stand. Er benutzte die Mütze als Topflappen, hob die Kohlenpfanne seitlich an und fuhr mit den Fingern am inneren Rand entlang. Den Ruß schmierte er sich ins Gesicht.

Er sah Rintschen an und bemerkte, daß der Verwalter einen Revolver in seine Tschuba steckte. Rintschen, der nicht sicher war, ob Kesang es gesehen hatte, lächelte und hatte ein schlechtes Gewissen. Kesang rieb die rußigen Finger an Senge ab, dem das gar nicht zu gefallen schien.

«Wir brauchen Körbe mit Yakdung», sagte Rintschen und hängte Kesang die Riemen der röhrenförmigen Körbe über die Schultern. «Und einen Stock.» Er sah sich im Zimmer um. «Ich kann mir ja ein lahmes Bein zulegen», sagte er.

Als sie durch die schmale Gasse gingen, die ins Tal hinunterführte, eilten ständig bewaffnete Mönche an ihnen vorbei. Einer erkannte sie und erkundigte sich nach dem Grund für ihre Verkleidung. Ungeduldig setzte Rintschen zu einer Erklärung an, während Senge begann, an einem Mauerfundament herumzubuddeln.

«Es ist zu gefährlich», sagte der Mönch, «wenn ihr zu zweit geht. Laßt uns eine Botschaft an den Widerstand schicken und eine Eskorte anfordern.»

Rintschen lehnte den Vorschlag ab, und seine Besorgnis wuchs, als sich noch andere Mönche einfanden, die wissen wollten, was da vor sich ging. Als der Mönch merkte, wie dringend Rintschen daran gelegen war, schnell wegzukommen, verbeugte er sich und überreichte erst Kesang, dann dem Verwalter Glücksschärpen.

«Kesang, schnell jetzt.»

Rintschen wandte sich ab und begann, die Gasse hinunterzulaufen.

«Senge, komm jetzt!» Kesang nahm den Hund auf und steckte ihn in seine Tschuba.

Plötzlich beugte sich einer der Mönche vor und drückte Kesang ein kleines, in gelbes Tuch eingeschlagenes Päckchen in die Hand.

«Ich habe diese Reliquie von meinem Lehrer geschenkt bekommen», sagte er. «Ich hoffe, sie wird Ihnen helfen.» Kesang murmelte seinen Dank, steckte das Päckchen in den Korb, der an seiner Schulter hing, und eilte Rintschen nach.

Sie waren fast eine Stunde durch die Gerstenfelder gegangen. Die trüben Lichter von Drebung waren nicht mehr zu sehen, und auch die Sterne wurden von tiefhängenden Wolken verhüllt. In der Dunkelheit halfen ihnen die Mani-Mauern und Tschörten, die dann und wann an dem nur undeutlich erkennbaren Weg lagen, die richtige Richtung einzuhalten.

Aus der Ferne hörten sie das Krachen der Han-Geschütze. Keiner von ihnen sprach. Es war unvorstellbar, daß irgend jemand dieses heftige Feuer überleben würde. Zwei Stunden später hörten sie Motorengeräusch. Es übertönte das Dröhnen der Geschütze. Sie blieben stehen und lauschten. Jedes andere Geräusch wäre willkommener gewesen.

«Han-Lastwagen!» flüsterte Rintschen. Kesang lauschte; vor langer Zeit hatte er dieses Geräusch schon mal gehört ... eiserne Kanonen auf Rädern!

Sie gingen weiter, als die Panzerkolonne die nördliche Straße am Fuß der Berge einschlug, die zum Potala führte.

Die Wolken begannen aufzureißen, und Kesang konnte in der Ferne den undeutlichen schwarzen Umriß des Potala erkennen und dicht dabei den hohen Eisenberg, auf dem die Medizinische Hochschule stand. Vor ihnen strömte der reißende Kyitschu-Fluß; als Silhouette hoben sich fünf Yakhautboote gegen ihn ab, die mit einem Ende zum Trocknen auf Pfähle aufgebockt waren. Andere lagen wie schwarze Kuppeln kieloben auf dem niedrigen, sandigen Ufer. Vorsichtig näherten sie sich dem Ufer und hielten nach dem Lagerfeuer der Bootsführer Ausschau.

Kesang deutete auf eine Rauchfahne, die hinter drei aneinandergelehnten Yakhautbooten aufstieg.

«Vergiß nicht zu hinken, Rintschen», murmelte er. Der Verwalter begann das rechte Bein nachzuziehen und stützte sich auf seinen Stock, als sie auf die Yakhautboote zugingen. Eine schemenhafte Gestalt kam hinter den Booten hervor, und eine Taschenlampe schien ihnen in die Augen. Dann sahen sie die olivgrüne Uniform und das chinesische Gewehr in der anderen Hand.

Rintschen verbeugte sich tief, streckte die Zunge heraus und zog mit der übertriebenen Demut eines Bettlers den Atem ein.

«Kuscho, wir suchen einen Bootsführer, der uns zu unserem Dorf auf die andere Seite übersetzt. Wir haben Verwandte besucht.»

Der junge Han-Soldat verstand nicht und rief einen Kameraden, der sich ebenfalls hinter den Yakhautbooten verborgen hatte. Er war etwas älter und rauchte eine Zigarette. Teils mit Gebärden, teils mit tibetischen Brocken begann er Rintschen auszufragen. Unter Zuhilfenahme weit ausholender Gesten erzählte Rintschen die vorher zurechtgelegte Geschichte.

«Du brauchst dich vor uns nicht zu verbeugen, Alter», sagte der Soldat und erklärte, wiederum tibetisch radebrechend, daß die Volksbefreiungsarmee gekommen sei, um arme Tibeter wie sie beide von ihrer Unterwürfigkeit zu befreien. Sein Blick fiel auf Senge, der aus Kesangs Amba herausschaute, und während er den Kopf des Hundes streichelte, bestritt er, irgend etwas von Bootsführern zu wissen. Kesang merkte, daß der jüngere Soldat mit seiner Taschenlampe in ihre Körbe leuchtete. Der ältere Soldat gab Kesang einen Bonbon und empfahl ihnen, wieder zu ihren Verwandten zurückzugehen.

«Kehrt lieber um.»

Rintschen nahm Kesang an die Hand.

Als die beiden schon halb im Weggehen waren, rief er sie zurück.

«Hier!» Er drückte Kesang ein paar Münzen in die Hand. «Wir brauchen Brennmaterial.» Er führte sie ans Lagerfeuer und machte Kesang ein Zeichen, den Yakdung aus seinem Korb auszuleeren. Kesang stülpte den Korb auf dem Boden um und hob ihn hoch, so daß der Yakdung in einem säuberlichen Haufen dalag.

Rintschen dankte dem Soldaten überschwenglich, und als sie sich eilig umdrehten, um wegzugehen, sahen beide, daß der jüngere Soldat mit seinem Bajonett in dem Yakdung stöberte und etwas herauszog.

«Was ist das?» Der Soldat mit der Zigarette bemerkte den ängstlichen Ausdruck auf Kesangs Gesicht. Er steckte die Zigarette in den Mund, lehnte sich an das Yakhautboot und legte die Hand auf seine Pistole. Der jüngere Soldat hielt das Reliquienkästchen hoch. Es glänzte im Schein des Lagerfeuers. Die beiden anderen Mitglieder der Patrouille, die die ganze Zeit am Feuer gesessen hatten, standen auf, um es sich anzusehen.

«Das gehört mir», sagte Kesang.

«Dir?» Der Korporal machte ein ungläubiges Gesicht. Dann packte er Kesang am Arm und winkte Rintschen, sich ans Lagerfeuer zu setzen. Rintschen trat heran, und Kesang sah, daß er mit der rechten Hand in seine Tschuba griff. Er war kaum zwei Schritte von dem Korporal entfernt, als er, auf seinen Stock gestützt und gebeugt, um sich hinzusetzen, durch die Tschuba hindurch feuerte. Der Korporal stöhnte auf, taumelte und brach zusammen.

«Lauf, Kesang, lauf!» schrie Rintschen.

Blut sickerte durch den olivgrünen Waffenrock; einer der anderen Soldaten packte Rintschen. Kesang ballte die Faust und stieß sie dem Mann zwischen die Beine. Senge stürzte sich auf den dritten, als er gerade sein Gewehr abdrückte, so daß die Kugel haarscharf an Rintschens Arm vorbeiging. Der jüngste Soldat war hinter den Yakhautbooten in Deckung gegangen.

«Lauf!» schrie Rintschen. Als er sich rasch umdrehte, stolperte er über den zweiten Soldaten, der mit schmerzverzerrtem Gesicht auf dem Boden kniete und seine Genitalien umklammerte. Er sah, daß der Mann nach seinem Gewehr griff, und zum zweitenmal in dieser Nacht drückte Rintschen seinen Revolver ab.

Kesang sah zurück, als er den zweiten Schuß hörte. Rintschen keuchte hinter ihm her, der Hund rannte zwischen ihnen.

«Lauf, Kesang!»

Sie rannten aus Leibeskräften, um in der lebensrettenden Dunkelheit Schutz zu finden.

Ein einziger Schuß. Ein Stöhnen. Kesang drehte sich um. Rintschen lag auf der Seite. Weitere Schüsse. Eine Kugel zerfetzte den Ärmel von Kesangs Tschuba. Er rannte mit dem Hund in die Dunkelheit, den Bergen zu.

36

Norbulingka

Tief gebückt rannten Männer mit Schaufeln zwischen den Bäumen hindurch.

«Grabt!» schrie Tsun. «Mit allem, was ihr finden könnt. Grabt tief genug, damit man darin liegen kann. Dann haben wir eine Chance.»

Niemand hatte je einen Artilleriebeschuß erlebt, und wenige glaubten, daß sie die Nacht überleben würden. Zahlreiche Verwundete waren in einen der Tempel im Norbulingka gebracht worden, wo tibetische Ärzte sie versorgten. Auch Genyens Verletzung wurde dort mit geeigneten Kräutern ausgewaschen und richtig verbunden. Nur eine halbe Stunde lang hatte das Bombardement zwischendurch aufgehört. Während dieser kurzen Pause hatten die Mimang-Führer vereinbart, so viele Schützengräben wie möglich auszuheben, und alle, die nicht durch militärische Aufgaben in Anspruch genommen wurden, halfen jetzt bei der Arbeit. Es war so kalt, daß ihr Atem in der Nachtluft gefror.

Tsun stand da, lauschte und zählte die Einschläge der Haubitzengranaten; scharfer Rauch und Staub kratzten ihn in der Kehle, und er hustete. Gestalten rannten planlos umher, gingen eilig in Deckung, sprangen wieder auf und rannten weiter. In den wenigen Augenblicken, in denen die Geschütze schwiegen, hörte man das Schreien und Stöhnen der Verwundeten, der Ängstlichen und derjenigen, die sich verirrt hatten. Als es wieder einmal einen Moment ruhig wurde, rannte Tsun los, und nur das Knirschen des Kieses auf dem Weg gab ihm die Richtung zum Haupttor an.

Gerade rechtzeitig hörte er zwei Pferde schnauben, die in panischer Angst über seinen Weg galoppierten. Er sprang zur Seite. Das Bombardement hatte wieder eingesetzt, und eine Granate explodierte so nahe bei ihm, daß ihn die Druckwelle erfaßte, ihm die Hitze in die Lunge trieb und ihn mit einem Hagel von Erde, Steinen und den Zweigen einer durch die Explosion zerfetzten Weide überschüttete.

Als sich der Rauch verzog, sah er die hochragende Granitmauer des Norbulingka vor sich. Dutzende von Soldaten, Khampas und einfachen Bürgern von Lhasa liefen um die großen Holztore herum.

Tsun geriet mit dem Fuß unter etwas Weiches, er stolperte und fiel längelang auf einen Toten. Er stützte sich auf die Leiche, um wieder auf die Beine zu kommen, dann wischte er sich die blutbefleckte Hand an seinem Gewand ab.

Auf den Stufen, die zu dem prächtigen, goldüberdachten Balkon über dem Tor führten, zwängte er sich an einer Gruppe Soldaten vorbei, die Mörtel zwischen den Granitblöcken herausmeißelten, um eine Schießscharte für ein Maschinengewehr zu schaffen. Als Tsun auf den Balkon trat, war er erleichtert, daß die Megaphone noch auf einem niedrigen Tisch im Hintergrund lagen.

Hinter der Mauer war weniger Rauch, und er erkannte, daß die Han sehr sorgfältig gezielt hatten. Die meisten Granaten fielen innerhalb der Mauer und wurden aus drei Richtungen abgefeuert: von der Han-Garnison nördlich des Parks, vom Hauptquartier der Volksbefreiungsarmee jenseits des Glücklichen Flusses im Süden und vom Schuchtilingka, einem kleinen Park, den die Han angelegt und dem Kundün geschenkt hatten. In den letzten Tagen hatten ihn Hunderte von Han-Soldaten mit Sandsäcken gesichert und Artilleriestellungen ausgehoben. Dies erklärte, warum es kaum einmal eine Feuerpause gegeben hatte.

Die riesige Menge lief ziellos herum. Einige Leute versuchten verzweifelt, direkt in der Feuerlinie den Weg zum Potala und zur Stadt einzuschlagen. Immer mal wieder landete eine Granate zu kurz und richtete ein schreckliches Blutbad unter den Hilflosen an. Tsun nahm ein Megaphon zur Hand.

«Geht auf die Wiesen, da seid ihr in Sicherheit», brüllte er. «Der Kundün ist in Sicherheit. Er möchte, daß ihr euch ebenfalls in Sicherheit bringt.»

Immer von neuem wiederholte er seinen Ruf. Erst wurde er nur von wenigen verstanden, doch dann machten sich einzelne und schließlich immer größere Scharen in Richtung der Wiesen auf.

Als Dschettie später in der Nacht auf den Balkon kam, um Tsun zu helfen, fand er ihn mit Schmutz und Blut bedeckt, das Gewand zerrissen, die Stimme heiser, und unermüdlich schrie er gegen das Dröhnen der Explosionen an.

Mehr als 10000 Menschen kampierten um den Norbulingka, und drinnen waren 1000 Verteidiger. Kaum eine ihrer Waffen konnte die Han-Stellungen erreichen. Die einzige Vergeltung kam vom Eisenberg, wo sich eine Batterie der tibetischen Armee mit einem Geschütz eingegraben hatte und den Schuchtilingka beschoß.

Erst im Morgengrauen hörte die Beschießung auf. In der Frühlingssonne blickten Tsun und Dschettie über den Norbulingka, sämtliche Gebäude lagen in Trümmern. Zwischen den durcheinandergewürfelten und niedergebrochenen Weiden und Pappeln, von denen die dort aufgespannten Gebetsfahnen heruntergerissen waren und nun ein seltsames Spinnennetz auf dem Boden bildeten, lagen die zerfetzten und verstümmelten Überbleibsel von Menschen und Pferden. Der ganze Park war übersät mit Granattrichtern.

Die Tore unter dem Balkon öffneten sich, und die verbliebene Menge jubelte, als Genyen und eine Abteilung Khampas mit zwei uralten Feldgeschützen hinausritten, die von Mauleseln gezogen wurden. Genyen sah zu Tsun hinauf und winkte. Dann deutete sie gen Himmel. Tsun und Dschettie erblickten zwei Yun-5-Doppeldecker, die nach Süden flogen und deren große Wendigkeit bei niedriger Fluggeschwindigkeit sie für die Aufklärung im Gebirge ideal machten.

Lhasa, Innenstadt

Die beiden Flugzeuge kreisten niedrig über der Stadt und meldeten dem Oberkommando des Militärbereichs über Funk die Stellungen der «Rebellentruppen». Die Aufständischen hatten sich in den großen, wuchtigen Türmen an beiden Enden des Potala verschanzt und bereits erfolgreich einen Infanterieangriff der Han auf den Palast abgeschlagen. Unterhalb des Potala, im Weiler Scho, hatten

Han-Infanterie und Panzer die Hauptstraße zur Stadt abgeriegelt. Auf beiden Seiten der Barrikade protestierten Hunderte von Zivilisten. Die Piloten berichteten, die größte Demonstration mit Tausenden von Teilnehmern fände auf dem offenen Gelände vor dem Nachschubzentrum der Han statt. Die Leute waren den ganzen Morgen über mit Bannern, Plakaten und der Forderung nach Freiheit auf den Lippen dort hingeströmt, und obwohl die Demonstration bisher friedlich verlaufen war, bestätigten die Piloten, daß von ihr die potentiell größte Gefahr ausging. Im Nachschubzentrum befanden sich nicht nur Lastwagen und Jeeps, sondern auch Kraftstoffvorräte. Der nahegelegene Sender war schon zweimal erfolglos angegriffen worden. Außerdem kam die ständig wachsende Menge dem Hauptquartier zu nahe. Vier mit Maschinengewehren bewaffnete Jeeps wurden entsandt, um sie zu zerstreuen.

Die Piloten bemerkten eine erhöhte Aktivität am Dschokhang und meldeten, daß Barrikaden auf dem Platz errichtet wurden. Ihre Berichte über die starke Konzentration von tibetischen Truppen und irregulären Khampa-Soldaten am Fluß erhärteten den Verdacht, daß man den Kundün aus Lhasa heraus und in die Berge im Süden geschmuggelt hatte, wo der Widerstand noch stark und ungebrochen war.

In den schmalen Gassen zwischen den Häusern rings um den Dschokhang konnten die Piloten nicht viel erkennen. Pema, Namgyal, Dschigme und Tschampa preßten sich an eine Mauer und beobachteten die über sie hinwegfliegenden Maschinen. Sie hatten ihren Aufbruch zu lange hinausgezögert und stellten jetzt fest, daß sie nicht mehr nach Drebung gelangen konnten. Pema trug eine dicke Serge-Tschuba und Filzstiefel. Ihr Haar war jetzt nicht mehr im Han-Stil zu Zöpfen geflochten, sondern fiel lose herab.

Das einzige Geräusch in der schmalen Gasse war das eifrige Grunzen zahlreicher Schweine, die in einem Abfallhaufen stöberten, aber von überall in der Stadt hörte man Gewehrschüsse, und vom Norbulingka und dem Potala den Artilleriebeschuß. Namgyal gab den anderen ein Zeichen, und so schnell wie möglich eilten sie die Gasse hinunter, immer an den weißgetünchten Mauern entlang.

Plötzlich sah Pema vier Han-Soldaten gebückt über ein Flachdach rennen. Sie verschwanden, und die unnatürliche Stille auf der Gasse bereitete Pema Unbehagen; sie war überzeugt, daß jeden Moment eine Schießerei ausbrechen würde.

Als die vier am Ende der Gasse anlangten, ergriffen ein paar Schweine erschrocken die Flucht. Eins von ihnen rannte Tschampa direkt vor die Füße. Der junge Mann stolperte, rutschte aus und fiel über das grunzende Borstentier. Während er sich den übelriechenden Modder von seiner Tschuba abwischte, bog eine Frau mit einem kleinen Mädchen an der Hand um die Ecke. Auf der Schulter trug sie einen großen, ledernen Wassereimer. Pema schätzte sie auf etwa Dreißig, ihre Tschuba und die buntgestreifte Schürze waren streifig vor Dreck. Die beiden Frauen lächelten einander zu. Pema hörte Tschampa lachen und sah sich um. Das kleine Mädchen war barfuß auf ihn zugerannt, stand in seiner zu kurzen Tschuba, eine Hand in der Pofalte, mit gebeugten Knien vor ihm und lachte hemmunglos über den über und über beschmutzten jungen Mönch, der versuchte, sich zwischen den Schweinen einen Weg zu bahnen.

«Halt!» Tschampa fuhr herum, als er die Han-Stimme hörte. Aus der Gasse hinter ihm kam eine Han-Patrouille von etwa zwanzig Mann auf ihn zu. Der Offizier hielt ihn mit einem Gewehr in Schach. Pema, Dschigme und Namgyal, die bereits um die Ecke und damit außer Sichtweite der Patrouille waren, vernahmen den Ruf ebenfalls. Die Frau mit dem Eimer hatte gerade ihre Haustür erreicht und rief sie leise. Eilig folgten die drei ihr und dem Kind nach drinnen.

Das Bajonett grub sich in Tschampas Tschuba. Der Offizier musterte ihn mißtrauisch. Die Soldaten waren nervös und warfen dauernd Blicke auf die Flachdächer. An einer Hausecke flatterten an einer Stange befestigte Gebetsfahnen im Wind. Was immer der Offizier zu Tschampa sagen wollte, ging unter im Gekreisch und Geschrei einer Heerschar von Frauen, die plötzlich auf den Dächern zu beiden Seiten der Gasse auftauchten. Als sie begannen, die Soldaten mit großen Steinen zu bombardieren, die hinter den Brüstungen bereitgelegen hatten, rannte Tschampa los.

«Tschampa!» Er sah Dschigme an der Haustür der Frau stehen und stürzte gebückt darauf zu.

Die Frauen waren geschickt; sie warfen in zwei Wellen, ein ständiger Steinhagel regnete auf die Han nieder, und sie hatten kaum Gelegenheit, sich von der Überrumpelung zu erholen. Drei Han fanden Deckung in Hauseingängen und eröffneten das Feuer. Eine Frau stürzte mitsamt dem wurfbereiten Stein in der Hand vom Dach. Doch nun kamen aus einem der Häuser acht Khampas gerannt und räumten mit ihren langen Dolchen rasch unter der Patrouille auf. Es war kein Schuß mehr zu hören. Nur Minuten waren vergangen, da lagen ein Khampa und achtzehn Han-Soldaten tot auf der Gasse.

Durch Löcher im Reispapier des Fensters sahen die vier jungen Leute zu, wie die beiden letzten Soldaten umgebracht und den zwanzig Toten rasch Waffen und Munition abgenommen wurden. Die Frauen waren nicht mehr zu sehen.

«Kommt», winkte Dschigme und trat auf die Straße hinaus. Als die anderen sich bei der Frau bedankt und das kleine Haus verlassen hatten, stopfte er sich gerade eine Selbstladepistole in die Tschuba, die er den Khampas abgeschwatzt hatte.

Am Barkor wurde heftig gekämpft. Die Han hatten eine Reihe von Läden befestigt und beschossen von dort die Stellungen im Dschokhang. Geduckt und dicht an den Hauswänden entlang führte Dschigme die drei anderen zu einem Seiteneingang des vierstöckigen Tempels im Herzen der Stadt.

Norbulingka

Die Häuser im Park des Norbulingka waren befestigt und mehr Schießscharten für Maschinengewehre durch die große Umfassungsmauer geschlagen worden. Tsun hatte bemerkt, daß die Telegrafenleitungen zwischen den Han-Lagern rings um den Norbulingka intakt waren, und er besprach gerade mit Dschettie, wie sie am schnellsten und einfachsten zerstört werden konnten, als wilder Jubel von der Menge draußen ihre Unterhaltung unterbrach; sie eilten zum Haupttor. Ein großer Lastwagen fuhr langsam herein. Zahllose Menschen hockten auf der Ladefläche, saßen auf dem Dach des Führerhauses oder standen auf den Trittbrettern.

«Tul-lok!» Tsun traute seinen Augen nicht, als ein Mann mit einem blutigen Verband um den Kopf, dem ein Ohr fehlte, aus dem Führerhaus kletterte. Er stürzte auf ihn zu und drückte ihn an sich.

«Ich habe gehört, ihr wärt knapp an Munition, deshalb habe ich welche hergebracht!»

«Und ich habe gedacht, du wärst tot!»

«Es war nicht so schlimm», sagte Tul-lok und deutete auf seinen Kopfverband. «Man hielt mich für tot und ließ mich liegen. Dann war ich im Potala.»

«Wie stehen die Dinge dort?»

«Wir haben zwei Infanterieangriffe abgeschlagen. Sie haben immer wieder neue Leute eingesetzt, die aber alle niedergemäht wurden. Wo ist Genyen?»

«Sie ist mit zwei Feldgeschützen zur Garnison geritten, um das Feuer der Han abzulenken.»

«Sie ist verrückt!» Tul-lok sah seinen Vetter an. «Nichts kann die Han von hier aus erreichen. Wir werden in Grund und Boden bombardiert.»

Mit einem Blick in die Runde konnte man sehen, wie recht Tul-lok hatte. Wenige Schritte entfernt lagen die verbogenen Überreste des goldenen Gesetzesrades von der Säulenhalle des Tempels; das Dach darüber war geschwärzt und teilweise eingestürzt.

Die beiden Männer standen am Eingang zum Palasttempel. Säulen hingen windschief auf ihren Fundamenten, ein Ende des Dachbalkens ruhte auf der Erde. Mehr als hundert Schwerverwundete lagen in dem schwach erleuchteten Tempel. Wo immer es möglich war, entfernten Mönche und Laien Granatsplitter, nähten Wunden und versuchten Blutungen zu stillen, wobei sie nur ein Minimum an Hilfsmitteln besaßen, keine Narkotika und nur wenig, um Schmerzen zu lindern. Viele der Verletzten hatten schwere Bauch- und Brustwunden und wußten, daß sie sterben würden. Am anderen Ende des Tempels stand noch eine Statue von Tschenresi, der seine tausend Arme der leidenden Menschheit entgegenstreckte.

Südtibet

Der junge Mann in der dunkelblauen Tschuba und der Wollmütze trieb sein Pferd den Bergpfad hinauf, der so schmal war, daß man einzeln hintereinander reiten mußte. Die Wolken hingen tief, der junge Mann putzte seine regennasse Brille am Ärmel ab und lauschte den Flugzeuggeräuschen über ihnen. Die Wolken schützten die Reisegruppe des Kundün davor, entdeckt zu werden.

37

Dschokhang

Pema hatte sich eine gestreifte Schürze leihen müssen, die gewöhnlich nur von verheirateten Frauen getragen wurde. Wenn man sie anhob und auseinanderzog, konnte man acht Handgranaten darin unterbringen. In der Nacht hatten der Stadtrat von Lhasa und die Mimang-Führer beschlossen, vor Tagesanbruch einen Angriff auf die wichtigsten Han-Stellungen zu unternehmen, die rings um den Dschokhang lagen und die Innenstadt vom Norbulingka abschnitten. Angehörige der Zünfte und Freiwillige erhielten Waffen aus dem Regierungsarsenal im Dschokhang. Denn ob es sich um den Reichtum einer Familie, den Getreideüberschuß eines Dorfes oder die Waffen des Staates handelte, die Klöster waren seit eh und je die sichersten Verwahrungsorte.

Die ganze Nacht hindurch drängten sich Pema und Dutzende andere Frauen durch die Masse der zahllosen Flüchtlinge, die in den großen Höfen kampierten, und transportierten in ihren Schürzen Handgranaten und Munition. Sie alle fühlten sich sicher im Dschokhang, der vor 1300 Jahren, als das Land zum Buddhismus bekehrt wurde, von König Srongtsen Gampo erbaut worden war, um die herrliche Buddha-Statue aufzunehmen, die seine Han-Gemahlin ihm mitgebracht hatte. Viele Flüchtlinge hatten sich innerhalb der Tempelmauern in Sicherheit gebracht, sich in den vierstöckigen Gebäuden, die die Höfe umgaben, häuslich eingerichtet und in den Andachtsräumen ihre Butterlampen und Glücksschärpen denen früherer Generationen hinzugefügt. Da sie wußten, daß der Dschokhang, der Tempel des Buddha, nicht nur die heiligste Stätte im Land war, sondern von Menschen in ganz Zentralasien verehrt wurde, hegten wenige Zweifel an ihrer Sicherheit.

Norbulingka

Der Rabe, ein Vogel der Götter und gewöhnlich so erpicht darauf, bis zum Ende dabeizusein, war weggeflogen, kurz bevor am späten Nachmittag der Artilleriebeschuß auf den Norbulingka wieder einsetzte. Hoch oben auf dem grob behauenen Telegrafenmast arbeitete Dschettie weiter, durchschnitt die Leitungen und betete, daß ihn keine Granate traf. Viele der Menschen rings um den Park waren geflohen und hatten dann festgestellt, daß die Straße zur Stadt durch Han-Barrikaden und Panzer versperrt war, so daß sie umkehren mußten. Andere hatten in den Wiesen Zuflucht gesucht, und Hunderte versuchten, den Fluß zu erreichen, um nach Süden zu entkommen. Aber Tausende waren noch da, entschlossen, Widerstand zu leisten, was immer geschehen mochte, auch wenn sie nur mit einem Stock oder einem Küchenmesser bewaffnet waren. Die Weiden- und Pappelhaine entlang dem Prozessionsweg zum Potala-Palast waren durch Granaten dezimiert worden und durch den Widerstand, der Bäume fällte, um Barrikaden zu errichten.

Über den unablässigen Artilleriebeschuß hinweg hörte Tsun verzweifelte Rufe, und plötzlich ballerten die entlang der Mauer in Stellung gebrachten Maschinengewehre los. Der Granatwerfer auf dem Balkon über dem Haupttor feuerte. In Wellen griff nun die Han-Infanterie an, um den Park einzunehmen. Viele Soldaten wurden von den Maschinengewehren niedergemäht, aber immer neue traten an ihre Stelle.

«Duck dich!» Tul-lok legte Tsun die Hand auf die Schulter. Von einem Aussichtspunkt auf der äußeren Mauer, überragt und verborgen von Weiden, beobachteten die zwei die Geschehnisse außerhalb des Norbulingka. Die Menge war in Nahkämpfe mit den Han verwickelt. Tsun sah Frauen und Kinder, die sich mit selbstmörderischer Wildheit auf die Chinesen stürzten. Hunderte von Menschen versuchten, zum Fluß zu entkommen, in die Stadt, nach Drebung oder zu den Bauernhöfen im Tal, aber sie waren gefangen in dem von den Han geschaffenen Kessel. Rings um die Mauer lagen Tote und Sterbende, Tibeter, Han, Männer, Frauen und Kinder.

«Wir können keinen Widerstand mehr leisten», rief Tul-lok. «Das Haupttor wird nicht mehr lange standhalten. Ich werde meine Leute abziehen. Es sind noch weitere Aufklärungsflugzeuge gesichtet worden, und die Volksbefreiungsarmee rückt nach Süden vor. Wir müssen weg, bevor wir ganz eingeschlossen sind.»

Als sie von der Mauer herunterstiegen und wieder in den zerbombten Norbulingka traten, fragte Tsun:

«Was ist mit den Verwundeten?»

«Was sollen wir machen, Tsun? Ich kann Leute mitnehmen, die laufen können, aber sonst niemanden.»

Tsun nickte. «Und Genyen?»

«Sie ist bereit, mitzukommen. Du mußt mit uns fliehen, Vetter. Bei deiner Vergangenheit wird es dir schlecht ergehen, wenn die Han dich schnappen.»

Tsun antwortete nicht.

«Du weißt, was geschehen wird, Tsun. Gönne ihnen nicht diesen Sieg.» Tul-lok sah seinen Vetter an. Sie blieben im Schutz der inneren Mauer stehen, und Tsun bot Tul-lok sein Schnupftabakfläschchen an. Als Tul-lok sich eine Prise in die Kuhle zwischen Daumen und Zeigefinger klopfte, wurde ihm plötzlich bewußt, daß Tsun viel mehr über ihre Zukunft wußte als er.

«Was siehst du, Vetter?» Nach einer Pause setzte er hinzu: «Müssen wir alle sterben?»

Tsun lachte leise. «Nein, aber dein Weg ist nicht mein Weg, Vetter.»

«Kunjosum!» Tul-lok drückte ihm die Schnupftabakflasche in die Hand.

38

Norbulingka

Der Mönch war kahlköpfig und ziemlich korpulent, aber er bewegte sich behende und berührte den Arm des Verwundeten mit leichter Hand.

«Geben Sie ihm eine Schlinge für den verletzten Arm, Rimpotsche», sagte er zu Tsun. Er ging zum nächsten Mann. Tsun hatte Glücksschärpen als Verbandsmaterial gesammelt und knüpfte jetzt aus einer eine Schlinge. Der Mann murmelte seinen Dank. Seine Finger glitten über die Holzperlen einer Gebetskette. Tsun merkte plötzlich, daß jemand neben ihm kniete. Er sah zur Seite und erkannte einen der Führer der Ragyapas, der Leichenbestatter. Der Mann war von hohem Wuchs und trug eine schmutzige, geflickte Tschuba sowie einen großen Ohrring, ein Hinweis darauf, daß er ein vermögender Mann war. Er rieb seine lange, breite Nase, und Tsun stellte fest, daß er ein intelligentes Gesicht hatte.

«Rimpotsche, darf ich mit Ihnen sprechen? Ich heiße Tenzing.»

Tsun konnte ihn bei dem lauten Bombardement nicht verstehen und beugte sich zu ihm hinüber. In diesem Augenblick explodierte eine Granate am Tempeleingang, und der Portiko wurde zertrümmert. Die beiden Männer warfen sich zu Boden, als Säulen umstürzten und Staub und Schutt in den Tempel geblasen wurden.

Sie rannten nach vorn, um zu sehen, ob jemand verletzt worden war. Der Tempeleingang war nur noch ein Schutthaufen, aber wie durch ein Wunder hatte niemand Schaden genommen.

«Rimpotsche, Tul-lok hat mir gesagt, Sie wollten bei den Verwundeten bleiben. Es wäre besser, wenn Sie sich als Ragyapa verkleideten. Bei uns werden die Han Sie nicht suchen.» Er streckte ihm eine säuberlich gefaltete, aber ekelhaft schmutzige Tschuba hin. Tsun sah ihn einen Moment an, lachte und klopfte ihm auf die Schulter.

«Es ist mir eine Ehre, Ragyapa zu werden, und ich bin dankbar.»

«Rimpotsche! Rimpotsche!» Einer von Genyens Leuten stolperte über das herabgestürzte Mauerwerk an der Tempeltür. Er hatte eine Wunde und Prellungen im Gesicht und trug eine Selbstladepistole in der Hand.

«Rimpotsche, bitte kommen Sie mit. Genyen ist verletzt!»

Tsun rannte nach draußen. Genyen lag zusammengekrümmt auf dem Boden, und ein paar Leute beugten sich über sie, Tul-lok unter ihnen. Als Tsun vor ihr stand, sah er den großen, dunklen Blutfleck auf ihrer Tschuba. Eine Kugel hatte ihr den Bauch aufgerissen. Tsun kniete neben ihr nieder. Sie sah plötzlich auf, ihr Gesicht war tränennaß und schmerzverzerrt.

«Zwei Rimpotsches», sagte sie leise. «Vielleicht hilft mir das ja.» Sie wandte den Kopf ab. «Bitte segnet mich und geht.»

Tsun und Tul-lok sahen einander an, berührten segnend ihren Kopf, und als sie aufstanden, hörten sie, wie sie mit fester Stimme zu einem ihrer Leute sagte:

«Jetzt erschieß mich!»

Der Mann war entsetzt. Nur langsam hob er die Pistole.

«Das kann ich nicht, Genyen ... ich kann nicht! Nein!»

«Kunjosum! *Ich* würde dich erschießen, du Feigling. Wir haben es auch für die anderen getan. Hör dir das an.» Sie deutete mit dem Kopf auf das Haupttor, wo heftig gekämpft wurde. «Willst du mich denen überlassen?»

Die Hand des Mannes zitterte, als er die Pistole hob und ihr in die Brust schoß. Ein einziger Schuß. Der Mann schlug die Hände vors Gesicht. Die leichten Falten in Genyens rundem Gesicht und auf der Stirn glätteten sich, schwarzes Haar fiel ihr über den halb geöffneten Mund, und sie stöhnte leise auf. Dann war Genyen tot ... Tul-lok schrie auf vor Zorn und Kummer und rannte davon. Tsun bückte sich und nahm rasch die Scheide und den Dolch von ihrem Gürtel. Er ging in den zerbombten Tempel zurück und weinte leise.

39

Dschokhang

Messingnases Augen waren auf die Flamme in der goldenen Butterlampe gerichtet, aber seine Gedanken schweiften ab. Staub von der beschädigten Decke schwamm in der halb flüssigen Butter, und von einem Fresko, das das Leben des Buddha darstellte, schwebte ein abgeblättertes Stückchen langsam herunter, fiel in die Flamme und verbrannte. Die Flamme flackerte wie wild und drohte immer wieder auszugehen, während Granatwerfer den Tempel beharkten. Messingnase sah hinauf zu der riesigen, vergoldeten Bronzestatue des Kommenden Buddha. Die nach europäischer Art sitzende und zum Aufstehen bereite Gestalt war in Brokat und Seide gekleidet und von einer vergoldeten Aureole gekrönt, die die erleuchtete Weisheit des Kommenden widerspiegelte. Messingnase senkte den Kopf und brachte eine Glücksschärpe am Schrein dar. Dann wandte er sich ab, trat über einen liegenden Mönch hinweg und bahnte sich durch das Gewühl der Flüchtlinge den Weg zu einem Seitenausgang.

Als die Infanterie der Volksbefreiungsarmee auf den Platz gestürmt war, hatten zugleich Granatwerfer das Feuer auf den Tempel eröffnet. Die Maschinengewehrstellungen des Widerstandes und der tibetischen Armee hatten viele Han niedergemäht, aber es kamen immer neue. Weder die Verteidiger noch die Han hatten jedoch vorausgesehen, was für ein Zorn sich bei den zahllosen Flüchtlingen, die noch auf dem Platz und im Tempel kampierten, angestaut hatte. Niemand hatte geglaubt, daß die Han den heiligen Tempel wirklich angreifen würden; nun hatte alle eine unvorstellbare Wut gepackt, jeder einzelne wurde von der Stimmung der Menge mitgerissen und stürzte sich wie wild in den Kampf. Wie viele dabei auch sterben mochten, die Menge zog die Infanterie auf sich, beide Seiten fochten Mann gegen Mann einen Kampf auf Leben und Tod aus.

Einen Augenblick befiel den Kommandanten des sowjetischen T 54 Panik, als er vom anderen Ende des Platzes aus die Menschenmenge erblickte. Langsam rasselte das Kettenfahrzeug quer über den Platz. Der Kommandant schwenkte den Turm herum, als die beiden anderen Panzer folgten. Die zornige Menge verharrte wie gelähmt. Der Kommandant des ersten Panzers beschloß, den Vorteil auszunützen. Der Panzer beschleunigte und schwenkte auf seinen Ketten herum, bis der Tempel im Visier des Geschützes lag. Die anderen Panzer hatten gerade erst mit der Schwenkung begonnen, als sie schon in der Menge verschwanden. Leute kletterten hinauf und versuchten, ins Innere vorzudringen, andere klammerten sich einfach am Turm fest, um seine Drehung zu stoppen, während der Richtschütze wiederholt mit dem MG aus kürzester Entfernung in die Menge feuerte, die sich vor den Panzern drängte. Auch Benzinbomben wurden geworfen, aber die Panzer schienen unverletzlich zu sein.

Messingnase hatte jedoch schon früher Panzer gesehen und wußte, daß dem nicht so war.

Er betete, daß keine Kugel die Benzinbombe in seiner Amba träfe, und stellte sich, von der Menge abgeschirmt, an einer günstigen Stelle auf, als der erste Panzer auf ihn zukam. Dann schleuderte er die Benzinbombe genau ins Ziel. Der Treibstofftank explodierte in einem riesigen Flammenpilz, der sich rasch ausbreitete. Die beiden folgenden Panzer hielten an und schossen mit MGs in die Menge. Jemand trat auf Messingnases Hand. Er merkte es nicht. Denn Messingnase war tot.

Eine Granate schlug durchs Dach des Dschokhang, und ein Dutzend Mäuse suchten erschrocken Zuflucht in dem zertrümmerten Schrein des Kommenden Buddhas. Mit ihren rosigen Pfoten tapsten sie über eine gutgeschnittene und polierte Nase aus Messing, die säuberlich in eine schmierige, zerfetzte Glücksschärpe eingewickelt war.

40

Der Glückliche Fluß

Pema, Dschigme, Tschampa und Namgyal lagen mit zahlreichen anderen Flüchtlingen im Schutz der leichten Anhöhe hinter dem breiten, steinigen Flußufer. Manche hatten schon während des Tages versucht, zu den Yakhautbooten vorzudringen. Sie lagen tot am Ufer. Drei Yakhautboote waren noch da, aber zerbrochen und zerfetzt. Von der Fähre keine Spur.

Keiner von ihnen sprach, während sie auf das große Militärlager der Volksbefreiungsarmee am anderen Ufer blickten, eine knappe Meile flußabwärts unter den graubraunen Bergen, die das Tal umgaben. Der Suchscheinwerfer des Lagers glitt suchend über Fluß und Ufer. Aus dem Lager feuerten immer noch Geschütze auf den Norbulingka und die Wiesen davor. Im Licht des Mondes konnten sie selbst aus dieser Entfernung die Ruinen der Medizinischen Hochschule auf dem Eisenberg erkennen, hinter dem der Norbulingka-Park lag. Alle dachten sie an Tsun.

«Was sollen wir nur tun?» fragte Pema, aber sie wußte, daß niemand antworten würde. Hinter ihnen wüteten Brände in der Stadt, aber mit Einbruch der Dämmerung hatte die Schießerei dort sporadisch ausgesetzt.

«Kommt!» Ein kräftig gebauter Mann rannte gebückt zum Ufer. «Wenn wir eine Kette bilden, können wir hier durchwaten. Kommt schnell!»

Die etwa 60 Personen, die hinter der Anhöhe kauerten, erhoben sich.

«Die Strömung ist viel zu gefährlich», sagte jemand.

Das stimmte, aber es gab keine andere Möglichkeit. Drei der kräftigsten Männer gingen als erste hinein, dann kam Dschigme, ihm folgten Pema, die seine Hand hielt, Namgyal und Tschampa. Das Wasser war eisig. Allmählich löste sich die Menschenkette vom Ufer.

Sie hielten sich aneinander fest und stiegen mit jedem Schritt tiefer in den reißenden Fluß. In dem Brausen war kaum etwas zu hören, die Gischt nahm die Sicht, und die Strömung zerrte unerbittlich an ihnen. Eine ältere Frau rutschte aus, und ehe jemand merkte, was geschehen war, ließen ihre schwachen Hände los; sie wurde sofort unter Wasser gezogen und von den Fluten in Richtung des Han-Lagers davongetragen. Während die unterbrochene Menschenkette sich mühte, wieder festen Fuß zu fassen und sich an den Händen zu nehmen, wurden auch noch zwei andere davongeschwemmt, unter ihnen Namgyal. Pema hörte einen leisen Aufschrei, sah Namgyals Gesicht ganz dicht neben ihrem unter Wasser verschwinden, und obwohl Tschampa und sie sofort nach ihm griffen und versuchten, ihn zurückzuziehen, wurde er vom Fluß fortgerissen. Sie sah noch sein erschrockenes Gesicht, dann war er weg.

Dschigme und Tschampa halfen ihr aus dem Wasser, und dann zogen sie die nach ihnen Kommenden heraus. So viele hatten die Durchquerung nicht geschafft; die anderen ließen sich in ihren von dem reißenden Strom zerfetzten Kleidern erschöpft am Ufer zu Boden fallen.

41

Norbulingka

Am Nachmittag des 23. März, zwölf Tage, nachdem sich die Menge am Norbulingka eingefunden hatte, um zu verhindern, daß sich der Kundün in das Hauptquartier der Han begab, merkte man in den letzten noch bestehenden Widerstandsnestern, daß die Truppen der Volksbefreiungsarmee von den Straßen abgezogen wurden. Die Granatwerfer und Haubitzen schwiegen. Die Brände ließ man ausbrennen. Es rührte sich kaum etwas in der Stadt. Diejenigen, die noch lebten, waren entweder längst geflohen oder hatten sich in ihren Häusern verbarrikadiert. Sie waren wie gelähmt, warteten ab, beteten an ihren Hausschreinen oder bereiteten ihre Flucht vor. Manche hatten wenige Vorbereitungen für ihre kurze letzte Reise zu treffen: sie brauchten nur einen Strick oder einfach in den Fluß zu gehen.

Die Toten und Sterbenden lagen zu Hunderten auf den Straßen, in den Parks, am Flußufer, im Potala, auf dem Eisenberg, im Tempel und dem Norbulingka. Die Trostlosigkeit dieses Anblicks wurde noch verstärkt von den wenigen, deren Kummer stärker war als ihre Angst und die auf ihrer Suche von Leiche zu Leiche gingen, weil sie Gewißheit wollten, obwohl ihnen vor dem Wissen graute. Eine junge Frau schlug mit ihrer Schürze wütend auf einen Hund ein, der an der Ferse eines Sterbenden nagte. Die überlebenden Aufständischen im Norbulingka waren von der Volksbefreiungsarmee verhaftet und je nach Beruf und Klassenzugehörigkeit in Gruppen eingeteilt worden, ehe man sie in den noch einigermaßen intakten Gebäuden vorübergehend einsperrte. Der hochgewachsene Han-Offizier wandte sich in gutem Tibetisch an die Gruppe von zwanzig Ragyapas, zu der auch Tsun gehörte:

«Ihr seid Leichenbeseitiger, ihr könnt helfen, die Toten fortzuschaffen. Fangt außerhalb des Parks an.»

Man führte sie durch das zertrümmerte Haupttor des Norbulingka. Ein Trupp verhafteter Mönche schichtete aus den Trümmern und dem Holz von Barrikaden bereits Scheiterhaufen auf und schob Beutel mit Butter dazwischen, während andere die Leichen einsammelten, um sie zu verbrennen.

«Das Schießen hat aufgehört», sagte Tenzing. Tsun antwortete nicht. Er hatte nicht gehört. Tenzing wiederholte seine Bemerkung. Vieles hatte Tsun nicht gehört seit dem Bombardement des Norbulingka. Ihm wurde allmählich klar, daß das nicht, wie er geglaubt hatte, etwas Vorübergehendes war. Die Explosionen hatten sein Gehör auf Dauer geschädigt.

Die Stille von Lhasa wurde unterbrochen durch die Lautsprecheranlage, über die sich General Tan Kuan-san, der politische Kommissar der Volksbefreiungsarmee, an die Bevölkerung wandte:

«Der Potala, der Dschokhang, die Medizinische Hochschule, der Ramotsche-Tempel und der Norbulingka sind durch die Volksbefreiungsarmee und patriotischen Tibeter von den Rebellen gesäubert worden. Viele Menschen haben sich von den sklavenhaltenden Reaktionären und Konterrevolutionären mit stillschweigender Einwilligung ausländischer imperialistischer Agenten betrügen lassen. Legt eure Waffen nieder, laßt euch nicht von den Feinden des Volkes ausnutzen, die euch nur den Tod bieten können. Liefert eure Waffen ab, es wird euch nichts geschehen.»

Die höhnische Skepsis der Gefangenen der Volksbefreiungsarmee äußerte sich nur wenig leiser als die der übrigen Bevölkerung. Aber alle hielten inne, um einer anderen Stimme zu lauschen:

«Ich bin Ngabe Nagwang Dschigme. Ihr wißt, daß ich der tibetischen Regierung angehöre. Der Kundün ist nicht getötet worden, er wurde gegen seinen Willen von Reaktionären entführt. Ich spreche für die tibetische Regierung. Eine Verständigung mit den Han-Behörden der Zentralen Volksregierung ist erzielt worden. Alle Kämpfe müssen eingestellt werden. Das ist der Wunsch der tibetischen Regierung.»

Während Tsun die Leiche eines alten Mannes auf den Leichenhügel schleppte, überlegte er sich, daß Tan reichlich spät schlau genug gewesen war, der Bevölkerung, die doch wußte, daß sie besiegt war, ein wenig Hoffnung zu machen, um sie dazu zu bringen, sich an einen Strohhalm zu klammern. Die Bestätigung der Flucht des Kundün und die Chance für eine Amnestie veranlaßten nun viele, sich mit Glücksschärpen als Zeichen der Kapitulation auf ihre Flachdächer oder an ihre Haustüren zu begeben. Der Widerstand zog sich aus seinen wenigen verbliebenen Stellungen zurück, um den Kampf in den Bergen im Süden fortzusetzen.

Bei Einbruch der Dunkelheit loderten die Einäscherungsfeuer hell auf. Tsuns schmierige, geflickte Tschuba, sein Gesicht und die Hände waren blutbedeckt, und er taumelte vor Erschöpfung. Es wurden immer noch Leichen an die Feuer geschleppt. Viele Mönche waren zusammengebrochen, sogar einige der Ragyapas, dabei waren sie doch gewöhnt, Leichen für die Geier zu zerstückeln. Dreimal hatte man Tsun verwehrt, die Leiche eines Mönchs ins Feuer zu werfen, bevor sie von einer kleinen Kommission aus höheren Offizieren und zivilen Kadern überprüft worden war. Sie hatten einen Wassereimer bei sich und wuschen mit einem Schwamm die Gesichter aller toten Mönche ab, und Tsun vermutete, daß sie sich über das Schicksal des Kundün immer noch nicht endgültig klar waren. Sie zogen auch die Möglichkeit in Betracht, daß er getötet worden war.

Als die Kommission weiterging, schlug Tsun den verstümmelten Leichnam des Mönches ins Gewand ein, benutzte es wie einen Sack und zerrte ihn über die Straße. Er blickte zum Himmel auf und sehnte sich nach der Nacht, denn dann würden die Han sie doch sicherlich ausruhen lassen. In der Ferne sah er den Potala und bemerkte, daß zum erstenmal die rote Fahne auf dem Dach flatterte. 200 Meter tiefer, am Ende des Prozessionsweges, der zum Norbulingka führte, war der große Tschörten mit seiner vergoldeten Spitze nur noch ein unkenntlicher Trümmerhaufen.

... Alle Lebewesen werden in Not und Furcht versunken sein, und die Nächte werden sich langsam hinziehen in Leiden ...

Epilog
Februar 1983

Selbst Tsun hatte die Nacht, in der die Temperatur auf 30 Grad unter Null gesunken war, erbärmlich kalt gefunden, und seine Gefährtin hatte besonders darunter gelitten. Der Morgen war indes angenehm frisch, der Himmel wolkenlos, und ihre ausgekühlten Körper reagierten allmählich auf die Sonnenwärme. Die Frau hatte ihr kariertes Kopftuch abgenommen; im Gegensatz zu den meisten anderen Chinesinnen trug sie langes, nicht zu Zöpfen geflochtenes Haar. Wenn man sich die Schmutztarnung wegdachte, fand Tsun, stand die frauliche Reife des einsetzenden Alters Ling gut. Sie hatte das Selbstbewußtsein, das einem Stellung und Erfahrung verleihen, aber sie hatte auch, und das war sehr ungewöhnlich bei einem der «Höherrangigen», Humor.

Sie folgten der Militärstraße durch das hügelige Gelände am Fuß des Tschomolhari. Der Berg schimmerte in der strahlenden Sonne und hob sich scharf von dem tiefblauen Himmel ab. Ling fiel in dieser Höhe das Atmen sehr schwer. Tsun nahm ihren Arm, und sie verlangsamten den Schritt, während er beruhigend auf sie einsprach.

«Ich dachte, ich hätte mich inzwischen akklimatisiert», sagte sie atemlos.

«Ich habe bemerkt, daß du dir nicht wie die meisten deiner Landsleute eine Sauerstoffmaske vorhältst», lachte er.

Sie sah ihn an. «Ich glaube, noch eine Nacht wie die letzte würde ich nicht überleben.»

Der bitterkalte Wind war ihnen durch Mark und Bein gegangen, schneidend wie ein Messer, und hatte so gebraust und geheult, daß man sich nicht mehr verständigen und nicht einmal klar denken konnte. Tsun machte sich ebenfalls Sorgen, wie Ling die kommende Nacht durchstehen sollte.

«Wir müßten vor Einbruch der Dunkelheit ein Han-Rasthaus erreichen», meinte er lächelnd. «Und am nächsten Tag die Grenze.»

Aber es würde ihnen schwerfallen, dachte er, eine Unterkunft für die Nacht zu finden, wenn sie nicht schneller gingen. Er hatte sie untergehakt, und sie gingen langsam am Rand der Militärstraße dahin. Sie bemerkte, daß er mit der anderen Hand die Perlen einer Gebetskette abzählte und damit nicht einmal aufhörte, wenn er sprach.

«Sag mal, Ling», fragte er plötzlich, «warum bist du eigentlich hier? Ein ranghoher Kader, angezogen wie eine Bettlerin? Ich vermute, daß du in Lhasa und Peking sogar in solchen Limousinen mit Vorhängen herumfährst, stimmt das?»

Sie lachte. «In Lhasa manchmal, aber nach Peking komme ich nie.»

«Na schön, du bist also gestern in Phari angekommen, nachdem du mich aufgespürt und gewarnt hast, daß meine wahre Identität aufgedeckt worden ist, und nun willst du mit mir nach Indien kommen?»

«Ich habe dir doch gesagt, warum.» Sie sah ihn mit jenem kühlen Lächeln an, das bei ihm immer Unsicherheit zurückließ. «Jedenfalls bist du der Lama, du solltest es wissen.»

Sie keuchte noch etwas, aber ihr Atem war rhythmischer geworden, und ihre Stimme klang nicht mehr so angestrengt.

«Weil ich ein Lama bin?» Er lachte.

«Weil du Tsun Rimpotsche bist.»

«Eine Zeitlang war ich das, und eine Zeitlang hatte ich einen anderen Namen; ich bin keiner von ihnen, Ling.»

Sie war drauf und dran, ihn wegen seiner Pedanterie zu verspotten, aber dann sah sie seinem Gesicht an, daß er die Wahrheit sprach. Der Mann, der Tsun Rimpotsche geheißen hatte, hatte einen sehr weiten Weg zurückgelegt, seit er unter diesem Namen bekannt gewesen war. Er sah sie an, und zu ihrer Verlegenheit merkte sie, daß sie errötete. Vielleicht lag es daran, dachte sie, daß sie wollte, er möge ihr glauben.

«Ja, Tsun, ich bin etwas geworden, seit wir uns das letzte Mal gesehen haben.»

Sie gingen sehr langsam und blieben dann und wann stehen, damit Ling ihren Atemrhythmus beibehalten konnte, und während sie sprach, stellte sie fest, daß sie den Berg der Göttin, der sich im wechselnden Sonnenlicht unmerklich veränderte, nicht aus den Augen ließ.

«Ich bin jetzt ein ranghoher Kader. Aber Rang bringt Verantwortung mit sich. Die Privilegien nehmen zu, doch auch die Enttäuschungen. Du weißt, daß ich an unsere Politik glaubte. Aber ich habe inzwischen vertrauliche Dokumente gesehen, die beweisen, daß zur Zeit des Einmarschs schon in einem sehr frühen Stadium der Widerstand des Volkes erwartet wurde, dem man mit Lebensmittelkürzungen und hartem Arbeitszwang beikommen wollte. Ein solches Dokument bereiten Invasoren vor, wenn sie wissen, daß das zu besetzende Land Widerstand leisten wird. Du hattest recht. Ich weiß jetzt, daß das Volk Widerstand leistete und nicht die Konterrevolutionäre. Ich muß einen Augenblick anhalten, Tsun.»

Er sah sie besorgt an, aber sie zog ein Päckchen Zigaretten aus der Tasche.

«Erinnerst du dich, wie ich früher war?» Sie schirmte ihr Feuerzeug mit der anderen Hand gegen den leichten Wind ab und zündete die Zigarette an. Als sie den ersten Zug tat, bekam sie einen heftigen Hustenanfall. Sie ging weiter und hielt die Zigarette in der Hand.

«Ich glaubte an unsere Politik, und mir schien, die Tibeter verstünden sie nicht, weil sie die Vorteile, die wir ihnen brachten, als etwas zu Erschreckendes und zu Bedrohliches ansahen. Sie verhielten sich so wie beim Schwimmen, wo der Lernende meist zu ängstlich ist, um sich vom Ufer zu lösen.»

Versuchsweise zog sie noch einmal an der Zigarette, fing aber sofort wieder an zu husten. Verärgert warf sie den Glimmstengel weg, denn sie war sich bewußt, daß sie wirklich schneller gehen mußten. Sie schwieg, bis sie mit dem Atmen wieder ins reine gekommen war. Tsun beobachtete sie, und beide begannen sich sichtlich wohlzufühlen in der Gesellschaft des anderen.

«Mehr als alles andere war es indes die Einstellung unserer Führung, die mir rasch die Illusionen raubte und mich veränderte. Wie unsere Kader sich selbst zur Elite gemacht haben und gelegentlich, wie man das nennt, ‹in die niederen Ebenen herabsteigen›. In der Hinsicht hatte Mao recht, wenn er die Bürokratie zerschlagen wollte. Ich war wohl wirklich sehr naiv. Ich begann zu merken, wie geschickt manipuliert wurde, wie man auf Protektion angewiesen war, wie wichtig es wurde, sich einer Parteigruppe fest einzugliedern, wie die ganze Bewegung ausgenutzt wurde, und wenn es schon auf dieser Ebene derartige Kämpfe gab, wie war es dann auf den höheren? Mao hielt das Volk für ‹ein unbeschriebenes Blatt Papier›. Das, dachte ich, seien die Worte eines Dichters, eines Visionärs. Aber er schrieb, zerknüllte das Papier und begann auf einem neuen Bogen. Du weißt, als wir uns kennenlernten, sprach ich Tibetisch. Das war ungewöhnlich. 27 Jahre später ist das immer noch ungewöhnlich. Das liegt an der Grundeinstellung, die hier alles durchdringt, nämlich daß Tibeter von vornherein als nicht vertrauenswürdig gelten und für Barbaren gehalten werden. Der Aufstand in Lhasa überzeugte die Han endgültig davon, daß sie damit recht hatten. Das war die einzige Lehre, die sie aus dem Aufstand zogen, und sie –» Ling zuckte die Schultern – «*wir*, muß ich wohl sagen, handeln gemäß dieser Voraussetzung. Da es die offizielle Politik ist, die Kader in Tibet anzuspornen, sie sollten ihre Fehler der Vergangenheit korrigieren und Tibetisch lernen, sollte man annehmen, daß ich auf mehr Verständnis stieße. In Wirklichkeit begegnet man mir mit Mißtrauen. Ich bin zu lange hier, habe mich zuviel mit Tibetern eingelassen. Aber andererseits können auch die Tibeter mir als ranghohem Kader niemals vertrauen».

Es war fast, als führe sie ein Selbstgespräch. Sie hatte diese Gedanken noch nie in Worte fassen können.

«Vielleicht ist es das, was mich überzeugt hat, daß es zu spät ist. Jetzt herrscht Furcht auf beiden Seiten. Eine so breite Kluft, grundlegende Vorurteile und Antipathie. Früher glaubte ich, daß man auf Regierungsebene in Peking nicht ganz begriff, was vor sich ging, sich über vieles nicht klar war, aber jetzt weiß Peking genug. Es ist die Zentralregierung, die Tibet auf lange Sicht chinesisch machen will, damit es eine Mehrheit von Han gibt und die Tibeter in ihrem eigenen Land eine Minderheit werden.»

Einige Augenblicke gingen sie schweigend weiter. Dann fragte Tsun:

«Hast du einen Mann, vielleicht Kinder?»

Kein Kind. Aber einen Mann. Und sogar mit der richtigen Klassenzugehörigkeit.» Sie lächelte, als wäre das selbst für sie fast eine Überraschung. «Wir waren, seit wir geheiratet haben, meist in verschiedenen Bezirken eingesetzt und sahen uns jedes Jahr nur etwa einen Monat. In den letzten drei Jahren habe ich nichts von ihm gehört. Ich mache ihm keinen Vorwurf.»

Plötzlich war sie wieder verlegen.

«Und was ist der wahre Grund dafür, daß du mit mir kommen willst?»

Es überraschte sie, daß die Antwort eigentlich nicht ganz aufrichtig ausfiel:

«Ich bin mit Haß aufgewachsen, Tsun. Immer gab es einen Feind, der bekämpft und besiegt werden mußte. Du haßt nicht. Du haßt uns nicht. Vielleicht sollte ich herausfinden, warum. Vielleicht ist das cinc Gelegenheit, es herauszufinden.»

Sie sah zu ihm auf, er lächelte. «Mag sein.»

«Schau mal!»

Ein Murmeltier von der Größe einer ausgewachsenen Katze saß aufgerichtet da und beobachtete ihr Kommen.

«Wir nennen sie Gomtschen», sagte Tsun. «Einsiedler. Sie bauen Höhlen wie die Einsiedler.»

Ling schickte sich an, näher heranzugehen.

«Sei vorsichtig, sie können einen abscheulichen Gestank verbreiten!»

«Bist du ärgerlich?» fragte Ling leise. «Oder verbittert?»

«Es hat mehr Ärger, mehr Verbitterung gegeben, Ling, als ich je für möglich gehalten hätte. Aber sofern deren Wirkungskraft nicht umgewandelt wird, können sie lediglich mein Leiden vermehren. Ich gräme mich allerdings, Ling, ich weine über die Jahre, die zerbrochenen Familien, Menschen, die einander verloren haben, die Grausamkeit, die unzähligen, unbekannten Tragödien einzelner. Ich gräme mich über die Vernichtung unserer Freiheit, unserer Religion, unserer Kultur. Ich gräme mich über die Unwissenheit derer, die unser Leiden verursacht haben, und über die Auswirkungen, die das auf sie haben wird. Ich gräme mich darüber, daß wir allein weinen, daß niemand auf der Welt uns hört. Aber ich weiß, daß unser Weinen, das Weinen der Tausende, jeder allein und für sich, nicht ohne Wirkung ist. Mein Karma ist es gewesen, zu lernen, daß sich hinter dem Gram noch eine andere Sichtweise verbirgt.»

Eine Weile sprachen sie nicht, Ling konzentrierte sich darauf, mit ihm Schritt zu halten.

«Und es war bloß mein Brief an Kesang, der dir nach so langer Zeit verriet, wo ich war?»

Ling nickte.

Kesang hatte ihm vor fast zwölf Monaten geschrieben, aber der Brief hatte ihn erst vor zwei Wochen erreicht. Kesang hatte sich solche Mühe gegeben, nichts Kompromittierendes zu schreiben, nichts zu erwähnen, was Schwierigkeiten hervorrufen könnte, falls der Brief den Han in die Hände fiel, daß zahlreiche Fragen Tsuns offenblieben. Der Wortlaut hatte sich ihm eingeprägt:

März 1982

Lieber Pa-la,

Ich weiß nicht, ob dieser Brief Dich erreichen wird oder ob Du überhaupt noch am Leben bist. Jemand aus Phari hat mir einen Freund beschrieben, und es klang, als wärst Du es, der Du wie mein eigener Vater bist. Seit unserer Trennung habe ich täglich gebetet, daß wir eines Tages wieder vereint sein würden.

Von den anderen: Rintschen-la starb, als wir nach Indien aufbrachen, und ich muß Dir sagen, daß auch Pema leider starb. Tschampa führt ein frommes Leben in dem neuen Kloster Drebung, das Flüchtlinge in Südindien gebaut haben, und Dschigme ist jetzt verheiratet und hat zwei kleine Töchter. Er arbeitet als Kunsthandwerker. Tul-lok ist bei mir und widmet seine Zeit dem Meditieren. Er hat mir von Genyens Tod berichtet, aber von Samden weiß ich nichts.

Die Träume gingen in Erfüllung, Pa-la. Ich bin in eisernen Vögeln in andere Länder gereist. Dort gibt es viele, die an der Lehre interessiert sind. Ich bin bemüht, die Lehren des Buddha und unsere Traditionen an unser Volk weiterzugeben. Unsere Bestrebungen gelten dem Tag, an dem wir wieder zusammen sein werden.

Wenn es wirklich mein Pa-la ist, der diesen Brief liest, dann sende mir bitte eine Nachricht durch unseren Freund, und wenn nicht, dann verzeihe mir und bete bitte insgeheim für einen wahren ‹erwachenden Krieger›.

Kesang

Ganz durch Zufall hatte Kesang in Indien einen nepalesischen Händler kennengelernt, der eine Genehmigung der Han besaß, mit den staatlichen Läden in Phari Geschäfte zu machen. Er hatte von einem Freund in Phari gesprochen, der ihm geistlichen Rat erteilte. Es dauerte nicht lange, hatte der Händler zu Tsun gesagt, da war Kesang sicher, daß er den «Freund» kannte. Daraufhin hatte der Händler sich bereit erklärt, bei seiner nächsten Reise nach Phari Kesangs Brief zu überbringen. Auf dem Rückweg hatte er Tsuns Antwort mitgenommen, die Ling und den Behörden einen Hinweis auf seine Identität gegeben hatte.

«Es ist mir ein Rätsel, Ling. Ich bin sicher, es gibt seit dem Aufstand keine Unterlagen mehr über mich unter dem Namen ‹Tsun›, und ich war in meinem Brief sehr vorsichtig, was Namen und Orte betrifft. Was habe ich vergessen?»

Ling lachte. «Den Überbringer! Als er gefragt wurde, für wen der Brief sei, sagte er: Dordsche Rimpotsche. Das erschien harmlos. Als die Staatssicherheit schließlich den Namen überprüfte, tauchte deiner auf. Sie wußten, daß der Mann aus Phari gekommen war, und man hatte sich schon Sorgen gemacht wegen hartnäckiger Gerüchte über eine Untergrundgemeinde von Mönchen in diesem Gebiet, und das löste das Interesse aus.»

«Es bestand also keine Gewißheit, daß ich es war?»

«Nein. Aber als ich davon hörte, beschloß ich, es herauszufinden.»

«Was, meinst du, wird jetzt geschehen?»

«Ich hoffe, daß ich etwaige Maßnahmen in Phari unterlaufen habe. Sie haben keinen Grund, meiner Darstellung nicht zu glauben, daß du gerade jetzt, da wir wissen müssen, was im Ausland unter den Flüchtlingen vor sich geht, für uns viel nützlicher bist, wenn man dir einen der neuen Pässe für eine Pilgerfahrt bewilligt und ich dich in Verkleidung begleite, als wenn man dich verhaftet.»

Sie könnten es sich anders überlegen, dachte Tsun, wenn sie von dem Appell erfahren!

Das verkrüppelte Gebüsch und Gras auf dem Hügelgelände ringsum säuselte leise im Wind. Ling spürte, wie die Wärme der Sonne angenehm in sie eindrang.

«Sind die Grenzposten verständigt, daß wir als Pilger kommen?» fragte Tsun.

«Nein. Je mehr Leute ich eingeweiht hätte, desto schwieriger wäre es für mich geworden.»

Tsun wünschte fast, die Posten wüßten Bescheid. Er hätte jede

Hilfe begrüßt, die Ling gewähren konnte, um sie über die Grenze zu bringen, obwohl es mit den Pässen eigentlich glattgehen mußte. Aber sicher war er nicht.

«Ich kann mir vorstellen, warum deine Kollegen bei der Staatssicherheit deine Idee verlockend fanden.»

Ling runzelte die Stirn, nahm die Brille ab und putzte sie am Ärmel ihrer Jacke.

«Es ist eine Möglichkeit», fuhr er fort, «Einlaß zu dem ersten Großen Gebetsfest zu finden, das seit dem Aufstand abgehalten wird. Flüchtlinge aus der ganzen Welt werden mit dem Kundün daran teilnehmen, also wo ließe sich die Lage Exil-Tibets besser beurteilen, wozu du, da du Tibetisch sprichst, mehr als gut befähigt bist? Es könnte schwierig sein, wenn du es allein unternehmen würdest, aber du hast ja mich als Beschützer und Führer bei dir.»

Ling sah ihn entsetzt und zornig an.

«Glaubst du das wirklich?» Ihre Stimme war scharf.

«Ich weiß nicht, Ling.» Er lächelte. «Aber kannst du es mir übelnehmen, daß ich daran denke?»

Sie schüttelte den Kopf und schwieg.

Sie gingen weiter. Ling hätte gern eine Zigarette geraucht, aber da sie gerade frei atmen konnte, wagte sie nicht, das wieder aufs Spiel zu setzen. Sie beschloß, bis zur nächsten Essenspause zu warten. Mit einemmal merkte sie, daß durch eine Veränderung des Sonnenstandes eine weitere Falte des Gebirges sichtbar geworden war. Die einzelnen Schichten des keilförmigen Felsens waren in der steilen Wand deutlich zu erkennen.

«Erinnerst du dich, Tsun, daß du mir erzählt hast, Tibet sei einst von Wasser bedeckt gewesen?» Er erinnerte sich nicht, aber er nickte.

«Ja, vor ein paar Jahren haben wir zwei wissenschaftliche Expeditionen mit Geologen –», dann, weil sie nicht sicher war, ob er wußte, was das bedeutete, flocht sie ein – «die Felsen und so weiter untersuchen, nach Tibet geschickt. Sie fanden hier Fossilien von Geschöpfen, die vor etwa 180 Millionen Jahren auf dem Meeresgrund lebten, und es scheint, als wäre es vor etwa 70 Millionen Jahren zu einer Kollision der indischen und der eurasiatischen Platte gekommen, wodurch der Himalaja aufgeworfen wurde. Noch heute wächst und verändert er sich.»

Ihre Stimme klang so unbeschwert und begeistert, wie er es nie zuvor gehört hatte, und sie bemerkte sein Lächeln, war aber nicht ein bißchen verlegen.

Etwas veranlaßte Tsun, sich umzudrehen. Auf der kurvenreichen Straße kam ein Bus hinter ihnen her. Es gab keinen regelmäßigen Busverkehr, nur Sonderfahrten, aber manchmal gelang es einem, von einem Armee-Lastwagen mitgenommen zu werden, also warum nicht auch von einem Bus, dachte Tsun. Er machte sich allmählich Sorgen, ob sie vor Einbruch der Nacht eine Unterkunft finden würden.

«Tsun, ob er uns wohl mitnimmt?»

«Vielleicht. Aber sei vorsichtig, Ling. Tu so, als wärst du zu schüchtern, um zu reden. Dein allzu gutes Chinesisch könnte Verdacht erregen.»

Sie nickte und nahm rasch ihre Brille ab. Sie gingen weiter und drehten sich um, als der Bus sich näherte, um zu sehen, wer drinnen saß. Tsun winkte, um ihn anzuhalten, hielt es aber für ziemlich wahrscheinlich, daß er weiterfahren würde.

Der Bus rollte langsam an ihnen vorbei. Ling war außer sich vor Zorn und stieß Schimpfworte und Kraftausdrücke aus, die Tsun noch nie zu Ohren gekommen waren. Er lachte, und sie wollten gerade weitergehen, als der Bus hielt und ein halbes Dutzend mit Kameras behängte Europäer oder Amerikaner ausstiegen. Ling sah Tsun nervös an. Einige der Männer erleichterten sich am Straßenrand, aber zwei kamen auf das schäbig angezogene Paar in seiner seltsamen Mischung von tibetischer und chinesisch-westlicher Kleidung zu.

«Können wir Sie ein Stück mitnehmen?» fragte einer von ihnen und verdeutlichte sein Angebot durch Zeichensprache.

Tsun widerstand der Versuchung, ihm auf englisch zu antworten. Statt dessen lächelten sie beide und nickten bejahend.

«Wir wollen unsere Freunde ein Stück mitfahren lassen.» Der Satz war hauptsächlich um der Han willen gesagt worden, die die Journalisten begleiteten. Kaum waren Tsun und Ling eingestiegen und hatten auf einer der Holzbänke Platz genommen, da stürzte ein wütender Han-Kader von hinten im Bus durch den Gang nach vorn.

«Raus, Grünhirne! Raus! Das ist ein Mißverständnis!»

Der Mann schrie sie auf chinesisch an, und da er annahm, daß sie ihn nicht verstanden, wurde er handgreiflich, um sie aus dem Bus zu drängen.

Tsun ergriff ihn am Arm und sagte: «Ich habe Sie verstanden.» Dann wandte er sich abrupt von dem verblüfften Mann ab, und es gelang ihm gerade noch, die erboste Ling davon abzuhalten, dem Kader ein paar chinesische Schimpfwörter an den Kopf zu werfen, während sie zur Tür gingen.

«Was machen Sie denn?» griffen die Presseleute ein. «Wir haben ihnen angeboten, sie mitzunehmen. Sie sind alt und wollen in dieselbe Richtung wie wir. Was ist denn dagegen einzuwenden?»

«Es ist nicht erlaubt!» schrie der Han.

«Was ist nicht erlaubt?»

Ein zweiter Han kam von hinten nach vorn, um seinen Kollegen zu unterstützen.

«Fremde von der Straße aufzugabeln. Es könnte gefährlich sein.»

Inmitten des brüllenden Gelächters, mit dem diese Bemerkung aufgenommen wurde, und der zornigen Verwirrung der Han-Kader stiegen Tsun und Ling aus dem Bus.

«Sehen Sie, jetzt sind sie weg», rief einer der Journalisten. «Wir haben sie zum Mitfahren eingeladen. Wollen Sie uns bevormunden?»

«Es ist nicht erlaubt!» schrie der Kader die zornigen Journalisten an und befahl dem Busfahrer, weiterzufahren. Einer der Presseleute beugte sich aus dem Fenster. Tsun sah zu ihm auf, und der Mann war sich einer seltsamen Kraft in den dunklen Augen bewußt.

«Bitte kommen Sie mit.» Er deutete auf den Bus. «Es tut uns leid.»

Tsun lächelte ihm zu. «Vielen Dank für Ihre Freundlichkeit», sagte er auf englisch, «aber es ist besser, wenn wir allein weitergehen.»

Sie machten sich wieder auf den Weg. Der Bus fuhr an, gelangte auf ihre Höhe und wurde dann langsamer. Ling war hin- und hergerissen zwischen Hoffnung und Angst. Sie sah, daß sowohl die Han-Kader als auch die Journalisten auf den Fahrer einredeten. Plötzlich legte dieser den nächsthöheren Gang ein, der Bus machte einen Satz nach vorn und gewann an Fahrt. Tsun und Ling brachen in schallendes Gelächter aus und vergaßen, was gewesen war und was kommen würde.

Das satte Dunkelblau des Himmels spiegelte sich in den Schluchten der weiß ziselierten Berge. Auf dem Gipfel des Tschomolhari wurde vom Sturm eine Schneefahne hochgewirbelt.

Nachwort

Ein Dichter aus dem 9. Jahrhundert beschrieb sein Land folgendermaßen:

Inmitten hoher Schneeberge,
Die Quelle großer Ströme,
Ein erhabenes Land,
Ein reines Land.

Dieser vor mehr als 1000 Jahren geschriebene Text ist noch heute eine zutreffende Beschreibung Tibets, des höchsten Landes der Welt. Auf einem Gebiet von rund 2000000 Quadratkilometern – mit der siebenfachen Größe Frankreichs und einer mittleren Höhe von 4500 m über dem Meeresspiegel ist es ein riesiges Hochland aus steinigen Ebenen, fruchtbaren Tälern, kiefernbestandenen Hängen, zerrissenen Felsgruppen in kahlen, vegetationslosen Landschaften; und am Horizont immer gletscherbedeckte Berge: die gewaltige Kette des Himalaja, die die 2400 Kilometer lange Grenze zum indischen Subkontinent bildet, das Karakorum-Gebirge im Westen und die Ketten von Kunlun und Altyn-Tagh im Norden, die es gegen Rußland, die Mongolei und China abgrenzen.

Tibets Eiszeitgletscher sind die Quelle vieler Flüsse, die Asien durchströmen. Einige sind berühmt, wie der Brahmaputra, der Indus, der Jangtsekiang oder Saluen, Mekong und Hwangho.

Vor mehr als 1300 Jahren, als König Oswald von Northumbrien in seinem Land gerade das Christentum einführte, ehe England geeint wurde, und als Mohammed die Texte diktierte, die der Koran werden sollten, hatte Tibet ein militärisches Reich geschaffen, das indisches Territorium bis zum Golf von Bengalen umfaßte und sich bis Turkestan und weit nach China hinein erstreckte. Die Bedrohung durch das tibetische Reich veranlaßte sogar Harun al-Raschid, den Kalifen von Bagdad (berühmt aus ‹*Tausendundeine Nacht*›), ein ziemlich wirkungsloses Verteidigungsbündnis mit dem chinesischen Kaiser der Tang-Dynastie zu schließen.

Tibets Kaufleute reisten weit über die Grenzen des Reiches hinaus und kamen nicht nur mit Handelsgütern zurück, sondern auch mit Reisegefährten, die uralte Philosophien und Lehren aus Ägypten, Persien, Griechenland, Rom, Indien und China mitbrachten, aber auch Lehren, die für die Menschen noch verhältnismäßig neu waren, darunter die des Buddha.

Die Könige des Reiches schenkten Buddhas Lehre Gehör, wurden deren Anhänger und veranstalteten einen Disput zwischen den Verfechtern der verschiedenen Denkansätze, die sich aus Buddhas Lehre entwickelt hatten, um den für Tibet geeigneten Weg zu finden. Tibet steckte sein Schwert in die Scheide und ergriff die Gebetsmühle. Nach 200 Jahren war das Reich verschwunden.

Mit der Zeit wurden die «frommen Könige», wie man sie nannte, durch eine Dynastie von Lamas ersetzt, und vor 300 Jahren begann die Dynastie des Dalai Lama.

Wie alle kleinen Länder, die mächtige Nachbarn haben, war sich Tibet, das gemeinsame Grenzen mit China, Rußland und Indien hatte, wohl bewußt, wie wichtig es war, gute Beziehungen zu den Nachbarn zu unterhalten. Mit China entwickelte sich eine «Priester-Schirmherr»-Beziehung zwischen dem regierenden Dalai Lama und den chinesischen Kaisern, die besonders eng war zur Zeit der Mandschu-Kaiser, da das Mongolenreich durch Tibet zum Buddhismus bekehrt worden war.

Mit der chinesischen Revolution von 1911 und der Gründung der Republik endete dann die Beziehung, und in den nächsten 38 Jahren gingen die beiden Länder getrennte Wege. China hatte unter Invasion, Hungersnot und lange währendem Bürgerkrieg zu leiden; Tibet blieb unberührt und wahrte seine Neutralität sogar während des Zweiten Weltkriegs, bis zu jenem Tag im Jahre 1950, als – drei Monate nach dem Sieg der Kommunisten und der Proklamation der Volksrepublik China durch Mao Tse-tung – die Zentrale

Volksregierung bekanntgab, das nächste Ziel der Volksbefreiungsarmee sei die «Befreiung Tibets».

Nach dem fruchtlosen Austausch von Botschaften traf eine tibetische Delegation zu Verhandlungen mit den Chinesen in Indien ein. Die chinesische Regierung versicherte den Regierungen von Tibet und Indien, sie habe nicht die Absicht, die Entscheidung zu erzwingen, aber die Verhandlungen müßten auf chinesischem Boden, nicht im Ausland stattfinden. Während die tibetische Delegation noch auf Instruktionen aus Lhasa, der tibetischen Hauptstadt, wartete, marschierte die Volksbefreiungsarmee in Tibet ein und griff mit einer Viertelmillion Mann die 8500 Soldaten zählende tibetische Armee an; schließlich nahm sie Tschamdo ein, die Hauptstadt von Kham oder Ost-Tibet.

Als Peking seine Absicht verkündete, es wolle «3 000 000 Tibeter von imperialistischer Unterdrückung befreien und die nationale Verteidigung von Chinas Westgrenze verstärken», verließ die tibetische Delegation Indien und begab sich nach Peking, und die tibetische Regierung schickte ein Telegramm mit der Bitte um Beistand an die Vereinten Nationen.

Eine Woche später wurde El Salvadors Bitte um eine Debatte in der Vollversammlung auf unbestimmte Zeit vertagt. Niemand machte sich die Mühe, der tibetischen Regierung zu antworten. Zwei Tage später, am 17. November 1950, wurde der damals sechzehnjährige Dalai Lama zwei Jahre vor seiner Großjährigkeit als Regierungschef eingesetzt.

Als die Volksbefreiungsarmee in Tibet einmarschierte, wurde allgemein befürchtet, der Dalai Lama werde gefangengenommen. Er zog sich in eine Stadt nahe der indischen Grenze zurück. Dann gab Peking zur großen Überraschung der tibetischen Regierung bekannt, die tibetische Delegation habe eine «Vereinbarung über die friedliche Befreiung Tibets» unterzeichnet. Als Gegenleistung für Tibets Einverständnis mit der Annexion durch China verbürgte sich China, daß dem Land nichts aufgezwungen und weiterhin Religionsfreiheit bestehen werde.

Um sicher zum Dalai Lama zu gelangen, mußte der Kommandeur der Volksbefreiungsarmee in der tibetischen Militärregion damals nach Indien fliegen, von dort nach Süd-Tibet reisen und so den Herrscher in seine Hauptstadt zurückgeleiten.

Anfang 1956 lehnten sich die Tibeter immer mehr gegen die chinesische Besatzung in Osttibet auf, das der Kontrolle der tibetischen Regierung in Lhasa weitgehend entzogen worden war, und eine ausgedehnte, wenn auch schlecht koordinierte Widerstandsbewegung entstand und beherrschte immer weitere Teile des Landes.

1959 erreichten die auf diesen Seiten geschilderten Ereignisse ihren Höhepunkt in einem landesweiten Aufstand, der blutig niedergeschlagen wurde. Der Dalai Lama mußte erneut fliehen und ging diesmal endgültig ins indische Exil.

Glossar

AMBA Die Brusttasche, die durch das Übereinanderschlagen der Tschuba entsteht.

AMDO Nordosttibet.

DHARMA Die Lehre des Buddha, aber auch die einzelnen Daseinsfaktoren (Dharmas), die einem natürlichen Gesetz unterliegen.

DORDSCHE Rituelles Zepter (irreführend auch Donnerkeil genannt), das die unzerstörbare, höchste geistige Macht symbolisiert. Wenn es auch die Lehrmethode oder das allumfassende Mitgefühl (Mitleiden) symbolisiert, wird es gewöhnlich zusammen mit der rituellen Glocke verwendet.

GLOCKE Symbol der Weisheit. Dordsche (männlich) und Glocke (weiblich) werden im Grunde als Einheit angesehen.

DORDSCHE RI-GON Die «Einsiedelei des diamantenen Zepters auf dem Berg». Das Kloster von Tsun Rimpotsche und Dordsche Rimpotsche.

DREIFACHES JUWEL Die drei Gefäße der Erleuchtung: Buddha, die Lehre und die Gemeinschaft derer, die den Pfad der Erleuchtung beschritten haben (die Mönchsgemeinschaft).

DREIFACHE ZUFLUCHT Geistige Zuflucht, die bei Buddha, seiner Lehre und der Mönchsgemeinschaft gefunden wird.

DRI Ein weibliches Yak.

GEBETSMÜHLE Eigentlich das «Rad der Mani-Religion» – eine Metapher für das In-Bewegung-Setzen der Lehre des Buddha. Das Drehen der Gebetsmühlen war so weit verbreitet, daß es eine «nationale Angewohnheit» wurde. Ebenso wie die Gebetskette sind Gebetsmühlen im Grunde Hilfsmittel bei der Meditation. In allen befinden sich heilige Schriften oder Mantras. Die übliche Form ist ein etwa 10 Zentimeter hoher Metallzylinder, der durch eine Kurbel um eine senkrechte Achse gedreht werden kann. Ein an einer dünnen Kette befestigtes Gewicht läßt den Zylinder wie ein Schwungrad funktionieren, das mit einer leichten Handbewegung in Gang gehalten wird. Die größten Gebetsmühlen in Tempeln können meterhoch sein.

GLÜCKSSCHÄRPE Ein weißer Schal, der zur Begrüßung ausgetauscht, Lehrern zum Zeichen der Verehrung und des Respekts überreicht und über Schreine, Thankas usw. gehängt wird.

Grünhirn Eine tibetische Bezeichnung für jemanden, der hartnäckig eine bestimmte Idee verficht. Oft höhnend von Chinesen auf Tibeter angewandt, weil sie so «dickköpfig» an ihren religiösen Überzeugungen festhalten.

Han 90 Prozent der chinesischen Bevölkerung gehören zur Volksgruppe der Han. Deshalb werden die Chinesen von den Tibetern pauschal so genannt.

Indschis Tibetische Verballhornung des Wortes Engländer, aufgekommen während der britischen Invasion Tibets im Jahre 1904. Wird ganz allgemein auf «Menschen aus dem Westen» angewandt.

Kalpa Weltalter; eigentlich «ein Tag und eine Nacht Brahmas, das sind 4320 Millionen Jahre».

Karma Die wirkende Tat. Das allgemeine Gesetz von Ursache und Wirkung, das sogar für Gedanken gilt, das sie das Gedächtnis oder spätere Gedanken und Taten beeinflussen können. Jedes physische, geistige oder emotionale Vorkommnis hat, wenn man es genau untersucht, eine Ursache und bringt seinerseits eine Wirkung hervor: ad infinitum, auf allen Ebenen des Daseins und der Gesellschaft, vom Insekt bis zum Karma eines Volkes.

Kham Osttibet.

Khampa Ein Tibeter aus Kham, wo sich eine starke kriegerische und Stammestradition entwickelt hat.

Kundün «Gegenwart» – eine populäre tibetische Bezeichnung für den Dalai Lama als Gegenwart des Herrn des Mitleids.

Kunjosum bedeutet dreifaches Juwel, als Ausruf oder Fluch gebraucht.

Kuscho Herr.

Lama Ein anerkannter geistlicher Lehrer, sei er Laie oder Mönch, und ranghohes Mitglied des tibetischen Buddhistischen Ordens.

Lehre Die Tibeter bezeichnen den Buddhismus als Religion oder Lehre.

Mani Mantra om mani padme hum – das Mantra von Tschenresi, dem Herrn des Mitleids und Schutzheiligen Tibets. Die Silben sind auf Steine eingraviert, in Gebetsmühlen enthalten, auf Gebetsfahnen aufgedruckt und werden gemurmelt, wenn man sich der Gebetskette bedient. Zwar haben sie viele Bedeutungsschichten, doch kann man sagen, daß om sich auf das unaussprechliche Absolute bezieht, mani auf Dharma oder die Lehre des Buddha, padme auf die Welt, in der die Lehre offenbart wird, und hum auf das, was bei der Bekämpfung der Unwissenheit und deren Auswirkungen den Sieg davonträgt.

Mudra Rituelle Haltung der Hände in Verbindung mit Mantras als körperlicher Ausdruck der Meditation. Statuen von Buddha und buddhistischen Weisen halten die Hände in Mudra-Stellungen.

Potala «Ort der Götter» – die 270 Meter lange und 180 Meter hohe Palastburg auf einem kleinen Berg in der Mitte des Tals von Lhasa, die im 17. Jahrhundert an der Stelle einer alten Festung erbaut wurde. In dem riesigen Gebäude befanden sich das Kloster und die Schule der Mönchsbeamten, der Sitzungssaal der Nationalversammlung, die Mausoleen früherer Dalai Lamas, der Staatsschatz und die staatlichen Archive sowie die persönliche

Schatzkammer der einander folgenden Dalai Lamas. Der Potala war die offizielle Residenz des Dalai Lama und Regierungssitz.

RIMPOTSCHE «Kostbarer», Titel der inkarnierten Lamas und verehrter Lehrer.

SCHAPAI Titel der Mitglieder des Kaschag (Ministerrat).

TAMSING «Kampfversammlung», eine hochnotpeinliche Vernehmung, eingeführt von der Kommunistischen Partei Chinas, um alte Loyalitäten und soziale Strukturen zu zerbrechen und Treuepflicht allein gegenüber dem Vaterland und der Partei zu begründen, wobei mit Emotionen, Haß, Scham und gesellschaftlicher Ächtung geschickt manipuliert wurde. («Haß ist ein großer sozialer Gleichmacher», Tschou En-lai.) In Tibet sollte das Volk bei den Tamsings dazu gebracht werden, die von den Chinesen als Konterrevolutionäre und Unterdrücker angesehenen Grundbesitzer, Lamas und Mönche anzuprangern. Folter und Tod waren häufig die Folge.

THANKA Tibetisches Rollbild.

TSAMPA Geröstetes Gerstenmehl, mit Buttertee zu einem Brei verrührt, das Hauptnahrungsmittel in Tibet.

TSCHANG Gerstenbier.

TSCHÖRTEN Wie die Pagode in Südostasien und der Stupa in Indien hat sich der Tschörten aus dem Grabhügel entwickelt, der die Asche des Buddha enthielt. Er ist glockenförmig und kann wenige Zentimeter hoch sein, aus Bronze, Bergkristall oder Silber bestehen und für einen Hausschrein bestimmt sein, aber es gibt auch bis zu 60 Meter hohe Tschörten als Schreine an Karawanenpfaden oder sogar als Tempel, und oft enthalten sie Reliquien oder auch die einbalsamierte Leiche eines verehrten Lamas. Sie sind ein Sinnbild der Erleuchtung des Buddha.

TSCHUBA Ein Wickelgewand, das die meisten Männer knielang und die Frauen knöchellang tragen. Es wird zusammengehalten durch einen gewebten Gürtel, der für die Brusttaschen und die Falten auf dem Rücken sorgt, in denen der Stil der einzelnen Provinzen zum Ausdruck kommt.

TSCHUSCHI GANG «Vier Flüsse und sechs Bergketten» in Amdo und Kham. Volkstümlicher Name des Khampa-Widerstandes.

TULKU Inkarnierter Lama, erkannt als ein Vehikel des geistigen Einflusses eines Heiligen oder als ein Aspekt des Göttlichen. Im tibetischen Buddhismus (auch Lamaismus genannt) gab es mehr als tausend anerkannte Tulkus.

U-TSANG Provinz in Mitteltibet.

WIRKLICHKEIT Der Buddhismus unterscheidet zwischen relativer und absoluter Wirklichkeit. Relative Wirklichkeit ist das, was wir aufgrund unseres üblichen Wissens und unserer Lebenserfahrung für wahr halten. Absolute Wirklichkeit ist die wahre Natur des Menschen und aller Erscheinungen, die von einem Erleuchteten wahrgenommen werden kann, der keine schwer deutbaren vorgefaßten Meinungen und Vorurteile hat, unvoreingenommen ist und die Glückseligkeit erlebt, nach der alle Menschen streben und auf die unter vielen Namen alle Religionen abzielen.